汉语之花
盛开在波罗的海之滨
——我与拉脱维亚的故事

The Chinese Flower Blooms on the Shore of the Baltic Sea
— My Story with Latvia

尚劝余 贝德高◎主编
白冰玉 董芳◎副主编

纪念
In Commemoration of

中国与拉脱维亚建交 30 周年
The 30th Anniversary of the Establishment of Diplomatic Relations between China and Latvia

拉脱维亚大学孔子学院成立 10 周年
The 10th Anniversary of the Establishment of Confucius Institute at University of Latvia

世界知识出版社

图书在版编目（CIP）数据

汉语之花盛开在波罗的海之滨：我与拉脱维亚的故事/尚劝余，贝德高主编.—北京：世界知识出版社，2022.12

ISBN 978-7-5012-6572-5

Ⅰ.①汉… Ⅱ.①尚… ②贝… Ⅲ.①纪实文学—作品集—中国—当代 Ⅳ.①I25

中国版本图书馆CIP数据核字（2022）第195823号

书　　名	汉语之花盛开在波罗的海之滨——我与拉脱维亚的故事 Hanyu zhi Hua Shengkai Zai Boluodihai zhi Bin—Wo yu Latuoweiya de Gushi
编　　者	尚劝余　贝德高
责任编辑	罗庆行
责任出版	赵　玥
责任校对	陈可望
出版发行	世界知识出版社
地址邮编	北京市东城区干面胡同51号（100010）
网　　址	www.ishizhi.cn
电　　话	010-65265923（发行）　010-85119023（邮购）
经　　销	新华书店
印　　刷	北京虎彩文化传播有限公司
开本印张	710毫米×1000毫米　1/16　32⅝印张
字　　数	535千字
版次印次	2022年12月第一版　2022年12月第一次印刷
标准书号	ISBN 978-7-5012-6572-5
定　　价	78.00元

纪　念

In Commemoration of

中国与拉脱维亚建交30周年

The 30th Anniversary of the Establishment of Diplomatic Relations between China and Latvia

拉脱维亚大学孔子学院成立10周年

The 10th Anniversary of the Establishment of Confucius Institute at University of Latvia

前言

展现在读者面前的这本《汉语之花盛开在波罗的海之滨——我与拉脱维亚的故事》，是一批又一批拉脱维亚汉教人的美好记忆，也是拉脱维亚汉语教学事业的历史见证，同时也是献给中拉建交30周年和拉脱维亚大学孔子学院成立10周年的一份厚礼，是献给所有汉教人的一首赞歌。

从1996年中国教育部派遣第一位汉语教师赴拉脱维亚任教到2020年底，约有110位公派汉语教师及教师志愿者踏上拉脱维亚这块热土，抛洒热血和汗水，辛勤耕耘和付出，使绚烂的汉语之花盛开在碧波荡漾的波罗的海之滨，盛开在令人神往的琥珀之乡。

2021年9月12日是中拉建交30周年纪念日，11月4日是拉脱维亚大学孔子学院诞辰10周年纪念日，我们征集了95位拉脱维亚汉教人的文章结集成书，既表达我们对中拉两国友好关系和拉脱维亚大学孔子学院的衷心祝贺，也表达我们对所有拉脱维亚汉教人的无限敬意。

本书内容的编排以横向共时和纵向历时相交融为原则，以期立体展示拉脱维亚汉语教学的宏图。

首先，按照横向共时的原则，本书以汉语教学点为分类进行编排，共分为15编，有些教学点单独成篇，有些教学点并列成篇，全面展现遍布拉脱维亚全境的22个汉语教学点的汉语教学风采。

其次，按照纵向历时的原则，每个教学点的文章按照作者任教时间先后顺序编排，大部分作者在一个教学点任教，也有一些在两个及以上教学点任教，注明作者任教的教学点和任教时间，以期清晰地展示各个教学点的历史发展脉络和汉语教学传承。

本书是各位作者在拉脱维亚生活的浓缩，记录了作者在拉脱维亚的点点滴滴，有欢笑有泪水，有叙述有感悟，有启迪有教益，有怀念有不舍，吐露了拉脱维亚汉教人的共同心声。正如主编在文章中所说：

不论你我身在何处，从事何种职业，纵使远在天涯海角，抑或近在咫尺眼前，拉脱维亚曾经是我们生活和任教过的共同家园，是我们抛洒热血和激情、追逐梦想和希冀的国度。这里有我们的欢笑和歌声，有我们的泪水和彷徨，这里是我们人生旅程绚丽多彩的驿站，是我们灵魂深处挥之不去、魂牵梦绕的记忆。

如果本书能够帮助读者了解拉脱维亚这个波罗的海国家，了解拉脱维亚的汉语教学，作者将如愿以偿，不胜欣慰。

尚劝余

2020年于拉脱维亚大学

目录

壹 拉脱维亚大学人文学院篇

贰 拉脱维亚大学孔子学院篇

叁 里加文化中学孔子课堂篇

肆 道加瓦皮尔斯大学孔子课堂篇

伍 雷泽克内大学孔子课堂篇

陆 里加第34中学孔子课堂篇

柒 里加工业大学孔子课堂篇

捌 维泽梅应用技术大学篇

玖 斯米尔提恩中心中学篇

拾 拉脱维亚武术协会（里加武术学校）篇

拾壹 交通与电信大学、蒙特梭利探索小学篇

拾贰 拉脱维亚文化学院、新马露白小学篇

拾叁

斯比杜拉中学、拉脱维亚生命科学与技术大学篇

拾肆

文茨皮尔斯大学、克拉斯拉瓦中学、里加第64中学篇

拾伍

利耶帕亚大学、叶卡布皮尔斯中学、道加瓦河口中学篇

壹

拉脱维亚大学人文学院篇

语言文化使者

何　杰*

一、“40后”的少年梦

梦不能分享，不能重合。“40后”的梦却是惊人的相似。那是“80后”、“90后”绝想不到的。梦永远染着时代的颜色。

50多年前，我做了第一个梦。那是20世纪60年代末，天津第二中学宽阔的大操场上，集合着一队队心里长满翅膀的孩子。在行列之中，站着一个清瘦的小姑娘。小姑娘的眼睛、小姑娘的心都系在了台上，因为那个在主席台上就座的学生，不久将被派往苏联留学。去苏联啊！那对60年代的青少年来说简直就是最高的殊荣。他们多想去那有威武阅兵式的红场，看看庄严的列宁墓，看看克里姆林宫上的红星，看看卓娅的故乡，看看人类最美好的社会——共产主义社会……

孩子的心灵总是丰满的，因为那里挤满了梦。那时在小姑娘的心里飞翔的是一个雄伟的梦。

那个默默地站在那里，头发剪得像卓娅一样短的小姑娘就是我。

我横着一条心要飞到另一个世界去看，去读，去问：问革命，问理想，问人生，问世界，问缤纷……

然而，当我飞向莫斯科时，那个一直飞翔在心里的梦得以降落的时候，我已走过了青涩的年华，到了不惑之年。应是不惑的我，却生出那么多困惑。

20世纪末，我有幸受国家高教委派遣，赴拉脱维亚大学任教、讲学，取道莫斯科。

---

* 何杰，1996年2月到1998年2月在拉脱维亚大学任教，现为南开大学汉语言文化学院教授。

当巨大的波音747飞机喘息着，载着我冲向蓝天的时候，我的心一下超载了。那里既有与我年龄不相符的激动，又有我久也不肯丢弃的追求。

我不知别人的梦，我的梦却是特别地顽固不化。那时，我才发现我的梦从来就没有稀释。初梦原来有那样浓烈的期盼，因为满世界奔走都在我想象之外。心中疑惑的积淀也层层叠叠。梦变得恍惚、迷离……

“另一个世界”向我展示开来的时候，苏联解体了。一盏伟大的社会主义明灯熄灭了。我从莫斯科转机，最后降落在波罗的海边的一个小国——曾是苏联加盟共和国的拉脱维亚。

我终于看见了梦，竟不知所措。

二、梦的惊诧

差异是一种警醒。差异给人的感受强烈又深刻。差异是思想锋利的刻刀。

20世纪末，中国社会正经历着历史上前所未有的巨大变革。祖国的改革大潮惊涛拍岸，石破天惊。传统的、叛逆的、未来占据主流的事物一起轰轰烈烈地生长。而当我乘坐的飞机像一片小树叶降落在寂静的冰雪之中时，眼前的那种反差是非亲身经历所不能言语的。

大使馆一秘在残破的洋灰路上开车，我的头几次被颠簸得碰到车顶。我看见了拉脱维亚的拮据。

“外国都好”的彩虹断裂了。原来梦总有朦胧，差异才是真实的。异国文化的差异可以像临渊的峭壁、大漠的风沙、滂沱的急雨叫你迷途，难以喘息。异国文化可以毫不客气地叫你休克。

你去做客，会有一只大狗伸着半尺长的舌头要亲吻你。天啊！参加聚会你不喝伏特加，会“呼啦”跪下一片人。喝一杯，就有无数杯等着你。男主人还一定要抱着你，送你回家。上帝！

会一点儿俄语，碰上拉脱维亚人，他不卖东西给你。学了一点儿拉脱维亚语，说给俄罗斯人，他冲你瞪眼睛。会英语，人家又不懂。拉脱维亚的国情实在特殊。

上课，我总把自己丢了。面部一律像冰冻过一样的拉脱维亚人，“死心眼”。只要你问路，他就一定把你送到他认识的拉大，不管你觉出怎么不对也不行。后来才知道拉大有7个分校。

那时，我才知道文化休克有多么无奈。我们这一代人，早已在那个扭曲的时代走过了艰苦。而一个人身处文化不同的国度，在语言的荒漠中，那种艰辛是你完全想不到的。

这里到处是寂静。寂静得可以听到自己的心跳。下午3点天就黑了。到处是茫茫的积雪，走在雪地上，单调的“咯吱、咯吱”的声音伴我独行。有人时，那就是醉汉追你，有时几个人一起追你。

逃回住所，直到夜深都是惊魂未定。

“一里、二里、三里……”

我数着数，希望梦回祖国。每天都想打报告回国。然而，第二天，天还没亮，冰雪里，我又艰难举步赶到拉大，因为我的讲台上总有一束淡淡的小花说着学生对我的爱和期盼。

大使召见我。当我看见王凤祥大使身后的五星红旗，我的眼睛一下模糊了。大使见我的第一句话，我至今难忘：“你是第一位祖国授命来拉脱维亚的文化教育使者。创建中华人民共和国的第一个汉语教学点，责任重大！”

我只感到热血在心头奔流。祖国的使命一下给我注入了生命的力量。

因为是“第一”，格外受到重视，也格外艰难。我惊诧，出国教书和国内竟如此不同。

教师是一个辛劳又高尚的职业——抛洒汗水，濡沫心灵。

使者有崇高的使命——搭建文化交流的大桥，建造语言的通途。

我不惜汗水，更不愿有辱使命。人心在磨砺中坚强。迥别的异样叫我兴奋。文学恰恰需要激情。

教师的职业给我一颗不肯倦怠的心。我是语言学者，祖国磅礴浩瀚的语言给我一支难以停滞的笔，一条奔涌的河。

心中早有巨轮多次往来，我写下了我远离祖国去拓出一条文化航道时的风雨波涛，写下了我澎湃的心。

三、文化盛宴

拉脱维亚是一个难以猜出年龄、难以读出身世阅历的国度。那里有太多国家的足迹，也是一颗镶嵌在波罗的海的无价珠宝。

拉脱维亚是一个多民族的国家，6.4万多平方公里土地，近200万人口，到处却有叫你惊诧的文化盛宴。

拉脱维亚，似乎已不年轻。没有光鲜的容颜，没有“咄咄”的气息，仿佛一直沉浸在往事中；有太多的历史重负，太多的传奇、旧事，层层叠叠的铿锵，挤挤挨挨的遗迹。那是一种非叫你翻看的特殊魅力。

拉脱维亚人最早叫利沃尼亚人。拉脱维亚在12世纪就有记载，是东西方、南北方的港口、要道，有多个国家想拥有它，多元的文化也在这里列阵集合。

德国的古城堡、瑞典门、俄罗斯的殿堂……可以看到砖石上灼痕斑斑；可以隐隐听到沙场征战，厮杀声声；可以听到盔甲刀剑的碰撞，号角的呜咽……拉脱维亚岁月的深处，几乎都是没有散尽的刀光剑影。

曾经的篝火狼烟，曾经的悲怆之音。

拉脱维亚在大国征战的缝隙中艰难地生存，拉脱维亚的民族文化也在顽强地生长。

踏上拉脱维亚的国土，就仿佛进入时间隧道，如同回到中古时代。

草地、树林、披满青苔的古堡、经久失修的教堂、残破的雕墙画壁、石头墁路的小巷、古色古香的街灯……都在不经意地诉说远古的忧思。

曾经的朝代更迭，曾经的文化盛世。

我写下了我了解到的拉脱维亚文化的旖旎。

一位英国作家说拉脱维亚是“北方的巴黎”。我想补充，这里还多了一点忧郁，多了一点思索。那不是每一个旅游者都能看到的。忧郁和沉思都有一种深刻的美。

经久失修的洋灰路上，站立着现代的美元兑换亭。20世纪90年代末，在国内，电脑还如外星人的光临，这里却都使上电脑来办公。我去邻居家，看到了家徒四壁，可这里一座普通的音乐学校里竟有42架钢琴。

拉脱维亚无序地负载着历史的标记。不用岁月的剥离，就可看见不远的前尘往事。拉脱维亚是个重视记忆的国家，到处都有凝固着时代风雨的雕像：小镇里有列宁雕塑，大街上也有拉脱维亚自由独立纪念碑……

独立纪念碑前，自焚过一个拉脱维亚大学的学生；波罗的海三国（立陶宛、拉脱维亚、爱沙尼亚）曾手拉手接起几百里长的人链。他们燃起蜡烛，宣示着他们争取独立的火焰已经燃起。

曾经的揭竿而起，曾经的慷慨悲歌。

文化可以悲壮、惨烈，可以瑰丽、灿烂……

文学总要给人思索。我奉上这文化的盛宴，希祈一起找到丰赡的启迪。

我写下我的惊诧，写下我在异国文化的大波大浪之中颠簸的心。

四、不辞的使命

我在拉脱维亚生活、工作了两年。心无旁骛地经历，感受，思索。

我受到过拉脱维亚总统的接见，也曾和他的秘书、外长等上层交谈。拉脱维亚大学没有围墙，我和拉脱维亚的百姓同衣食共住行，一块儿感受柴米油盐酱醋茶；一块儿经受拉脱维亚转型的风雨泥泞。我看遍了拉脱维亚的“秦砖汉瓦”，也去看过苏联时期宏伟的水电站。在二战时德国建的集中营，在乡间的黄土小路上……都留下过我层层叠叠的脚印，还有怦然心跳的记忆。我把一次次的激动，小心折起，装在心里，写在书上。两度春夏秋冬，我几乎参加了当时所有的文化活动，感受着这里异国文化的脉动，和这里的人们一起喜怒哀乐，一块儿心跳。

> 我不曾意料拉脱维亚人，冰冻一样的面容下掩盖的炽热。
>
> 不曾意料那里静谧下按捺的激烈、寂静中掩藏的风云雷电。
>
> 不曾意料艰难之下的丰盛文化和他们特有的民族心态。
>
> 更不曾意料异国人民对中华语言文化的渴求。
>
> 人生的大书，精彩的总有几页。
>
> 拉脱维亚的生活，我感受最为深刻。

在遥远的国度，我才发现自己对祖国那种刻骨铭心的爱。拥有的，未必知道它的价值。我不是文化学家，我只是一个语言学者。当我置身国外，亲眼看到外国人对中华文化的渴求、追慕，我震惊了。

我，连同我偕行的爱人，我们自身的，只凭着炎黄子孙的血脉而传承的文化，都成了他们的珍宝。我感动不已。

我知道了一个出国教师的崇高使命。我的课堂不只在教室，我的学生也不只在拉大。我心怀着骄傲和虔诚向他们献上我的所有。那是意外的劳苦和享受。我和我的爱人一起抛洒汗水，收获友谊和真诚。

我不知是我们给他们，还是他们给我们。那种文化的弥合、交融都是那样自然又生动地发生。

中华民族文化悠久、灿烂、博大、泽被东西方。只要接触，你就可感知炎黄子孙的智慧、胸怀。我为我的民族感到骄傲！

我写下了我在异国体验自己民族文化的激动，写下了我那种无法掩饰的爱和那些异国人士对中华文化的真心追求。

我也写下了我看到的瑰丽。来到波罗的海边的这个美丽雪国，我立刻感到异国文化的冲击。这个在大国的缝隙中艰难生存的小国，让我看到一种性格，一种独特的民族文化。

拉脱维亚有和中国近代相似的历史，然而又特别的不同。

拉脱维亚近代的占领者竟是曾经伟大的苏联。拉脱维亚独立了，国民人口近一半是俄罗斯移民。这就造就了复杂又尴尬的文化现象。民族命运从来就是造就文化的深刻烙印。

都说东欧是处在天堂和地狱的交叉口。那里有天堂辉光的照耀，又有地狱炼火的灼烧。我看过美国，走遍欧洲，并不认为东西方、东西欧要以天堂和地狱作比。只是拉脱维亚近代文化带有典型的东欧国家的多元性，那里藏着一个特殊时代的印记，那里有更为艰难的人们寻梦的脚步。

多元是姹紫嫣红的，是一种灿烂。冰雹雨雪、暮霭霞光都需要细细品读。我不是政治家，我还有太多的困惑。我在以前就说过，文学需要良知，又印证良知。于是，我用诚实的文字写下我真切的见闻和切肤的感受。我写自己不辞的使命，还有我在那里生活了两年才能看出一点端倪的梦。

五、深情拉脱维亚

教师的职业虽辛劳，却也总能遇见幸福。

结业，学生为我开了盛大的谢师会（他们说这样的大会是从来没有过的）。拉脱维亚大学给我写了感谢信，“感谢中国派这样高水平的教授”，并正式通知使馆，拉脱维亚大学将继续聘请中国大陆汉语教师。

拉脱维亚教学点终于建立了，悬浮的心终于放平了。

我永远忘不了那一天。我哭了。谁能知道我那两年的苦辣酸甜。

我永远忘不了那一天，天那样蓝，湛蓝湛蓝的。天上的白云那样白，大团大团的，像凸出来的浮雕，那样生动。天那么辽阔，无边无际，心可以像小鸟那样恣意地飞翔。

我从未那么真切地感到，事业给予人的幸福是其他东西都不能比拟的。

我如期回国了。朝朝暮暮在一起的人们要分别了。回国的喜悦之心骤然生出许多难舍，隐隐地痛。两年，每一天洒下的辛劳、经历的苦楚，仿佛一下长出了收获。真没想到，在机场有那么多人为我送行。我的学生、学生家长、朋友、同仁、邻居。鲜花、礼物、拥抱、脸颊上的吻和他们夺眶的泪都激荡着我的心。我说不出话来，只感到收获的幸福和离别的痛苦在我心中澎湃交会。

使馆都惊讶，来这么多人。朋友们说，王凤祥是中国国家大使，何老师夫妇是中国在这里的民间大使。

更没想到，拉脱维亚总统顾问秘书将总统小照及总统亲自签名的书信派人送到机场。拉脱维亚以他们国家极高的礼遇，表示对我工作的谢意。

人生总有记忆深刻的岁月。在那个遥远的冰雪小国，730天与我的学生、朋友相濡以沫的日日月月，在我心中留下的是永远不灭的记忆。

何杰/朋友们说，何老师夫妇是中国在拉脱维亚的民间大使。
（图中右五为作者）

我是胭脂红中间那道白

——拉脱维亚大学执教三部曲

于丛杨*

1998年春天，我怀揣着一颗纯净的心，心中默唱着《友谊地久天长》，登上从莫斯科火车站开往拉脱维亚共和国首都的火车，一路兴奋地看着掠过的春光，迎着那面两道胭脂红夹着一道白的旗帜，踏上波罗的海畔的土地，开始我4年拉脱维亚大学的执教生活。

拉脱维亚朋友解释说，国旗中间那道白颜色，抒发了拉脱维亚人民对和平、安宁的向往。我是为传播中华文化而来，是和平和友谊的使者，因此，我自视有资格披上那道纯洁的白！

一、生活篇

（一）住进居民区

抵达里加火车站，一群拉大学生和老师手捧鲜花迎了上来，中方使馆秘书晁成军先生开车把我和爱人申修言送到住处。这是一幢4层居民楼，一共有4个门洞，拉脱维亚大学向政府申请了2个门洞的房间，作为外教和外国留学生宿舍。提供给我们的是两室一厅的住房，厨房通管道煤气，洗澡间一天24小时供应热水，室内冬天有暖气供热，厕所是坐便马桶。像这种居民楼，周围有七八座，均匀排列。我们楼前，有一片绿地足球场，附近还有种类齐全的露天体育设施，邮局、超市、理发店、花店一应俱全。这显然是规划周到的普通居民小区。学生还告诉我，苏联时期，拉脱

---

* 于丛杨，1998年3月至2002年7月在拉脱维亚大学任教，教育部中外语言交流合作中心退休人员。

维亚老百姓每家还能在郊区分到一座别墅。

对于如此完备的住房条件，我们相当满意。更让我们高兴的是，能够生活在普通老百姓中间，可以实际体验早年读过的苏联文学作品中的生活，真是得天独厚的机遇。

为什么对住房介绍得如此细致琐碎呢？因为，这一切都令我十分感慨：要知道，这可是20世纪50年代苏联时期，政府提供给普通老百姓的居住条件和环境啊！由此，不能不让我联想到，同样是社会主义国家，那时我们国家的住房很难与拉脱维亚相提并论，中国老百姓的住房，以前一直是中国人的痛。

（二）医生追诊患者

那时我患糖尿病已有5年，临赴拉脱维亚前，北京医生给开了一些“优降糖”药片带在身上。抵达里加后，按规定每年缴240拉特① 的医疗保险，即可就医。

抵达拉脱维亚半年后，我去社区医院测量血糖。过了一个星期，我把去医院看测量结果的事，完全忘掉了。一天晚上，忽然有人敲门，开门一看，是位中年女士，她自称是社区医院的护士。她神情严肃地对我说：“你的血糖检测报告已经出来很多天了，见不到你来医院就诊，医生发脾气了，指派我来通知你，请你明天务必去医院见医生。因为你的血糖指标很高，医生非常担心！”我听了，既惭愧又感动：这个世界上，居然还有医生追着患者治病的?!

次日到了医院，医生又严肃地把我批评了一顿，并告诉我，“优降糖”这种药副作用比较大，不要再服用了。她给我免费开了法国生产的“达美康”，并嘱我一个月后来复查一次血糖。我取了药回家，一路上心潮难平。

---

① 拉特，系拉脱维亚当时货币的汉语音译，按当时汇率，1 拉特约合0.62美元或5元人民币。

二、教学篇

（一）“脱”下铠甲——拉脱维亚“脱”字译写随想

在我刚抵达里加不久，一次跟卡代（Katajs Edgars，亦译为“埃德加斯·卡塔雅斯”）老师喝咖啡聊天，他好像想起什么似的问我：“有个问题一直困扰我，你能帮我解答吗？”我与卡代老师都出生于中国东北，他虽然比我年长，但我们都共同有伪满洲国苦难生活的经历，所以一见如故，无话不谈。我笑了：“说吧，只要我知道的，保证毫无保留地跟你分享。”他似乎一吐为快：“为什么中文把‘Latvija’译作拉脱维亚，而不是拉托维亚？”我听了急忙告诉他：“你这是第二个问我的拉脱维亚人，头两天，有一个学生也向我提出同样的问题。”然后，我为难地表示，他们师生的这个问题，还真把我给难住了！中文这样书写，我头脑里一直以为是天经地义，还从来没有产生过疑问。我答应回去查查资料再作回答。

20年前，不像现在有这么发达的互联网，有百度有谷歌，信息唾手可得，再说，即使网上有什么查询渠道，我也不会操作呀！我只好翻阅手头已有资料和挖掘记忆库存。我发现，俄语或英语中，凡是带“t”或“to”的人名，中文均译作“特”“托”或“妥”，例如俄罗斯名人托尔斯泰、莱蒙托夫、奥斯特洛夫斯基、莫洛托夫、陀思妥耶夫斯基等。我查遍全球202个国家和地区的名字，凡原名带有“t”或“to”的，中文都译成“托”或“特”或“多”，例如俄罗斯的符拉迪沃斯托克（海参崴）、萨拉托夫、罗斯托夫、托木斯克，非洲的莱索托，亚洲的科威特，城市名阿姆斯特丹、蒙特利尔、多伦多等。唯独“Latvija”被翻译成拉脱维亚，这个带“脱”字的国名，就傲然地成为世界唯一。

对于这个独一无二的“脱”啊，白发苍苍的老教授卡代，非要打破砂锅问到底，可我无法找到当年那位把它翻译成“拉脱维亚”的翻译家！如何回答拉脱维亚朋友呢？我作为中文教授，感到羞惭，只好从文学的诗意角度，给他们一个差强人意的答案。还是一起喝咖啡时，我对卡代老师解释说，我找不到原始出处，不过，我可以作一个诗意的发挥，可能牵强附会，但我们就把它权当作“心灵慰藉”好了。第一，这个“脱”字，远见卓识，当年翻译家取这个“脱”字，就预示着1940年被强行并入苏联的拉脱维亚，迟早是要脱离苏联的！这也正符合中国典籍的“脱笼之鹄”一说。今日的现实，铁定地证实了这个预言。第二，这个“脱”字，大有“脱可免祸，脱离苦难”之意。第三，脱颖而出，脱离凡俗，大气洒脱！卡代老师年轻时曾在哈尔滨上过大学，中文和日文学养深厚，对于我的诗意发挥，他欣然接受了。为此，他事后送我一瓶拉脱维亚国酒里加黑魔法酒（Riga black balsam），我则回赠一瓶茅台。

离开拉脱维亚将近20年了，此事渐渐淡忘。直到2019年与尚劝余院长神交后，才忽然想起这个“世纪猜想”。于是在尚院长的帮助下，经过一番严谨考证，才终于得出一个比较靠谱的答案。首先，查阅了百度和谷歌，一致称拉脱维亚国名在民族语言里是“铠甲”“金属制的衣服”之意。其实，这个看似权威的释义，打了个马虎眼，只笼统地称“民族语言”而不明说是哪个具体民族的语言！经贝德高教授和其他拉脱维亚族人士确认，在拉脱维亚民族语言里，“Latvija”完全没有什么“铠甲”之意。据可靠的史料记载，拉脱维亚国名“Latvijas”（即英语“Latvia”），源自“Latgalians”（拉特加莱），拉特加莱是整合成现代拉脱维亚民族的四个波罗的海古老印欧部落之一。至今，在拉脱维亚东部仍保留着最古老的方言拉特加尔（Latgale）。既然如此，那么这个无端的“铠甲”是从何方飘过来的呢？

经过查阅多种语言的多种版本词典，以及苏联时期各加盟共和国国名，我发现，在1991年苏联解体前，各加盟共和国的国名，官方名称必须用俄文书写。而“拉脱维亚”的俄文书写形式是“ЛАТВИЯ”，在俄文里，“铠甲”一词的词根是“ЛАТЫ”。据推测，当年第一位翻译“ЛАТВИЯ”这个国名的翻译家，可能根据俄文的含义，想尽量在汉语译名中体现地名背后蕴藏着的丰富人文内涵，于是就把铠甲需穿需脱的特性，通过“脱”这个汉字译写，巧妙地糅进去了。

沉闷的考证和斗胆的推测，是否符合当时选用“脱”字的真实缘由呢？还望方家指正。已经累得筋疲力尽了，开句玩笑吧：都说拉脱维亚美女如云，而男性数量相对女性少得可怜，那么，拉脱维亚这个“脱”字，应该令全世界男人神往，那可是一个美丽而神秘的“脱单”国度啊！

（二）以“宗教仪式”练声

不论哪个年级，每一堂课开始前，每人都要轮流说一句与本课无关的口号，由老师逐个纠正发音和声调，然后再正式进入课程。第1个月练习说“我爱拉脱维亚”，这6个汉字，4个声调俱全，先练顺嘴再说；第2个月，用同样方法练说“我爱中国”，这4个汉字，恰是4个声调；第3个月之后，每周还用同样方法练说包括4个声调的两首唐诗，一首是杜甫的《春望》的前四句：国破山河在，城春草木深。感时花溅泪，恨别鸟惊心。另一首是李白的《静夜思》中的后两句：举头望明月，低头思故乡。练习前，只简单介绍一下每一句的主要意思即止步，而不要求学会和记住诗中的汉字，让学生把诗用拼音写下来，径直按拼音念。这样做的出发点，因为目标不是传授中华文化，而是纯粹的语言技能训练。所以，既要像教堂里诵经、庙里的僧人念经一样，每天反复刻板地练说固定词句；也要像音乐学院“视听练耳”课和美术学院“素描”课那样，从基础练起。这样坚持下来，久而久之，如果能达到朗朗上口的地步，4个声调也就自然而然地刻进脑子里了。

（三）让汉字说话

每一个年级的学生入学时，我都会问他们为什么选择学习汉语。有的学生回答，汉字很有魅力，每一个汉字看起来都是一件艺术品，想一探究竟。还有的学生说，原来喜欢日语，但发现日语里有很多汉字，那何不去源头看一看呢！可见，汉字之美和它的巨大影响力，激发了不少拉脱维亚学生学习汉语的兴趣。兴趣，正是一个人学习的无穷动力。在我的理解中，我们的对外汉语教学，目标是培训外国人使用汉语的交际能力，具体来说，也就是培训外国人运用汉语听说读写的能力，而不是知识教学。对于学生感兴趣的汉字，我一般采取随文识字办法。当然，我也找课外时间，举办“汉字知识”讲座，作为辅助教学，进一步提升学生的学习兴趣。

对多数学生来说，学习汉字的最大困难就是记忆和书写汉字。为此，我在教学中采用“让汉字说话”的办法，尽量为学生提供有趣的汉字故事，帮助他们记忆。因为是“随文识字”，每当新课出现新的汉字时，就尽量从“六书”中找出生字的“造字理据”，用最浅显的说明和肢体语言表达出来。比如，在教“看”这个汉字时，我告诉学生，这个字是上下结构，上边是“手”字的变形，下边的“目”字表示眼睛，与此同时配合肢体语言：手搭凉棚向四处张望。学生也不由自主地跟着把手搭在眼睛上边，学生乐了，齐声说：看！

我偶尔也采用“流俗文字学”中的奇特“拆字联想记忆法”，不管怎样，只要对记忆汉字有帮助，就说给学生听。例如，“饿”就是“我想吃食（物）”；“灭”就是拿一个东西在火上一压，火就灭了；等等。

（四）哪里，哪里

课程进展到一定程度，我就开始给各个年级学生教唱中国歌曲。教歌的目的，一来是为了展示中国文化，二来主要是想通过教唱中国歌，让学生用另一种方式练习汉语发音和声调。我爱人是声乐教师出身，从她那里得知，有的人说话方言味很浓，改起来非常困难，但唱起歌来，普通话发音就自然而然地标准起来（回国后多年，我发现农民歌手“大衣哥”朱之文的表现，佐证了这一点）。“唱歌改发音”，这件事启发了我。

教歌前，我先完整地唱了一首《康定情歌》，刚唱完，就响起掌声，有的学生高喊：“太好了！好听！”在欢声笑语中，他们一致要求再唱一首。于是，我又唱了一支《茉莉花》。这次唱完，更有学生站起来称赞：“老师，你唱得真好！”也有学生伸出拇指，大声说：“老师，真棒！”我立即回答：“哪里，哪里，中国人都会唱。”学生听了，疑惑地问：“老师，你刚才说的‘哪里，哪里’，是在哪儿的意思吗？”趁此机会，我向同学们解释，这是中国人面对别人赞扬时，一种谦虚的表态。实际上我唱的真不能算棒，只是不跑调而已，没有他们说的那么好。我告诉同学们，他们到了中国，若听到有人说“哪里，哪里”，就知道那不是问“在什么地方”，而是一种客气话。

2002年6月，那是我任期届满前最后1个月的课。一天下课前，三年级学生突然拿出一件雪白的T恤衫给我，打开一看，我惊呆了：T恤衫前胸印着男生高迪思（Gatis）、女生李华娜（Liene）、伊莉娜（Irina）、尤莉娅（Julija）、李丽（Ligita）5位同学的头像，中间还恭恭敬敬地印着7个仿宋体红字：我是最棒的老师。面对如此独特而又突如其来的礼物，我激动地流下了热泪，连声说谢谢。我稍微平静后，面带愧色诚恳地对同学们说:“真的，我不能算最棒的老师，感谢你们的夸奖！这也是我的真心话。”说到此，我顿了顿，笑着手指T恤衫上的7个字说:“就凭这7个字，就证明我不是最棒的老师！因为我的教学还没到位。”同学们听了，个个感到莫名其妙。我耐心地启发他们:“你们忘了吗？我曾经教过你们‘哪里，哪里’。中国人面对别人的赞扬，都委婉地表示否定，又怎么可能自己夸自己呢?”学生虽然具有一定的汉语水平，但复杂生僻的句子，还不可能听得懂，而我也不具备用任何一种外语成段流利表达的水平，只好外语单词夹汉语句子两者穿插着讲解。我告诉同学们，中国人的处事性格，一般来说大都是内向、含蓄、藏锋、居下，这种偏于谦虚的国民性格，跟欧洲人充满张力和动感的外向处事风格是不同的。在中国，极少有人会在众人面前夸自己。所以，任何一个中国老师，即使他的课再受欢迎，也不会这么公开张扬地说“我是最棒的老师”。顺便，我教了他们几个包含自己夸奖自己之意的词语，让他们先记下来，待以后慢慢体验和观察。于是，我在黑板上写下自吹自擂、自我吹嘘、大言不惭、老王卖瓜自卖自夸。

经过深入讲解，学生们似乎听明白了，他们急切地问:“老师，那我们写什么才是正确的呢?”我告诉他们，如果他们一定要“赞扬”，那就写“于老师，你是最棒的”或者“你是最棒的老师”。我说“赞扬”的同时，有的学生立马呼应“棒极了”。学生高兴了，要求收回这件T恤衫，回去重新制作。我鞠躬表示，谢谢同学们的美意，不必了！这件T恤衫，是对我并不完美的教学的一种鞭策和鼓励，具有特殊的纪念意义，我将永久珍藏。当然，我肯定不会穿出去，但我在家里，会穿给家人看，并且拍几张照片，传给子孙后代!

（五）黑酒醉倒李太白

在拉脱维亚4年，我全身心地投入到教学中，乐此不疲。每天乘5路有轨电车，穿过道加瓦河，往返于宿舍和教学楼之间，心情就像里加澄明的天空，宁静安详，幸福就在四周那一片绿树上和天上的云端。教研室主任史莲娜教授对我勤恳而有效率的教学是满意的，但她从学者的角度，还要求我在科研上闯出一片天地。在她的鼓励和帮助下，4年间，我曾先后去莫斯科、圣彼得堡和德国汉诺威参加过几次国际学术研讨会并提交相关论文。这其中，尤其令我难忘的是，在里加参加由史莲娜亲自发起并组织的几次国际学术研讨会。

2001年12月14—15日，拉脱维亚大学为纪念中国唐代大诗人李白诞辰1300周年，在里加举办了“李白生平及诗歌创作国际研讨会”，拉脱维亚、爱沙尼亚、俄罗斯、芬兰、中国等五国诗人和学者数十人参加了研讨会，中国驻拉脱维亚大使王开文应邀出席并发表了充满诗意的讲话。我向大会提交了关于李白生平的论文并在会上即席朗诵了《当拉脱维亚诗人遇到中国诗仙李太白》一诗：

当里加黑魔法酒遇到中华国酒贵州茅台，
诗人们诗情喷涌抱着双酒仰天豪放齐灌溉。
当拉脱维亚诗人遇到中国诗仙李太白，
贝尔津斯激情发问：天空何时把大门打开？
当东方的黄海招手辽远的波罗的海，
李白吟诵天门中断楚门开，孤帆一片日边来！
当天安门的大红灯笼遇到拉国少女托举三星的风采，
黄河的浪涛与道加瓦河的浪花跳动着同一节拍。
当西方闪亮的刀叉遇到华夏青花瓷的碗和竹木的筷，
今天相聚的五国朋友高歌李白醉开怀！

三、友谊篇

（一）琥珀长相思——记汉学家史莲娜教授

波罗的海的琥珀，藏匿着万千年的历史时光。史莲娜教授这位拉脱维亚出色的汉学家，犹如一枚金黄色的琥珀，胸中布满中国历史的沧桑画卷。

史莲娜教授是俄罗斯族人，她毕业于圣彼得堡国立大学东方学系，专注于中国现代史和传统哲学。她的前半生大都是在社会主义的苏联度过的，而她的学术研究对象，又是社会主义中国的前尘和今世。她既在台湾生活过，也到过北京和香港。中国共产党的早期主要领导人李立三，有一位俄罗斯裔夫人李莎（Елизавета Павловна Кишкина），李莎是史莲娜的亲密朋友。因此，史莲娜教授对中国共产党的历史，可以说有更深层的了解。她作为一个严谨的学者，从不张扬和自诩。

在大学期间，史莲娜与拉脱维亚族同学乌尔迪斯·贝尔津斯相爱相恋而结婚。拉脱维亚独立后，他们一起回到男方的故乡里加。作为拉脱维亚人的媳妇，史莲娜为在拉脱维亚传播汉语和创建汉学研究基地，作出巨大贡献。首先，她对梳理拉脱维亚汉学研究历史，殚精竭虑，呕心沥血。她皓首穷经，不辞辛劳地整理被称为“拉脱维亚汉学之父”的彼得里斯·施米特遗存的文稿、藏书和文物。2000年暑假，她趁我回国休假之机，委托我到北京查找有关施米特的某些历史资料。经北京大学协助，终于在发黄的浩瀚原始资料堆里，查找到长年隐秘的施米特的一些珍贵史料。当我把它们交给史莲娜时，她激动得眼里闪着泪光。她还于2000年2月亲自发起并组织彼得里斯·施米特国际学术研讨会“拉脱维亚与中国之间”，会议期间还带领来自日本、俄罗斯和中国等国的专家学者参访施米特的故乡。

史莲娜教授被称为“具有创造性思维的专业型学者”，中国文化和她的母体文化在她的心中交融无痕。2001年中国春节，她独自为汉语和日语两个专业的学生设计了一套带有知识性和趣味性的庆祝方案，给了人们一个大大的惊喜，令人无限赞佩。如果看了她的这个“节目”，我想，没人不会被她这位“中国通”折服。

2001年1月30日，当东方学系汉语和日语两个专业的学生来到三层教室门前时，大家都惊呆了：室内布置得一派中国过年气象。黑板正前方贴着大红喜签和贺卡，上面书写着“恭贺新禧”“大吉大利”字样。黑板对面的墙上贴着三幅画，两幅是用大红纸做底衬的中国山水画，一幅是印着各种吉祥图案的中国传统农历。大门两旁贴着剪纸式的红春联，上联是“春满乾坤福满门”，下联是“天增岁月人增寿”，横批为“招财进宝”。两扇门上倒贴着“福”和“春”两个汉字。门两旁还挂着财神和门神挂历。长桌上摆满了史莲娜和学生们带来的葡萄酒、饼干、巧克力、水果、果汁、矿泉水、虾片。活动开始，史莲娜亲自主持。她首先问大家：“为什么门上的‘福’字和‘春’字倒着贴?”日语专业学生回答说，那是为了“日”字能在上边，汉语专业学生安达（Anda）用拉脱维亚语通过举例说明汉语谐音的趣味，由此获得一个日历笔记本的奖励。之后，史莲娜让我介绍中国人如何过年，其间，她讲解了“年”的来历并由此引出一个有趣的游戏：

她发给每人一张纸，请学生在上面写汉字“年”，比赛看谁写得漂亮。青年教师艾柯任裁判，最终汉语专业两个学生分获一等奖和二等奖，日语专业一个学生获三等奖。接下来，唱中文歌和日语歌。汉语专业二年级学生唱了《妈妈的吻》和《世上只有妈妈好》，四年级学生唱了《康定情歌》，日语专业学生唱了《北国之春》。一片欢声笑语中，进行“筷子夹豆”比赛，结果汉语专业学生奥尔嘉（Olga）获得一双精致的筷子。这时，史莲娜用筷子夹着花生豆吃，还在黑板上写出她认为趣味横生的汉字，例如“奭”字，请学生猜是什么意思。虽然这个字中的“百”和“大”，大家都认识，但无论如何也猜不出它的本义。这时，史莲娜指出它是“盛大”之意，并兴致盎然地讲起它表示“盛大”的缘由。借此由头，她让每人按她讲解汉字的思路，自己造一个自圆其说的汉字。汉语专业学生尤莉亚（Julija）造的字受到裁判卡代教授的称赞，获得一个精致的日历手册。最后一个节目，两人一组，站在地上的一张报纸上，一一回答裁判艾柯的提问，例如北京从前叫什么名字、日本的首都和中国的首都的名字有什么共同点，等等，答错者撕下一圈报纸，直到站不住为止。经过数十个回合，最终汉语专业学生艾琳娜（Elena）和伊尔泽（Ilze）获得冠军，奖品是美丽的丝绸纱巾。

史莲娜教授不是语言学家，但她通过自己一生学习英语和汉语的经历深知，要想学好一门语言，双语词典是必不可少的工具、伙伴和老师。因此，在中国教育代表团首次访问拉脱维亚时，她敏锐地抓住这个难得的机会向代表团提出，请中国教育部协助编写拉汉/汉拉词典。提议一经她的口中说出，我钦佩的目光和她期待的目光相撞，迸溅出理解与默契。史莲娜教授真可谓绞尽脑汁，奋力开掘基础工程建设，为拉脱维亚学生打造一个汉语高峰的登山杖。拉脱维亚大学校长尤里斯·扎齐斯（Juris Zakis）教授全力支持她，于1999年8月2日亲自致函中国教育部，正式提出合作编写拉汉/汉拉词典建议。当时的中国国家对外汉语教学领导小组办公室（简称“国家汉办”）对此表示，“建议”具有填补空白的历史意义，同意并积极支持拉方建议，但因当年预算已过大半，可列入下年度予以考虑。后来，此事因种种原因遗憾搁浅。不过，进入21世纪，贝德高教授经过艰苦努力，终于圆了拉脱维亚人的梦想！

在我2002年暑假结束任期回国之际，史莲娜教授送给我一套印有60

个区徽的瓷杯，这些珍贵的瓷杯，被带到我目前居住的多伦多家中。它们仿佛一半盛着道加瓦河的河水，一半装着波罗的海的海水，微波荡漾地诉说着史莲娜教授的深情，叮嘱我永远不要忘记那片印有60个美丽徽章的土地……史莲娜的夫婿贝尔津斯，是拉脱维亚著名诗人、语言学家和翻译家，他在诗中写道，“我花上的血露，词边的词，风追逐着，光边的光，草边的草”。多么美丽而又深邃的诗句啊！岁月摇落，史莲娜教授虽已退休，但落日旗正红，她那面飘扬在里加上空的汉学旗帜，渴望迎风招展。她笑傲苍茫，有她女儿继承母业，可以说，今日，她是白首未坠凌云之志！她这滴浓烈的“花上的血露”，正滋润着拉脱维亚大地盛开的汉语之花。“词边的词”，“光边的光”，她那美丽的女儿乌娜追逐着，奔跑着。

岁月已苍老，期望会老吗?

（二）波罗的海美人松——记我的学生罗佳玫（Alesja）

见过波罗的海里加松（又称北欧赤松）吗？你看它那挺拔的树干，扶摇直上青天，凌空展开绿臂，端庄优雅，态浓意远。它们颀伟地挺立在波罗的海畔，那仿佛是写给蓝天的诗行！在人群中远眺，身材颀长、容貌端丽的她，犹如一株高挑的里加松，我们还给她起了一个诗意的中文名字罗佳玫（波罗的海一朵佳美的玫瑰花）！

在欧洲人看来，里加松代表着征服与胜利，它的人格象征是坚持的事情一直干到底，不论成功与失败，给人以支撑的力量！而罗佳玫正对应了这一品格，她从拉脱维亚大学汉语专业毕业以来，从未放弃过汉语。20多年来，经过奋斗和坚持，她已有了自己的旅游公司，而她本人也成了一名优秀的汉语导游。

回忆是美好的。1999年暑假，我的大女儿于阗带着她4岁的儿子都督来里加探亲。从接机到在拉脱维亚境内旅游，都是罗佳玫一路开车陪同，她全家还邀请我们去其海滨别墅小住。我外孙骑在罗佳玫爸爸的脖子上，畅游波罗的海，兴奋极了，他埋怨姥爷没早一点儿带他来。她们一家人都喜欢都督，罗佳玫的弟弟还邀请一帮邻居小朋友，在别墅玩假面舞，孩子们非常开心，小都督也学会了几句拉脱维亚语。罗佳玫十分喜爱都督，送给我们一张跟都督相似的拉脱维亚小帅哥的照片。照片上小帅哥手持拉脱维亚国旗，表情可爱，微笑中充满阳光。我当时为这张蕴含爱国情怀的照片题写了一首小诗：

胭脂红中一道白，
面朝波罗的海，
那是我的祖国，
我的最爱。
大地鲜血灌溉，
和平安宁覆盖，
那是我的家园，
我的根脉。

罗佳玫本科毕业后继续攻读硕士研究生学位。一次，我从中国驻拉脱维亚大使馆借来小提琴协奏曲《梁祝》的录像带，放给研究生欣赏并讲授《梁祝》的故事，课后作业是用汉语写一篇“观后感”。罗佳玫很快交上来一篇类似题材的拉脱维亚爱情故事。故事文字虽然还比较粗糙简单，但充分显示了她的聪颖和联想能力。这份作业的复印件，我一直保存在身边。

我在任期结束回国后，在朋友的陪同下，去了一趟长白山旅游。到了山岳神秀的长白山，我惊奇地发现，这里也有类似里加松的树木。朋友告诉我，在中国，这叫作长白山美人松。它那笔直高耸、直插云天的曼妙身姿，与里加松一模一样，这不由得令我想起远在里加的罗佳玫。我心中默默地期盼，有朝一日她能带领拉脱维亚朋友来长白山旅游，跟娉婷的长白美人松相见拥抱。

啊，长白山美人松想念波罗的海里加松……

于丛杨/我是胭脂红中间那道白。
（图中后排左二为作者）

那些年，那些事，那些难忘的回忆

周宏友*

接受拉脱维亚大学孔子学院中方院长尚劝余教授的邀约，给《汉语之花盛开在波罗的海之滨——我与拉脱维亚的故事》投稿，心里一直忐忑不安。确实想把自己同拉脱维亚结下的缘分和大家分享，又怕陈年旧事多少会遥远、苍白，甚至无趣。其实，自己更担心岁月无情，回忆的美好终难抵挡青春的逝去。当我动手写稿时，时隔多年的那些人、那些事、那些在拉脱维亚度过的美好时光，就像过电影一样在眼前闪现，像一湾清澈的溪水在脑海里静静地流淌，安然而恬静。

一、学习拉脱维亚语的"苦与乐"

1997年夏天，我上大二，在武汉大学学俄语。那几年俄语专业学生毕业去向都不太好。我也在纠结要不要读研究生，给自己多找条出路。恰好那年，外交部和教育部在武汉大学等全国50多所高校遴选在校学生派到国外定向培养小语种人才。我就这样被选派到拉脱维亚学习拉脱维亚语。经过几个月的准备，1997年9月，我们启程赴拉脱维亚留学（同行的还有中国人民大学的另一名学生和其他部委派出进修的两位学姐）。当时中国和拉脱维亚两国建立外交关系时间不长，北京还没有拉脱维亚的大使馆。我们几个不得不在莫斯科中转，以便办好去拉脱维亚的签证，再赴里加。

我依稀记得抵达里加那天是个下午。9月中旬的里加，天气有点阴冷。使馆负责教育的同志到火车站接上我们，特意开车带我们在里加老城兜了一圈儿。短短的初见，小巧而别致的里加老城，让人感到莫名的欢喜。

* 周宏友，1997年9月至1999年7月，在拉脱维亚大学外语系留学；2001年3月至2004年6月，在中国驻拉脱维亚大使馆工作；现任中国驻亚美尼亚大使馆参赞。

唯独感到些许遗憾的是当时不少老建筑疏于维修，略显破旧，透着些许颓败。

在我们之前，新华社的张国旺同志已经在拉脱维亚大学进修一段时间了。在他的帮助之下，我们很快办好了入学手续，开启留学模式。拉脱维亚大学对我们这几个中国留学生非常重视，给我们安排了一个语言系的老师奥尔嘉·马斯里阿斯卡（Olga Masļaska），采用小班教学。起初是一对四，后来由于两位学姐另有安排，就变成了一对二。

奥尔嘉老师启动了“魔鬼”速成教学模式，从字母、基本语法入手，听、说、读、写全面覆盖。起初老师用俄语教学，大约半年后，她就逐步转成用拉脱维亚语教学了，给我们布置家庭作业，让我们读拉文报纸或者小短文并做复述。这真是一个折磨人的过程！读一篇小短文，光是生词就得摘录几十个。我先从拉文查到俄文，要是俄文单词也不认识，就再从俄文查到汉语，一个词才能搞定。这一番折腾下来，不仅学习了拉脱维亚语，也顺便学了俄语。当时多渴望能有一本拉汉词典！没想到多年之后，贝德高教授编撰的《汉语拉脱维亚语大词典》由商务印书馆出版，填补了这个空白，我还有幸参与了大词典的核稿。

列宁有句名言“学习、学习，再学习！”其俄语是“учиться, учиться и еще раз учиться”，拉脱维亚语是“Mācīties, mācīties un vēlreiz – mācīties !”拉脱维亚语中的“学习”（mācīties）一词和“折磨”（mocīties）一词的拼写很接近，就差一个字母。所以，拉脱维亚人在引用列宁这句名言的时候，有时候故意说成“Mocīties, mocīties un vēlreiz – mocīties”，意思就变成了“折磨、折磨，再折磨！”仔细想想似乎也有理，学海无涯苦作舟，学习何尝不是一个受折磨的过程呢！

学习任何一门外语的过程都是相似的，不外乎是提升听、说、读、写四种能力。相对而言，听、说、读要容易些，写是最难攻克的关。第一个学期结束后，奥尔嘉老师鼓励我们多和当地学生交流，锻炼听、说、读的能力，也让我们做一些简单的书写练习。当然，学习的过程中也闹过笑话。比如，汉语“困难”一词的拉脱维亚语是“Grūtība”。一次课堂上要用“Grūtība”造句，我想说“我不怕困难”，结果嘴瓢，把“Grūtība”说成了“grūtniecība”（“怀孕”），意思就变成了“我不怕怀孕”。当场把奥尔嘉老师笑翻了，我自己也臊了个大红脸。

随着学习的深入，我自己也慢慢地能琢磨出一些中拉文化的“同”与“不同”。比如，拉脱维亚语口语说一个人“说大话”，说成“Pūst pīlītes”，直译是“吹鸭子”，而汉脱维亚语说某人“说大话”，则说成“吹牛”。同样是“说大话”，在汉语里说“吹牛”，在拉脱维亚语里则说“吹鸭子”。看来即使是“说大话”，中国人都要比拉脱维亚人多费不少气力。再比如，汉语说“无风不起浪”，拉脱维亚语则说“Nav dūmu bez uguns”，直译是“无火不生烟”。虽然字面意思差别很大，但蕴含在水与火之中的逻辑又是相通的。要掌握一门外语，两年的时间还是短了些。虽然我自己很努力，但远远谈不上学得多好，不过是打下了基础，学了些皮毛罢了。

二、亲历中拉关系发展的历史事件

1999年6月，我结束留学时光回到了中国。同年8月，我们同批被选派到国外学习小语种的学生参加工作，走进了朝阳门南大街2号院——外交部的大院。进了外交部，我办理的第一件外事活动，就是安排外交部欧亚司副司长王开文约见拉脱维亚驻华大使馆临时代办贝德高。巧合的是，贝德高先生在《我的中国故事》中也记载了这次会面。他写道，“在舒适温馨的气氛中，我们就中国和拉脱维亚的合作交换了看法”，“下一任中国驻拉脱维亚大使王开文先生是回族人，他很惊讶我和夫人嘉琳娜曾经去过北京一个回族公墓，他说很可能不会有第二个外国外交官是通过参观墓地来深入了解北京的了”。

2001年3月，我从中国驻哈巴罗夫斯克总领馆转馆到中国驻拉脱维亚大使馆工作，时任大使恰好是王开文。2003年王大使离任后，接替他的是季雁池大使。当时使馆就我一个懂拉脱维亚语的，又是年轻人。王开文大使、季雁池大使对我言传身教，让我负责很多事务，使我有机会参与并见证中拉关系发展的不少历史事件。其中一件事情是2002年中国国家主席江泽民访问拉脱维亚，另一件事情是2004年拉脱维亚总统维基耶–弗赖贝加访华。

2002年6月10—12日，中国国家主席江泽民访问拉脱维亚。这是1991年中拉两国建交以来中国国家元首首次对拉脱维亚进行国事访问。拉方对江泽民主席来访给予了最高规格接待和周到安排。访问期间，江泽民主席同拉脱维亚总统、总理、议长等领导人在坦诚、友好的气氛中进行了富有成果的会谈和会见，就加强双边关系，拓展各领域互利合作及共同关心的国际问题深入交换了意见，达成了许多重要共识。在结束对拉脱维亚的国事访问之际，江泽民主席还专门向维基耶–弗赖贝加总统发出感谢电，对拉脱维亚政府和人民给予的热情友好的接待表示诚挚感谢，表示相信在双方的共同努力下，中拉友好合作关系在21世纪必将取得更大发展。

当然，筹备接待江泽民主席访问也是使馆的头等大事。在王开文大使的带领下，全馆总动员，在礼宾安排、后勤保障等方方面面做了精心准备。彼时，里加宾馆的住宿设施还不是十分完备，找一个可以接纳上百人代表团的宾馆，选择不多。最后，中国代表团选择在道加瓦河畔的拉迪逊酒店下榻。

按惯例，在代表团抵达前约一个月，国内派了先遣组到拉脱维亚谈日程等安排。王大使安排我做翻译，这个小细节令拉方觉得意外和感动。拉脱维亚外交部礼宾司原司长德利拜（Jānis Dripe）在会谈中多次提及，这是他第一次用自己民族的语言和外方商谈高层互访事宜，中方的举动体现了对拉脱维亚这个独立不久的小国的尊重。双方在友好氛围中谈得十分愉快，很快就敲定了礼宾安排等细节。

访问期间，维基耶–弗赖贝加总统将为江泽民主席夫妇举行欢迎宴会，地点在黑头宫（Melngalvju nams）。黑头宫坐落在里加市政厅广场中心，是里加的地标建筑。黑头宫始建于1334年，1522年起历经多次复建，17世纪成为德国商人行会（黑头兄弟会）的聚集之所。第一次世界大战期间，波兰、俄罗斯、乌克兰的政权代表曾在此签署和平协议。第二次世界大战期间，黑头宫毁于战火。1999年12月9日，黑头宫得以复建并重新启用。如何翻译黑头宫的中文译名，使馆几经斟酌，原来译为“黑头兄弟会大屋”，总感觉不够文雅贴切。最后我建议直接译成“黑头宫”，得到了领导的认可。黑头宫这个译名就一直沿用了下来。

2004年4月，维基耶–弗赖贝加总统对中国进行国事访问，这也是对2002年江泽民主席访问拉脱维亚的回访。在维基耶–弗赖贝加总统访华前夕，季雁池大使在使馆宴请总统夫妇，我做翻译。维基耶–弗赖贝加总统爽朗健谈，她说，拉中建交10年来，两国关系有了很大的发展，希望访华能唤起她青年时期以来对中国的美好向往，有机会参观中国的文物、了解中国的历史以及中国人民的生活。当天的宴请，使馆厨师专门准备了烤鸭。维基耶–弗赖贝加总统夫妇饶有兴致地问起烤鸭的制作过程。季大使做了详细的介绍，说北京烤鸭要选用精心喂养的“北京鸭”，烤鸭的木料也有讲究。这次使馆做的烤鸭只能叫“里加烤鸭”，相信总统阁下访华期间就能品尝到地道的北京烤鸭了。维基耶–弗赖贝加总统还说，每年11月拉脱维亚民间都要过“马丁节”（Mārtiņdiena）。过马丁节要吃烤鹅，可惜自己太忙，马丁节烤鹅的任务都交给丈夫伊曼茨代劳了。

2004年4月，维基耶–弗赖贝加总统访华，胡锦涛主席同她举行了会谈。维基耶–弗赖贝加总统说，中国是拉脱维亚在亚洲的重要伙伴，发展对华关系在拉方外交中占有优先位置，拉脱维亚赞赏中国关于大小国家一律平等的主张，高度评价中国在国际事务中发挥的积极作用。拉脱维亚将继续坚持“一个中国”政策，支持中国早日实现统一大业。拉脱维亚将致力于扩大和深化与中国在政治、经贸、交通、旅游等领域的合作，相信随着拉脱维亚2004年5月正式加入欧盟，拉中关系将进入一个新阶段。

2004年6月我结束任期回国后，也参与了拉脱维亚总理、议长等访华代表团的接待。其中印象比较深的是2006年8月中旬接待拉脱维亚议长乌德烈（Ingrīda Ūdre）女士访华。之所以印象深是因为有“插曲”。一个插曲发生在李肇星外长会见乌德烈议长时。会见当天，李肇星外长很早就到会客室等候外方客人，陪同会见的孔泉司长给外长做了简单汇报。我当时作为处里的主管同志也在场。听完汇报，外长突然问：“今天会见用什么语言？部里有懂拉脱维亚语的吗？”得知我是学拉脱维亚语的，部长说：“那用拉脱维亚语吧，怎么样？”原本会见安排的英语翻译和我都愣了一下，我更是心头一紧。好在我在使馆的时候陪大使见过乌德烈议长，自己对中拉双边关系也很熟悉，后来算是圆满完成了任务。

另一个插曲发生在苏州。拉脱维亚代表团在苏州的访问活动安排得很丰富，乌德烈议长一行参观了苏州工业园区，园区取得的成就给她留下了非常深刻的印象。当晚，在南京，江苏省人大领导宴请拉方代表团，乌德烈议长即席讲了一段话。她说，苏州和里加是友好城市，上有天堂，下有苏杭，果然名不虚传。今天她见识了苏绣的精妙绝伦，完成每件作品，绣娘都要付出几个月甚至几年的辛劳。精美背后是绣娘的辛勤汗水和坚韧专注。做任何事情都要像绣娘那样持之以恒。拉中两国友好事业像茁壮成长的树苗，只要双方保持耐心，精心呵护，它就一定能长成参天大树。这段致辞有感而发，饱含真情，令人记忆犹新。

三、两本词典书写的“战斗情谊”

2009年10月左右，商务印书馆的于立滨老师辗转联系到我。她说，拉大孔院拉方院长、汉学家贝德高教授编了一本《汉语拉脱维亚语大词典》，国家汉办/孔子学院总部委托商务印书馆出版。听说我懂拉脱维亚语，想请我协助核稿。听说要出版《汉语拉脱维亚语大词典》，我心里很高兴。在我留学的时候，就因为没有汉拉双语词典，自己没少吃苦头。但我一时犯了难，因为工作调整，我很长时间不同拉脱维亚人打交道了。在国内用拉脱维亚语的机会不多，脱离了语言环境和实践，我的语言能力退步很快，学的那点儿东西基本都“还给老师了”。这样的任务我哪里担得起！经不住于立滨老师的反复央求，考虑自己毕竟学过些拉脱维亚语，要是我不帮忙，还能找谁去呢？思来想去，我硬着头皮答应试试看。没想到这一答应算是跳进了“火坑”。

接手任务后，于老师陆续把大词典的稿子用邮件发给我。《汉语拉脱维亚语大词典》初稿密密麻麻，用A4纸打印，足有1000多页。我按字母顺序一个一个地核，核好一部分就交给于老师，请她转给贝德高教授。其过程之辛苦一言难尽。一是，我在北京，贝德高教授在里加，沟通要靠于老师，她又不懂拉脱维亚语。二是稿子催得特别急。这么大的工作量，要保质保量，又要提高效率，忙得我焦头烂额。那段时间自己工作压力很大，家里刚刚添了小宝宝。我平时根本没时间，只好利用午休或下班时间核稿。多少个通宵达旦后，我终于核完了初稿。我刚想喘口气，又得核二稿、三稿，反反复复几个来回。我真想打退堂鼓了，就像于立滨老师开玩笑说的，我们是上船容易下船难。在词典交印之前，贝德高教授来到北京，就住在离商务印书馆不远的一个宾馆。贝德高教授、于立滨老师和我，一起给《汉语拉脱维亚语大词典》定了稿。《汉语拉脱维亚语大词典》终于交印了，我们长舒了一口气！ 2010年5月，《汉语拉脱维亚语大词典》付梓。

给大词典核稿让我对贝德高教授十分敬仰。核稿况且如此耗费心力，那么编写大词典的8年间，贝德高教授付出的辛劳可以想象。没有坚韧专注、持之以恒，没有出于对中拉友好事业的热爱，编写一部大词典是不可能完成的任务。2010年12月，贝德高教授获得拉脱维亚政府最高奖——三星勋章，拉脱维亚总统给他颁了奖。2016年8月，贝德高教授获得第十届中华图书特殊贡献奖，中共中央政治局委员、国务院副总理刘延东代表中国政府向包括贝德高教授在内的外国专家颁奖并表示祝贺。两项大奖无疑都是对贝德高教授长期致力于汉语教学并取得突出成就，以及编写《汉语拉脱维亚语大词典》的褒奖和肯定。

2016年6月，于立滨老师再次联系我，说要出版贝德高教授的新作《精选拉汉汉拉词典》[①]，请我帮忙。大家都是熟人，推辞就矫情了。这次核稿的时间更短，要赶在11月第五次中国—中东欧国家领导人里加会晤前出版。贝德高教授、尚劝余教授、于立滨老师和我，四人小组高效分工协作。我核完稿发给于老师，她再转发给贝德高教授和尚教授。如果贝德高教授有疑问，由尚教授分头与于老师和我沟通。当时，我在中国驻符拉迪沃斯托克总领事馆工作，两位教授在里加，于老师在北京。符拉迪沃斯托克（海参崴）比北京早2个小时，北京比里加早6个小时。跨越几个时区，从远东到北京再到欧洲，一本小小的词典神奇地把身处三地的4个人联系在一起。有了《汉语拉脱维亚语大词典》的核稿经验，这次的过程要轻松一些。紧赶慢赶，我顺利完成任务。

2016年11月5日下午，中国国务院总理李克强在拉脱维亚国家图书馆会见出席中东欧汉学研究和汉语教学研讨会的汉学家代表，与他们交流互动。贝德高教授向李克强总理赠送了他编纂的《精选拉汉汉拉词典》，表示希望这本词典能够促进拉中两国人民的友好交往。李克强总理愉快地接过词典，称赞这份礼物“沉甸甸的”。李克强总理说，语言是沟通的桥梁，汉学家就是中国和中东欧文明交流互鉴的“架桥人”，希望能够看到更多促进中国和中东欧国家语言文字沟通交流的工具书出现。

说起和贝德高教授的交情，我们缘分不浅。1998年，我在里加留学的时候，贝德高作为临时代办到北京筹备开设使馆事宜。我当时不认识贝德

---

① 词典全名为《精选拉脱维亚语汉语汉语拉脱维亚语词典》，为行文方便，以下简称《精选拉汉汉拉词典》。

高教授，但对他们一家早有耳闻，贝德高的儿子安德烈（小贝德高）当时是拉脱维亚外交部新闻发言人。后来我到使馆工作，尤其在筹备维基耶-弗赖贝加总统访华期间，和小贝德高打交道比较多，那时他已经是总统的外事顾问了。再后来是在编写《精选拉汉汉拉词典》的时候，我对贝德高教授有了更多了解。他年轻时在俄罗斯北部服过三年兵役，在远东国立大学教过十年汉语，他的三个儿子都是在符拉迪沃斯托克（海参崴）出生的，1979年他父亲去世后，贝德高一家回到拉脱维亚。谁能想到若干年后，反倒是他在里加，我在符拉迪沃斯托克（海参崴）合作做一件事呢！有时候事情多有凑巧，这就是缘分吧！

四、汉语和拉脱维亚语架起友谊桥

当回忆已成过往，回忆是思念的愁。回忆与史莲娜教授一家的交往，往事历历在目。史莲娜教授是拉脱维亚第二代汉学家的杰出代表。她对中国的历史、文化、哲学、政治等颇有研究。她翻译的拉脱维亚语版《道德经》《论语》，为推动中华传统文化在拉脱维亚传播发挥了重要作用。2018年8月，史莲娜教授荣获第十二届中华图书特殊贡献奖。

同史莲娜教授相识是在1997年，我刚到拉脱维亚大学留学不久。拉大安排了一位专职拉脱维亚语老师给我们上课，地点在外语学院。史莲娜教授是拉大外语系东方教研室主任，对我们中国学生很照顾。第一学期结束后，为了多和当地学生交流，我们也旁听史莲娜教授的课。听当地老师用拉脱维亚语讲中国课，这不失为一种捷径，既锻炼了听力，又学到不少关于中国的拉脱维亚语表达。比如，中国改革开放政策用拉脱维亚语如何表达,《道德经》《论语》用拉脱维亚语怎么翻译，等等。后来，彼此越来越熟悉了，史莲娜教授邀请我们到家里做客，把先生、儿子和女儿介绍给我们认识。史莲娜教授的先生乌尔迪斯（Uldis Bērziņš）是著名诗人、翻译家，精通波斯语、土耳其语、阿拉伯语等多门语言，拉脱维亚语版的《古兰经》就是他翻译的。她儿子安西斯（Ansis）比我稍大几岁，是电脑程序员，酷爱拉脱维亚民族音乐，自己组建了民乐团。她女儿乌娜（Una）比哥哥小几岁，曾经跟史莲娜教授在台北生活过一段时间，会说汉语。史莲娜教授家让我印象最深的是，书多，满屋子都是书，是绝对的书香之家。

每次聚会，乌尔迪斯都邀请些当地的朋友参加，有诗人，有音乐家，大家谈天说地，其乐融融。

后来，我到中国驻拉脱维亚大使馆工作，和史莲娜教授的工作联系就更多了。2004年，首届拉脱维亚“汉语桥”比赛是在使馆举办的，我和史莲娜教授为此没少费脑筋。在史莲娜教授的影响下，乌娜上大学也选择了汉语专业。后来，乌娜到北京留学，她非常喜欢北京，她的婚礼也是在北京举办的。2013年夏天，我回国休假，特意带着夫人、孩子、妈妈经里加转机，去探望史莲娜教授一家。虽然时隔多年，但大家见面时仍然很亲切，有说不完的话。现在是2021年了，又是几年没有见面了。每想到拉脱维亚，就会想起可敬可爱的史莲娜教授一家。

说起“汉语桥”，它不仅为中拉两国人民沟通交流架起了一座友谊桥，有时候还是“鹊桥”呢！我认识这样一对夫妇，女方伊娜（Ina）是拉脱维亚美女，男方小崔是韩国帅哥。他们在北京语言大学留学期间相识，平时主要用中文交流。命运如此美妙！汉语做媒，成全了一对跨国伉俪。

世界很大也很小。中国和拉脱维亚相距遥远，也很近。就像拉脱维亚朋友说的那样，拉中两国之间只隔俄罗斯一个国家，我们是近邻。近年来，中拉两国友好合作关系快速发展，双边政治、经贸、交通等领域合作成果丰硕，两国人文交往日趋密集活跃。

相知无远近，万里尚为邻。衷心祝福中拉关系日新月异，祝愿中拉友谊万古长青。

周宏友/那些在拉脱维亚度过的美好时光，像一湾清澈的溪水在脑海里静静地流淌，安然而恬静。

（图中前排右一为作者）

走进西古达

王　珊*

8月的中旬是拉脱维亚夏季明媚清爽的日子。周三是13日，我邀我的学生雅尼斯给我当向导一起去旅游胜地西古达（Sigulda）。从道加瓦河西面的公路桥走到里加火车站只需要十几分钟，在此之前我们在那座桥上待了大约两个小时来观看国际帆船训练会的大帆船队驶离里加的告别仪式。

里加火车站有好几个门，售票处与许多小商店相邻，都在一个大厅内。售票处没有大的时刻表张贴在墙上，更勿用说电子显示牌，只有较小的时刻表贴在售票窗口旁边，而且只用拉文一种文字印刷。从里加到西古达只需1个小时多一点，所以票价不到1拉特①，为71桑提姆。

走入站台，火车刚刚开来，站台上等候乘车的人稀稀拉拉，乘坐这趟列车的人不多，开车后还有不少空位。铁道两旁景色宜人，花草树木繁盛。火车开出里加稍远的地方可以看到沿线有许多矮小的房子，房屋周围用花和矮树当篱笆。原来这是里加城里人搭建的供夏季避暑的凉房。这种凉房不同于别墅，比较简陋，冬季无法利用。沿途所见的小站也都拾掇得整齐干净。

西古达火车站的候车室与售票处在一间房子内，为一穿堂开两个门。在这里没有检票一说，都是上车后才查票的。车站比较实用。车站门外搭了一个高大的花架，五六米高的锥形架子上，摆着长方形的塑料花盆，里面种着五颜六色的花儿，叫人赏心悦目。

出火车站一路走去满眼绿色，大片浅色的草坪修剪后散发出清新气息并延伸向远方，枝叶迎风摇曳的高树矮树似颔首迎候，小巧玲珑的建筑物上爬满叶片，有的窗台上摆着盆栽……啊！仿佛置身于绿色的海洋，呼吸

---

* 王珊，2002年9月至2004年8月在拉脱维亚大学任教，现为西安外国语大学副教授。

① 1拉特约等于100桑提姆，约等于15元人民币。

着清新的空气，憧憬起绿的梦幻，身心全然被洗得空明通透。四周宁静得没有什么声音，阳光沐浴下只听见脚步窸窣声。草坪中竖立着拉脱维亚民歌搜集、整理者克里斯亚尼斯·巴荣斯（Krisjanis Barons，1835—1923年）的塑像，离他不远处竖立着另一尊塑像，是诗人克荣瓦尔德·阿惕斯（Kronvalda Atis，1837—1875年）的。两尊塑像均用黑色的铜合金铸成，与草坪形成肃穆氛围。一幢餐馆背后赫然站立着残存的古城堡遗迹，这座古城堡建于12世纪，距今700多年，墙垣破溃，被绳索围起，不许游人靠近。站在这里可以望见远处高高矗立的另一座红色城堡的尖顶。

我们顺着树林中的小径轻快地走，树荫浓密只洒下点滴阳光，温度与树林外相差好几度。走出树林正要拐上大路时，在草丛边看见一条黑色的小蛇悠闲散步，它丝毫不在乎我们的注视。小蛇眼睛后边有两点似眼镜样的白色东西，它不时吐一吐芯子像是在发表意见。公路不太宽，过往车辆几乎从身边擦过。几辆自行车晃悠着路过，车上带着旅行装备，这是一队自由组团兴致勃勃的青年旅行者，每人头上都戴着一顶赛车帽。我们来到高雅（Gauja）河桥，浑浊的河水在桥下缓缓流淌，无声无息。刚才遇到的自行车旅行团也在此停留、拍照。我们取了一个远景，从桥面摄取远方城堡背景衬托下的留影。站在桥上抬头看见头上滑过涂着黄蓝两色的缆车，从林地上方通向对面山坡，滑道挺长也挺高，缆车内坐满乘客。过了桥继续沿公路前进，公路的一边是河，另一边是草地，草地尽头是矮矮的山，或可称为坡地，同样树木繁茂。走着走着有一段草地变成了池塘，长着苇子一类的水草。在池塘靠近山坡林地处看见一个灰白色的东西，仔细一看竟是一只鹳卧在水边。它不做大的动作，只将长长的颈项弯曲至水下觅食，文静而优雅。我们在池塘边观看了一会儿，没有惊动它。顺着草地的小路走到一个较大的洞穴跟前，这是一个有来历的洞穴，名为古特曼（Gutmana）之洞，但没有标注名称。仰视洞壁可以看见上边刻满了游人的名字和游览时间，从20世纪30年代至今的均有。洞穴内侧壁缘渗透出水，流下来汇成小溪，有人在溪边洗手。据说这里的水含有优质矿物质，煮开后饮用于人体大有裨益。一个游走演奏者在洞口吹奏铜笛，摊开的乐器箱里放着几支铜管乐器，估计是笛子一类的。后来听人说这位演奏者专靠在此旅游点演奏挣得收入，每个到此的游览者均会施舍于他。我听后不觉愕然，毕竟这有强买之嫌。洞穴上方即为山坡，有木头阶梯通向山上。木头阶梯有扶手。我看到终于有一次爬山的机会而无比喜悦，拔腿就攀；谁知爬了不大一会儿竟气喘吁吁，不得不歇气。不高的小山居然歇了几气，甚至出了汗。看来不是身体问题，而是地势引起的气压变化导致的，因为我来拉脱维亚后身体一直感觉良好。爬上小山山梁，行走于两侧树木之间，立刻想起西山的山林和山梁，两种境界异曲同工。所谓山其实不过是有点起伏的坡地罢了。山上散落着人家，有平房、劈开而整齐码着的粗大木柴、汽车、狗、猫和鸡；除了小路裸露着，别处都是草，漫山遍野的草。路上遇到迎面走来的游客，三五成群，有说有笑。

我们沿下山的路走，很快又走到公路上，上坡就到达了图莱达（Turaida）博物馆。图莱达博物馆的门票较贵，成人票一张1.5拉特，学生票半价，雅尼斯随身带着的学生证派上了用场。这个博物馆的园区真大，包括城堡、民歌公园、民歌山、跑马场等，走一圈足足得花两三个钟头。

我们先看了图莱达·罗斯（Turaida Roze）的墓碑。雅尼斯介绍说这里有一个故事，说的是图莱达·罗斯与一个男青年相爱却受到地方长官迫害的事。地方长官不许图莱达·罗斯与那个男青年结婚，他自己企图强行得到图莱达·罗斯。结果男青年为了躲避地方长官的迫害，逃到一个洞穴里居住，即前面提到的那个有来历的古特曼洞穴，而图莱达·罗斯则因无力反抗地方长官的淫威最终以身殉情。这个动人的故事传诵至今，这片地产、博物馆、教堂和城堡均以图莱达·罗斯的名字命名。

图莱达城堡本身呈圆形，有一侧楼宇已经坍塌仅余基础部分，尚有近三面保存较好且得到维修。我们首先登上作为碉堡的防御塔楼。塔楼共有五层，均以木板铺作楼板，第一层里放着一枚铁制的炮筒和一些画着古代武士的木板。除了第三层是在屋子中间修的木制楼梯外，每层的楼梯靠近一个窗口沿墙隐秘修建，是窄而陡的砖阶梯。我爬上最后一层，站在窗口前张望，看到四周河山、田园郁郁葱葱尽收眼底，看见汽车开过高雅河桥，看见公路上奔驰的车辆，看见下面民歌公园的大片草坪，油然生出居高临下一览众山小之快感，从中试图体味掌握权柄位居万人之上的巨大诱惑。

城堡的一部分辟为民俗展览室，只开放三层。一进门就看到一株波罗的海民族亲缘关系树，展现围绕波罗的海的诸民族的繁衍与亲疏之关系。这种展示清晰揭示了民族的演变渊源。第一层展室还展出生活在古代拉脱维亚北方的利芜（Liv）族的服装，他们的帽子和靴子的制作显然在当时比较先进，而衣裳就显得较为一般了，不过是把一块长布对折之后挖出领子再稍做缝制而已。一些动物遗骸和陶制器具描摹出当地最早居民生存的年代和环境。第二层有一些弓和箭，有一间会议室，环桌三面坐着的三个雕塑（决策者）正商讨要事，旁边堆着取暖的火。第三层展出的是一些16世纪、17世纪的公文信件和各种地图的复制品，包括地形图、地产图、行军路线图。彼时拉脱维亚被瑞典侵占。令人饶有兴趣的是18世纪该地区各个贵族家族的徽章，或以野兽猛禽或以规整图案显示其威严与尊贵，由此可窥见当时权贵阶层维护其利益的思维方式。

城堡还展出了其首领——大主教的战时居所，居所内办公的地方靠墙有一个祈祷台，有矮凳供大主教向上帝祈祷时跪拜用。桌子上摆着写字时用的衬托板，是斜着竖起的，并没忘记放一支鹅毛管。一个展台上有历任大主教的姓名和任职年代记录，用拉文和英文两种文字记载。

走出城堡时遇见一群操粤语的黄种人，轻声打探得知系香港同胞。据说来拉脱维亚旅游的中国旅游团到目前为止仅限于香港和台湾两地之人，大陆游客组团尚未获得拉脱维亚政府批准。

我们循草地、小径去找民歌公园。走到浑然一体的草坪跟前，小径消失了，眼前只有蔓延的草、大块大块的石雕像、草地边上的树。草太嫩、太鲜活，茂密地拥挤着，又修整得太齐，以至于我不敢也不忍抬脚踩上去，生怕一不小心亵渎了这生命的杰作，可雅尼斯说别无他径。拉脱维亚人口本不算多，此地名声虽远而到访的游客并不多，或许赖上帝的关照，这片圣洁的土地始终青春长驻。走在柔软的草地上，脚抚弄着草尖，感受着草叶的嬉笑声，贪婪地呼吸着草地的气息，望着沉静的石雕和草地边的树木，被绿色环绕、拥戴的我禁不住喃喃自语道：“太美了！太好了！”真想张开臂膀拥抱这绿草、亲近这草地、躺在草地上，可我的中国老师的身份尤其是女老师的身份阻止了我。

石雕没有底座，好像都是用一块完整的石头雕成，随意散落于草地上。有些石雕过于抽象，使我这个艺术外行悟不出其寓意。也许如同一个学生所解释的，（对抽象艺术）你愿把它理解成什么，它就是什么。更多的石雕表现人体的美感，特别是女性身体之美；也有表现母爱形象的。我在心中思忖，何以称之为民歌公园？是了，在山野清风伴奏下，石头雕塑之于草地无异于一首歌曲的乐符，草地便是那五线谱，徜徉于此的人想必会听到这天籁之咏叹。

回去的路上，走到离博物馆园区门口不远的地方，看见一匹小马在围栏内接受训练。小马个头不高却较壮，肚子和腿圆滚滚的，蹄子也大而结实，白色身子上是黑棕毛黑尾巴，被辔绳套着一圈圈地绕着跑。驯马师看来较严厉，是个扎着马尾的高个儿中年妇女；小马的训练课只休息了2分钟，便又继续下去。小马后来连连嘶鸣，似乎以此表示不满。嗨，谁叫你生在圈里呢，要不今生怎会做牛做马？

走出博物馆，看见一辆大轿车正要启动，我们飞也似的跑起来，司机友好地等着我们。坐定后看着车窗外闪过的景致，我对雅尼斯说幸亏我们开头是走去的，否则一路上许多有趣的东西都看不到了。雅尼斯只是憨厚地笑笑。大轿车开到终点前我们下了车，急步奔向长途汽车站，不料却见那辆载我们的大轿车也停在门外。哈！多练一阵急行军。等车回里加的人把开来的“招手停”塞满了，我们让在后面，没有坐上座位。每张票90桑提姆，比火车票贵一点。我们用汉语交谈时，同车的人忍不住投来好奇的目光。

回到里加已经晚上7点了，累饿交加，我请雅尼斯去韩国餐馆吃饭。他尚未尝试韩国菜，闻之跃跃欲试。茵娜、崔壹荣夫妇（二人曾留学于北京，茵系拉脱维亚人，崔系韩国人）经营的韩国餐馆坐落于道加瓦河畔，环境清净，饭菜合口，我曾在此请英语老师就餐。我较为欣赏的三文鱼生鱼片味道鲜美，配上韩国运来的鲜绿芥末，可生出回味无穷之魅力。除了生鱼片，我们还要了朝鲜面，不过是热的，免得一味吃凉的让胃肠消受不起。

美景佳肴，师生做伴，乃暑假一幸事也。告别雅尼斯后，我独自踏上归程，晚风徐徐，信步于沿道加瓦河至城郊拉大宿舍的路上。

王珊/美景佳肴，师生做伴，乃暑假一幸事也。
（图中右一为作者）

波罗的海的阳光

王烨姝*

拉脱维亚，是让我魂牵梦绕的地方。真的，这一点也不夸张。自2011年回国，大概一年的时间，她常常以各种姿态出现在我的梦里：拉脱维亚大学的课堂，我的小房间，尤尔马拉的沙滩，老城的黑头宫，里加的大雪，广场上的热可可，里米（Rimi）香气四溢的面包，奔放热情的民间艺人。她是我的第二故乡，是我恍若隔世住过的地方。

我为什么会这么喜欢这个国家呢？我想大概是因为拉脱维亚民风淳朴，人民单纯善良。在那儿，我有一种亲切感，就好像在中国一样。

下面是几个至今难忘的瞬间，每每回忆都让我觉得柔软和温暖。

一、拉脱维亚第一天

安顿下来的第一天，阳光明媚，天空湛蓝湛蓝的，空气凉凉的。周围的一切都很新奇。我想看、想体会。可是身为路痴的我，在里加火车站被一个糖果店吸引之后就失去了方向感，"光荣"地迷路了。当时也没有太心慌，反正有好多店铺还没看，就一边找路一边逛。在把火车站的几个门都走了三四遍之后，我开始慌张了。这时候一个店员小姑娘对我说："您在这儿来来回回走了一上午，是要找什么吗?"我说："我迷路了。"她跟另一个店员商量了几句，然后对我说："您要去哪儿？也许我可以送您去。"我说去拉脱维亚大学，从那儿我就能找到家了。小姑娘把我送到离拉大不远的公交车站，然后跟一个等车的陌生姑娘说："您能送她回家吗？她好像第一次来这里，找不到家了。"就这样，我被两个姑娘接力送回了宿舍。我很

* 王烨姝，2009年1月至2011年1月任教于拉脱维亚大学人文学院，现就职于长春理工大学。

感动，并立马爱上了这个有人情味的国家，在心里暗暗发誓：拉脱维亚，我一定要尽我所能，好好教书，好好待你！

二、小可的纸盒

2010年的圣诞节，下了好大的雪。市政府在城市的几个重要地点设立了高大的圣诞树。城市里到处点缀着彩灯、彩带。大街小巷洋溢着节日的气氛。学生们送了好多礼物给我。我自然是很开心，带着满满一大袋子礼物回到宿舍。我从没一次性收到过那么多礼物，从没一次性感受过那么多关爱。我打开台灯慢慢拆礼物，慢慢体会那种幸福。有带音乐的卡片、花、巧克力、自制的饼干、点心、香水、手工皂、金色的钱币猪、香薰、盐灯、烛台、小毛熊和小兔子。有一份礼物用纸盒包着，上面写着：请最后看！其实在打开盒子之前，我已经一直沉浸在幸福里，不停地傻笑。抚摸着小盒子，我猜了一会儿，小盒子里是什么呢？不会是个活物吧？（此时此刻，回忆着这些我已经泪流满面了。）我慢慢打开它，有点怕蹦出个宠物蜘蛛或者蜥蜴什么的。没有，里面的东西是一个个用餐巾纸包好的小物件。每个物件旁边都附有一张纸条。在纸条上，小可同学工工整整地写着还不太熟练的中文。

"这天我见了你首次，下很多雪，这时候我不认识你，你在马路对面，可是我想了你很可爱的，大概你将是我的中文老师。"盒子里有一张我当时的照片。

"在拉脱维亚新年的晚上，我们有一个传统，我们融化锡（这年将是兔年，所以锡是兔子形状的），然后热的锡投入冷的水，看什么东西出现了，这样的可以猜新年怎么样！"盒子里是一个锡做的小兔子。

"它是香的，就像你在我们心里。"盒子里是什么已经无从考证，不过很开心我是香的，不是臭的。呵呵！

"我想我们第一次送你花，那真鲁莽。后来不会送菊花。"盒子里是小小一扎勿忘我。这里需要解释一下：初到拉大上第一节课时，学生们为表示欢迎，送给我一束黄白相间的菊花。把我逗乐了，我正好直接给他们讲了中国的送花礼节。

三、万能的艾晓奇

他的拉脱维亚语名叫“艾德文”，又觉得自己性格很奇怪，所以主动要求汉语名叫“艾晓奇”。

他是处女座，认真的处女座。

他不苟言笑，却有一颗钻石般的心，就是那种闷声做好事的人。

我刚到拉脱维亚时没有自己的网线，就问学生们哪里可以买网线，大家给我画图写地址什么的。第二天，艾晓奇同志直接带来了新的网线。

暑假我在网上跟朋友们打听去捷克旅游事宜，只是一般性的询问。结果这位小侠坐火车来到里加，拿出一张写得密密麻麻的纸，带我去一个又一个旅行社。那天天气非常闷热，他热得脸都红了，让我特别过意不去。我就想到一个名字：雷锋！

上课讲到“染发”这个词，学生们讨论自己喜欢什么颜色的头发，但是头发颜色的一些细微的差别很难用对应的俄语词翻译出来。晚上晓奇同学发来了一些图片，当然了，是把老师的头发“染”成了各种颜色，然后配以中文和俄文的标注。哈哈，第二天上课时我拿着它们给大家展示，效果立竿见影，同学们立刻就学会了。而且，我也终于知道自己头发染什么颜色好看了。

有一次居住证到期了，我着急去移民局，又不知道地址，立刻向“小叮当”艾晓奇同学发短信求助，他提前下课陪我去。晚上他还把法律方面的相关资料翻译成汉语，查好出行路线和移民局工作时间，将它们一并发给我。

四、那群可爱的孩子

类似的例子不胜枚举。人们就是这样用他们的善良和真诚践行着自己的拉脱维亚性格，像阳光一样温暖我。现在，我离开拉脱维亚已经9年了，偶尔还是会梦到里加，梦到那群可爱的孩子，梦到生活在拉脱维亚的中国朋友们。有时醒来我仍然意犹未尽，甚至泪光点点。天下虽然没有不散的筵席，但是有绵延不断的情谊。

可爱的宝宝，我很想念你们。如果看见这篇文章，如果里面有你的名字，请你为我微笑一下！小王老师要点名啦！

善良、坚强的小莲（Liene），
聪慧、端庄的叶春萌（Катя），
蓝绿红头发、黑衣的墨墨（Анастасия），
乐观、灵动的春柳（Татьяна），
恬静的金发茉莉（Диана），
模特身材与天使歌喉的夏天（Рута），
知识丰富、勇于担当的葛思语（Георгий），
魔鬼身材中住着少女心灵的小安然（Ксения），
心灵手巧的春晓（Эрика），
美女学霸甜甜（Симона），
爱笑的高个美女菲菲（Маша），
爱用成语的小波（Божена），
孝顺的漂亮姑娘小梅（Мария），
笑容征服全世界的壹壹（Ирина），
腼腆优雅的尤莉（Мария），
大美人儿珍珠（Маргарита），
聪明、乐观的金霞（Настя），
中国媳妇碧海，
笑起来最可爱的小桃。

风力，杜鹃，樱桃，小爱，曹玉，艾文，小玫，小白，红叶，金星，夏阳，小静，叶博，橙橙，高歌，马林，黎黎，小蜥……

还有，远在天堂的温暖（Эльис），你是否一切安好？我们都很怀念你！

王烨姝/她是我的第二故乡，是我恍若隔世住过的地方。
（图中左五为作者）

波罗的海的琥珀时光

——记拉脱维亚的4年汉教时光

王琼子*

这个地球上最公平的存在就是人的有限的时间，只要还活着，你就可以赋予你的生命以价值。对我而言，拉脱维亚的4年时光是永远不会忘怀的，偶尔想起嘴边会带着笑容。因为有了它，我的生命才有了生长的方向。幸运的话，我希望有一天我会重新回到那里，不再说再见；又或是此生不复相见，心将永远怀念。

一、我眼中的拉脱维亚

拉脱维亚是波罗的海沿岸国家，历史悠久，风景如画，物产丰富。每年七八月份气候凉爽宜人；美好的自然生态——蓝天、白云、绿地、河流、长昼，整洁的环境、便捷的交通，欧洲的教堂、老城，哥特式、巴洛克式的建筑风格，还有欧洲的饮食特点在拉脱维亚你都能够感受到。也有人说拉脱维亚人是北欧人，他们更加关注自己，更加独立，也更加冷漠。因为经济不景气，他们必须在城里一直工作，才能保障自己的生活。拉脱维亚的老人可以在菜场卖猪肉、可以开公交车、可以做深夜12点的收银员，也有人站在地下通道卖袜子、卖花……几乎没有什么行业是他们不能做的。而且，女人们总是能够将自己收拾得十分精致，哪怕再寒冷的冬天，也能着裙装，光腿走在大雪里。在这里，尽管每年的寒冬会持续好几个月的时光，但走进24小时营业的鲜花店，仍然会让你感受到春天的色彩。

---

* 王琼子，2013—2015年、2018—2020年在拉脱维亚大学人文学院任教，现为黄冈师范学院文学院教师。

拉脱维亚人喜欢安静，人们自觉地开车不鸣笛，自觉地进入图书馆不喧哗，自觉地在公车上保持安静。吵闹被认为是十分不礼貌的行为，我把这样的安静称作一种素质。同样是这样的安静，在中国则会显得过于冷清，不够热闹，因为没有声音的世界，一切都会显得死气沉沉，没有了生气。不过语言课堂上也是如此，着实需要老师好好地适应一番。“声音大一些”，无论老师如何高声带读，手舞足蹈，同学们仍然保持着礼貌性音量，这真让人无可奈何！

拉脱维亚的语言是很有意思的，在往返于宿舍和学校的15路公交车上，车上乘客或者讲拉脱维亚语，或者讲俄语，虽然听不懂，但我总以琢磨二者的异同为乐。拉脱维亚语作为波罗的海语支下幸存的两种语言之一，因为古老而有特别的价值。用当地汉语老师的话说，拉脱维亚语是一种极其简单的语言，它所有的字母都会发音，这可能是受到了德语的影响吧。很多词的意思就是将两个部分组合而成的，拉脱维亚语的发音区分了长短音，所有的重音都是在第一个音节上的。语法则是最麻烦的，有性数格、时体态的区分，尤其是格的部分变化十分复杂。拉脱维亚政府考虑到语言在文化认同中的作用，要求所有的拉脱维亚的公共场合和学校都使用拉脱维亚语，但是一个人口不足200万的国家的语言所能产生的经济价值，其实并不高。

拉脱维亚的独特魅力，是每个来过这个国家的人都不能忘怀的。你可以轻易在图书馆的某一个讲厅见到极负盛名的大文豪；公园各处相当有艺术修养的人正上演着音乐会，据说拉脱维亚人过圣诞节的家庭活动是听音乐会，可见他们对艺术的偏好不一般。除此之外，他们还喜欢哲学文化，很多老人会和应届的学生一起完成学业，学习对他们来说不是负担，而是一种纯粹的兴趣，你不仅可以在学校学习，也可以通过图书馆里终年不断的免费讲座学习，终身学习的观念早已经深入拉脱维亚人心。拉脱维亚的文学作品中保留着大量人和自然和谐共存的案例；拉脱维亚大学的建筑可以保存几百年而外观全然不变，甚至是桌子也可以是拥有几百年高龄的老物件，不可以随意搬动。当然，拉脱维亚也是现代的，它拥有排名全世界前列的网速，机场、火车站、商场、公园、广场等公共场合都有网络、优质的电子资源，这个国家还有很多宝藏值得我们去挖掘。

二、我手上的教学试验田

课堂一直是我挚爱的舞台，它仿佛有一种魔力，可以让人瞬间兴奋起来，无论在这之前你是遭遇了多么糟糕的事情，你都可以在课堂45分钟里将它们暂时忘掉，热爱汉教事业的人也许都有类似的感觉吧！反思自己耕耘了4年的这块试验田，从一开始的茫然无措，到后来的得心应手，我的内心一直有着这样一种信念：只要你用心，就一定能做好，或早或晚而已。我觉得，如果想要把学生教好，首先要能够进入学生内心，能够跟学生进行真诚的沟通，无论他们的成绩如何，性格如何。每接触一批新的学生，我都会花一些时间和学生彼此适应，最初是3个月，后来是1个月，或者2周的时间。在渐渐地熟悉了拉脱维亚学生的性格特点、学习习惯之后，再采用有针对性的教学策略。实践证明，这样的教学活动效果明显。

拉脱维亚的学生处于多语的社会中，一般的人都能够掌握至少两种语言，比如俄语和拉脱维亚语。我的学生中，女生居多，天生在语言上有优势，一般都能说至少4种不同的语言。同时，拉脱维亚是一个能歌善舞的民族，我惊奇地发现歌唱技巧很好的学生说出的普通话都十分标准，理论上说这跟他们良好的语音编码和解码的能力有关。因为拉脱维亚语的语法本身相当复杂，所以学习汉语的语法自然不在话下，唯一让他们为难的是一些固定的语序。在拉脱维亚语或者俄语里，语序的作用都没有形态那么重要，特别是俄语，语序可以十分灵活，所以他们需要花很长的时间培养对汉语语序的敏感。

拉脱维亚学生的记忆力普遍很好（我个人觉得也许跟他们吃得很健康有关系，他们的很多食物一般不会深加工，更多是保留食物的原始味道和营养）。而且他们并不排斥死记硬背，可以生硬地把很多的汉字背诵下来，或者生硬地把一个字的读音记下来，但是没有理解其中真正的意思，没有厘清形、音、义的关系，至于为什么会如此，这可能跟本土教师在课堂上布置大量的书写作业有关系，因为这样可以考察很多硬性的知识点的掌握情况。除此之外，他们的考试模式也受到了苏联教育理念的影响，十分重视知识点的掌握，学生能够在短时间内记住很多要求掌握的知识点。但因为应试倾向太严重，一个短暂的假期后，同中国孩子一样，他们就会把自己学到的东西都“还给老师”，而不得不从头再来。

和中国学生不一样，拉脱维亚学生喜欢上课的时候提问，尤其是自己不熟悉的地方，往往喜欢追问到底，水平越高的学生问题越多，所以每次课都需要做好充足准备，以应对各种中国人认为不是问题的问题。拉脱维亚人虽然少言寡语，很安静，但是你跟他们熟悉了以后，就能够发现他们的独立和大胆。他们并不会排斥一个热情聒噪的汉语老师，相反会更加友善地对待你。当然，尽管都是拉脱维亚的学生，但是他们之间学习习惯的差异还是很明显的：有的学生喜欢给自己定计划，并且严格按照计划学习；有的学生喜欢课前先预习，然后课堂上随便听听，课下再独立学习；有的学生喜欢老师多次举例练习；有的学生喜欢老师上课时采用竞争性的游戏来测试自己的记忆力，以显示自己的优势；还有的学生喜欢课堂的小组合作活动，因为这样可以减少自己的焦虑感，也能通过与同伴的对话弄清楚比较难的语言点。当然，你也会发现各种不同类型的学习者，有的学生可以大胆地突破自己的心理障碍和你对话，慢慢地口语会越来越好；也有的学生不喜欢小组讨论，只喜欢自学，课下会去找很多的资料来补充学习上的不足。学习习惯可以培养，不好的学习习惯是会影响学习效果的，这个时候教师应该进行适当的干预。实践经验告诉我，能够通过自学的方式把一种语言学会，这样的人绝对是极少数的，因为学习需要极强的自制力，学习语言尤其如此。教师可以在课堂上进行大量的语言示范和输入，并且可以及时检查学生的语言输出，教师的鼓励可以形成中介的作用，增强学生学习语言的自信心，进而强化学生学习语言的自觉性。课堂上有一个功能是自主独立学习没有的，那就是合作中互动性的人际关系，除非你是一个喜欢独立学习的学习者，但如果你是一个十分依赖周围环境的学习者，一定会觉得生动的课堂环境是十分重要的。因为课堂里同学们良好的人际关系、积极活跃的课堂气氛会让你兴奋起来。我总是不时地给学生搞一些活动，发放一些小礼品，或者组织聚餐，这都可以拉近我跟学生之间的心理距离，让他们在我的课堂中更加放松。班级里面的人际关系越好，学习氛围就会越轻松，情感过滤得越少，就越有利于学习。

三、我心里的亲人和朋友

常常暗暗地感慨老天爷对我的好，将这一群美好的人送到我的身边，让我感受到人生中从未有过的优越感。有没有这样的感觉呢？当你突然思念起一个人的时候，你所回想的不是那些故事，因为故事太多，每一个都很宝贵，无从下手，而感官里的记忆会突然跳到你的面前，瞬间激活。凉皮、包子、酵素、米酒……味道的记忆永远都不会忘怀！还有，那一条条小路上的歌声、那些礼堂里的一次次忙碌、那个房间里一张张可爱的笑脸、那个家一样舍不得离开的地方……拉脱维亚大学孔子学院拉方院长贝德高、中方院长尚劝余和张桂英师母就像天使一样伴随了我在拉脱维亚的岁月，让我拥有了人生中从未有过的幸福。

还有我的闺蜜芳！从来没有想过人到中年的自己，还能在异国他乡收获这样的一个知心好友。我们几乎是同时赴任，二里沟（Origa）一眼就注定的缘分，让我们携手度过了初来拉脱维亚的岁月。她的果断魄力正好弥补了我的短板，我们是工作中的好搭档，也是生活中倾诉的对象，一起解决了工作和生活中的诸多问题。元宵节晚会、“汉语桥”比赛，还有一起走过的斯德哥尔摩、布拉格、维也纳和布达佩斯，都深深印在我的脑海中。她的出现，让我平淡的生活变得五彩缤纷，拉脱维亚的寒冷冬夜也不再让我感觉恐惧。

安吉塔·鲍葛薇（Agita Baltgalve）是和我一起工作了4年的同事。从赴任前网络上的面试中相识，到后来成为好朋友，我们不仅在工作上互相支持，我更是通过她了解到拉脱维亚人的真实生活。安吉塔非常朴实，从来没有过多的物质追求，她更多的满足感是来自精神上的。她和很多的拉脱维亚人一样，喜欢干农活，喜欢亲近大自然，重视各种仪式感的东西。记得有一次，安吉塔带我去蒸桑拿，她说如果蒸桑拿的时候哪里痛，就可以用桉树叶子拍打哪里，这样就可以缓解，所以我们会在蒸桑拿前专门开车去采集桉树叶子。她还告诉我春天的时候看到的第一个蝴蝶的颜色将会预示着这一年的运气。生活的简单没有让她觉得单调，相反她通过学习语言，四处游历，探寻着世界的神奇魅力，多希望我以后也能拥有这样的生活态度！

公派教师是两年一续，而国家汉办派到拉脱维亚的教师志愿者则是一年一续，所以在这4年里，我还认识了一批志愿者老师。他们很多是刚毕业甚至在读的大学生。除了感慨他们这么年轻就能出国开拓视野之外，更佩服他们的独立，个个都能够独当一面，处理好各种问题。充满朝气的他们聪明又时尚，交流的过程中总能传递给我很多新的信息。特别是在里加孔院本部任教的志愿者老师，因同住在普里马（Prima）公寓，一来二去，大家相识相知、亦师亦友。我们就像是一群早期的传教士，单纯地将自己的满腔热情播撒在汉教事业上，用百分之百的诚心去换取拉脱维亚学生对汉语的喜爱。

另外一群可爱的人是在拉脱维亚从事汉语教学的本土教师们，有卡琳娜老师、尤利娅老师、伊莲娜老师。她们都热爱汉语，热爱中国，教授汉语的工资并不高，但是她们依然心甘情愿地为拉脱维亚学生的汉语学习尽心尽力。她们的这种付出，使我更加地为祖国、为汉语感到无比的骄傲和自豪！正因为它无穷的魅力才会有如此多的人为之倾倒。

还有我可爱的学生们，叶春萌、白丽娜、劳拉、孙天娜……她们现在都在做跟中国、跟汉语有关的事，有因为汉语优秀还拥有了让人羡慕的好工作，这一切都让我感到由衷的欣慰。学习汉语也许一开始只是她们为了增加一些乐趣，而不是以此获取生存的技能，可如今都已经融入她们的生命。

有些路，你不走下去，就不会知道那边的风景有多美。从2007年选择汉语教育这个职业开始，我一直坚信自己是在做一件十分有意义的工作，而拉脱维亚的4年汉教生涯则让我更加坚定了自己的职业理想。古人云，“春蚕到死丝方尽，蜡炬成灰泪始干”，即是如此。人应不悔过去，不惧未来，勿忘初心！愿每个人都能有意义地活在这个世界上。

王琼子/对我而言，拉脱维亚的4年时光是永远不会忘怀的，偶尔想起嘴边会带着笑容。

（图中前排右一为作者）

拉脱维亚工作两年回顾

潘军武*

孔子云，四十不惑，本意是说到了40岁就不再迷惑困顿。我私下以为古代人普遍比较短寿，40岁的时候人生已经接近终点，会放弃思考的挣扎，听说人临死的时候很多事情能够想得很清楚。据传孔子活了73岁，孔子当然具有大智慧，40岁时人生之路只走到中间点，已经懂了一般人一辈子才懂的真理。作为平庸的中年男性，我是40—43岁到拉脱维亚担任公派教师教拉脱维亚人学汉语，其间，没有觉得不惑，倒是有很多疑惑，有不少感悟。我的佳明手表告诉我，我的最大摄氧量是46mL/kg·min，大概是20多岁的体能水平，身体与心理大概是匹配的吧。我40多岁了，看来没有达到圣人所说的四十不惑的心理成熟度，还得提升修养，增强学识。

一

首先，作为教师，作为曾经专门去中山大学社会学系蹭课一学期的社会学爱好者，从拉脱维亚教育和学生情况跟本人在武汉、广州学习工作的经历对照中，我看到很多有趣的东西。拉脱维亚人生活在欧洲东北部，保守内向。拉脱维亚学生总体来看淳朴腼腆，如果不确定自己说得是否正确，他们不会开口说话，说话有时候也会脸红。他们也很保守，喜欢抱着旧的东西旧的做法不放，对新生事物抱着怀疑谨慎的态度。当然也有例外情况。有的是因为去过中国，对中国比较熟悉，对汉语没有畏难情绪，少数例外的是因为本身是俄罗斯人，继承了一些俄罗斯人的外向热情。我本人十几年来一直在国内教授大学英语专业三四年级学生，有过业余教授美

* 潘军武，2002年始在华南师范大学外国语言文化学院工作，英语专业教师；2016年1月至2018年1月，作为国家公派对外汉语教师在拉脱维亚大学人文学院任教。

国人汉语的经验，可惜这个经验恰恰给了我反面作用。大学三四年级的学生是高级学习者，需要老师帮忙挑毛病。与我打交道的美国人很直接爽朗并热衷于新鲜事物，所以我一开始教学时感到非常不解，拉脱维亚学生比我国学生沉默很多，过了很长时间我才了解了学生的大概性格倾向。沉默的学生主要是习惯性沉默，对自己没有自信，怕别人嘲笑。所以后来我才意识到对待他们要多鼓励，然而鼓励不能搞廉价派发，要发自内心，有针对性，比如朗读时夸奖声调准，听写的时候夸奖字写得端正。批评的时候就要含糊婉转，以提建议的方式进行，一旦伤了自尊学生很久都是处于受伤状态，玻璃心就是这样的，要小心呵护。我原来很没耐心，这样教两年下来心思变得细腻不少，耐心多了。另外，这里与中国在教育体制上也有很多有意思的差异。我主要在拉脱维亚大学人文学院教汉语专业学生。拉脱维亚大学汉语专业历史悠久，当地外交界、学界、商界的汉语人才大多数毕业于该专业，所以该专业学费较为昂贵。重视汉语是苏联时代的光荣传统，但是欧盟时代的拉脱维亚现实情况是学生几乎全部都有兼职工作，无法保证上课和做作业时间，本科生和研究生都没有入学考试，申请即可，考试成绩10分制，10分满分，4分及格。这种粗略的分数要求跟中国国内的百分制每分必争的微观管理相比，当然有好有坏。那个时候我心里是觉得这个过关设计对学生的要求似乎有些不可思议。教学方面首先面对的问题就是课堂管理，尤其是出勤率，出勤率无法保证的话，学生成绩无法提高。第一年我是采用点名制，但是有一个弊端：拉脱维亚大学官方规定，学生出勤率低于70%不可以参加期末考试，但是点名制记录只是点卯打钩，后来个别学生没有达到70%出勤率还是要参加考试，理由是自己觉得老师记录可能有误。第二年我做了一个签到本，下课后学生过来自己签上自己的名字。因为有签名记录，学生对自己的出勤率重视了一些。当然老问题依然存在，但这个跟文化和社会环境有关。绝大部分学汉语的学生家庭条件不好，学生们都是自己赚钱付学费和生活费，所以客观来说大部分学生没有办法像中国学生一样专注于自己的学业。我接触的一些拉脱维亚人比较懒散，比较重视享受。有几次学生缺席后解释说出去旅游了，有时是去很近的地方比如芬兰，有时是去很远的地方比如墨西哥。无论如何，旅游的重要性高于学业。学生大部分没有积极主动学习的习惯，喜欢老师布置作业，检查作业，给予评价。在某些场合我认识了几个高中生，了解到由于欧洲的学分体制跟中国不同，拉脱维亚中学生很容易到德国、英国、美国这样的国家上大学，所以还留在本地上大学的拉脱维亚学生很多都是经济能力和学术能力较差的。孔子学院建立之后，很多学生选择就读商务、金融、法律这样的专业，然后到孔子学院学汉语。所以汉语专业的学生生源比起以前质量大为下降。这个是教学工作的土壤环境。最后一点必须指出的是，欧洲的汉语学习强调古典文学熏陶，重视汉语古典文献的阅读和欣赏，繁体字和简体字都需要学习。以普通话为官方语言在中国大陆接受教育的人，能通过上述内容看到欧洲人容易混淆文言文和白话文的用法。比如，别这样写汉字，要说“莫这样写汉字”。这些问题比较复杂，对于旁观者来说自然无法置评，更不用说干预。

二

作为教师自然要使用教材来教授学生，不过对外汉语教材从实际教学情况来看也是让人产生很多疑惑。2016年9月开学后，我开始给孔子学院高级班学员上课，使用的是《体验汉语·中级篇》。《体验汉语·初级篇》我也看过，对比博雅汉语和体验汉语这两套教材，我想它们的编写理念是不一样的。博雅汉语是以翻译语法为中心,《体验汉语·高级篇》的素材主要是文化类的，重视树立语言正确优美的规范性观念。从对教材的实际使用效果来看，博雅汉语的初级教材是全套教材中最差的。它的内容有很多错误，尤其是对词语的英语解释错误有些惨不忍睹，而且对话很生硬。对话完全是为了呈现语法项目，忽视了语言自身的自然流畅。课后的课文里面的很多练习都是以翻译语法为中心，但是给出的英文表达存在很多问题，反倒给学习者制造了很多障碍。博雅汉语的准中级教材是编得不错的教材，话题集中而且很有趣味，词语表有对重点词汇给出例句，练习也没有以翻译为手段，而是给出语境要求改写或者完成句子，表达也自然很多。博雅汉语的中级和高级教材的课文都来自原文，中级教材的课文有少数经过改写，不论是练习还是解释都比较适宜。但是博雅汉语的这两套教材也有一个问题，每一课的词汇量太大。博雅汉语的高级教材每一课的生词都有70多个，这对学习者理解新的课文顺利进入新的学习阶段造成了很大障碍。汉办的体验汉语教材在这方面要好得多,《体验汉语·高级篇》

每一课也只有30多个单词，中级篇每课有20多个单词，初级篇每课有十几个单词。体验汉语的话题新颖，很容易勾起学习者的阅读兴趣。《体验汉语・初级篇》也非常实用，针对各种场景设计了自然的对话。初学者们都反映学习博雅汉语是一种痛苦，学习体验汉语就像坐着观光车，很有意思。博雅汉语教材好像是为了培养汉学家，文章语言过于文言化，话题和现实生活相距很远，但是有多少学习汉语的人是为了成为汉学家呢？这种情况有些类似于国内的英语学习过分关注一些语法特例，学习了一些文绉绉的词汇，但是生活中常用的避而不谈。这些问题在国内英语教材之中也普遍存在。但是也有人觉得博雅汉语这样由北京大学出版社出版的教材水平高于国家汉办的体验汉语，也非常推崇语法翻译训练，我个人觉得这样对学生的语言运用能力培养是非常不利的。

三

在拉脱维亚两年也有一些让人觉得大开眼界的情况。拉脱维亚整个学习汉语的现状是发展势头良好，有些小孩子们的武术表演让人惊叹，中文歌唱得很好，让人觉得汉语学习热潮真的是席卷拉脱维亚。大学生组有些学生的表达能力和语音都很好，细问之下发现都在中国学习过几年，他们都是中国推广汉语的受益者。拉脱维亚当地华人很少，但是有些同胞对于传播中华文化热情很高，愿意帮助当地学生提高汉语水平，他们有的还结成语伴或者请对方做家教教孩子拉脱维亚语或者其他东西。最让我感慨的是中东欧汉学家会议上，很多汉学家汉语讲得比普通的中国人还要好。不过有多少人会成为汉学家呢？汉语热类似于中国20世纪八九十年代的日语热，最大卖点是作为商务语言，而不是学术工具。对汉语有学习兴趣的拉脱维亚生意人，集中在木材和电子产品行业，前者是想输出拉脱维亚丰富的木材到中国，后者是想输入中国廉价高质量的电子产品，比如手机及其配件。当地乃至整个世界对中国有了解的人，如果觉得有学习汉语的需要，大概是因为想要搭乘中国经济发展的快车，自认学习汉语是必需的工具和手段，这样的人应该会自发热爱汉语进而发展到热爱中国。

四

现在我回到原单位依然会从事对外汉语教学活动，在拉脱维亚两年的工作让我还是有很多收获，针对对外汉语教学中看到的问题和产生的疑惑也依然在寻找较好的解决办法。年过40岁，我虽然没有什么成就，但是没有放弃思考，依然觉得自己可以做得更好。感谢拉大孔院中方院长尚劝余教授和拉脱维亚大学汉学负责人鲍葛薇教授在工作中给予我很多方便，还有两年期间碰到的一些坦诚直率人士，给了我很多观察思考的机会。衷心感谢！

潘军武/我40多岁了，看来没有达到圣人所说的四十不惑的心理成熟度，还得提升修养，增强学识。

（图中前排左一为作者）

贰

拉脱维亚大学孔子学院篇

尚大大和贝爷爷的友谊

尚劝余*

受华南师范大学推荐和孔子学院（以下简称“孔院”）总部/国家汉办选拔委派，我于2014年6月至2021年11月任拉脱维亚大学孔院中方院长，与拉方院长贝德高教授合作共事，成为志同道合的莫逆之交。7年多的朝夕相处，我深深折服于贝教授的博学、睿智、豁达、坚韧与幽默，特别是他与中国结下的半个多世纪的不解之缘，更是令人动容，在温馨和睦的孔院大家庭中，在友好合作的岁月里，我们结下了深厚的友谊。

下面是我摘录的2018年的一篇新闻报道。

> 在拉脱维亚大学孔院办公室，相邻而坐着两位和蔼可亲的院长，大家亲切地称他们为“贝爷爷”和“尚大大”。这两位分别出生在1938年和1961年的拉方院长和中方院长，在孔院大家庭里结下了深厚的友谊，谱写了一曲中外方院长密切合作的友好颂歌，堪称中外方院长合作的典范。

两位院长痴心于弘扬和传播中国语言文化，对孔院热爱有加，一心扑在孔院工作上，在日常工作中既分工明确又密切配合，彼此坦诚相待，互相尊重和信任，精诚合作。孔院办公室既是他们的工作重地也是他们温馨的家，他们同处一室，相邻而坐，朝夕相处，随时交流。用贝爷爷的话说：“孔院办公室是世界上最好的地方，这里有最可靠的战友；我们彼此信任、互相合作，共同协商处理孔院的所有事情。”回想起2016年暑假期间，为了赶在李克强总理前来里加出席第五次中国—中东欧国家领导人会晤之

* 尚劝余，2014年6月至今在拉脱维亚大学孔子学院工作，华南师范大学外国语言文化学院教授。

际出版《精选拉汉汉拉词典》，两位院长周末废寝忘食地在办公室加班加点，通过微信与商务印书馆的于立滨老师和外交部的周宏友老师校对词典的情景，他们无不欣慰而感慨地说：那是一段忙碌而快乐的时光，甚至忙得连上厕所的时间都没有。两位院长在孔院办公室共同见证和分享着每一个幸福的时刻：两人一起商量起草贝院长赴北京人民大会堂出席“第十届中华图书特殊贡献奖”颁奖典礼的感言、给李克强总理赠送词典的感言、孔院先进个人申请书等。

两位院长心胸开阔，虚怀若谷，宅心仁厚，性情谦和，幽默风趣，就像两位慈爱的大家长，对孔院工作人员和汉语教师志愿者关爱有加，营造了一个温馨而和睦的孔院大家庭氛围，孔院上空飘荡着快乐祥和的欢笑声。用两位院长风趣的话说：他们是两位老革命、老干部，带领一群朝气勃勃的年轻娃娃，迈步走在弘扬和传播中华文化的康庄大道上。用汉语教师志愿者的话说：贝爷爷和尚大大是他们可敬可爱的大家长，孔院是他们温馨的家园和港湾。两位院长不光时刻关心近水楼台的里加的汉语教师志愿者，而且时刻挂念身在数百里之外的教学点的汉语教师志愿者，亲切地称后者为“塞外公主”。每当塞外公主们回里加参加完活动离别之际，院长们眼中都会闪烁着依依惜别的盈光，他们每年都会专程去外地教学点视察，看望教师志愿者，嘘寒问暖。

在孔院所有活动中，都可以看到两位院长相随相伴、形影不离。一年一度的全球孔院大会、欧洲孔院联席会、拉大孔院理事会等，两位院长都是自始至终同往同归，同时参加活动，互相关照。回想起2016年前往昆明参加全球孔院大会的情景，尚院长至今依旧感动得热泪盈眶：当时他双膝疼痛，行走不便，拄着双拐，在机场登记申请了轮椅，一路上机场工作人员用轮椅推着他，贝院长替他扛着双拐走在旁边，一幅多么令人动容的画面！一年一度的春节晚会、元宵节晚会、中秋节晚会、孔子学院日庆典、开学典礼、结业典礼以及其他所有活动，两位院长都是同时登台，分别用汉语和拉脱维亚语致辞，不同的语言相同的内容，这已经成为拉大孔院的传统。对此大使馆李涛参赞深有感触，他在2017年元宵节晚会上说，两位院长的致辞语言不同、内容相同，传递出中拉双方思想和谐、行动一致的友好信息。

两位院长不仅在工作中彼此信任、相互合作，而且在日常生活中相互关心、彼此照顾。贝院长经常去森林打猎，每次都会给尚院长带来他打的鹿肉、野猪肉等，也经常给尚院长带来他家苹果树上结的苹果等。尚院长也不时请贝院长去家里吃饭或者带来夫人包的饺子、烙的大饼、做的面皮等。2017年4月，贝院长的夫人不幸因病去世，50余年相濡以沫的伴侣的离去，给贝院长带来了莫大的精神打击，他久久不能从悲痛中走出来。受中国驻拉脱维亚大使黄勇的嘱托，尚院长利用回国出席第十二届全球孔子学院大会之机，陪伴这位“中国人民最尊贵的朋友”（黄勇大使对贝院长的赞誉）去华南的广东和西北的陕西散心休养，领略了美丽如春的岭南风光和古丝绸之路上的驿站和窑洞村落文化。贝院长动情地对尚院长说：“非常感谢你对我的照顾，帮助我度过了悲伤，更深入地了解了中国。我们不像是共事3年多的同事，好像是结识了30多年的老朋友。我要联系拉脱维亚电视台，讲述我在广州、湛江、西安、宝鸡、长武的所见所闻，让拉脱维亚人民更多地了解当今的中国。”

2018年是贝爷爷的80岁生日和尚大大的57岁生日，也是两位院长共事满4年的日子，孔院全体人员在父亲节前夕举行的期末工作总结会议上，精心准备了贝爷爷和尚大大共事4年来风雨同舟的视频，给贝爷爷和尚大大过了一个难忘的父亲节，也提前庆祝了贝爷爷80岁生日和尚大大57岁生日。两位院长热泪盈眶，尚大大数度哽咽，这是他第一次过父亲节，衷心感谢了孔院工作人员的深情厚谊；贝爷爷激动地说：“我从事汉语学习和教学50余载，不曾想会有这么多的孙男弟女，我想用中国人爱说的一句话表达我的心情：人老心不老！希望我们永远真诚合作，为孔院的发展作出更大的贡献。”

诚然，孔院的发展壮大离不开孔院总部、中外方合作院校、孔院全体人员的共同努力，但更离不开中拉方院长这两位前线指挥官的密切配合与精诚合作。拉大孔院双方院长给我们留下了一个中外精诚合作的传奇佳话，在两位院长的共同努力下，汉语之花正在拉脱维亚这个“一带一路”沿线国家悄然绽放！孔院不仅成为拉脱维亚人学习汉语的重要平台，而且成为传播中国文化的桥梁、了解中国的窗口、促进民间交往的纽带，成为“一带一路”沿线的一个亮点，对促进中拉民心相通、中拉文化交流和中拉友谊作出了重要贡献。

2018年是拉脱维亚独立100周年，拉脱维亚外交部致函孔院总部和拉大孔院，对拉大孔院和两位院长在传播中国语言文化和促进中拉关系方面作出的重要贡献进行嘉奖和表达感谢，外交部国务秘书亲自为两位院长颁发了“拉脱维亚政府特殊贡献奖”。拉脱维亚外交部嘉奖信中说，拉脱维亚和中国的关系稳定而健康地向前发展，呈现出令人瞩目的特点，即开展积极政治对话、加强高层互访、促进教育文化等各领域合作；拉大孔院及其拉方院长贝德高教授和中方院长尚劝余教授对此作出了重要贡献；数年来，贝德高教授和尚劝余教授相互信任、密切合作、共同努力，使拉脱维亚汉语教学点由原来的4个增加到16个，其中孔子课堂由原来的1个增加到4个，汉语教学遍及拉脱维亚全境；在两位院长的不懈努力下，孔院不仅成为拉脱维亚人学习汉语的重要平台，而且成为拉脱维亚人认识和了解古代中国和现代中国的窗口，对促进中拉民间交往和中拉两国关系发展作出了重要贡献。为此，拉脱维亚外交部对拉大孔院进行嘉奖和表达支持，期待拉大孔院的地位不断提升。

2019年是拉脱维亚大学建校100周年，贝教授的《汉语拉脱维亚语大词典》APP和《我的中国故事》拉脱维亚语版分别由商务印书馆和拉脱维亚大学出版社推出，作为献给拉脱维亚大学建校100周年的厚礼。我有幸参与了两部著作的校对联络、立项申报和出版发行。我们在拉脱维亚大学主楼大礼堂举办了盛大的出版发布庆典，中国驻拉脱维亚大使、拉脱维亚驻联合国大使、拉脱维亚外交部副国务秘书、拉脱维亚大学校长等嘉宾近200人出席了活动。我还领衔组织来自北京外国语大学和北京第二外国语学院的8名在拉脱维亚大学和里加工业大学留学的博士生、硕士生和本科生一起将《我的中国故事》翻译成中文，2020年由商务印书馆出版。在翻译和校对《我的中国故事》的过程中，我跟随贝教授简洁、优美而不失调皮的笔触，感受了贝教授的中国情缘和心路历程，并与贝教授随时交换感想和意见，遇到任何不确定的词汇、地名、人名、语境时，及时向贝教授请教，以便译文能够准确传达贝教授的本意，在此向贝教授表示最崇高的敬意。贝教授在《我的中国故事》后记中写道：“衷心感谢我的同事尚劝余教授，激发了我写作本书的兴趣，提出了宝贵意见，并校对修改了书中的中文词汇。此外，也感谢尚劝余教授与拉脱维亚的中国留学生一道将《我的中国故事》翻译成了中文。”贝教授也在《我的中国故事》中以感人的笔触记录了我们一起去我的故乡陕西省长武县相公镇龙头村访古探幽的故事以及我们两人的友谊。

《我的中国故事》记述了贝教授在北京创办大使馆（1998—2000年）、在新华社做编辑（2002—2004年）以及在中国部分地方旅游观光（2001年、2008年、2017年）的故事。他的青少年时期（1938—1961年）、兵营生活时期（1961—1964年）、莫斯科大学求学时期（1964—1970年）、远东大学任教时期（1970—1979年）、拉脱维亚科学院和拉脱维亚大学工作时期（1979—1990年）、拉脱维亚外交部和驻立陶宛大使馆工作时期（1990—1998年）、拉脱维亚大学和孔院工作时期（2004年至今）的有趣故事有待贝教授继续书写。

在结束本文之前，我不由得回想起初来乍到之时，对东北欧波罗的海寒湿天气的厉害没有切身体会和领教，反倒觉得逃离了广州的酷热，遇到了难得的凉爽，每天在户外跑步、散步、打太极拳等，一待就是好几个小时，风雪无阻。结果8个月后的一天晚上10点左右，我在公园里散步，突然腿疼得站不起来，行走不了，在公园椅子上坐下来休息了半个小时，拖着瘸腿挪回了住处。此后两年内，我去了许多次医院，拄的拐杖从单拐变成了双拐。非常感谢贝教授陪我去医院检查治疗，我终生难忘。那段日子是我心情最灰暗的时光，我曾经忍不住在微信朋友圈里发出了无限感慨——元宵节瘸腿上班：鹅毛大雪，瘸腿拐杖；波罗的海的天气，小孩儿的脸，说变就变；一会儿零上，一会儿零下；一会儿下雨，一会儿下雪；湿冷，是你的任性，是我的痛。昂首问苍穹，你还能撑下去吗？你以传教士式的虔敬与执着，热爱着你的工作和事业，背井离乡，辛劳奔波，粗茶淡饭，废寝忘食，弘扬中国语言文化；当一腔热血遇到天寒地冻的考验，当右膝未愈左膝抱恙，当走一步停一步撕心裂肺满身大汗时，你一任4年的鸿志初衷还能坚守吗？你的答案和动力在哪里？就在拉脱维亚师生学习中国语言文化的专注表情里，就在拉脱维亚师生将中国当成第二故乡的真挚眼神里，就在汉语教师志愿者凌晨四五点还在群里交流讨论工作的忘我精神里，就在汉语教师志愿者为了准备一场文化活动而独自走在风雪交加的道加瓦河大桥上时流落的泪水里，就在汉语教师志愿者由从未做过饭干过活的乖乖女一夜间变成了自己包饺子、做菜、煮饭、肩扛易拉宝、怀抱音响步行十余公里的独当一面的女汉子的娇美身影里，就在异国他乡讲不完叙不尽的动人故事里。

于是，我坚守了下来，并且一守就是9年多。在孔院工作的每一天里，都收获着感动，这里已经成为我的第二故乡，有我的梦想和希冀。几年前，我创建了一个微信群“我们共同的家园：拉脱维亚汉教群”，将1998年至今在拉脱维亚教授汉语和中国文化的朋友们纳入群中，人数已经过百。我在建群开场词中写道：“不论你我身在何处，从事何种职业，纵使远在天涯海角，抑或近在咫尺眼前，拉脱维亚曾经是我们生活和任教过的共同家园，是我们抛洒热血和激情、追逐梦想和希冀的国度。这里有我们的欢笑和歌声，有我们的泪水和彷徨，这里是我们人生旅程绚丽多彩的驿站，是我们灵魂深处挥之不去、魂牵梦绕的记忆。”这是我和孔院汉教人的共同心声。

尚劝余/这里是我们人生旅程绚丽多彩的驿站，是我们灵魂深处挥之不去、魂牵梦绕的记忆。

（图中左一为作者）

缘分一道桥

罗　毅*

缘，妙不可言；桥，直贯东西。当夕阳努力把最后一丝余晖绽放在天空后，夜幕又悄然降临，拉脱维亚的夜晚从来不乏星光的点缀，处处是一片安宁祥和的景象。我在里加最后一天的生活就这样徐徐落下了帷幕。明天就要启程回国了。生活总是充满了戏剧性，若不是选择了汉语国际教育事业，我从未想过自己会来到这片梦幻般的土地，甚至连她在地图上的位置可能都找不到。然而，这个位于欧罗巴东北部的小巧国度却以她清新淡雅的气质和多元的文化魅力深深地打动了我，让我魂牵梦绕。

一、里加印象

2012年9月18日，初抵里加市，已经是黄昏时分。走出机场的那一刻，我心生期盼，不停地幻想在拉脱维亚生活和工作的景象。里加是拉脱维亚的首都，亦是欧洲“新艺术文化”的发祥地。这里环境优美，四季分明，居民热情友善。作为波罗的海地区的中心，里加老城民族众多，文化多元，享有“世界文化遗产”的美名。沿着自由大道一直走到老城区，一栋高大宏伟的灰红色建筑跃然眼前，这便是久负盛名的拉脱维亚大学主楼。它中部高耸，两边对称，尽显皇家气派。俄式的窗栏由精致的花纹和石雕点缀，就像一双双求知若渴的眼睛。厚重的楠木大门镶嵌在正中，斑驳的纹路和光滑的手柄承载了拉脱维亚大学悠久的历史。拉脱维亚大学孔子学院就设立在主楼的第二层，亦是我即将工作的地方。在我到任前，孔院中拉方院长早已经为我安排好一切，不论是食宿还是工作都让我感到家

* 罗毅，2012年9月至2013年8月在拉脱维亚大学孔子学院任教，现就职于华南师范大学国际文化学院汉语系。

一般的温暖。

二、孔院初探

拉大孔院是一所年轻的孔院，自2011年11月4日挂牌以来，已经初具雏形，逐步迈入正轨。孔院的成立得益于国家汉办的大力支持，也要感谢拉脱维亚著名汉学家贝德高教授的努力。贝教授是地地道道的“中国通”。作为拉大孔院第一任拉方院长，他一直致力于拉脱维亚的汉语教学和中国文化传播。和贝教授聊中国，事事他都如数家珍，实际上中国也成了他的第二故乡。

虽说拉脱维亚大学开设汉语课由来已久，但如此系统全面地开展汉语教学还是头一回。作为孔院的第一位教师志愿者，我深感压力，也深知肩上的责任：一桥通东西，缘分把我们联系在一起。我不远万里从中国来到这里，定要借“汉语之桥”“文化之桥”增进两国人民的情感，拉近两国人民的心灵。

孔院成立的第一年，规模不大，日常工作主要依靠双方院长、孔院秘书和我4人完成。院长除了制定孔院的发展纲要，还要负责日常管理和总体协调工作。秘书玛丽娅主要负责教务工作。而我，拉大唯一的汉语教师志愿者，则要扛起汉语教学的大旗，为学生们上好汉语课。我们这个温馨的小家虽然面积不大，但在相互的配合下各项事务都开展得有条不紊。有时它就是个临时的会场，大家献计献策，商讨活动。有时它又变成了一个俱乐部，来访的朋友们畅所欲言，品茶谈人生。更多的时候，除了“嗒嗒嗒”的打字声和“嗡嗡嗡”的复印声，办公室里再也听不到别的声音。我时常觉得时间过得很快，文化的碰撞与融合每天都在这里上演。器械的运作声、三四种语言间夹杂着几杯咖啡和茶香，一天的生活就足以被填满。

三、汉语书香

9月18日到校之后，院长们便详细地向我介绍了这里的汉语教学情况。由于是新学院，一切都处于“零起点”状态，在院长们的指导下，我们很快便确立了首期汉语课程大纲。我们暂定开设2个汉语小班，人数控制在15人以内，周一到周五晚上滚动开课，每次课1.5小时，确保学生的课时量。

有了基本的教学计划，我又开始为课程内容犯难。汉办赠送的书籍虽多，但要选择合适的教材并不容易。此外，我还不了解学生的汉语水平，也不知道会有多少学生选择我的课。带着种种疑问，我和同事们集思广益，了解情况。最终我们选定了《跟我学汉语》和《当代中文》作为2个班的试用教材，并且选用《汉语900句》《汉语直通车》和《长城汉语》作为补充材料。功夫不负有心人，事实证明这些教材的选择是非常正确的，课程难度适中，学生们的兴趣高涨，短短4次课后，初级班的学生人数就增长了两倍，中级班学生的人数也增加不少。

为凸显孔院汉语教学的“高效性和实用性”，我在教材的基础上把课程内容定位为日常对话，辅以严格的语音教学和文化介绍。3个月下来，初级班学生不仅牢固掌握了汉语拼音知识，一些基本的生活话题谈论也能脱口而出。我们在汉字教学上更是取得了突破性的进展。短短的小100天，学生们已经能认读书写60多个汉字，并且对汉语的兴趣有增无减。因此，我深感汉语启蒙教学的重要性。

条理清晰的教学思路和坚持不懈的读写训练为孔院首期汉语班学生的汉语学习打下了坚实的基础。中级班学生的进步同样让人感到欣慰。在教学过程中，我坚持使用“对比法”要求学生做翻译与比较，辅助“任务教学”，调动学生的积极性。在一遍又一遍的汉语书香熏陶之后，学生们不仅在语法学习上获得了突破，在语言运用能力上也得到了提高。

四、遭遇滑铁卢

短暂的新鲜感过后，我迎来了教学上的一次挑战。与热情似火的拉美学生相比，拉脱维亚学生似乎更加内敛，他们偏爱安静地学习，这对于语言教学来说并非好事。我努力通过互动游戏和夸张的表演最大限度激活课堂，让学生们真正开口说汉语。同时，为了减少学生对于媒介语的依赖，我有意识地降低使用英语的频率，通过上下文和肢体语言引导学生理解新词和新语法。这种“连唱带演”的教学方式虽然辛苦，但我坚信能对学生的听力和理解力提供极大的帮助。此外，“直观教学法”和“第二语言浸入式教学法”以及“图解法”的交替使用也加深了学生对汉语的印象，很多晦涩难懂的语法知识在一瞬间变得通俗易懂了。

但有时过分强调课堂的趣味性也会导致本体学习流于形式。里加文化中学的汉语课就曾一度让我头疼不已。学生们似乎在热热闹闹的课堂活动中将时间都浪费掉了，学习效率不高。为此，我曾多次和秘书玛丽娅及学生进行沟通和交流，回去后再仔细揣摩，取长补短，认真准备下一堂课。通过总结，我发现拉脱维亚高中的汉语教学仍然离不开生动活泼的课堂，但活动不宜过多，一节课以两个活动为宜。活动的设计也不宜花哨，简单实用就好，要紧扣课堂内容，最大限度让学生开口操练。必要时，讲点时髦的汉语词汇调侃一下，也可活跃课堂气氛。

这样坚持下来，两校的学生已经基本适应我的教学风格，也和我建立起良好的师生关系。虽然其他老师和学生对我的课程赞美颇多，但我知道需要改进的地方还有很多，俗话说“教无定法”，只有懂得因材施教，才能得到学生长久的喜爱。

五、文化无国界

作为“文化使者”，教师志愿者身在异国他乡是传播中国文化的主力军。“汉语沙龙”“春节联欢会”“元宵晚会”“汉语桥”等活动都是我们的家常便饭。以活动为载体摒除误解、深化交流是我们工作的主旨。

在众多的文化活动中，令我印象最深的当属为拉脱维亚议员做“茶文化”报告。这是我第一次在异国他乡为政府官员做报告，既带着几分紧张，又觉得无比荣幸。直到现在我还记得自己熬夜写稿的样子，也记得院长和邬娜小姐为我提建议和修改稿件的情景，还记得讲座前因为粗心差点忘了带光盘的那个小插曲。正是因为有了大家的支持与帮助，我才能够在“拉中商会”的舞台上将“神农尝百草”“陆羽的《茶经》”“普洱文化”“选茶妙招”等知识介绍给拉脱维亚朋友。

“茶文化”报告的自由提问环节更是笑声不断。有的议员见到普洱茶就直接往嘴里送，因为他把紧压后包装精美的茶误当成了中国巧克力。“热水泡茶还是凉水泡茶”“泡茶需不需要加糖或奶”“中国女人喝茶该不该掩口”“茶喝多了会不会对身体不好”……诸如此类的问题在现场一一被解答。答案浮出水面之后，大家脸上露出了满意的笑容。这一刻，我才明白了作为一名“汉语国际教师志愿者”的光荣使命。借助汉语这道桥，我们应该让更多的外国人走近中国，知晓中国，爱上中国！

六、后记

“纸上得来终觉浅，绝知此事要躬行。”只有经历过，人才会懂得为何要珍惜。时间过得很快，回国的钟声已经敲响。启程的那个傍晚，也是这样一个恬淡的黄昏。过往的风景未曾改变，只是不舍与想念的背后承载了太多的洗礼。“海内存知已，天涯若比邻。”无论我扎根在何处，人生扉页中总有那么一段激昂的青春，有那么一段难忘的回忆，有那么一处成长的足迹。也许在年华老去之时，我可以骄傲地对自己说：“我很快乐，因为我曾经是一名汉语国际教师志愿者！”

缘，不知何时而起，而爱，已一往情深。

罗毅/缘，不知何时而起，而爱，已一往情深。
（图中左一为作者）

我在拉脱维亚任教

黄颖怡*

2013年7月我从广州来到拉脱维亚里加市，正式开始为期一年的汉语教学工作。

在教学工作上，2013年我首先负责了孔院暑假班初级班的教学工作，共计课时16节。2013—2014学年秋季学期我主要在9月、10月负责里加文化中学10A、10B、12A这3个班的常规教学工作，9月24日开始我在孔院也负责中级班的所有课程、高级班的文化课程和部分语言课程。半年（一学期）下来我的总课时是220节，其中中学104节、孔院116节。

在里加文化中学的教学工作虽然只有2个月，但是我在那里过得相当愉快。我不但了解到拉脱维亚当地中学生的学习情况，也和学生建立了深厚的感情和友谊。他们对汉语的热忱和好学好问、勤于思考的学习习惯深深地感动了我，使我在备课的时候丝毫不敢怠慢，虽然他们只是汉语零基础的学生，但是我亦下足功夫准备。2个月下来，我对这3个班都做了期中测试，他们全部通过，甚至很多学生都拿到了90分以上的好成绩。

在孔院这边，我全程负责中级班的教学，因此对中级班的各方面情况会更加熟悉。这个学期我狠抓汉字的认读，这个班学生从一开始非常依赖我的板书拼音到现在绝大多数学生已经可以脱离拼音认读生字，总体上有了很大的进步。在汉字这一块，我下学期的教学目标是狠抓书写，要让他们多写多练，对汉字有更强的感觉。中级班的期中考试和期末考试总体成绩都不错，特别是期末考试，我设置了比较全面的题型，包括听力、书写、作文、口语，很多学生的听力、书写、口语都有了进步，语法这一块还是要慢慢渗透、精讲多练。

---

* 黄颖怡，2013年7月至2014年6月任教于拉脱维亚大学孔子学院，现就职于广州市荔湾区文昌小学。

我一开始只负责高级班的文化课，后来给这个班上了半学期的语言课。我发现高级班部分学生愿意用汉语跟我对话，课下很多时候他们还是用英语和我交流。我觉得拉脱维亚人自尊心比较强，如果不是非常确定他们不会轻易说出口，可能这就是他们口语学得不好的原因。但是从期末考试和平时的作业来看，他们的汉字认读、书写还是很不错的，说明他们的汉字基础比较扎实。

而中高级班的文化课方面，学校提出了要精简文化课，多上语言课的建议，我也认为文化课可以适当减少，大概一个月上一次就可以了。可以以文化沙龙代替文化课，这样学生就有更多机会开口说汉语。也可以举办中国电影周、中国文化周这样的文化活动，多让他们参与效果会更好。

在教学以外，我主要负责了孔院新教室的揭牌仪式准备工作、孔院中秋节联欢活动的筹备与主持工作，辅助主持了三次汉语角活动，还协助中国驻拉脱维亚大使馆举行了义卖活动等。其中很多活动的拍照和撰写新闻稿等工作，我也参与了。在这些活动中我学到了很多，拍照技术和新闻稿写作水平也在慢慢提高，很感谢尚劝余院长给了我这些锻炼机会，我知道这些机会来之不易，所以每一次都努力做好分内工作。不过由于我水平有限，很多时候我的新闻稿都需要院长润色，我会继续努力的。

在这一年里我深知时间过得飞快，我在工作岗位上努力做好每一件事情，希望能无悔无憾地回中国，留下一段美好的回忆。

黄颖怡/做好每一件事情，希望能无悔无憾地回中国，留下一段美好的回忆。（图中前排右一为作者）

把记忆写给曾经

王树蕙*

叙述或者回忆并不点缀生命，被阅读的仅仅是时间轮廓。翻晒自己在欧洲、在拉脱维亚的两年时光，已记不清那段岁月如何蹒跚而过，如今纤笔紧握，亦不知如何描述勾勒。即便如此，两年时光珍存聚集在记忆深处的海天片羽、市井风貌、暖心情愫，依然令我感动，叫我心驰神往。它们幻化成散金碎银般珍贵的种子，已在我的心田生根发芽，不断提醒我这一切都是生命年轮早已刻画好的轨迹。

一、初见：最美的风景

2013年7月8日，我抵达拉脱维亚首都里加，开始了一段全新的人生旅程。初到里加的每一天都是好天气，太阳照进普里马（Prima）公寓大大的窗户里，长久地驻足，一直到晚上八九点也丝毫没有要结束一天的感觉。因为时差，失眠的我站在窗前发呆，视野里绚丽天空下最醒目的是里加电视塔，夕阳给不远处的道加瓦河涂上了温暖的橙色，也让远方大片的树木变得更加诗意盎然。

仅仅几天我就适应了拉脱维亚的环境，公交车上拉脱维亚语的报站至今都无法忘记。每次工作结束后走出拉脱维亚大学高大的拱门，看看表，是晚上8点多，抬头是瓦蓝的苍穹，云朵肆意变幻行走，明亮的阳光穿过拉脱维亚大学的楼顶洒下来，瞬间有种穿越了的不真实感。

漫步在里加的街上，处处都能看到鲜花，头顶有海鸥和各种鸟掠过，河边青草坪上很多小朋友在喂鸽子。在我的记忆里，通往里加老城的那

---

* 王树蕙，2013年7月至2015年6月任教于拉脱维亚大学孔子学院本部和雷泽克内大学，现为暨南大学国际学院汉语教师。

座桥上似乎永远有人在拉手风琴，演奏的是我喜欢的音乐家扬·提尔森（Yann Tiersen）的曲子；露天酒吧里有歌手在一刻不停地弹吉他唱歌；能歌善舞的拉脱维亚艺人在街头清唱；羞涩的拉脱维亚姑娘第一次在老城演奏小提琴……无处不在的音乐为这座被称为“北方的巴黎”的城市增添了很多文艺而快乐的元素。每一次走过老城区那些被岁月磨得光滑的石板路，都仿佛在和历史进行一场对话。雨过天晴后，石子小路散发着多彩而温和的光泽，与老城里那些有着红色屋顶、彩色墙壁的建筑交相辉映，一起书写着里加老城最美的诗歌，并为这诗歌谱上了古今和谐相融的乐曲！有时加班到晚上10点多，偶遇雷阵雨天气，坐在电车上不仅能看到大片的晚霞，还能看到那魔幻的火烧云，它们一直蔓延到电车轨道的尽头……

时值夏末，休息日我和朋友一起去位于里加湾的小城尤尔马拉。下火车走了没多久就听到很大很大的海浪声。见到波罗的海后我很震撼，虽然它没有想象中那种深邃的蓝色，但胜在气势磅礴。放眼望去，辽阔到看不到边界，雪白的浪花从远处层层相拥着欢跑过来，耳边呼啸着的全是来自大海的呼唤。当时我们来拉脱维亚工作的4个女生，集体名称是“波罗的海的女儿”。不知是不是因为听到了我们的心声，波罗的海给了我们如此隆重的“欢迎仪式”。作为森林覆盖率最高的国家之一，这里随处都是大片的森林。朋友的妈妈在森林中摘了蓝莓和草莓给我，这些野果清香的气味似曾相识，仿佛一下回到了20年前，儿时在六盘山林区采摘野草莓的感觉竟在另一个国度扑面而来。

无论是中世纪建筑林立的老城、新艺术主义建筑风格下的街头，还是在辽阔的海边、静谧的湖畔，抑或在拥有笔直树木和最高天空的森林里，我的眼睛仿佛都是照相机，每次眨眼这些动态风景就自动存入了大脑“硬盘”。多年过去了，那些定格的瞬间依然时不时出现在我的梦境中。回到中国后，我很少去翻览用相机拍下的风景，因为它们远不及嵌入我脑海中的生动绚烂。这些印在我记忆深处的风景，每一次想起都那么鲜活，那么美好，仿佛一切都出现在昨天。

二、感恩：最珍贵的时光

在欧洲的两年，我经常在旅途中看向窗外，试图记下这些擦肩而过的路径与山峦。有时看着窗外的田野和大片的白桦林，恍惚间我竟忘了自己在哪个国家。清晨薄雾缭绕中的神秘森林、傍晚暮霭笼罩下的金色田野，像“蒙太奇”镜头飞闪，而我只能尽力凝神欣赏。两年的任教生涯也是如此，曾经一晃而过的瞬间，现在想起却似指针停摆，岁月泊船。

在拉脱维亚任教的两年里，从生活到工作，我经历了很多锻炼，获得了成长。犹记得，刚到拉脱维亚时教学经验不足，每次上讲台前都紧张得在办公室里坐立不安。上课时间快到时更是自己在心里呐喊：“一、二、三，冲啊！”就这样走向讲台……平时我更是在“用生命备课”。从第一节课的紧张到逐渐找到技巧规律开始轻松应对各种课堂情况，每一次上课我都能感到自己在进步，同时也能发现不同的问题。

在孔院工作的第一年，我负责孔院本部两个初级班和里加文化中学的部分汉语教学工作。即使开始得有些慌张，但是我清楚地感受到了自己在成长，教学能力也有了一定提升。最主要的是经历了多次主持活动和处理突发事件的锻炼后，我意识到了做什么事都要有充分准备，更要有沉稳、从容的心态。这为我第二年独自在拉脱维亚东部的小城雷泽克内的孔子课堂完成所有汉语班的教学任务积累了经验。第二年，我一个人负责整个教学点的汉语教学和文化活动。我工作上手很快，也基本没有遇到什么困难，外事处的领导对我说：“做任何你想做的事。”他们给了我极大的信任和自由的空间，我也充分发挥了自己的特长。有中国大学的人来交流时，我也经常帮助他们做口译工作。应欧洲志愿者协会邀请，我还参加了“真人图书馆”活动，作为“一本书”来回答人们关于中国文化的各种各样问题。

两年任期，第一年紧张而忙碌，我忙着适应新环境、完成各项工作，同时学习和积累经验；第二年的安排相对自如，我也有了更多的时间去思考和总结。汉语教学之余，我还安排了一系列的文化活动。至今还记得在一个下大雪的冬夜，我结束了饺子文化课，拎着锅走在漫天鹅毛大雪中，因为雪实在很大，根本来不及拍去身上的雪，没走多久就成了雪人……独自在教学点组织文化活动时，从活动海报设计制作、活动场地申请、领导嘉宾邀请，到联系餐馆提供食品、主持活动，再到最后的收尾整理，我都是一个人在“战斗”。虽然感觉有点孤单，但是我独当一面的能力迅速得到了提升，看到活动效果和反馈，还是觉得一切都值得！一个人负责一个教学点的工作，最大程度上提升了与自己独处的能力。这是真正意义上的独立，工作和生活都靠自己。在独处的时间里，我更加认识、了解了自己，甚至开始有些享受这种孤独。刚到新的地方任教时走错路、坐错车我也没有觉得害怕，只是回去后默默记住了重要地点的拉脱维亚语名称。

初秋时节，天气好的时候我喜欢走路去上班，一个人从小城边境穿过一小片森林，走上坡站在马路的最高点，看看不远处的赤橙黄绿，漫山遍野都是秋天。快到小城中心时，路边卖鲜花的老奶奶总是慈祥地微笑着和我打招呼。上完课，我偶尔和学生一起走一段路，聊聊彼此的生活，如果太晚了就搭公交车回去。冬日的拉脱维亚下午3点天就黑了，我一般七八点下班，这时外面的行人寥寥无几。公交车上只有我和司机两个人，一路静默着，几乎不用停车，他知道我要在哪里下车，我的公寓在森林边上，再往前走就出了城区。

里加和雷泽克内都有拉脱维亚有名的音乐厅，所以我格外留意音乐厅在网上发布的音乐会信息。没有出行计划时，我就去听一场音乐会或者看一场芭蕾舞。我有时周末和学生一起骑车去湖边野餐，更多时候是和孔院的同事开会、聚餐或者接待来访的朋友，生活总是充满了乐趣。在日照时间较短的冬日，每天踩着月光出门也踩着月光回来，看不到阳光有时难免失落。但我坚信认真生活的人，心底向阳，眼里有光，无论在怎样的日子里都能开出希望的花儿。

三、相遇：最温暖的人

> 不论你我身在何处，从事何种职业，纵使远在天涯海角，抑或近在咫尺眼前，拉脱维亚曾经是我们生活和任教过的共同家园，是我们抛洒热血和激情、追逐梦想和希冀的国度。这里有我们的欢笑和歌声，有我们的泪水和彷徨，这里是我们人生旅程绚丽多彩的驿站，是我们灵魂深处挥之不去、魂牵梦绕的记忆。

这是拉脱维亚大学孔子学院中方院长尚劝余教授写给所有拉脱维亚的孔院人的一段文字，也是我的心声。

孔院有大学生班和社会班。因此，我结识了来自各行各业的人。瑞士外交官夫妇为人热情，孔院十周年活动时帮了我们很多；有个在商场工作的学生非常想帮助我了解更多拉脱维亚文化，经常为我介绍本土特色产品，一次上课时带了一盒草莓送给我，说“这是拉脱维亚本地草莓，不是市场上那种南欧的草莓，这种比较小但是味道好”；忘不了一个和我同龄的日语系学生，第二学期才开始学习汉语，学期末时已成为班里汉语最好的学生之一。结课后她邀请我一起驾车去了拉脱维亚东部海滨城市，度过了非常愉快的一天。同时，她告诉了我自己的成长经历，独立、勇敢、勤奋都不足以形容这个坚韧善良的姑娘，我非常敬佩她。

每一学年结束时，我们都会收到很多学生送的鲜花等礼物，对汉语教师来说，我们最看重的就是教学得到学生的认可。有个学生在结课典礼后过来抱了我一下，然后非常真诚地说谢谢。同时她告诉我，她知道我刚开始讲课时很紧张，拿着课本的手都在抖，声音也在抖，但是现在我“是最好的老师!”我想不管是不是最好的老师，但在学生和我的这段经历中，超越过去的自己就是最好的。

最年长的学生和最年幼的学生用自己的方式表达对我的认可，让我印象深刻。最年长的学生近70岁，虽然记忆力和理解力不如年轻人，但是她没有停止学习，对生活的仪式感也非常看重，心态尤其年轻。在新年前，她偷偷联系所有学生练习了一首中文歌曲，在我上课前，她带着另一个班的学生突然出现，全部学生聚在一起给我唱歌，当时我感动极了，因为太久没有听到课文以外的汉语了，哪怕是一首简单的中文歌。任期快要结束时，经常和我探讨人生的班里年龄最小的女孩儿带着自己的拉脱维亚民族服装来到我的公寓，只因为我不经意间和她说起他们的民族服装很漂亮。她帮我编起头发，戴上花环。我穿上她带来的拉脱维亚服装，在小城森林边拍照留念。不得不说的还有一个陌生人，是我在去里加的火车上遇到的俄罗斯大妈，因为现金不够又过了刷卡买票时间，她主动借给我十欧元，最终我顺利抵达里加，按时参加了孔院会议。

每天除了和学生在一起，我接触最多的就是同事们。孔院的中方院长尚劝余教授学识渊博，幽默风趣，有大海那样宽广的胸怀，平日里非常关心我们的工作和生活，我们亲切地称他“大大”。拉方院长贝德高教授严谨而敬业，生活中是一位和蔼可亲的爷爷，笑起来宛如圣诞老人。他一遍又一遍地跟我说自己在中国的经历、前往我家乡旅游考察的经历以及对我的民族的理解。2016年我在广州应聘高校汉语教师职位时需要专家推荐信，尚大大和贝爷爷非常热心地帮我写了推荐信，扫描后发给我，看到上面熟悉的拉大孔院的章，感觉自己依然在那里工作。因为他们的慷慨相助，也因为孔院工作经历，我顺利通过面试，做着自己喜欢的工作。两位院长每次来中国开会时，我们都会如约相聚。与他们相见的那一刻，我仿佛见到了远方的亲人。

温柔善良的拉脱维亚姑娘玛丽娅是孔院的秘书，她总是默默地帮助身边的人，耐心解答我们遇到的各种问题；还有曾经一起工作的伙伴，现在已经成为无话不谈的挚友，因为一起工作、旅行的体验太美好，我们至今仍然会相约一同旅行……身处海外，我们会经常接触中国驻拉脱维亚大使馆的人员。重要的文化活动基本都有杨国强大使的身影，这是我第一次领略到外交官的风范，每次听到他讲话或者接受采访，都觉得受益匪浅。使馆每逢中国节日都邀请我们一同团聚。因为我是回族人，杨大使特意嘱咐使馆的厨师为我做了一碗素葱油面，令我感动万分。最后一次和杨大使聚餐是欢送我们回国之时，大使夫妇和我们每个人拍照留念，并送上了他们最诚挚的祝福。

叔本华曾说“一切邂逅相遇都是事先约定”，我总是在想自己何其有幸，遇到了这些可亲、可敬、可爱的人。他们给我的家人般的温暖驱逐了东北欧所有的寒冷，留给我值得珍藏一生的美好回忆。我很感激在20多岁生命的清浅之处，身在异国与他们同行了一段路，即使我不知道下次见面是在何时何地，但是都想用力去铭记，因为他们的存在，这两年的海外经历充实而丰盈。

有人说生命的意义不在于你活了多少日子，而在于你记住了多少时光。要将拉脱维亚的两年时光悉数书写下来实在太难了——波罗的海的浪花、道加瓦河的夕阳、里加老城屋顶的黑猫、穿过雪夜缓缓驶来的7路电车、利戈节雨中围着篝火欢快起舞的人群……所有画面历历在目。那些微末的吉光片羽至今依然飘散在我的记忆深处。我念想着那些过得整整齐齐的日子、那些不惧岁月长的轻狂，它们汇聚成一种力量助我成长。谁能告诉我该贴怎样的邮票才能把这些感悟寄给曾经，寄给最好的年华，告诉那时的我岁月给予的满满眷顾。不必沉醉过往，无须畏惧未来，因为更好的自己就是那些岁月所给予我的至高奖励！

王树蕙/这些幻化成散金碎银般珍贵的种子，已在心田生根发芽，不断提醒我这一切都是生命年轮早已刻画好的轨迹。

（图中前排左一戴眼镜者为作者）

琥珀杯浓，岁月流金

——致在拉大孔院的任教时光

方思琪*

“思琪，你是要去哪里当志愿者呀?”

“拉脱维亚!”

“嗯? 拉脱维亚? 是哪个国家的?”

…………

出行前，提及这个美丽的国名，大多数人是不知道的。拉脱维亚，正如当地所盛产的宝石——琥珀一般，在波罗的海的东北角，闪耀着熠熠而神秘的光芒。如果不是因为当汉语教师志愿者，我可能永远也无法发现和感受这个国家的隽丽和秀美，也难以体会在遥远的欧洲东北角竟有一群对汉语如此痴迷的可爱的人。

从2014年8月26日踏上这个国家的土地到2015年7月3日看着机场里加的字眼在视野里一点一点消失，十个月像是做了一场梦。然而，这梦却如此真切入骨，如此酣畅淋漓。十个月的汉语教师志愿者岁月，国家赋予的机会，使命感成就了光荣。十个月的朝朝暮暮，酿成了一坛美酒，写就了一首动人的诗。

一、只是相逢应不识——初识的岁月

犹记得初到里加机场，虽然国内正是盛夏时分，但8月末的里加已经有了丝丝秋凉。感谢两位院长和孔院小伙伴热情而周到的相迎，让我在异

---

* 方思琪，2014年8月至2015年7月在拉脱维亚大学孔子学院任教，现就职于上海市朗芳工艺制品有限公司，公司股东之一。

国生活上几乎没有任何问题，甚至连初到异国都未感觉到时差。很快适应环境后，第二天我们就迅速投入到了欢送孔院学生赴中国留学的活动当中。开头非常顺利，然而真正的课堂上的挑战才刚刚开始。

在拉大孔院，我教授中级班和高级班的学生。记得在第一次和他们见面的课上，我在白板上写下了“缘分”这两个汉字及其拼音，并简单讲解了中国人对缘分的认知。的确，跨着半个地球，来自不同国家、不同民族、不同文化的一群人，竟然能聚在一方小小的空间，一起学习中文……这种相识本就无比神奇和美妙。

未知总是容易让人产生恐惧，然而也正是因为未知，生活才充满更多的可能性和精彩。我初识学生时便是带着这种对未知的敬畏和热爱，正式开始了孔院的课程。当看到教室里黑压压的人群，而且很多都是比我年长的同辈人时，当他们目光如炬地上下打量我审视我时……虽难免会有些许紧张，但之前在新东方授课的经历以及充分的备课很快就让我镇定了下来，我努力记住每个学生的名字、面孔以及学习汉语的相关经历，一步一步按照课堂设计授课。认真踏实地备课上课，与学生以诚相待，初期的陌生很快就化成了课堂上一次次或整齐或参差不齐的朗读和一声声或爽朗或羞涩的笑。

白昼一天天变短，但我和学生之间的感情却如拉脱维亚浪漫而深邃的黑夜越来越长。

二、日出江花红胜火——相交的岁月

在课堂上，学生比较喜欢喊我“老师”，但我更愿意他们直呼我的英文名“Sunny”。因为我虽是他们的中文老师，但这些比我年轻或年长的、有着深刻思想见解和丰富人生阅历的“学生”，又何尝不是我的老师。

因为中级班和高级班的学生们都已经有一定的汉语基础，学习时间少则一两年，多达十年，所以我在课堂上除了学习汉语知识、中国文化，还会尝试用汉语来讨论不同国家间的文化差异以及对一个问题的不同看法。考虑到他们在知识输入的同时，也需要更多的输出机会，我在课堂上采用了一种新的上课模式——提前一两周给出相应话题，让学生自己搜集材料并制作成幻灯片，上课时在讲台上向全班同学展示（这种模式在高级班使用得尤其多）。

起初，很多同学都觉得这是不可能完成的任务，不仅因为北欧人天生冷静内敛的性格，更因为他们对自己的汉语不自信。但后来在我的坚持和不断鼓励下，大多数同学竟然都可以在台上用汉语做展示，比如介绍中国的一个省，介绍中国的一个传统节日，等等。他们从最初的磕磕绊绊渐入佳境，最终能够娓娓道来……他们的表现经常令人感到惊喜，而我也从学生的展示中受益匪浅。

课堂外的时间，我和孔院的另一位老师金晶会尽量创造更多的机会和学生接触，也让学生彼此之间更加熟悉，以便营造良好的学习氛围。“拉脱维亚大学孔子学院第一届包饺子大赛”里，大家双手沾满面粉，极富想象力地包出一个个创意“饺子”；“中国宗教文化漫谈系列讲座”中，大家带着充满求知欲的眼神，带来热烈的讨论；为“拉脱维亚汉教师生春节联欢会”排练小品《新白雪公主》时，孔院4个班级学生一起排练的思想碰撞和欢声笑语，甚至还成就了一段良缘；“茶文化活动”中，大家热情贡献出各自的茶叶茶具并带来了提前准备的精彩的茶文化解说；由学生发起组织的“开放博物馆赶集聚会”“锡古尔达海边凉亭之旅”“利戈节狂欢”……这一次次的活动中，学生们的汉语水平在提高，汉语文化在传播，我们师生之间的感情和友谊也在日益加深。

作为老师，最开心的事情莫过于教授的学生取得了进步或成长，在这一点上，我收获了太多惊喜，而最大的惊喜莫过于班上的两位学生参加了拉脱维亚第十二届“汉语桥”比赛，并分别获得中学生高级组第二名和大学生高级组第一名的成绩。其中一名学生已经于2015年7月份代表拉脱维亚参加第十四届“汉语桥”世界大学生中文比赛，而另一名学生也将于2015年10月代表拉脱维亚参加第十届“汉语桥”世界中学生中文比赛。不论最终获奖与否，如此难得的经历，相信都会对她们影响深远，让她们铭记终生。

三、孤帆远影碧空尽——离别的岁月

6月的拉脱维亚已迎来夏天，随之而来的别离愁绪也悄然攀上心头。“Sunny，你真的要走吗?”“老师，你舍得我们吗?”“我们不能是你留下来的原因吗?”……听到这些话时，我只觉得自己何德何能，能够拥有这么棒的学生，能够收获这样一份令人珍重的感情。但即使如此，我仍对离别充满感激，不然，如何让人珍惜相聚的每时每刻，又如何让重逢令人期待?

记得在离开前的最后一天，打扫完教室以后，我在里面坐了许久许久，学生们的名字和样子、那些画面感极强的日子就这样一幕一幕划过脑际。体贴可人、活泼好动的历史专业学生苏芮天，上课认真、性格独特的经济学专业学生李艾迪，聪明阳光、口语较好但不擅书写的西蒙，活泼聪明、热心善良的柯安娜，来自瑞士驻拉脱维亚使馆的、年级最高且学习也最为认真的强尼，拉脱维亚的版画艺术家、热情优雅、勤奋认真的塔丽，发音标准、擅长表达、注重细节的律师高碧娜，风趣幽默、博闻强识的汉学博士阳康龙，积极活跃、擅长表达、想成为医生的江瑞思，中文出色、活泼能干、多才多艺的“皇后”艾乐，历史专业学生、聪颖阳光的“白雪公主”纳迪娜，计算机专业学生、认真较真、聪明帅气、健美阳光的理工技术咖罗普……还有学生们在课堂上敏而好学的样子，做展示时认真严肃的样子，因发音不准而努力纠正的样子，因不知道一个词或读不懂一个句子而紧锁眉头的样子，表演自编小品打趣逗乐的样子……感谢上苍，在这段日子里赐予我这么好的学生，谢谢你们对汉语的喜爱执着，谢谢你们对我的支持包容，感谢你们为我的论文写作提供的语料和资料，感谢我们思想碰撞并摩擦出火花的每一个瞬间……

于学生而言，我可能只是他们众多汉语老师中的一个，但他们于我而言，却都是无可替代的存在。课堂内外的记忆终究会随着时间流逝而褪去光泽，但我深深希望喜爱汉语和中国的种子能在他们心中发芽、长大，并结下丰硕的果实。

四、后记

如果说学生是我来拉脱维亚和爱上拉脱维亚的原因，那么“孔院小家庭”就是我觉得拉脱维亚像家一样的原因。两位大家长，拉方院长贝德高教授被我们亲切地称呼为“贝勒爷”，而中方院长尚劝余教授更是像爸爸一样，给他众位“公主女儿”以无私的爱，我们心里早已把他当成一位慈父。还有小家庭里的各位伙伴，琼子姐、芳姐、嗡嗡、脸猫、双、树蕙、婕、孔院秘书劳拉……无一不是那些在异国他乡日子里的一抹绚烂而温暖的色彩。

词人冯延巳曾有词云，“歌阑赏尽珊瑚树，情厚重斟琥珀杯”。10个月的任教时光悄然而过，感恩这段美好的相遇，就让我们把感情和友谊珍藏，共盼那“重斟琥珀杯”之时吧！

方思琪/感恩这段美好的相遇，就让我们把感情和友谊珍藏，共盼那“重斟琥珀杯”之时吧！

（图中前排怀抱鲜花者为作者）

玉碗盛来琥珀光

——那一年，我们在拉脱维亚做汉教志愿者

金 晶*

中国，玉石之国；拉脱维亚，琥珀之邦。且化作一只玉盏，略奉拉脱维亚熠熠动人之美。

一、那一年，我们走过的路——拉脱维亚风光掠影

“你知道吗？在我们这里有一个说法，每一个拉脱维亚女孩都是一个女巫哦！”金发碧眼的拉脱维亚姑娘安娜俏皮地向我眨了眨眼。谈到拉脱维亚，或许许多人都不太了解这个位于欧洲东北部的国家，但是若提到世界上男女比例最悬殊的国家是哪个，不少人都会说“哦！就是俄罗斯旁边的那个！”没错，8%的男女比例差使得拉脱维亚成为名副其实的“女儿国”，而这个国家也正如这里的女子一样，美丽、神秘、内敛，充满了浓郁的波罗的海风情。

拉脱维亚与爱沙尼亚和立陶宛一起，组成了波罗的海三国，它曾是苏联加盟共和国，于1991年独立。其首都里加是波罗的海三国中最大的城市，享有“波罗的海的心脏”和“北方的巴黎”的美誉。而这个充满魅力与生机的国度，一年四季都散发着迷人的光彩。

漫步里加街头，各种富有历史感的建筑触手可及，里加的建筑深受新艺术主义风格的影响。吹奏号角的小天使、振翅欲飞的雄鹰、盘错纤巧的橄榄枝……各种生动精美的浮雕在欧式建筑上绽放着夺目的光彩，成为这

---

* 金晶，2014年8月至2015年7月在拉脱维亚大学孔子学院任汉语教师志愿者，现就职于广州市越秀区教育局。

座城市华丽的名片。走在街头巷尾，或许不经意间一抬头，你就邂逅了一位建筑大师的心血之作，而这些穿越了拉脱维亚沧桑历史、极富欧式风情的建筑也给这座城市增添了动人的韵致。

里加最热闹的地方当属老城。里加老城位于道加瓦河东岸，是里加的历史中心。这里至今保留着青石铺成的街道，与路边充满中世纪风格的房屋建筑相得益彰。走在蜿蜒曲折的老城小路上，仿佛回到几百年前那个古老而神秘的时代。如今的里加老城更是成为年轻人最爱的聚会之地。可以靠在露天广场的藤椅上，点上一杯沁凉的莫吉托，听驻唱乐队演奏动感的摇滚或是卖艺的小伙拉响悠扬的提琴。流动啤酒车坐满了高声欢歌的游客，将高亢的情绪沿路播撒，颇有活在当下不知今夕是何年的欢畅之感。古老与现代、传统与时尚并存，里加老城就是这样一个能将众多元素和谐相融的地方，在这里，每个人都能找到属于自己的那一份快乐。

拉脱维亚是世界上森林覆盖率最高的国家之一，即使是在里加这样的首都城市，也随处可见长满参天大树的城市公园。春天的里加是绿色的海洋，在经历了漫长的冬季之后，新芽吐翠，万物复苏，粉色的桃花、白色的樱花、五彩缤纷的郁金香……各色绚烂的花朵次第开放。拉脱维亚人爱花，常常可以在路边看到卖花的老妇人，而人们也愿意在结束一天疲惫的工作后捎上一束馥郁的鲜花送给最亲近的人，与家人共度温馨的晚餐时光。

离里加约40分钟车程的锡尔古达是拉脱维亚人钟爱的世外桃源。夏季，这里层峦叠翠，满目葱茏，是个避暑的好去处。坐在拉脱维亚最大的河流之一高亚河边，暂时抛却凡尘喧嚣，放空一切思绪，让清流荡涤双目，让鸟鸣滋润双耳，实在惬意至极。金秋十月，锡尔古达层林尽染，许多拉脱维亚人都爱来这里，提着小篮子在森林里采蘑菇。大雪飘飞的冬季，这里又成了天然的滑雪场，下至六七岁的孩童，上至古稀的老人，都有其身影，拉脱维亚人对滑雪的热情不可谓不高。虽然气温低至零下，但大家依然纷纷穿上色彩艳丽的滑雪服，抱着滑雪板或滑雪杖在冰天雪地中尽情享受疾速下的冬日欢乐。

苍穹辽远，白云连绵，海鸥高翔，拉脱维亚人一直以拥有欧洲最美的天空为傲。在风和日丽的日子，沏一壶香茗，爬坐窗台，享受日光慵懒地在白棉袍上游移。青天如画，大朵大朵的白云如丹青大师挥墨而就，肆意纵横。在这样的时刻，四十五度仰角不再只是一个矫情的姿势，自然之摄人心魄的美早已让人忘却凡尘俗世，只愿奉一颗虔诚的心凝神观想。不经意间，一个午后就已随着棉花糖般的流云悄然溜走。

许多朋友问我是否喜欢拉脱维亚，我总是毫不犹豫地说："当然！"喜欢拉脱维亚好像不需要太多理由，仅仅是看一只海鸥从天际划过，就能收获内心片刻的丰满与安然。喜欢拉脱维亚，喜欢它郁郁葱葱的森林，喜欢它总也看不腻的天空，喜欢它琤琮洁净的溪流，喜欢它自由自在的白鸽与野鸭。拉脱维亚的风光就如孩童清澈的眼眸，即使旅人也会一再驻足回首，不忍离去。

二、那一年，我们唱过的歌——工作生活拾穗

> 洁净美丽的城市，蓝天上飘浮着轮廓清晰的云朵，阳光在清冷的空气中透亮，秋风时常溯来一阵冷雨，暗示着将至的冬季的威力。表仍走着家乡的时间，看它的时候就推想家里的人在做什么，仿佛这样就能模糊时差，未曾远离。天涯无能共此时，但愿千里共婵娟。

这是来到拉脱维亚第二天的我在日记里写的一段话。而现在，当我身在故乡的盛夏骄阳里，听着窗外一阵又一阵不知疲倦的蝉鸣，回忆过去的10个月，一切仿佛都发生得太快太快。

10个月前，我怀着期待和忐忑的心情踏上这个波罗的海旁的国家，眼前的一切陌生而新鲜。湛蓝的天穹，绵厚的白云，街头巷尾绚丽缤纷的涂鸦，耳边响起的不再是熟悉的家乡话……当两位院长在孔院办公室亲切地对我们说"以后孔院就是你们的小家庭，我们就是一家人了"的时候，我的心里涌过一股暖流，而这一趟肩负光荣使命的"华丽冒险"也真正展开了。我们第二天就举行了赴华奖学金学生欢送会，拉脱维亚的学生们和我们一样，对未来异国的学习和生活充满了憧憬和不安。细想其实很有意思，我们跨越6个时区来到这里，他们跨越小半个地球去我们的故乡，我们为什么都要离开家人和祖国不远万里奔赴地球上另一个彼此的国度？我想无论是去学习还是去工作，都是为了心中的一个小梦想吧。于我而言，

这个小梦想是让更多的人体会汉语的魅力，体验中国文化的丰富多彩，同时，自己也能够经历不同的文化和生活，从而对他人、对不同的价值观有更深的了解和包容。

9月可谓是名副其实的“活动月”，拉大孔院先后举办了中秋联欢活动、孔子学院日活动、2014—2015学年开学典礼和中国—波罗的海艺术节艺术讲座。中秋联欢活动是我们3个新志愿者第一次参与的活动，也是我们在公众面前的第一次正式亮相。略内向的我在那次的亮相中竟然发挥得特别自如，从自我介绍到书法表演，似乎有一股热情和自豪在背后支撑着。连刚认识的西班牙朋友后来也对我说：“小七（Seven），我原来以为你不太爱说话，可是你今天的表现太让人惊讶了，棒极了！”在感谢朋友热情鼓励的同时，我也对未来的工作更有信心。

都说好的开头是成功的一半，一点不假。在中秋联欢活动之后，我们迎来了当年的重头戏——孔子学院日活动。2014年是孔院成立十周年，全球各地的孔院都纷纷举办精彩多样的庆祝活动，我们自然也不例外。一直觉得特别幸运，十周年庆典如此重要的日子正巧被我赶上，第一次做志愿者就能有机会共享孔院蓬勃发展的成果，亲身体会汉语传播事业的蒸蒸日上，这之中有莫大的喜悦，也是一份可贵的荣誉。从前期宣传品的定制准备、孔子学院日活动的方案策划，到实地宣传活动的进行、节目的编排落实，再到当天庆祝活动的开展，每一个环节无不浸透着孔院所有人的汗水和心血。身为孔院的一分子，在孔子学院日活动的举办过程中我切身体会到了整个“家”为了同一目标共同努力奋斗的踏实感和成就感。每个人各司其职却又互相关照：遇到困难时，总有人向你伸出援手，你永远不会是一个人；遇到障碍时，大家一起商量探讨，在得出最佳方案后不约而同露出会心的微笑。正是这样的共同努力，使得9月27日的图书馆礼堂里精彩纷呈，有舞龙舞狮的热闹非凡、茶艺表演的娴静典雅、丝竹民乐的回转悠扬、傣族舞步的婀娜多姿……更有中文体验微型课堂、中国书画、剪纸体验、中国舞及中国功夫展演以及孔子学院日主题摄影展演，多种元素汇聚一堂，俨然成了一片浓缩了中华绚丽文化的海洋。那晚我的日记本里只有短短一句话：“孔子学院日，有点累，想家了，可是这样的感觉真好。”

在结束了热热闹闹的孔子学院日活动之后，我们受邀参加了中国驻拉脱维亚大使馆的国庆招待会。在国歌响起的一刹那，不知怎么我的眼泪一下子就湿了眼眶，那种在异国他乡的庄重场合庆祝祖国生日的心情难以言表。回头看另一位志愿者伙伴，她的眼睛也红了。记得我的导师曾说，“要爱国，先出国”，当你真正远离家乡远离亲朋时，才能深切地体会到对故土和亲朋的思念与眷恋。也只有这时，你才能够体会到你的血脉和那片辽阔的黄色热土紧紧联系在一起，就如一首歌中唱的，“身在他乡，志在远方”。

在9月底的开学典礼之后，教学工作正式展开。我负责孔院本部的成人初级班和少儿班两个班级。第一次面对满满一教室的学生，看着他们一双双专注和信任的眼睛，我感到了肩上沉甸甸的担子。在汉语学习的道路上，我是他们的第一位老师，而同时作为学生，我亦明白我的角色对于他们树立学科兴趣和培养良好学习习惯的重要性。在最初的两个月中，几乎每个工作日醒来之时，我都在思考如何准备下一堂课，如何在教给学生知识的同时活跃课堂气氛，让学生不仅学有所得，更学有所乐。而少儿班的工作任务更为艰巨，由于拉大孔院是第一次开设少儿班，没有经验可向前辈们求教，一切都凭自己摸索。很快我就发现成人初级班的教学进度和教学模式完全不适用于少儿班，而课堂管理也成了最让人头疼的问题。于是，我开始在成人教学和少儿教学两种模式中来回切换，虽然面对的都是零起点的学生，但是给人的是截然不同的体验。随着时间的推移，看着成人班的学生能够用汉语进行简短的对话，听着少儿班的孩子们能够欢快地唱出汉语儿歌，我觉得很欣慰。特别是假期过后的第一次课，当我走进教室时，两个平时最调皮的孩子跑过来开心地抱住我，一位家长课后告诉我他的孩子回去后像小老师一样教妹妹们说汉语，感动的同时我更体会到了作为老师见证学生进步的幸福。

每个班每周除了四节语言课，还各设有两节中国文化课。国画课上，学生们跟着我一笔一画地描摹，花青、藤黄、赭石……丰富绚丽的色彩在一张张洁白的宣纸上渲染开来，美不胜收。书法课上，孩子们兴奋好奇地挥动着手中的毛笔，一个个稚气的“福”字跃然纸上。剪纸课上，学生们先用铅笔和直尺认真地在红纸上画好图样，接着用剪刀沿线小心翼翼地裁剪出形状，在“红双喜”展开的瞬间每个人的脸上都露出了开心的笑容。包饺子活动中，大家纷纷卷起袖子，和面、擀皮儿、包馅儿，互相比赛谁包得快包得好，忙得不亦乐乎，自己动手做出的饺子也显得格外美味。当然，也有失败的课堂，虽然准备充分，但因缺少与学生的互动而未能达到预期的效果。比起语言课，对我而言文化课更有挑战性。教学相长，我也在一次次的教学实践中学习着如何建立更有效和更有趣的课堂。

除了教学，我还负责孔院的网站和脸书（Facebook）运营以及汉办官网的新闻稿投稿工作。在这项工作中，我熟悉了如何进行新闻稿写作和翻译，锻炼了分类整理文稿和图片的能力，算是半个“电脑盲”的我也逐渐摸索出如何使用网站系统。这项工作需要细致和耐心，面对分门别类的文件夹和相似的新闻标题，常常不知不觉便眼花缭乱，往往一整理就花去很多时间，对耐心和细心是很好的锻炼。在分配新闻稿的写作和翻译工作中，我也在尝试着尽力协调和处理好与其他同事的工作关系。不同的人对待相同的任务也往往会有不同的态度和效率，作为负责统筹的人，这对我而言也是很大的挑战。

将近一年的志愿者生活已经挥手作别，在过去的300多个日子里，我在这片异国的土地上感受到这些年来少有的平和纯粹。在这里，有一位特别理解、信任与照顾我们的“萌”院长，我们亲昵地称他为“院长大大”；在这里，有几位乐观、善良与体贴的小伙伴，我们一起赶公交，一起熬夜写计划，一起吃着零食聊梦想；在这里，有几个会满地乱爬的熊孩子，调皮捣蛋的时候像小恶魔，但更多的时候像美好的小天使；在这里，有一群无论我讲课怎样都会坚持来听课的学生，他们的进步是我坚持下去的动力。父母和朋友关心着我，导师指点和帮助着我，感谢身边有那么多人陪我一起走过这难忘的10个月。

任期圆满结束，我心里满满都是不舍和感恩。感谢在拉脱维亚遇见的人、经历的事。回到国内，有一瞬间感觉这一切像是一场梦，就像爱丽丝闯进了奇幻仙境。但是经历是实实在在的，收获是实实在在的，感动是实实在在的，而这一切都将成为一笔宝贵的财富，埋藏在我的心里。感谢的话说不完，希望能怀揣这深深的感激踏实走好后面的路；不舍的情剪不断，就带着这幸福的回忆将自己绵薄的力量奉献给更多的人。每一次告别，都要很用力，因为不知是否会再相见。但无论见与不见，拉脱维亚就在那里，朋友就在那里，回忆就在那里，偷不走，丢不掉。有部电影里说，每一次相遇都是久别重逢。那么在这久别重逢之后，也有理由相信，或许在未来某个时分，还会再相遇。

金晶/孔子学院日，有点累，想家了，可是这样的感觉真好。
（图中左四为作者）

追梦赤子心

莫婉婷*

“老师再见！”

送走最后一个学生，收拾好散落的教具，清点好孔院物资，熄灭教室的灯，关上教室的门，看着夕阳透过窗户挤过门缝的光束越变越小、越拉越长，直至“嗒”的一声，木门缓缓合上。站在门外的我，仿佛还能听到教室里孩子们欢乐交谈的声音，谈论着今天最爱的体育课、最喜欢的朋友，分享着从家里带来的小零食。时间似乎暂时停止，继而开始倒带，回到我刚来孔院的那一天。我站在家长和孩子们聚集的教室门外，怀着紧张忐忑的心，调整着呼吸，缓缓推开教室的木门……

2015年8月30日，背上行囊历经20个小时的飞行后，我来到此前从未听说过的国度、波罗的海三国之一——拉脱维亚。刚到拉脱维亚的首都里加，我便感受到与自小生活的广州不一样的冷空气。虽是8月，本应正当炎夏，微凉的风却夹带着氤氲的水汽扑面而来，仿佛还能嗅到森林和大海的气息。街上古老的有轨电车、带“辫子”的电车、现代化的公交车、各种颜色的出租车，甚至还有我许久未见过的摩托车在石子路上来回穿梭，发出“咔嗒咔嗒”的声音。两旁的行人穿着清一色深色系的衣服，在路上或忙碌或悠闲地走着，有穿着正式、手提公文包的绅士，有拄着拐杖的慢悠悠的老太太，有背着书包的孩子和领着他们的父母，还有滑着滑板“嗖”的一声从身旁穿过的少年。我深呼吸了一口微微湿润的空气，啊，这就是里加，我来了！

拉脱维亚大学孔子学院办公室设立在拉脱维亚大学主楼，主楼位于里加老城入口。这栋主楼外表朴实无华，只有一面拉脱维亚国旗和门前格外

---

* 莫婉婷，2015年8月至2016年6月任教于拉脱维亚大学孔子学院，现就职于广州市培正中学。

安静的氛围昭示着这里是拉脱维亚最高学府。走进主楼，大大的校徽镌刻在墙上，庄严肃穆。而孔院的教室设立在距离主楼10分钟车程的拉脱维亚大学图书馆顶楼，三间教室分别为少儿班、成人初中级班和成人高级班教室，这里各种教学设施齐备，汉办赠书一本本整整齐齐地码在书柜里，窗户上贴着学生自制的中国窗花，天花板上悬挂着中国结，墙上还挂着中国风筝，十分有学习中文的氛围。在我们这批志愿者到达之前，孔院的中拉方院长和秘书就给我们安排好了一切，不论是食宿还是工作，都让我感到家一般的温暖。

参加孔院新学期的开学典礼后，我总算有了些到另一个国家当老师的感觉。一整个大教室满满当当全是想来学习汉语的人，有白发苍苍的老爷爷、老奶奶，有当地学校的大、中、小学生，还有爸爸妈妈领来的学前儿童，甚至有其他国家驻拉脱维亚大使馆的官员亲眷。而我负责的少儿初级班和中级班的孩子们主要集中在11—12岁这个年龄段，他们活泼可爱，对新事物充满了好奇，还有一点点的小叛逆。

在初级班的教学中，我着重于汉语拼音和声调的教授。对于当地的少儿班学生来说，一声、三声的发音不是问题，难的是二声、四声。不过我发现孩子们的竞争和合作意识都很强，只要找出一个发音标准的孩子，让他站起来配合手势带领其他学生做声调的练习，大部分学生都能主动去改善自己的发音，比老师一遍遍纠正更有效。虽然我和这边的学生在语言沟通上不存在问题，但正因为双方都会说英语，反而会让英语这个中介语影响汉语教学。学生往往会追求老师讲解的汉语知识点与英语表达的一一对应，这样一来不仅学生会把英语的语法套在汉语上导致语序混乱，还影响了汉语口语的准确性。针对这种情况，我有意识地在课堂上逐渐减少英语出现的频率，使用纯图片进行词汇教学，用反复对话进行句子教学，用归纳法进行语法点的教学，帮助学生用汉语的思维学习和思考。

由于学生大多集中在11—12岁，都还是孩子，家长们为了培养孩子学习第二外语的兴趣而送他们来到孔院，所以他们对课堂的趣味性要求很高。因此，如何使他们保持这种高涨的热情学习汉语就成了我的首要任务。在学习一部分词语后，我设计了一些卡片随机分配给学生，要求在我说到一个词语的时候，他们要快速地在图片库中找出对应的图片并展示，还要重复两遍这个词的发音。另外，我还会用学过的短语或句子对某个物体进行描述，比如“圆圆的”和“红色的水果”，这时学生就要快速搜索出苹果的图片并说出这个词，这种方法使学生快速掌握了学过的单词，还提高了他们使用汉语描述物体的能力。在学习句子的时候，我也会创造一个简单对话，用机械对话和自由对话相结合的方法，让学生在一段时间内只能练习这个对话或者是自己改编的对话，比如在15分钟内我们只能使用购物的几个句子。经过锻炼，学生渐渐能在一段时间内高度集中精力并且强迫自己使用汉语，大大提高了学习效率。

除了必要的语言知识教学外，我还会带领学生开展一些有趣的文化活动，比如学唱汉语歌、剪纸、画中国画、写毛笔字和包饺子等，学生们都非常喜欢这些活动，积极性非常高。此外，我还发现他们虽然年纪都不大，可是对当代中国非常感兴趣，比如他们会主动和我讨论中国是世界上最大的出口国，中国内陆空气污染严重，中国的食物很好吃等，让我非常惊讶。后来，我便有意识地在课堂上向他们传递当代中国的信息，比如高铁的发展日新月异，中国政府高度重视环境治理，中国商品物美价廉是因为技术革新等。我对他们说中国有了高铁之后，之前4个小时的路程可以缩短到1个小时，从拉脱维亚首都里加到第二大城市道加瓦皮尔斯如果坐火车要3个小时，但是搭乘高铁只要40分钟就能到达，孩子们非常惊讶，对中国的好感和好奇急速增加。

作为国家派出的汉语教师志愿者，我深知身上背负的使命——尽最大努力、尽一切力量传播中华文化，将中国繁荣发展、日渐强盛的一面展现在国外民众的眼前，为中拉友好散发出自己的光和热。任教于孔院少儿初级班和中级班，我无比感谢能遇见这样一群天真、烂漫、可爱并对中国怀抱着好奇心和无限兴趣的孩子们。经过10个月的努力，我的学生们的汉语都有了不同程度的提高，他们懂得了如何用汉语描述现实中的事物，懂得了使用汉语简单地表达自己，并且养成了书写汉字的好习惯。但最重要的是，他们了解了中国，对中国文化产生了兴趣，增强了对中国这个国家的认同感，由此前只知道香港和上海到现在知道北京的四合院，知道古都南京，知道中国有个地方叫哈尔滨和里加一样冷，知道中国是个礼仪之邦，知道中国地大物博……他们崇拜中国的高铁，向往中国的高楼大厦，还喜爱中国数也数不清的美食。

正所谓“长风破浪会有时，直挂云帆济沧海”，汉语教师志愿者的经历是一个人的修行，因为这段经历我爱上了国际汉语教师这个身份，懂得了如何在逆境中成长，尝试着独立解决问题。汉语教师志愿者依赖一个团队的合作，大到一个活动的举办，小到一篇新闻稿的撰写，都需要多方的合作才能顺利开展。在未来的日子里，我会坚定不移地走下去，到祖国需要我的地方去，为国际汉语教学事业添砖加瓦，贡献自己微薄的力量。

莫婉婷/时间似乎暂时停止，继而开始倒带，回到我刚来孔院的那一天。（图中左三为作者）

从亚欧大陆东南到西北

黄　蕊*

当我还在读中学的时候，我总是喜欢读《在山的那一边》，在亚欧大陆的东南角，那个八山一水一分田的省份里长大的我，总想走出山林，看看世界。只是穷极我的想象力，也不会想到有一天自己会跨越整片大陆上无数的山川河流，来到拉脱维亚，来到里加，来到那个有着“波罗的海跳动的心脏”和“北方的巴黎”之称的美丽城市。

一、一封信

到达里加之前，我收到了一封来自上一任志愿者的信，前辈在信中不厌其烦地向我介绍了拉脱维亚这个国家、里加这座城市、拉脱维亚的这所大学，以及我将要度过将近一年时光的拉脱维亚大学孔子学院的基本情况，林林总总，巨细无遗。我仿佛看到了一本缩微版的《汉语教育志愿者拉脱维亚生活指南》，或者用更浪漫些的说法，呈现在我眼前的是一幅描绘我接下来的拉脱维亚生活的《清明上河图》。

带着前辈的关切和祝福，带着家人和朋友的不舍，我在初秋来到了里加，迎接我的是遍地金黄的落叶，然后就是漫长的冬日，银装素裹。我离开时正值春天，柳絮纷飞。只可惜在这10个月的任期里，我注定要与当地人口中最动感十足的夏天擦肩而过了。

---

* 黄蕊，2015年8月至2016年6月任教于拉脱维亚大学孔子学院，现就职于江西省赣州市工商联赣州经开区分会。

二、一个班级

在我来到里加的第一个学期，我遇到了孔院汉语超级班，学生们的汉语水平在5级左右，没有相应的教科书，所以我只能在每节课前制作讲义，发到班级邮箱。

超级班是个对汉语教师来说非常具有挑战性的班级，从我来到这里的第一天开始，就听说了这个班学生的种种“刁钻”，以至于我在最初见到他们的时候，确确实实是被吓了一跳的。但是一年的教学下来，对于这个班的学生，我除了感谢，还是只有感谢，我甚至觉得自己是个幸运儿，居然有机会碰到这样一个优秀的班级。在帮助他们的同时，我也在快速成长。

初见这个班级的学生时，每一个人身上都带着拉脱维亚人特有的害羞，上课时矜持得不得了，常常是我说十句底下也没人回应。没办法，我只能扔掉自己身上的正经光环，在课上手舞足蹈，讲冷笑话自嗨，慢慢地学生和我熟络起来，玩笑开得多了，也更加爱说话了，再让他们在课堂上进行口语练习的时候，每一个人都比原来放得开了，说的话也多了。在一段时间的交往后，学生慢慢开始和我讨论自己在平时学习中遇到的各种问题，“古代的黄金为什么要制作成元宝形?”“古代的中国女性地位到底是怎样的?”“中国人那么讨厌四，为什么还有‘四书’‘四大名著’这样的说法？为什么成语也大都是四个字的?”“‘姻缘’的‘姻’为什么有女字旁?”……有的问题我可以轻易在当下回答，可是也有很多的问题甚至需要我在网上下载几篇论文研究之后，才能给出合乎逻辑的答案。

三、一个学生

在我的学生之中，给我留下最深刻印象的就是本地的一名律师高碧娜，她和汉语的故事感动了许多人。几年前她经历了丧子之痛，精神受到沉重打击，身体也出现了问题，几乎完全丧失了工作能力，生活不能自理。正在这时，她遇见了汉语。正是对汉语和中华文化的热爱与追求，让她不断学习汉语，重新燃起生的希望，并最终战胜了病魔。她告诉我，中国的汉字中蕴含着让人快乐的奥秘，这也正是与汉语结缘使她获得新生的原因。

在汉语课堂上，她更像一位探索者，课堂上的某一句话或者某一个小小的议题，都有可能在她那儿变成一次恳切的深谈、一张书单、一份对中华文化更加深刻的理解。10个月的时间里，我们从中国文学、哲学、历史谈到五行、《周易》，迥异的文化背景和思维方式让她对中国有了更深的了解。在当年的“汉语桥”比赛中，她一举夺得拉脱维亚赛区的第一名。但这份成绩并不足以让她满足，令我汗颜的是，在我离开里加的前夕，她已经开始捧着四书五经研读，开启了自己的文言文学习之旅。

除高碧娜以外，我的班级中还有从汉语课堂中汲取养料，最终创作出作品《化蝶》的版画艺术家塔丽；走遍世界40多个国家依然觉得中国最有魅力的玛丽塔；希望以后在中国生活，像主持人安泽一样为中拉文化交流作贡献的中学生艾乐……在他们的身上，我看到的是两个完全不同的文化圈的交流与融合，他们站在他者的角度，提出了很多对中华文化的思考，其中的很多问题成了我的汉语课的灵感来源，也让我以一个更加全面的角度看待自己的国家和文化。因为他们，我在拉脱维亚的这10个月有了更加重大的意义。

四、一份珍藏

10个月的时间，我用拉脱维亚的秋叶做颜料，用拉脱维亚的冬雪做画卷，用拉脱维亚的春风做落款，真真切切地完成了一幅属于我自己的《清明上河图》。这幅图画上的每一笔勾画，都会在我的内心触发关于大陆那一头某一个角落的回忆，它们静静地躺在那里，伴随着我的回忆变成了一本书，叫作《里加梦华录》。

黄蕊/我在初秋来到了里加，迎接我的是遍地金黄的落叶。
（图中左三为作者）

西北望，有我的另一个“故乡”

尹莎莎*

其实开始写这篇文章的时候，已经距自己离任有两年多的时间了。直到那天院长建了一个拉脱维亚汉语教师志愿者的微信群，发现自己已然是被拍在沙滩上的“前浪”。但即便过去了这么久，那10个多月的异国经历却从未走远。大家在群里说，有尚院长在，拉脱维亚就有一个家，记忆也有了存放之处。于是，我决定补写一篇有关“光荣岁月”的文章，以纪念过往的美好。

一、那年花开

2015年8月，通过母校推荐、国家汉办遴选和培训，作为志愿者，带着对未知的忐忑和憧憬，我和其他志愿者小伙伴一起踏上了俄航的飞机，十几个小时后落地里加。一切的陌生感、旅途和时差带来的疲惫，在拉脱维亚大学孔子学院的中拉方院长、秘书的热情招待中，逐渐散去，就这样开始了自己在拉脱维亚的工作和生活。

我本科和硕士阶段学的都是汉语国际教育专业，在赴任前也有过几段汉语教学的经历。拉大孔院虽然刚成立三四年的工夫，但从教学条件和生源来说，都非常不错。和其他孔院相比，我们的多媒体条件非常好，也有各式各样的汉语教材可以选择。因此，踏上讲台对我来说并不是什么难事儿。但与不同国家和文化背景的学生交流，还是需要一个适应过程。为了能调动课堂气氛，让学生在每堂课上都有所收获，我常和其他志愿者交流，每天需要花费大量的时间备课。但这一切，学生似乎并不买账，这一

* 尹莎莎，2015年8月至2016年6月任教于拉脱维亚大学孔子学院，现就职于北京外国语大学孔子学院工作处。

度让我非常困惑。为什么自己在讲台上“手舞足蹈”却成了“自说自话”？为什么精心策划的学生展示却被委婉拒绝？经过几次的“挫败”之后，我向几个平时与我关系比较好的学生“求助”，他们告诉我，每个人的汉语学习目标是不一样的，很多拉脱维亚人生性腼腆、对学习没有那么严肃认真，再加上有的人经过一整天的工作已经非常疲惫，此时的汉语学习对他们来说可谓是“心有余而力不足”。了解情况后，我一方面降低了自己的教学目标，另一方面向学生表达了自己非常珍惜这一年的时光，想要让学生有更多的进步的想法。在这之后，我们彼此逐渐熟络起来，学生也开始配合我的教学。下课的时候，也有更多学生笑着对我说“谢谢你，莎莎”。

在理顺和学生的关系之后，他们就成了我在拉脱维亚最好的朋友。学习汉语之余，他们也会问我和中国有关的各种问题，也会告诉我很多拉脱维亚的风土人情，比如什么地方有传统的拉脱维亚美食，周末应该去什么地方欣赏拉脱维亚的美景……后来想想，这不正是在践行孔院设立的初衷：让世界更了解中国，加深文明之间的交流！最后一节课，学生们精心策划了一场告别会。他们把最爱的白色“铃兰花”和拉脱维亚当地最有特色的琥珀手串送给我，每个人都走到讲台上和我拥抱，我们一起喝茶，回忆点点滴滴……一个华裔学生下课后站在我身边，什么都不说，但就是迟迟不愿离去。那一刻，我觉得自己为汉语课堂付出的一切都得到了最切实的回报。也正是这一年，让我确立了自己之后的工作轨迹：一定要继续从事和汉语（文化）推广相关的工作。因为，一朵美丽的“汉语（瀚宇）之花”，已经悄然在我心中绽放。

二、现在的我们

虽然只有短短10个月的时间，但正是这段“独在异乡为异客”的经历，让我收获了太多纯粹的友谊，也让我有了更多成长。因此，在回国前我一度非常不舍，舍不得自己曾经奋斗过的地方，更舍不得那些可爱的学生和一起工作过的领导与同事。但回国后，我发现缘分真的是很奇妙的东西，因为它会一直在我们身边……

曾经教过的一个学生安吉丽娜，在我回国的第二年来到拉脱维亚驻华大使馆工作。她说，正是因为自己有一年孔院学习的经历，她比拉脱维亚外交部的很多同事对中国有更立体、更多元的了解，也可以说一口更加标准的汉语。在汉办组织的夏令营体验中，她发现北京虽然有雾霾，但经济发展速度很快，人们的生活也很有盼头。所以回国之后，她就争取到了做外交官的机会。现在我们还会约着一起逛逛胡同儿，或是去景山、北海公园散散步。看着她一点点地适应了在北京的生活，从以前聊天时以英语为主，到现在我们甚至可以用汉语聊八卦，真的打心底里替她高兴。

另一个学生文玲，是一个中国传统文化的铁杆儿“粉丝”。好几次文化课上，学生问我的特别专业的知识，她都能如数家珍般信手拈来，知道的比我还要多。每年她都利用自己休假的机会来中国旅游，亲自去看看那些在课堂上听到的古迹，去学学那些在书上看到的传统文化。2017年我们相约一起去平遥古城旅行，2018年她又开启了自己在苏州的长期游学。2018年中秋节时，她把自己的书画作品《花好月圆》发给我，我几乎感动到落泪。

回国之后，因为种种原因我没有继续做汉语教师，但很幸运的是，自己还在从事和汉语推广相关的工作。目前，我在北京外国语大学孔子学院工作处工作，主要负责汉语教师志愿者的选派工作，每每听老师们讲述自己的外派生活时，我还是会觉得孔院从未离我远去。祝福拉大孔院常青！祝福那里的人们顺遂！

尹莎莎/我发现缘分真的是很奇妙的东西，因为它会一直在我们身边……（图中右一为作者）

拉脱维亚三度春夏秋冬

曾庆君*

2016年8月10日，我们一行8人来到了美丽的拉脱维亚。由于以前在尼泊尔担任过一年汉语教师志愿者，家人和朋友并不太担心我有什么危险和不适应，但是要面对完全陌生的人和环境，我的内心还是有一点忐忑。当得知尚院长的牵挂并在机场看到孔院秘书后，一颗忐忑的心终于可以放下了。秘书劳拉漂亮能干，帮助我们安排住宿、购买生活用品、办理证件，无微不至。来里加第二天，中拉方院长就邀请我们到拉脱维亚大学餐厅见面，为我们接风。院长们和蔼可亲、风趣幽默，大家坐在一起说说笑笑，很快就熟悉起来了。

2016—2017学年，我先后承担了孔院本部和拉大人文学院4个班级的汉语教学。在课堂上，我增加了许多词汇拓展和句子练习，鼓励学生多用汉语进行完整表达和描述，定时进行词汇考试和语法总结，督促学生及时复习，巩固已经学习过的知识，每个星期都会进行小测。每次课程的前两节是语言课，第三节是文化课，使用文化教材再加上我自己准备的一些材料，让学生通过课后备注以及自己查字典阅读。然后，让学生读句子并进行翻译。这样脱离了文化课老师在讲台上讲、学生在下面听的状态，让学生真正了解了中华文化，学会阅读方法，扩大词汇量。

除了承担日常教学工作，我还负责拉大新闻媒体的信息发布等工作。2016年9月至2017年4月，拉大孔院举办了很多精彩的文化活动，这些活动大多受到学生的好评，也更加拉近了学生与汉语的距离，扩大了孔院的影响力，提高了孔院的知名度。我有幸参与了“第五次中国—中东欧国家领导人会晤”和“中东欧国家汉学研究与汉语教学研讨会”的筹备工作。

---

* 曾庆君，2016年8月至2018年6月在拉脱维亚大学孔子学院任教，2019年1月至2020年1月在里加文化中学任教。

我作为总负责人组织了拉大孔院的孔子学院日暨拉大孔院成立5周年和中拉建交25周年的庆祝活动；最让我感到骄傲和荣幸的是受使馆借调，我先后组织并参与了迎接李克强总理访问拉脱维亚和接待张德江委员长访问拉脱维亚的工作，这些活动受到了大使馆的书面表扬。

在拉脱维亚的这一年我得到了很大的锻炼，我很感谢这一年的所有经历。感谢那些在异国他乡陪伴着我的所有孔院老师、领导，是他们不断地鼓励我、帮助我，让我勇敢地面对困难，化解了我的孤独。感谢所有学生对我的工作的配合和理解，是他们让我获得了自信和勇气。感谢我的亲人，正是他们的支持和无言的爱让我有勇气有动力在国外认真坚守。我也很感谢国家汉办给我这次机会，让我在另一个国度有了属于自己的一份宝贵财富。

2017年8月25日，我再一次来到了美丽的拉脱维亚。这里依旧是那么美丽，有蓝天、阳光、白云和清新的空气、色彩斑斓的花朵，似乎空气中都弥漫着沁人心脾的香味。由于这是我在拉脱维亚的第二年，我对这里的一切都驾轻就熟，一放下行李就带着小伙伴们去探索里加老城以及我最钟爱的里加大市场。

英国的诗人格林称里加为“北方的巴黎”。这个只有不到200万人口的小国远离大国的喧嚣，宁静而祥和。这里有着郁郁葱葱的树木和柔软的草坪，还有湛蓝的天空和鲜艳多姿的花朵。这里拥有庄严的教堂、美丽的古堡和精美独特的新艺术风格建筑。这里的古迹拥有丰厚的历史文化，同时这里的现代化设施也非常完善。美丽的公园，宽敞的街道，以及随处可见的雕塑，让整个城市充满现代气息。当然，作为一位美食爱好者，我最喜欢去的地方就是里加大市场。里加大市场是欧洲最大的市场，是20世纪拉脱维亚最著名的建筑之一，被列入世界文化遗产名录。市场里琳琅满目的商品和姹紫嫣红的花朵，每次只是简单地看上一眼都让人心生欢喜。

9月，新学期开始了，拉脱维亚也正式进入了秋季。秋天是拉脱维亚的“黄金时期”，树叶变得五颜六色，当地人称拉脱维亚的秋季是琥珀色的秋。拉脱维亚的秋没有“自古逢秋悲寂寥”的萧索与凋零之感，秋季虽短，却让人回味无穷。就这样，在这个美好的季节里，我又见到了以前的学生，并认识了很多新朋友。再次见到学生们让我异常兴奋。我们之间已经有了相当好的默契，他们从我的一个眼神中就知道我要表达的是什么。

每一位新学生都非常好学且友善，他们一开始可能不太适应班级里的节奏，但经过一段时间磨合之后，新老学生彼此之间也很快熟悉起来了。我们班上课的氛围很轻松，学生们经常在课堂上开玩笑。当然，学生们上课也非常认真。做对话练习时，每一位学生都会很认真地准备，绞尽脑汁地把所学过的知识点放进对话中；让他们模仿课文叙述一件事情，他们居然会编成各种各样有趣的故事，让我感到非常惊喜；当他们太懒不想做练习时，几个女孩子会眼巴巴地望着我撒娇，但最后还是被我降服。这是一帮非常热爱中文及中国传统文化的学生，他们上课时会积极思考，变身好奇宝宝：这个句子为什么要这样说？这两个词语有什么不同？为什么这个句子不加“了”？……他们每一位都多才多艺，他们会中国茶艺、中国画、书法，还经常在家里尝试做中国菜。上文化课时，当学到《诗经》中唯美的诗句时，学生们会不由自主地沉浸在这美好的意境中；学到屈原投江的故事时，学生会对这位爱国诗人的命运感到惋惜，有几位感性的女学生还会偷偷抹眼泪；学到有趣的成语故事时，他们也会将中拉成语故事进行对比。每次放假不能上课时，学生们会发出一片哀叹声，他们珍惜每一次上课的机会，不想错过任何一节中文课。和这样一群可爱的学生相处，我对每一天的课程都充满期待，期待他们带给我的惊喜，带给我的感动。你好，我的学生们！很高兴认识你们！

不久后，拉脱维亚的寒冬终于又到了！来拉脱维亚以前就听很多小伙伴说这里的冬天很冷，但是作为一个北方的孩子，我并不怕冷，我的家乡本身就是一个“雪窝”。今年的冬天很早就来了，鹅毛般的大雪给整个拉脱维亚换上了新装。冬日的里加就像一个梦幻的童话国度，仿佛转角就能遇到童话里的精灵。寒冷的冬天会消除一切表面的虚伪与浮躁，让拉脱维亚有足够的时间凸显出它本身的美好。闲暇时，躺在暖和的被窝里看看书、看看电影，那滋味别提有多美了！遗憾的是，虽然下了很多场雪，但今年的里加并没有下过一场我认为的真真正正的大雪。工作日的时候，每天晚上下课后，窗外早已漆黑一片，对于我这样怕黑的人来说，根本就是寸步难行。多亏了孔院本部两位小伙伴的陪伴，我才有了在黑暗中行走的勇气，我的心暖暖的。当然，除了频繁的降雪，拉脱维亚的冬天也带走了许多阳光，在长达四五个多月的冬季里，昼短夜长且长时间不见阳光，有时不免让人心生压抑之感。这时候，我就会呼朋引伴，召集小伙伴们吃一顿热气腾腾的火锅，聊聊近期发生的各种事情，大家说说笑笑，压抑的感觉一扫而光。

新年过后，期盼已久的寒假终于到来，这意味着我有了更多的时间和家人朋友联系。视频聊天时，每当看到那些熟悉的面孔，我的内心深处总是会涌起难以名状的思念，恨不得立刻飞回家里和他们团聚。尚院长和他的夫人就像我们的大家长一样，他们担心我们想家，经常邀请我们到家里做客，为我们准备美味的饺子、香脆可口的葱油饼、地道的臊子面和凉皮，让我们感受到了家的温暖。作为一个美食爱好者，我很快也学会了做凉皮和臊子面，并被院长夫人夸赞"青出于蓝"，这让我有一点小骄傲。

盼望着，盼望着，春天的脚步近了。小草偷偷地从土里钻出来，嫩嫩的、绿绿的，正是我最爱的生命的颜色。草地里的蒲公英、荠菜花、油菜花，还有其他不知名的小野花，随着温暖的春风摇头晃脑，煞是可爱。一棵棵会开花的树争奇斗艳，吐露芬芳，吸引了大批游客驻足观赏和拍照。而这段美好的季节恰恰是我们最忙碌的一段时间，大家齐心协力地为我们一年一度最重要的活动"汉语桥"比赛做准备，并辅导各自的学生参加比赛。但是，巨大的压力没有压垮我们，大家将压力化为动力，圆满地完成了任务，我的两位参赛学生都取得了非常不错的成绩。

4月，带着对汉语学习的热情，大量的学生开始申请中国政府奖学金和孔子学院奖学金，每天都能收到学生的求助，如"老师，您能帮我看看这个吗?""老师，我应该怎么做?""老师，我这么翻译对不对?"看着这些充满激情的学生们，我感到开心且自豪!

6月上旬，我在拉大孔院的第二学年教学工作也即将完成。我非常爱我的班级，在我们温暖的小家庭里，所有的学生因为一个共同的目标相聚在一起，互相帮助，互相尊重，互相鼓励，并建立了深厚的友谊。离别在即，万分不舍，有位学生家长对我说:"老师，不要伤心，我相信我们一定会再见面的，我们全家都很爱您，希望我们一直保持联系。"有一位学生送了一张卡片给我:"老师，认识您是我2017年最快乐的一件事。我深深地感谢您对我做的一切。不管咱们能不能再见面，您一直在我心里。"对呀！何必伤心呢？不管我们能不能再见面，我们都会保持联系，你们永远都在我的心里。

两年的时间转瞬即逝，我们可能无法再见面了，但我心里由衷地为他们感到高兴。我很珍惜我们在一起学习的这一年，但是生活就是这样，我们要习惯相遇与别离。只有朝着明天坚定前行，才能不负这一路收获的恩与情。

离任前的几个月，得知了芳姐即将离任的消息，我很伤感，芳姐就像亲姐姐一样关心照顾我，从她身上我们都学到了很多。同时，孔院将会空出一个公派教师的岗位。对拉脱维亚的不舍与热爱让我做出了一个重要的决定，经过慎重的考虑，我决定考取拉脱维亚的公派教师，这一决定也得到了家人和朋友的支持。

2019年1月，我第三次来到拉脱维亚，离开了熟悉的孔院本部，开始了在里加文化中学的教学生涯。校长琳达（Linda），两位副校长马丁斯（Martins）和奥迪斯（Aldis）以及教务主任瓦尔达（Valda）都很和善，并对我提供了很多帮助。刚到学校时我有一些担忧，之前一直教大学生和社会班学生，现在教高中，我担心学生会比较叛逆，但是几节课过后就再也没有这种担忧了。自己的用心和善意学生都能感受到，这让我很欣慰。

10年级有11位学生，每一位都很好学，虽然有几个跟不上进度，但是大家都很认真，每节课几乎都是全勤。在芳姐的教学基础上，我对教学内容做了一些更改，加进了课文练习，每节课都有词语拓展，学生接受情况还不错。第一次给10年级学生举办包饺子活动，学生很喜欢，他们第一次包饺子，都很兴奋，带着小围裙，把饺子包成各种花样，活动非常成功。让我意想不到的是，学生买了一大盒巧克力送给我，这让我非常感动。几位学生在学习上有问题的还会私下联系我，有一位学生喜欢中国文学，也请我帮他修改翻译的诗句，我真的很喜欢这群孩子。

11年级有13位学生，这个班的学生非常活泼，他们和芳姐有着很深的感情，第一次上课时都用审视的眼光看着我，并问了我很多问题。第一次上课前，我了解了这个班的一些情况，知道有一位学生很情绪化。果然，第一次上课就见识到了，她的脾气就像6月的天气一样多变，前一秒还笑眯眯地问这个字怎么写，后一秒就会对我沉默不语，搞得场面很尴尬，而其他学生感觉早已对此习以为常。她经常缺课，我很少有机会和她交流，最终她因为多次缺课被学校勒令退学，我感到很遗憾。我很希望教好每一位学生，让他们感受到汉语的魅力，而不是因为“我父母让我学习汉语”之类的原因才来这里。其他几位学生的上课态度都非常端正，每节课都认真地练习汉字，能比较好地掌握学习的内容，创造力也很不错。我能感受到这个班的学生对汉语的热情，虽然他们很活泼，有时候嘻嘻哈哈，但是如果我给他们布置好任务（对话练习、口语考试），他们真的能静下心来，专注地做好自己的事情，这一点是我之前没想到的，给了我很大的惊喜。

2019年5月26日至6月6日，在孔子学院总部/国家汉办和华南师范大学的支持与组织下，拉脱维亚教育访问团的10名团员，由我作为带队老师，在广州和深圳度过了12天难忘而美好的时光。在粤访问的12天中，访问团听了国际教育合作、粤港澳大湾区经济发展、岭南文化等主题讲座，游览了越秀公园、岭南印象园、锦绣中华民俗文化村、陈家祠、荔枝湾等具有广东特色的人文及自然景观，参观了深圳前海合作区、腾讯公司总部、"大潮起珠江"展览、一汽—大众华南基地，访问了广东省教育厅、暨南大学、华南师范大学国际文化学院，并与拉脱维亚籍留学生以及汉语国际教育专业硕士生代表进行座谈。

拉脱维亚教育访问团非常期待以此次访问为契机，与中国开展教育合作。这实现了实质性合作突破，通过与中国高校开展交流与合作，继续为深化中拉交往，培养复语型、复合型的专业人才，积极推动国别与区域研究发展，通过构建语言文化的桥梁，不断深化民间友谊，加强中外人文交流。

2019年7月13—25日，在孔子学院总部/国家汉办和华南师范大学的支持与组织下，我再次作为带队老师和拉脱维亚教师卡琳娜一道，带领拉大孔院41名夏令营成员在广州和北京感受和体验了中国语言与文化的魅力，并圆满完成了夏令营的任务。

公派生涯忙碌且充实，闲暇时光我会冲杯咖啡，晒着太阳备备课，看看书或者看看综艺节目，当然这几年厨艺也大有长进，被大家称为"厨神"。一年的公派生涯转瞬即逝，由于自身原因，我没有继续留任，带着对拉脱维亚深深的爱、对尚院长及其夫人和同事们以及学生们浓浓的不舍，我回到了家乡，完成了终身大事。

最后，我要感谢在这里3年的所有经历。感谢导师、尚院长及其夫人，感谢亲爱的芳姐和琼子姐，感谢我最好的朋友大甜田，感谢在异国他乡陪伴我的小伙伴们，是他们不断鼓励我、帮助我，让我勇敢地面对困难，化解了孤独。感谢所有学生对我工作的配合和理解，是他们让我获得了自信和勇气。感谢我的亲人，正是他们的支持和无言的爱让我有勇气有动力在国外认真坚守。孔子学院随着时代潮流应运而生，又随着祖国的发展而迅速遍及全球，这是中国文化觉醒和复兴时代到来的象征。感谢这个包容的时代，感谢我独具特色的母语，感谢我日益强大的祖国，是这些给了我自信和力量，让我身在这异国他乡，用自己的方式，为我的祖国贡献一点点力量。最后，感谢时光，感谢经历！

曾庆君/只有朝着明天坚定前行，才能不负这一路收获的恩与情。
（图中前排右三为作者）

我在波罗的海之滨的汉语教学

潘　斌*

美好的时光总是如此短暂，这是我提笔写下这篇文章的时候，脑海中闪现的第一句话。一转眼，离结束任期回国只有不到两个月了。回首这一年，我心生无限感慨。我也只能用这略显苍白的文字，记录下在拉脱维亚的瞬间点滴。

一、风物篇

这是一个色彩斑斓的城市，这是一个色彩斑斓的国度。

初到这个国家，并没有这种感想。举目四望，蓝得透彻的天空和层次分明的云朵充盈着视网膜。苍穹之下，透过婆娑的树影，满目尽是油漆脱落的木篱和浸润斑驳的石墙。画面通透是通透，但总觉得略显单薄。

而这，仅仅是旧街场的一瞥。踱开步子，随着空间的转换，色彩瞬间变得丰富。进入市中心和老城，人们的节奏和周围的色彩同时变得明快：蓝天映衬下有着黝黑房顶和明黄墙体的猫屋迎来一波又一波游客；圣彼得大教堂饱经风雨的墨绿色尖顶冲破云霄；一点儿也不黑的黑头宫绽放着鲜艳的橘黄色光芒，骄傲地展示给拍摄它的长枪短炮；威尔玛尼公园旁边的大街上各色鲜花争奇斗艳，令人目不暇接；绿树掩映下的人工运河穿城而过，河水的宝蓝上漂着游船的洁白并映衬着天空的湛蓝，一片怡人景象……此时此刻，无须滤镜，无须明亮优化，无须后期处理，信手拈来皆是明信片的风景。

当然，时间的转换带来的改变更加明显。伴随着四季的交替，这里变

---

* 潘斌，2016年8月至2017年7月任教于拉脱维亚大学孔子学院和拉脱维亚文化学院，现就职于华南师范大学国际商学院。

化的不只是温度，还有色彩。一阵秋风扫过，仿佛油画笔一般，使树叶的颜色变了样。这变化不紧不慢，完全按照自己的节奏。深绿、黄绿、蛋黄、橘黄、赤黄、褐黄……一直到飘飘落地，完成它们的年度使命，树叶们不吝气力，向生活在这个城市的人们诠释着时序之美。而短暂的秋风过后，凛冽的寒冬也悄然而至。树还是那些树，却由一个多月前的墨绿，到半个多月前的明黄，再到如今只剩光秃秃的褐色枝干。别急，这色彩还会变。这不，随着瑞雪的降临，枝头也变成银装素裹。这身白色衣裳还分成两种。河边的银装是透明的，晶莹剔透；路边的却是白花花的，如同盖着厚厚的棉花。一片银白色的世界，如此梦幻，如此醉人，犹如童话故事。进入5月份，随着春风的吹拂，万物开始复苏，嫩绿色的芽儿噌噌地往外冒。不几天，紧随这片绿意而来的是点缀枝头的姹紫嫣红。才几周的工夫，这片土地上已是繁花似锦，美不胜收。四季分明的色彩，使我这个土生土长的南方人深深地喜欢上了拉脱维亚的风光。

二、工作篇

我开始走上孔子学院讲台前的那几天，心情是忐忑的。虽然我在国内也曾有过几个月的英语和汉语课程的教学经验，但来到一个陌生的国度，面对一大群背景迥异的学生，心里还是不免焦虑。那时候的我心想，焦虑的情绪唯能通过认真的备课予以平复。既然上课时间都是在晚上，那么一定要充分利用好白天的时间好好准备每一堂课的内容，为学生呈现中国语言和文化的吸引力。幸好，学生们大多带着求知若渴的态度，对我的教学安排非常配合，第一堂课的教学进展得非常顺利。两个半小时的课程下来，虽然我口干舌燥，但相伴而来的还有小小的成就感。

这之后，通过与学生不断增加的接触，我渐渐了解了不同年龄段、不同职业背景的拉脱维亚人学习汉语的心态，便不断适时调整教学策略，由以教师输出为主，逐渐过渡到教师和学生输入输出并重；由全靠中介语讲解，过渡到中介语和目的语并重。随着时间的推移，学生口中说出来的句子越来越多，我也能明显感觉到学生表达能力的增强。

因为种种原因，拉脱维亚大学孔子学院汉语学习者的学习情况不甚理想。走访调查发现，以我任教的初级班为例，在过去的3个学年中，经过一个学期的学习后，顺利进入第二学期的学生人数往往只有第一学期学生的三分之一左右。这些学生放弃学习有工作任务调整的原因，有时间冲突的原因，更多的则是知难而退——学习一段时间后却发现总是原地踏步，没有成就感。但这也从另一个侧面反映出，坚持下来的学生对汉语都是“真爱”。经过短短一个学期的学习后，这些学生已经初步具备日常汉语交际和简单命题演讲的能力。看着这些学生的进步，我心里是说不出的欣慰，也对他们的努力表示钦佩。在拉脱维亚，能说三种语言是基本的生存技能，能流利使用四五种语言的也大有人在。

最使我感到自豪的是，我辅导的4个学生参加了“汉语桥”比赛并取得了好成绩。潘妮卡、贝思婷、马莲娜分别获得中学生初级组的第2名、第4名和第5名，宋拉娜获得大学生初级组的第5名。当得知我班上的3个学生全数进入中学生组前5名的时候，我几乎哽咽了。要知道，她们的汉语课堂学习时间才刚刚突破100课时。而此时，她们已经具备能力和魄力，站在“汉语桥”的舞台上，展现自己的汉语能力，诠释自己对梦想的理解。看着她们自信而优雅地用汉语介绍自己和自己的梦想，专注而用心地展示中华才艺，我仿佛看到了中拉两国文化交流事业上冉冉升起的明日之星。

同样使我感到自豪的，还有我为国家领导人访问拉脱维亚提供服务的事情。2016年11月及2017年4月，李克强总理和张德江委员长分别率团访问拉脱维亚，以促进双边关系发展。我有幸与其他志愿者一道参与总理和委员长的接待工作，圆满完成任务。看到鲜艳的五星红旗和亲切的中国意象宣传画出现在里加的大街小巷的时候，我由衷地为祖国的发展感到骄傲和自豪！

三、生活篇

出国在外，学习、工作和生活密不可分。如何合理安排各项活动，有效管理自己的时间，是身在海外的必修课。可喜的是，在拉大孔院这个大家庭里，柴米油盐也是家庭成员们留恋和回味的重要部分。

初来乍到，一切事物都是那么新鲜。满满的“欧陆风情”充斥视野，带来的既有好奇，也有少许的彷徨。是的，给我们带来巨大挑战的首先就是这里的语言文字。我们举目四望，斗字不识，侧耳聆听，又不知所云。

刚来到拉脱维亚的那些日子里，我们只能借助手机翻译软件，连蒙带猜，去认识身边的各种标识。慢慢地，我发现这竟也是一种乐趣。还好，拉脱维亚人民的英语水平普遍较高，看不懂的时候，我们大多可以用英语询问，获得有用的信息。而且，拉脱维亚人也不缺助人为乐的热心肠。

出行问题解决了，接下来就是如何应对温饱问题了。这一年，我从一个几乎不到菜市场、不进厨房的“食堂青年”，进化成了挑选得了肉和菜、下得了厨房的“生活适用男”。也多亏了同行“家庭成员”的无私指导和鼎力相助，我这个土生土长的南方人在拉脱维亚这个北方国度的生活才有滋有味。我们几个小伙伴分工合作，各司其职，每天变着花样研究新式菜品，改善生活品质。《舌尖上的中国》系列纪录片也在充当文化课教材的同时，成了我们将对中华美食的垂涎转变成烹饪的动力的绝佳武器。此外，尚院长及其夫人往往会在我们一群小伙伴想家的时候，把我们叫去家里大快朵颐。即使在大雪纷飞的冬日，我们的心里也暖洋洋的。原来，海外生活一样可以味道十足。

日常上课与组织文化活动之余，“家庭成员”们也不断通过各种方式了解拉脱维亚文化，增进文化交流。趁着周末和节假日，我们的足迹遍及里加周边，体验并了解了当地节庆、饮食、建筑、衣着方面的文化，领略了拉脱维亚的秀丽山水，增加了对拉脱维亚的历史、传统和民俗风情的理解。尤尔马拉的波涛、叶尔加瓦的炊烟、锡古尔达的红叶，都深深印在了我的脑海中。拉脱维亚悠扬的民族乐曲、朴素典雅的传统服饰、香气四溢的地方美食，更是我毕生难忘的美好回忆。

潘斌/即使在大雪纷飞的冬日，我们的心里也暖洋洋的。
（图中右四为作者）

忆往昔峥嵘岁月稠

曾　嵘*

2016年8月9日，告别家人朋友，拖着沉重的行囊，从星城长沙到首都北京，从候机到起飞，一路把离别的泪憋在心里。父母在，不远游，游必有方。我想父母能理解，自己更要展现足够的信心告诉他们我没问题，我有目标、有动力，我肩负传播中国文化的光荣使命。经过20多个小时的长途飞行，在拉脱维亚首都里加国际机场，飞机接触地面的那一刻，舱内乘客纷纷鼓掌庆贺。那一刻我悬着的心落了地，落地即心安，对于即将要面对的新生活我充满了渴望和期待。一次成功的飞行多不容易，我能带着汉语教师这个光荣的身份来到海外，有机会去了解当地人的生活，有机会向他们介绍我的祖国，这样的机会背后，需要自己很大的努力，需要很多人的支持，这样的机会定要好好珍惜。

一、初次印象

时至今日，又要面临另一次告别，当我再次推开拉脱维亚大学那扇古老厚重的木门，迎面扑来熟悉的味道，回忆接踵而来。拉脱维亚大学是拉脱维亚的高等学府，地处里加的中心地段。拉脱维亚大学主楼的门前是一个风景宜人的公园，公园里蜿蜒的小运河通向道加瓦河，运河上偶有游船来往，飞鸟环绕。不远处是自由纪念碑广场，自由纪念碑顶有女神像托着三颗金星，代表了这个国家对历史的纪念和对自由的渴望。纪念碑处有哨兵站岗，行人常常驻足停留。我赴任时正值夏天的尾声秋天的前奏，树木上挂满了成熟的硕果。

---

* 曾嵘，2016年8月至2017年7月在拉脱维亚大学孔子学院任教，现就职于中共湛江市委办公室。

第一次去位于拉脱维亚大学主楼的孔子学院办公室，与两位院长初次见面的情景至今仍历历在目。我推开孔院办公室的那扇大门，身着拉脱维亚大学纪念衫的中方院长尚劝余教授及其夫人热情地接待了我们，后来我更是目睹了拉方院长贝德高教授的风采。两位院长亲切的关怀与问候，化解了我们对陌生环境的不适应。第一次会餐时，两位院长就介绍了孔院的基本情况，我们此行的目标更明确了。在孔院本部召开的第一次全体员工大会上，通过院长对工作职责的介绍和主要任务的安排，我们对下一步工作有了更深入的了解。

二、教学相长

在两位院长的带领下，汉语教师志愿者团队赴任后迅速进入工作状态。我负责两个少儿班的汉语教学，这或许是挑战也或许是惊喜。开学典礼上我见到一群孩子和家长，仿佛已经能想象到这些孩子个个被培养成“汉语新星”的模样。在教学中我和孩子们相处得非常愉快，偶尔也会有些纪律问题让我头疼，却依然有让人感动不已的地方。孩子们不仅对汉语课兴趣浓厚，而且对汉语教师也友爱得不得了。课后需要收拾东西的时候总有懂事的孩子留下来，问是否需要帮忙。我好奇他们小小年纪，在距中国万里之外的地方学习汉语，动力从哪儿来？有孩子告诉我三年前她就自己选择要学习汉语，后来父母找到了孔院。孩子对我说：“为什么不呢？我们都知道中国是这么大的国家，我想学习它的语言，以后肯定有用啊。”还有一批最初是父母推荐过来学习的孩子，父母也一起来学习，就在隔壁成人班上课，孩子下课后会在教室等着自己的爸爸妈妈下课。这种温馨的“同学”关系，成了孔院一道亮丽的风景线，也鼓励了我，坚定了我推广汉语和中国文化的决心。

刚开始的时候，为了加强课堂管理，使课堂更有趣味，我从孔院扛回一大堆书籍，一有时间就研究这些书籍并在网上搜集各类关于少儿教学的资料，一边教学一边补充教学“能量”。五花八门的课堂活动使学生乐在其中。两个班级也曾多次开展文化体验活动，如剪纸、书法、中国结制作、绘画、武术、中华美食体验、茶艺体验等。我的期望是每个孩子都能找到感兴趣的中国文化形式。我很高兴能帮助这群孩子认识并了解中国，在他们心里早早播下汉语学习的种子。他们也给了我很大的动力，激励着我在成为一位更优秀的汉语教师的道路上不懈努力。

我在异国他乡的第一个生日是在汉语教室度过的，回想起来仍感动万分，生日过了一个星期他们还手捧鲜花、巧克力，祝中国来的老师生日快乐。我与孩子们结缘，曾经多少个日日夜夜，未眠之时，冥思苦想，如何才能与这帮孩子相处得更好？怎样才能让汉语课在他们心中占据无可取代的位置？有时也会为部分孩子不懂我的良苦用心而难过，但大多数时候收获了他们给予我的感动和信心。告别时我有诸多不舍，孩子们还羞于表达情感，在黑板上涂涂画画，写下汉字：谢谢您，再回来！我回国前的最后一堂课，孩子们离开教室的时候几次回头，有的抱紧我不说话，我说汉语课还在，欢迎你们回来。

三、追随使命

于我而言，赴任后的第一次挑战除了面对一群陌生的孩子，还有人生的第一次主持。在赴任后的第一个大型活动——孔子学院日暨中拉建交25周年纪念晚会上，我全力以赴，做好晚会的主持工作。回想起来，能站在那样一个舞台上，不得不承认是“曾嵘”岁月中光辉的一笔。从孔子学院日晚会到中东欧国家汉学研究与汉语教学研讨会，从博物馆系列文化活动到里加文化中学活动，从春节庙会到元宵喜乐会，从2016年11月李克强总理访问拉脱维亚到2017年4月张德江委员长访问团的到来，从“汉语桥”比赛到国际文化节，这些活动中我尽力做好本职工作，一步一个脚印，回头看时发现自己已随孔院经历很多事情。每一次活动从策划到总结，我都不忘最初的使命，不仅要在教学上做一名合格的汉语教师，还要在活动中体现中华文化传播者和中国形象代言人的价值。

2016年11月，李克强总理访问拉脱维亚，而我足够幸运，当天手捧鲜花，和拉脱维亚姑娘在机场迎接我们敬爱的总理。总理访问期间，里加市内的道路两旁挂满了中国主题元素的海报。能够经历这个历史性的一刻，让我体会到强大的祖国后盾对于我们这群开展前线教学的工作者来说是多么重要。我们的拉方院长贝德高教授在李克强总理会见前来出席中东欧国家汉学研究和汉语教学研讨会的汉学家代表时，把自己呕心沥血所作的《汉语拉脱维亚语大词典》赠送给总理，总理表示，“这是一份沉甸甸的大礼物，是中国和拉脱维亚沟通的桥梁！”这位被我们称为“贝爷爷”、步入耄耋之年的老人家，他的情怀和坚守是我们在中拉文化交流道路上所需要的。

第一个没能和家人团聚的春节，我却在拉脱维亚民众参与春节文化活动的过程中发现了惊喜。在春节庙会上，拉脱维亚人携亲朋好友出行，共同参与中国的传统节日活动。我们和他们之间的文化差异并非微小，但我发现了一个最大的共同点，那就是亲朋好友一同出行，充满欢乐温暖，是他们在活动中的表现让中国最盛大的传统节日彰显出了它的意义——团圆。这也是我对文化活动主题的总结，如果我们能顺应当地民众的心理和情感来举办活动，那么传播文化的这条道路会走得更加顺利。

2017年4月，丽笙酒店邀请孔院举办文化讲座并开授汉语课程。这里我要感谢尚院长给了我如此重要的一个锻炼机会。讲座当天，里加的四家丽笙酒店都有员工前来聆听。面对100多人的讲座会场，作为主讲人的我上台前忐忑不安，生怕一言一行都会影响台下观众对祖国的印象。所幸的是讲座结束后，有热情的观众前来握手，深切致谢。酒店管理人员听完我对中国八大菜系的介绍，开玩笑说已经饥肠辘辘需要提前用餐了。这是孔院首次与跨国企业联合举办活动，我能参与其中也深感荣幸。

四、生活之旅

同行的8个志愿者小伙伴一起住在拉大的留学生宿舍，成为邻里，相互照应。平日里你买菜来我做饭，我擦桌来你洗盘，生活起居方面不成问题。一遇到工作的事情，大家也都有商有量、充分沟通。在几公里外的中心市场，我们能买到新鲜的蔬菜瓜果和肉食。一到开饭时间便成了座谈会场，不论是教学中的困难还是工作上的麻烦，或者每日心得体会，我们都在饭桌上倾吐。这一次赴任进展如此顺利，和几位小伙伴在生活工作上的相互扶持不无关系。

6月的里加生命力旺盛，在这样美好的季节我也将结束这一趟让人回味无穷、回忆一生的行程。忆往昔峥嵘岁月，岁月如流，情寄心头。这份事业我也将存放于心，不忘使命，不忘初心。

曾嵘/能站在那样一个舞台上，不得不承认是“曾嵘”岁月中光辉的一笔。（图中左三为作者）

往事如烟：灰白色中一点蓝

林　婕*

十多个小时的飞行，把我带到了一个熟悉而又陌生的国度。熟悉，因为它令我魂牵梦绕，站定，恍然如梦。一年了，没有人知道我对它的执念，无关欢喜，无关物欲，只因初闻的美好、初试的窘败。所有的砥砺前行，只为拨开云雾时的释然一笑。陌生，除去拉脱维亚、女儿国、冷等词汇，我对它的了解少之又少。耸立的自由纪念碑凝聚着多少人的血泪？浪漫的里加老城上演着怎样的悲欢离合？黑土地下埋葬的英魂是否已然魂归故里？白雪覆盖下的城池潜藏着何种生灵？温暖的柔光隔着窗户诉说着怎样的柔情？……譬如种种，一无所知。

干净的蓝，清新的甜。深邃蔚蓝的天有一股魔力，总引着我抬头凝望。望些什么，想些什么？是那朵云，是那片天？是远在天边的那个他，还是近在咫尺的这个我？有人说是放空后的冥想，其实没那么深刻，只不过是只暖阳下发呆的懒猫在享受片刻的宁静。空气中散发着清甜的味道，橱窗里的甜品挑逗着味蕾，一丝丝凉意的风抚平了心田的燥热，娇艳欲滴的花朵装饰了你我的梦。

我喜欢在太阳下吮吸微甜的冰激凌，喜欢惊扰专心觅食的鸽子，喜欢捕捉大肥猫的身影……

鲜红透亮的水果，鲜脆欲滴的蔬菜，肥而不腻的肉类，鲜活水灵的鱼虾，琳琅满目的商品共同构成了里加这欧洲第一大市场的美誉。然而，我却不敢踏足。周围是个喧闹的世界，一张一合的嘴唇在表达什么？那个眼神是敌意还是好奇？这是几分，这又是几欧？找的欧元对吗？我和这个世界格格不入。

---

* 林婕，2016年8月至2019年6月任教于拉脱维亚的交通与电信大学、蒙特梭利探索小学、拉脱维亚大学孔子学院。

他们会喜欢我吗？他们会喜欢汉语课吗？因为我的无能而让他们失去兴趣怎么办？这些问题如梦魇般压迫着脆弱的神经，我焦躁不安，

百爪挠心，取经问法，依旧一筹莫展。曾天真地幻想时间能再慢一点，真正上课的日子能再晚一点，自己能再优秀一点，也抵不过面对现实勉力而为。

这不是我第一次上汉语课，却是我第一次在异国他乡讲授中国的故事。故事可大可小，可逗人可乏味，权由传授者品评拿捏。听客们一支笔、一个本子，跟随着讲故事的人进入另一个梦幻时空。阴阳上去，编奏出动人的音符；横竖撇点折，勾勒出优美的画卷；唱念做打，演绎着感人的幕剧；剪编弹折，传承着千年的习俗。

一、孤寂的灰

前世五百次的凝眸，换今生一次的擦肩，今生一年的相处，缘于前世多少爱恨纠葛？和你们相遇好幸运，和你们相识好幸运，和你们相处好幸运。天南地北、性格迥异的人因为一个汉语梦聚在了拉脱维亚，我们有一个共同的身份——“汉语人”。

德高望重的贝爷爷是我们的精神领袖。爷爷为中拉两国的友谊贡献了许多年华，80多岁高龄的他仍旧奋战在汉语教学研究的最前线。在拉脱维亚大学孔子学院有那么一句话：有困难找贝爷爷，一个电话稳妥高效。贝爷爷是我们最后最强的依靠。我们喜欢听他讲那过去的故事。

大大，如父亲般伟岸的老顽童。翻开照片，鬼脸担当永远是他，偶尔再加上被他带跑偏的我。大大跟前的我们像是不懂事的孩子。派往外地任教的“塞外公主”们回来后必找他撒娇，受了委屈的我们会找他哭诉寻求安慰，有什么开心的事儿也会献宝似的和他分享。他脸上永远挂着笑，在他眼里娃娃们都是好样的。我常常戏称大大为“网瘾男孩”，因为他喜欢发朋友圈，而且经常刷屏。有一次节日过后，在朋友圈里没有发现大大拍的照片，我很诧异地询问原因，他老人家竟然委屈地说：“我怕你们说我，正在艰难地取舍照片。”如此可爱，怎能不爱？

师母，如母亲般柔情的琥珀迷。师母不常在，但一来就开启“养猪”模式，各种面食手到擒来，把我们都喂胖了。有活动的时候她会细心地为

我们准备、打包食物，我们身体不舒服的时候她恨不得把她知道的养生知识一股脑儿地倒给我们。喜欢和师母腻在一起，听她讲老一辈人的故事，更喜欢听她亲昵地指出我的懒。琥珀是师母的挚爱，我们经常和师母走街串巷，寻找意外的惊喜。

芳姐，孔院的外派教师，大大的护法，人称“拼命三娘”，刀子嘴豆腐心，工作是她生活里永恒的主题。我很敬佩她，想成为她那样玲珑剔透的人。我很心疼她，她坚硬的外壳下有一颗柔软的心。姐，别把自己逼得太紧了。

周到细致的孔院秘书劳拉；乐于助人的潘老师；厨艺精湛的君君；甜美温柔的甜田；漂亮体贴的曾嵘；叛逆单纯的吴炜。当然，还有你，越越，一个可以让我依靠的人。

因为你们，我的日子不孤单。

记不清已是第几个灰色时日了。坐在窗户旁眺望：灰蒙蒙的天，光秃秃的枝丫，面无表情的行人，连空气都让人窒息。身边依旧是他们，依旧没心没肺地笑着，灵魂却失去了色彩。一扇门隔开了两个世界，蜷缩在单人小屋，我需要一个人待着，庆幸有那么一席之地，可以在独立的空间自我救赎。我是怎么了？整个人都糟透了？为何如此厌弃却任之由之？你是病了，很严重。里加，你耀眼的蓝呢？看不见光亮的你，这般丑陋，我想逃离。

二、梦幻的白

2016年11月4日，里加的第一场雪如约而至，小城在不经意间染成了白色，与那一抹红交相辉映。

纯白的飘雪和暖黄的街灯，一把躺椅和一床暖被，一壶温酒和一本书，抑或是一双人，品酒读书，相对无言，只待时光流逝，容颜老去，你我依旧。

拉脱维亚是被雪精灵眷顾的王国，放眼望去又是白茫茫的一片。走在雪地里，任由雪花亲吻嘴角，踮起脚尖，情不自禁地旋转，想象自己正等着梦中的王子。

下雪天的我是没长大的小女孩儿。下课归来，就着昏暗的灯光，沿途留下我的足迹。有时，在轿车的积雪上写上“你好！中国”，再附上一个笑脸；有时，在草丛的积雪上留下一长串脚印；有时，在灌木丛的积雪上，用三根手指、一个拳头，伪装怪兽的踪迹……最想做的还是在雪地里打滚儿：找一个斜坡，从上头滚下来，爬上去，再滚下来……当然，在平地上滚几圈儿也凑合。可是，直至5月份，里加的最后一场雪到来，也没能实现。

银铃般的嬉笑声敲打耳膜，环顾四周，原来是一对父女在雪地里玩耍。小不点儿坐在雪橇上，父亲则是雪橇的引擎，引擎带动雪橇，父亲拉着小不点儿，一次又一次，乐此不疲。前头的一对夫妻吸引了我的注意力：爷爷奶奶挽着手步履蹒跚。我就这样呆看着，忘记了步伐，直至他们消失在白雪的尽头。真的是陪伴是最长情的告白。

晾衣架上的一双护膝提醒着我曾经的窘迫。里加的冬天有些冷，里加的妖风有些大。早早地，我就带上了护膝。在拉脱维亚，丝袜和下雪天更配。欣赏美腿和感叹血性的同时，我承受着拉脱维亚人民友好而又惊奇的目光。鱼与熊掌怎能兼得？我从来就是一个要温度的人。

三、又见那一片蓝

被朝阳唤醒的早晨有些恼，想继续和周公以茶会友，却抵不住它的热情，即使隔着厚厚的窗帘，隐约还能闻到阳光的味道。半睡半醒地坐在桌旁，7点30分，你好！晚到的春天。

10点，来到教室，空无一人，也许在路上。10点15分，你来了吗？老师，今天是周二，我在家。今天是周三呢……就这样被一对一授课的学生放了鸽子，心情却大好。漫无目的地走在回家的路上，空气闻起来是绿色的，确切地说是彩色的：树枝上的嫩芽，刚探出小脑袋的绿草，含苞欲放的郁金香，不知名的小白花、小黄花，头顶绿毛的胖水鸭。随手折一朵蒲公英，轻轻一抖，漫天飞舞。推开门走进超市，反而败兴而归。

空气中的微尘在午后的阳光中回旋飞舞，好像有人在用勺子不断地搅动。窗外，人们悠闲地享受阳光的轻抚；公交车上，陌生的老奶奶硬往我怀里塞橘子；桥上，停下归家的脚步与路人静看水獭；道加瓦河上，我们泛舟高歌；课上，与学生调侃拉脱维亚没有夏天……

尤尔马拉，柔软的沙子守望着波罗的海微凉的海水，展翅的海鸥翱翔在湛蓝的苍穹，一阵微风拂过，海水泛起层层涟漪。故事从这里开始，理应从这里中断。

四、往事如烟

尤尔马拉的沙滩依旧柔软细腻，海水依旧清凉透彻，海鸥依旧在碧空盘旋低吟，然而那个光着脚在沙滩上嬉戏的女孩儿再也没有出现……

灰色在蔓延，远处的电视塔黯然无光，路上的行人一脸木然，屋内的白炽灯昼夜不息，这是拉脱维亚独有的冬色。这样的冬色让人压抑，却无处宣泄。不知不觉，我却习惯了这样的冬日。不知今日是何时的漫漫长冬，正好了却“醉生梦死”的快意人生诉求。不见天日的天然馈赠，免去了美白的大笔消费，那是物质和精神的双重满足。衣橱里取而代之的是粉色系或亮色系的装备，美其名曰，把春天穿在身上。偶然偷得暖阳的时日，幸福得像个偷吃糖的傻帽儿，拖着懒惰的躯体快活地在路上蹦跶。

白色悄然而至，这是单调冬日里唯一的调色剂，掩盖了灰的肃杀，增添了白的纯澈。流浪猫的身影无处可寻，颤巍巍的路人渐行渐远，风过无痕的冰凉浸肌刺骨，白茫茫一片的大地真干净。半夜被“嘭”的一声惊醒，那是积雪滑落的声音，又是一年落雪时，明年我将在何处“听雪”？那个地方会下雪吗？白天推开窗，我是欣喜的，却再也没有初见时的若狂。看到厚厚的纯洁无瑕的积雪，我还是想肆意打滚儿的，却少了年少时的洒脱。曾经想在拉脱维亚体验一把滑雪或者滑冰，也终结在了想象的牢笼里，有些遗憾，可生活不就是这样？事事顺心的生活固然好，但残缺的美也别有一番念想。膝盖隐隐作痛，今天出门忘了带护膝。薄的厚的，带毛的不带毛的，绑带的套入式的，护膝由原来的凑合变得讲究。

晴空万里，草长莺飞，经过一个冬天的压迫，舒心的蓝携带着春夏的气息宣示主权。冰激凌流动车开始出现在老城的大街小巷；春江水暖鸭先知，绿头鸭悠然自得地在水面舒展身体；道加瓦河畔的草坪上，三五成群的爱美青年在为夏日的古铜色肌肤做准备；大市场内鲜红欲滴的草莓和樱桃让人爱不释手、大快朵颐。夏天，让拉脱维亚人民兴奋的季节，各种庆祝活动层出不穷，其中最热闹的要数利戈节了。同样的夏日狂欢，同样的家人团聚，里加首都和乡下有截然不同的庆祝方式。首都是烟花、乐队、人流的聚散地；乡下是泛舟湖上、篝火烧烤、编戴花环、夜半游泳、彻夜纵欢的归处。原以为我会和前两次一样错过这节日，却于离别之际在大农庄里圆了“头顶花环，身披霞光”的少女梦。

这三年，我常在想：执教天涯的时日光荣吗？毋庸置疑。可真冠以光荣岁月之名，行怡然自得之事，似乎又有些欺世盗名了，所以我更愿意称之为以梦为马不负韶华的潇洒岁月。在这潇洒岁月里，除却异国生活的丝丝缕缕，作为本职的教学工作也给回忆添上了浓墨重彩的一笔。

五、15路电车与40路公共汽车的缘分

里加首都的公共交通要说单一，真是童叟无欺，只有路上公共交通，没有复杂的地下交通。但要说它简单明了，有时也会迷惑你的双眼。据我所知，城市内的公共交通有四种类型，分别是有轨电车（tram）、电车（trolley bus）、公共汽车（bus）、小型公共汽车（minibus）。小型公共汽车我是不敢轻易尝试的，因为它常常不显示站名，因此你要时刻盯着手机导航，并及时按下车上的暂停键，以此示意司机你要下车。至于有轨电车、电车、公共汽车，你也要小心相同站名的欺骗性，它们有时会带你驶向你以为熟悉的陌生地。

工作日天天见的15路电车是住处连接花花世界的纽带，它的终点站是拉脱维亚大学。拉脱维亚大学坐落在老城，其古朴典雅的主楼拥有上百年的历史，推开厚重的木质大门，穿过大厅，拾级而上，于二楼处往左，稍迈几步，你就会与孔院办公室不期而遇。悄悄打开办公室的门，嘘，两位“老革命”正埋头苦干呢。

在来扎纳斯街坐上15路电车，下一站洛摩罗索瓦街下车，欢迎来到我的第一个工作地点交通与电信大学（简称“交大”），在这里我结识了第一批学生。这些学生都是不懂汉语的社会人士，他们学汉语的目的不尽相同，有的是为了工作，有的是对汉字感兴趣，有的是想去中国看看。

回首过去，记忆蒙上了一层纱，我想把一切都刻在年轮里，却发现年轮也经不起岁月的冲刷，脑海中唯一留下的是玛丽娅（Marija）从俄罗斯归来后和我说的一番话：“俄罗斯机场通用俄语、英语、汉语三种语言，我

看到汉语很高兴。朋友曾经问我为什么学汉语，而不学德语或西班牙语。我当时不知道怎么回答，可现在有更好的理由了，你看，俄罗斯机场都用汉语！”

依旧是15路电车，不过这次你要在果果拉街换乘开往尤格拉方向的40路公共汽车，在鲁巴纳斯街下车继续走约800米后，你将邂逅一群可爱的精灵。这群小朋友既聪明又调皮，让你无可奈何。他们不喜欢按部就班地学习汉语拼音；他们的语音模仿能力很强；他们喜欢汉字书写练习；他们喜欢充当小老师帮你约束调皮鬼；他们喜欢用自己的手工制品贿赂你；他们……我曾经因他们的捣蛋而黯然神伤，回忆起过往的种种，却发现留下的都是让人莞尔一笑的美好。

六、7路有轨电车的相伴

蓝白相间的有轨电车正缓缓靠近鲁巴纳斯街，择窗而坐，跟随着7路有轨电车来到奥塞拉街，这次我们的目的地是孔院教室，位于拉大图书馆四楼，我们常以街名“工业街”代称它。来到这里，坐上苏联时期的狭窄龟速电梯，走出电梯，首先映入眼帘的是照片墙，它见证了孔院一个个弥足珍贵的历史时刻。

“a，o，e……”朗朗的语音操练声传入耳畔，原来是411教室的汉语初学者们在练习。“嘘！”通过虚掩的门窥探教室里的光景，座无虚席。

“林老师，我们是高级班的学生，你不用写拼音。”谢沃提醒道。“不好意思，太顺手了。”我对自己这无意识的举动很无奈，“好了，这节课的作业是介绍一下你喜欢的中国或者拉脱维亚神话故事，请说明原因。”“字数是多少？”“哎呀，这你还问，肯定是越多越好。”劳拉嫌弃地看了谢沃一眼。听罢，我打趣地说：“还是劳拉懂我呀！”抬手看表：晚上8点20分，我锁上了417教室的门。

晚上8点半的里加仍不懂夜的黑，不远处奥塞拉街站的有轨电车已在等候，顾不得信步赏景的我撒腿就跑，刚站定，车轮就开始滚动。一阵急促的喘息过后，我惬意地盯着车上的显示屏：嗯，看着挺好吃的，也挺简单的，要不回去试试？哈哈，还是算了吧。咦，这周围的景物怎么有点眼生啊？哦，不，这是11路车！

慌乱下车，定睛一看，头顶的风扇“呼呼”地驱赶着夏日的炎热，身下是熟悉的硬板床，床头的闹铃显示北京时间10点，该起床了。

七、尾声

刚踏入里加这座“树懒之城”的时候，我以为它是被时间眷顾的，夏天的日色变得慢，冬天的夜色变得慢，车猫邮件都很慢，可岁月并没有因为这慢节奏的生活而优待谁。曾以为我会沉溺在这温水里，当一千零九十五天的钟声敲响时，我仍是那个可笑的辛德瑞拉。在即将走向三十而立的节点回顾过往的点滴，我很庆幸：我来过。

林婕/鱼与熊掌怎能兼得？我从来就是一个要温度的人。
（图中左一为作者）

时光两年，心之永存

滕 飞*

一、临行话语，希冀之情

2016年，我考入华南师范大学，成为一名汉语国际教育专业的研究生。入学后我不仅接受了最专业的指导，更深刻认识到作为一名汉语教师的职责与使命，这无疑为我之后的海外教学之路奠定了坚实的基础。在此，非常感谢我的导师王葆华教授，是他的细心、专业、尽职尽责让我在专业上获得极大的进步。

临行前，王老师告诉我要时刻谨记国家汉办的各项规定，时刻谨记自己不仅是华南师范大学的研究生，更是一名宣扬中华文化的汉语老师。这些谆谆教导至今想来依然温暖万分。

正是因为这些爱的指导，我们这些他的学生才可以自由飞翔在世界各地，无所畏惧。临行切切，最多的是不舍与感伤，但同样感到使命与责任，我已整装待发，奔赴心之所向。

二、与你相遇，好幸运

2017年8月25日，一行数十位雄心壮志的汉语教师志愿者抵达使命之国拉脱维亚。

初遇，裹了裹身上的外套，这个国家有点冷。

在温暖的家里放好行李，我便和大伙一起去“探索”这个美丽的国度。她安静又不失玲珑之剔透，街上随便一个建筑就是一幅美丽的图画，精致

---

* 滕飞，2017年8月至2019年7月任教于拉脱维亚大学孔子学院，现任教于美国西密歇根大学孔子学院。

万分；她小巧又不失生活之便利，街上随处是纳维森（Narvesen）便利店，随处是里马（Rima）超市、马克西玛（Maxima）超市，可谓“麻雀虽小，五脏俱全”。

2018年8月28日，我再次来到熟悉的国度拉脱维亚。有了上次“冰冻”的前车之鉴，这次我裹了裹外套，感受到的不是凉意，反而是一丝温馨。

在温暖的家里放好行李，我便去购置生活用品。

夜幕中，五彩的建筑与蔚蓝的道加瓦河交相辉映，笼罩着这座美丽的城市，安静、恬适似乎是这个国家的代名词。

一切对你的喜爱只能用一句“与你重逢，好幸运”来表达。最美的年纪遇见这么美丽的你，好幸运；最崇高的使命在这个国度来实现，好幸运……

三、如人饮水，冷暖自知

下了飞机，一张张微笑的面孔让我明白，这个国家虽然十分寒冷，但是人心却十分温暖。

与拉脱维亚大学孔子学院秘书劳拉碰面，善良美丽的她将我们送到住宿的地方，并带我们办理保险、身份卡，我们十分感动。

其中，最让人感到温暖的莫过于我们的尚劝余院长及其夫人（院长“大大”和师母）。

院长“大大”和师母经常会让我们这些“孩子”回家吃饭，炸酱面、凉皮、炊饼等，一份份烹制出来的佳肴让我们虽然身在异国，但感觉十分温暖。

公派教师及志愿者们之间始终萦绕着温暖的气息，大家同处异国，心系彼此。与其说他们是我的领导和同事，不如说他们是我的亲人，是我只身在外的好友。

还需要提起的是发生在我与陌生人之间的一件事。记得有一天下午，我在郊区买东西，买完之后发现这边没有公共汽车，就开始搜寻道路。这时一位陌生人来到我身边，问我是否需要帮助。我跟他简单说明了情况之后，他带着我找路、跟我一起坐车。我告诉他已经知道怎么回去，但他还是不放心，直到安全送我回到家……

这件事情虽然很小，但是给我的冲击很大。拉脱维亚人看似冷漠，有着扑克脸，但是内心十分热情，对待陌生人更是十分友好，这让我觉得自己来到拉脱维亚真的是一件很幸运的事情。

四、成长之路，势在必行

2017—2018学年，我承担了两个班级的汉语教学，分别是成人中级班和少儿高级班。

成人中级班共有9人，所用教材为《体验汉语·生活篇·进阶》，主要培养其听说能力。据我观察，学生的汉语水平普遍为2级，远远低于国内中级汉语水平，因此我在上课的时候基本是汉语和英语并用，且多用拼音书写。中级班学生在我的课堂上经历了太多的“第一次”，第一次听写、第一次被要求用汉语记录、第一次做展示等。我曾经反复问学生是否觉得我的课偏难，学生回答是的，但是可以学到很多东西，他们很喜欢，听到这话我很欣慰，深深觉得做一名汉语教师非常光荣。经过将近10个月的学习，我发现学生的汉语水平有了很大的提高（由最初的不会写汉字到现今的基本全用汉字书写，由最初的只适应汉英双语授课到现今能够接受偏汉语授课，由最初的完全不会用汉语说话到现今的能做简单的展示）。为了进一步提升他们的口语与听力能力，我在第二学期选用了《HSKK真题集》（初级）这本资料。

少儿高级班共有6人，所用教材为《跟我学汉语》（第二册）。据我观察，学生虽为高级水平，但是其程度普遍是汉语1—2级标准。究其原因，我认为有以下三点：第一，学习动力不大；第二，学习时间较少（成人一周6节课，少儿一周4节课）；第三，活泼好动，课堂注意力不集中且兴趣不高。因此，为了改善这种局面，激发学生学习汉语的兴趣，我组织了十余种课堂活动，力图可以一改沉闷、烦躁的课堂氛围。当然，其中有些活动是比较失败的，比如贴图游戏，但是有一些活动在学生中比较受推崇，比如绝地搜索、宾果游戏等。虽然他们的汉语水平提高过程缓慢，但是进步是实打实的。

2018—2019学年，我承担了两个班级的汉语教学，分别是成人中级班和成人高级班。

成人中级班共有9人，所用教材为《体验汉语·基础教程·上》，主要培养其听说能力。据我观察，学生的汉语水平普遍为2级，远远低于国内中级汉语水平，因此我在上课的时候基本是汉语和英语并用，且多用拼音书写。为了进一步提升他们的听力，我在第二学期选用了《HSK二级真题集》，力图可以进一步提升他们的听说能力。经过一个学年的学习，首先，学生的课堂记录现今全用汉字，汉字书写水平达到预期目标。其次，根据汉语水平2级考试的以往课堂测验，学生正确率均在85%以上，完成听力目标。与此同时，有好几个学生通过汉语水平3级考试，一个已去中国留学，还有3位分别要去上海、广州、香港留学。

成人高级班共有7人，所用教材为《体验汉语·中级教程·1》。据我观察，学生的汉语虽为高级水平，但是其程度普遍是2—3级。为了他们可以理解掌握，我在课堂上主要用汉语授课，辅以少量的英语授课。他们的汉字书写能力较好，听力较好。词汇量虽已接近汉语3级水平，但如何使用仍需加强练习。此外，在扩充词汇量的同时如何将句子说得更加地道、恰当仍需探究。针对这一情况，我在本学年设定了如下教学目标：第一，保持良好的汉字书写水平，在此基础上进行词语的使用训练，增加词汇量；第二，在进行造句及对话时，适当引入成语、俗语，确保句子的准确性；第三，提高学生话题书写的能力。

经过一学年的努力，首先，学生能在学习词语的过程中比较相近词语，由被动接受到主动探索。其次，在学习词语的过程中，学生会主动造句并询问是否有恰当的成语表达，学习模式已经形成。同时，在进行话题演讲时，他们所犯的错误越来越少。最后，有4个学生通过汉语水平3级考试，一个现今正在大使馆担任翻译工作，3个将于9月去中国留学。

有学生说自己很喜欢学汉语，很喜欢我的课堂，希望我下学期继续教他们。听到这话，我十分感动。时光虽短，却也弥足珍贵！在这两年，我不仅学会了如何与他人相处、如何进行团队合作，更积累了汉语教学经验，深刻认识到国际汉语教师的使命与职责。

2017—2018学年，拉脱维亚大学多次举办各类活动。其中，2017年孔子学院日暨中秋节晚会的顺利举行不仅使更多的拉脱维亚人了解到中华文化，还吸引了更多的汉语爱好者加入拉大孔院这支雄壮的队伍。2018年举办的“天下一家”——拉脱维亚第15届“汉语桥”比赛吸引68名汉语爱好者参赛，是史上参与人数最多的活动之一。

2018—2019学年，孔子学院日上中学生一支曼妙的舞姿、一幅惊人的国画、一曲优美的歌曲都深深烙印在我的心里。2019年的“汉语桥”比赛共有60人参赛，其中有我的5个学生。比赛前一个月，我的学生每天提前一个小时来学校练习，即使有很多学生在比赛前夕退赛，我的学生也依然坚定信念，毫不畏惧。终于，功夫不负有心人，她们分别荣获大学初级组一等奖，大学中级组一等奖、二等奖、优秀奖，大学高级组二等奖，还有一个学生将去中国观摩“汉语桥”比赛。

我在拉脱维亚承担了两年的汉语教学工作，但是我一直深知自己的教学技能还有待提高，教学方式还有待更新。在这两年的教学中，我每次下课后都会写教学反思，力图在遇到相似情况时可以自如应对。只要自己坚守初心，坚持下去，我相信自己在不懈努力后会更加优秀，希望在不久的将来自己可以成为一名优秀的汉语教师，为中华文化在异域的绽放贡献自己的力量！

在拉脱维亚的两年时光，被学生宠，被院长“大大”、师母宠，被好友宠，在这里我感受到了家的温暖，收获了人生中珍贵无比的温暖和友谊。在这里的时光仅有两年，却留存着我心底最美好的回忆……

滕飞/最美的年纪遇见这么美丽的你，好幸运；最崇高的使命在这个国度来实现，好幸运……

（图中左三为作者）

爱上“高冷”的你

邹亚平*

人间四月芳菲尽，“里加春花始盛开”。春日悄然降临欧洲大地，拉脱维亚的首都里加街头春意正浓，朵朵花儿在枝头怒放。当沐浴着春日暖阳，也许很难想象这个国度的冬季严寒冰霜之景。时光飞逝，不觉中我已在这个“高”纬度、气候“冷”的国家度过近两年的时光，在这里，我感受过神奇的自然变化：感受了深冬严寒，也感受了夏日骄阳；也体会过人生的冷暖变化：体会了思乡之苦，也体会了真情温暖。这段奇妙的旅程为我的人生打开了一扇全新的大门，对我来说，这不仅仅是一个做好汉语教师志愿者工作、提高教学本领的过程，更是一段感受异国风情、增长个人见识的经历。想起初来乍到时的迷茫胆怯，而今在即将结束任期之际，内心却充满了温暖与感激。原来，我早已在不知不觉中爱上了这个看似“高冷”的国家和它的人民，感恩与拉脱维亚的相遇，感恩一切的经历，感恩最美好的过去和值得期待的未来。

一、它是玉碗中琥珀色的光

说起拉脱维亚这个名字，也许有些人会感到有一点陌生。在没有来之前，我也只能试图通过网络了解它：“世界上美女最多的国家”“世界上性别比最失衡的国家”，这些都是刻板印象为它贴上的标签。不算广阔的土地，茂密的森林，稀少的人口，漫长寒冷的冬天和接近极昼的夏日，也为这个低调的国家蒙上了一层神秘忧郁的色彩。但是，如果你深入其中，就会发现这颗波罗的海之岸的明珠，正以它独特的方式闪耀着，散发着自己

* 邹亚平，2018年9月至2020年6月任教于拉脱维亚大学孔子学院和拉脱维亚大学人文学院。

的魅力。

拉脱维亚位处欧洲东北部，西邻波罗的海，与在其北方的爱沙尼亚及在其南方的立陶宛共同称为波罗的海三国。拉脱维亚语属于印欧语系，是仅存的波罗的语族之一。正如大部分国家一样，整个国家的精英和最密集的人口基本都聚集在首都里加。由于纬度较高，拉脱维亚的雨雪天气较多，湿冷气候的影响让这里的人们看起来似乎不太热情，甚至有点“高冷”。但请放心，这只是处于陌生关系时的假象，拉脱维亚人民的善良可爱都藏在有些害羞的外表之下，只有在接触之后才会慢慢发现，貌似“高冷”实则“慢热”的他们都是“宝藏男孩/女孩”。这一点与内敛低调的中国人有些相似，因此拉脱维亚人民内心深处的热情与温暖让我倍感亲切。除了圣诞节等西方传统节日，拉脱维亚人民最重视的节日是仲夏时节的利戈节，在这一天，人们会彻夜不眠，尽情释放内心的热情，享受美好的夏日时光，或是在乡间围坐篝火旁、载歌载舞，或是聚集在首都老城的广场品尝美食、畅饮美酒，哪儿还有一点“高冷”的影子？平日闲暇时光，当漫步里加街头，你既会看到年迈的夫妇携手相伴在公园中沐浴阳光，也会看到活力四射的青少年踏着滑板飞速经过，海鸟悠闲地伫立在桥边栏杆上，野猫惬意地蜷缩在草坪中小憩。这是一座古典与现代并存、清冷与温暖同在的城市，我想它值得更多的驻足欣赏。

二、“你是最可爱的汉语老师！”

2018年9月7日，从那天起，我的人生展开了一段全新的旅程——“汉语教师志愿者”。作为一个从未有过教学经验甚至有些羞于开口用英语与学生交流的“菜鸟”老师，一开始接触课堂时，我的心情是有些忐忑的，经过一次次的锻炼、磨合，从紧张害怕到享受教学，我渐渐体验到作为一名汉语教师的快乐，回首看来，整个过程是妙不可言的。

我所在的教学点是拉脱维亚大学孔子学院本部，第一任期负责的班级是拉大本部少儿高级班和少儿高高级班以及拉大人文学院的汉学专业研究生班。拉脱维亚的汉语课堂多为小班授课，每位学生都有自己鲜明的性格特色和学习特点，能否付出更多的精力去关注学生们的“独特性”，帮助他们发现自己的“闪光点”，这一点尤为重要。两个少儿班的学生均已经坚持学习三四年的汉语，这是让我十分感动之处。但学生们对汉语课堂和老师较高的熟悉度，也让他们容易失去一些新鲜感。刚接手少儿班时，我从以前的汉语老师那里了解到每个学生的学习和性格特点，尝试有针对性地进行教学设计。对于汉语水平较高的学生，我会布置一些稍有难度的任务，让他们有成就感；对于水平稍低的学生，我会给予充分的鼓励，耐心引导他们建立自信。对于比较活跃的学生，我则用言语适当稳定情绪；对于较沉默的学生，我则走进他们的内心，鼓励他们开口表达。“老师，以前我的爸爸告诉我要学好汉语，现在，我自己想要学更多的汉语！”当我看到孩子的眼睛里闪烁的渴望，内心的感动和满足无以言表。此外，研究生班的几位学生都有在中国留学的经历，因此在课堂上可以完全用汉语进行交流。教学上，我们共同商讨教学内容及学习安排；生活上，他们经常为我讲述留学中国的经历，表达对中国的喜爱与思念。我很感激他们在我初为人师之时用陪伴和鼓励给了我很大的信心，从他们的身上我学习到了很多珍贵的品质。他们无论是持续学习语言的激情，还是不断充实自我的进取精神，都让我获益匪浅。一次次愉快的交谈，一声声真诚的关怀，那些美好的记忆一直留在我的心间。

第二任期我所负责的是拉大孔院的两个成人初级班的学生和拉脱维亚人文学院汉学专业二年级的学生。汉语对于成人初级班的学生来讲是实实在在的新知识，而汉学专业二年级学生的接受能力强，两个班级的汉语学与状况差异性比较大。面对新挑战，我决定推陈出新，设计出一些有趣的教学活动来辅助教学，让学生们发现学习汉语的乐趣。成人初级班的学生，无论是白天忙于工作的白领，还是放学后匆匆赶来的在校学生，都是带着热情和憧憬来到汉语课堂的。看着学生们求知若渴的眼神，我默默告诉自己，绝不能辜负他们的期望。除了日常的教学，在初级班我进行了不少的课堂“试验”，创造了“我来当老师”（学生当老师上台讲解复习内容）、“分组限时任务体验”（分组并分配复习任务，各组限时同时开始，一轮任务结束后各组互换任务，每组均在体验不同任务后再进行新一轮加深难度的任务）、“迷你汉语角”（学生两人一组进行3分钟主题对话练习，需与班级所有人进行交流）等新的教学方法。根据学生反馈，他们从这些活动中找到了记忆死角，提高了汉语实际交流能力。当看到学生们渐渐地把汉字写得横平竖直，把汉语读得字正腔圆，我非常高兴。在给汉学专业二年级学生布置作业时，我会准备一些“有趣”却“有点难”的作业，比如看当下流行的中国电影并写出观后感、根据网络上流行的话题准备辩论赛等，学生们表示他们从这些任务中对中国有了更多更深入的了解。“老师，我终于成功了，谢谢您！”我不会忘记，当学生激动地告诉我，由于我的帮助，她成功地申请到了中国政府奖学金时的那份喜悦与触动。能帮助更多热爱中国文化的学生踏上中国的土地，我想这就是一名汉语教师最大的幸福。

两年不同的任教经历带给我截然不同的教学体验，如果让我讲述这一路收获的教学感悟，我会选取几个关键词。第一个关键词是保持兴趣。让学生在学习语言的新鲜感过后还坚持初心，也许最好的方式就是让他们持续发现这门语言的魅力和使学习充满挑战性。精心设计的游戏、精彩丰富的文化课、走心的课后交流，都不失为维持学生兴趣的好方法。第二个关键词是因材施教。一名好老师应该愿意了解、尊重每个学生的性格和学习特点，保持良好的交流，既善于鼓励，也适当指出不足。第三个关键词是量力而行。制订科学可行的教学计划，巧妙地运用“i+1”理论进行教学会更大程度上激发学生的潜能。第四个关键词是教学相长。在教学的过程中，老师可以和学生共同进步，不断发现自身的不足并加以克服。学生们在上班、放学后争分夺秒地学习，他们尝试利用有限的时间创造更多的可能，这种做时间的主人的意识深深触动了我，激励我不停前进，为自己的人生创造更多可能。

与可爱的学生相处的这两年，我不仅收获了许多教学经验，更感受到了看似“高冷”的拉脱维亚学生内心的温暖与爱。还记得他们曾经带给我的一次次不期而遇的感动和惊喜：搭乘3个小时的火车穿越几个城市送来的一束鲜花和一句“老师加油！”我生日那天学生选上的那首带着一丝羞涩的生日祝福歌和一笔一画认真书写的祝福，我生病时学生们真诚的关怀，以及结课时他们亲手制作的礼物和永不解散讨论组的约定……一切的一切，凝结了无数美好的回忆。“你是最好的中国老师！愿你一如既往的迷人漂亮！”这份带着些许稚嫩却真挚的祝福，给予了我继续前行的动力，激励着我在这个看似平凡的岗位上续写自己不平庸的汉教故事。

三、国际汉语教师成长记

在两年的任教期间，我有幸担任了志愿者的小队长，这份经历对我来讲，让我的身心都得到了很大的磨炼。将它总结下来，就是一部国际汉语教师成长记，酸甜苦辣，均是感动，五味杂陈，留存心底。

我在教学以外的工作主要分为以下几大部分，分别是组织文化和公益活动，负责孔院媒体建设，组织比赛和考试及辅导学生。一次次活动，一场场庆典，筹备虽辛苦，但只要看到参与者的笑脸，就感到每一点努力都是值得的；一篇篇新闻，一张张奖状，用笔端记录最美的孔院故事，感动于与学生共同努力获得的成绩。回忆里最美的，是和伙伴们一起辛苦熬过的夜，一起挠头写过的策划；回忆中最甜的，是"汉语桥"比赛上学生流利的汉语，孔子学院日台下观众阵阵的掌声。两年的国际汉语教师经历，对我来讲不只是一份工作，还承载着太多的成长与感悟。第一，我学会给自己定一些可行的计划来提高工作效率、攻克"拖延症"，完善的计划让一切工作都有迹可循。第二，我明白了团队力量的强大，团队成员各有所长，最好的合作就是让合适的人做擅长的事，用最合理的安排收获最好的效果，这样才能实现"一加一大于二"的成效。第三，要学会自我反思，养成每日记录工作和月底进行工作总结的习惯。这不仅方便了解工作进度，还能帮助总结经验教训。工作和生活中总会有一些不如意的时刻，要给自己一个调整期，让身心都好好休息一下。第五，让梦想持续获得动力。有时人会安于现状、停滞不前，时不时给自己一些挑战和激励，提醒自己不要忘了为什么选择现在的道路，别让梦想褪了色。"扬长避短，虚心学习，保持热情，锐意进取。"在任期即将结束之时，我把这句话送给未来的自己，愿自己始终铭记彼时所得和此时所想，不忘初心，继续前行。

四、我的第二个家叫拉脱维亚大学孔子学院

如果说这一年我在工作上的关键词是"成长"，那么我在海外的第二个家——拉脱维亚大学孔子学院的生活的关键词就是"感恩"，感谢这个给了我无私的温暖与关怀的大家庭。如果把拉大孔院比作一棵大树，那么

孔院家庭里的每一个人都有不可或缺的位置，团结与爱让这“好大一棵树”永远生机勃发、昂然向上。

拉方院长贝德高教授是这棵大树的树根，作为拉脱维亚恢复独立后的著名汉学家和汉语教学泰斗，80岁高龄的他仍奋战在他为之付出一生的推广汉语事业上。每当走进孔院办公室看到他伏案认真工作的笔直背影，我心中总不由得升起敬佩之情，“您的深情在蓝天，深情藏沃土”，这是志愿者们给亲爱的贝爷爷送上的祝福。他对语言研究的热忱、对工作的一丝不苟都值得我们年轻的一代人学习效仿，他就像树根一样稳稳地抓住大地，为我们的成长提供了源源不断的养料。

我们的“大大”——中方院长尚劝余教授和他的夫人则像树干，支撑起我们挺拔的姿态。我时常会想自己何其幸运，能够遇到如此优秀的长辈，他们不仅给予了我们工作上的支持和生活上的关怀，更给予了我们人生的指导。甘地有一句名言是“被爱的箭射过的人，才能领会爱的力量是多么伟大”，这些长辈对待所有老师的方式，正是用爱的箭射入我们的心坎，他们的爱足以让我们忘记乡愁。这份被感知的爱意，让人想要以同样的方式传递下去，他们真心的付出让正能量在整个孔院传播。

孔院中的公派老师，正如绽放的花朵，散发着沁人心脾的芬芳气息，让闻者见者心花怒放。无论是在工作中还是在生活中，他们总是在我们最需要的时候默默地向我们走来。他们总是笑着说自己没做什么，但他们对工作认真执着、对长辈关爱敬重、对学生爱护负责，他们的一言一行皆是我们的最好榜样。就这样，他们散发着自己的悠然气息，感染着我们这些志愿者不断向上。

而所有的志愿者，也就是与我并肩奋斗的伙伴们，都是这棵大树枝头含苞待放的花朵。我们为能生长在这样一棵枝繁叶茂的大树上感到幸运和自豪，内心也希望能够努力绽放，为这棵大树奉献属于自己的那一抹色彩。

五、时光慢些吧，我想留住你的温柔

刚赴任时，我总觉得时间过得很慢，尤其是拉脱维亚漫长的冬天格外引人思乡。此时任期将满，再回首，我又觉得相遇仿佛还在昨日，一切又如此匆匆。这一开始完全陌生的国度，这座诉说着陌生语言的城市，这群本不相识的人，早已在不知不觉中成为我最熟悉的陪伴者，而我这颗因为未知而悬着的心也在不知不觉中安定下来。这两年，有独处的思乡和孤独，也有集体相聚的热闹与欢笑；有教学上的失误与挫败，也有收获学生喜爱的成就；有泪也有笑，有苦也有甜，还有时光留下的最温柔的印记。还记得孔子学院日暨拉脱维亚独立100周年晚会上歌舞表演的风华正茂，还记得贝德高教授80岁大寿时献唱《好大一棵树》的真心祝福，还记得新春晚会上“新春工作室”的欢笑回忆，还记得每一次国家汉语考试监考前的认真准备，还记得“汉语桥”比赛时被学生牵着的心，还记得每次院长家的节日团圆，还记得普里马（Prima）公寓的餐后小聚……这些都在我的记忆里烙下了不可磨灭的印记，让我一辈子难忘。两年很长，两轮四季更替；两年很短，时光静静，悄然流逝。我相信，我会将感受到的爱继续传递下去，铭记拉大孔院这个温暖的家。

“虽然暂时走在分岔路，总会有交汇的那一步……你说过的我们不认输，坚守着不愿辜负。”时间和距离不会抹掉相聚的痕迹，我会永远记住这个善良的国度、温暖的集体和友善的每个人。人生一世难免经历暂时的分离，但爱和记忆永存。我会在心里祝福，我相信，每个人都会有光明的未来，国家汉教事业和拉大孔院的未来会更加美好！

爱上“高冷”的你，因为这温暖的际遇。我相信这段美妙的旅程会让我更加勇敢地走在追梦的路上，更加无畏地面对雨雪风霜。

邹亚平 / 爱上“高冷”的你，因为这温暖的际遇。
（图中前排左四为作者）

与拉脱维亚交织的四季

焦文静*

时光的脚步总是匆匆，我又远航了，停靠在波罗的海的岸边，一个名为拉脱维亚的国家。领土面积虽不及祖国的百分之一，却由于有着独特的地理位置和气候环境，成就了拉脱维亚小巧精致又不乏粗犷的文化气质。

一、秋：初见

这是个金黄色温暖的季节，阳光明媚不刺眼，透过公寓的窗户可以看见远处蓝天紫霞旁一群群游荡的小白云，白云下边是几排错落有致的欧式小洋房和单元楼，层层叠叠摇曳在枝杈的枫叶和它们相邻，风一吹就一不小心落满小径，像给地面铺了厚厚的小黄毯。

我常在下午5点左右，踏着枫叶小道，再坐上7路有轨电车，去位于大使馆街区的图书馆教室。电车分为不能互通的两段，后节车厢左边靠窗的单人座是我爱光顾的位置。这里视野极佳，可以看到邻道的街景是古朴和现代、年轻和传统的碰撞，桥洞墙壁上的涂鸦张牙舞爪，不远处梅赛德斯–奔驰的标志旋转着闪闪发亮，转弯处道加瓦河上的夕阳是游客们最佳的打卡景点，国家歌剧院旁公园里扑腾的野鸭、一簇一簇的人群是里加城活力的源泉。

和少儿高级班学生的第一次见面是在我开始工作的第二天，印象很深刻，当时一个灵气逼人、满头金发的女孩子刚进教室就极有礼貌、极认真地和我打招呼，把“老师你好”这四个字用力地从嘴巴里吐出来，我很荣幸是这个班的第一位中国籍汉语老师。教室里好奇的大眼睛一直滴溜溜地转，对我这个不会说俄语也不会说拉脱维亚语的汉语老师，他们有太多想

---

* 焦文静，2019年9月至2020年6月任教于拉脱维亚大学孔子学院。

知道想了解的。

课下是我们最有意思的互动时间。凯特，也就是那位金发小姑娘，总是喜欢拿一只黑色马克笔，不厌其烦地在白板上一笔一画地写“𰻞（biāng）𰻞面”的“𰻞”字，一边写一边想，直到完成最后一笔，略有骄傲又期待地望着我，听到我惊叹的赞扬声后，她满意地点了点头说：“我又完成了这个挑战。”奈丽，不太爱说话，会歪着小脑袋腼腆地站在一边，笑嘻嘻地看着我们，然后拿出她写的工工整整的汉字练习册让我批改。苏菲和凯瑟琳是姐妹，一个聪明好学，一个机灵善问，或许是父亲的工作的原因，她们总能像变魔术般地变出许多奇奇怪怪的国产小零食，像是“甜味鲜栗子”“气泡跳跳糖”等，我也是初次见到，口感不多做评价，包装的确很有中国特色。还有全班唯一的小男孩克利欧，清秀稚嫩中却有一股少年老成的做派，回答问题前会抬起双手、握紧双拳、努力皱起脸蛋，直到顺利吐出问题的答案后，像泄了气的皮球放松下来，继续漫不经心地坐在椅子上。妮可和艾米莉也是姐妹，她们书桌上目光所及的纸上全是涂鸦，一手出神入化的画技让人叹服，文化体验课上的优秀作品，绝对出自她们笔下。最后一位是瓦莲缇娜，是社交软件高阶玩家，日常的舞蹈练习和汉语课的游戏都是她的抖音分享的素材之一，可惜我没有账号，不然一定是她的粉丝。

秋，金灿灿的，暖洋洋的，像一只毛茸茸的金蝴蝶停落在脑海深处，还散发着迷人的花香，我一想到它就心情愉悦，笑容不由得挂在嘴角。都说这儿的冬天冷得不像话，我一度担心自己带的装备不够齐全，总想方设法去商场置备羽绒服、棉裤和护膝，心心念念等待着零下二十度的冬女皇给我点颜色看看，它终于在一场初雪后迈着轻盈的步子款款走来。

二、冬：相知

雪后的世界是诗人的天堂，这儿的雪有岑参眼中“忽如一夜春风来，千树万树梨花开”的繁茂，有韩愈看到“白雪却嫌春色晚，故穿庭树作飞花”的俏皮，更有纳兰性德品味出“别有根芽，不是人间富贵花”的高洁，以及毛泽东笔下“千里冰封，万里雪飘”的壮阔。

犹记得王老师家的小豆豆和爸爸在门前的小草地里堆了个白胖胖的

大雪人儿，就地取材的枝杈手、小石子黑眼睛、可能是胡萝卜化身的鼻子，让这一片白茫茫多了颜色和生机，也让我们这些晚班夜归人多了些笑声和趣谈。我曾经好奇地问：“拉脱维亚的雪能有多大？”学生立马就扯开快不够用的手臂，仰着身子，画着圈：“这么这么大！”仿佛觉得自己表达得不够准确，他们还要站起身来，用长腿比画着：“这里，腿这里，这么这么深！”

可惜今年下雪的次数不太多，没见着那没过腿根的大雪，不晓得是由于全球变暖，保暖措施到位，又或是因为心理作用。我过了一个最冷才零下五度的冬，北风虽冷，却不至于彻骨。

孔院的秘书叫白丽娜，一个拉脱维亚语音译过来和冬天很般配的名字。她桌面右侧常年堆积着厚厚的纸质文件和文件夹。有时我们去领“学生报名申请表”“学期结业证书”等材料，她可以轻松地从纸堆里抽出一摞整整齐齐、用棉质细绳分类系好的表格，“啪嗒”一声放在你手上，利索又靠谱的办事风格很让人放心。

我和丽娜一起去过的最远地方应该是拉脱维亚移民局，它在人烟稀少的郊区。那天我俩按原计划赶到车站，9路公交车却迟迟没有现身，印象里，拉脱维亚的公交不爱迟到的，总能按照站牌标注的时间准点到站，可那趟9路车却成了例外。这也让我对原本稳妥的办居留证之行微微担心了起来。不知过了多久，车姗姗出现在视线里，去往移民局的路有些颠簸，9路车吭哧吭哧地开，两旁笔直的行道树向后滑过，黑乎乎的树干很无趣，在焦急地数完自己左手有多少道手纹后，终于到站了。

移民局没有想象中的高大气派，拥挤的人群和嘈杂的交谈声让我不由自主地紧张起来。坐在中间等待的椅子上，看着对面一排办事窗口里忙碌的人，我的脑子里飘过无数个可能被询问的问题，默默祈祷待会儿碰到的办事人员和蔼可亲、善解人意。丽娜在一旁帮忙看着显示屏上的号码，顺便拿出汉语5级的课本开始学习，可能是为了让我放松些，她时不时侧过身问几个生词和句子。漫长的等待后，我的号码对应在一间办公室门牌号上，厚厚的墙壁、紧闭的门都让我有些胆怯，回过头疑惑地看了看丽娜，她摆摆手示意我进去。

一个小个子、粗脖子的男人坐在办公桌后面，微低着头，透过耷拉在鼻梁上的眼镜斜斜地瞅了我一眼，面无表情地敲了敲桌子，示意我把材料放在桌子上，然后敷衍地扒拉了几下，操着一口发音极其别扭的英语问起问题来。听到他说话的瞬间，我怀疑自己十几年的英语发音是极其不规范的，最有代表性的是“X”不读“艾克斯”而读“伊克斯”，逐渐令我崩溃的鸡同鸭讲的大型对话灾难场面，让人尴尬又焦躁。在这有些昏暗的办公室里，我听着他和其他工作人员彼此用拉脱维亚语又或是俄语说了一堆，我听不懂却能感受到嘲笑和轻蔑的话，心里堵堵的，气愤之余又无可奈何。那可能是我感受到的拉脱维亚冬天最冷的一刻了，仿佛时空静止，委屈又窘迫的泪水在眼眶里打转，默默低头安抚自己的情绪把眼泪逼回去，告诉自己要坚强，可不能给咱们中国人丢脸。后来在他的同意下，我将丽娜请进屋内帮忙翻译，终于顺利办完了居留证。如果说那天的移民局是个冰窖，丽娜就是冰窖里的小火苗，燃烧起来，融化了坚冰，给了我温暖。她又像是刺破乌云的一束阳光，让我想要触摸想要靠近她的温暖。

窗外枝头嫩绿的小芽迫不及待地随风招摇，布谷鸟清脆的啼叫唤醒万物，冬，终究已渐行渐远。这个冬天，冷酷又潇洒，无趣又多彩，苦涩又令人感动……

三、春：熟识

这儿的春来得会比别处的迟，阳历四五月里还有些料峭，我是个“怕冷星人”，秉持着中国人的“春捂秋冻”的养生观念，越是天气多变的换季时节越要保暖。同层楼住着的大哥们已经穿上了沙滩大裤衩，而我的厚棉裤还没有下岗。

屋外青青的草地，四处闲逛的小猫咪，推着婴儿车遛孩子的妈妈们，早就享受起了春姑娘的馈赠，仿佛要将忍了一冬的寒冷彻底扔在这春日暖阳中。

说到溜达，不得不炫耀一下孔院办公室的地理位置，它在拉脱维亚大学主建筑的二楼，坐北朝南，在这里稍微探个腰就能看到著名的自由纪念碑。碑前悠悠的小河从公园中缓缓流过，“咕咕”叫的灰鸽子优雅地散着步，等待特地来此处投喂的奶奶们。公园里的木头长椅，虽有些陈旧，却是朋友圈摄影大师们心尖上的宝地。

尚院长的家离这儿不远，步行六七分钟就能到，师母又擅长烹饪，所以在这唠嗑聚餐成了孔院教师们必不可少的活动。每逢佳节，厨房里几个心灵手巧的姑娘和师母一起准备膳食，客厅里大伙儿喝着茶水，聊着生活工作中的趣事，团团圆圆的热闹气氛总能让我们把远在他乡的孤寂抛掷于脑后。

记得出发前我的导师说："拉脱维亚的孔院是个大家庭，氛围很好，很融洽。"我确实切身体会到了。疫情当前，孔院的好、母校的好、祖国的好，对我的触动更大。在拉脱维亚政府宣布全国进入紧急状态之前，孔院从国内购买的口罩就已到来，伙伴们也都互相鼓励打气，在群里分享各种防疫手段和注意事项。那段时间，常在网络上看到欧洲各地口罩紧缺的消息，心里一揪的同时又觉得庆幸和感动。母校华南师范大学的物资援助也来得很及时，各位老师遥远的慰问充满着让人安心的神奇力量。

2020年，有一个恐怖的病毒怪肆虐了这儿的春天，勇敢的人们用理想和信念筑起了一道坚实的防线，把灿烂和明媚、朝气和生机赋予孔院，这里鸟语花香、欢声笑语……

四、夏：告别

这儿俗称的利戈节也叫仲夏节，在北半球夏至前后，熟悉的人们会聚在一起，庆祝一年中最长的白昼，纵情狂欢，赞美他们最爱的"夏"。他们对夏的喜欢，胜过千言万语，仿佛辛苦劳作了一年后，终于在夏季得到了喘息和释放。

仪式感确实是生活中不可或缺的调味剂。每年6月，孔院有一个传统，即所有人搭乘道加瓦河上的小游船，沿着河道顺流而下，褪去脑海的喧嚣，细细看这生活了近一年就要告别的城市，在把盏闲话中，分享自己的收获和成长。如果有机会，那时坐在船上的我一定会感慨万千，热泪盈眶，思绪像胶卷一样转个不停，愿把珍贵的瞬间一一定格收藏。

四季轮转，站在时光的渡口回望，我们从初见、相知，到熟识、告别，一起走过崎岖，踏过迷茫和彷徨，尝过甜蜜和喜悦，人生的旅途在这里相交延续，共同的故事或许落幕，可每个人的精彩还在继续，那不变的前行的方向和必往的地方一定会让我们在下个路口再聚。

毕竟我们是祖国母亲牵在手心里的风筝，飞得再远，也不怕迷路……

焦文静/那不变的前行的方向和必往的地方一定会让我们在下个路口再聚。
（图中人物为作者）

寻梦路上

朱柏帆*

人生就像一场梦，你永远不知道下一步会走到哪里。犹记得2019年底参加拉脱维亚汉语教师志愿者面试的场景，转眼间已经快过去一年了。扑朔迷离的2020年让人摸不着头脑，若把这些经历顺着时间再走一遍，那定是一条平凡、带点儿坎坷却又温馨快乐、充满希望的寻梦路。

一、2019年12月28日——开始

“各位老师好，我是华南师范大学国际文化学院汉语国际教育专业在读研究生朱柏帆，我报考的岗位是拉脱维亚大学孔子学院汉语教师。”

这是梦最开始的地方。

为什么选择拉脱维亚？

拉脱维亚的汉语教学可以追溯到1991年，即拉脱维亚大学成立的那一年，拉脱维亚汉学研究创始人彼得·史密斯（Peteris Shmits，1869—1938年）在拉脱维亚大学创建汉学研究室，开始汉学研究，并出版汉学书刊。但是直到1991年，拉脱维亚大学才正式开设汉语专业，招收本科生，附属于该校的外国语学院东方语言系。直到2010年4月，拉脱维亚大学与中国国家汉办正式签订拉大孔院合作协议。2011年11月，拉大孔院举行揭牌仪式。到目前为止，以首都里加为中心，拉脱维亚已开设18个汉语教学点，涉及各个年龄段、阶层的学生，从幼儿园学员到大学生，从社会人士到专业学生，学习汉语的人越来越多，人们对汉语的热情高涨。曾听我导师说过，他在拉脱维亚教学期间，有学生甚至要搭乘两个小时左右的火车来里加学习汉语，多么令人动容！对于这么一个对汉语饱含热情的国家，我没

---

* 朱柏帆，2020年9月至2022年7月任教于拉脱维亚大学孔子学院、里加道加瓦河口中学。

有理由拒绝，没有理由不为之向往。

二、2020年1月21日——萌芽

一封来自拉脱维亚的问候让我认识了拉大孔院中方院长尚劝余教授，他带着波罗的海的风和道加瓦河的水，欢迎我们加入拉脱维亚汉教大家庭。就这样，梦想开始萌芽。

我们的院长平易近人，亲切地让我们称呼他为“大大”。一起走过来的这几个月，大大从未批评过我们，总是耐心地解答我们的问题。因为疫情的原因，今年派赴拉脱维亚格外困难，而大大就像一名船长一样，在波涛汹涌的大海上指引我们前进，让我们乘风破浪。尽管前路艰辛，他一直给我们信心，就像阳光一般照耀我们，让在黑暗中摸索的我们相信光明总会到来。大大也十分可爱，会在群里发他的鬼脸表情包、会在朋友圈里喂鸽子海鸥、会将我们称为公主和王子……真是好不有趣！我们的师母，院长夫人，也是位十分可亲的人。虽接触不多，但从仅有几次的聊天中，从师母的朋友圈中，从教师志愿者的形容中，都可感受到师母的温暖、热情，还有那高超的厨艺，真希望有机会可以见到师母，在拉脱维亚品尝地道的陕西菜，与师母一起走街串巷，寻找惊喜。

除了尚大大与师母，我们还有位贝爷爷，那是拉大孔院拉方院长贝德高教授。贝爷爷已有80多岁的高龄，为拉脱维亚汉语教学事业的发展作出了巨大贡献，其所编《精选拉汉汉拉词典》曾被李克强总理赞为“中国和拉脱维亚沟通的桥梁”，其本人也拥有诸如孔院先进个人等荣誉称号。尽管目前我们还没有真正认识这位贝爷爷，但每当我们办理签证遇到困难时，都会听到大大说贝爷爷已经去找某个部门办理了，如此高龄还那么尽心尽力，真是令人佩服，令人动容，给人十足的安全感！

当然，还有我们认真负责的孔院秘书玛丽娅女士，温柔善良是她的代名词，她像一位知心姐姐一般，不管大事小事，都会帮我们出主意，帮我们解决。

在那遥远的地方，仿佛有好几位家人一直在等着我们。

三、2020年2月4日——成长

除了快乐与期许，我还迎来了属于自己的挑战——担任本期志愿者的小队长。犹记得大大刚宣布我是队长时我的惊讶与无措，怎么会是我呢？本期志愿者中有好几位曾出国做过志愿者的前辈，也有好几位在国内有过教学经验的同事，而我只是一个“小白”而已。但事情既然来了就不要怕，虽是挑战却也是机遇，这可能就是上天给我的历练。

梦想在摇曳中成长。

调整好心情，就这样出发吧。这几个月走下来，我确实收获良多，由什么都不懂，到慢慢懂得，帮助大家办理签证、收集大家的各类文件、撰写并发布新闻稿、撰写各类申请书和汇报等。现在想来，真的要感谢大大给我这个机会。成长的道路不会是一帆风顺的，总要经历风雨才能看见彩虹，现在的我还有很多不足，未来还会遇到更多未知的挑战，但我相信，我准备好了。

四、2020年6月19日——坚定

一封《给下一任志愿者的信》将我们带到了拉脱维亚。信中图文并茂，有说有笑，我们仿佛已看到此刻身在拉脱维亚的教师志愿者生活工作的样子，也看到了我们以后的样子。我可能会穿戴着保暖五件套——帽子、手套、围巾、带护膝的加绒打底裤、厚厚的羽绒服，乘坐15分钟的公交车，从普里马（Prima）公寓到拉大上课；看到我以后的学生，他们或高冷，或活泼，但都抱着一颗热爱汉语的心，来这里学习；看到我们以后上课的样子，我已经想象到第一节课上我的紧张与快乐、认识学生的愉快心情、课堂活动的轻松氛围，当然也会有偶尔的沉闷气氛；看到志愿者小伙伴们齐心协力积极策划举办各种文化活动，有孔子学院日、中秋音乐节、故事会、春节庆典等；看到我想大展厨艺却被室友嫌弃到让我去刷锅洗碗，不过我还是学会了几道小菜，可以喂饱自己……

在这封信中，我还了解了拉脱维亚的历史，了解了拉脱维亚的经济，了解了拉脱维亚的传统节日，了解了拉脱维亚的春夏秋冬……

那里太美了。波罗的海一片静谧，一座可爱的小城，首都里加被誉为“波罗的海跳动的心脏”和“北方的巴黎”，谁不想去一探究竟？我听到道加瓦河畔的歌声，不知能不能在此品一杯左岸的咖啡；我看到那精美的浮雕在神秘的古堡上熠熠生辉；我走在那蜿蜒曲折的老城小路上，揭开几百年前这座小城的神秘面纱。这里的春天也该是风和日丽、花开烂漫吧，温暖的阳光被层层叠叠的树叶过滤，漏到地上，变成淡淡的轻轻摇曳的光晕，是否也如诗句“草长莺飞二月天，拂堤杨柳醉春烟”一般迷人？夏日又是什么样的呢？我想应该不会像我们这里跟火炉一样热吧。但是利戈节时人们热情的温度定要比气温高得多。在篝火旁肆意宣泄自己的快乐；在老城广场品尝美酒歌谣；夜半游泳，彻夜狂欢。只是想想就已让我热血澎湃，恨不得马上赶去体会这个节日的兴奋。秋天大概是金灿灿的吧，太阳应该依旧高照，“晴空一鹤排云上，便引诗情到碧霄”。在那里，我会与大大、师母、贝爷爷一起，与孔院小伙伴们一起，与学生一起，举办中秋活动，吟诗赏月，思念故乡。拉脱维亚的冬日应该是漫长的，但也是美丽的吧。白雪皑皑，银装素裹，那是一个多么纯洁无瑕的世界，就像《冰雪奇缘》中艾莎的城堡一般，晶莹剔透，令人向往。

这些美好，都更加坚定了我的梦想，我每日期盼，整装待发。

五、2020年9月21日——方向

我没有在9月等来能够前往拉脱维亚的消息，但盼来了我的学生。9月21日，拉大孔院本部成人初级班的网课开课了。孔院秘书玛丽娅女士提前一个星期告诉了我这个消息。我的教学对象为零基础的成年人，因人数较多故分为两个班级，学生年龄参差不齐，有的是高中生，有的是大学生，有的是已经工作的社会人士，授课时长为两个半小时。因时差缘故，我每周一至周四在北京时间的晚10点30分开始上课，上到凌晨1点（拉脱维亚冬令时后时差增加1小时）。虽然辛苦，但我依然热情满满。犹记得第一节课开始前我非常紧张，面对零基础的汉语学习者，对于我这个没有教学经验的老师来说，线下课可能都有困难，更何况是线上的网课。我不知道他们能否听懂我的话，该用哪个平台授课，他们会不会觉得无趣，会不会上了一节课就走了……这又是一座需要我努力攀登的山峰。但只是想是没用的，我开始和小伙伴讨论，最终确定使用思科视频会议软件，认真备课，去听别的老师的课，汲取经验，努力上好第一节课，让学生们感受到汉语的魅力。不知不觉，上课的日子到了。我紧张地等在电脑前，还在担心没有学生来。直到看到第一个、第二个、第三个学生……看着学生们一个一个进来，我慢慢放松下来，开始跟学生介绍自己，包括姓名、爱好、邮箱、微信。之后，我让学生按照相同的形式进行自我介绍，如果没有中文名字可以说一说自己喜欢哪种类型的中文名，我会在课下帮他们起名。我还让学生谈一谈自己的爱好，以及为什么学习汉语，对自己学习汉语的期望。听到学生的自我介绍，了解了他们学习汉语的原因与动力，知道了他们对汉语的喜爱、对中国的向往，我不由得暗下决心一定要把汉语课上好，让学生越来越喜欢汉语。然而，线上教学总是要比线下教学更为困难，很多教学活动难以进行，教师也无法及时准确地得到学生反馈，如何在线上教学的形式下调动学生学习的积极性，保证良好的教学效果，成为一个需要我去深入思考的问题。2020年的中秋书和国庆节是在同一天，在那天，我们进行了线上的中秋节—国庆节文化课。我向同学们介绍了中国的中秋节及国庆节，通过观看视频，同学们感受到了中秋节对于中国人的意义以及国庆节的重要性，在课堂的最后，他们与我一起录制了对中国的祝福——“祝中国生日快乐！中秋节快乐！”他们说得很好，我非常开心，非常感动。

我的学生们真的非常可爱，他们有很强的学习自觉性。经过这两个月的汉语学习，我们不仅完成了基本的学习任务，还尝试了简单的展示（presentation），同学们积极展示自己喜欢的名人的照片，并利用所学的汉语知识对其进行简单介绍，其中不乏一些“超纲”的词语，但同学们都能够主动查找翻译并介绍给大家，这让我感到惊喜。在这个过程中，我们不仅练习了所学的知识点，还学到了很多课本中没有的词汇，并且加深了相互之间的了解，同学们和我都非常开心。此外，同学们还学会了演唱中文歌曲《小星星》、练习了绕口令《红鲤鱼与绿鲤鱼与驴》等，相信在未来，我们会进行更多的活动，同学们的汉语会越来越好。

除了负责孔院本部成人初级班的汉语教学，里加道加瓦河口中学的汉语教学也归我管。在当地汉语教师叶莲娜的协调下，2020年11月1日，我在里加道加瓦河口中学的第一节线上汉语课开始了。我在该校的教学对象为8—12年级的中学生，我们互相做了自我介绍后，一同欣赏了介绍中国的视频，看了视频中的美景，有不少同学表示希望可以到中国旅游、学习。年纪小的孩子们更加活泼，在我吹奏葫芦丝时，他们会有模有样地模仿。课堂的最后，同学们还给我演唱了中文歌曲《美好新年》，真是好不热闹！在后面的课上，他们还跟着音乐演唱《bpmf》《对不起，我的中文不好》等中文歌曲，真是太可爱了。

网络教学让我认识了这群可爱的学生，我们之间手牵手，搭建出一座坚固的友谊桥梁，我们都盼望着可以在线下相见。我的梦想不再缥缈，我有了更加坚定的方向。

行路难，行路难，多歧路，今安在？

2020年是不平凡的一年，这一路走来跌跌撞撞，不乏伙伴掉队，有时也不免觉得周围迷雾团团，不知该走向何方。但最终我相信，山重水复疑无路，柳暗花明又一村。虽前路漫漫，但终会守得云开见月明。不忘初心、牢记使命，将热情挥洒在汉教事业上，我最终会踏上那片令人向往的国土，实现最初的梦想。

朱柏帆/人生就像一场梦，你永远不知道下一步会走到哪里。（图中人物为作者）

愿做一朵花，盛开在天涯

郑雯宁*

2020年的四季似乎不怎么分明，冬季也不知道是什么时候过去的，只记得从那时开始，所有的志愿者们就在等待，等着去品味波罗的海的风情，等着去和这位号称“北方的巴黎”的美人会面。然而，疫情的肆虐一次又一次拦住了我们启程的步伐。

记得刚刚得知被录取时，我兴奋地告诉了上一任在拉脱维亚任职的志愿者学姐这个消息。她祝贺我，并告诉了我许多拉脱维亚的情况，至今我还记得其中一句话，“来到这里，你要耐得住寂寞，守得住黑夜”。因为拉脱维亚是一个高纬度国家，冬天下午三四点天就黑了，漫长的黑夜中如何去找一份属于自己的烛火是一件很重要的事情。而由于疫情的原因，我们一直没法儿前往拉脱维亚。没想到的是，现在我依然觉得夜夜都漫长，因为要去守着烛火与星光。深夜11点，和学生们微笑问好，我开始守着这盏名为“汉语”的烛火。凌晨一点，与学生们微笑告别，这时候我想：从外面看，是不是我的窗棂也成了这夜里闪动的烛火？

这一年毫无疑问是特别而艰难的，但也如此令人记忆深刻。我刚开始上课的时候，汉语二级少儿班的孩子们还只能依靠拼音读汉字，没想到两个月以后，离开拼音他们也能如鱼得水。我打心眼儿里为她们高兴，班里有一位叫可乐的女孩子，她也十分高兴地告诉我，没想到这么快她就可以不依靠拼音读出句子。三级班的同学们也令人感到惊喜，从一开始的磕磕绊绊地读句子，到后来说出流利的长句难句，令人眼花缭乱的语法他们用得生动自如，还想尝试更难更新奇的语法。大家都说高纬度国家的人很高冷，不会很热情，但是我的学生们是这么可爱，每一个都给人温暖。我想这大概就是汉语老师这个职业令人如此着迷的地方，仿佛我是一个举着火

---

* 郑雯宁，2020年9月至2021年6月任教于拉脱维亚大学孔子学院。

炬传递的人，而我的学生们在接过我的火焰。我亲眼看着小小的火苗逐渐旺盛，照亮他们的未来，而我在这样的成就感中继续奔赴下一个需要我的地方，等待着有朝一日汉语的火焰传遍整个拉脱维亚。

2020年，真难！大大在各个教学点之间奔波上课，有的志愿者一天有10个小时的网课，许多小伙伴在中国过上了拉脱维亚的时间。可是2020年也真好，我遇到了拉脱维亚这个可爱的美人，她接纳着我，迎接着我，等待着我。我遇到了中外语言交流合作中心和各位老师，他们为汉语、为我们竭尽心力。我遇到了始终挺我们的大大，他站在我们身后，关心我们，支持我们，照顾我们。我遇到了这许许多多的汉语教师志愿者，他们无怨无悔地在每一个角落发光发热，他们骄傲地传播着中国的文化、中国的语言、中国的文字。而我也要义无反顾地加入他们，和他们一起，让汉语之花盛开。愿做一朵花，盛开在天涯，随风散芬芳，瀚宇皆可闻。

郑雯宁/从外面看，是不是我的窗棂也成了这夜里闪动的烛火？

（图中人物为作者）

双城记

郭子凡*

己亥岁末，新冠肺炎疫情如滔天巨浪，席卷着整个地球村。原本计划于9月起航前往波罗的海的小船，只得停泊在港湾伺时而发。日历翻过一页又一页，巨浪却迟迟未曾平息。于是，赴拉脱维亚的汉语教学活动便只能在“双城”开展。

这个“双城”跨得可有点远，它们隔着6138千米、5个小时时差的距离。这出教学好戏要让坐在离舞台6138千米远的观众看得清、听得明白可不容易。虽然借用了电子设备，舞台被浓缩在小小的显示屏里传送到彼岸，平面化剧场看起来是要比现场演绎枯燥，这是随着学习空间、时间、方式的改变而不得不面临的挑战。再者，对于一个在对外汉语教学道路上的新手而言，要做好教学，让学生们能顺利掌握更多的汉语，并引领他们领略中国文化风景，又是另一个挑战。

于是，“我太难了”这句网红金句成了我第一、二节课后的自嘲。

课后，我让学生们说说对新学期、新课堂、新老师的想法。本是抱着被批评的心情，却收到了意外的惊喜：“老师，我觉得你讲得很好！”“老师，我觉得汉语不难。”“老师，我有时候会想不起字的读音，但是我觉得我可以。”……一句句课堂感想，他们不仅说出了自己的学习体验，也在鼓励着我。

“不难！”“我可以！”学生们如此热情、如此坚定，作为他们的老师，我又怎么能先说出“难”这样气馁的话呢？听着他们的鼓动，我昂起了迎接挑战的脸庞。

一路上，我们探究四川变脸的秘密，“云食”中国的美味，模拟中国的招聘会。“老师，我女朋友送我的笔上写着‘我就是这么傲娇’，‘傲娇’是

* 郭子凡，2020年9月至2021年6月任教于拉脱维亚大学孔子学院、利耶帕亚大学。

什么意思?”“为什么‘美女’不是对‘帅男’而是‘帅哥’?”……这些记录在教学日志中的问题，回忆起来便是最浪漫的事。

每次备课时拾掇、修补的知识碎片，就像在修补这条汉语教学登山之路，课备好了，路铺平整了，就召唤他们也大胆地上山看看风景。一开始备课，我并不知道这条路适不适合他们走，只能在每一堂课的每一个环节，通过他们的表情、答题情况来反思这块阶梯的陡缓是否合适。有时候他们也会告诉我某个环节需要增加一些练习，需要把路铺得更为平缓。就这样，我们在铺路、攀爬中，一步一步地把路走顺。我们奔跑在阳关大道上，也不畏惧独木小桥，他们“喜欢汉语”的热忱是我前进的动力。

我翻阅着这本还在编写中的《双城记》，在字里行间看到起初走过的泥泞小路已开满花朵，而这些芬芳开在最好的时代。凡是过往，皆为序章。我想引我们共同读过的新年献词作为季度小结——“没有一个冬天不能逾越”。希望春天能听见这句动容的话，让在等待中的我们，迎接美好，悄然而至。

郭子凡/我在字里行间看到起初走过的泥泞小路已开满花朵。

(图中左上角为作者)

叁

里加文化中学孔子课堂篇

洒落在道加瓦河的泪水与欢笑

董　芳*

2013年10月的那个深秋，我走进了拉脱维亚这个静谧的东欧国度，踏上了我日后魂牵梦绕的那片土地，也开始了为期5年的漫漫征途。这5年，拉脱维亚母亲河道加瓦河容纳了我的泪水与欢笑，也见证了我的付出与收获。

我在拉脱维亚的工作单位是拉脱维亚的里加文化中学，这是拉脱维亚久负盛名的中学之一，学校的孔子课堂于我赴任前不久的当年6月建立，这是拉脱维亚乃至波罗的海地区的第一所孔子课堂。我也很荣幸地成了孔子课堂的第一位正式汉语教师。里加文化中学在拉脱维亚的知名度颇高，采用国际公认的先进教育方式，在开阔学生思维、培养学生成为综合性的跨文化人才方面卓有成效。学校向学生提供多种外语的学分课程，汉语便是其中之一。因为语言教学在里加文化中学的教育体系中占据非常重要的地位，学校对包括汉语教师在内的外语教师及教学质量要求非常严格，学生们也保持着鲜明的性格特点及强烈的个人意识。

我刚到任的第一学年回想起来异常艰难。首先，学校一方对我抱以灼灼的审视目光。孔子课堂刚刚建立，我也是学校第一个中国外教，校方对汉语课的开展非常重视。如何让汉语课得到校方的认可，让我在学校站稳脚跟，是一大难题。其次，我一上任就要面临给3个年级一共6个班上课的任务。里加文化中学孔子课堂面向本校10—12年级学生开设汉语选修学分课，课程类型主要以语言综合课和文化课为主，而每周24个课时的工作量着实不小，还需兼顾孔院及孔子课堂等的各种文化活动。如何在相对繁重的教学和组织活动任务中为正值高中的这批活跃而又充满想法的学生们提供高质量又吸引他们的课程是一大挑战。

---

* 董芳，2013年10月至2018年12月任教于里加文化中学，现任教于比利时列日孔子学院。

这一年，在教学任务较为繁重的前提下，我尽力提高教学质量，很大程度上将前任本土教师教学时遗留的学生语音语调问题纠正了过来，重视零基础新生的汉字发音和书写，为学生日后的汉语学习打下扎实根基。同时，我为孔子课堂确立了基本教学大纲，为孔子课堂教学的顺利进行奠定了基础。

经过两三年的努力，我逐渐将孔子课堂的总体教学拉入正轨，然后对教学策略进行了一些调整，尤其重视有汉语学习天赋的学生。每年都有数名孔子课堂培养的学生参加拉脱维亚"汉语桥"比赛且取得优异成绩。同时，每年都有数名学生获得政府奖学金赴华留学。

在开办10—12年级的汉语教学班的同时，孔子课堂也面向社会开设汉语兴趣课程，为对汉语和中华文化感兴趣的社会人士等提供汉语教学。在我任教的这几年中，每学年在里加文化中学学习汉语的学生保持在60—80人的规模。

经过几年的教学，许多问题也逐渐浮现出来，最大的问题是有关教材的。拉脱维亚没有本土汉语教材，里加文化中学孔子课堂之前使用的教材是《跟我学汉语》，但使用一段时间后老师和学生都发现这套教材不太适合。一来由于教材本身的编排体系系统性较弱，内容也偏简单，不太适合高中学生学习；二来由于这套教材的第一册没有语法教学，学生迫切需要按照语法规则组织句子。所以，这一学年老师采取自编教学内容的方式来授课，以功能性话题为纲编排课程材料，增加语法教学和更多贴近实际生活的内容，学生的学习效果有了明显改善。但是自编教学材料存在一系列问题。第一，教学都是以老师展示课件、学生抄笔记的形式为主，没有落实在统一而系统的纸质材料上。学生都是根据笔记复习，缺课的学生也常难跟上进度。第二，自编教学材料没有系统的配套练习，往往采取抄写等单一形式，比较枯燥，不利于巩固所学内容。

对于该问题，最好的解决办法就是尽快完成教材的本土化，也就是结合本地情况和学生特点编写一套适合本地学生的系统化本土教材。于是，2016年下半年，我与拉脱维亚教师卡琳娜开始合作，进行本土教材《盼达汉语》的编写，并得到拉大孔院的肯定与支持。这套教材的编写工作已进入尾声，很快将能投入使用，为拉脱维亚汉语教学事业添砖加瓦。

在海外孔院的实际工作中，除了语言教学，文化教学以及文化活动的组织也是工作的重点。我每学期都会在各班级组织各种文化活动，包括文化周、中华美食日以及中华才艺体验等。我每学年组织一次全校性大型文化活动，2015年举办“品味中国茶”活动，向全校师生推广中国茶文化；2016年举办汉语班的毕业汇报演出，展示了汉语班3年的学习成果。我也曾受邀到当地博物馆参加茶艺活动，向里加市民展示茶艺之美。2017年2月，我负责筹划并举办了拉大孔院2017年元宵趣味运动会。2017年4月，我受邀为里加丽笙酒店员工介绍中国茶文化，并表演了茶艺。这一年我还花了一个多月时间在里加文化中学孔子课堂策划并举办了春节主题文化体验系列活动，包括中华武术、书法与烹饪三个主题，受到了学生们的一致好评。2017年12月，我接待了访问里加文化中学的香港城市大学代表团。我还策划并组织了里加文化中学孔子课堂成立5周年暨2018年中国新春庆祝活动。2018年，我在里加文化中学孔子课堂策划并举办了中秋节主题文化体验系列活动。2018年12月，我在里加文化中学孔子课堂策划并举办了“中国文化月”，开展的活动主要包括剪纸、编中国结、筷子使用体验、体会中国书法、吹墨梅花、学唱中国歌曲等。除了组织孔子课堂的各种文化活动，我还协助和筹办了孔院的各种文化活动，包括每年的孔子学院日、春节联欢会、元宵联欢会、中秋联欢会等。

许多文化活动我是第一次组织，活动内容中的创意往往都是脑海的灵光一现，然后就是漫长的筹备，或者与学生不断商量和排练，或者与同事们持续合作，推动一个个精彩活动落地，也逐渐完成由主动筹办活动到受当地社会团体邀请开展活动的过渡。各类文化活动的举办，让更多的学生和拉脱维亚民众从心底生出对中国的亲近，产生学习汉语了解中国的兴趣。每每看到那些参与活动的人们眼里的星光和脸上的微笑，我便知道即使是微小的努力，也是一颗友谊的种子，终会生根发芽，长成参天巨树。

在拉脱维亚执教的岁月中，给我印象最深的是两次“哭泣”。第一次哭泣是在2016年筹备孔子课堂第一次毕业汇报演出的前夕，哭泣的主人公是我自己。由于是首次举办这样大型的活动，前期的准备工作也都是摸着石头过河，包括给几个班的学生选取节目，带领他们排练，与校方领导沟通协调，每一步都走得非常不易。汇报演出日到来前不久，学生的节目排练却频频出岔子，又是有班级临时换节目，又是约好全班排练却有一半学生集体爽约。学校领导都已受邀等待见证学生3年的汉语学习成果，我的压力却差点把我压垮。还记得那天从学校回住所的路上，我独自走在道加瓦河的桥上，在那个风雪交加的傍晚，我一下子哭了出来，心里不知道为何要给自己设置这么大的挑战。哭过之后，我还是收起眼泪坚持把毕业汇报演出完成。学生精彩的演出赢得了所有观众的掌声，也让我所有的付出找到了价值所在。

第二次哭泣的主人公是我的一个学生罗兰。罗兰是我的孔子课堂社会班的一个学生，是个内向的女孩，她和妈妈罗薇都是我班上的学生，从进入孔子课堂学习开始就一直不懈地坚持。罗兰参加了学校的夏令营，夏令营里有学生做演讲的环节，一个小男孩的演讲和中国有关，但是通篇充满了负面的评价，结果一向害羞寡言的罗兰站了起来，向所有人说中国不是演讲里那样的，然后就哭了起来。从夏令营回家后，罗兰向妈妈叙述这段经历时再次哭了，小小的她其实对中国没有多少了解，她对中国这个陌生国度的印象其实全都来自我这个汉语老师的介绍。我不知道她当时是怎样鼓起勇气向所有人说明对中国的否定是不对的，但从那时起我却知道了作为一个汉语老师，我的肩上扛起了一份来自一个幼小孩子巨大的期待，我的身上也凝聚了一个国家的形象。

从2013年10月初踏上那片土地，到2018年末离开，5年时光里，我把自己最好的青春奉献给了拉大孔院。每年为了负责夏令营最多只回国休假十几天，父母总是心疼地埋怨我。我何尝不想在父母身边陪伴，孤身在外看到父母发来的照片中他们鬓角突增的白发我也会痛哭，但也只能擦干眼泪。我还有更重要的岗位要坚守，我是父母的女儿，也是一个志愿为汉语事业奉献的孔院人。

离任之前，我收到了太多沉甸甸的礼物——里加文化中学的“优秀教师”称号和校长颁发的感谢信，拉脱维亚大学和拉大孔院颁发的“特殊贡献奖”，以及里加市政府颁发的嘉奖函。这些不仅是我获得的荣誉和褒奖，它们也属于所有的在拉汉语教师，这是对每个拉大孔院人的肯定和鼓励。当然，我在这5年中收获的最大礼物就是拉大孔院这个温暖的家，无论我身在何处，我的心都永远牵挂着它。

离任时，拉大孔院的两位院长贝爷爷和尚大大在熟悉又温馨的孔院办公室给我颁发了拉脱维亚大学校方和孔子学院院方的嘉奖函，还给了我一份特殊的礼物——用孔院官方信纸打印的《忘不了——致董芳》。这份礼物中有赞许也有鼓励，每次翻看我都禁不住热泪盈眶。

忘不了——致董芳

你是一缕风；
你是一团火；
你是一道虹；
你是永动机；
你是工作狂；
你是孔子学院和孔子课堂的功臣；
你是孔子学院和孔子课堂的骄傲；
五年多的岁月弹指一挥；
五年多的记忆永刻心底；
忘不了，你在春晚和孔子学院日活动中辛勤忙碌的矫健身影；
忘不了，你在元宵节活动之后独自倚墙而立的疲倦面容；
忘不了，你在“汉语桥”带队时坐在排练场睡着的憔悴模样；
忘不了，你在夏令营带队时为丢失护照的同学奔忙操劳的情景；
忘不了，你在风雪交加的道加瓦河桥上独自前行时悄然洒落的泪水；
忘不了，你在成功举办孔子课堂五周年庆典之后挂在脸上的灿烂笑容。
拉脱维亚大学孔子学院忘不了你！
里加文化中学孔子课堂忘不了你！
波罗的海之滨盛开的汉语之花忘不了你！
道加瓦河奔流不息的河水忘不了你！

一路走来，我心中有太多感慨。然而，所有的笑与泪终酿成了岁月的美酒，我也将带着拉脱维亚给我的礼物，再次扬起风帆，迎风起航。

董芳/拉脱维亚母亲河道加瓦河容纳了我的泪水与欢笑，也见证了我的付出与收获。

（图中正中间双手做胜利手势者为作者）

飘向北方

程　雪*

多年前，有人问我里加城何在，我茫然不知；多年后，我会满怀思念与眷恋地回答，它在北国拉脱维亚，在碧蓝的波罗的海之畔，在琥珀色的光晕里，在我长长久久的怀念与热爱中。

我后来常同他人讲起自己到拉脱维亚的契机，那是我还在华南师大读书的时候，因为自己初次报名汉办志愿者项目时的盲目，选了一个非本校合办的孔院。我抱着一丝希望到学校外事办咨询是否有机会面试时得到了确定无望的答案，但在我道完谢即将踏出外事办大门的时候，负责孔子学院相关事宜的叶老师追问了一句："拉脱维亚的孔子学院还要人，你去吗？"

就这样，多亏那句不经意的追问，几个月后，我拖着沉重的行李也携着忐忑的心情到达这个几个月前自己一无所知的北方小国，拥抱了它给我带来的无数惊喜。

拉脱维亚给许多人的惊喜或许来自里加精致的老城，来自热闹的中央市场，也可能来自尤尔马拉海滩上的一颗颗贝壳，于我而言却更多的来自那些给我温暖的人们。

2014年我赴任时，拉脱维亚大学孔子学院还只有一个精干的小团队，现如今已发展壮大成拥有几十名工作人员的大孔院，这是每个拉大孔院人尤其是两位院长奋斗的结果。中方院长尚劝余教授慈爱如父，待我们和子女一般，是每个人心里最可亲可敬的"尚大大"。尚院长一度因天气和辛劳患了腿疾，仍每日拄着拐来往主持工作事务。后来师母（尚院长的夫人）赶来团聚照顾，我们也多了常常蹭饭的地方。拉方院长是拉脱维亚著名汉学家贝德高教授，也是我们的"贝爷爷"，这位慈祥乐观的老爷子在小小

* 程雪，2014年8月至2016年7月任教于拉脱维亚里加文化中学，现任芬兰赫尔辛基大学孔子学院汉语教师。

的孔院办公室一隅编出一本本专业的词典，也串起了中外方亲密无间的合作。两任可爱的秘书玛丽娅和劳拉，帮我们解决了诸多初到拉脱维亚的困难。此外，还有任教于拉大汉语系的王琼子老师和里加文化中学孔子课堂的董芳老师，她们也在后来变成了我们的“琼子姐”和“芳姐”。加上两年间并肩作战的十几个志愿者伙伴，都因为拉大孔院这个奇妙的地方成了再温暖不过的一家人，并将情谊延续至今。

一

2014年8月，国内盛夏炎炎，我们志愿者五人分别从家乡会聚北京，再辗转至莫斯科，最终落地里加。多年过去，我仍记得初下飞机时那阵凛冽的风，还有那像油画般浮在空中的云。走出机场，早我们不久在拉脱维亚安顿下来的尚院长迎上来，宽厚的手掌与我们重重相握，便安定了几颗初出国门慌乱紧张的心。

坐上接我们到宿舍的车，作为老志愿者的师姐笑着问我：“师妹，第一次来欧洲作何感想？”那时的我看着窗外不断倒退的空旷风景，只觉欧洲与我想象的大不相同，而不知道那只是我与欧洲结缘的开始。

到岗的第一个月恰逢首个孔子学院日的临近，为了筹备这个活动，孔院延后一个月开学。紧张的筹备工作之余，倒也能偷得一些空闲去慢慢熟悉身边的环境与陌生的城市。回忆那时的心态，第一个月的日子并不好过。暂居的宿舍是苏联时期的老房子，唯一的窗子朝北，阴暗不见阳光，我们三个新志愿者挤住一间，唯一的桌子也要错峰使用。生活用品一时间也无法周全，加上与外界的语言交流障碍，我每日最大的安慰就是打电话回家，诉说异国他乡水土不服的委屈。

到岗一个月后，孔子学院日活动在大家的努力下成功举办，我们的生活也慢慢步入正轨。搬到宽敞明亮的单人宿舍后，我也正式踏上了教学岗位。

这时也知晓，自己将要去里加文化中学孔子课堂任教。刚接到岗位分配时，我也一度不知所措。没有任何青少年教学经验的我，也羡慕着能在孔院本部教成年学生的志愿者伙伴。好在不安很快被冲淡，已在里加文化中学任教一年的芳姐成了我的领路人，无论是校园和同事的情况，还是高中课堂的汉语教学经验，她都事无巨细地一一告知。

有人铺路已属幸运，但在高中的教学开始时我还是遇到了很多问题和挑战。首先是缺乏合适和固定的教材。诚然当时国内外已有较多优秀的汉语教材，但是针对高中生的汉语教材并不多，适合当地教学情况的更是寥寥无几。在我之前的老师曾用过《跟我学汉语》，但使用效果并不理想。其次是我对所教学生的汉语水平不太熟悉。交到我手里的是12年级学生，也就是高三毕业班，但与国内不同的是，这个毕业班没有升学压力，本是为了让我轻松上阵，但也面临着半途接手对学生水平了解不足的问题。再次是学生的学习动机远低于我的预期。汉语在里加文化中学的课程中属于第三外语，学生除一外选英语，二外要在法语、德语、西班牙语中选修其一，而三外的选择有日语、阿拉伯语和汉语。选修汉语的学生数量并不可观，最少的一个班甚至只有4个学生。学生中真正喜爱并想学好汉语这门语言的也在少数，大部分学生抱着一点好奇和兴趣踏入汉语教室，绝大多数学生只是想获得学分而已，这也造成了学生学习效果严重两极分化的局面。

刚踏上讲台，三座大山压下来，着实是不小的挑战，但也随着时间的推移而一一被击破。针对前两个问题，我花时间研究之前老师留下的资料，参考手头的各类教材，自编适合学生水平的教学材料，再根据上课的情况不断调整，摸着石头一步步过河。现在看来，虽然当时的自编教材并不那么科学成熟，语法和练习方面有许多欠缺，但已尽力在话题上贴近学生生活，编写了许多实用有趣的课文，也纳入了不少中国文化，吸引了学生的兴趣，积累了宝贵的经验。而针对学生的学习动机问题，我首先降低了自己的期许，尽量理解他们，但也尽可能多安排有趣的课堂活动，让学习不那么枯燥。

就这样，第一年的任期在不断磨合教学的过程中匆匆而过。10个月前那个一心归家的我，那个所有人心里最不可能留任的我，却成了唯一一个继续留任的志愿者，为了磨砺还不成熟的教学，也为了留在温暖的孔院。

二

第二年的教学工作已趋于平顺，而作为当时唯一的老志愿者，我承担了更多活动的组织工作，如孔子学院日活动，春节、元宵节、中秋节等节日的晚会，汉语水平考试（HSK考试），“汉语桥”比赛，孔子课堂的汇报演出等。尤其是那一年的“汉语桥”比赛，因为参赛人数为历届最多，又涉及与多方单位的协调，作为总导演的我忙得焦头烂额。然而，在各类动员、联络、协调、宣传等细碎的工作之后，我又获得了太多教学之外受益终身的体验和能力。待到比赛圆满结束，大幕拉起，我也可以骄傲地说，我带出了一个冠军学生，也在孔院的支持下完成了一场大型活动的组织。

那一年也有许多教学上暖心的回忆，记得有一次高三学生上课的主题是梦想，学生们兴致盎然，我也索性放下教案，坐在学生中间，跟他们聊聊未来对自己的期许。他们的梦想丰富多彩，有的人想做船长，有的人想做乐高玩具搭建者，有的人想开一家24小时不关门的花店，也有人想要远离人群经营自己的农场。当然，常规的梦想不会缺席，我也听到不少向往医生、律师职业的回答。那时我看着一张张朝气蓬勃的脸，突然感受到教育的某种意义——让每个人快乐地成为自己想成为的人。

我在里加文化中学上课期间，还开设了一个面向社会人士的汉语兴趣晚班。这个班的学生里有母子搭档，有50多岁对中国文化感兴趣的俄罗斯族大叔，还有腼腆寡言的初中少年，都非常好学，总能给我满满的为人师的成就感。

任期第二年我还有了一个最小的学生——小学二年级的艾俊。因为父母从事与中国贸易相关工作的缘故，小小的艾俊被送到我的班上学习汉语。刚开始时，因为艾俊并不熟悉英语的缘故，我们的交流和教学也异常困难。随着我和艾俊的努力，艾俊的学习越来越顺利，我也逐渐放下面对孩子时的不知所措，摸索出一条适合儿童汉语教学的道路。到我离开时，艾俊的妈妈送上孩子亲手写的祝福卡片，里面有我永远珍藏的一句话：“你是我最喜欢的老师”。

三

卸任回国之际，我重走了一遍那些串起我重要回忆的地方。我回到了那个初落脚的宿舍，却发现当时觉得异常不适应的环境其实充满乐趣：总是在宿舍门口晒太阳的胖猫仿佛还记得我，踱过来和我互动；从宿舍到车站的必经之路上，有户人家的苹果树枝伸出院外，捡起一个掉在脚边的苹果，放在嘴边一闻，满是清新香甜的味道。我回到在此奋斗两个春秋的中学教室，把门外孔子课堂的铜门牌擦了又擦，直到清晰映出我含着热泪的脸颊。从学校离开时，碰巧和一个曾经差点儿把我气哭的学生遇见，学生或许早忘了课堂上那次不愉快的经历，笑着跟我分享自己升入拉脱维亚大学的好消息，又伸出双手长长地拥抱了我。我也回到了大大的家，和亲爱的大大、师母以及芳姐话别。说再见太难，我如此热爱这座城市，正是源自这群可爱的人。

后来无数次午夜梦回，我都一次又一次来到这个只停留了短短两年的地方，或者是下了课坐在窗边看晚霞，或者是在老城迷路，或者是推开拉大主楼那扇沉重古朴的木门，又或者只是在大大楼下摁门铃，厚着脸皮说一句，“我又来蹭饭了”。

2020年寒冷的冬夜，我坐在赫尔辛基公寓的窗前，写下这些我在拉脱维亚的片段。或许，这不是什么值得纪念的故事，是我作为孔院人迈出的第一步，又是我与这个国度短暂依偎却又绵延一生的美梦。

程雪/那时我看着一张张朝气蓬勃的脸，突然感受到教育的某种意义——让每个人快乐地成为自己想成为的人。

（图中前排端坐者为作者）

在光荣岁月中静静沉淀

吴甜田*

这是我在拉脱维亚大学里加文化中学孔子课堂担任汉语教师志愿者的第二年。这一年的工作与生活，累并快乐着，累并收获着。

里加文化中学孔子课堂共有两名汉语老师，一个是我，另一个是公派的董芳老师，我们两个搭档完成所有的教学活动及其他相关工作。今年是我与董老师搭档工作的第二年，有了第一年的配合，今年的我们变得默契了许多，很多工作的完成高效而顺利。

一、工作——教学篇

教学上，今年里加文化中学共有3个汉语文科学分班，1个汉语理科学分班，2个汉语兴趣晚班，以及1个中级少儿班。所有的课程都由董老师和我搭档完成。董老师已经从事汉语教学许多年，而且已在里加文化中学孔子课堂任教近5年，教学经验十分丰富。而我刚刚从事汉语教学工作，是一个新老师，教学经验的欠缺让我在从事汉语教学的时候容易受挫与犯错。与董芳老师搭档的这两年，我会有意识地注意董老师的教学方式，取长补短，让自己快速成长。

我的教学对象主要为高中生，国外的中学生与中国学生不同，他们敢于质疑，有时甚至是“乐于质疑”老师所教授的内容，一名新老师对此往往会难以招架。我还记得去年自己遇到这样的情况时，很是迷茫，甚至还怀疑过自己的教学能力。幸运的是，有董老师和师姐们的开导与指教，我慢慢找到了适合自己的教学方法。在今年的课堂上，我由之前的有些被

---

* 吴甜田，2016年8月至2018年7月在里加文化中学任教，2018年12月至今在浙江越秀外国语学院西方语言学院党政办工作。

动，到主动控制全场，不再被学生影响。虽然我的教学仍有很多不足，但我能感受到自己的进步，也慢慢有了“组织课堂”的感觉。对此，搭档董老师也表示我的教学能力比去年进步了许多。

在教学的路上，我希望快快提升自己的教学能力。同时，我也常常告诉自己不要太着急，因为曾因太着急，我变得极度焦虑，这导致我的工作效率极低。后来，我慢慢调整自己的状态，告诉自己我的教学生涯刚刚开启，不可能短期内就做到完美，孔夫子有言“过犹不及”，之前一年的努力与成效证明我的汉语教学之路是正确的，只要方向正确，一步接一步，一年又一年，我终将遇见最好的自己。所以，如今的我在教学道路上急切又从容。

二、工作——活动篇

作为一名孔院志愿者，教学固然重要，组织活动也不可或缺。还记得在拉脱维亚的第一年，我们遇上了许多重大的活动，如拉脱维亚留华同学会成立仪式、拉大孔院成立5周年、中拉建交25周年、李克强总理访问拉脱维亚、张德江委员长访问拉脱维亚、孔院每年的春节活动、汉语水平考试、“汉语桥”比赛等。第一年，还在适应期，面对很多活动，我们常常缺乏经验，忐忑上阵。幸运的是，有两位孔院院长、秘书劳拉以及董芳老师的带领与指导，活动都开展得十分顺利。

虽然每一年的活动并不完全一样，但是有了第一年的经验，今年再次面对孔院大大小小的活动时，我的内心虽然还会紧张，但不再忐忑，而且慢慢从被动接受工作任务变成主动思考整个活动的策划与执行，并养成了总结与反思的习惯。作为孔院“老前辈”董芳老师的搭档与助手，我常常需要负责一些活动的策划、联络与执行工作，于是与其他志愿者的良好沟通能力显得十分重要。去年我们孔院8名志愿者中有6名留任，今年除了6名老志愿者，孔院还迎来了6名新志愿者。第一年共同摸索与奋斗的经历让我与老志愿者们建立了深厚的“战友情”，第一年的人际沟通经验也让我很快地与新志愿者打成一片，越来越壮大的孔院大家庭让今年的活动变得更加丰富多彩。

这一任期，在里加文化中学孔子课堂最重大的活动是孔子课堂开设5

周年纪念活动。为了筹备5周年纪念活动，我和董芳老师奋斗了整整大半年。一台晚会，两位老师，一群“个性十足”的熊孩子，9个努力创新的节目，一场持续大半年的准备，让我们的身心一度疲惫不堪。幸运的是，我们坚持到了最后，整个活动受到了中国驻拉大使馆、拉大孔院与里加文化中学的嘉宾与现场观众们的一致好评。如今再回顾辛苦准备活动的那些时光，我觉得累并快乐着，累并收获着。走过的每一步路都承载着酸甜苦辣，每一步都算数，这就是成长。

三、生活——技能篇

在拉脱维亚的这两年，我不仅在工作能力上得到了快速的提升，更在生活能力方面得到了极大的锻炼。来拉脱维亚之前，我虽然已有长达11年的住校经历，但校园生活十分便利，长期依赖食堂、外卖与洗衣机让我的做饭洗衣等生活能力有些不足。幸运的是，我有一个“烹饪高手”好朋友曾庆君，她与我一同赴任拉大孔院，并且住在一个宿舍。来拉脱维亚的第一年，我与曾庆君搭伙做饭，她掌勺，我负责打下手，那时的我跟家人视频时常笑称“妈妈再也不用担心我的伙食”。除了能做一手好菜，曾庆君在各个方面的生活能力都比我强，我与曾庆君一起生活了一年，学到了不少生活技能。去年离任回家后，我还为家人做了几个好菜，受到了父母的一致好评。

今年再次赴任时，虽然我和曾庆君依旧住在一起，但我俩决定这一年的吃饭问题自行解决。这不是因为我俩闹别扭了，我们依然是“好姐妹儿”，甚至关系比之前还“铁”。两人搭伙太费时间，为了生活工作更高效，最好是自己负责喂饱自己。有了去年一年的学习，面对今年只能“自食其力”的境遇，我很从容。

在中国，点外卖很普遍，美食种类繁多且遍布全国各地，吃饭问题对我们而言从来都不是大问题，甚至可以说从来都不是问题。但在异国他乡，在一个不知美团为何物、超市与餐厅的美食又少又贵的地方，对于要在这里生活近一年的我们来说，吃饭问题却是很大的问题。感谢两年的生活历练，感谢我的好友曾庆君，让我提升了自己的生活能力，离一个“独立的人”又近了一步。

四、生活——独处篇

纵观我的拉脱维亚生活，可以用忙碌而简单来形容。这两年，工作与生活需要我快速成长，快速成长中的我有太多东西需要学习，大部分的时间我都过得很忙碌。同时简单的工作环境，以及因为在异乡，亲人和很多好朋友不在身边，使得我这两年的人际交往较少。

简单的生活让人有更多的自由时间，有些不善于独处的人未免会感到有些孤独，曾经的我也是这其中的一员。还记得曾经在赴任后几个月的某一天，糟糕的天气和大堆繁杂的工作弄得我心烦意乱，与室友的作息时间不同导致我们的关系有些紧张，时差与工作安排使我好多天未能与国内的家人和朋友联系，所有的不如意叠加在一起却无处诉说，让当时的我感到万分孤独与无助。依然清晰地记得那天趁室友出门，我一个人躲在房间里大哭了一场，将内心的郁闷一股脑儿地发泄了出来，然后看了一部微信公众号推送的励志电影《风雨哈佛路》。

我很庆幸自己虽然有时内心有些脆弱，但也从小练就了一股不甘心被轻易打倒的精神。我从小就喜欢看电影，这两年都会在工作之余看一些电影。电影既填补了我孤独的生活，也成为我日常工作的助推器，它将一剂剂燃料注入我的体内，在我孤独无助之时，为我添油助力。

人虽是社会性的，但生活中的很多时候我们是孤独的，我们需要学会面对孤独。两年的异国生活让我慢慢学会独处，渐渐开始享受独孤的时光。

不久，就要与拉脱维亚说再见了，回首这两年，真的感慨缘分太奇妙了。三年前，我考研时，还不知道世界上有一个叫拉脱维亚的国家；之后保研到了华南师范大学，然后报考了拉脱维亚大学孔子学院的汉语教师志愿者岗位；任教一年后，我选择了留任一年，中间只在假期回国一个多月。两年的努力时光，两年的酸甜苦辣，让拉脱维亚早已成为我心中的第二故乡。

这里有太多的美好让我不愿说再见，但“天下没有不散的筵席”，酸甜苦辣都化作回忆，我轻轻收藏，而后继续前行。

吴甜田/酸甜苦辣都化作回忆，我轻轻收藏，而后继续前行。（图中右一为作者）

当我和你初相见，当我还是少年

陈　莹*

不知不觉，我竟已经在拉脱维亚度过将近两年的时光，仔细回想起来，时间在脑海中飞驰而过的时候，各种回忆也纷纷涌现。

一、与拉脱维亚的初遇

2018年的夏天，我从中国的南方小城一路向北出发，最终到达拉脱维亚的首都里加，经过近两天的路程，终于在9月6日和拉脱维亚相遇。带着初次工作的新鲜感和些许紧张感，我开始了自己的汉教之路。

拉脱维亚位于东欧，是波罗的海三国之一，我们抵达的时候是9月份，天气十分凉爽，因此我对拉脱维亚的第一印象是空气清新，气候宜人。办理好住宿事宜之后，留任的志愿者师兄热情地带领我们新志愿者去逛里加老城，顺便熟悉生活环境。这是我第一次感受到欧洲风情，教堂是这里的标志性建筑，一路上看到的许多建筑都色彩明亮，显得热情而活泼。路上行人们三三两两，或散步或逛街，自在惬意。里加老城历史悠久，凹凸不平的石板路和不同建筑间多种鲜艳色彩的碰撞，使其既有着历史的厚重感又有着青春四溢的活力。在旅游旺季，许多游客都慕名前来。

二、人物篇

拉脱维亚大学孔子学院是一个充满温暖的大家庭，能够在这个集体里和大家一起工作，成为“家人”，是我的荣幸。还记得第一年赴任时坐长途飞机跋涉而来，是院长亲自来机场接的我们。院长特别亲切和蔼，见面

---

* 陈莹，2018年9月至2020年7月任教于里加文化中学。

之后就和我们热络地聊了起来，告诉我们一些关于拉脱维亚的习俗和趣事。因为他是陕西人，所以我们都亲切地称呼他为“大大”。在和大大两年的相处中，他对待工作认真严谨的态度，对我们在工作上提供的帮助以及生活上的关心，都让我受益良多并心存感恩。大大的夫人（我们称呼她为“师母”）也是个热情善良的人，他们夫妇对待我们志愿者就像对待自己的孩子一样，每逢节假日或空闲时候，总会邀请我们去家里聚餐。师母的厨艺简直是一绝，做的陕西饭菜总是让我们念念不忘，尤其是面皮儿和饺子，真是人间美味！两年时间里，我们也从师母那儿“偷师”了许多美食做法。在我们身处异国他乡“每逢佳节倍思亲”的时候，在大大和师母家吃上一顿地道的中国饭菜，暖胃又暖心，也足以治愈我们的思乡之苦，体验到回家的温暖。

我在拉脱维亚的里加文化中学任教，和我一起教汉语的还有一位公派教师。两年的时间里我和两位老师合作过。第一位是董老师，我平常喊她“芳姐”。芳姐是一个可爱直爽的人，跟她相处特别轻松自在。她是一位经验丰富的公派教师，在里加文化中学工作了5年。每次听她讲课，总能学到一些教学经验和教学技巧。我刚开始上课的时候会紧张、不自信，有时候下了课会因为觉得自己这堂课讲得不好而沮丧，而她总是安慰我鼓励我并给我指导，给我的教学提供了非常多的建议和帮助。生活中她把我当作自己的妹妹，知道我没吃早饭会给我带她亲手做的泡菜饼，知道我容易饿会经常放一些小零食在教室。没有课的时候我们在教室里一起下棋聊天儿，看剧做运动，分享彼此的日常生活和新鲜事儿，生活和工作都开心自在。第二位公派教师是曾老师，我平常叫她“君君姐”。君君姐的性格和芳姐很不一样，温柔内敛，给人温暖。君君姐是个大厨，经常让我去她家吃饭，她做的火锅、烧烤、饺子、炒菜和甜点，样样能让人吃出幸福感。

由于首都里加有很多教学点，所以有许多和我一样的志愿者和我住在同一栋公寓。幸运的是，我遇见了最美好的一群人。我们来自同一个学校，在异国他乡相互照顾，相互依靠，彼此陪伴，这份友情是我这两年里收获的最宝贵的感情。生活中，我们一起做饭，聊天；工作上，我们一起分享教学经验。

在拉脱维亚和一群可爱的人相处让我能够不再那么想家，开心工作，享受生活。

三、教学篇

2018年9月11日，我正式开始了在拉脱维亚里加文化中学的汉语教学工作，至今已在此工作两年。我主要的教学任务以教授汉语综合课为主，教授中国文化课为辅。平均每月有一次文化课，文化课主题包括春节、元宵节、中秋节、剪纸、京剧脸谱、中国结、茶艺、中国电影、中国音乐、中华美食、汉服体验等。里加文化中学开设的汉语课有三个类型，一种是高中部的选修学分课，学生可以从意大利语、西班牙语、汉语、日语等语言中选择一门作为自己的外语学分课。第二种是中国文化课，是11年级学生的必修学分课。还有一种是汉语兴趣课，设有一个初级兴趣班、一个中级兴趣班和一个少儿班。第一年的时候我和公派教师芳姐各有分工，芳姐主要负责10年级和11年级的汉语教学，我主要负责12年级和各兴趣班的汉语教学工作。今年由于君君姐的身体原因，她提前结束任期回国了，所以我承担了学校所有的汉语课程。虽然教学量翻倍使我的教学压力大了许多，但是因为有前一年的教学经验，经过一个月的调整之后我也逐渐适应了。10—12年级使用的教材主要是《HSK标准教程》，初级兴趣班主要使用我们的自编教材《盼达汉语》（目前还在编写中，处于试用阶段），中级兴趣班使用《体验汉语·基础教程》，少儿班使用的是《美猴王汉语》。

我的学生绝大部分是高中生，他们的性格大多高冷害羞，所以上课的时候总是显得不怎么活泼，需要我时不时地活跃课堂气氛，调动他们的积极性。与之相对，兴趣班的成年人上课时显得热情得多，积极回答我的问题，还会在课后自学，遇到不懂的问题会主动来问我。和学生熟悉之后，我会经常上课时和他们开玩笑，下课后一起聊聊天、下下棋（五子棋、跳棋之类的，学生们对这些中国棋类游戏很感兴趣），希望拉近师生间的距离，也顺便收集学生对汉语课的反馈。总的来说，这两年我和学生们相处得很愉快，尤其是第二年，和学生熟悉了，也培养出了上课的默契。教了这么多学生，当然有捣蛋的学生，但更多的是让我感到暖心的学生，当学生感受到了我的付出并有回应的时候，我会深深地感受到当老师的幸福和满足。最让我印象深刻的事情是在上学期末最后一节课的时候，兴趣班的学生为我演唱了我教他们的中文歌曲《月亮代表我的心》。当时那堂课是给学生们讲中国的汉服文化，教室里正好也有很多套汉服，所以我讲完课后让学生们都穿上汉服并给他们拍了照片，还没来得及让他们脱掉，他们就告诉我给我准备了一个惊喜。于是我被学生们带到了学校的大礼堂，他们就穿着汉服，有人弹着吉他、有人弹着钢琴、有人弹着科口琴（kokle，拉脱维亚的一种民族乐器）给我唱歌："你问我爱你有多深，我爱你有几分，你去想一想，你去看一看，月亮代表我的心"。当时我特别感动，觉得自己的付出没有白费，学生们是喜欢我、喜欢我的汉语课的，这种来自学生的肯定让我觉得我的工作有了更多的动力和意义。

今年由于新冠肺炎疫情，从3月中旬开始拉脱维亚所有学校都暂时关闭，我们的教学方式也有了变化——网络授课。第一次上网课的时候，我和学生们都在摸索，对网课充满了期待。虽然上网课不用早起坐公交去学校，但是讲课的时候要累得多。因为网络卡顿、学生注意力不集中等问题，需要重复讲授知识点，许多时候教学进度都会被拖慢。经过一段时间的磨合，现在网课已经成为常态，我对教学内容也进行了调整，以保证学生能够进行有效学习。希望网课早点成为过去时，回归正常教学，我还能在教室和学生聊天、下棋，收集教学反馈。

除了日常教学任务，我还参与了许多其他工作：参与拉脱维亚本土汉语教材《盼达汉语》的编写工作；参加汉语水平考试和汉语水平口语考试的监考工作；辅导学生参加汉语水平考试；辅导学生参加"汉语桥"比赛；参与组织孔院举办的各项文化活动，并在一些活动上与其他志愿者一起表演中国元素节目；撰写所在教学点举办的各种中国文化体验课的新闻稿等。

这两年的工作见证了我的成长，让我从初出茅庐的一朵小小的"瀚宇之花"成长为了更成熟更有经验的汉语教师。这是我的第一份正式工作，第一次当汉语老师，体会到了当老师的酸甜苦辣。我有时候会对淘气的学生无可奈何，有时候又会被暖心的学生感动到哭，总体来说，体会到了做老师的幸福感。里加文化中学孔子课堂已经创立6年，非常幸运自己能在这个学校开始教师生涯，感谢芳姐的帮助和指导。与芳姐相处的4个月里，我学到了很多。生活中我们成了很好的朋友，无话不谈；工作上不管是在汉语教学方面还是在教材编写方面，我们相互配合，相互帮助。

四、生活篇

在拉脱维亚生活的两年时间里，我逐渐开发了做饭技能。来拉脱维亚之前，我从来没有正经下过厨。刚来拉脱维亚时吃当地的食物，我学着把煮好的土豆当主食，吃汉堡，喝特色汤，但坚持了没几天就开始想念国内美食，只能“自己动手，丰衣足食”了。于是我就开始跟着身边的小伙伴学做菜，从去年刚开始的每做一道菜都得按照菜谱一步一步来，到现在做起菜来得心应手，在拉脱维亚的第二年生活质量明显提高了，小伙伴和家人都表示很欣慰。

在拉脱维亚的生活除了做饭，还有一大趣事是和朋友们一起体验人情，享受美景。我们请学生吃火锅、教学生包饺子，和学生聊中国和拉脱维亚的不同；我们也和学生一起出行，让学生带我们领略独特的当地文化。在拉脱维亚，我们一起看日出日落，经历过目前为止人生经历过的最长的白天和最长的黑夜；我们也去森林、湖边、公园、教堂，带着对拉脱维亚的好奇和期待，去探索、去体验。虽然由于疫情我们现在只能待在家里，但我相信很快我们又能一起出门晒太阳啦。

这里的生活和国内相比有很多差异，生活习惯和人们的观念都大为不同。即便如此，我想在我回国之后，我仍会怀念拉脱维亚这个让我成长、让我见识到更大的世界的地方。

五、结语

在这里，要感恩遇见。感谢贝爷爷和尚大大对我这两年来各种工作的支持和指导，感谢里加文化中学的领导和学生的信任。当尚大大告诉我“里加文化中学校长打电话给孔院秘书，说大家很喜欢教师志愿者陈莹，问她能不能再留任一年”时，我感到非常欣慰，自己的工作得到了认可，真是太开心啦，但愿来日有机会再回里加文化中学任教。感谢一起工作、一起享受生活、陪在我身边的朋友们。感谢拉大孔院这个大家庭，因为有你们，我才可以在异国他乡自在地工作和生活。

SHE 有一首歌叫《你曾是少年》，里面的歌词写道：“许多年前，你有一双清澈的双眼，奔跑起来，像是一道春天的闪电，想看遍这世界，去最遥远的远方，感觉有双翅膀，能飞越高山和海洋……当我和世界初相见，当我曾经是少年。”拉脱维亚就是这样一个地方，让我和汉语教师的身份初相见，让我和学生初相见，让我和外面的世界初相见。很高兴也很幸运，在我还是少年的时候与拉脱维亚初相见。

陈莹/很高兴也很幸运，在我还是少年的时候与拉脱维亚初相见。
（图中间穿白色衣服者为作者）

结缘拉脱维亚

单　琪*

我是一个相信缘分的人。在得知被拉脱维亚大学孔子学院录取后，我兴奋地一宿没睡觉。因为在这之前，我一直是个被包裹在校园安乐圈里的小女孩儿。平平淡淡的校园生活让我时常产生疑问，是不是我的人生也一直这样只有一种颜色？直到知道自己也可以有机会出去看看别样的风景时，我异常激动。怀揣着这些激动、好奇与欣喜，我参加了中外语言交流合作中心举办的岗前培训。

繁重的培训任务和优秀的志愿者们让我倍感压力，也深知只有不断学习，才能胜任教学任务。培训过后，经过反复练习、精心准备，我终于迎来了人生中的第一节汉语课。

受疫情影响，本期所有汉语教师不得不在国内进行线上教学。与学生连线的前几分钟，我既紧张又兴奋，心里如同翻涌了千层巨浪，七上八下。嘴里不断念叨着我的开场白，努力让自己的表情看起来平静坦然。伴随着Skype平台上滴滴答答的呼叫声，我接通了来自里加文化中学汉语教室的视频。

马丁斯校长是一位特别亲切友好的“老外”，他微笑着用汉语对我说了句“你好”，我也回应了句“你好”。短暂的问候之后，映入我眼帘的就是学生了。他们好奇地看着我，那一刻我觉得周遭的空气瞬间凝滞了。不出意外，我忘记了我的开场白。于是，我只得硬着头皮说了句：“Let’s begin !”

学生们很乖巧，也很安静。我说什么，他们都安安静静地听着，有时记记笔记，有时抬头冲我腼腆地笑笑。这让我很快便进入了状态，似乎不怎么紧张了，也终于“表里如一”地平静了下来。

---

* 单琪，2020年9月至2021年6月在里加文化中学任教。

第一节课，我为学生们取了中文名字，并告诉他们，在中国人们第一次见面时会彼此握手，互相介绍。然后，我让他们站起来，彼此握握手，用“你好，我是……”介绍自己的中文名字。学生们不大流利的“你好，老师”“你好，中国”，仿佛有着某种神奇的魔力，深深地吸引着我，把我笼罩在绚丽的梦境中。我知道，这是一个需要用爱心、善良、辛勤与责任滋润的美梦。它不仅承载着一个个汉语老师的殷勤期待，更孕育出一座座宏伟的桥梁，把中国与世界紧紧连接在了一起！

一天的汉语课结束后，我和拉脱维亚教师马笑笑视频连线。笑笑老师是一位资历颇深的汉语老师。在教学上，她给了我很多帮助，也教会了我很多，比如教学语言该怎样把握等。我把这些建议都细细地记录下来，每次课后都写教学反思。笑笑老师亲切地说：“非常想马上见到你，我们可以一起包饺子啊，学生们一定会非常喜欢你。”即便隔着屏幕，我依然能深深感受到笑笑老师的热情与善良。人如其名，笑笑老师就像她的中文名字那样，乐观豁达。她的微笑，鼓舞着我，让我从初出茅庐的新教师身份出发，一点点进步。到现在，里加文化中学已经开学两个多月了，我的汉语课上得越来越得心应手，与学生之间的配合也越来越有默契。看着学生们一点点积累起来的文字量和日渐丰富的汉语表达，我很有成就感。

2020年注定是不平凡的一年，我非常幸运能担任里加文化中学的一名汉语教师，加入拉大孔院这个大家庭。虽然疫情阻断了我们通往拉脱维亚的道路，却不能阻断我们与拉脱维亚结下的情缘。当学生用汉语说出“老师，你是我的中国朋友”时，我心里暖融融的，感受到了被温柔以待；中秋佳节，我与学生们端坐在电脑前，一起品尝月饼。那天，他们学会了“但愿人长久，千里共婵娟”。是啊，虽然我们相距千里，但我们依然在同享一轮明月，共度一段时光。而我们终究会战胜疫情，迎来新的曙光！

我的汉教之旅仍在继续，未完待续……

单琪/我知道，这是一个需要用爱心、善良、辛勤与责任滋润的美梦。（图中人物为作者）

肆

道加瓦皮尔斯大学孔子课堂篇

青春的力量

张　双*

我曾于2013—2015年在拉脱维亚担任汉语教师志愿者，至今距离第一次踏上欧洲已近7年，以如今的心态回看23岁的自己和在拉脱维亚的时光，着实别有一番感悟。

2013年7月的某天清晨，在首都里加短暂停留后，我拖着行李箱和汉办捐赠的几箱中文教材，在拉脱维亚大学门口等待前来接我的道加瓦皮尔斯大学的副校长，前往我即将工作的地方——拉脱维亚第二大城市道加瓦皮尔斯。对于素未谋面的领导和即将开始的一人一城生活，我自信又坚定，即便对目的地一无所知，可内心确信自己有独当一面的魄力，那时候我刚过完23岁生日，可能又大了一岁的念头让我对前路无所畏惧。

带着这种自信我很快适应了当地的工作和生活，平日和学生交流学习，在办公室和同事友好交谈，周末独自去探索周边有意思的地方或者研究一下美食，途中路遇邻居或陌生人会互相亲切问好。这样简单又淳朴的生活持续了两年，其间，当然遇到过工作上的小问题不知如何解决，被沉重的教学任务压得透不过气，烦恼和喜悦无法即时与人诉说以及半夜被酒鬼敲窗户惊慌得不知如何是好，但回望过去，留在心底的只有单纯的美好，就像那里的空气，永远清澈自然。

回国以后我常对朋友说，拉脱维亚人是我遇到过的最淳朴的欧洲人，他们虽然慢热且不善言辞，但大部分人心怀善念，待人极其真诚。那时候教学资源和设施比不上现在，但学生们坚持下来了。他们常常感谢我，说我的到来改变了他们的命运，给了他们了解中国文化和去中国学习的机会。我开玩笑说，即便我不来，也会有其他人来。他们真诚地看着我说，可是他们并没有来，来的人是你啊！他们的感恩之心让我开始认真思考这

---

* 张双，2013年7月至2015年7月任教于道加瓦皮尔斯大学，现任教于上海外国语大学。

份工作的意义和价值，也给了我无穷的自信和力量，让我开始热爱汉语教育，热爱传播中国文化。

如今随着年龄的增长和现实的压力，我反倒没有了当时的自信，然而我23岁在拉脱维亚获得的能量一直持续至今，支撑着我的梦想，使我依然从事着汉语国际教育工作，想让更多人了解优秀的中国文化，我想这便是青春的力量吧。

下面借用我2015年6月离任时写的《给下一任志愿者的信》，帮助大家了解道加瓦皮尔斯的生活和学习环境。

亲爱的新老师：

您好！欢迎来到拉脱维亚第二大城市道加瓦皮尔斯。虽然道加瓦皮尔斯是拉脱维亚第二大城市，但是这座离首都里加车程近4个小时的城市一直被首都的人用“感觉像在另一座城市”来形容，不仅因为距离远，而且因为这里临近边境，与立陶宛、俄罗斯和白俄罗斯接壤，当地文化受俄罗斯影响极大，且大部分人都说俄语，会说拉脱维亚语的人并不多。人们似乎更愿意去里加周围的尤尔马拉、锡古尔达或采西斯等小镇，要知道，在拉脱维亚这个国土面积并不算太大的国家，4个小时的车程可是跋山涉水的路程。尽管如此，您依旧会在这里度过十分难忘的时光。这里有着较高的森林覆盖率和湖泊，自然环境很好，空气新鲜，加上人口不多，城市很干净也很安静，当地人对外国友人十分友善，治安非常好。

下面，我将从生活和工作两方面介绍这儿的情况。

一、生活方面

（一）初来乍到

抵达里加后，前几天应该会在孔院总部熟悉工作环境，尚院长和贝教授会介绍主要的工作内容和规章制度等。完成里加所有的工作后，孔院秘书会联系道加瓦皮尔斯大学，安排专车去里加接新的汉语教师，然后入驻学生宿舍楼的教师公寓。教师公寓是单独的一个单元，共四层六户，里面住的均为大学的非正式教师，不受学生影响。公寓均为两室一厅，有独立的厨房和卫生间，设备齐全。宿舍楼位于市中心，周围有很多超市和商店，离大学也非常近，步行仅需5分钟，非常方便。

专车直接开到宿舍楼后，大学会安排人（外事处或人文学院的秘书）在楼下等候，放下行李以后她会带您熟悉周围的环境，告诉您去超市和大学怎么走等。秘书都会说英语，人也非常友好，您可以咨询她任何问题。第一次见面最好是带点儿小礼物给司机和秘书，司机开车很辛苦，在以后的日子里也还会和他接触，留个好印象十分重要。

抵达后第二天，秘书会带您去大学见外事处、人文学院、外语中心等的领导和同事，我现在的办公室在外语中心，孔子课堂成立后会有专门的办公室。

您在公寓和大学使用的网络都是大学内部的，宿舍用无线网络，所以不需要带网线。使用大学的网络需要去大学的网络中心申请账号和密码（秘书会带您去），去网络中心的时候，要带上笔记本电脑和手机，工作人员会在系统中记录笔记本电脑和手机的信息。无线网络只能在被登记过的设备上用，假如您换了新手机或新笔记本电脑，要去网络中心更改信息。此外，笔记本电脑和手机不能同时使用无线网络。

到达以后，比较重要的环节是办理居住证。您需要请学校相关人员带您去道加瓦皮尔斯的移民局办理居住证，居住证是您在拉脱维亚境内长期停留的凭证，相当于临时身份证，即使您有拉脱维亚长期签证，也需要办理居住证。具体情况如下：您拿到拉脱维亚签证，入境之后，及时去当地移民局报道，办理居住证。如果时间比较紧迫，您可以先去里加的移民局换取居住证，到道加瓦皮尔斯之后，请校方人员带您去道加瓦皮尔斯的移民局申请更改居住地址这一信息。因为您是在道加瓦皮尔斯居住，所以长期居住的地址需为道加瓦皮尔斯的地址，而不是里加的地址。校方人员需准备好您与道加瓦皮尔斯大学的合同、道加瓦皮尔斯大学与拉大孔院的合作合同、汉办的派遣函等材料。如果时间充裕，可以在抵达道加瓦皮尔斯之后，和校方人员直接去当地移民局报道，办理居住证。

（二）步入正轨

安顿下来以后，基本上不会有人来打扰您，且工作量相对不大，您将会有十分充足的个人时间，如何支配个人时间是个值得思考的问题。下面我简单介绍这里的生活状况。

拉脱维亚气候比较寒冷，水果和蔬菜几乎全靠进口，所以相对较贵，肉类比较便宜。道加瓦皮尔斯有几个小型市场可以买到新鲜的蔬菜和水果，超市里也能买到，价格差不多。主要的超市有里米（Rimi）和马克西玛（Maxima），总体来说里米比马克西玛贵一点儿。

拉脱维亚没有什么十分有名的饭菜，这里的人口味清淡，菜品单一。我个人口味较重，所以几乎很少吃当地菜，都是自己做饭或者去中餐馆。当地有两个中餐馆，但是像豆腐、豆芽这种食材基本上没有，也买不到。来拉脱维亚之前，可以带一些火锅底料、香料等这里没有的东西。

拉脱维亚夏季短暂，7月份最热但气温不会超过30度，所以穿短袖的时间很短，可以不用带太多短袖。冬季十分漫长，室内有暖气但不太给力，建议多带毛衣、雪地靴和羽绒服等。

在拉脱维亚买衣服不太划算，衣服基本上都由中国制造，质量一般，款式没有国内多，码数是欧洲码，偏大，价格比国内贵。我刚来的时候会嫌丑嫌贵，可是慢慢习惯了就好，照样可以买很多，谁叫购物是女人天生的爱好呢！

公寓的设施基本上应有尽有，不需要交水电费。入住时，宿管阿姨会清点床单被套什么的，离开时要完好无损地归还，所以要爱惜公物。做饭用液化气，没有液化气了要自费去买，大约20欧元一大罐，可以用一年多。入住期间如果有任何要求或突发情况，可以联系宿管阿姨，但她不会说英语，可以找学生帮忙翻译，也可以找邻居帮忙。

道加瓦皮尔斯市内公交有电车和公交车，单程0.5欧元，不过用到的频率不高，可以完全靠步行。这里离里加车程3小时40分钟，火车和汽车都有，每天班次较多，火车费7欧元，汽车费9欧元，具体可以在官网上查询；距雷泽克内车程1小时40分钟，也很方便；距维尔纽斯车程3小时，车次较少。

这座城市不是旅游城市，有名的景点较少，但是当地人都以有名的马克·罗斯科艺术中心为傲，里面有世界著名画家马克·罗斯科及其他艺术家的作品，道加瓦皮尔斯是他的出生地。除此之外，较多见的是教堂。可以和学生一起去周边其他有意思的地方玩儿，学生知道的好玩的地方有很多。

（三）离任回国

离任之前可以自行组织与学生、同事和朋友之间的告别派对，这方面相信老师们各有自己的安排，便不赘述。需要注意的事项有：

第一，提前准备汉办要求提交的文件，许多文件需要学校领导签字，所以要尽早准备。

第二，留任的老师要在任期结束前至少3个月向大学和汉办提出留任申请，因为需要大学协助去移民局申请新的居住证。居住证的办理手续十分烦琐，大学和移民局的效率都不算高，所以要尽早办理。

第三，离任前要整理好教学材料，做好备注，以便于下一任志愿者的工作开展。

第四，订好回国机票后，告知相关负责人（外语中心秘书）回国日期，以便其安排送行等事宜。需要注意的是，在离开宿舍之前一定要把宿舍打扫干净。

二、工作方面

（一）教学工作

总体来说，道加瓦皮尔斯大学的汉语教学工作难度不大，教学管理和课程设置都有很大的自由发挥的空间，教师可以在熟悉教学对象和环境后根据自己的理解来进行教学和管理。据我这两年的工作经验来看，可以注意以下内容。

学生性格比较内向，课堂上不爱发言但会认真做笔记，课后也愿意花时间在汉语学习上。在这两年的工作中，我虽然认识到这一点，但汉语毕竟是兴趣课，我将精力放在课堂的学习中，希望充分利用课堂时间帮助他们学习汉语，课后并没有给学生太多压力。孔子课堂设立以后，汉语教学应提高专业度，对学生的要求也应该更高，所以适量的家庭作业是必须的。

之前的教室安排比较灵活，没有固定的教室，孔子课堂设立以后将会有固定的教室和教学资源。一定要充分利用这些资源，对学生开放这些资源。要知道，除了向老师学习，学生很少有其他途径来学习汉语，也完全没有机会接触其他中国人，阅读大量汉语书籍对他们是很有帮助的。

文化课的形式和内容要新。这两年来每周一次的文化课已经让学生积累了许多文化知识，如果只靠单一的讲解可能无法满足学生的需求，建议上文化课之前先向学生了解他们感兴趣的内容，将之融入讲义中。

（二）组织活动

在大学要参与和组织的活动主要有两类：孔院或大使馆组织的活动，一般在里加举行；自行在大学组织的活动，中国传统节日类的活动在两地分别举行。比较大型的活动如下（每年情况不同，可能有变化，仅供参考）：人文学院开学典礼、人文学院科学节、中国文化讲座、中秋节活动、汉语水平考试、春节活动、元宵节活动、“汉语桥”比赛等。

在里加举行的活动需要教师组织道加瓦皮尔斯大学的学生去那里参加，一般孔院或大使馆会报销路费，所以要鼓励学生积极参加。在道加瓦皮尔斯大学可以自行组织中国文化类活动的。一般情况下，没有人会要求教师组织文化活动，但是为了推广汉语和中国文化，提高孔子课堂的影响力，组织活动就变得很有必要。文化活动不需要特别隆重或盛大，最好能将创新性和趣味性相结合，但个人觉得一年最好能组织几次，以起到宣传中国文化的作用。值得一提的是，大学和孔院一般都会鼎力支持文化活动。

组织活动涉及的环节多，要注意的细节多，且与外国人打交道需要一定的技巧。拉脱维亚人与中国人有很多相似之处，也有很多不同，在以往的活动组织中我遇到了一些困难，也获取了一些经验和教训，可以参考。

筹备活动之前，要与外语中心秘书或领导商量，告之自己的想法，给校方也给自己留下充足的时间。同时，大学办事效率非常低，部门众多，所需时间也多，有时候事情也不可能完全达到自己预想的结果，所以要有充分的心理准备。

拉脱维亚是一个重视文件和手续的国家，无论大事小情，只要需要领导同意，一般必须有一份正式的申请文件。比如办活动，最好是提前拟好活动方案，需要校长同意的时候，他可以看活动方案并决定同意与否（签字与否）。

大学的同事虽然友好，但骨子里也有着“做好自己分内事”的传统，也就意味着不是职责范围内的事情，他们一般是不会主动做的。所以，在活动筹备中需要人手的时候，可尽量寻求学生的帮助，学生是主力，人手实在不够的时候可以寻求同事的帮助，有空他们会帮忙。

大学的校长、副校长级别的领导一般只会参加十分重大的文化活动，比如有大使参加的活动，有贝教授和尚院长参加的活动可以邀请人文学院系主任和外语中心主任参加，他们有时间的话一般都会来。需要注意的是，一定要提前一个月左右向活动嘉宾发送纸质邀请函，邀请函不需要太花哨或高档，但要写明时间、地点等必要信息。

我这两年来的经历和感悟着实丰富，只言片语也无法完全道明，相信只有亲身体验了才会有所收获，真诚地希望您在道加瓦皮尔斯的工作和生活顺利，也希望您能收获人生中一笔宝贵的财富。希望在我们的共同努力下，道加瓦皮尔斯大学孔子课堂会办得越来越好，拉脱维亚的汉语教学取得更丰硕的果实。欢迎继续交流！

张双/回望过去，留在心底的只有单纯的美好，就像那里的空气，永远清澈自然。

（图中前排左一为作者）

在冰雪国度的炽热岁月

王志杰*

写下这篇文章的时候，我坐在自己的小书屋里，距拉脱维亚9个小时的航程。过去的一年匆匆而逝，在那个遥远国度的生活如梦似幻，如今想来仿佛是发生在另一个平行空间里的故事。那些记忆中熟悉的风景和笑脸，不知道再见会是何时。他们似乎已离我的生活远去，但我的内心又无比清楚：这一年的经历和它给我带来的成长，都将陪伴着我勇敢地迈向未来人生的漫漫长路。

一、小城初印象

李安的《饮食男女》中有这样一句话："人生不能像做菜，把所有的料都准备好了才下锅。"当我接到被拉脱维亚大学孔子学院分配到道加瓦皮尔斯大学教学点这个消息时，内心是忐忑的。道加瓦皮尔斯是拉脱维亚的第二大城市，通用语言为俄语，只有两家中餐厅的老板和厨师是华人，而我将是这个城市唯一的教师志愿者。孤身一人生活在异国他乡一个陌生的城市里，对于在国内甚至没有亲手做过一顿饭的我来说，无疑是巨大的挑战。

有挑战才会有成长，当时的我心里这样想着。于是2015年8月30日我在朋友圈写下这样一段话，就奔赴了那个遥远的小城：生活中有太多我们把握不了的事情，我不知道自己以后会走什么样的路，会遇到怎样的人。我唯一有把握的，是让自己成长，这是对自己的承诺。所以10个月后，请一起期待一个加强版的王志杰，一个小厨娘，一个自带卫星导航的姑娘，

---

* 王志杰，2015年8月至2016年6月任教于道加瓦皮尔斯大学，现就职于北京十一学校亦庄分校。

一个独立生活小达人，更重要的是一个更知道自己要什么、想过怎样生活的人。

朋友总是问我，你要去的那个国家叫什么？塞尔维亚？玻利维亚？罗马尼亚？还是保加利亚？对于大多数人来说，拉脱维亚也许并不是一个熟悉的名字。它是波罗的海三国之一，位于欧洲东北部，面积约相当于4个北京大小，但人口不足200万。初来乍到吸引我的，是它那美丽纯净的天空和大片大片白如雪片的云朵，走下飞机的那一刻清凉冰爽的空气顿时注入胸腔，整个人不由得神清气爽。这个有“欧洲之肺”美称的国家的森林覆盖率达到了44%，有松树、冷杉、刺柏、橡树、菩提树……中心公园里层层叠叠，是树的海洋。

二、神圣的使命

我所任教的道加瓦皮尔斯大学成立于1921年，是拉脱维亚第二大传统国立大学。目前该大学有5个系，共4 000多名学生。我上任的第一个任务，就是完成道加瓦皮尔斯大学孔子课堂的揭牌仪式。2015年10月2日，揭牌仪式隆重举行，中国驻拉脱维亚大使黄勇、道加瓦皮尔斯市市长、道加瓦皮尔斯大学校长、拉大孔院中拉方院长、道加瓦皮尔斯大学师生、新华社记者、拉脱维亚电视台的工作人员等近百人出席。黄大使祝愿道加瓦皮尔斯大学孔子课堂培养出更多了解中国、喜爱中华文化的友好使者。道加瓦皮尔斯市市长称赞孔子课堂“不仅为道加瓦皮尔斯学生打开了一扇窗，也为道加瓦皮尔斯市与中国的经济文化交流提供了重要平台”。

中拉两方对孔子课堂的高度重视和美好祝愿让我再一次认识到自己身上背负的神圣使命——帮助学生了解在遥远的东方有这样一个古老亲切又充满活力和魅力的国家，让学生喜爱中国文化，学会说汉语，能够写汉字。我在心里默默跟自己说，亲爱的祖国，虽然我平凡而渺小，但我想我也可以为你做一点事情，比如让更多人通过我的眼睛看到你美丽的样子。

三、不辞辛劳的教学

孔子课堂成立后，我根据学生的学习需求和汉语水平，将汉语教学班分为大学生初级班、社会人士初级班以及中级班。学生的主要学习内容是汉语和中华文化。语言课着重培养学生运用汉语交际的能力，文化课主要介绍和体验中国的文化，如中国历史、中国城市、茶文化、中国画、中国功夫、书法、剪纸等。

汉语班的学生大多来自道加瓦皮尔斯大学外语系，包括瑞典语、法语、德语、英语、俄语或西班牙语等专业的学生。每位学生至少会说四种语言，为拉脱维亚语、俄语、英语和他们所学专业的语言，因而学习能力都很强。他们勤勉随和，学习态度十分端正，喜欢做笔记，十分配合我的教学，课下还会认真完成作业。但他们也比较内敛，不会主动表达自己的想法。

刚开学的那段时间，我自己要适应环境，熟悉工作，布置教室，忙到有时一天只吃一顿饭。为了使自己的课堂内容更加丰富多彩，在备课时我往往会针对一个主题提前一个星期查找材料，编写教案。汉办赠送的十几箱书籍和物品，我一个个拆开，分门别类整理，寻找可用的素材，常常在不知不觉中发现硕大的办公楼只剩下了自己，这才明白台上一分钟台下十年功这句话的道理对老师同样适用。

跟学生熟悉之后，课堂的气氛更加融洽了。我们是师生，也是朋友，经常开玩笑。记得有一次教他们“er”的发音，有个男生发得很准，我就跟他们说北京人喜欢这个音，他说得就跟北京人一样。结果这位同学受到鼓励后，发什么音都得带个“儿”。他把“哥哥说”成“哥儿哥儿”，我跟他说这是错的。他特神气地回了我一句：“我是北京人……”

有一次帮学生辅导汉语，足足从下午1点30分一直上到晚上7点30分，拖着疲劳的身体回到家时我的内心却是充实的。当老师的心情真的很奇妙，你可以不抱任何私心地希望他们好，自己多付出些也没关系。这种不含杂质的爱，大概就是为人师表的最大本质吧。

到学期结束的时候，学生从原来的对汉语一无所知，提高到现在的高分通过汉语水平1级和2级考试，能流利地说一段两分钟的自我介绍，答对大部分汉语考试题目。一想到在他们这种实打实的进步中也有着我的小小功劳，我的心里甜得就像吃了蜜。

四、温暖的陪伴

记得刚到道加瓦皮尔斯的时候，午餐晚餐都是我自己做了自己吃，边吃边看情景喜剧。背景音里一大堆人哈哈笑的声音，就像有好多人陪我一起吃饭似的。我难过想家的时候，想找个人痛痛快快说会儿汉语，找遍整个城市都见不到一个黄皮肤黑头发的人。那时候我最大的愿望是能有个老朋友，陪我在楼下的咖啡厅喝杯咖啡，叙叙家常。

跟同学们相处的日子久了，他们知道我孤身一人，生怕我会孤独寂寞，因而周末总是约我出去游玩。道加瓦皮尔斯的名胜古迹并不多，有时上个星期学生刚带我逛过的塔，下个星期另外一个班的学生又兴冲冲带我逛了一遍。这种美丽的巧合经常上演，我对这个城市也慢慢熟悉和亲切起来。

学生给我的温暖还渗透在生活中的每个小细节中。10月气温就已经到了零下，让从小在北方长大的我也扛不住。有一次我随口问了学生一句哪里可以买到电暖器，没想到当天中午正做着饭就接到电话："老师，我在楼下，暖气给你买回来了。"学生还带来了妈妈专门给我做的苹果派。

给他们上茶艺课的时候说自己从中国带的茶喝完了，学生就给我送来了家里的茶。这茶从采摘到烘焙都是手工的，还用皮子做了对小鞋子当包装的挂饰。虽然没有最爱的铁观音了，却有了拉脱维亚的茶叶。可是，面对这浓浓的心意，自己更舍不得喝掉这份茶叶。

2016年的新年夜，下了厚厚的一层雪。我想，这次要一个人跨年了，却突然接到学生的电话，她说不可以让老师一个人过年，一定要接我去她家。他们是很温暖的一大家子人，大家在零点开了香槟，相互拥抱，互祝新年快乐。虽然新年夜里没有亲人在身边，我却感受到了浓浓的温暖。

2016年的春节，孔院举办联欢晚会，同学们要表演一个节目，我选来选去，最后定了周华健的《朋友》。在舞台下，听着他们唱我一句一句教给他们的歌词："朋友一生一起走，那些日子不再有，一句话，一辈子，一生情，一杯酒……"我鼻子酸酸的，眼泪在眼眶里打转。这一路，真的感恩有你们陪伴。

五、对生命最好的注解

2016年3月，拉脱维亚举办了“汉语桥”比赛。印象最深刻的是高级组的冠军，一位能说六门语言的40岁女律师。她演讲的话题是学习汉语的趣事。她说很多人问她，都40多岁了，还学习汉语干什么呢？她回答他们，学习汉语并不是为了得到别人的赞许或者在比赛中表现优异，而是为了享受学习的过程和欣赏语言的魅力。前几年，在她人生出现重大挫折——儿子去世，自己健康也出现问题只能卧床在家的时候，是汉语陪伴她度过了最难挨的时光。她在汉语中体会到了很多人生的哲理，比如“怕”这个字，当你的心里是空白的，一片空虚，就会感到害怕。所以，我们努力让自己的内心充盈，才能克服恐惧。比如“危机”这个词，当我们面对危险和困难时，往往机会也会降临。

这几年我听到过各种各样关于“我为什么要学习汉语”这个问题的答案，但我想那天我听到的理由是最美丽的：为了让自己参透生活的哲理，为了生活得更快乐。

生命是一种体验，而不是结果。我们从小吃的那些东西并不能都留存在我们的体内，但构建了我们的身体。我们读过的那些书也许不能都留在脑海里，却渐渐培养了我们独特的气质和思维方式。

我们经历过的事情，正在经历的事情，将来要经历的事情，都是我们之所以成为自己的原因。也许在别人眼中它们了无痕迹，但我们自己知道，这些都将是对生命最好的注解。

六、相逢不晚，为何匆匆

有人说，告别的时候一定要认真，因为不知道会不会是最后一次相见。但是没人告诉我，如果离别的时候就知道再难相见，又该怎么做。结业典礼的时候，学生拿着送给我的拉脱维亚地图册说：“下次来，带着它，你就不会迷路了。”可是，我不知道我会不会回来，不知道回来时还会不会见到他们。这一年，我不懂太多的学生心理，不懂太多的沟通技巧，我只知道真心实意对你们好。谢谢你们说我是最善良最幽默的老师，谢谢你们专门为我下了QQ、微信，谢谢你们陪伴我在异国他乡度过的每一个日子，我会一直记得我们在一起的时光。

我常在想，如果没有学习汉语国际教育这个专业，二十来岁的自己现在在做什么？会不会如现在的生活这般充实？答案大概是否定的。是汉语国际教育事业将我送出了国门，给了我新的视角去探索这个广阔的世界；是汉语国际教育事业赋予了我光荣的使命和神圣的责任，让我能为中国文化的传播贡献一己之力；是汉语国际教育事业给了年纪轻轻的我这样一份特殊的阅历，让我在异国他乡学会独立。

感谢拉大孔院中方院长尚劝余教授和拉方院长贝德高教授。尚院长被我们亲切地称为“大大”，而他也正如我们在国外的亲人一样，给予了我们无私的关心和指导。在我工作出现困难时，大大总是同我一起分析原因，找出解决的办法。

感谢中国驻拉脱维亚大使馆的各位领导。在每一个中国节日里，我们欢聚一堂，深深感受到了来自祖国的问候和家的温暖。

感谢我所任教的道加瓦皮尔斯大学孔子课堂的全体同事和所有学生，他们让我在异国收获了美好的友谊，与他们相处的经历让我永生难忘。

路漫漫其修远兮，吾将上下而求索。不知道今后的自己会从事怎样的工作，迈向怎样的人生。但可以确定的一点是，我将带着这一年学会的乐观、坚强、独立和勇敢，带着他们的祝福迈向下一个人生阶段。与他们的相聚短暂而美好，但他们给我带来的成长和思考将永远激励我奋勇前行。

王志杰/我唯一有把握的，是让自己成长，这是对自己的承诺。
（图中第二排左一为作者）

道加瓦河畔的四季之歌

倪艺榕*

人间的4月温馨惬意！2020年4月的伊始，我很荣幸地收到了拉脱维亚大学孔子学院中方院长尚劝余教授的邀请，给《汉语之花盛开在波罗的海之滨——我与拉脱维亚的故事》投稿，内心充满了感激和忐忑。感激的是离开拉脱维亚已经有些时日，尚院长还未将我忘却；忐忑的是岁月无痕，回忆的甜美终究难挡时光的吞噬，那些曾经鲜活的人物故事会变得朦胧，会慢慢消失在遥远的夜空而无从追忆。

我倚坐在窗前，听着窗外雨打芭蕉的声音，滴滴答答，好似纤细的手指轻轻敲打心弦。翻看着电脑里那时的照片，往事一幕一幕，就好似碧蓝的波罗的海岸边的一个一个贝壳一般闪闪发光。海滩那淡黄色的暖沙上徜徉嬉戏的海鸥，从贝壳里衔出珍珠，一粒一粒散落在我心泉的中央。思绪席卷而起，暖风掠过耳畔，回忆似烟花一般绽放开来。

一、道加瓦河畔的秋之歌

2015年初秋，漫步在华南师范大学校园弯弯曲曲的小路上，熏风拂过面庞，深深吸气，我嗅到了荷塘中静谧的莲叶淡淡的清香，在褪去的绿意中如胭脂零零点点的还有少许嫣红的花蕾和渐渐绽开的莲花。花瓣徐徐展开芬芳，颜色变为浅粉，犹如黎明粉霞，我的心情也明朗了起来。经过多次遴选，历经种种波折，终于可以准备踏上旅途，启程赴拉脱维亚执教了。

中国没有直飞拉脱维亚首都里加的航班，在空中飞行了10个小时后，

---

* 倪艺榕，2015年9月至2016年7月任教于道加瓦皮尔斯大学，现任职于华南师范大学国际交流合作处。

在莫斯科机场中转，再经过大约两个小时的飞行，飞机降落在了里加机场。我推着行李走在人群的最后面，听着他们说陌生的语言，看着陌生文字的指示牌，这一切都在郑重地提醒我，你到了一个陌生的国度！意识到自己不会说拉脱维亚语的可怕处境，心情霎时间沉重了起来，不知道只会讲英语的我能否在这里完成好教学工作。

走出航站口，忽然三位热情洋溢的中国人走了过来，他们用我熟悉的汉语喊着我的名字，看着他们的笑容，温暖从我的心底荡漾开来，初到异乡的窘迫一扫而光。这是我首次与拉大孔院中方院长尚劝余教授和两位乖巧的志愿者小美女见面时的情景。那时尚院长的慈爱笑容就印在了我的脑海中，后来得知历任的汉语教师也都得到过他的帮助，他除了在工作上指导大家，还常在周末邀请大家到家中做客，让大家吃到美味可口的饭菜，真是一位难得的好院长。

拉脱维亚大学的餐厅里，透明的水晶灯投下淡淡的光，舒缓的乐曲充溢着四周，餐桌上硕大的法式花瓶中的鲜花散发出阵阵芳香，不浓亦不妖。所有人围坐在长长的餐桌旁，不时小声说笑，有种岁月静好的美。那天是拉大孔院拉方院长、汉学家贝德高教授宴请新任汉语教师志愿者们的大日子。

贝德高教授虽然已经年近80岁，饱经风霜，但他的眼睛依然深邃明亮，看上去炯炯有神。贝教授呕心沥血，历时8个春秋编写了《汉语拉脱维亚语大词典》，凭借着无比坚韧专注、持之以恒的强大精神力量和对中拉友好事业的热爱，搭建起了中拉友谊的桥梁，他的壮举激励着在场的所有人。2010年贝德高教授获得拉脱维亚政府最高奖——三星勋章，拉脱维亚总统给他颁了奖。2016年贝德高教授获得第十届中华图书特殊贡献奖，中国国务院副总理刘延东代表中国政府向包括贝德高教授在内的外国专家颁奖并表示祝贺。两项大奖无疑都是对贝德高教授长期致力于汉语教学，填补中拉人文交往空白取得突出成就的褒奖和肯定。

那天的宴会中，贝德高教授对自己的成就只字未提，他温和地与大家侃侃而谈自己年轻时在俄罗斯服兵役的故事，指出就是在那样恶劣严寒的环境中立下学习汉语的志向，从此拉开了他为中拉文化事业奋斗的序幕。斗转星移，时序变幻，使人潸然泪下的数十年的光辉岁月，在贝教授和老师们的谈笑间匆匆过去。

宴会后，我们参观了拉脱维亚大学和里加老城。里加老城的建筑风格与中国的古城迥然不同，曾经有一位英国诗人就夸赞过，“里加，北方的巴黎”。中古时代特征的建筑随处可见，步入老城恍如时光倒流回中世纪，青石铺成的小路虽狭窄曲折，但四通八达。金秋的老城依旧是艳阳高照，夏末的花潮还没有褪去，金黄色的梧桐树叶已然铺撒在草丛里，小路上人潮如织，浸透在浓浓的秋意里。

二、道加瓦河畔的冬之歌

很快我就告别了里加这座古朴典雅的老城，前往道加瓦皮尔斯大学任教。道加瓦皮尔斯的字面意思是“道加瓦河城堡”，道加瓦河是拉脱维亚的母亲河，这条河发源于俄罗斯瓦尔代丘陵中的西德维纳湖，先后流经俄罗斯、白俄罗斯和拉脱维亚，在拉脱维亚境内从道加瓦皮尔斯流向首都里加，最后在里加注入波罗的海里加湾。

登上火车，经过4个小时在绿色森林中的旅行，跨越230千米，我终于到达了道加瓦皮尔斯火车站，我的新同事爱娃女士早已在车站等候我。她是位热情善良的好姑娘，在道加瓦皮尔斯大学教拉脱维亚语。之前我们曾经给彼此写过信，那天是第一次见面。

爱娃还带着我参观了道加瓦皮尔斯大学美丽的校舍，我赴任时道加瓦皮尔斯大学孔子课堂已经筹建了两年，教室是新装修好的，四周墙壁贴了红色的精美墙纸，非常有“中国风”，可爱的金发碧眼的美女同事们真是有心了。

道加瓦皮尔斯大学的学生们来自五湖四海，这是因为道加瓦皮尔斯市离边境较近，与俄罗斯、白俄罗斯和立陶宛接壤。在孔子课堂上学习汉语的大学生们都有英语基础，可以听懂英语教学。这里的居民中，俄罗斯族人占当地人口的60%，拉脱维亚族人比较少，大部分人使用的语言是俄语。为了尽快融入当地生活，至少去超市购物时能避免不必要的麻烦，我开始学习俄语。

学习任何一门外语都非常不容易，当时道加瓦皮尔斯大学正好有一位和蔼的俄语老师，每周四上午为俄语爱好者教学。她有着一头精致的银发和一双天蓝色的眼睛，每次上课都披着俄罗斯图案的毛线方巾。她上课的风格与我高中时的语文老师颇为相似，严谨又认真。课程开始后我才深深体会到俄语是世界语言的一座崇高山峰，比学习英语和汉语真是困难了许多倍。

我的学生们对学习汉语热情很高，能说四种语言以上的学生不在少数。当时我带的班级里一共有十多位学生，常来上课的有5位同学，其中娜塔莉和米拉是学生中的年长者，她们社会阅历丰富，有家庭和孩子，但同样爱好语言。她们之中最勤奋的就是米拉，她从未缺席过一堂课，每次上课都十分认真地记笔记。她认真的学习态度给了我无尽的力量和鼓舞，支撑着我用尽全力去备课，我生怕没有讲好课而辜负了她。

拉脱维亚的节日非常多，人们也热衷于参加各种各样的庆祝活动，孔院也入乡随俗举办各种与汉语有关的活动，其中最盛大就是一年一度的汉语汇报演出。我们当时为那场汇报表演准备了近两个月，我为大家挑选的曲目是宋代文学家欧阳修所作的收录于《乐府雅词》中的《生查子・元夕》，它改编后由华语歌手邓丽君演唱，名为《人约黄昏后》。学生们非常喜欢这首词的舒缓音乐，在学习唱歌的同时也学会了中国古诗词。

当时领唱这首歌的人是艾莲娜，领舞的是桑塔。艾莲娜17岁，桑塔15岁，她们像极了两朵娇嫩欲滴的玫瑰花，含苞待放。由于有了两位玫瑰仙子的倾力相助，枯燥的排练过程变得非常有趣。桑塔的舞蹈功底很好，很快就掌握了动作要领，也超越了我这个“业余舞蹈老师”，大家在她的带领下完成了排练。

道加瓦皮尔斯大学的人文学院院长玛雅教授是位美丽优雅的女士，玛雅教授也非常重视这次演出，演出那天一大早就派出了一部大巴车，飞驰230千米，把大家送到里加的表演礼堂。当时，里加正值隆冬，天空中的云朵变幻无穷，雪慢慢地落下来了，先是小颗粒状的，过了一会儿便成了鹅毛大雪，学生们在雪花里欢笑着。我用手接了一片雪花，它落到手中间便似小精灵般消失了。中国有句古语是“瑞雪兆丰年”，这可是好兆头啊。果然，如大家所愿，那天的表演非常成功，这寒冷的冬季并没有冰冻心灵，反而让我们之间真挚的友情升温了。

三、道加瓦河畔的春之歌

道加瓦皮尔斯的冬季非常漫长，气温很低，有时会达到零下30度。同时，春的脚步也十分轻盈，春天来临时，整个城市有一种不可名状的美好。白桦树冒出了细细的新芽，淡黄色的嫩叶在明媚的阳光下伸着懒腰。校园外面的小树林成了小鸟们的天堂，它们尽情地欢快歌唱。校园的池塘里来了3只雪白的天鹅，好似硕大的白莲浮在水面上，远远望去又像3只白色的帆船在水中悠闲地游荡。湛蓝的晴空中漂浮的朵朵白絮倒映在了池水中，白云与白天鹅在水色的映衬下融为一体，令人感觉脱离了世俗，到达了梦幻的仙境。

烂漫的春花竞相开放，如火如荼的“汉语桥”大赛也拉开了序幕。2016年3月11日，在中国国家汉办所设“汉语桥”基金支持下，拉脱维亚第十三届“汉语桥”成人中文比赛在拉脱维亚大学人文学院礼堂举行。之后的4月8日，拉脱维亚第十三届“汉语桥”中文比赛中小学组决赛在里加工业大学举行。非常感谢尚院长的信任，我有幸担任了本届“汉语桥”大赛的评委。

“汉语桥”比赛为拉脱维亚学生学习汉语提供了一个良好平台。大赛开场时，中国驻拉脱维亚大使黄勇出席了开幕式，他高度评价了拉脱维亚蓬勃发展的汉语教学为当今中拉关系良好发展在人才培养和人文交流方面所作的积极贡献，对拉脱维亚政府的大力支持以及各位汉学家与汉语教师长期以来所付出的辛勤劳动表示感谢。同时，他还强调了赛事主题“中国梦”承载了中华民族的复兴之梦，也承载了中拉关系友好发展的愿景。拉大孔院拉方院长贝德高教授也上台致辞，贝教授感谢中国驻拉脱维亚大使馆长期以来对拉脱维亚的汉语教学给予的大力支持，最后祝愿所有参赛选手都能够取得优异的成绩。

那一届两场不同年龄组的比赛选手们分别在主题演讲、中国知识问答、才艺展示三个环节中展开角逐。拉大副校长、孔院理事长伊克斯顿思教授与拉中青年汉学家、汉语教师和大学生，以及汉语爱好者、新闻界友人和部分华侨等近250人参加并观摩比赛，选手们字正腔圆的汉语发音、清晰流畅的汉语表达、多姿多彩的才艺展示给现场评委和嘉宾留下深刻印象，活动取得圆满成功。

“汉语桥”大赛结束后，我立即返回了道加瓦皮尔斯，我的学生艾莲娜在比赛中表现很突出，获得了优秀奖，她回来后很开心地与其他同学分享比赛时的体验，学生们对汉语的兴趣越来越浓厚了。娜塔莉和米拉对中国书法十分着迷。诚然，中国书法是世界上少数几种文字美学的艺术表现形式。我把中国古代书法家王羲之、颜真卿、柳公权、张旭等人的作品拿给她们欣赏，她们深深陶醉其中，每周都坚持不懈地练习书法。这也让我真切地体会到中华文明博大精深的魅力，也明白了一个道理：要调动起学生们学习汉语的热情，就需要用魅力四射的中华文化去吸引她们。

道加瓦皮尔斯大学开始了春季招生工作，我也接到了任务，我将和法语老师雷欧组成国际外语团，配合其他科目的老师到附近的几所高中和立陶宛的高中去做招生宣传。雷欧老师来自法国，身材高大、相貌英俊、幽默善良，是道加瓦皮尔斯大学里最受学生欢迎的外语老师。想到和这样优秀的老师一起去宣传，我感到有些压力，要是学生们不喜欢我怎么办？思来想去，我下定决心依靠中华文明的伟大力量，于是把太极拳好好地练了几遍，又把中华民歌《小河淌水》练了几次。果然在招生工作中，各个学校的高中生们对中国功夫十分感兴趣，都争相跑上讲台学习“太极云手”的动作，现场气氛也变得活跃起来，在中华文化魅力的庇护之下我终于圆满地完成了任务。

四、道加瓦河畔的夏之歌

春踏着轻快的舞步走远了，夏日来临！青绿，墨绿，完全脱了鹅黄的底色，道加瓦河的夏之神在蓝天白云下挥毫泼洒，描绘着一幅幅多彩多姿的画卷。

汉语水平考试也开始了。汉语水平考试是一项国际汉语能力标准化考试，重点考查汉语非第一语言的考生在生活、学习和工作中运用汉语进行交际的能力。我们班的娜塔莉和米拉报名参加了考试，为了准备这场考试，她们可谓花费了九牛二虎之力，咬紧牙关做完了汉语水平1级考试的12套练习题。后来她们都通过了考试，娜塔莉更是以接近满分的成绩成为那次汉语水平1级考试的全国状元。后来贝院长为了鼓励和表扬她，在学期末的毕业典礼上赠送了一本《汉语拉脱维亚语大词典》给她。

道加瓦皮尔斯的广场上人山人海，游行的队伍高喊着“乌拉”，舞动着大辫子的漂亮姑娘们翩翩起舞，高大俊朗的小伙子们大声唱着“喀秋莎”昂首阔步，这就是著名的胜利日的欢乐庆典场面。人群中似火的热情与夏日暖暖的热风扑面而来，盛夏风风火火地来了。

中国人消暑有很多好方法，比较受推崇的一种方法就是饮茶。茶在当今世界风靡全球，但茶的故乡在中国，品茶是中国人高雅的娱乐和社交活动。学生们对中国茶艺很有兴致，我们就在孔子课堂举办了一场茶艺活动，美丽的玛雅院长同样给予了此次活动极大的支持，艾娃老师和乐桑老师也为这次活动提出了很好的建议。我和当时在任的老师王志杰合作表演了乌龙茶艺，王志杰的名字像一个威武的男生，其实她是一位小美女。两位同学努力做好三个茶艺动作。第一个动作是“高山流水”，就是将热水倒入小茶壶中。第二个动作是“凤凰三点头”，就是把茶汤加入公道杯中。第三个动作是“翻江倒海”，就是把品茗杯倒置在闻香杯上面。她们表演得非常好，最后也得到了奖品。后来同学们参加了抢答游戏。学生们踊跃回答，都得到了奖品，茶艺活动在四溢的茶香之中结束了。

又过了大约一个月，我们迎来了道加瓦皮尔斯大学孔子课堂汉语课结业典礼，拉大孔院中方院长尚劝余教授、拉方院长贝德高教授以及道加瓦皮尔斯大学外语部主任赛尔盖老师、人文学院秘书爱娃老师、外语部秘书乐桑老师出席了那次活动。我的学生演唱了歌曲《月亮代表我的心》《送别》，并朗诵了唐诗。米拉和娜塔莉还现场表演了书法，她们分别写下了“厚德载物”和“宁静致远”四个大字，并将自己的作品送给了两位院长。王志杰老师的学生演唱了歌曲《北京欢迎你》，带来了诗朗诵《再别康桥》，并演唱了歌曲《友谊地久天长》。爱娃和乐桑老师分别为本次通过汉语水平考试的同学颁发了证书。赛尔盖主任向本学年表现突出的同学赠送了汉语书籍。结业典礼在一片欢乐和谐的气氛中结束了。

我也即将返回故乡，大家依依惜别，互相赠送礼物，其中最别致的是达莎的外婆赠送给我的一朵她亲手缝制的琥珀珠花。达莎是一个喜乐天使，有着圆圆的脸蛋、水灵灵的眼睛和长长的辫子。最初她很想学汉语，但是她只有9岁，不能进入大学课堂，我就用周末时间到她家里免费教她，事实上从那时起我才真正融入拉脱维亚人民的真实生活。达莎的妈妈远在英国赚钱养家，她和外婆相依为命，但是这个留守小女孩的字典里没有忧伤，有的只是乐观向上。至今我都记得那段达莎带给我们的快乐时光。我回国后，着手写作一本儿童心理成长的励志小说《踢球吧，阿妹》时，达莎的身影挥之不去，其实正是她赋予了我的小说中女主角的灵魂。后来这部小说改编成了电影，搬上了全国院线的大银幕，希望达莎积极乐观的心态能够影响更多的孩子。

难忘，美丽的国度；难忘，迷人的校园；难忘，敬爱的院长们；难忘，亲切的老师们；难忘，真诚的同学们；难忘，热忱的友人们。愿我们珍藏这份浓浓的友情，愿中拉友谊地久天长！

倪艺榕/难忘，道加瓦河畔的岁月之歌。

（图中右一戴手表者为作者）

最美好的相遇

孙　霄*

不管多么不舍，总是要说再见，不管多么依恋，分别就在眼前。我花光所有积攒的运气抽中的豪华大奖——拉脱维亚的志愿之旅终于接近了尾声，这场最美好的相遇终究要画上一个完美的句号。

时光的脚步滴滴答答，我伸手拨动指针，倒回最初相遇的时刻，望见的是漫山遍野的绿、澄澈干净的蓝和让人流连忘返的香。9月的拉脱维亚还是《爱丽丝梦游仙境》里的大花园，我们是偶然掉入其中的天外来客，跟一群说着精灵语的小可爱连比画带猜。

一、拉脱维亚大学孔子学院大家庭

闯入新世界的第一站，我们自己的大家庭——拉脱维亚大学孔子学院，见到了我们的大家长贝爷爷，帅得不行、好得不行的院长尚教授，也就是我们嘴里亲切的大大，还有未来会开启幸运彩蛋、和妈妈一样让人觉得幸福的师母，雷厉风行的公派老师芳姐、美得不行的孔院秘书劳拉，以及同行的小伙伴们，重要人物悉数到齐。我想幸运女神就是从那一刻开始对我展开了迷之微笑，从此开启了我的人生巅峰。

这只神奇的队伍里不仅有负责和蔼可亲还负责震慑四方的拉方院长贝爷爷，也有既能负责貌美如花还能负责处理各项沟通琐事的秘书劳拉，还有各种不同凡响的其他人存在。现在就隆重介绍我们队伍的核心和领军人物院长大大，我迄今为止见过的最好的领导，没有之一。对我们疼爱有加的大大，理解帮助着每一个志愿者小伙伴。还有他的夫人，我们慈爱、温

---

* 孙霄，2016年8月到2018年7月在道加瓦皮尔斯大学任教，现任教于阿尔巴尼亚地拉那大学孔子学院。

柔、善良、贴心的师母，做得一手好菜。他们两个人一起负责向世界传递爱的伟大工作，播撒善良的种子，把我们当亲生孩子疼爱，开启了日常的投喂模式。

于是我们的工作环境就自然而然地朝着面皮、手擀面、包子、饺子、饼卷菜等美食方面撒丫子狂奔。职场中传说的钩心斗角在这里统统不存在。玩心眼儿，那是什么东西，有时间还不如多去师母家蹭两个鸡腿吃，吃饱了不算完，吃撑了才行，吃撑了还不够，走的时候带走才结束。孔院最佳人气组合，大大和师母实至名归，毋庸置疑。

然后还有我们孔院风一样的女子芳姐。啥都不用说，就两个字可以形容她，麻利。我觉得如果普通人的大脑是32G处理器，那么芳姐的大脑绝对是128G处理器，还是双核的，投射到我身上就是俩字，碾压。所以，我随时准备“献上自己的膝盖”。孔院的生存模式基本如下：你解决不了的事情找芳姐，她不知道的事情找芳姐，我们都拿不定主意的事情找芳姐……一个来自天津，不说快板，超爱吃辣，喝火锅汤，文能安邦、武能定国的中国好巾帼。

二、道加瓦皮尔斯

虽然道加瓦皮尔斯号称拉脱维亚的第二大城市，是个神奇而浪漫的城市，但也掩盖不了它只有8万人的现实。很快我的生活里融入了一群可爱而温暖的学生，从此道加瓦皮尔斯这个名字对我而言不再是一个陌生的存在，而是另外一个温暖的家。我在这个城市度过了两年志愿生涯的日日夜夜，回家这个词越来越多地和它一起出现在我的生活里。我在美好的夏季和这座城市相遇，一起走过了浪漫而短暂的秋季，在漫长而单调的冬季抱怨着生活，牵手约定着春天的秘密。我甚至都想不起是从什么时候开始喜欢上了这个简单到甚至有点无聊的城市。

三、我的学生

喜欢上一座城市一定是因为喜欢上了城市里的人，这里让我喜欢的人就是我可爱的学生。从第一年的战战兢兢到第二年的游刃有余，无论我有怎样的精神面貌和工作状态，他们始终都和我在一起，不离不弃。从学“a、o、e……”开始，到每天用“你好”跟我打招呼，在路上遇到我后迫不及待地和我练习汉语，从“你爸爸好吗”“你妈妈好吗”，问到“你奶奶好吗”“你的狗好吗”，恨不得“问候”我的一家几代人。然后是他们用汉语给我写圣诞卡片，唱生日歌，画的中国水墨画里出现了我的名字，虽然一边写一边抱怨我的名字复杂的笔画，但还是一丝不苟地认真完成。最令我哭笑不得的还有我生平第一次收到了一大束漂亮的菊花作为节日祝福，我耳提面命地给他们补习了半个小时的东西方文化差异。

从带老师去超市买东西，到带老师去医院拔牙，从和老师逛博物馆到与老师去画廊，从陪老师逛动物园到教老师养动物，从领老师去滑冰场到带老师去游乐园，他们一次次出现在我灰白的有些单调的生活里，将我的生活一点点地填满，一点点地装扮，直到有一天我忽然发现生活里的一切都和他们有了无法剪断的牵挂。圣诞节是在学生家里和她80多岁的奶奶和她两个一岁半的女儿一起度过的，元旦跨年是与另一个学生和她的哥哥一起干杯庆祝的，生日是被学生用亲手做的蛋糕甜蜜地投喂着度过的，甚至“三八”妇女节都是和班里的其他女生在鲜花中一起庆祝的。我们还一起去看音乐喷泉；我以啦啦队的身份参加学生的接力赛；甚至我还报名参加了马拉松大赛，在学生善意的嘲笑中走完全程；我和学生一起庆祝这座城市的生日，在草丛里打滚狂欢；我们在这个国家的传统节日里围着篝火一整夜地喝酒、聊天、跳舞；我和学生一起出去旅游，说着俄语、拉脱维亚语、英语、汉语、德语、法语，甚至用手语瞎比画。

我见证着他们的生日，他们的恋爱，他们的毕业，还有他们的答辩，见证着他们从对中国的一无所知到汉语水平考试高分通过，见证着他们从对中国充满向往到实现去中国留学、旅游。他们见证着我从害羞得尽一切可能少说英语到嚣张地用英语开玩笑。他们见证着我每天嚷嚷着要减肥却莫名其妙一个月胖了四斤的“打脸”历程，也见证了我下定决心锻炼身体最后却哼哧哼哧走完马拉松全程的“厚脸皮”，更是见证了我每天快被论文逼死却还刷着手机，直到最后一个月开启天天熬夜模式的“不长记性”。

他们的生命里有了我的小小存在，更重要的是我的世界里有了他们的大大精彩。我们一起在教室里望着《舌尖上的中国》流口水，一起在冻死人的冬天裹得像一只北极熊，一起在咖啡馆里畅谈世界和未来并分享最后一块甜点……

四、孔子学院的小伙伴

如果生活里灿烂的瞬间是由学生点亮的，那么世界里温暖的感动真的就是由朋友带来的，他们就是我的孔院小伙伴们。孔院真的是人才济济，作为一个纯纯吃货的我最为关注的就是吃货界的“华山论剑”，在这方面除了厨艺高超的师母，不得不提的就是我们的厨神大君君，一手厨艺登峰造极。概括来说就是没有什么是她做不出来的，给她一个厨房，她还你一桌美食，简直是众多吃货心中的女神，让我恨不得抱大腿。以前我觉得人和人之间只有智商上的差异，后来我才发现原来人和人之间还有手艺的区别。她的口头禅是，“回来我做给你吃”。她从不私藏鸡腿，慷慨大方，见者有份。我肚子上含辛茹苦养大的脂肪每次见到她恨不得要跳上一曲《小苹果》。如果说距离祖国母亲将近6 000千米的我，还没有因为思念中国美食而发疯，如果说我的味蕾还会因为什么而有幸福的感觉，那只能感谢师母，感谢我的大君君。我之所以还能活蹦乱跳，离不开像大君君一样给予我温暖的小伙伴。帮我换床单的小天使，陪我聊天的小天使，陪我旅游的小天使，跟我一起经历生活的酸甜苦辣、学生的阴晴冷暖，彼此关照，他们就是我的志愿者小伙伴。

将近两年的实习经历，我像在打一场通关游戏，每一次都妙趣横生，让我久久地沉浸在其中无法自拔。因此，我感觉不到时间的流逝，感觉不到日出日落的变化，直到有一天忽然惊醒，从微笑中抬起脸庞才发现已经走到离别的时刻。刚下飞机时的情景还历历在目，一切好像发生在昨天，现在就要收拾行囊，匆匆告别，还沉浸在最美好的相遇里，就迎来了离别的倒计时。“长亭外，古道边，芳草碧连天……一壶浊酒尽余欢，今宵别梦寒。”

夕阳里我们开始了最美好的相遇，夕阳下我挥挥手将一切深埋心底。拉脱维亚，再见！一切一切的美好和灿烂，再见！那些花儿，那些事儿，还有那些可爱的人儿，再见！

孙霄/我们是偶然掉入其中的天外来客，跟一群说着精灵语的小可爱连比画带猜。

（图中前排左一为作者）

琥珀国时光游记

白冰玉*

如果把我的2016—2018年拍成一支“Vlog”（即视频博客），开篇一定是单纯缓慢的钢琴音色，添加飞机轰鸣的音效，跟随镜头视角穿过云层，我们就这样降落在拉脱维亚里加老城童话般的梦境中。

一、推开世界的门

画面切换到拉脱维亚大学留学生公寓普里马公寓的8层，推开名为代代木（Yoyogi）的房门，这就是我在国外的第一个家了。看到上一位住在这个房间的日本朋友留下的各类厨具和食材，顿时生活感爆棚。想到未来要自己做饭喂饱自己了，我们的主人公此刻的表情非常骄傲，内心则想着：等会儿，厨房在哪儿来着？

场景再次切换，跟随着热心的师姐和前辈们，几个新志愿者第一次去市中心观光。在利多（Lido）餐厅品尝当地特色烤肠，穿梭在里加著名大市场的鱼市、花市、水果摊之间感受拉式生活日常，在老城宁静又古老的建筑群中踱步……师姐和前辈们一路上则像本地人似的，不断向我们推荐周围的超市、商店、饭店、车站，用第一人称讲述她们在这里生活的点滴。抬起头，大片云朵像写在湛蓝信纸上的情书；闭上眼，阳光和微风停驻在脸上，真实感和幸福感满溢心中。

接下来的主题就是和二位院长的首次会面。由于水土不服，我没忍住在公交车上吐了，还要感谢小伙伴们随身携带的塑料袋，让我不至于太狼狈。院长和公派老师对我呵护有加，我觉得很尴尬：竟是以这么虚弱的形

---

* 白冰玉，2017年9月至2019年6月任教于道加瓦皮尔斯大学，2020年9月至2022年9月任教于拉脱维亚大学人文学院。

象和大家见面的。后来芳姐回忆起这一刻，说：“我一看你脸色，好嘛！敢情孔院来了个女包公！”那次会面，董芳老师（芳姐）的细心和干练、孔院中方院长尚劝余教授（大大）的亲切友善、拉方院长贝德高教授（贝爷爷）一口流利的汉语都让我印象深刻。

两年间，我的孔院故事中慢慢加入的主人公有美食家师母（大大的夫人）、敬业奉献者王琼子老师（琼子姐）、吉他男博卡尔（Vocal）、不常见面但友好又专业的本土汉语老师们、孔院后浪——第八期志愿者伙伴们（其中包括我在拉脱维亚的师妹兼室友晶铭和她浩浩荡荡的摄影师小伙伴团队）以及新任孔院秘书白丽娜。在离任前最后的聚餐中，我们还有幸见到了孔院前秘书劳拉刚生下的可爱宝宝小八月，大大抱起他的慈爱样子让我每每回想起都倍感温馨。虽已身在国内，当所有的记忆片段闪过，仍让我觉得拉脱维亚如家一般。它永远在那儿，在大大的朋友圈里，在我的相册里，在我们所有拉脱维亚汉教人的身边。

二、道加瓦河畔的中国面孔

第一次到我所在的教学点道加瓦皮尔斯大学时，内心非常激动：这间在进行志愿者培训时就从各位前辈发来的照片里见到过许多次的教室，接下来就要由我打造了。开学第一天便见到了我的直接上级外语部主任赛尔盖（Sergejs）和教学秘书伊内萨（Inesa），他们是我两年内在工作上最常接触的同事。在办公室里，伊内萨准备了茶和点心，我们召开了最初的迷你见面会。虽然我以前在国内实习时也说英语，但真正用英语和同事、上级谈工作，这是第一次。这次见面之后的午后，走在市中心的广场上，我清楚地记得自己当时对于新工作的满腔热情。

就这样，我以道加瓦皮尔斯大学汉语教师志愿者的身份，正式成为这座小城里为数不多的中国面孔之一。除了我对当地人的好奇，他们对我更是好奇。经常在路上遇到青少年和我打招呼，有的还要求与我合影。一天，一位看起来只会说俄语的大叔也来找我拍合照，临了还特别正式地握手感谢，我哭笑不得。真是一群可爱的人啊！

如果我们来检索汉语教师志愿者们最难忘的回忆，排在前列的肯定有“第一节课”，我也不例外。我最先见到的是城市班——一群青少年和三位成人组成的汉语兴趣班。说实话真正上课时我有些紧张，早早和伊内萨确认了钥匙，去教室查看了设备。伊内萨说这节课相当于试听，学生会不会选择我的课就看我的表现了。面对一屋子外国面孔，我努力镇定下来，微笑着开始了自己的第一节课。没想到效果还不错，课上学生频频被我逗笑，课后好多小姑娘怯生生地站在一旁等我拍合照。我还遇到一个学生和家长一起遛狗，她也开心地来和我拍合照，还向她妈妈介绍她的汉语老师。时值道城深秋，我却感受到深深的温暖。

其实最打动我的还是学生们第一次接触汉语4个声调时好奇又跃跃欲试的表情。他们浓厚的学习兴趣和认真的练习是我每天备课最直接强劲的动力。最初备课会耗费我一整天的时间，从整体构思、搜索教学资源、教具设置到课件设计，只为让学生感受到我的用心，让他们真正有所得。

就这样，我开始了3个班级的教学工作。城市零基础汉语兴趣班有学生13人，汉语基础为零，每周2节语言课、1节文化课。教材为《体验汉语·生活篇》，本学年已全部上完。城市高级汉语兴趣班有学生10人，学生有1—4年汉语学习经历，每周1节汉语课。教材为《体验汉语·生活进阶篇》，本学年完成8—10单元。另外，增加了一部分文化课和汉语知识专题课，涉及内容如汉字部首、量词、绕口令。道加瓦皮尔斯大学汉字学分班有学生4人，汉语基础为零，每周2节汉语课。教材为自编教材和《体验汉语·生活篇》，重点进行汉字书写教学。

学生们给了我很大的惊喜，比如劳拉在第一节课上就展现出对声调的精准掌握，生生作为孔子课堂的老学员对基础语法有一定的了解，李伟和米拉更是基本能用汉语交流。学生们做的笔记可爱又认真：米拉的思维导图，立夏和玛格丽特本子上的缤纷色彩，安娜和莲娜一笔一画的认真书写……学生们对汉语的热情让我深受感动。

慢慢地，我们开始变成朋友。在道加瓦皮尔斯大学四楼的教室里，在上课铃和下课铃之间，我们对彼此的了解越来越深，讨论的话题也越来越多。我的学生们都很优秀，他们令我感悟良多。在去里加参加春节庙会的大巴车上，艾维德和阿尔图姆主动担任小组长和导游。在春节文化课上，我们一起贴窗花、包饺子、写春联。在汉语水平考试中，学生们全员通过，非常给力。“汉语桥”比赛上语言小天才劳拉更是一举夺得中学初级组的第一名，评委老师也称赞她真的很厉害。

三、风雪掩埋不了期待

配乐渐弱，音效起：呼——呼——如果要给拉脱维亚的冬天找两个关键词，那一定是长夜和风雪。高纬度带来的漫长冬夜可真是让我这个常年混迹于重庆、广州的“假北方人”开了眼界。我的课基本都在晚上5点30分到7点，于是整个冬天我都有一种上夜课的感觉。学生们每次都问我：“老师，你觉得今天气温怎么样?”“老师，这就是你最厚的羽绒服了吗?不行不行，完全不行!”虽然学生说不行，我还是靠着我们强大的民族品牌波司登撑过了整个冬天。但我矫情地想，让我撑过严冬的其实还有在异国大雪中感受到的所有关爱，以及远方那一双全力支持和殷切盼归的“冤家”的每日叮咛。

首先要感谢，不，要示爱我的“家族”伙伴们，他们是在“京城”里加任教的滕飞，在“隔壁”雷泽克内任教的赵倩和在“著名酸奶产地”瓦尔米耶拉任教的于洋。现在去采访一下刚来拉脱维亚的我，她一定想不到最后自己可以把这些长长的陌生地名倒背如流，提之便能侃侃而谈。由于和祖国有5—6个小时的时差，基本上一到这里的晚上中国就是深夜了。但因为随时可以和他们3个人畅聊，我从未觉得孤单。回想起来，在这个小小的国度，我们也曾一起探索道加瓦皮尔斯、雷泽克内、锡古尔达的深秋，采西斯的古堡和尤尔马拉的海岸……即使任期结束后各自回国发展，我们也会是一路上的挚友。其次要感谢我们的引路人和护航人——最暖心的大大、师母、贝爷爷、芳姐和琼子姐。一起在大大家享用师母的正宗陕西臊子面和大饼，一起包饺子过春节，都是难忘又温情的回忆。召开工作总结会议后，我们一起乘船欣赏道加瓦河两岸风光。我在船上和贝教授交谈，聊起他编纂《精选拉汉汉拉词典》和20世纪90年代去中国工作的往事，不禁由衷敬佩这位汉学家老爷爷。这世界很大，总有人在我们不知道的地方做着了不起的事情，甚至一做就是一生。在贝爷爷80岁大寿之时，看着历届志愿者发来的贺寿视频，我泪流满面。大大受印度总理邀请参加了甘地150周年诞辰会议，让我更细致地了解了这位身边的甘地研究专家。更令我感到惊喜的是，大大还是一位生活艺术家，他家窗台外的海鸥朋友、相机里几年如一日的里加四时美景，对我们业余生活和心情的关照，以及总爱开玩笑叫我的那声“大哥”，都让我感觉多了个“忘年好友”。获得里加市政府嘉奖函的芳姐，兢兢业业奋斗在汉教事业上长达5年的时光，我唯有用重重的拥抱表达心中的敬意。再次回到拉脱维亚任教的琼子姐，那份事无巨细的责任心和洞察力是我最该学习的。身边榜样林立，让我既自豪又充满斗志。最后要感谢与我朝夕相处的学生们的爱：从中秋节的暖心节日惊喜套餐——我找了很久都没买到，甚至在课上向大家展示图片询问拉脱维亚到底有没有的暖水袋，到妇女节写着“三月八号，WITH LOVE FROM STUDENTS”的蛋糕，再到我过生日时收到的各种暖心的礼物……从没想过自己还能收获这样的喜爱和关心，生活和工作就这样在这座小城里完美结合。热爱汉教事业，舍不下他们，是我留任的两个理由。但我对汉教事业的热爱，也完完全全是来自他们啊。

四、身为风帆，不辱使命

当我面临是否要留任的选择时，不断听到这条路终究不是“铁饭碗”的声音。但我想，人应该靠自己的热爱生活，比起工作快不快乐，饭碗铁不铁并没有那么重要。看看我们的孔院小蜜蜂们在工作中专注的表情、即时的沟通、紧密的配合和幽默的讲授，在生活中交心的长谈、温馨的聚会和快乐的漫步，谁能不承认我们正在从事的是世界上最有趣的工作呢？从当初认真备考华南师范大学汉语国际教育专业，到满心欢喜地去上海华东师范大学基地培训；从在广东工业大学做兼职汉语教师，到在道加瓦皮尔斯大学任教，日复一日专注备课和认真授课就是我最享受的工作状态。同时，我也想成为像大大、贝爷爷、芳姐、琼子姐一样的优秀汉教人，勇于承担汉教道路上的使命。他们的满腔汉教热情，未曾熄灭。

“Vlog”的最后，用我喜欢的一首歌来为这段光荣岁月做个结尾：

偶尔只能够转弯，
偶尔必须抢滩，
偶尔微笑着看海洋多宽，
偶尔沦为瓶中船。
身为风帆，

终要浏览，
乘风破浪之余的孤单。
生存中，
无所谓标准答案，
去流浪，
才更确定谁让我有岸。

谢谢阅看！我和拉脱维亚的故事，未完待续。

白冰玉/如果要给拉脱维亚的冬天找两个关键词，那一定是长夜和风雪。（图中右一为作者）

我在道加瓦皮尔斯教汉语

刘晶铭*

很久以前，我曾幻想自己是一个女巫，拥有一颗水晶球，可知过去，可测未来。然而，现实是你永远无法预知未来，可未来却决定于你倾注情感而走出的每一步，因果相连，看似偶然，实则必然。就像几年前的我，从未预想过自己有机会成为一名教师志愿者，可是回望走过的心路历程，又是环环相扣，注定了我此刻甚至是未来工作生涯中对汉教事业的坚守。

2018年9月10日，我以一名汉语教师志愿者的身份来到拉脱维亚。坐落于波罗的海东部的这个小国家，与爱沙尼亚和立陶宛一起被人们称作波罗的海三国。第一次出国的我，对此非常向往。初下飞机，就见到拉脱维亚大学孔子学院院长尚劝余教授亲自来接我们，即使9月的拉脱维亚已经出现入秋的景象，我们的心里仍然暖洋洋的。

办完各种手续之后，我从里加坐车到了我的教学点城市——道加瓦皮尔斯。迎接我的是另一位留任的志愿者——白冰玉师姐。我们一起吃了自制的火锅，谈谈当地的风土人情，聊聊生活感受，刚到的我既开心又感动。

但我没有想到的是，来到教学点的第二天便开始了紧张而忙碌的工作。我们一方面要进行教学工作，另一方面要组织文化活动。更没有想到的是，我在道加瓦皮尔斯大学一待就是两年。

从2018年到2020年，四季交替，风云变幻。而我身在其中，不觉时间飞逝。只有当我走到路口，回头看时才发现，原来空空的口袋早已变得满满当当，这是成长的礼物，也是时间的馈赠。

作为一名汉语教师志愿者，我的本职工作就是教汉语。在这段时间里，我一共接触了5种课型，包括综合课、语音课、汉字课、阅读课和文

* 刘晶铭，2018年9月至2020年6月在道加瓦皮尔斯大学任教。

化课。我的教学对象主要是道加瓦皮尔斯大学的学生和本地的社会人士。刚开始，我在教学上有点儿严格，学生纷纷叫苦连天。后来我找了很多方法，秉承着循序渐进、寓教于乐的原则，慢慢地学生有了成就感，不会觉得困难了。对于语音课和汉字课，学校一直坚持分开来上。相信他们了解过，汉字是中国文化中的一个重要组成部分，所以他们是想让学生对汉字有更深更全面的理解和体会吧。不得不说，我对教汉字这件事还是琢磨了挺长时间的。首先，我从汉字的造字法入手，按照象形—指事—会意—形声的顺序，给学生慢慢地讲。学生由认识单个的、可以从大自然中直观显示的汉字，到认识复杂的、按照一定规律组合才构成的汉字，这个过程相当考验想象能力和理解能力。但我会用学过的独体字帮助认识新的合体字，让他们更好地理解和记忆。然而，最让我头疼的是阅读课。学生的汉语水平参差不齐，现有的分级阅读材料对于学生来说难度比较大，容易打击他们的自信心。于是，我咬咬牙，开始自己准备阅读材料。使用我改编的阅读材料后，学生在学到新知识点时会很开心，说话也越来越有中国味儿了。

当然，我们不仅要上汉语课，还要组织一些文化活动。在首都里加，我们每年的大型活动要数孔子学院日和“汉语桥”比赛了。孔子学院日是纪念孔子学院成立的日子，也是我们宣传孔子学院和中国文化的好时机。我们所有的志愿者在这一天都化身为现场工作人员，坚守在各自的岗位，为活动的顺利进行而发光发热。“汉语桥”比赛那就更不用说了，每年我们都提前一两个月就开始策划比赛方案，进行准备活动。活动背后，每一个人的辛苦付出都是可以切身感受到的，这也是为了在比赛进行的当天让选手可以赛出好成绩，赛出好风采。除此之外，2018年11月，我们相聚在里加，一起参加了庆祝拉脱维亚独立100周年的重要活动。那晚，我们和当地的人们在美丽的道加瓦河边一起看烟花，我永远都不会忘记那绚烂的场景。

在道加瓦皮尔斯，我们也举办了一些汉语角活动。在圣诞节，我们和学生互送礼物，互道祝福；在春节，我们和学生一起包饺子，沉浸在欢乐温馨的氛围中；在汉语知识争霸赛中，学生的团队精神深深打动了我，他们积极答题，我倍感欣慰。记得有一次，有学生说要准备参加汉语水平考试，他们希望有更多时间复习汉语知识。于是，我们约定在周末进行汉语水平考试的突击练习，连续补课一个月。最后，他们每个人都顺利通过了考试，特别开心，我也为他们感到高兴。在结业典礼中，学生们向大家展示了一学年的收获，表达了自己的感受，我们用相机把这些快乐而温暖的瞬间都记录了下来。

我一直坚信的一件事是，无论一个老师的专业能力如何，他的认真态度尤其重要。此外，对自己的学生一定要有足够的耐心。当我看到学生对我们老师和孔子课堂的评语时，我的内心是满满的感动。有学生说，这是最好的课堂，他们有两位最好的老师；也有学生说，虽然汉语这种语言本身很难，但是只要跟着老师学下去，就会有很多收获。我想说，学生有了很多收获，老师何尝没有收获呢？我们在这个过程中是一起成长的呀。

拉脱维亚的冬天虽然很漫长、很安静，但当我抬起头看看这冬日灿烂的阳光，心里就感到很温暖。在这两年中，有过欢声笑语，有过悲伤痛苦，有过坚持不懈，有过退缩气馁。在任期即将结束的时候，我的心情是复杂的，很不舍、很怀念。我想，这两年的时光必定会成为我这一生中难以忘怀的记忆。对于我这样一个理科生来说，这两年是我的圆梦过程。我终于从一个实打实的理科生转到教文科了。我感恩自己能有这个机会在异国他乡教授汉语，在得到学生认可的那一刻、在得到同事认可的那一刻，我的内心是久久无法平静的。无论如何，这两年我的人生是无与伦比的美丽，我会好好珍藏。

在任期结束之际，我深深地感受到这些幸福的获得都离不开与我合作的人。第一任期的时候，我和白冰玉师姐一起工作，一起生活；第二任期的时候，我和王璐师妹一起渡过“疫情”难关。白师姐总是有一股满满的正能量，做人真诚，做事认真，我既羡慕又佩服。而在王师妹身上，我看到了什么叫“细心”，什么叫“换位思考”。我从她们身上学到了很多东西。

孔院的大大、贝爷爷、师母（大大的夫人）、王琼子老师也是我非常重要的人。清晰地记得2018年9月10日那天，我和尹艳从广州到了里加，大大派车来接我们，一路上大家说说笑笑，我以为领导都是高高在上的，没想到大大那么平易近人。在后来的接触中，我渐渐发现大大是一位智者，学富五车又心态年轻，永远包容和理解我们，永远充满爱和善良。后来去大大家吃饭，认识了师母，发现师母对酵素很有热情，而且每次吃饭都给我们做一大桌子饭菜。尤其是那次春节，师母做的甜酒汤圆勾起了我的回忆。因为我的外婆每年春节都会给我做甜酒汤圆，但是她去年去世了，我以为再也吃不到了，没想到在大大家又吃到，真的特别感动，也特别感谢师母。再来说贝爷爷，如今已经80岁高龄了，仍然投身在教育事业上。我时常想，如果我到了这个年纪，是否也能像贝爷爷一样继续工作？这是因为热爱才会有的坚持吧。关于王琼子老师和何清老师，其实我们的交集不太多，对王老师印象深刻是从“汉语桥”比赛的布置工作开始的。他的负责和细致，没有几个人能做到。

第一任期结束的时候，我对自己说远方的人遥不可及，应该多看看身边的人，他们是当下更值得去感受的。现在第二任期结束了，我想说我可以实实在在地感受到他们的温暖。

一个人之所以为人，需要借由与他人的互动体现出来。我之所以为人，是因为我的内心有归宿，我与大家共同参与活动，一起分享心得。一定意义上，我既是独立的，也是与世界紧密联系的。我周边的小伙伴们积极参与活动，乐于分享心得，勇敢面对困难，一直热爱生活。作为一名汉语教师志愿者，我在教学技能上刻苦钻研，在跨文化交流中做到理解包容，在工作中积极参与，在生活中乐于分享，在不断耕耘内心土地的同时，也在试图与人建立良好的关系。

王尔德说过，爱自己是终身浪漫的开始。当一个人找到恰当的位置，拥有富足的内心世界时，才有可能向世界散发能量。有时候这并不是刻意的，只要爱没有消失，那么这能量就不会消失。

现在，我站在人生的十字路口，摸摸满满当当的口袋，感到无比的知足。同时，我也非常感恩。感谢时光，让我遇到孔子学院，遇到美丽的拉脱维亚，遇到道加瓦皮尔斯！感谢大家一直以来的陪伴、照顾和包容！最后，我也要感谢自己，一直在奋斗的路上，不断成长！

刘晶铭/现在，我站在人生的十字路口，摸摸满满当当的口袋，感到无比的知足。

（图中右一为作者）

拉脱维亚——遇见你，爱上你

王 璐*

有人说拉脱维亚就像一个能让任何人爱上的魔方，每一个面都是上帝调好的最佳色块：红色是璀璨夺目的历史文化，橙色是新艺术风格的首都里加，黄色是秋季的戈雅国家公园，白色是一眼望去绝美的尤尔马拉海滩，蓝色是拥抱着大海的小镇文茨皮尔斯。我和她相处的一年，画出了属于自己的色彩。

2019年9月7日，我踏上了探索波罗的海三国之一、“璀璨明珠”拉脱维亚之旅。刚到的第二天我就和孔子学院的志愿者小伙伴们出门购置生活必需品。看到里加老城充满“欧式”风格的建筑，我在心里默默感叹：我真的到拉脱维亚了。初到时，一切都是新鲜而又可爱的。我会驻足倾听当地民众用拉脱维亚语、俄语交谈，会拿拉中两国蔬菜的个头长相做比较，会去商场雷厉风行地买买买，会和朋友到当地特色餐馆利戈（Ligo）体验美食，会到老城的自由纪念碑打卡。9月是忙碌的一个月，中秋节音乐会、我们爱唱中文歌、孔子学院日庆典活动接踵而至。虽然感到忙碌，却在一次次团队合作中让志愿者们的友情迅速升温，大家都努力完成属于自己的工作，一切工作都井然有序地开展着。我感到十分幸运，来到这么一个友爱团结的孔院大家庭。

9月17日，道加瓦皮尔斯大学派车来接我。望着路上飞驰而过的风景，想到自己要去一个完全陌生的城市，要正式作为一名汉语教师开始全新的生活，我不禁开始在脑海中设想未来的生活。道加瓦皮尔斯是一个什么样的城市？学生会喜欢我吗？该如何适应新的工作和生活？我的内心充满了激动和忐忑。转眼间，就迎来了第一堂课。三年级的文化课正值中秋佳节来临，我向学生简单介绍了中秋节的来源、传说、寓意等，磕磕绊绊地完

---

* 王璐，2019年9月至2020年6月任教于道加瓦皮尔斯大学。

成了第一堂课。这堂课上，孔院统一发的月饼救了场，学生们看到月饼后马上来了兴致，课堂气氛一下子活跃起来，我暗自松了口气。二年级的综合课，因为不知道学生实际的汉语水平，纠结了好久的我还是决定从最简单的“你好”开始教起。因为教学内容过于简单，学生的反应很快，准备的课件马上就讲完了，我只好马上开启头脑风暴，现场和学生互动紧急救场。可以说，第一天的课对于我这个新手老师来说简直是典型的失败教学案例。但因为有了和学生面对面的互动，看着他们的笑脸，我突然不再紧张，不再焦虑，不再担心，我相信我可以教好他们。

我在道加瓦皮尔斯大学孔子课堂主要负责4个班的教学工作。一年级的汉字课，一周4个课时，一共5个学生。大家都没有汉语基础，学习态度很好，理解水平也很高。如今学生已经掌握几百个汉字，克服对汉字的恐惧，爱上学习汉字，这让我有了满满的成就感。二年级的综合课、阅读课一周6个课时，一共有3个学生。其中两个女孩喜欢亚洲文化，因为喜欢动漫等二次元文化，热衷于和我讨论不同语言的差异，我们也会时常分享对中国文化和西方文化的看法。三年级的文化课，一周2个课时，一共3个学生，一个意大利交换生，一个俄罗斯留学生，一个拉脱维亚学生，算上我一个中国老师，大家在一起就是“四国会谈”。文化课内容包含历史民俗、现代科技，我常常在文化课的最后让学生对比中拉文化，感受文化之间的差异。向社会开放的兴趣班，一周6个课时，一共7个学生，全部都是当地的中学生。和他们在一起，课堂上总是充满了欢声笑语，中学生的表现常常超出我的预期，缜密的逻辑和超强的记忆力一次次让我惊叹这是一群“神仙学生”。他们热情活泼，他们贴心聪明，看着他们从最简单的汉语拼音字母学起，到如今可以说出完整的句子，我切实地感受到了当一名老师的幸福。

时光飞逝，几个月的时间很快过去了，我一天比一天熟悉这个城市。我不仅穿梭在宿舍和教学楼之间，还常常去区图书馆学习，到罗斯科看历史遗迹，到咖啡店和朋友喝咖啡聊天，到超市买东西，平凡又充满烟火气息的生活让我感到安定和充实。

11月份，兴趣班的两名女学生邀请我去他们的高中上汉语公开课。望着她们期待的眼神，我不忍拒绝。于是，在向学校领导积极争取后，我来到她们的学校上公开课，介绍中国的高中学制和汉字。在公开课上，我通过比较两国的高中学制，鼓励学生珍惜时间，做最好的自己。同时，我还介绍了汉字的一些基本知识……让我非常感动的是，学生们的兴致极高。在课程结束后，他们跑来问我“汉语里的幸福是什么意思?”“中国人都会功夫吗?”我希望能够尽可能地向大家展示真实的中国，教授全世界使用人数最多的语言——汉语，介绍璀璨的中国文化。

12月份，我在图书馆遇到一位记者，他希望我能接受采访，谈谈“外国人眼中的‘道加瓦皮尔斯’”，在征得教学点和孔院的同意后，我们利用一个下午的时间完成了这次采访。我们聊到了对这个城市的印象，在这里的生活感受，对这座城市发展的建议。我娓娓道来，诉说着我的所思所感。在不知不觉中，我和这个城市、这个国家已经紧紧联系在一起，我已经对这里产生归属感和依赖感。

在任教的这一年中，除了孔院活动，道加瓦皮尔斯大学每月都有一个中文活动，至今我们已经举办11场中文活动，包括庆祝中国成立70周年活动、中文游戏活动、参观书画展活动、圣诞节活动、春节活动等。每一次活动我们都会提前策划，让学生在活动中切身感受中国文化，寓教于乐。看到学生们的笑脸，我觉得一切都值得。

今年正值我的毕业季，根据我在汉语课堂上的观察和教学实践，我发现声调偏误是学生学习汉语语音的一大障碍。为了帮助学生更好地学习汉语声调，同时提高我的声调教学质量，我将毕业论文题目定为《汉语声调偏误研究》。学生们知道了我的论文主题以后，常常和我分享他们学习声调的感受，向我解释俄语的自由重音，帮我翻译俄语词，给我的论文带来了很多灵感。无论是声调测试，还是问卷调查和学生访谈，他们总是非常乐意帮助我，给了我极大的帮助。我们亦师亦友，互相帮助，学习语言，分享生活趣事，他们的存在照亮了我在拉脱维亚生活的日子。

在拉脱维亚生活和教学的这一年里，我结交了很多新朋友。来自意大利的安然，她教我比萨和意大利面的做法。在外面旅游时，她和我分享荷兰唐人街的照片，我给她发送打卡意大利景点的照片以表达我对意大利的喜爱。来自美国的凯莉，和我一样是在这里教学的老师，我们常常聚在一起喝咖啡，品尝特色美食。来自英国的奥尔嘉，会和我讨论中国的地理和食物，为中国日活动出谋划策。我的教学秘书伊内萨雷厉风行，总是能高效地完成任何工作，尽力在生活和工作上给我提供帮助。我的帅哥领导赛尔盖，非常支持我们的汉语教学工作，积极帮我们协调教学事宜。我的好朋友阿纳斯塔西嘉，向我介绍拉脱维亚的特色文化，教我说俄语，我们一起解锁滑冰技能，互赠新年礼物。虽然我们来自不同的国家，有着不同的文化背景，但因为不同的原因遇见了彼此，为我们的生活留下浓墨重彩的一笔。

2020年是特殊的一年，全球疫情肆虐，人们的生活受到极大的影响，拉脱维亚政府宣布国家进入紧急状态，大中小学宣布停课。疫情下的我们坚持"停课不停学"。和学生商量以后，大家纷纷变成汉语教师主播。从一开始的手忙脚乱，到后来的得心应手，我和学生共同努力，继续我们的汉语课。在上网课的时候，发生了太多趣事，第一次用鼠标写汉字，常常互相喊麦，彼此询问最近的状况。我坚信"冬天不会太久，春天总会到来"，只要心存希望，那么光明就在路上。

时光匆匆，我变成了一名有经验的汉语教师，这离不开很多人的帮助。我要感谢国家汉办和华南师范大学给我提供了赴拉脱维亚当一名汉语教师志愿者的平台和机会，让我能够学以致用，在实践中不断成长。我也要感谢拉脱维亚大学孔子学院中方院长尚劝余教授和拉方院长贝德高教授。他们在工作上包容我，在生活上关心我，在学习上帮助我。在拉脱维亚的这一年里，尚教授常常会邀请我们去家里做客，为了我们的实习文件和实践证明常常往返于办公室和家，他和师母就像两个家长一样关心爱护着我们。正因为有两位亲切可爱的院长，拉大孔院大家庭才会如此友爱和团结。我还要感谢我的父母，他们在任何我需要的时候都一如既往地支持我，是我最坚强的后盾。最后，我要感谢身在拉脱维亚的志愿者朋友们，我们会在失落时互相加油打气，一起走遍欧洲大陆，暗暗给彼此准备生日惊喜，一起做饭，一起畅谈大笑。我在最美的岁月里遇到了你们，也正因为遇到了你们我觉得这是最美的时光。

我和拉脱维亚的故事都以遇见展开。我相信这只是暂时的分别，我会继续为了梦想而拼搏。我足够幸运，遇见了最好的拉脱维亚，遇见了最好的人。我会永远记住这个温暖的国家和遇见的每个人。即将踏上人生新旅程，我将带着在拉脱维亚的最美好回忆更加勇敢地走在追梦的路上，更加无畏地面对雨雪风霜。

王璐/只要心存希望，那么光明就在路上。
（图中前排左一为作者）

待揭秘的拉脱维亚

邬艳丽*

距离自己成为拉脱维亚的汉语教师志愿者，快一年了。至今还未揭开神秘的拉脱维亚的面纱，也不知何时能揭开这神秘的面纱，亲身去感受这波罗的海国家的魅力。虽然未能亲身感受琥珀之国的魅力，大大、师母、志愿者们、拉脱维亚的学生们即使在千里之外也让我感觉到拉脱维亚大学孔子学院的温暖和爱。可亲可敬的大大总是能和我们打成一片，和我们互发表情包，没有一点代沟，是我见过的最年轻、最可爱的老人家了。师母的酵素我虽未品尝过，却被其神奇的功效所吸引，很想尝一尝它的味道。和志愿者们相识于2020年4月的网络培训，小伙伴们虽然尚未见面，但互相帮助，大家在一起感到异常的舒心和自在。相信因为有这么优秀的小伙伴，我会在拉脱维亚度过一段美好而难忘的时光。拉脱维亚的学生们也让我动容，他们对语言的热爱，尤其是对汉语的热爱，让作为老师的我都自愧不如。他们想要了解某个国家的文化，就去学习它的语言，有好几个学生会好几种语言。从他们身上我也学习到了许多，我对于语言学习是那样的功利，并没有出于热爱而学过哪种语言，这是作为老师的我需要反思的地方。这也让我体会到了教师能传授给学生知识，但是学生同样也能教会我们一些东西，在他们身上可以看到自己不曾有过的光辉。学校的其他教师也是那样的负责、认真，会安排好各种工作，尽量帮我们扫清上课的障碍，这也让我为之动容。

对于拉脱维亚更多的爱，待揭开它神秘的面纱后，再细说。

---

* 邬艳丽，2020年9月至2021年6月任教于道加瓦皮尔斯大学。

邬艳丽/期待揭开你神秘的面纱，细说对你的爱。

（图中人物为作者）

拉脱维亚——远隔千万里，住进我心里

高　晴*

2020年1月21日，一封来自拉脱维亚的问候邮件像一把魔法钥匙，为我开启了一个装满美丽琥珀的百宝箱；又像一辆从异域开来的旅行车，载着我踏上了一条遍地笑语的汉教路。现在的我，亦在且歌且行。

要问我对拉脱维亚的第一印象，就要从朋友圈里的一张张美景照片说起，而这又不得不提到摄影者——我们亲爱的拉脱维亚大学孔子学院中方院长尚劝余教授，所有伙伴口中的“大大”。他是位十足的“领导”。不过这里的“领导”绝不是一般意义上的“领导”，指精神层面的“领导”。大大有着非同寻常的大将气质，能让大家拧成一股绳，劲往一处使。在我眼中，大大是位豁达通透的智者、热爱生活的乐者，每每看到他所拍摄的一草一木和海鸥家族“系列短剧”，都让我感受到他的纯真与赤诚；大大也是位宽厚博爱的慈者、与人为善的仁者，他关心爱护每位志愿者，永远尽全力帮助大家；大大还是位探索不止的行走者、热情无私的奉献者，他走遍拉脱维亚各个城市，记录着自然地理与风土人情，更不顾自身早已繁忙的事务，亲赴道加瓦皮尔斯大学任教……都说百闻不如一见，仅是“几闻未见”，我便对大大产生了由衷的崇敬。高山仰止，景行行止，大大的人格魅力与生命高度带给我颇丰的人生启迪。

2020年是人类历史上不平凡的一年，青山一道同风雨，全球严峻的新冠肺炎疫情让世界人民一起感受着生与死、爱与痛、希望与力量。我本可以像历任志愿者一样，踏上波罗的海之滨的土地，去体验、探索那独具魅力的拉脱维亚，但由于疫情影响，我们第九批赴任志愿者伙伴暂时不能与孔院中方院长尚大大、拉方院长贝爷爷及当地其他同事相聚。远程教育技术手段的发展，为突破空间界限，确保汉语教学正常开展提供了坚实的

* 高晴，2020年9月至2021年6月在道加瓦皮尔斯大学任教。

平台，因此特殊时期的汉语教学采取了线上形式。我负责道加瓦皮尔斯大学孔子课堂中华文化课、汉语阅读课的教学。我很感谢道加瓦皮尔斯大学副校长玛雅·布里玛女士、外语中心主任赛尔盖先生、秘书乐桑女士、爱娃女士对线上汉语教学的支持。尤其是乐桑女士，她对待工作非常负责认真，也非常热情耐心地解答我一切有关教学工作上的问题。犹记得第一堂线上文化课，我十分激动，同时又带着几分紧张担心。双方网络质量如何，会不会出现卡顿、中断情况？受制于远程形式，课堂互动效果会不会大打折扣？师生交互反馈能不能及时有效？我脑海里闪现着一个又一个问题。但正式上课前，大大的出现给我打了一剂强心针，令我瞬间感到安心。学生们坐在真正的课堂上，大屏幕上是远在千里之外的我，这种特殊的“面对面”形式起初让我们都有些不适应，但双方自我介绍、相互了解后，我们都渐渐放开了。我向他们展示我的家乡青岛，也邀请他们跟我分享自己的国家与城市情况。从那之后，我们一起讨论中国电影，感受中国传统节日，了解中国古代四大发明和“现代四大发明”，学习数字文化、十二生肖、诗歌意象，“走进”北京的胡同和故宫……如今，我们的距离在一次次文化交流中慢慢拉近。另外，我必须要提到的是大三年级学生卡恰，她的积极乐观、努力坚韧深深打动了我。这个漂亮善良的女孩儿尽管身体不好，经常生病，但对学习汉语有着执着的意志力和极大的热情。见证着她在汉语学习上取得的进步，我多么开心和欣慰。

拉脱维亚，这个于我来说原本陌生又遥远的国度，逐渐变得亲切起来，我在心里一点一点描绘着它的样子。与真正在那儿生活体验过的汉教前辈们相比，我的这一点儿感受实在算不上了解，却是属于我的独家记忆。

我想，我会永远珍惜这段美好的经历，感恩遇见的每一个温暖的人。在人生这条漫漫长路上，我们虽是彼此的过客，但在短暂的驻足间留下了一缕芳香，何其幸哉！

高晴/现在的我，亦在且歌且行。

（图中人物为作者）

伍

雷泽克内大学孔子课堂篇

一路前行，一路成长

张　婕*

5月的南方，32度的气温，扑面而来的是潮湿而闷热的风。每当这个时候，我就会想起拉脱维亚，那片遥远的波罗的海之滨，即使在最炎热的夏天，也有着凉爽舒适的晚风。

在拉脱维亚的两年，开启了我人生的许多"第一次"。第一次出国，第一次离开家人，第一次接触职场，第一次当老师，第一次独当一面……同时，我也是第一个在雷泽克内市生活的亚洲人，第一个在雷泽克内大学工作的汉语老师，第一个在里加第68中学教书的中国老师。这许许多多的"第一"，现在说来轻松，但对当时的我来说，真的是一个磕磕绊绊的过程，一个摸爬滚打着前进的过程。这两年的生活有苦有乐，我收获了很多……

一、梦想的力量

我人生的第一条微信朋友圈内容是："在对方学校派来的车上，带着满箱满箱的教材书本和文化用品，准备奔赴一个陌生的城市，一个全新的岗位。刚才我的新同事说，我可能是那个城市有史以来的第一个中国人，这也是那里第一次有汉语课。忽然一股莫名的压力感涌上心头，也似乎有点明白王昭君当年的心情了。不过无论前路如何，我也只能继续履行我的使命，尽力做好汉语教学，传播中华文化！"这是我第一次离开同伴，独自奔赴离首都3个小时车程的雷泽克内途中的心情写照。

那一年的中秋，我在雷泽克内大学举办了中秋文化活动，学生们第一

---

* 张婕，2013年7月至2015年7月任教于雷泽克内大学和里加第68中学（现在的里加第34中学），现就职于广州市华侨外国语学校。

次知道中国的中秋节日，我跟学生们一起吃了月饼，猜了灯谜，我还给他们唱了《明月几时有》。当活动结束，人潮散去，夜色渐浓，我一个人打扫教室，透过窗户看到天上的那一轮皎洁明月时，心里面想，不知道此时，我的家人开始吃团圆饭了吗？

那一年，就是这样，一个人，一座陌生的城，一个全新的教学点，独自面对一切。虽然承受过心酸、委屈、寂寞、无奈，但我始终没有忘记自己怀揣着的那个梦想——让汉语之花绚丽绽放。在任期内，我除了完成孔院和大学安排的汉语教学工作，为了打开局面，还积极到当地的青少年中心、中小学做汉语知识宣讲、中国文化分享活动。每次看到听众那对汉语好奇、对中国文化赞叹的表情时，我就感到心满意足。我总觉得，只要能让更多人知道，中国不仅有熊猫，不仅有功夫，还有动听的汉语，还有灿烂的千年文明，那就是一个小小的老师的大大的幸福。

二、终身学习

作为一名汉语国际教育专业的研究生，我一直以为学好本体知识、磨好教学技能，便已足矣。但等到真正走上工作岗位，我才发现，这是远远不够的。

任期第一年，我是第一个在雷泽克内大学工作的汉语老师。一个稚气未脱、初出茅庐的“菜鸟”，孤身一人，在一个完全陌生、没有其他亚洲人的城市，无迹可寻，无人可问，工作和生活全靠自己去摸索、去闯荡。不仅要进行日常教学、筹办活动，还要作为孔院的代表，积极与大学沟通，参与招生、行政等工作。此外，我还要与当地中小学、青少年中心联系，开展活动等。在筹办活动的时候，我一个人往往身兼数职，策划、宣传、采购、布场、组织、主持、表演、清洁等，多种“才华”集于一身。老实说，有些事务本来我是压根儿没有接触过的，但事情来了，你不做也得做。

这是倒逼自己学习和提高的绝佳机会。还记得学生艾利克斯也是大学里的体育老师，他是个功夫迷，因为大学每天为员工安排了半小时的午练时间，所以他邀请我教同事们打太极拳。虽说我上大学时学过太极拳，但学到的毕竟只是皮毛，自知形似神不似的，如果说要教别人，只会贻笑大方。但当时孔院刚在当地设立新教学点，我预感这是一个很好的打开局面的契机，所以硬着头皮答应了。当时我白天上课，晚上回到宿舍对着网上的教程学习，如果哪个动作实在琢磨不透，就远程请教以前社团里体育系的小伙伴，第二天再现学现卖。就这样，虽说教学效果不一定很好，但起码让更多的人知道了中国的太极拳。

作为一名社会"新人"，在工作过程中难免有许多考虑不周的地方，感恩共事的伙伴给了我耐心的包容和充分的成长机会。这也让我懂得，无论何时，无论身处何职，都不应该停下学习的脚步。"吾生也有涯，而知也无涯。"主动探索，自我更新，终身学习，是两年汉教岁月留给我的珍贵馈赠。

三、温暖和爱

虽然说拉脱维亚这个东北欧国家的天气非常寒冷，走在路上，你也许不会看到行人脸上的笑容，不了解的人可能还会觉得他们有点冷漠，但拉脱维亚族可是一个外冷内热的民族。在拉脱维亚两年，当地居民淳朴热情，学生和同事和善有爱，我始终处于一种被关爱的氛围中。

去市场买菜，卖菜的大妈即使不会说英语，也会热情地用拉脱维亚语跟我打招呼，说前几天在电视上看到我了，对我说"你能来这里真好"（当然是旁边的学生帮忙翻译的）。学生们怕我寂寞，常常热心地介绍当地的生活资讯，邀请我到他们家做客……

还记得在里加第68中学的最后一个学期，期末考试之后，12年级的女生玛塔给了我一个拥抱，说："谢谢你，老师！我打算明年申请去塔林大学的中文系继续深造，我觉得汉语很有趣。"就在那时，我觉得自己这两年所经历的一切都值了。

说到拉脱维亚人，不得不提起孔院的拉方院长贝德高教授，我们都亲切地喊他"贝爷爷"。贝爷爷的丰功伟绩，就不再赘述了。我想说说让我至今仍心生敬意的一件事。贝爷爷作为孔院的拉方院长，如果能成功开拓新的教学点，那是他的份内工作，也是他的功绩。但贝爷爷每次跟学校谈合作的时候，都始终不忘积极地为汉语老师争取实质性的福利。因为我曾经是孔院两个不同教学点的第一任老师，所以对此感受得很真切。为老师争取福利这样的事情，即使他不做，也没有人会说什么，即使他做了，也不一定有多少人知道，但是他没有考虑这些。作为一位耄耋的老外交家，他心里始终不忘我们这些“小朋友”。这样的用心所折射出来的人格魅力，每每让我感叹，进而心怀感激和尊敬。就是这样的贝爷爷，让我在一个陌生的国家中感受到被关爱的温暖。

尼采曾经说:“重要的不是永恒的生命，而是永恒的活力。”在拉脱维亚的两年很值得，遇见了可爱的人，看过了美丽的风景，找到了自己热爱的教育事业。感恩所有的遇见，我会继续将这份温暖传递，带到未来的工作和生活中。祝愿汉语之花在波罗的海之滨绚丽绽放！

张婕/吾生也有涯，而知也无涯。

（图中前排右三为作者）

波罗的海微风扬，莫负青春好时光

梁铭轩*

一、行人无限秋风思，隔水青山似故乡

8月底的里加，已在空气中溢出满满的秋意。走出机场的我，赶紧从背包里拿出一件外套。24小时前，我还穿着短袖，与父母在机场深深拥抱，独自从祖国南疆的海滨小城出发，经过在北京机场、莫斯科机场的两次转机后，地图上8 000多公里的距离化成了新的一年对异国生活的期待以及对故乡亲人的思念。

当司机载着我前往拉脱维亚大学孔子学院安排的宿舍时，沿途闪过的一帧帧画面却有种似曾相识的感觉，脑海中出现的是小学时候看过的一部电视剧《钢铁是怎样炼成的》，那是剧中苏联时期风格的房子啊！那些充满着岁月痕迹但也象征着一个时代的终结的建筑，令我想起了那段励志的话："人最宝贵的是生命。生命属于人只有一次。人的一生应当这样度过：当他回首往事的时候，不会因为碌碌无为、虚度年华而悔恨，也不会因为为人卑劣、生活庸俗而愧疚。"我暗暗对自己说，希望在拉脱维亚的一年汉教时光，能以梦为马，不负韶华。

抵达拉脱维亚的第三天，我即将任教的大学的校长就派车把我接到了离里加200多千米的雷泽克内，这是拉脱维亚的第六大城市，人口只有不到3万。雷泽克内大学是这座城市唯一的大学，位于市中心。参观学校的那天，阳光正好，天空很蓝，望着一朵朵白云，有一种远离尘嚣的宁静，让人觉得好生惬意。

"你好，雷泽克内！我是新来的汉语教师梁铭轩，请多多指教。"

---

*　梁铭轩，2015年9月至2016年6月任教于雷泽克内大学，现为阿联酋阿布扎比阿尔法克学校汉语教师。

二、但愿人长久，千里共婵娟

9月中旬，我收到了孔院本部寄来的10个月饼。又是一年花好月圆之时，但学校的汉语课招生还在进行中，还没正式上课，如何把这些月饼分给学校的师生呢？和学校汉语课主管安卓（Antra）商量并讨论后，我决定组织一个“中秋双语吟诗会”的讲座，希望通过这个讲座可以一举三得：介绍中国传统文化；与学校师生分享美味的月饼；为新学期的汉语课程进行招生宣传。就这样，怀着既紧张又期待的心情，我开启了在雷泽克内的“首秀”。

安卓帮我申请的教室不算大，但时间一到，整个教室就座无虚席，大概有20多个人。我先用英语简单地自我介绍了一下，然后就开始通过幻灯片向大家介绍中秋节。正当大家还沉浸在“嫦娥奔月”的故事中的时候，我又开始介绍在中国的历史上，诗人们多喜欢望月怀秋，抒发情感，所以创作了许多诗歌佳作。接着，我便用汉语深情地朗诵了唐代诗人李白的《关山月》和张九龄的《望月怀远》，虽然在场的师生听不懂汉语，但他们似乎被诗歌中的韵律所吸引，听得很入神。然后，我又展示了这两首诗的英译版本，并邀请大家上台来朗诵。拉脱维亚的学生刚开始还有些腼腆，不敢主动举手，我便微笑着向他们示意，并用小礼品来鼓励他们。终于，一个男生举起了手！他认真地朗诵完英译版《关山月》和《望月怀远》，我又请他用拉脱维亚语给现场一些英语可能不太好的师生翻译了一下，我多希望他们能体会到诗中抒发的游子思乡之情。

破冰之旅还在继续，中间的活动环节，我拿出提前准备好的彩色卡纸和中国结绳子，让大家自由组成不同的小组，一起来做灯笼。制作的过程中，我耐心地在黑板上教大家写“中秋快乐”四个汉字，希望大家能把它们写在灯笼上。很多人都是第一次接触汉字，一笔一画非常认真地写着，完成后，大家都觉得汉字的字形结构非常独特优美，想报名学习汉语课程。这让我有了小小的成就感，看来这“招生宣传”的效果还不错。

接下来，我讲解并用汉语朗诵了宋代著名诗人苏轼的《水调歌头·明月几时有》，想继续邀请学生朗诵英译版本，这次就有很多学生主动举起手了，让我惊喜不已 。朗诵完后，我又播放了同名的音乐作品，大家都沉浸在优美的歌声中，那一刻我仿佛感受到了千里之外的家人也在与我同赏这一轮明月，思念着彼此。

活动的最后，我邀请现场师生一起品尝月饼并留影纪念。在雷泽克内的第一次讲座，在略带紧张的心情中圆满完成了，而通过这个讲座，也开启了我在雷泽克内的汉教梦想之旅。

三、墙角数枝梅，凌寒独自开

那年雷泽克内的初雪来得比较晚，盼望着，盼望着，11月初，供暖已经快一个多月了，某天一觉醒来，发现窗外已经飘摇起雪花。对于一个从小生活在中国南方的姑娘来说，皑皑白雪中北国的风光纯净而美好。

拉脱维亚人对于雪并不陌生，但在这雪国的世界里，难得寻一丝植物的颜色，何不来一首《梅花》，让学生们感受一下中国传统文化中“四君子”中“梅花”的傲骨情怀？于是，我给汉语高级班的两位学生吉乐和明启一周一节的文化课设计了古诗《梅花》的教学，并画了国画梅花。

吉乐和明启是雷泽克内的第一批汉语课学员。两年前这里刚开汉语课的时候，他们俩就报名了。每个学期都会有一些学员因为各种原因没有继续学汉语，等到第三年的时候，班里就只剩下他们俩了。

明启是一名律师，日常工作比较繁忙，而作为两个孩子的父亲，家庭琐事应该也不少。我曾问过他为什么学习汉语，他的回答简单又实际：“学点什么，避免中年油腻”。一周两次的汉语学习，无论是语言课还是文化课，都可以帮助他暂时从工作和家庭中抽离出来，做自己，做自己感兴趣的事情。虽然未来不一定有机会去中国看看，但是多了解一下不同的文化，拓宽一下自己的视野，何乐而不为呢？明启的观点对于当时还是学生的我来说，确实算是一种“冲击”。在如今快节奏的生活背景下，我们的功利心被放大，常常说要“学以致用”，我们花时间去学习一种知识或者技能，不就是为了有朝一日能派上用场吗？而明启的想法，近乎一些知识分子“学以致知”的清高态度，也可以说是一种老庄思想里出世的超然想法，令我不得不刮目相看。

吉乐的学习动机就比较简单。已经60岁的她很大方地告诉了我她的年龄，也把她为什么学汉语的故事和我分享了。在她55岁的时候，丈夫作为工程师被外派到浙江的一个小城市工作两年，每次回到家，丈夫总是和她分享很多关于中国的趣闻逸事，她就这样被遥远的东方国度深深吸引了。在丈夫即将离任的时候，她去了一趟中国，待了一个多星期，带回了中国的电磁炉、吃火锅的鸳鸯锅、一套茶具等大物件，其他的中国小物件就数不清了。吉乐还盛情邀请我去她家吃火锅，当听到她那已经60多岁的丈夫用一口流利的汉语和我打招呼时，我的内心有着一种“独在异乡非异客，低头一语是乡音”的感慨。

我把《梅花》这首诗注了拼音，给他们解释了一下诗中几个词的含义，就让他们开始临摹一幅梅花的国画。他们都画得不错，梅花两个字写得也很工整。希望经过这堂课，以后下雪的时候，他们能想起来有个汉语老师给他们介绍了一种盛开在寒冬的叫作“梅花”的植物，它不惧寒冷，傲然独放，还有淡淡的幽香。

四、读书不觉已春深，一寸光阴一寸金

2016年4月8日，春日风光正好。一年一度的“汉语桥”比赛中小学生组赛正式开启，我教的学生里有4人报名参加。玛丽已经学习汉语一年，而马小龙、艾力克和叶娃是刚学汉语两个月的新生。

艾力克是我去当地高中做中国文化讲座时招回来的学生。那时候春节刚过，我和安卓去当地高中做文化讲座，看有没有高中生对汉语课感兴趣，结果还真有几个高中生来报名学汉语。艾力克刚上高一，是个瘦瘦高高的小伙子。他很有语言天赋，语音面貌很不错，每次上课也是最认真的，课后还常常和我讨论一些发音的问题。刚开始，艾力克对于自己是否要参赛这件事是犹豫不决的，但在我的多次鼓励下，他还是参赛了。

艾力克准备的自我介绍不长，只有大概200个字，但他每次下课后都会认真地朗读一遍给我听，让我给他纠正发音。两周后，他已经可以背诵了，流利度也在慢慢增加。在中华才艺表演的环节，我给他设计了诗歌朗诵和剪窗花，他也十分感兴趣，经过两周的练习，他的自信心提升了不少，基本上可以算踌躇满志地去参赛了！

比赛那天，艾力克的临场表现不错，非常顺利地完成了自我介绍和中华才艺表演两个环节，赢得了现场评委和观众的认同与掌声，一举夺得中

学初级组第一名。

一年后的“汉语桥”比赛，艾力克又参加了，这次获得了中学中级组的第一名。

艾力克最终获得了来中国参加夏令营的名额。学习汉语的第二年，他去了北京和广州。我当时还在华南师范大学兼职上汉语课，便邀请他到学校附近的一家书店喝下午茶，他拿出了一张贺卡，在上面工工整整地写下了几行字：“谢谢您，老师！如果你没来我们的学校，我不在这里。你是我最重要的老师。”我顿时眼泪涌出。那一刻，我才意识到当年自己的举手之劳，却在一个普通的拉脱维亚高中生心中种下了一颗种子，种子发芽生根，变成了一座桥梁，让他从遥远的波罗的海来到了东方古国，真真切切感受到了中国的热情与友好。

夏令营的活动让艾力克玩得很开心，回拉脱维亚后，他继续学习汉语。一年后，艾力克又拿下了“汉语桥”比赛中学高级组的冠军。

五、首夏犹清和，芳草亦未歇

第二个学期，宿舍里来了两个新面孔，是土耳其留学生盖姆斯（Gamze）和印度留学生莎哈娜（Shahanaz），因为同住一层楼，所以我们常常串门聊天谈心。加上年龄相仿，她们俩也从没有把我当作老师，而是把我当作一个学生（事实上我研究生也还没毕业，也算学生）。5月的某个周末，天气渐渐暖和起来，是初夏的感觉，大学里组织了一次郊游，到拉脱维亚著名的景点锡古尔达（Sigulda）游玩。

拉脱维亚是一个被森林覆盖的国家，自然资源丰富，戈雅国家公园（Gauja National Park）是最大的国家森林公园。其中，锡古尔达、利加特内（Ligatne）、采西斯（Cesis）、瓦尔米耶拉（Valmiera）这四个地方据说是其最美的侧面，而锡古尔达名列第一，不可错过。

锡古尔达有多处城堡，各具风格。几百年来，戈雅河静静流淌，两岸绿树年轮更迭，见证着城堡外的风霜雨雪。我曾在上一年10月的时候去过一次锡古尔达，但那时候已是深秋，森林里的树木早就染上了萧瑟的深黄，也没有什么阳光，给人一种悲凉之感。所以，我特别期盼这次初夏的邂逅会有不同的感觉。

那天清晨，刚刚下过一场雨，洗涤后的树木与绿地翠绿而明艳，旁边的戈雅河畔升起一团团雾气，萦绕在砖红色的图拉伊达城堡博物馆四周。这场景，仿佛一闭上眼就能穿越回中古世纪，怪不得拉脱维亚人称之为“上帝的后花园”。

走进一个城堡，里面原来是一个小型博物馆，桌上和墙上都是些文物和手工艺品，还有一些武器，很有历史的厚重感。我看了一下简介，是当地原住民流传至今的生活物件以及防御工具，没想到都完整地保存了下来，我们这些“现代人”可以温习一下那悠久而漫长、人与自然和谐相处的故事。

因为行程紧凑，我们需要当日往返，这散发着初夏气息的、仙境般的圣地，只能匆匆一瞥，期待下次的相遇。

六、有情不管别离久，情在相逢终有

离任前一天，刚好是利戈节，早上我去了里加中央市场，买了两斤樱桃，沿着道加瓦河边走边吃。晚上，我买了黑面包，夹了一根香肠，独自游走在里加老城，听着彻夜的音乐演奏，望着那些舞蹈表演，看着那些熊熊燃烧的篝火，好不热闹，仿佛不会有停止和结束的那一刻。

这是一年中日照时间最长的一天，人们欢庆它的到来，感恩阳光带来的温暖和美好。

这一年的光景，如白驹过隙。我也感恩那些如阳光一样温暖过我生命的人，让我吹着波罗的海的风，不负青春。

拉大孔院的拉方院长贝德高教授（我们亲昵地称呼他“贝爷爷”），中方院长尚劝余教授（待我们如自己孩子一样的大大），孔院秘书劳拉，公派教师董芳（亲爱的芳姐），公派教师倪艺榕，与我同期的孔院教师志愿者和同事们，雷泽克内大学汉语课主管安卓，雷泽克内大学2015年9月至2016年5月汉语班的学员们，雷泽克内大学的国外交换生们，还有一些叫不上名字但在此相遇的好心人，谢谢你们见证了我在拉脱维亚这一年的成长，青春无悔，有缘再见。祝福拉大孔院，希望汉语之花继续在波罗的海畔绚丽盛开。

2016年9月，雷泽克内大学正式挂牌开办孔子课堂，感谢下一任志愿者赵倩老师帮我见证了这一美好的时刻。盼孔院10周年院庆之日，我能重返拉脱维亚！

梁铭轩/我也感恩那些如阳光一样温暖过我生命的人，让我吹着波罗的海的风，不负青春。

（图中前排左一为作者）

雷泽克内二次会面

赵 倩*

人们常说第一印象在人与人的相处中很重要，其实对一个城市的第一印象也是如此。之前一年的志愿者生活中，我对雷泽克内的印象很好，第二年按照一贯流程，我原本是要去首都里加工作，承蒙雷泽克内大学校长的信任和厚爱，第二年我依旧留在雷泽克内大学工作。当尚院长告诉我，雷泽克内大学校长亲自打电话给孔院希望我能继续留在雷泽克内大学工作时，我的心里是无比的温暖与感动，这是对我一年工作的最大肯定！

一、心路历程

时光飞逝，两年的志愿者工作已临近尾声。回望这两年间的点点滴滴，有很多珍贵的回忆。犹记得2015年底去北京师范大学参加为期一个多月的志愿者培训，最后一节课上全班同学一起唱志愿者之歌，其中有一句歌词现在常常在我脑海中萦绕，“汉语志愿者，快乐逐梦远方”。100多位志愿者齐声唱这首歌的时候，我并没有什么感触，现在每一句歌词都像烙在我心上，因为我深深地明白了志愿者工作的光荣与责任。作为一名汉语教师志愿者，当我身处异国他乡时，我就是我们伟大祖国的一张名片。别国的人民通过我来了解中国，我要对自己的一言一行负责。在国外工作的两年里，我一直严格遵守各项规定，这其中包括两国的法律法规、汉语教师志愿者管理规定、学校的规章制度，从来没有做过有损志愿者声誉的事情，恪尽职守，尽心尽力地完成学校交给我的每一项任务。

两年前我刚到的时候，雷泽克内大学还不是孔子课堂的承办学校，2016年9月15日，在中国驻拉脱维亚大使和雷泽克内大学校长的见证下，

---

* 赵倩，2016年8月至2018年6月任教于雷泽克内大学，现就职于上海市嘉定区朱桥学校。

雷泽克内大学孔子课堂正式揭牌。我有幸作为主持人见证了这个宝贵的时刻。因为是第一次做主持人，揭牌仪式的前两天我是有些紧张的，总担心自己记错主持稿，担心现场会冷场。揭牌仪式当天来了不少当地市民，还有一些之前学习汉语的学生，他们主动过来跟我打招呼，跟我说他们的名字，给我加油打气。揭牌仪式正式开始的时候，我看见台下的学生都面带笑容地看着我，慢慢地我的紧张情绪就消散了。揭牌仪式最终顺利落幕，这给了我不小的鼓励。我任教的这个教学点在未升级为孔子课堂之前，学生需要到雷泽克内大学上汉语课，不仅没有固定的教室，有时还会碰上教室被占用的情况。升级为孔子课堂之后，我们的汉语课堂从雷泽克内大学搬到了市中心的一所高中，我有了自己的办公室，学生们有了固定的教室。我花了一天时间把孔子课堂所有的教材和其他用品整理了一遍，上课的时候，学生们发现一本本汉语书整齐地摆放在书柜上，他们都很开心。

关于学生，我有说不完的话。经过这两年的相处，我与许多学生成了朋友，他们的问候与关心让孤身一人在外的我很感动，我想我会铭记自己作为汉语教师志愿者的这两年。第一年的志愿者生涯毫无疑问对我来说很重要。那一年，我第一次作为一名对外汉语教师踏上真正的讲台；那一年，我独自生活在只有我一个中国人的城市；那一年，我真正感受到了什么叫老师的责任。现在还清楚地记得9月份刚开始工作的时候，我一个人承担6个班的课程，一周20节课，因为是个新手，教学经验不足，每次上课都有点战战兢兢的。常常是刚下课，我在坐公交车回宿舍的路上就开始反思上课的情况。如果有学生没主动回答问题，我就会担心这位学生是不是讨厌我。两个月过去之后，我渐渐摸清了每个学生的脾气，上课也渐渐摸到了一些门道。第二年比第一年要轻车熟路一些，我对教材和学生都很熟悉了，尤其今年寒假结束以后，明显觉得学生上课的积极性很高，可能是因为知道我快要离开了吧。经过两年时间的相处，原本就比较活泼的学生跟我完全像朋友一样，有些“慢热”的学生也热络了起来。大家平时互相关心，有问题一起讨论，我们这个孔子课堂真的像个大家庭。

二、工作感想

跟第一年不一样的地方是，第二年的汉语零基础班是由另一个老师带的。她叫理塔，是我以前的学生，曾经在中国待过半年，汉语水平不错。从学生到老师，对于这一身份的转变，理塔告诉我，她感到既兴奋又迷惑。经过这一年的合作，我观察了作为当地老师的理塔和作为外籍老师的我在教汉语时的区别。从汉语教学本身来说，我的主要优势是汉语是我的母语，向学生授课时，学生能够得到最直观最准确的内容。令人欣喜的是，由于有半年的中国求学经历，理塔对中国、对汉语显然比一般的当地老师了解得多。她虽然并不精通中国文化，但是运用在中国学习的知识，进行简单的语言教学是没有问题的。对理塔来说，文化教学才是她真正的弱项，不过我俩的完美合作让这个问题基本得到了解决。在进行文化教学时，一般我会合理安排各个班的时间，让零起点班能跟别的班一起上课。如果时间上实在无法调整，我就会单独给零起点班上课。

还有一个问题是纪律问题，可能是因为刚开始上课时太小心翼翼了，学生们都不是很“怕”我，有的学生必须要我点名提问才会开口，这一点在两个汉语初级班表现得比较明显。不过大部分学生都是比较听话的。在了解了这些学生，尤其是高中生的学习压力之后，我也更体谅他们了。在他们比较累的时候，我尽量用做游戏的方式让他们开口练习汉语。比如教“职业”那个单元时，我让学生们玩经过我简化的“狼人杀”，学生们非常开心，学习效果也很好。此外，差不多每两周我就会用40分钟时间让学生在课堂上练习写汉字，有时候还会让他们用毛笔练习。学生对此并不反感，大部分都完成得比较认真。有的时候，尤其是在学期末和高中有文化活动的时候，会遇到一个班有两名以上的学生没来上课的情况，我也会抽出一部分时间让学生练习写汉字，以保证没来上课的学生不会被落下。

两年的汉语教师志愿者工作让我越发觉得学生与老师是互相成就的关系，在课堂上学生和老师的情绪会相互影响。有时候突如其来的一场雪就会点燃学生们的情绪。记得有一次上课前突然下雪了，我到教室之后明显感觉学生的情绪高涨，我也被他们感染了，带着学生复习了上节课的内容后，趁机教了他们“冬天”“下雪”“春天”“夏天”“秋天”“冬天”这些词语，学生们因为正在兴头上，所以记得很牢。在汉语学习的过程中，有时候学生往往需要老师“推一把”，有的学生对汉语的兴趣浓厚，但是行动力不强，这时候老师就要多鼓励他、督促他。有的学生行动力很强，那老师就要好好协助，随时提供帮助。比如我的一个学生艾力克，去年的

“汉语桥”比赛中，他获得了中学生中级组的第一名。今年他原本有些迟疑是否应该继续报名参加“汉语桥”比赛，作为一个高三学生他也确实很忙，从老师的角度出发，我大胆鼓励了他，一方面是基于对他的了解，另一方面是基于对自己的信心，我有信心能够一直协助他，随时提供帮助。最后，艾力克果然在比赛中获得了中学生高级组的第一名。

在上课的过程中，我有时还是会感到力不从心。比如带领学生做游戏的时候，学生都很配合，但是一涉及“严肃”的教学内容，有的学生就不那么配合了。从我的个人感受来看，欧洲的学生对于“跟着老师读”这种方式并不是很喜欢，一般他们读到第三遍时声音就开始小了。所以我觉得，我还是要继续加油，提升自己的教学水平，更好地调动学生的积极性。此外，文化活动还可以再丰富多彩一些，之前组织的中国美食体验、做红包、扎灯笼、包饺子等学生都非常喜欢。令我感到欣喜的是，在工作中我自己成长了很多，与同事、学生的交流都很顺畅。

三、收获与感恩

这两年我作为汉语教师志愿者，在雷泽克内这个美丽、静谧的小城任教，这对我而言是一次宝贵的人生经历，非常感谢孔院的尚院长和其他小伙伴对我的关心。除了孔院，雷泽克内大学也给了我很多关怀，在教学上百分百地信任我。6月19日，校长将我叫到他的办公室，郑重地将两份嘉奖函颁发给了我，肯定了我这两年对雷泽克内大学孔子课堂的贡献，这是我收到的最珍贵的礼物！我还要感谢我的学生们，与每一位学生的相遇都是缘分，而汉语就是联系我这位老师与学生们的桥梁。我想等我回首这段青春岁月时，我的脸上会浮现出笑容。与雷泽克内相遇，我很幸运。与孔院的各位小伙伴相遇，我很幸运。感恩这两年，感谢！

赵倩/我想等我回首这段青春岁月时，我的脸上会浮现出笑容。
（图中前排左一为作者）

快乐就好

肖依琴*

如果你问我，这是一段怎样的岁月，我会告诉你，这是一段幸福而珍贵的时光，一段值得一生铭记的岁月。

时间转眼来到5月，来到拉脱维亚已经有9个多月。不长不短，没有长到对这里的一切感到厌倦，也没有短到还在因为生活中的种种陌生感到局促不安。就是这样自然地在这里生活着。这里有我一隅温暖小家，有我熟悉的学校和可爱的学生，也有幸福的工作、三两好友，生活有去处，有归处。

我必须要说我是个幸运的人，并且因为幸运而常怀感恩。得知一个人分在离里加较远的雷泽克内，只有一所学校，从校长到学校秘书、学生都亲切得可爱。初次见到校长就收获了拉脱维亚的特别礼物，学校秘书亲自陪我去移民局办理居住证，学生见面会上是期待又腼腆的眼神，就连接我回雷城的司机大叔都对我非常友善，虽然语言不通，但是人们心中的那一份热情却是无声的语言。那时的我就知道，在这里的生活一定不会难过。

最开始的生活，学生和我都是充满新鲜感的，每天都要准备不同的课堂活动的我常常在幻灯片里忙得抬不起头，工作时间总是充实有趣，孩子们会时不时在一些当地节日中给我惊喜，他们可爱又意外的举动让我觉得愉悦又温暖。说来惭愧，9月的教师节，我在这里收到了人生中第一束花，也是这一束花让我有了初为人师的小确幸。开学没几天，两个高中女生来找我聊天，她们很想和我聊天，可是碍于语言不通，她们只能对着我笑，我只能回报以对她们来说只听过没尝过的月饼。在这里真的非常感谢中国驻拉脱维亚大使馆对我们的关照，第一个没有在家过的中秋节，大使馆亲切地为所有志愿者及其学生准备了好吃的月饼，我也可以更生动地为学生

---

*　肖依琴，2019年9月至2020年6月任教于雷泽克内大学。

讲解中国的传统节日中秋节。学生都喜滋滋地品尝着、讨论着，有的还小心翼翼地保存着，说要下课后带回家给家人也尝尝。令人想不到的是，这次文化课结束后，两个之前来找我聊天的女孩子跑进我的办公室，送了我一袋巧克力，里面还有一张用汉字写得工工整整的字条，表达了对汉语课的喜爱、对我的认同，让我这颗初来异国的心瞬间温暖了。

无论在哪里，教学都是我们的头号使命，来之前培训时，被各路老师耳提面命，我们要传播中国文化，代表着中国形象等。这让我在工作时带着更多的使命感和压力，最初的我常常筹划一个课堂活动到深夜，就连梦里都是如何开展有趣的教学活动。即使是这样一遍遍在自己的脑子里演练，在课堂上依然会发生让我意想不到的事，让我手足无措，因为我毕竟经验不足，无法完全了解当地学生，无法预估他们的反应。所以，我常常因为一次精心准备的课堂活动没有产生想要的效果而失落不已。当然，有的活动也办得非常成功。印象最深的一次是，在第二学期开始的时候，我举行了一场“包饺子活动”，从材料、工具的购买，到场地的租赁，再到现场人员的分工——和面、调馅儿、包饺子、煮饺子，一场大型活动举办下来我筋疲力尽，但是看着学生们兴奋的样子，我觉得一切都是值得的。其实包饺子是大部分人第一次尝试，大家在和面上就遇到了困难：面粉和水的比例把控不好，面粉粘手等，但是这些不能阻止他们包好饺子的决心。在一次次地尝试加水，再加面粉后，他们找到了黄金配比，揉出来的面团相当好。到了包饺子的步骤，他们也相当有自己的想法，皮儿擀得又大又厚，馅儿给得十足，饺子包得很大，颇有拉脱维亚人民豪爽性情的风范。活动结束后，学生都意犹未尽，还兴高采烈地说要回家教家人包饺子，还要尝试其他各种馅儿，并期待着下一次的文化活动。诚然，我总是希望在有限的条件内给学生带来丰富多彩的课堂体验。这样的经历让我学会的东西更多，与完美无缺的幻灯片课件相比，在课堂主题上的随机应变，面对现场各种危机的镇定，更加了解学生，增加教学经验，也是需要我们做到的。与此同时，我意识到了一个更加重要的问题，那就是比起让学生学到更多汉语知识，让学生觉得学习汉语很有意思，让学生喜欢上汉语和中国文化，才应该是我的最终目的。

时间转瞬即逝，除了日复一日的工作，下课后我会和学生一起逛超市或者喝喝咖啡聊聊天。放假的时候，我还会坐火车回里加，感受一下集体生活的乐趣，跟其他教师志愿者一起弹弹吉他，唱唱歌，吃吃火锅，怀念在中国的“味道”。在我看来，拉脱维亚是个很有智慧的民族，他们总是把平淡无奇的365天摆满各式各样又十分有趣的庆典，让人觉得他们是这样鲜活地爱着周围的一切。被他们感染，我也开始关注起生活，这是从前的快节奏生活所缺少的，我发现身边的人、事、动物、植物甚至是天空中的云每天都不同。这样的生活让人觉得更加纯粹，身上浮躁的气息也少了些许，这里的一切都是最好的安排。还要求什么呢？快乐就好了！

志愿者这条路，从选择之初我便知道也许并不好走，层层的选拔、严格的培训、面对能否派出心里一次次的动摇、派出后语言不通带来的苦闷和孤独，我选择把它们当作人生的一次又一次挑战，在挑战中它们让我学会独自面对，学会和不同文化背景的人沟通、根据地图认路判断方向，也让我开始学习一门语言、学习用更加包容和客观的心态去面对不同文化背景的人、学会独立思考、对世界有了更加全面的认识，甚至让我这个厨房白痴学会了做菜……在拉脱维亚做志愿者这一年，让我觉得自己是幸运的，我遇到了不错的学校和学生、喜欢的城市、患难与共的朋友。所以，我更加感恩，我得到的太多。所以，我愿意付出更多，付出都有回报。这样还有什么不快乐的呢？我很荣幸，在二十几岁的年纪，能有这样的经历，这将是我一生的财富。

肖依琴/这里有我一隅温暖小家，有我熟悉的学校和可爱的学生，也有同在异国漂泊的朋友、幸福的工作，生活有去处，有归处。

（图中左三为作者）

故事第一页

谢丽婷*

2020年10月27日，一个和往常一样再平凡不过的日子，但因为一个电话，这个平凡的日子变成了宝贵的纪念日——我与拉脱维亚的故事开始的日子，我与雷泽克内大学孔子课堂结缘的日子。

这个意义非凡的电话，正是来自母校华南师范大学的王葆华教授。“谢丽婷同学，你好!”电话那头传来了王老师熟悉而亲切的声音。毕业一年多后，再次听到王老师把自己唤作“同学”，心里不免有些紧张，就和当年被老师点名回答问题时的心情一样，但又倍感亲切和温暖。简单的寒暄之后，王老师说明了打电话的目的:“老师想推荐你给拉脱维亚雷泽克内大学孔子课堂的学生上网课，但是因为时差的缘故，上课时间是晚上，你愿意吗?”我的回答当然是:“愿意！我愿意!”这对我来说不只是一次普通的网课，更是传承“汉语教师志愿者”荣光的一次宝贵机会，是“传播中国文化，讲好中国故事”的一次宝贵机会，虽“任重道远”，但我会“砥砺前行”。

接到王老师电话当天，距离我的生日还有三天。对我来说，这真是2020年最大的惊喜，也是最珍贵的礼物。在此特别感谢王老师的信任和肯定，谢谢王老师给我提供这次宝贵的机会，让我能继续我的国际汉语教学之路。我想，最好的回馈唯有“热爱、责任、感恩”。

在我的教学申请通过之后，王老师立刻让我添加了拉脱维亚大学孔子学院中方院长尚劝余教授的微信。平日里我们都把尚教授称为“大大”。当时尚教授从微信发来的一句“热烈欢迎谢丽婷老师加入拉脱维亚孔子学院大家庭”，便让我深深地感受到了大大的热情和亲切。随后，大大还给我发送了前任志愿者的工作日志，帮助我了解雷泽克内大学孔子课堂的

* 谢丽婷，2020年10月至2021年6月任教于雷泽克内大学。

情况。

从前任志愿者肖依琴老师好几万字的工作日志中，我深深地感受到了她对汉语教学的热爱，以及拉脱维亚学生对汉语和中国的热爱。有的学生大学毕业之后仍然坚持学习汉语，有的边工作边学习汉语。其中，令我非常感动的是一位叫吉乐的学生，她学汉语已经8年，对汉语极其热爱。虽然每位学生年龄不同，性格各异，但是每个人对汉语学习的热情是一样的。我期待能早点在课堂上见到这些可爱的学生。

从大大那儿得知了雷泽克内大学孔子课堂负责人卡琳娜的联系方式之后，我立刻给卡琳娜发送了邮件，与她协商上网课事宜。经过多次协调，我们最终决定中级班和高级班的汉语课程将在腾讯视频会议平台上进行（初级班的课程由本土汉语教师玛格丽特负责），首次上课时间分别是当地时间11月9日下午4点和11月13日下午4点。

第一节课终于如期而至！虽然有过在泰国担任汉语教师志愿者的经历，也在其他平台给美国、日本、新加坡等国家的学生上过300多节汉语网课，但当雷泽课内大学孔子课堂的第一节汉语课到来时，我的心里除了满满的期待，竟还有些许紧张。这可能是因为这是我第一次用腾讯视频会议平台进行授课，也可能是因为这是我第一次给成人学生上汉语课。

“你们好！”“你好！”我的一声问候得到了课堂上同学们热情的回应，这让我的心情渐渐放松下来。在简单的寒暄之后，我开始讲授今天的课程。

首先，我向学生们分享了自己在泰国担任汉语教师志愿者的经历，以及在疫情期间担任线上汉语教师的经历。当同学们看到幻灯片上展示的泰国学生身穿泰服庆祝水灯节的场景时，都异常兴奋。而当我展示自己穿着旗袍给学生发“红包”的照片时，有的学生说“我喜欢旗袍”，有的学生说“我没有收过红包，我也想要红包”……课堂的气氛逐渐热烈起来。

在接下来的自我介绍环节中，当我问“你们为什么要学习汉语”时，学生们纷纷表示因为自己对中国文化非常感兴趣，希望能通过汉语课堂更多地了解中国、了解中国文化，提升自己的汉语水平。这让我感到非常欣慰，也让我感受到自己肩上的重任。随后，我播放了中国国际宣传片，并让同学们谈一谈自己眼中的中国。高级班的卡佳认为，中国历史悠久、文化灿烂，而且经济发展很快，人民生活富足，并表示有机会一定会去中国看看。

此外，我们还一起观看了“双十一”购物狂欢节中英文介绍视频，学习了与“双十一”相关的热词。我向同学们重点介绍了中国“新四大发明”中的“网购”，并让同学们分享了自己的网购经历，讨论了网购的优缺点。考虑到上课时间临近“双十一”，我专门增加了与“双十一”相关的学习内容。我希望尽可能地将热点节日和中国文化融入语言教学中，让同学们在学习汉语的同时，也能更深入地了解真实、立体、全面的中国。

在课程接近尾声时，同学们表示虽然不能在线下和老师近距离地进行互动，有时也会受到网速的限制，但此次汉语课程给他们带来了全新的体验，最重要的是给他们提供了一次在疫情期间依然能跟老师继续学习汉语的宝贵机会。他们非常珍惜这次学习机会，也非常享受丰富有趣的课堂，并对下一次的汉语课充满了期待。

而更令我感到惊喜的是，上完课后，高级班的一位学生给我发来了这样的信息：“我们很喜欢今天的课，谢谢老师！”虽然这只是短短的一句话，却令我觉得非常温暖，备受鼓舞。我想，作为一名汉语老师，最令人感到幸福的就是看到学生享受学习汉语的过程，最令人有成就感的就是看到学生的汉语说得越来越好。我希望在今后的课程中能和雷泽克内大学的同学们一起享受学习汉语的乐趣，一起快乐、高效地学习汉语。我也将不断提高教学水平，和同学们一起进步，一起成长。

写这篇文章的时候，我在孔子课堂的第一节汉语课刚刚结束。我和拉脱维亚的故事才刚刚开始，而我和雷泽克内大学孔子课堂的缘分仍在延续。未来的故事将如何书写，我期待着……

谢丽婷/未来的故事将如何书写，我期待着……
（图中人物为作者）

陆

里加第34中学孔子课堂篇

冰雪中闪耀的时光

袁　钰*

一、初识

初到拉脱维亚，就被这里的碧草蓝天所吸引。拉脱维亚是一个森林覆盖率达70%的国家，这里空气清新，微风拂面，鸟儿在空中自由地翱翔，人们漫步在河滩，享受周末悠闲的时光。深呼吸，拉脱维亚，我来了。

很荣幸，在两位亲切的院长的带领下，第一时间品尝了拉脱维亚地道的美食，这真是让吃货振奋的开始。执起刀叉，品味浓浓的异国风情，第一餐在轻松愉快的氛围中结束。然而，俗话说得好，万事开头难，当第一次走进离宿舍最近的超市采购必需品的时候，到处充斥着完全陌生的文字，耳边也是完全陌生的语言，小伙伴们都傻眼了。我们正面临着一个世纪大难题——晚上吃什么？饺子！冰箱里的饺子救了我们一命。可是，这是什么馅儿的饺子？鼓起勇气用英语问一个好奇地看着我们的大叔，大叔突然蹦出一串儿听不懂的语言，无奈之下他请来了他的爱人，我们用夸张的肢体语言交流着，如果有人在旁边，大概会以为我们在进行什么邪教活动吧。最终，我用手指比“六”放在头顶，还“哞”“哞”叫的方式，收获了两包牛肉馅儿的饺子。买东西真是件考验演技的差事啊。

说起买东西，人们常去购物的里加大市场是欧洲最大的市场，已有几十年的历史，是由二战时期的军工厂改建的。大市场坐落于里加汽车站和火车站之间，人来人往，商品琳琅满目。肉、蔬菜、调料、水果、鲜花、服装、皮包等，应有尽有。大叔大妈们或手挎竹篮或拖着小车子穿梭在各个摊位之间，精心挑选需要的商品，不紧不慢，井井有条。拉脱维亚人非常喜爱鲜花，去市场买菜还会顺手在鲜花市场捧一束鲜花回家。就连市场

---

* 袁钰，2015年8月至2016年7月任教于里加第34中学，现就职于暨南大学华文学院。

的各个摊位也时不时摆放一两束鲜花，让人内心欢喜。手捧鲜花，喝喝小酒或咖啡，和相熟的档主欢快地聊上几句，偶尔在路边喂喂海鸥，我想，这大概就是拉脱维亚人的生活方式了吧，真是温馨又安逸。

二、万事开头难

由于到拉脱维亚已是8月的最后一天，来不及适应就投入到孔院新的工作当中了。与其他小伙伴不同，我的签证还没有办妥。我所任教的里加第34中学刚由两个学校合并而成，关于汉语教学的事情都要重新开始，课程还没有确定，学生也还没有准备好。拉脱维亚法律针对中小学教师有各项严格的要求，在其他小伙伴已经开始紧张的课程时，我却还奔走于移民局、学校之间，办理各项繁杂的手续，内心充满了焦急和忐忑。尚院长知道了我的情况，总耐心地安慰我，让我不要着急，还时不时关心签证的进展，给我很多宝贵的建议。小伙伴们也给了我不少支持和鼓励。每每拖着疲惫的脚步回到宿舍，看着窗外染红天际的晚霞，想起大家，我的内心又充满了力量。嗯，只是不到时候，时候到了，一切都会好起来的。

终于，在各方的努力下，我踏进了学校的教室。然而，事情并没有那么顺利。学校的课程安排并没有落到实处，与其他课程产生了冲突，汉语课的进程出现了混乱和停滞。负责人尝试与学校沟通，可由于汉语课程的主管不懂英语，请来其他主管一起沟通也毫无效果。无奈之下，我把情况向两位院长进行了汇报，两位院长高度重视。我们一起探讨了学校汉语课的问题和解决方法，尚院长帮我提出解决方案，贝教授还亲自打电话到学校沟通，最终在两位院长的大力支持下，学校暂时解决了课程冲突的问题，汉语课才得以进行下去。

三、熊孩子和小天使

然而，这只是挑战的开始。里加第34中学的老师、学生大部分是拉脱维亚籍俄罗斯族人，有一小部分老师是拉脱维亚族人，一小部分学生是俄罗斯族人。我负责5年级到12年级8个班的汉语课。学生的年龄和汉语水平跨度都很大，上课的内容和方式都需要不停地调试。再加上俄罗斯族学生与国内学生天壤之别的性格特点，汉语课有时就是一个没有硝烟的战场。俄罗斯族学生的表现欲望比较强烈，在复习数字时，我曾要求学生用汉语从1数到10，个别汉语较好的学生数完以后，还主动从10数到1。顽强好斗、喜欢竞争也是俄罗斯族学生的一大特点，他们或者会争抢回答问题的机会，或者会比较回答问题的正确率。这些虽然是学习汉语所需要的，但也会产生不小的课堂管理问题。

比如在学习“你叫什么名字”时，谈到关于姓氏的问题，我介绍说现在在中国，女性结婚以后不会改变自己的姓氏。我转而询问俄罗斯族的女性结婚后是否会改变自己的姓氏。学生特别热情，就这个问题侃侃而谈，你一言我一语地讨论起来，还讲起了历史。我只好介入他们的谈论，将话题引导到课堂上来。

又如我刚接触7年级a班学生时，将奖惩规则里的惩罚规则制定为“到讲台上跳一段舞，唱一首歌”。听到这个规则，班里的男生异常兴奋，纷纷举手想要到讲台上表演。有的学生还直接冲上讲台，自顾自地又唱又跳。后来我只得将奖惩规则制定为“安静地听课则奖励一个贴纸，期末谁的贴纸多谁就能获得一个小奖品”，为了贴纸和奖品，这些表现欲望强烈的学生才按捺住性子，课堂重获良好秩序。

许多学生性格非常活泼，国内的许多教学方法在拉脱维亚就没有那么有效了。让学生安静、不许走动等条款通通无效，只能改变教学方式，不停地尝试。

下课后绞尽脑汁想办法，上课时竭尽全力管理精力旺盛的战斗民族，每天拖着疲惫的脚步坐一个半小时的电车回到宿舍，然后自己做晚饭，还要备课，我真是感觉身体被掏空了。

但是我现在回想起来，觉得这些事情也有趣得很。我非常感谢这帮活泼好动的学生，是他们开阔了我的眼界，锻炼了我的忍耐力，让我绞尽脑汁尝试各种方法去解决问题，让我学会根据学生的性格特点来调整教学方式，一次又一次地向传统教学方式发起挑战，不断突破自己。他们是熊孩子，也是小天使，给我带来了无尽的欢乐。

学生在学校不仅学习汉语，也学习中国文化。参加各项中国文化活动是学生们体验中国文化最直接最有效的方式。

学校每年都会派选手参加拉脱维亚的“汉语桥”比赛，2016年学校也派出选手参加了“汉语桥”中学组的比赛。比赛的准备过程是漫长而又难熬的，从选题到纠音，需要一遍又一遍地调整与练习。“汉语桥”比赛的准备工作恰逢中小学春假，在学生的请求下，我放弃了春假，每天帮助学生练习。功夫不负有心人，8年级的贝娜茜摘得中学中级组的桂冠，并获得到中国观赛的机会。9年级的苏菲和7年级的尤利亚获得中学初级组的优秀奖。看到他们的笑脸，我收获了满满的成就感。

学校也会因时制宜举办汉语文化活动。2016年春节活动准备期间，学校给予了大力支持。学生、老师齐上阵，利用课余时间排练节目。贝娜茜选择了曲婉婷的《我的歌声里》作为演唱曲目，这首歌对于14岁的她来说一点也不容易。在还有一周就表演的时候，有一次高音的练习还是不理想，她着急地哭了。在音乐老师的鼓励下，她擦干眼泪继续练习，终于在表演时为大家献上了完美的歌唱。第一次参与策划这样大型的活动，对我来说也是不小的挑战。节目的选择、舞台道具的制作、舞台的布置、剧本的编写和翻译、学生的纠音、拍摄设备的准备等都是需要认真落实的。在不断摸索的过程中，我学会了使用摄影设备和剪辑软件，学会了布场，甚至还学会了简单的舞龙动作。人的潜力真的是无限的，只要肯努力，就会有突破。2016年2月5日，在大家的共同努力下，学校为中国驻拉脱维亚大使、拉脱维亚大学孔子学院两位院长、中拉新闻媒体和兄弟学校的来宾们献上了一台精彩的演出。

有了春节活动的经验，2016年元宵节前后，我策划举办了庆祝元宵节的活动，学生们一起做剪纸、品尝亲手制作的元宵、玩游戏，其乐融融。为了引起更多学生的关注，我还举办了一次汉语趣味运动会，邀请非汉语班的学生参加，快乐地感受中国文化。

四、告别孔院

学校的工作固然重要，但作为一名孔院志愿者，我还承担了孔院的部分工作，比如写新闻稿，拍摄活动照片，参与孔院各项活动的组织和策划等。从对海报设计的一无所知，到能用部分软件制作效果图；从对“汉语桥”比赛一知半解，到熟悉比赛的各项流程；从只会随便哼唱两句，到能够演唱简单的越剧，孔院的工作教会了我很多。

一年的志愿工作转眼就结束了，两位院长在送别会上感谢了我们这一年为拉脱维亚汉语教学事业所做的工作。但我想，我更要感谢两位院长这一年来对我的关心与支持；感谢小伙伴和家人对我的鼓励；感谢国家汉办、华南师范大学给我这样一个机会来到美丽的拉脱维亚；感谢王葆华老师对我的悉心教导；感谢志愿工作让我能为祖国做些微小的事情；感谢这一年的经历，让我的人生丰富多彩，让我不断成长。我为成为一名志愿者而骄傲、自豪！

袁钰/这里空气清新，微风拂面，鸟儿振翅在空中自由地翱翔，人们漫步在河滩，享受周末悠闲的时光。

（图中第二排左一为作者）

拉脱维亚——我的第二个家

吴　炜*

一、初来乍到

要来拉脱维亚，这个想法在我考研前就已经有了。一直在广州生活的我，向往着国外的生活，想着离家越远越好，目光早早地就放在了位于欧洲的拉脱维亚这个国家。报考华南师范大学的汉语国际教育专业就是为了去拉脱维亚大学孔子学院当志愿者。当这个梦想终于成真的时候，我开心得说不出话来。而如今，我离开了祖国，终于踏上了这片欧洲土地，呼吸着国外的空气，一切是那么新鲜、那么陌生又那么吸引我。我到了，拉脱维亚。

我们志愿者一行8个人住在拉脱维亚大学的学生公寓，这里条件较好，有独立卫生间，有公共厨房和餐厅，公寓前台工作人员很友好。一切都很顺利，身份证办理好了，保险也办理好了。但是，对于有生以来第一次离开父母的我来说，这是一个巨大的挑战。没有父母的陪伴和监管，我要一个人在异国他乡生活将近一年的时间。语言不通、文化差异问题开始向我袭来，这也成了我在这里生活的两大难题。

首先，语言不通。拉脱维亚人主要说两种语言，一种是拉脱维亚语，另外一种是俄语。拉脱维亚语是这里的官方语言，而俄语是由于历史原因，也成了这个国家大部分人都会说的一种语言。我所任教的学校是俄罗斯族学校，学生都说俄语。我的一大任务是尽自己所能学会拉脱维亚语和俄语，因为这里的人会说英语的不多，所以要想和当地人正常对话，必须学习拉脱维亚语和俄语。我很引以为豪的一点是，从来拉脱维亚的第一天

* 吴炜，2016年8月至2018年7月在里加第34中学任教，现于深圳市无限进制有限公司担任版权运营。

到今天，每天都花10—30分钟的时间学习拉脱维亚语和俄语，一天也没有落下，现在基本的交流可以说是没问题了。

其次，文化差异。拉脱维亚是个女性多男性少的国家，女强人比比皆是。另外，不得不提的是酒鬼有很多，白天夜晚，无论什么时刻，只要是人多的地方，例如中心市场、中心车站，就能看到酒鬼。酒鬼会热情地和所有人打招呼，和人们聊天，甚至拍拍人们的肩膀。但令我感到惊讶的是，人们并没有表现出不耐烦，更没有厌恶的神情，而是会和酒鬼闲聊。

拉脱维亚主要有两个民族，分别是拉脱维亚族和俄罗斯族。拉脱维亚族人相对来说比较安静、内敛，而俄罗斯族人相对来说比较热情奔放、心直口快。我的学生是俄罗斯族人，上课喜欢热闹，不太喜欢安静地听老师讲课。俄罗斯族学生比较叛逆，特别是中学生，几乎对老师都是直呼其名，见面也不会打招呼。我问过我的同事——本土汉语教师艾维塔（Evita），她说这是很正常的。学生觉得老师和自己是平等的，老师应认真听取他们的意见和建议。这让初次当老师的我感到无所适从。

很庆幸的是，有7位小伙伴陪伴着我，我们互相帮助，互相关心，融洽相处。拉大孔院的拉方院长贝德高教授和中方院长尚劝余教授、秘书劳拉、董芳老师、潘军武老师，都给了我们这群新志愿者很多帮助和关爱，让我们觉得拉脱维亚就是我们的第二个家。两位院长、董芳老师、潘军武老师、劳拉是我们的长辈，我们8个小伙伴是兄弟姐妹，我们在一起就是拉大孔院大家庭。我感到很荣幸，因为认识了这么一群靠谱的小伙伴和对我们关爱有加的长辈。

二、教学活动

因为我所任教的学校是俄罗斯族学校，所以首先我要学好俄语，才能和学生进行沟通。除了学习俄语，还要摸清楚学生的爱好，了解他们所希望的教学方式，因材施教。俄罗斯族人好动，喜欢热闹，那我就根据这一特点，通过游戏进行教学。学拼音，玩游戏；学声调，玩游戏；学汉字，玩游戏；学词语，玩游戏；学句子，玩游戏……而且每次都要玩不一样的游戏才能保持学生学习的兴趣和激发他们的主动性。我上课采取奖励机制，表现得好，或者游戏赢了，会发一个星星；集齐十个星星，会发一个笑脸印章；集齐五个笑脸印章，就会有一份礼物。

最让我头疼的就是学分班学生的学习态度了，为了这个事情，我还在厕所偷偷哭过。第一节课上他们的表现还是不错的，但从那以后他们上课时什么事情都做，就是不专心听课。

学生迟到已经是很小的问题了，有的学生整个学期只来上过两三次课。就算来上课，有的人也是戴着耳机听音乐，玩手机，吃东西，把脚放到桌子上，甚至闲聊。我和艾维塔想尽办法让他们专心上课，但效果一直不好。

当然，除了学分班这些“小恶魔”，还是有很多可爱的小天使的。兴趣班里的大部分学生都喜欢上汉语课，课上从来不玩手机，有问题就会举手问，我从学分班里积压的怒气在见到兴趣班的小天使们的那一瞬间就烟消云散了。

另外，任教期间我积极组织举办中国文化活动。例如参加雷泽克内大学孔子课堂揭幕仪式；参加2016年孔子学院日/拉大孔院成立5周年/中拉建交25周年庆祝活动；参加“丝绸之路”文物展；参加中东欧国家汉学研究和汉语教学研讨会；参与拉脱维亚美术博物馆工作坊活动；参加大使馆春节庙会活动；组织筹办里加第34中学春节庆祝活动；组织观看拉脱维亚武术锦标赛；组织参与“欢天喜地闹元宵”活动；组织参与“汉语桥”比赛等。2017年10月，我们举办了中秋节文化活动。2018年春节期间，我和学生们一起外出品尝中国菜，组织了一次“舌尖上的中国”美食活动。2018年3月，我们举办了元宵节文化活动，我和学生们一起制作了纸灯笼。2018年4月，我组织协办拉脱维亚第15届“汉语桥”比赛。学校共有7位学生参加了比赛，艾维塔担任评委。其中安娜（Nikitina Anna）获得小学生初级组第二名，米兰娜（Ohrimec Melana）获得小学生初级组第三名，妮卡（Čistjakova Veronika）获得中学生初级组第三名。

每参与一个活动，我的人生经历就又丰富了一层，就像是不同的颜色一层又一层地叠加在一起，最后形成了五颜六色的人生。无论作为活动的组织者，还是作为活动的参与者，甚至只是活动的观众，我都觉得这是体验和日常生活不一样的时刻的难得机会。我珍惜每一次活动的机会，每次都能够收获一些东西。

2017年9月，学校汉语课升级成为孔子课堂，揭牌仪式成功举办。中国驻拉脱维亚大使馆参赞李涛出席了此次活动，并且满意地说这次揭牌活动可以当作这类活动的模板。

三、不舍

两年的时光悄悄地过去，很快我就要离开这个生活了两年的国家了，除了不舍，还是不舍。

拉大孔院大家庭的队伍越来越浩大，从2016年的8人增加到2017年的11人，未来还会有更多的志愿者加入进来。由此看来，中国的影响力确实越来越大，孔院下设教学点也会越来越多。

这是我在拉脱维亚生活的第二年，相比第一年，我已经习惯了独自一人的生活，一个人吃饭，一个人看电影，一个人去远足，还一个人去玩密室逃脱！我的独立生活能力已经很强。

四、终点亦是起点

快回国了，快回家了，我激动的心情溢于言表。乍一离开这熟知的一切，我会感到无所适从。我现在的心情很复杂，很矛盾。终究是舍不得这里，自己本身就是一个很注重感情的人。这里有我太多的第一次，太多的经历，太多的感悟，此刻所有的喜乐哀愁都汇集在一起。

这两年的工作经历是非常宝贵的，无论我回国后会不会再从事相关的工作，我都觉得这份工作对我以后的人生会有很大的帮助。这两年在欧洲的经历，让我开阔了眼界，体验了不同文化、不同地域的人在生活上的差别，感受了不一样的世界。这两年是我人生中最宝贵、最值得珍惜与回味的两年。

我不禁想起在北京师范大学培训的时候唱的《志愿者之歌》："未来总有一天会发觉，我们为自己而骄傲。未来总有一天会见证到，中国梦的闪耀！跨越千山万水的追寻，心中依然充满了力量。就在世界某一个角落，有你和我认真地在绽放！"两年的志愿生活，使我感受到了人生的价值所在。能为祖国的汉语文化教育事业贡献我微薄的力量，让我充满了成就感，我为自己成为一名汉语教师志愿者而感到自豪和骄傲。

吴炜/这里有我太多的第一次，太多的经历，太多的感悟，此刻所有的喜乐哀愁都汇集在一起。

（图中最前方为作者）

与拉脱维亚共谱的无悔岁月

梁 娟*

人们说，拉脱维亚，是6个月的雪，是18个小时的白天；是采西斯古堡的烛光，是利戈节的篝火狂欢夜；是锡古尔达层林尽染的秋色，是高耸云间的自由纪念碑。而我和她相处的两年，是小心翼翼抬起手抚摸琴面，竟流淌出的潺潺诗篇。

一、天籁童声——孩子笑容里的明媚时光

当老师的动人之处大概在于能和孩子待在一起，挖掘未泯的童心，收获清澈的感动，帮助他们编织五彩的梦。

拉脱维亚的里加第34中学是我就读师范院校以来学以致用的第一站。记得在正式上班的前一天，我提前去学校打卡，虽然校门没开，但门口挂着的"孔子课堂"铜牌让我激动了好一会儿。星期一如期而至，一下电车，就看到早早等候的当地汉语教师站在校门口向我招手。进入教学楼，从一楼走到三楼的我收获了无数探询的目光和善意的微笑。有低年级的孩子壮着胆与我并排走，一本正经地对我说上一句俄文"您好!"得到回应后，孩子惊呼一声羞涩地跑开。更多的孩子则不时瞟上一眼，若无其事地窃窃私语。最积极的是一位高年级女孩儿，本要星期四才上课的她趁着课间迫不及待地跑到汉语教室告诉我，她已经学了一年汉语，无比期待接下来的学习。

这对于初为人师但雄心勃勃的我来说，好比"釜底加薪"，让我满是乐观地觉得学校的汉语教学定将开展得如火如荼。然而，将前任忠告抛诸脑后的我很快就被现实浇了一盆冷水，上课越久我越发现情况不容乐观。

* 梁娟，2018年9月至2020年6月任教于里加第34中学。

我任教的里加第34中学，是一所涵盖小、初、高12个年级的俄罗斯族学校。汉语课以学分课、选修课、兴趣课等不同形式从5年级开设到12年级，共10个班，每班5—10人，课时每周一到三节课不等。起初80余名学生每周17节课常压得我这个“菜鸟教师”喘不过气，经常打着鸡血熬夜到两三点才能勉强备出第二天三五个班的课来。好在有了一定经验后，我让水平相近的班级共用一个教案，效率提升了不少，内容和形式也能打磨得更精致些。

然而，学生汉语水平不一的问题依旧让人头疼，零基础和学了一两年的学生分在一个班，我上课时经常顾此失彼，不得不一再调整分班并努力进行差异化教学。学生特点方面，不同于拉脱维亚族学生的含蓄内敛，俄罗斯族学生多张扬活泼，课堂上问题行为频发，即便是经验丰富的本土教师也颇感无奈。我与学生在斗智斗勇中摸爬滚打了小半年，终于在第二学期时方才摸索到些分组法、奖励法之类的课堂管理门道，也渐渐明白调动学生的小主人翁意识、善用群体间合力、形成师生间舒适的磁场远比在讲台上唱独角戏、横眉冷对、强行树威有效得多。

但小学生课堂的形势依然严峻，多数低年级学生出于懵懂的兴趣或迫于家长压力来到汉语课堂，却由于缺少持续的内在动机和语言不通，常在一两个月后一改最初的兴奋模样，变得兴致缺乏，出勤率不规律递减。慢慢地，我明白了前辈们所说的“前一个月乖巧如鸡，后一个月翻天覆地”是什么意思。就此，我尽可能地使用图片法和情景法来替代媒介语，填补语言的鸿沟。为使课堂更加有趣味性和吸引力，我向前任志愿者请教常玩的课堂游戏，搜寻汉语教学公众号上有创意的资源，设计和语言内容相匹配的文化活动，努力让汉语课堂充满新鲜感。

转眼间，到了第一学年最后一节课，曾经最吵闹的六年级“小恶魔们”在离开教室前或是鞠躬或是拥抱，但无一不郑重其事地对我说：“老师，谢谢你的课！”那些一开始叫嚷着汉语课无聊，“我们要玩游戏”的学生定定地看着我：“老师，你明年还来吗？”我开玩笑地反问：“你们希望我来吗？”他们点头如捣蒜。谁又能拒绝孩子们直白率真的期待呢？在得到我的肯定答复后，他们顿时欢呼起来。甚至有学生在被问起暑假在家做什么时，大声说：“学汉语！做中国菜！”我忍俊不禁地说：“那我可是要检查的。”学生拍拍胸脯保证道：“没问题！”本以为孩子们是哄我开心，没想到放假一个月后竟真有学生发给我蛋炒饭的照片求品鉴。第二年回来，我再见到小崽子们，就像一日不见如隔三秋，越看越喜欢。他们那些可爱的举动也化成拓片，一张张印在我的心底：一周四天汉语课不辞劳苦地来上三天；悄悄把黑板上的磁铁码得整整齐齐；托同学送来节日的糖果；一到课间连翻译带比画地也要和我说上两句汉语……孩子们的爱或含蓄如微风，或热烈如午后的太阳，却都化成了风和日丽的春天，让我想私藏在整个人生中。

二、高山流水——朋友陪伴下的暖心日常

我早就知道自己是一个害怕孤独的群居动物，只能享受一时的独处，难以忍受长期的独居。所以，我在还没确认教学点时就不停祈祷：不在首都也没关系，只要近一点有人陪伴就好了。所幸，我最终和大部队待在了一起。和朋友待在一起的日子就像音域里平和悦耳的中音，舒适熨帖。我们一起表演，一起备课，一起吃饭，一起逛街，一起点亮寒冷的长夜，一起迎接崭新的明天，一起让足不出户的日子也过得生动新鲜。

印象最深的是2019年情人节那场春节庆典活动，主办方是里加第34中学，但校方希望我能邀请其他志愿者合力表演一个具有中国特色的文艺节目。我只好有些不好意思地在微信群里求助，但“猪猪们”（好朋友间的爱称）一个个全都无比爽快地说“没问题!”她们纷纷认领任务，随后开始把重重的茶具从学校辗转搬回宿舍，跟着视频学习沏茶；琢磨配乐，编排动作，在狭小的宿舍里练出绝美的惊鸿舞；挑灯练习书法，使简单的“猪年大吉”四个字也妙趣横生。表演当天，有学生告诉我这个节目让她眼前一亮，是所有节目中她最喜欢的一个，全程都目不转睛地享受其中。尽管是我所在学校的活动，可大家都积极出谋划策，一起加油打气。看着他们表演完后又匆匆换好衣服马不停蹄地赶回自己学校上课的背影，我在心中再次感谢这群朋友。很多时候我想如果不是猪猪女孩们的陪伴，我可能早就崩溃得抱头痛哭了。是她们总在我畏难不前的时候搭一把手，不经意间回头，才发现我们已经手牵手走了很长的路。想起尚院长总戏称我们为“拉脱五虎”，大概我们是虎虎生威吧!

三、低吟浅唱——长辈关爱下的安心成长

和拉脱维亚大学孔子学院中拉方院长、中方院长夫人（师母）及相应的各位老师相处的日子，像雄浑醇厚的低音咏叹。这些长辈会默默指引你，给你安定的力量。

拉方院长贝德高教授是一位有着80岁高龄的精神矍铄的老人，偶尔听贝爷爷用流利的汉语说起他在中国走南闯北的经历，都让人感叹贝爷爷真是一位中国通，那些和中国国家领导人的合影更是让我们对他敬佩不已，他被我们誉为“灵魂人物”“语言之光”。贝爷爷也是《汉语拉脱维亚语大词典》的编撰者，每每去办公室都能看到贝爷爷在伏案写作，他是“活到老学到老”的生动写照。尽管我们与贝爷爷面对面深度交谈的时间并不多，但贝爷爷温暖的笑容就像冬日的阳光，每一声“你好”都让人开心。

中方院长尚劝余教授则被我们亲切地唤作“大大”，“大大”在陕西话中是“爸爸”的意思。大大则将我们这群二十好几的姑娘小伙冠以“娃娃们”之名，呵护之情溢于言表，而大大也的确视我们为自己的孩子，嘘寒问暖，关怀备至。孔院上上下下十几个教师，无论聊到谁的近况，大大都能说上两句。赶上谁的生日大大还会安排长寿面，准备小蛋糕，让每个志愿者从内心觉得“被记得”。而疫情伊始，大大又贴心得让人几近泪目，为每名志愿者订购口罩不说，还安排将外地志愿者们的口罩定点邮寄过去，尽一切可能将我们保护在最安全的环境中。那两天，大家的朋友圈都说“点击大大的信息，收获一条心安与感动”。但我们都明白何止那两天，这是数年如一日的爱呀。工作上，对待初出茅庐的我们，大大更多的是信任与鼓励，鲜少批评和责备，经常是“润物细无声”地教导。当我们出现大问题时，大大也经常是摸摸头幽默地说句“我的神啊”，然后与我们一起去找解决良方。日常生活中，大大是个幽默随和的人，堪称“行走的段子手”；逢年过节分拨邀请志愿者去家中聚餐，共酌三两杯小酒，一起玩四五把“狼人杀”，和大家打成一片，对待我们俨然是亦师亦友。

师母同样热情好客，像体贴入微的慈母。她总担心我们吃饭胡乱凑合，又为免我们有心理负担，每每假借“解决困难”之名，不时吆喝着我们这些小馋猫们上家中吃饭。我们便浩浩荡荡带着空空如也的胃去师母家

改善伙食。一进家门，便见师母家中亮起的昏黄灯光如寒夜炉火，驱散了我们的思乡之情。餐桌则是美食争奇斗艳的舞台，凉皮、包子、饺子、馒头、大饼等主食轮番上阵，笋干鸡腿、土豆红烧肉、凉拌三丝等硬菜也不甘落后，引得志愿者们每每食指大动横扫千军，最后还总在师母的盛情难却下“吃不了兜着走”。师母厨房的美食除了可以前去品尝，还常有惊喜配送服务。犹记得一次武协开幕式，活动结束后师母变戏法般从包里拿出一袋余温尚存的包子直招呼我们：“赶过来肯定没吃早饭吧！快垫垫肚子！”霎时间我们的感动决堤，仿佛自己那出门必让带着干粮的妈妈正在眼前。除了三位大家长，有两位大姐姐也都是我们的领路人，是孔院大家庭的支柱。雷厉风行的芳姐平日里大大咧咧，对待工作可是一丝不苟。事无巨细的琼子姐则是春风化雨般循循善诱，言传身教地让我们学会细心、负责、谦逊。

表白完在拉脱维亚并肩向前的良师益友们，还要感谢来自祖国的强大后援。是母校的老师培养了我们，鼓励了我们，为我们铺垫好了大后方，让我们只管走眼前的路。犹记得赶毕业论文时，老师们既怕我无法完成论文不能毕业，又怕我工作压力过大，便又是督促又是抚慰，给了我极大的包容和理解。遗憾的是，我回国后只匆匆看望下老师就毕业了。虽然在学校的日子并不长，但学院温暖的人文关怀会被我深深记在心里，待人接物时也会一直记着老师教诲的“移情”意识。

四、如埙如篪——中拉友人间的心心相印

在拉脱维亚的两年，相处最多的当地人除了学生当属上司同事了。我与这些可爱的拉脱维亚朋友共事的日子好比一张筝落在了一个西洋乐团里，一开始显得格格不入，可周围的小提琴、钢琴全都好脾气地接纳我、帮助我、配合我，直到一首丰富细腻的“汉语课堂”协奏曲盈盈于耳，原来中西合璧亦能演绎琴瑟和鸣。记得再次办理居住证时需要提交新材料，前一天发消息给校长，第二天一早校长便在办公桌前替我打印好并签了字。副校长则是一个永远充满干劲的女超人，经常踩着小高跟穿梭于办公室和汉语教室之间，处理事务效率惊人。她的口头禅是“不要担心”“生活总是如此”“我们要准备好一切”。从她身上我学到了很多，比如积极乐

观，事情总会一一被解决；勇于挑战，大胆表达自己的感受和诉求；学会统筹合作，相信团队的力量。

虽然我所在的教学点里学生人数较多，但万幸的是，我有一位忘年交、好搭档——本土汉语教师艾维塔。她虽然是一位40多岁的女性，笑起来却很甜；她会像孩子分享玩具般一股脑给我看所有的照片；她一下课就打开教室后方的储物柜，嘴中念叨着“来看看我们的‘小厨房’里有什么好吃的”。我就是与这样一位“少女”度过了近乎一半的工作时间。尽管我们也曾面对共事之初磨合协调的难题，有想说却说不清的分歧，但更多的却是努力向对方靠近的、合拍的记忆。如果检索我们的聊天对话框，出现频率最高的句子一定是：“别担心，我们在一起。”我们一起吃中餐，分享有趣的见闻；我们一起备课，指出对方教学上的不足，交换新点子；我们一起筹备活动，互相加油鼓劲。而最令我记忆犹新的一件事是艾维塔在得知我俩被挑中主持“汉语桥”比赛时脱口而出的那句：“太好了！我们又可以一起做一件新的事情了！”我惊讶地问：“你不紧张吗？”艾维塔思考了一下说道：“我当然也担心做不好，但这是一个新的体验，而且是和你一起，一定很有意思！”霎时间，我好像被感染了，忐忑与恐惧消除了大半，我对自己说：“对呀，一次尝试而已，勇敢一点嘛！”

我常想，若不是这次做志愿者的机会，我怎么可能遇见这么多可爱的外国朋友。不过偶然做了一次波罗的海之滨的拾贝人，上天恩赐，海浪冲给我的竟全是明珠。他们是朋友，是学生，是领导，是同事，甚至是只有一面之缘的陌生人。拉脱维亚的天气冷，拉脱维亚人的心却不冷。

自疫情暴发以来，来自拉脱维亚朋友的关心便没有中断。当地老师为安慰我，邀我去家中做客。学生们听到要为防疫工作录制视频时，目光灼灼地说：“太好了！我们一直想为中国做些什么，却不知道怎么做。”“老师，你可以帮我把钱捐给中国吗？”副校长对我说：“其实中国离我很远，但那里有你们，我的朋友，所以每当电视上在放有关中国的新闻时，我都要停下来看一看。”音乐老师发给我为中国加油的俄语歌，歌中头戴花环的合唱团天使们唱道：“真心祈求天下无灾，人皆平安远离苦难。”那段日子我每天在教室播放程壁的《山川异域》，却是拉脱维亚将“山川异域，风月同天”唱进了我的心里。

最后，在这视频电话打得最多的两年里，要对家人说一声“对不起”，未能常伴左右。每每听到视频那头妈妈的“我想你了”，看到爸爸佯装的毫不在意，深感愧疚的我都只能插科打诨地糊弄过去。直到2019年过年时，得知外公离世的消息，我方懂得何为世界上最远的距离。父母总是这样，平日里抱怨着“你这不着家的家伙”，在他们需要我的时候却告诉我做好自己想做的事情就可以了。孩子是永远的赢家！只希望这个孩子能不负所望，做生活坚定的热爱者，也被生活所爱。

一直将余秀华的诗句“你会遇见最好的山水，最好的人”作为给自己的温柔勉励。再次写下这句话时，我想，我足够幸运，遇见了最好的拉脱维亚，遇见了最好的你们。而今，这段最好的乐章已缓缓滑向终止符，我们都将眷恋着这袅袅余音，开启下一段华美序章。在此，祝那些我有幸瞥见的山水愈加秀丽，祝那些我有幸遇见的人前程似锦。愿拉脱维亚有更多的汉语之星冉冉升起，似银河闪耀无休无尽。

梁娟/我足够幸运，遇见了最好的拉脱维亚，遇见了最好的你们。
（图中第二排左一为作者）

那个国，那些人，那段情

——与拉脱维亚的特殊缘分

牛 爽*

说到与拉脱维亚的缘分，还真有些特殊呢。特殊在哪里呢？2020年我与拉脱维亚相遇了，她是我作为汉语教师志愿者工作的第二个国家。“相遇”并不是指我飞到了拉脱维亚在那里生活，而是通过网络与她见面的。这可以说是我汉教生涯中特殊的一段经历——没有面对面地与学生交流，通过视频会议软件Zoom来完成教学。人与人是否一定要相遇？在如今发达的网络时代，通过电脑视频是否也算相遇？我想，是的，疫情让我们迅速适应了在网上完成一系列事情，与里加第34中学的相遇可以说是我的汉教道路上一段奇妙的旅程。

回想2017—2018年我在厄瓜多尔做汉语教师志愿者的日子，其实我很享受身处异国文化的时光，可以更加深入地感知另一个民族的生活，想想还是挺兴奋的。但在疫情的影响下，与拉脱维亚结下的特殊缘分也是一段奇妙的体验。不是说“凡走过，必会留下痕迹”吗？在我写下这篇文章时，给里加第34中学的学生上课也近3个月了，网络那头的人与事让我越来越享受，他们慢慢地成了我的生活中不可剥离的一部分。

一、那个国——结缘到相识

最初听到拉脱维亚这个国名是在华南师范大学国际文化学院研究生入学之前。与拉脱维亚缘分的开始是很奇妙的，奇妙就奇妙在研究生开学前的那个暑假，我在老家河南濮阳偶然跟一位朋友聊天时，聊到了她的高中

* 牛爽，2020年9月至2021年6月任教于里加第34中学。

好朋友就在与华南师范大学合作的拉脱维亚大学孔子学院担任汉语教师志愿者，而且马上就会回国，那天可以算是我与拉脱维亚缘分开始的第一天。我立马加了当时在拉大孔院工作的王昕师姐的微信，等她回国后又拉着她好一番畅聊。自此，拉大孔院就成了那年我最想报考的孔院。当然，2019年12月，我顺利通过了汉语教师志愿者的选拔考试，兴奋地等待和盼望着可以在东欧生活近一年的时光。

按照往常的程序，需要提前近8个月提交办理签证所需的材料，如无犯罪记录证明、学位证、毕业证以及双认证等。但2020年因为新冠肺炎疫情，大家自觉在家隔离了近3个月，差不多3月底才开始办理相关手续，而且办理的速度也比之前慢一些。当时的我还认为过了冬天疫情就会逐步缓解，9月份赴任拉脱维亚应该没什么问题。谁想到，疫情一直持续，到了11月份也没有派出我们这些志愿者。

但这并没阻碍我与拉脱维亚的相识，8月底我开始和里加第34中学的艾维塔老师用邮件联系，讨论上网课的事宜。从她的邮件中，我开始了解拉脱维亚中学的教学模式，并且感受到了她对汉语的热爱以及里加第34中学学生们对汉语的喜爱。我与这个国家慢慢地相识，进一步开始了解拉脱维亚人民的点点滴滴。我与拉脱维亚从相识到相知，大概走过了一年的时间。

二、那些人——艾维塔与里加第34中学的学生

有人说，网络教学对于老师和学生来说都是一个艰难的挑战，那么我觉得我是一个幸运的挑战者。里加第34中学有一位经验丰富并且汉语超级棒的当地老师艾维塔。在她的帮助下，我们迅速找到了合适的合作模式，网课进行得也很顺利。我除了刚开始在软件应用上有一些困难，在上课方面可以说是十分顺利。

里加第34中学的汉语课涉及的年级是4年级到10年级，也就是说从小学生到高中生都有。教初中生和高中生对于我来说是一个挑战，因为之前没有接触过这个年龄段的学生，也不知道处于青春期的拉脱维亚孩子会是怎样的。但艾维塔对我来说就是一颗定心丸，她经常告诉我："没关系的，别担心，我可以帮你！"闲聊的时候，她会问我妈妈多大了，我是哪年出

生的。她与我妈妈只相差3岁，而且她的女儿只比我大一岁。我们除了讨论工作上的问题，还会讨论生活上的趣事，她会跟我分享她女儿的画展、拉脱维亚的秋景。3个多月来，我们亦师亦友，每天网课下课后我们都会聊几分钟。这种友谊让我无比珍惜，我相信以后这会成为我的拉脱维亚汉教回忆中最浓墨重彩的一笔。

必须提到的是里加第34中学的学生们，从第一个月刚开始相识，到现在一上课每个班都有几个孩子跟我甜蜜地打招呼，下课以后笑着跟我说“我喜欢你”，他们纯真灿烂的笑容温暖着我。虽然因为时差我是在中国时间的晚上上课，但这是我一天当中最期待的时间段。给我印象最深的是5年级的艾琳娜和米沙，每节课她们都坐在第一排，上课积极回答问题，艾琳娜还会很甜很甜地笑起来并跟我比“耶”的手势。最让我吃惊的是9年级兴趣班的4个高中女生，第一节课快下课时因为他们实在学得太好了，我忍不住给她们比了心，没想到4个女生立马开心地也对我比心。教学上受到学生们的喜爱可以说是最令我开心的事情了。艾维塔说：“这4个女生好像你的铁粉！”啊，我也有铁粉了，谢谢你们！

我与艾维塔和里加第34中学每个学生的缘分虽然是靠网络相连的，但我觉得总有一天我们会相见的，我们的情谊不会消失。

三、那段情——汉教路上的惊喜

我高中时选择汉语国际教育专业时的心情，可以用“充满期待、充满好奇心”来形容。我觉得自己骨子里不是一个“安分”的人，我不喜欢在一个地方一直生活，而是喜欢在不同的城市里探索，体验新鲜的事物，感受不一样的文化。而汉语国际教育这个专业可以让更多的人理解我们的文化，了解汉语的魅力，我从内心感觉作为一名汉语教师是令人骄傲和自豪的。此外，可能我对陌生环境的适应能力还不错。所以，我一直认为这个专业还挺适合我。

在汉教道路上，有教学能力提高的惊喜，有体验异国文化的惊喜，有与同事发展为闺蜜的惊喜，也有遇到各种奇奇怪怪事情的惊喜，其实最让我感到惊喜的是在这条路途中前方发生什么是未知的。从厄瓜多尔到拉脱维亚，我享受着汉教道路上发生的点点滴滴，珍惜着与老师、学生、同事们的友谊。我享受着上网课的时光，也享受着将汉语文化带给学生的过程。我不知道我的汉教之路还能走多长时间，但可以肯定的是，给拉脱维亚当汉语教师的这一年，我会认真、努力、快乐地享受，珍惜当下，大步向前！

牛爽/网络那头的人与事让我越来越享受，他们慢慢地成了我生活中不可剥离的一部分。

（图中人物为作者）

柒

里加工业大学孔子课堂篇

波罗的海，雪过花开

于婧媛*

2015年，拉脱维亚的夏天来得有些晚，当7月花开，温暖的海风吹来，整个城市开始散发活力的时候，我却要与这个生活了两年的地方道别了。还记得最开始来到拉脱维亚的首都里加的时候，恰好是春暖花开的5月，我感受到的是里加的阳光、蓝天、白云、大海、森林、鲜花和清新的空气。

一、相遇在里加工业大学

从长春到北京，从北京到赫尔辛基，从赫尔辛基到里加，我终于到达了拉脱维亚。2013年5月，只身一人，经过16个小时的飞行，我推着行李车走出航站楼，看到学校的副校长提潘斯（Tipans）教授带着他的小儿子已经在出口等候着我。一路上他们很热情地向我介绍里加和我们的学校里加工业大学，最后将我送到公寓安顿好。第二天我们的校长里比基斯（Ribickis）教授在他的办公室接待了我，之后的几天里我又认识了许多热情可爱的同事。

里加工业大学是东欧最古老最著名的国立大学之一，是拉脱维亚的一所以理工科为主的综合性公立大学。里加工业大学成立于1958年，但其历史可追溯至1862年成立的里加理工学院，已有150多年历史。从建校时起里加工业大学就是一所世界性高等学府，许多德国、波兰、瑞典、俄罗斯的科学家都在这里学习和工作过。里加工业大学现有8个学院及5个科研院所，截至2015年在校生有1.7万多人，其中本科生1万多人、硕士生

---

* 于婧媛，2013年5月至2015年7月任教于里加工业大学，现任职于国家税务总局吉林市税务局稽查局。

3 200多人、博士生400多人、留学生约1 000人，教职员工有1 000人，其中教授和副教授有400人。学校的基础设施完善，教学设备齐全。

里加工业大学致力于培养自然科学、工程、技术及建筑方面的高级人才，现今很多毕业生都活跃于拉脱维亚的商业及工业领域。在里加工业大学的毕业生中有数位拉脱维亚总统、政府总理及50多位政府部长，有多位欧洲其他国家的总理和政府官员。

我是里加工业大学的第一位和唯一一位汉语客座讲师。在正式为学生授课之前，我便在校领导的协助下为全校的教职工开设了两个月的汉语讲座，主要教授一些基础的汉语以及中国文化知识。只要是对中国或者汉语感兴趣的教职工都可以参加这个兴趣班。通过这个汉语兴趣班，我很快和同事们熟悉起来，这帮助我更快地融入里加工业大学的这个大家庭，结交到很多朋友，在这之后很多老师还鼓励他们的学生选修我的汉语课。

我的汉语课是公共选修课，每个学年我们开设两个汉语班，第一学年全部为零基础的初级班，第二学年由于很多学生表示希望能继续学习汉语，针对学生的需求，便开设了两个水平不同的班级。拉脱维亚的学生们学习汉语很用功，上课会认真做笔记，但大部分学生性格比较内敛，很多人在课堂上羞于表现，所以我会通过设计多种简单轻松的游戏环节来积极调动学生的情绪，活跃课堂氛围。在学期末的结课考试中，我会鼓励学生表演汉语节目，例如演唱一首中文歌，背诵一首中文古诗，或者用汉语讲一个小故事，学生们都会很积极地准备。在学习汉语的同时，学生们也很想了解中国和中国的文化。针对学生的需求，我每个月会为每个班级增设一次文化课，介绍一些中国文化，例如中国的节日、中国人的姓名文化、中国的饮食文化等。此外，我还带领他们学唱中国歌曲，观看中国的电影，举办汉语沙龙等。

对于中国的电影，学生们最是钟情于成龙的功夫片，成龙可以说是拉脱维亚家喻户晓的电影演员，有时我会让学生们投票选择我们要看的电影，他们几乎每次都异口同声地说要看“Jackie Chan”（成龙）的电影。在拉脱维亚学习中国功夫的人越来越多，中国驻拉脱维亚大使馆举办活动时，常常会邀请拉脱维亚的武术协会来表演，小朋友和大朋友们表演的武术和舞狮每次都会赢得大家的声声喝彩。

每年的2月份左右，中国驻拉脱维亚大使馆都会举办元宵节招待会，邀请开设汉语课学校的汉语学习者参加演出。每年我们的学生为了这个活动都很努力地准备，2014年我们的学生和维泽梅应用技术大学的学生合唱了中国歌曲《永远的朋友》作为压轴节目，为晚会掀起了最后一波小高潮。

二、爱上这座城

如今，越来越多的拉脱维亚人开始接触和了解中国，在拉脱维亚的中国人也越来越多，可是国内的中国人对拉脱维亚这个国家却是知之甚少。

拉脱维亚位于欧洲东北部，地处波罗的海东岸，与爱沙尼亚和立陶宛合称波罗的海三国，也是苏联的加盟共和国。拉脱维亚国土面积不大，全国不到200万人，同时也是一个多民族的国家，居民主要为拉脱维亚族人，官方语言是拉脱维亚语，但是俄语也十分普及，首都里加的英语普及率也是很高的。所以，虽然我不会说拉脱维亚语和俄语，也完全可以用英语和当地人交流。

里加是全国的政治、经济、文化中心，是波罗的海地区最大的城市，也是波罗的海地区最大最著名的港口和枢纽城市，而我任教的里加工业大学就位于里加老城的中心。

老城是里加的心脏，英国诗人格林曾写过这样的诗句："里加，北方的巴黎"。里加老城可以说是浓缩了整个拉脱维亚的历史和文化的精华，被联合国教科文组织列入世界文化遗产名录。被誉为母亲河的道加瓦河环绕着老城，新城与老城隔河相望，在河对岸眺望老城，那里是红砖绿瓦，古朴而又典雅。

我的公寓位于道加瓦河左岸的一个小半岛上，从公寓出发，吹着波罗的海的风，走过横跨道加瓦河的斜拉桥进入老城，踩着青石铺成的小路，经过一座座中古时期的建筑、洒满阳光的广场、回荡着钟声的教堂，仿佛进入了欧洲的童话世界。

拉脱维亚的四季分明，她的冬天很长，冬季的日照时间很短，和中国东北的气候很像，不过拉脱维亚没有中国东北的严寒，这让我一个土生土长的东北人感觉非常舒适。但是，我更喜欢的是拉脱维亚的夏天。每年的6—8月是拉脱维亚最美的季节，太阳会到晚上12点左右才落山，即使到凌晨两点老城里依旧人来人往、热闹非凡。在广场上的露天咖啡馆或者酒吧点上一杯鸡尾酒，坐在鲜花围绕的木椅上，与三五好友一起聊天，伴着乐队的演唱，清风徐来，那种惬意与美好就这样从心底漫上来。

三、我们在一起

我始终认为在工作之外，我们对生活充满热情，对未知事物勇敢尝试，结识新的朋友，生命才会始终充满活力，经历是我们最宝贵的财富。

到达里加的第一个周末，我受维泽梅应用技术大学的汉语教师宁晓璐的邀请，来到拉脱维亚的另一个城市瓦尔米耶拉，和她一起参加当地举办的地球村（Global Village）活动。我们和来自美国、西班牙、新加坡和乌兹别克斯坦等国家的老师和同学们一起做美食、表演歌舞，向当地民众展示我们各自国家的文化。我和宁老师给来参与的当地人起了中文名字，我用毛笔将名字写下来送给他们，这其中还包括一对还在婴儿车中的双胞胎，他们的父母拿到他们的中国名字时特别高兴。我们做的中国食物也得到了大家的好评，很快就一扫而光，有位热心的阿姨还给我们的菜提了个小建议。在那里我也度过了在拉脱维亚的第一个博物馆之夜。

回到里加后，提潘斯教授邀请我和外国留学生们一起参加每年5月的春游活动，我们在道加瓦河上进行了4个小时的漂流，晚上所有人一起吃烧烤。第二天，我们参观了苏联时期的地下防空洞和采西斯城堡，手提着煤油灯在城堡里小心翼翼地攀爬，听老奶奶给我们讲城堡的故事。最愉快的是，在这个小旅行中，我结交到了在拉脱维亚的新朋友。

每年6月23日是当地最盛大最重要的节日利戈节，是拉脱维亚的夏至节。拉脱维亚位于东北欧，纬度较高，冬天的时间特别长，夏天对他们来说就很宝贵，所以当地人特别喜欢夏天。在利戈节这一天，拉脱维亚各地会举办各种庆祝活动，人们点燃篝火，表演歌舞，通宵达旦庆祝。在这一天，学校的同事桑德里斯（Sandris）和因塔（Inta）邀请我和他们驱车前往郊外庆祝，和许多当地人一起过节，在拉脱维亚过利戈节是我永生难忘的回忆！

这两年我参加过的大大小小的活动有很多，和学校的同事们一起，和学生们一起，和其他的汉语教师志愿者们一起，虽说人在异乡，但我从未感到孤单。我的朋友们在我需要的时候总会尽力提供帮助，每逢我的生日、圣诞节和学期末结课的时候，学生们都会送给我精心准备的礼物，带给我一次又一次的温暖和感动。我们之间的友谊和我们在一起度过的每一天，都是我最珍贵和最难以忘记的回忆。

于婧媛/相遇在里加，让我爱上这座城和这里的人。
（图中前排为作者）

里加的城和里加的人

金　蒙*

一、抵达里加

记得在电影《罗马假日》中，赫本饰演的英国安妮公主被问及“最喜欢哪个城市”，安妮公主不顾所谓的政治辞令，毫不犹豫地回答是罗马，如果同样的问题抛给我的话，我想说里加是我最爱的城市。

2015年11月4日上午10点，我抵达拉脱维亚首都里加，里加工业大学的老师阿图斯（Artus）前来接我，我们一同到了住宿的地方，如今回想起来，一切犹在昨日。刚来里加时，我坐的车子一路奔驰，伴着拉脱维亚流行歌曲，沿路空旷无比，空气清新澄明，深秋的树叶随意洒落，第一感觉是我来到了异域他乡。如今，里加已转入盛夏，虽说这里由于纬度偏高，夏季仍带有一丝凉意，而我即将离别，心中虽有万分不舍，仍需挥手告别。

刚来里加工业大学的第一天，我就和副校长提潘斯见了面，提潘斯先生邀请我去里加老城一家当地餐厅就餐，在这里我体验到了西餐礼仪的讲究之处。拉脱维亚的美食，委实与中餐有着巨大的差异。提潘斯先生对中国文化十分感兴趣，用餐时问及许多关于中国饮食、人际交往的问题，并且希望我的课程中能有此方面的专题介绍。用餐结束后，夜幕已然笼罩了整个里加，提潘斯先生仍是兴致盎然地载我游览了整个里加老城，沿途进行介绍，最后送我回到了宿舍。一天下来，我脑子里一刻也没有停顿，一直在想着里加的城和里加的人，之后的生活也告诉了我，里加的城和里加的人都是那么的可爱可亲。

---

* 金蒙，2015年11月至2016年6月任教于里加工业大学，现就职于天津中德应用技术大学。

二、里加的城

一条注入波罗的海里加湾的道加瓦河成为里加新老城的天然分水岭，里加新城自然颇具现代气息，如摩登女郎，而里加老城犹如中世纪的贵妇，温柔典雅，韵味十足。老城里没有冷冰冰的柏油路，取而代之的是饱具历史沧桑感、略有起伏的石板路，踏上去，虽有些高低不平，与平时常走的平整柏油路相比，却别有一番乐趣。这里有许多狭窄的里巷，每次觉得迷失其中的时候，要是继续前行的话，就能“柳暗花明又一村”。圆顶广场（Doma Laukums）便是老城的中心，得名于矗立一旁的圆顶教堂。在这里，一年四季都有不同的风景轮换，要知道拉脱维亚处于高纬度区域，大半年都是处在冬季。尽管如此，寒冷的冬天并未能打消人们对生活乐趣的追求。圣诞节前后，广场上异常热闹，特色摊点林立，有令人垂涎三尺的烤肉、烈性十足的伏特加、传统民族工艺品及挂满装饰的圣诞树，载着圣诞老人的麋鹿，人群来来往往，到处都是亮丽的风景。当夏季来临时，阳光开始眷顾整个里加老城，似乎每处阳光都来之不易。此时当地餐厅便把餐位摆设在室外，再用鲜花点缀，这时候会发现采光条件越好的餐厅越受顾客的青睐。再把目光投射到道加瓦河的沿岸，你会发现沙滩上活跃着许多人影，人人都沉浸在日光浴中，享受上帝对人类的恩赐。当然老城之所以韵味十足，还因为那中世纪的建筑黑头宫，那耸入云霄让凡世俗人望而生畏的哥特式教堂，那房屋顶端矗立着给人们带来祥瑞的“风信鸡”，那诉说着希腊神话的新艺术浮雕建筑，那象征着国家独立的自由纪念碑，那随处可见的文艺气息十足的街头艺人，这就是英国诗人格林笔下的“北方的巴黎”。里加工业大学的主校区便位于老城中心，能在这样一个充满欧洲中世纪气息的环境下工作，我兴奋不已。结束一天的教学课程后，漫步在老城中，独享这老城的韵味，寻找老城里种种不为人知的秘密，成为我工作之余的最大乐趣。

三、里加的人

我以志愿者的身份来到里加工业大学进行汉语教学，由此和它有了不解之缘。我曾和一个同事说，之所以喜欢一个城市，也许风景是次要的，人却是首要的因素。

刚来里加，一切都是那么陌生，在一个非母语的全新环境里，最初你会觉得即使像乘坐公交、购买生活用品等这些琐碎的生活小事已然成为困难的大事，因为你还不知道如何在这里经营你的生活。提潘斯先生很热情，也和蔼可亲。他虽然平时事务繁忙，可一得空总会问我生活如何，是否适应，有时候也会委托那些和我年龄相仿的老师多多照顾我。在他的面前，我从未感到一个大学校长给人的威严和距离感，我也没有任何拘束感。由于与中国高校的交流合作日益密切，提潘斯先生希望自己能够学习一下汉语，就这样他成了我的学生。提潘斯先生能够讲多种语言，如拉脱维亚语、俄语、英语、德语，而且每种语言都能运用得有如自己的母语一般。尽管年过半百，可是学习起汉语来，他的进步甚至超越了大学生，连一向令外国学生头疼的汉语声调于他而言也丝毫不是问题。有时因为忙未能准时上课，他总是一脸歉意，并且告诉我无须因为他的迟来而延长教学课时。其实每次这样我心中都充满敬意，提潘斯先生让我知道了什么是学无止境，与他相比，我似乎是在虚度光阴，工作之余的许多时间都被我白白浪费了，让我甚是汗颜。除了提潘斯先生，里加工业大学的同事也是十分的热心和友善。一开始，我沉默寡言，与办公室活泼的氛围格格不入，他们总是尽量谈论一些与中国相关的话题，让我好融入他们的圈子当中。他们会主动询问我生活上的事情，一旦我遇到什么难题，他们总是乐于相助，在这里我感受到了人间的暖暖温情。

说到里加的人，除了里加工业大学的同事，自然少不了我那些可爱的学生。里加工业大学的汉语课程开设的时间并不长，我去的时候是第三个年头，这时的汉语课程只是兴趣课而已，没有学分要求，学生完全是凭兴趣来上课的，如果授课枯燥，很可能到最后都没有学生来了。所以在授课的过程中，我尽量让学生在学习汉语的同时也能获得乐趣。拉脱维亚的学生并不如我们想象中那么活跃，他们相对腼腆，也比较害羞。上课的时候他们会认真做笔记，对于他们来说，汉语是一门奇妙的语言，一门与母语有着天壤之别的语言。就变化莫测的四种声调来说，仅是由于不同的音高调值，字的意思就差别很大，一个《妈妈骑马》的绕口令已让学生对声调的功能惊叹不已。汉字的造字方式亦是如此，由简单笔画组合而成的汉字可以表达世间上的万事万物，生动的象形字与颇有规律的指示字、会意字和形声字让他们体会到原来汉字并不是些奇奇怪怪的符号，也有章可循。汉字的趣味讲解是学生最感兴趣的一部分课程，辅之以中国书法的练习，他们更能感悟到汉字的魅力所在。随着时间的推移，我和学生不再仅仅是师生关系，他们成了我在里加的好朋友。刚到里加工业大学时，由于这里只有我一个汉语老师，有时候一个人不免有些孤寂和落寞，教学成了我生活中的主要内容，只有在教学中我才会忘记自己身处异国他乡。后来我与学生之间的感情增进了许多，学生会邀我一同游玩，我们一起做中华美食，一起玩桌牌游戏，一起畅谈中拉文化差异，一起领略里加的风光，这些都让我深深地爱上里加的人。

四、不舍的离别

这一年，作为一名教师志愿者，我收获了许多。我与学生的师生之情尤为深厚，我爱我的学生，在他们身上我体会到了一名老师的使命，通过他们我爱上了教师这个职业。教学，即教与学，这是一个师生之间互动交流且使彼此都能增益良多的工作，不只是谋生的技能，更是一种责任。临走时，学生们将平日的生活合影印制成大张的图片合集，并配上中英文的“老师我们爱你”，赠送时还开玩笑地说：“老师，‘老师’二字没有写错吧？”最后我穿上带有拉文“里加”的T恤与学生合影留念，眼泪已在眼眶中打转许久，但心里默默念着这泪珠千万别掉下来，我不希望最后以这样的方式与大家告别。于是我便强忍着，学生们也许察觉到一些我的情绪，便转移话题说：“老师，我们以后如何联系你呢？你用Gmail？密码该不会是提潘斯先生吧？”此时，大家已捧腹不已。是啊，人生旅途中有许许多多个驿站，总会有相聚，也总会有离别，重要的是你经历过这些，它们已然成为你人生的一部分，何必对自己那么苛刻？我爱里加，我爱里加工业大学，我会时时惦念你们。

金蒙/之所以喜欢一个城市，也许风景是次要的，人却是首要的因素。
（图中右二为作者）

波海岸又遇小城故事

胡　越*

落叶、秋风，冬雪、冰霜，春光、绿草，这是最美三季的里加。

听海、看雨，踏桥、走巷，寻梦、逐路，这是孤独前行的远方。

课堂、讲台，宣纸、笔砚，窗花、剪纸，这是异国他乡的课堂。

里加，在不远的经年，也在未来的路上。笔触回忆，欢声仿佛要跃然纸上，笑语似乎会心于卷。北境之地的临冬城，遥远的波罗的海岸，这里有老城小巷，这里也有翰墨飘香，这里更有良师挚友。走过的路，总是有数着分秒的孤独，总是有回望家园的泣泪，总是有回首往事恋恋不舍的回味。

穿着厚厚的夹克，轻触着丝丝凉风，走下飞机的那一刻，时间似乎静止了，心仿佛凝上了冰霜，静谧与安详包围着我，里加如欲语还休的少女缓缓走来。初到拉脱维亚，没有想象中的纷繁，也没有想象中的摩登与现代。到达机场后的我甚至隐忍着眼角即将落下的泪珠，怀念着千里之外的家国故土。在机场漫长无期的等待，没有按约定时间到来的校方，没有网络没有信号的不安，全部在看到举着我名字的等候牌的那一刻转危为安。坐在驶向未知路上的的士里，嘴里泛着些许苦涩，耳边回荡着父母的叮咛与嘱托，感叹着这就是我想要的理想与生活。诗与远方，原来并没有那么柔情似水，一帆风顺。拎着两个笨重的大行李箱，伴着淅淅小雨，千与千

* 胡越，2016年8月至2018年6月任教于里加工业大学，现任教于美国肯塔基大学孔子学院下属教学点弗雷德里克·道格拉斯高中。

寻，终于找到了那可以安放青春和梦想的容身之所。蓝眼睛金头发的公寓管理员小哥似乎早已在门前等候多时，渐渐收回心底恍然间的失落，迫不及待地冲向二楼，推开我在拉脱维亚的安居之门。看着明亮整洁的居室，眼前闪现出一万种文艺家装的式样，畅想着未来与之共度的时光，心间荡漾着满是春天的味道。打开手机，想分享这猝不及防的小欣喜，才惊觉手机无网络无信号，惶恐之感毫不留情地向我再次袭来。轻合双眸，长舒一口气，听着心跳动的声音，安静下来，也许这才是走出困境的唯一良药。不懂就问，张嘴去问，妈妈昨日的唠叨成了此刻耳边最清晰的指示音，驱散着心间的雾霾与尘埃。迅雷之势奔向前台，向管理员诉说我的思家断联之苦，也许眉眼间的焦灼写满了心中的酸楚，心善目慈的小哥转瞬间为我写好了联网账号，给我递上直通家乡那一头的中国红网线。故事的开始或许总是百转千回，学习等待与冷静应对是窘迫境遇中必将修炼的旷世绝学。波海岸的小城故事从这里出发，载着书写青春的梦想，扬帆起航。

近处的长桥，远离纷繁的卡帕萨拉（Kipsala）小岛，道加瓦河岸时而停驻的游轮，汉语之花轻抚着此去经年的过往，氤氲出青春的芬芳。授业传道解惑，温馨的汉语小课室写满了学生们一笔一画认真的模样。难写的汉字，难辨的声调，当初害羞顿挫的尴尬在日复一日的修行中汇聚成嘴角自信的微笑。翰墨沁香的图书馆，饕餮沙龙的汉语角，各式各样的翻转课堂将传统的中华文化娓娓道来。书法课写意着炽热的中国梦想，剪纸课裁剪着愿景里汉语的凝望，脸谱绘画泼墨着汉语的燕婉梳妆。流风回雪，云间皎月，漫漫黑夜，不愿与汉语离别的你们，似乎还等候在那长长的走廊，只为多学一句汉语，只为与我倾诉成长。不知说了多少遍你好，不晓道了多少次谢谢，勤奋好学的你们成了我心中永恒的榜样。北方有佳人，一顾倾人城，再顾倾人国，蓝眼睛白皮肤没有遮挡钟情华夏文化的赤诚之心，倾国倾城的佳人似乎从诗卷中走来。中秋饮酒赋诗词，春节送福贴春联，上元赏灯品元宵，凝聚中华之魂的民俗在波海岸的里加小城悄然兴起。写汉字，用汉语打招呼，热热闹闹地赶春节庙会，这些年我们一起追过的流行娱乐活动从走进第一堂汉语课开始。小城故事里，有北方佳人，有翰墨书香，有良辰美景，也有忆难忘的荏苒时光。

远方的远方是思念的家乡，思念的味道是家乡的徽韵茶香。当米饭面条让位于面包汉堡，舌尖上的中国味道成了夜夜辗转反侧的遐想。家是如此的遥远，无米之炊的苦楚笼罩在来日方长的哀叹里。北境寒冬，他乡之城，初逢知己于席上的相见恨晚，萦绕在往事依稀的心头，如梦如幻。千里相会在波海小国的孔子学院之家，欢声笑语更替着来时惆怅不安的心绪，充实丰满填充着曾经寂寥孤独的生活。周末小聚，共叙家常，飞奔到院长大大家的欣喜，仿佛带我回到了儿时哼着小曲的放学回家路上。风霜雨雪，阴晴冷暖，慈爱有加的院长大大为我们建造家的港湾；生活琐事，炊火织衣，贤淑温婉的师母妈妈为我们筑起家的温暖。岁月不居，时节如流，小城故事里的家乡停驻在那石板小巷，静好如初，曲韵悠长。

春花落去春日晖，夏至将至如梦碎。蓦然回首两年的过往，相思相望间，汉语之花散落在波海岸的小城故事扉页，绽放的青春随风摇曳在最初的梦想里。孤云独去，轻风细雨，归去又归来，告别最美三季的里加，暂别异国他乡的课堂，梦徜徉在心间，我奔跑在路上。

胡越/走过的路，总是有数着分秒的孤独，总是有回望家园的泣泪，总是有回首往事恋恋不舍的回味。

（图中手捧鲜花者为作者）

我的拉脱维亚汉教时光

汤蕴新*

走上汉语国际教育之路，缘于自己对语言文化的热爱。我希望能将如诗般的汉语和璀璨的中国文化分享给世界上热爱汉语言文化的人，我希望我们能徜徉在多元文化的海洋里，我希望能和志同道合的人并肩播撒汉语之花的种子，我希望自己能做很多很多和语言文化相关的事。终于，我如愿成了一名汉语教师志愿者，成了栽培浇灌汉语之花的园丁。

2018年9月，我带着东方的问候，带着中国的语言文化，跨越千山万水，来到了波罗的海沿岸的拉脱维亚，开始了我那如彩虹般绚烂的汉教时光。初到拉脱维亚首都里加，先和“陌生”撞了一个满怀，遇到不曾见过的人、不曾看过的风景、不曾做过的事情。虽然这一切都是那么陌生，但拉脱维亚人的友善、里加处处透露的艺术之美、道加瓦河温柔的波光，又很快抚慰好我这个外乡人的心，让我觉得亲切和温暖。拉脱维亚是个安逸平和、民风淳朴的国度，这里的人们向往自由、热爱生活，敬畏自然，宽容友善，乐于学习。拉脱维亚人对汉语和中国文化的喜爱也远远超出了我的想象，我倍感荣幸，也深感责任重大。面对全新的汉教之路，我不畏惧，而是充满力量。我准备好了！我辛勤耕耘、悉心栽培、耐心浇灌，期待着花儿们的怒放，期待着花儿们在波罗的海的微风中呢喃。

我的任教点是里加工业大学，它是波罗的海地区最古老的工程类大学，学风严谨，实力雄厚。从2013年9月起，里加工业大学开设汉语课。里加工业大学对汉语课很支持也很重视。在我任教期间，中国项目负责人安娜老师和我保持密切的联系，给予我及时的和最大程度上的帮助，我深表谢意。安娜老师是拉脱维亚人，留着俏皮的短发，身材苗条；为人友善，可亲可爱；对工作认真负责、一丝不苟。安娜能说一口流利的汉语，曾在

* 汤蕴新，2018年9月至2019年7月任教于里加工业大学。

中国留学，对中国有着特殊的感情。和她相处的过程中，我能从她的言谈举止中看出她对中国、对汉语的那份感情。虽然中国和拉脱维亚相距十分遥远，但是增加互相了解能拉近距离。在拉脱维亚有大批汉语爱好者，我希望自己能像蜡烛一样，在他们的汉语学习之路上给予温暖的亮光，帮助他们走得更远。里加工业大学的汉语爱好者逐年增加，汉语课开展得有声有色，深受学员的喜爱。他们热爱汉语，向往古老的东方文明，也期待在汉语老师的带领下能更了解中国。

在教学实践中，我认识到备课贯穿于整个教学过程的始终。如何让学生更好地理解这个语言点？如何安排这堂课每个知识点的学习顺序？学生对新知识的掌握情况如何？如何衔接好新旧知识点？我不断思索着，将这些问题和教学相结合，在实践中寻找合适的答案。关注每个细节、对每堂课的精心打磨成了我提高课堂教学质量的有效手段。在汉语课上，学生们十分专注认真，都会细心地做笔记。但拉脱维亚学生性格大多数偏向独立，比较安静内敛。于是，为了活跃课堂气氛，进一步提高学习效果，让学生尽量开口练习汉语，我在课堂教学中融入了实用有趣的任务型游戏。学生能在游戏中练习语言点，整个课堂在我与学生和学生与学生的互动中变得活跃有趣，实用高效。课堂上欢声笑语不断，我的课深受学生喜爱。此外，由于海外汉语学习者远离目的语环境，日常生活中缺少使用汉语的机会，所以学过的汉语容易遗忘。针对这一问题，我除了在课堂上变花样地给学生进行巩固练习外，课下还和学生进行互动，在交流时尽量使用汉语，引导学生用学过的汉语表达。同时，我也会定期分享一些有趣的视频音频，帮助学生了解中国，学习汉语。每学期末，学生都有机会上台展示自己的汉语学习成果，用汉语对某个自己感兴趣的话题进行介绍，大家互相分享和讨论，收获颇丰。看着学生脸上开心的笑容，听着那一句句字正腔圆的中国话，我的内心充满了幸福感和成就感。

学生们除了对学习汉语感兴趣，对中国文化也十分喜爱。怎样介绍中国文化？我思考良久。虽然我在国内积累了一定的文化教学经验，但还是有些忐忑，担心教得不够好、不够仔细。于是，我下足功夫进行课前准备工作，包括课件的制作、教具的准备、场地的布置、教学流程的安排等。虽然很累，但是因为热爱和使命感，我充满力量，很开心。在文化的海洋里，学生们目不暇接，汲取着来自东方文明的营养，充实着自己的文化理解与认知。拉脱维亚也有自己独一无二的历史和文化，课堂上我们在对比中互相学习，互相分享，这也让我深深理解了教学相长。学生们的见解和言论总能让我眼前一亮，多元文化的相互邂逅总能萌生出耐人寻味的故事与感动。

在忙碌而充实的教学时光中，我和学生一起探索汉语的密码，一起品味多姿多彩的文化，一起书写值得铭记一生的缘分。我们一起进步，一起成长，一起朝着心中的梦想前进。

教学之余，我还积极组织参与拉脱维亚大学孔子学院的所有活动。在拉脱维亚，孔院大家庭是我坚强的后盾，是我温馨的港湾。我们因为同一个目标相聚在一起，为了同一个使命而不懈奋斗。工作上，我们一起举办各种各样的活动，保质保量完成各种任务。生活上，我们互相鼓励、互相陪伴。我时常在想，自己真的好幸运，能加入拉大孔院的大集体中。拉大孔院的拉方院长是拉脱维亚著名的汉学家贝德高教授，他也曾任职拉脱维亚驻中国临时代办，为拉脱维亚驻中国大使馆的设立、中拉间的友好交流作出了巨大贡献。他把中国当作自己的第二故乡。他为人和蔼可亲，知识渊博，睿智风趣，我们都亲切地称他为贝爷爷。贝爷爷语言造诣极深，谈吐间尽显语言之美。在众多活动发言中，都能听到贝爷爷言辞优美的汉语致辞，让大家钦佩不已。拉大孔院的中方院长尚劝余教授和他的夫人更是我们在拉脱维亚的家长，尚院长为人正直善良，做事认真负责，工作一丝不苟。他是一位极具人格魅力的好领导，从他身上我学到了很多。这一年来，院长及其夫人把我们当作自己的孩子来关心和照顾，定期的美味家宴、细心的生活嘱咐无一不深深温暖着我们的心窝。还有公派汉语教师王老师和董老师，她们就像我们的大姐姐一样，关爱着我们每一个志愿者。还记得每次举办活动时，她们都会细致地规划所有环节，恰当地分配每一个人的工作任务；活动前一天，她们还不忘叮嘱我们记得吃早餐，记得带点巧克力在饿的时候垫一垫肚子，记得穿舒适的鞋子以防太累，等等。孔院集体里的爱是润物细无声的，悄悄潜入你的心扉，让你温暖至极、难以忘怀。即便在拉脱维亚大雪纷飞的寒冬，我们每个人依旧感到温暖，因为在拉脱维亚我们有来自彼此的支持、鼓励和关爱。

时间滴答作响，我的拉脱维亚汉教时光也渐渐接近尾声。离别之际，我的内心是伤感的、不舍的。我知道有相聚就会有别离，但我相信有别离便会有再相逢。人生值得你去期待和追逐，只要你有信念，现实便会给你最温情的回响。汉教之路没有终点，我会带着信念继续前行！波罗的海之滨的汉语之花在阳光下开得正艳，芳香四溢，这是我们光荣岁月的见证，是我们每位园丁的骄傲。不忘初心、牢记使命，期待汉语之花开遍世界的每个角落。

汤蕴新/人生值得你去期待和追逐，只要你有信念，现实便会给你最温情的回响。

（图中左二为作者）

光荣岁月第二季

燕雪宁*

时间还是那个铁面无私的样子，不会因任何因素而停留，这份光荣岁月便是我上交给时间的个人工作与个人成长的答卷。上次提笔记述光荣岁月还是在泰国的时候，这次提笔脑中很清楚自己想表达什么，这一年对我的整个人生都有重要影响。人的改变不意味着有大事会发生，也不是整个人性格突然产生翻天覆地变化，而是在一点一滴、一事一物中，个人的想法和观念由内向外安安静静地散发。

一、任教拉脱维亚

我很清楚地记得在历经磨难办好赴任手续后，2019年9月7日上午10点从白云机场出发，挥别了亲人，独自一人踏上赴欧行程。不同于第一任期和13位伙伴的赴泰国之行，肩上没有了队长的责任，2019年我要负责的“队员”只是我自己。心里感到安稳，在这个陌生的环境里还有华南师范大学的同学及老师，无须做过多的心态调整我便找到了组织。

抵达拉脱维亚后的9月是孔子学院活动最多的月份，活动包括中秋音乐会、文化交流以及重要的孔子学院日活动。在这一个月里我们新旧志愿者迅速做好分工，快速上手工作。于我而言，从以前的活动负责人转变为执行者，身份的转变让我可以从新的角度看待问题，如做一个关心全局的小人物。怎么理解这句话？承办一个活动，主要负责人自然而然会百分之百投入与参与，但工作人员只需要领取任务，执行任务，他们的参与感与投入度分值区间大概是40%—90%。但是也正因如此，作为执行者时，更应提醒自己百分之百投入，除自己的工作外还需俯瞰全局，查缺补漏，要

* 燕雪宁，2019年9月至2020年6月任教于里加工业大学。

做一个关心全局的小人物。再如，盯准自己的目标。如果自己的目标是通过沟通解决某件事情，那么就去沟通，沟通顺利自然一切都好，如果沟通不顺，应避免不必要的情绪干扰。除了身份转变，在与新的团队合作过程中，我也从同事们身上学习了很多优秀的品质，了解到更多的为人处世之道。

拉脱维亚大学孔子学院由尚院长及其夫人、拉方院长、秘书和志愿者小伙伴组成。这是一个非常温暖的大家庭，院长及其夫人就像我们的大家长一样，希望每个孩子都好，工作中有问必答，生活中更是对我们多加照顾，让远在他乡的我们感受到家的温暖。志愿者伙伴们互相帮助，相处十分融洽。我也想在这里表达我的感谢，谢谢大家的善良与温暖，让这个美丽的国家更加可亲。

除孔院的工作，我也是里加工业大学孔子课堂的汉语教师，这也是我最重要的工作。里加工业大学的人文环境和学习环境都非常好，独立的汉语教室、丰富的汉语资料、现代化的教学设备为教学工作的顺利开展提供了保证。

汉语教学中，我需要解决三个主要问题：课程内容及分级安排；各个阶段学生汉语水平的摸底及教材选择；学年计划及教案的制订和编写。在综合考虑学生水平和教材内容之后，我选择了《汉语标准教程》系列教材。我向孔院借了教材，并通过汉语教师小组及网络渠道收集好材料后，也较为顺利地制订和编写好了学年计划和教案。

我虽然有过一年的汉语教学经验，但是面对不同的学生还是有些紧张和焦虑。那时候我担心的是教学内容和学生反馈，如这节课的内容会不会让学生觉得太简单了？进度慢不慢？学生会不会觉得无聊？在这种略微焦虑的状态下，我会格外注重学生的课堂表现，进而关联到自己的情绪。当时上完课，如果教学效果好，我会持续振奋一个小时；教学效果一般或者不好，我会消沉两个小时，现在回想起来觉得很有趣。两个星期后，我对学生有了较为深入的了解，这种焦虑便大为好转。如果备课时做到了以学生为中心，那么便可以信心满满，进而便可以把握好课堂的进程及节奏。我会把一堂课当成教师和学生一起拉雪橇，教师就是头领，要自信而坚定地选择道路、控制速度、判断危险，否则整个队伍便不能顺利前进。

在后续的教学中，我一直很重视反思，通过反思得到一个想法，实践这个想法便会让课堂变好一点，这个正向激励也让我更加勤于反思。通过课堂实践和反思我了解了在教学中对教学重点的多样化强调、如何安排机械性练习、教授具体知识点较为有效的方法、沉默一分钟法、总结性问答法、如何讲清楚一个语言点等，它们虽然都是很小的教学方法，但是非常有效。

二、里加工业大学孔子课堂揭牌

通过多任志愿者的不断努力，里加工业大学于2018年获批建立孔子课堂。筹备里加工业大学孔子课堂揭牌典礼便是我2019年任期中最为重要的活动。我与校方、我与孔子课堂学生、孔子课堂学生与中国留学生、中方与拉方之间的关系都在这次活动中变得更加亲密。

赴任前，尚院长提到过孔子课堂的揭牌典礼工作。于是，赴任后我便与校方有关负责人安娜立刻进行了协商与沟通，在我筹备各种活动经验的基础上，结合其他高校孔子课堂揭牌典礼的策划方案，在9月18日设计好最初方案，经过三次修改，最终于10月18日敲定了揭牌仪式的活动场地、活动流程、节目表单、物资道具、到场嘉宾、与会人员等诸多事项。

这次活动与我以往筹备的活动都不同。工作人员、表演人员、到场嘉宾来自不同国家、有不同的身份角色与社会角色，如负责场地与设备的为校方工作人员，活动的主要场务为初次见面的中方留学生，节目演员为不同国家的学生，到场嘉宾更是有不同职业。在我看来，用一场活动将所有人联结到一起，这也正是这次活动的挑战性及意义的体现。

经过多日的认真筹备，2019年11月8日下午揭牌仪式于里加工业大学礼堂顺利举行。中国驻拉脱维亚大使梁建全、拉大孔院拉方院长贝德高教授、拉大孔院中方院长尚劝余教授、里加工业大学教务副校长苏科夫斯基斯教授、里加工业大学国际合作事务副校长提潘斯教授、里加市政府代表、中国文化中心代表、新华社代表、里加市教育局代表、拉大孔院教师志愿者、里加工业大学孔子课堂学生、中国留学生等近百余人出席了本次活动。

我将庆典活动的流程分为三个部分，第一部分是嘉宾致辞、剪彩，第二部分为学生表演节目，第三部分为品尝中国美食。

在嘉宾致辞环节中，梁建全大使对里加工业大学孔子课堂取得的成绩表示祝贺，并希望在中拉双方共同努力下孔子课堂取得新的成绩。里加工业大学教务副校长苏科夫斯基斯教授表示，孔子课堂是促进中拉双方互相了解文化和学习语言的重要途径。拉大孔院拉方院长贝德高教授与中方院长尚劝余教授祝愿里加工业大学孔子课堂蓬勃发展，取得更大的成就。最后，里加工业大学国际合作事务副校长提潘斯教授表示，“十年育树，百年育人”，希望通过孔子课堂加深学生对中国文化、科技的了解，中拉合作得到更为丰富、多元的发展。

在节目表演环节，孔子课堂学生合唱了中文歌曲《没有什么不同》，中国留学生合唱了拉脱维亚语歌曲《Mana Dziesma》，其他节目有古筝演奏、茶艺表演、诗朗诵等。

最后，嘉宾们在礼堂的后方品尝中国美食。庆典结束后，负责人安娜、留学生周童和我留下来打扫礼堂，典礼顺利落幕。

活动当天状况连连，按照计划上午布置礼堂与调试设备，下午彩排。但上午我们没有找到里加工业大学的工作人员，所以下午一边彩排一边布置礼堂，同时协调演员、场务等的工作。每一位伙伴都非常可靠，感谢他们的配合与付出。虽然很累，但是很值得，能参与到这一重要事件中也是我的荣幸。里加工业大学从只有一个小小的汉语角发展为建立如今的孔子课堂，凝结了历任志愿者的努力与付出。希望我们继续努力，不断进取，更好地服务里加工业大学孔子课堂，致力于中拉文化更现代化、更深度的交流。

三、疫情下的汉语教学

赴任时，我几乎没有想过自己会遇到“不可抗力”。临近新春，国内疫情突然严重，我那段时间每天关注着疫情，跟着新闻“抗疫”。我与全国人民一样，给“热干面”加油，为“樱花城市”流泪，现在回想起来，都觉得这个英雄城市的人民真的是太难了……但随着人们对病毒的了解加深，国家有效果断的调控，五湖四海的医生援助，海内外同胞的集体配合、捐助，疫情逐渐趋于稳定，我一直揪着的心也稍稍放松下来。

2020年3月，国内疫情得到有效控制，各行各业慢慢复工复产，但是欧洲疫情以意大利为中心突然暴发。欧洲人起初不以为然，但是我们知道疫情的严重性。不过身为教师，自然不能因为担心而私自停课。为了保证学生和自己的安全，我给每位学生发了如下信息：

为了您的健康，请您仔细阅读以下通知：

1. 如果你发烧和咳嗽，你必须去看医生，并告诉医生，老师说你可以先休课。

2. 如果朋友和家人从意大利或中国（或其他危险的地方）回来，请在上课前告诉老师。

3. 如果你最近出过国，请在上课前告诉老师。

我要确保每个人的安全。保护好你自己和别人，谢谢您的合作！

拉脱维亚政府于2020年3月12日宣布全国进入紧急状态，停工停学。停学不停课是汉语教师们的共识，我们周四宣布停课，周五就开始线上教学。汉语课没有因为疫情停上过一次，我也逐渐适应了远程授课。

其间，我们收到来自国家汉办以及母校华南师范大学的抗疫物资，这对于已经买不到口罩的我们来说就如同雪中送炭。国家和母校为我们的安全保驾护航，我们为汉语教学保驾护航。我很骄傲，自己是中国人！

四、承前启后

在拉脱维亚的这一年对我来说意义重大。此前我的人生就像在黑夜里摸索着走路，受困于很多问题，苦恼于很多情况。以前一直在追逐却不见成效，总在尝试却一直失败，但是好在我从来没有放弃过成长的念头。思想上，现在的我在自己的价值观，为人处世原则，自我认知和定位，长期、短期目标，实现目标的途径，个人能力审查，切实可行的计划等方面的想法逐渐变得明晰。之前一直让我困惑的事情也好像慢慢有了答案。我还养成了良好的生活习惯，能够将自己的想法付诸实践。

我开始更多地把关注点从外界放到自己身上；我开始给所有头脑和心中出现的想法进行分类，不必要的剔除，必要的立马记下来，可行的尽量转化为行动；我开始有了固定安排，使我的生活不再毫无规律可言。我获得了真正的快乐，并且清楚快乐的源头。这只是我快速成长的开端，我会继续努力。

在文章的最后，我想真诚地感谢国家、感谢汉办、感谢拉脱维亚及我们的孔院，感谢遇到的伙伴，感谢我在拉脱维亚度过的美好而珍贵的时光。2020年的疫情让我更加珍惜一切。希望2021年如同一篇“先抑后扬”的文章，在往后的日子里祖国和世界都平平安安，万事顺遂。

燕雪宁/时间还是那个铁面无私的样子，不会因任何因素而停留，这份光荣岁月便是我上交给时间的个人工作与个人成长的答卷。

（图中右一为作者）

梦中的里加

贾昆诺*

报名参加汉语教师志愿者的时候，我纠结于要去哪个国家。就在报名那天夜里，我做了个梦，梦里清晰地看到4个字——拉脱维亚。醒来凌晨4点半，我立即打开电脑完成了志愿填报。如我所愿，我成了一名光荣的汉语教师志愿者。与其说是我选择了拉脱维亚，不如说是拉脱维亚冥冥之中选择了我。

当有人问我要去哪儿的时候，我会丢出几个关键词——拉脱维亚、东北欧、波罗的海。此时，他们难免会露出同情的眼神，在他们的眼中我把自己放到了一个陌生的偏远小国。但他们不知道的是，英国诗人格林曾经称里加为“北方的巴黎”。里加作为拉脱维亚的首都，分为老城和新城两部分。老城是里加的心脏，浓缩了整个拉脱维亚的历史和文化，被联合国教科文组织列入世界文化遗产名录。道加瓦河温柔的波光环绕着老城，老城与新城隔河相望，红砖绿瓦，古朴而又典雅。而我任教的里加工业大学就位于里加老城的中心。于是，我开始幻想在老城广场上的露天咖啡馆或者酒吧端起一杯鸡尾酒，坐在鲜花环绕的木椅上，与三五好友聊天，伴着乐队的演唱，清风徐来，蔓延着惬意与美好。可没承想，就在此时，一场全球性的疫情席卷而来，打破了我的里加梦。

我每天都在期望疫情早早结束，能够尽快被派出。可到了2020年9月开学之际，我仍旧没有抵达里加。10月份，里加工业大学相关负责人安娜（Anna）老师给我发来了汉语课学生名单，随之而来的是凌晨的线上教学。也许是众志成城抗击疫情的伟大，让许多外国朋友看到了强大的中国，因而激发了他们学汉语的动力，2021年学汉语的学生数量激增，我的第一堂课由于网络信号不好和人数过多的问题进行得不是那么尽如人意。后来和

* 贾昆诺，2020年9月至2022年6月任里加工业大学孔子课堂教师。

尚大大以及安娜老师商量后，将初级班学生分成了两个班，再加上中级班和高级班各一个班，每周一共8节课，我的汉语线上课堂就正式拉开了序幕。虽然是线上授课，里加工业大学的每名学生都非常好学，上课会认真记笔记，一教就会，测试的结果也令人非常满意。有的学生因为工作有时不能准时上课，怕我误解每次都会主动解释原因，并且在空闲时间观看回放，和我讨论学习成果，让我深刻感受到他们学习汉语的热情。许多学生能够讲多种语言，如拉脱维亚语、俄语、英语，有学生没听懂时，就会有很多学生热情地用他们的母语帮我解释，使我的课堂变得生动而又高效。他们学习汉语的热情与努力促使我开始不断提升英语水平，并开始自学俄语。

更有趣的是，学生们的汉语口音都莫名地有股东北味儿。有一天，讲授到“你多高”的时候，学生们单读每个字发音都正确，可连读的时候就把“duō”读成了“duó”。我想，可能是拉脱维亚靠近俄罗斯，俄罗斯又与我国东北接壤，所以会有这种自然而然的语流影响，一定不是因为我是个东北人吧！

我的学生大部分不需要学分，完全是凭兴趣来上课，再加上线上授课的形式，课程难免有些枯燥。为了让我的汉语课堂充满乐趣，每个课间我都会播放一个中国文化小视频。学生们遇到非常感兴趣的中国文化主题时，我还会单独准备一节文化课进行讲授。接触时间久了，我们在课堂上会有说有笑，更像是朋友之间的聊天。一个高级班的学生知道我喜欢猫，会经常抱着猫上课，我们也会通过猫这个意象衍生出很多与教学内容相关的句子。当聊到疫情时，他们会焦急地问我：“老师，你什么时候来，我们很想让你早点来。”我每每听到这些话既感动又欣慰，我何尝不想早点飞到你们身边呢？我想带着你们一起学汉语、画国画、写汉字、包饺子、吃月饼，一同感受中拉文化的差异与魅力。

时至今日，尽管疫情在我国得到了有效控制，但在欧洲仍旧肆意蔓延。我还没有见过如时尚摩登女郎的里加新城，没有看过如中世纪贵妇的里加老城，没有走过饱具历史沧桑感、略有起伏的石板路，没有摸过有着中国胃的鸽子夫妇，没有感受过北纬56度53分的寒冷，没有吃到令人垂涎三尺的烤肉，没有喝过烈性十足的伏特加，没有听过风琴、萨克斯、大小提琴的交相呼应。我相信终有一天我会来到里加，见到犹如亲人的尚大大、同期的志愿者同事，以及那些可爱的学生们。我要漫步在里加老城中，独享这老城的韵味，探寻里加的独特魅力……

贾昆诺/与其说是我选择了拉脱维亚，不如说是拉脱维亚冥冥之中选择了我。

（图中人物为作者）

捌

维泽梅应用技术大学篇

一个给人温暖的地方

初从从*

时间快得让人抓不住，转眼间我在拉脱维亚的教学任务就要结束了，心中有太多的不舍，也有些许遗憾。回想自己从最初报名参加汉语教师志愿者的面试选拔，到如今圆满完成志愿服务，所经历的一切都历历在目。

一、出发前的磨炼

现在的我还依稀记得最初为了准备志愿者的选拔面试付出了多少努力，虽然在研究生阶段我的专业是对外汉语，可是对于本科是英语专业的我来说，专业知识以及实践经验少得可怜，所以深知自己的不足。在准备面试阶段我阅读了大量关于汉语本体知识以及教学技能方面的材料，这在面试时给了我很大信心，面试进行得比我预期的要顺利很多。

面试结束后，就是等待录取通知的“煎熬”阶段了。伴随着周围同学一个个得知自己录取的结果，我心里越发紧张，每天要看无数遍电子邮箱，期待着收到汉办的录取通知。好像上天要捉弄我一番一样，当听说录取结果已经通知完毕，我万分沮丧地意识到自己落选时，却被告知我被录取了，当时我的心情真像坐了一次过山车。

培训阶段的我真是痛并快乐着。我在培训期间学到了很多，从课堂技巧到中华才艺，从观摩到实战，虽然辛苦，却天天如同打了鸡血，充实又快乐。与之相对，“痛苦”的是签证办得并不顺利，这也是导致我比预期晚了一个月才就任的原因。

当一切都准备就绪要出发的时候，上天又给了我一次磨炼的机会，我没有准备返程机票，滞留在了北京机场，工作人员告诉我必须在一个小时

---

* 初从从，2015年10月至2016年6月任教于维泽梅应用技术大学。

之内收到返程机票的票据信息。凌晨两点，我一个人在首都机场，那时才知道什么叫手足无措。不过，后来通过王国滨老师以及朋友们的帮助，我在最后一刻拿到了返程机票的信息，过了安检。

对，这一切都是出发前的磨炼，同时也印证了一句话："好事多磨"。

二、磨炼后的好事

经过之前机场的那次"劫难"以及中间旅途的颠簸，当时的我对接下来的拉脱维亚之旅没有了多少期待，我的心情就如同第一天来到拉脱维亚的天气一样，阴雨连绵，但"好事"接二连三地到来。

我工作的学校是维泽梅应用技术大学，位于小城瓦尔米耶拉。刚到学校的第二天，我认识了新同事们，以及后来一直对我帮助很大的拜芭。每位同事以及学校的工作人员都是热情并且乐于帮助我的，从我的生活起居到教学安排，只要我有任何问题或者困难，他们都会尽心竭力地提供帮助。而且由于语言不通，大家为了照顾我，一起交流的时候都会尽量说英语，或者用英语翻译给我听，这让我很快融入了当地的生活，并且没有经历所谓的"文化震荡"。

其实最令我感到欣慰的是，我的学生们都是特别好的孩子，他们热情又害羞，努力又调皮，真诚、有爱、积极、充满活力。我任教的学校是维泽梅应用技术大学，我负责旅游专业大一学生和大二学生的汉语课程，大一学生的课程是必修课，大二学生的则是选修课。在准备第一堂课的时候，我是极度焦虑的，因为这是我第一次真正开始对外汉语教学，而且教学对象就是成人，我生怕自己会给学生们留下不好的印象。所以，第一节课的自我介绍我想尽办法"讨好"要与我相处两个学期的学生们，尽量把自我介绍设计得有趣，准备了很多小礼物和介绍中国的视频，怀着忐忑的心情开始了授课。当我真正投入到课堂中时，我才意识到我的担心和焦虑都是多余的，学生们积极地配合我，和我交流他们想要学到什么、了解什么，并且也可以看出他们对中国文化的兴趣，不知不觉间一个半小时的课程就结束了。

大二学生已经学过一年的汉语，并且已经接触过前任汉语教师，所以最初我担心他们会受到先入为主的心理影响。我自己其实是用了一段时间与大二学生进行磨合的。当我们正式开始学习的时候，由于我并不知道他们对汉字的了解程度，导致我辛苦做的课件没有用上。当我在黑板上写汉字时，学生会直接打断我，并问我是否可以写拼音，因为他们并不认识多少汉字。我用简单的汉语句子与他们进行对话，也难以顺畅进行。这些情况都让学生学习汉语的热情和信心大打折扣，同时也让我有些不知所措。这其中有我的责任，因为我并没有和前任教师交接好，这些细节问题我都没有问清楚，再加上没有教学经验，就想当然地按照自己的想法安排课程。通过与学生的交流，我重新安排了课程内容，一边复习旧知识，一边学习新知识，放慢速度，渐渐地我与学生之间的默契建立起来了。后来我可以将大部分的课堂用语换成汉语而不是英语，学生也能感到自己的进步，这也让他们对我更加信任。

在圣诞节的时候，大二学生在课堂上给了我一个惊喜，课程进行到一半的时候，他们忽然全体起立给我唱起了圣诞歌，然后送上了一条带有拉脱维亚标志图案的围巾，并且每位同学都上前给了我一个特别有力的拥抱。我那天感动到想哭，这也许是作为老师最幸福的时刻，因为学生心里有你。

除了同事和学生们对我的关爱让我爱上了这个小城镇，它自身也具有让我着迷的魔力。瓦尔米耶拉是一个没有高楼大厦的地方，这与我的家乡以及我以前生活学习的地方截然不同。这对于本身就具有“归隐”倾向的我来说，简直如获珍宝。冬天的白雪，夏天的翠绿植被，黑夜中温暖昏黄的路灯，白日里蓝色的天空，这一切都让我欢喜。虽然这里没有繁华的商场，可是有很多便利的超市、朴素的集市，也有浪漫的餐厅和年轻人喜欢的电影院。这里的人们热情又淳朴，生活安逸又自由。这种安逸有时让我沉迷，让我想逃避国内的压力和拥挤的人群，所以我总是笑称自己像一个退休的人，选择了瓦尔米耶拉这样一个给人温暖的小城镇养老。

三、说再见

在办公室整理交接的材料时，忽然意识到我的教学任务就要结束了。时间过得太快，如同昨天我还在想着如何教学生正确发出“j、q、x”的音，今天我就要和他们说再见了。之前我经常会抱怨备课的辛苦，现在不需要再备课了，却没有预想中的解放和轻松，心中更多的是不舍。

最后一节课，我和学生们说了很多想说的话，表达了很多感谢，感谢他们一直积极地配合我，感谢他们的友善和帮助。同时，我也有很多歉意，很抱歉不能继续教他们了，也很抱歉平时可能无意中的指责让他们难过。学生们听完我的总结后，每个人都说了他们对汉语课程以及我的评价，说得最多的是感谢，他们认为我的汉语课非常有趣，在他们心中我更像朋友。这可能一直都是我所希望建立的师生关系吧，亦师亦友，互相尊重，但是又不会疏远。听完学生们的评价后，我觉得自己的努力没有白费，虽然我并没有取得多大的成绩，但是我觉得至少我是被认可的，学生是快乐的，这就是成功的教学。

其实我也有很多遗憾，由于自身的文化积累以及英语水平的有限，我难以将很多优秀有趣的中国文化介绍给学生。我自知并不属于幽默风趣类型的老师，所以有时候无法很好地调动整个课堂的气氛。这些都是我接下来要提高和改进的。

总之，我在这里度过了一段特别美好的时光，我爱这里的每一位学生，我感谢所认识的每一位同事，我认真地上好了每一堂课，我享受在这里生活的每一天。这是我第一次在国外生活，第一次尝试对外汉语教学，我很感激这些第一次。这些点点滴滴的经历帮助我成长，让我看到了人世间的繁华和美好。人们总说第一次的经历是最珍贵的，我一定会用一辈子来怀念这段青春又无悔的时光。

初从从/冬天的白雪，夏天的翠绿植被，黑夜中温暖昏黄的路灯，白日里蓝色的天空，这一切都让我欢喜。

（图中左七为作者）

那一年，流光溢彩，璀璨夺目

刘　丹*

25岁那年，我正年轻，未知的世界就像一道光芒在心里闪耀着。燃烧的心不想如此耗尽，消失在平庸里，于是，我决定上路，离开固有的舒适区，踏上未知期待的旅程。

一、亲爱的里加，我们终于见面了

从洛阳到里加，途经北京、莫斯科，接近20小时不停歇的转机和等待，终于在里加时间上午11点左右到达。然而，兴奋的我完全没有疲惫感，扔下行李就马不停蹄地感受这座向往已久的城市。

市政厅广场，"黑头宫"，14世纪的故事，在金碧辉煌中翻阅。一个未婚的德国商人，建"黑头兄弟会"，怀恋故国。近8个世纪的历程，最惊骇于二战时德军的炮火，伤痕累累后，拉脱维亚人民覆厚爱重新修复。行走在里加老城，仿佛穿越在历史长廊中，体验它的过往岁月与厚重沉郁。道加瓦河穿越市中心，9月，宽阔的水面在心际掠飞，1 020千米长的蓝色巨臂，在宁静的拉脱维亚土地上，萦萦绕绕，没有狂澜的河水，温柔纯美得像少女的心扉，载着满河细波，藏着无尽欢乐，向海的地方，轻轻涌着。远处天蓝云白，海蓝船白，一艘艘邮轮，在蓝色海洋的舒缓曲中，离岸远航，驶向云山深处的波罗的海。

晚上，大使馆为我们教师志愿者及公派教师举办"教师节"庆典，为远道而来的老师们接风庆祝。我首次感受到身在异乡而被"家人"挂念，丝毫没有离开祖国的孤独与凄凉。这里就像是祖国为我们安置在里加的另一个家，有来自使馆大使及工作人员的关照、孔院院长大大的关怀、孔院

---

* 刘丹，2016年9月至2017年6月任教于维泽梅应用技术大学，现就职于腾讯公司。

老师董姐的关心，大家为了共同的理想欢聚在这里，彼此依偎加油，奋斗且憧憬，其乐融融。

二、宁静小镇瓦尔米耶拉

记得初到学校，妈妈想看我跟大学校门的合影，问了很多老师和学生，他们都指着某栋楼的大门说：“喏，这就是我们的校门，旁边还有学校名称的牌子。”真的是闹笑话了，妈妈还笑称拉脱维亚这个国家的民族情怀在此得到了体现。

学校沿着高亚河而建，河流从图书馆外侧缓缓流淌。从图书馆往外看，无数的白鸽、灰鸭在河边的草地上休憩，它们像是美丽的精灵，让整条河充满了生机。桥上的行人和车辆与风、云、天、河、草、楼相伴相依。

在宽敞明亮的玻璃窗旁办公，看阳光洒在高亚河上，水流无声，白鸽、灰鸭卧在草间，一片返璞归真的乡间生活，增添了无限乐趣。

绅士院长在小镇点上维泽梅风味，与我交流中西方文化差异和学校的情况，黄昏的云霞为整个小镇增添了宁静和安详的氛围。

小楼尖尖顶，像从俄罗斯童话中走出来的，站在有年龄的树下。树木婆娑着柔软的枝条，像梳子，梳理着故园风。

维泽梅，像一位仁厚的老妇人，用含笑的容颜，默默过着乡间安宁的生活，不急躁，无愠色。

教室里，一群美丽俊俏的大学生，在用汉语向我问好。新的生活，就像一本未曾读过的书，一切急待解读，相遇相知。

三、课堂活动进行中

汉语课是旅游专业大一和大二学生的必修课，大三大四学生根据个人喜好作为选修课，交换生的汉语课作为兴趣课。大一、大二和毕业班学生都有主课和兴趣课，主课主要根据教材内容教授语音、词汇和语法，并根据课文内容适当补充文化知识。兴趣课轻松活泼，以口语、书写练习为主，并辅之以众多游戏来吸引学生的学习兴趣，减轻畏难情绪。大二学生有汉语学习经验，针对他们的教学任务较重，学生的学习压力也较大。大二学生汉语课的主要任务是系统地训练，巩固之前所学知识，提高口语和书写能力。

刚来拉脱维亚接触汉语教学时，我颇有些手忙脚乱。特别是每当学生问我语法问题时，蹩脚的英语口语和听力更让我手足无措，幸运的是学生都非常友善，他们反倒会鼓励我。在之后的教学实践中，我一直在寻找适合拉脱维亚学生学习汉语的方法，设计实用有趣的课堂活动。在起初接触学生时，我发现大部分学生都比较腼腆，很少主动回答问题或者上台展示自己的学习成果。所以，之后的辅导课上我经常让学生合作练习，以增加交流。

汉语教师的使命不仅是教授汉语，而且是传播中国文化，促进文化沟通，增进理解与合作。我会不定期地举办一些中华文化活动，例如“庆祝中国新年”“中国服装展”“中国剪纸活动”“中国国画活动”“中国功夫表演”等。此外，拉脱维亚大学和其他国家的一些学校也有交流，每年都会以季度为单位举办汉语教学研讨会和讲座，向来自欧洲和阿拉伯国家及西亚地区的学生介绍中国文化、探讨交流双方工作开展情况。

除了平时的课堂教学，我们也会举办各种活动来推广汉语和中国文化。2017年拉脱维亚第十四届“汉语桥”中文比赛在里加举行，比赛取得了圆满成功，我的学生在大学组中获得了三等奖。

四、瓦尔米耶拉的秋与冬

才9月，深秋的脚步已经徘徊在瓦尔米耶拉。家乡的秋景是，柳还绿，杨依青，荷未残，野菊灿山峦。而波罗的海东岸，这里的景色如金黄的版画。漫步在瓦尔米耶拉初冬的林海里，品赏金色如蝶的枫叶，陶醉在如诗如画的环境中。在教学与生活中，我爱上了这个国家，爱上了这里的优雅与闲适。

一个人，守着一片林，在黄叶满地的小路上徜徉，这份奢侈，化作明媚的笑，甜甜地溢满心房。枫叶泛黄，黄中含有红光。抬头看枫叶，这令人亢奋的颜色，没有相思，只有炽热。瓦尔米耶拉的深秋，原来这样温情。

已经3月，瓦尔米耶拉的雪村，是天羽飘飞的仙境。下班后，赏美景雪村之夜，体会宁静中的那份安详。瓦尔米耶拉，守着一方神话，圣洁的羽绒，不曾有半丝尘埃的玷污。沿着雪覆的台阶，挽着一路温和的灯影，伴着静谧的夜，脚下雪响，构成了最美的天籁。优美的河道，优雅的树姿，白黑之光，轻洒灯的暖彩。这个雪村，装下的是整个人心的温柔。

五、总理来到里加城

当波罗的海的第一场鹅毛大雪，以飘飘洒洒的情怀，拥抱拉脱维亚；当银装素裹的拉脱维亚，把首都里加打扮得玉树临风，风度儒雅，李克强总理乘专机从中亚腹地飞来，降落在白雪飞舞的里加。他要把和平与友谊带到里加；他要在波罗的海沿岸推动“一带一路”倡议，与有关国家发展战略对接，把加强产能合作的美好意愿传达。

我很荣幸，能参与如此隆重的活动，见证多边经贸、交通、文化的合作沟通。互利双赢战略，在中拉相距一万多公里的欧亚大地上，共织红霞。

11月4日这一天，总理说:“历经25载的中拉友好合作关系日趋成熟，面临着更加广阔的发展前景。”总理表示，中方愿参与波罗的海铁路、三海港区等基础设施建设和产能合作，带动旅游等人文领域交流，实现互利共赢。中拉建交25年来，友谊跨越天涯。中拉加强发展战略对接、开展产能合作，将是双赢的规划。

中国文化，以其斑斓多彩的魅力，陶醉了无数拉脱维亚人。尤其是儿童，一颗颗童心，带着五彩梦幻和憧憬，在一张张彩纸上，用极大的专注与认真，剪出一个个彩色的灯笼和“春”。这就是想中国，爱中国!

中国书法之香，吸引着一批批学生。他们临帖细描，把汉字的气势风韵，写得如山挺、似水柔。汉字的情感、声色，是一个民族的肺腑，五千年历史的长度，在书法艺术中，觅先师，见精神。

在拉脱维亚，在维泽梅，汉文化如播进大地的粒粒种子，如盛开在春天原野上的一棵棵花树，如拉脱维亚田野上的一座座花圃，正和春风夏雨一起，浸润着这个温和而爱中国的国家。

未曾想，10个月是如此漫长，它承载了那么多的回忆，那么多可爱的人、那么多特别的事，点点滴滴，描绘出属于我的拉脱维亚生活长轴，怎么说都说不完。更未曾想，10个月是如此短暂，转眼之间，这幅长轴只差落款，还未开始告别，却已要收拾行李，开始返程。不知不觉中，这份回忆已经变成一幅连绵不断的山水画，浓墨重彩地勾勒出这10个月留下的痕迹，竟是如此美丽。

刘丹/新的生活，就像一本未曾读过的书，一切急待解读，相遇相知。

（图中左一为作者）

最美的遇见

于　洋*

一、奇妙的缘分

提到拉脱维亚，很多中国人都会感到很陌生，对这个美丽名字所代表的国家知之甚少。我也记不清自己是在几岁的时候，看到电视上对拉脱维亚第一任女总统的介绍，知道了这个国家，也许奇妙的缘分就在那个时候将我和拉脱维亚连接在一起了。但是我没有想到，许多年以后，我和这个遥远国家的缘分竟如此之深。

二、初识拉脱维亚

2016年9月，经过数月的等待，我终于来到了拉脱维亚。

飞机刚落地，当我抬头望向窗外时，浅蓝色不掺一点杂质的天空让我倍感治愈和舒服。学校安排了司机和4位活泼的学生来机场接我，后来我才知道这4位学生是学校选出来的英语较好、性格活泼的学生代表，可见学校的用心之处。

我任教的学校距离机场有两个多小时的车程，一路上4位学生兴奋地向我介绍拉脱维亚的天气、学校的情况、路上遇到的著名景点。这一路上，我感受到了拉脱维亚小朋友的热情和温暖。

第一年任教的学校所在的城市斯米尔提恩很小，其实是一座安静优美的小镇。学校给我安排了距离不远的一座住处，它生活设施齐全。每天我都会步行从住处到学校，沿路都是当地居民的小别墅，朴素又精致，简约

* 于洋，2016年8月至2018年6月任教于斯米尔提恩中学和维泽梅应用技术大学，现就职于天津市滨海新区塘沽大庆道小学。

不奢华。每家都有一个种满鲜花的院子，房屋后面是长满参天杉树的森林，每天上班的路上像是走在油画里。

三、小镇的快乐时光

第一年任教的学校，汉语课是学生的兴趣课，所以来上汉语课的学生都是怀着好奇心选修的。因为学校是九年制，所以学生年龄差距很大，从8岁到15岁不等。我和学校其他老师经过商量，基于年龄和汉语基础对他们进行了分班。其实汉语课在这所学校开设才三年，学生的汉语基础不太好，但是学生有很大的兴趣。从课程性质和学生年龄等方面考虑，我在教学时更注重对学生汉语兴趣的开发，让他们能真正爱上汉语，喜欢学汉语，让这所学校的汉语学习氛围变得浓厚起来，为以后的汉语教学打下基础。我在课堂上将汉语教学和文化教学结合起来，帮助学生用语言了解文化，用文化学习语言。

经过半年的学习，学生们对汉语的兴趣越来越浓厚，汉语基础也越来越好。在春天的“汉语桥”比赛上，全校共有5名学生报名参加，都在少儿组取得了不错的成绩。

经过一年的时间，汉语课在学校越来越受欢迎，我每次去学校上课，走在楼道里，总有学生对着我喊“你好”。小孩子的好奇和善良让我感受到了超越年龄的友谊。

记得有一个二年级的小男孩，因为自己和奶奶住，不能经常和父母见面，小小年纪体会到了孤独感。看到我一个中国人在这个小镇，他很关心地问我一个人会不会孤独。每天放学以后，他都会带着我去周围的森林逛逛，和我分享他家的趣事，向我打听中国的情况。在斯米尔提恩任教的一年，是温暖又快乐的。

人不能一直待在舒适圈里，怀着对拉脱维亚的强烈好奇心，在第二年，我选择了距离斯米尔提恩不远的另一所大学任教。

四、新的挑战

2017年8月26日，我来到了维泽梅应用技术大学。

维泽梅应用技术大学是瓦尔米耶拉唯一的大学，是一所综合性高等学府，建立于1996年，是一个充满活力的年轻大学。

我刚到瓦尔米耶拉，学校就安排了老师在住处等我，向我详细介绍了住处的情况，还有周围的设施，让我一下子就感觉到了温暖。安顿好以后，学校安排了几天的教学会议，我和相关老师一起讨论汉语课的教学安排。在这些会议中，我了解了学校的教学制度、考试制度和学生的一些情况。我开始教学的这一年，正好是学校汉语课程改革的一年。学校的汉语课一直对旅游专业的学生开放，大一学生为必修课，大二学生为选修课。从2017年的新学期开始，汉语课不仅成为旅游专业大二学生的选修课，还成为所有学生的语言选修课。同时，学校的交换生也可以选择汉语作为语言选修课。

为了帮助我尽快适应新环境，扫除孤独情绪，学校还邀请我参加了一些有趣的跨文化交际活动。参加活动的人员主要是学校的交换生，他们来自五湖四海，和我一样在瓦尔米耶拉都是陌生的“外地人”。在有趣的活动中，大家互相认识，互相了解，一起感受着学校的友好和热情，对接下来的新生活充满期待。

而我感受到的友好与热情，绝不仅限于此。

负责帮助我的老师卡垂娜和缇娅娜，是两个年轻、活泼的老师，在工作中耐心对我进行指导，在生活中也十分关心我。我们经常在学校餐厅一起吃饭、聊天，她们总是会问我，学生表现怎么样，教学有什么困难，在生活中有什么需要帮助。一年以来，她们每一次的关心和问候都让我很感动。

可爱的学生们也是如此。其实在和学生刚开始相处时，我觉得他们有一点“高冷”。课堂活动中，有时候大家没有那么主动，都是我一点点在带领大家勇敢表达自己。为了拉近和学生的距离，我总是尽力让汉语课变得生动有趣。在文化课上，我不仅向学生介绍中国优秀的传统文化，还会抛出话题，让大家一起讨论，发表自己的看法。就这样，时间久了，我对每个学生都有了较为深入的了解，和学生的距离也拉近了。在周末的时候，学生会叫我一起去吃饭。每逢节假日，我们都会互相发短信问候。

有一次，我不小心感冒了，有学生从我上课时说话的声音听出来了，下课后就过来询问情况，让我好好休息。那个周末，我正在家休息，有个学生给我送来了水果和汤。她说自己并不是一个烹饪高手，跟自己的妈妈打视频请教，做了拉脱维亚传统的汤，富含维生素，可以帮助我尽快恢复。我当时沉浸在感动中，都不知道说什么好。说完话她马上骑上自行车，害羞地向我摆摆手说："老师再见！你进去吧，好好休息。"这就是我的学生，看似"高冷"，其实都很温暖善良，只是性格害羞，不善于表达，但是总会让人感动。

和学生的距离不断拉近以后，课堂氛围也越来越好，每次课上讨论和做活动的时候，学生们都会积极参与，学生们的汉语学习热情也渐渐高涨起来。2018年维泽梅应用技术大学的汉语教学是丰收的一年。这一年，学校共有三名学生参加了"汉语桥"比赛，两名学生获得了大学生初级组的第三名和第四名，一名学生获得了大学生中级组的第三名。其中一年级的学生利那兹和二年级的学生安内亚还获得了中国驻拉脱维亚大使馆的研修项目名额，在2018年6月赴中国进行了研修学习。学校还有两名学生参加了孔子学院的夏令营，是该校历史上第一次有学生参加孔子学院的夏令营活动。学生们也积极参加了汉语水平考试。

看着学生们取得的成绩，看到他们因为学习汉语获得了快乐，我深深明白了对外汉语教育事业的意义，更加坚定了自己的职业理想。

五、温暖的孔院大家庭

拉脱维亚地处高纬度，冬季漫长而寒冷。我所在的城市位于拉脱维亚北部，学校只有我一个汉语老师，有些时候会产生一些孤独感。但是，总有那么一个温暖的集体给予孤身一人的我强大的力量，那就是孔院大家庭。

拉脱维亚大学孔子学院的中方院长尚劝余教授，我们都亲切地称为"大大"。大大及其夫人是我们孔院家庭的两位大家长，平时只要有工作会议在里加举行，他们都会叫我们这些外地的志愿者去家里吃饭，这一年已经数不清在大大家蹭了多少次饭。每次去大大家里，他们夫妻俩总是张罗一大桌子好吃的，满足着我们这些在外地的孩子们的胃。在大大夫妇眼里，我们就是他们的孩子呀。

每次吃完饭，大家都一起讨论工作，或者只是简单聊天。我们这些志愿者小伙伴们来自祖国的天南地北，相聚在拉脱维亚，相聚在大大家，感受着奇妙的缘分。

在平时的教学当中，无论谁遇到了困难，只要和小伙伴在微信里说一下，大家都会积极回复，一起探讨如何解决问题。

六、结语

古人说，读万卷书，行万里路。我从大学开始一直在汉语国际教育这个专业学习，来到拉脱维亚，在这里将自己所学专业知识应用在了实践中。在这一年的教学中，我学习到了很多，成长了很多，想要感谢的人也很多。感谢孔院大家庭的支持，它是我在拉脱维亚的坚强后盾；感谢学校的老师，他们的关心和帮助让我能顺利完成教学任务；感谢我的学生们，他们的努力和配合让我获得了教学上的成功。

一年很长，因为我在这里经历了很多，收获了很多；一年很短，因为转眼要和这里美好的一切说再见。这一年的时间，让我更加热爱我的专业，让我更加明白了一名汉语教师的使命，那就是认真教学，传播中国优秀的传统文化，促进中外文化交流。在拉脱维亚的这些日子，终将成为我生命中美好的回忆。

于洋/每家都有一个种满鲜花的院子，房屋后面是长满参天杉树的森林，每天上班的路上像是走在油画里。

（图中右三为作者）

在最好的年纪遇到“你”

李浩芹*

一、灿烂的笑容

2018年8月27日，我搭乘俄罗斯航空公司飞机从北京飞往拉脱维亚。我经历了人生中最漫长的一夜，在这一天我感觉自己好像偷来了5个小时。从北京到拉脱维亚没有直达航班，需要在俄罗斯境内转机。在黑暗中飞行了14个小时，陪伴我的是一本《百年孤独》，以及另一位教师志愿者。看了一场日出，看了一场日落，分不清远方是海还是天，层层叠叠的云朵就像棉花糖一般散落在天空的角落，让人想走上去，体验一下飘在云端的感觉。虽然离地面几万英尺，但依稀可以看到海面波光粼粼，似是绿色的琥珀，又像一颗蓝宝石。不禁纳闷，国外的天空和国内是一样的吗？几经周折终于抵达了这个冰雪王国，第一眼感觉荒无人烟，第二眼便深深被这里征服。

说实话，在过去的二十几年我从未听说过拉脱维亚这个国家。地理位置上，拉脱维亚位于欧洲东北部，与爱沙尼亚、立陶宛共称为波罗的海三国。它东部与俄罗斯接壤。它在12世纪经历了被瑞典、德国、波兰、俄国等割据的历史，于1918年独立，1940年并入苏联，1991年恢复独立，2004年成为欧盟成员国。拉脱维亚人员混杂，以拉脱维亚族人为主，俄罗斯、德国、波兰等国后裔也占有一定比例，整体呈现出多元文化特征。

刚到拉脱维亚的时候，第一次离家几千公里，还有6个小时的时差，我满怀期待的同时又有一点小焦虑，没想到后来自己竟然可以适应得这般好。也许是因为这个城市的慢节奏生活，也许是因为这些友善的人，也许是因为这些可爱的学生，我对这个城市充满亲切感。在这里，听着鸟儿歌

---

* 李浩芹，2018年8月至2019年6月任教于维泽梅应用技术大学，现就读于湖北工业大学。

唱、教堂的钟声以及学生发音不太标准的“你好”，碰到不算热情但对我很友善的当地人向我露出灿烂的笑容，我都非常高兴。

二、教学初体验

第一次了解到汉语教师志愿者是在大四，这一年我经历了考研失败。然后我想着重新开始，了解了与英语专业相关的其他学科的研究方向，重新认识到自己对汉语有着别样的感觉。汉语在我眼中不仅是母语这么简单，汉语的每一个词、每一句话都仿佛对我诉说着自己千年的故事。就这样我把自己的新奋斗目标放在了汉语国际教育这个专业上。我希望将这门与众不同的语言传播到世界的每一个角落，让世界看到别样的中国。新中国早已有了翻天覆地的变化，科技的日新月异让我们迈向了世界的主舞台，中国经济也在快速发展。我们是骄傲的，我们是自豪的。

作为一名汉语教师志愿者，汉语教学是我的首要任务，我主要负责维泽梅应用技术大学的汉语教学。拉脱维亚一共有十几个教学点，维泽梅应用技术大学在众多教学点中属于元老级，它的第一任汉语教师志愿者是在2006年就任的，算一算已经有十几年时间了。在这里我有5个不同的班级，分别是2个初级班、2个中级班和1个高级班。学生的学习态度很积极，学习热情高涨，求知欲很强，很喜欢去尝试新的东西。为了让学生能够更好地理解学习内容，满足学生对学习汉语的渴求，每节课我都会花很长的时间去备课。

我跟学生的关系亦师亦友，课下经常跟学生们聊天、开玩笑，学生们也很愿意跟我分享生活中发生的趣事以及遇到的困难。我们还在WhatsApp上建立了一个班级群，交流我们的日常生活，讨论汉语问题。大三学生安内亚与我的关系非常好，可能是因为她已经有两位汉语教师，并且与他们都结下了良好的友谊。我们有时候会约着去森林跑步，有时候会一起做饭。她去过一次中国，对中国有深刻的印象，梦想有一天能到中国读书和工作。她常说自己是一名生活在拉脱维亚的“中国人”，想念她的故乡中国。

除了日常教学，我还参加了拉脱维亚大学孔子学院的一些文化活动。我有时候会为了“汉语桥”比赛这类大型的文化活动和学生们一起做准备，有些中国文化知识对于他们来说真的很难，学生们就一遍又一遍地去背诵，看着他们成长的过程我真的很感动。这让我感觉到，在这个国家我不是孤军奋战，我有一群可爱的伙伴，我们一同进步着。

对于零基础的学生，他们的学习内容比较浅显。为了能让学生更好地理解学习内容，并且始终保持学习汉语的热情，每节课之前我都会花很长时间思考教学方法，搜罗好玩实用的课堂游戏。

三、生活感悟

我是一个随性的人。换句话说，我可以在任何一个城市里迅速扎根，所以在拉脱维亚的生活并没有想象中的不适应。国外的大学没有中国的便利，没有食堂、外卖这些快餐服务，但我自己做饭反而成了日常生活中最快乐的调节剂，利用可以买到的食材做出可口的饭菜总会让我充满成就感。有时候我也会和其他志愿者约着小聚，聊聊天，去海边散步，这样也会冲淡离家在外的孤独感。

回想这一年的时光，很庆幸自己做了这个选择，并一直坚持了下来。在最好的年华里，用自己学习的知识去照耀其他的人，是我的人生价值所在，这一定是我人生道路上最独特、最亮丽的风景线。

李浩芹/在最好的年华里，用自己学习的知识去照耀其他的人，是我的人生价值所在。

（图中第一排右二为作者）

人间值得四月天

姚　璟*

一、充满未知的工作和生活

我一直认为，每一段生命旅程都是独特的，都值得我用心对待。在维泽梅应用技术大学的日子也一样，只是它更加不同于以往。

好奇、忐忑、欣喜…… 这毕竟会是一段有太多未知的日子。

我任教的维泽梅应用技术大学位于瓦尔米耶拉，这是一个普通的欧洲小镇。来这儿的第三天，我见到了任教学校的负责人。在和负责人沟通的过程中，被自己极有可能是小镇唯一一个中国人的消息彻底惊到了。我深深地怀疑之后的生活会是什么样子：会不会真的变成好山好水好寂寞呀？

结果发现，自己纯粹想多了。

我全部的心神都必须放在如何上好一堂汉语课上，毕竟学生是完全没有接触过的陌生人。因为一直思虑如何组织课堂才能让汉语课受到学生的欢迎，我前两个月过得稍显紧张。

敲定课程表，适应了一段异国的工作节奏之后，温暖的9月和10月就这样滑过去了。

我开始重新规划自己的时间。结果我发现，这个事情比我想象的要复杂很多。因为在此之前，我的生活是和周围的人同步或者相互影响着的。家人、朋友、老师，许许多多的人，有意识或者无意识地填满了我们彼此的生活。

但是现在，我在完成教学任务之外的时间，很大程度上是能够不被别人打扰的。这就意味着，我要对自己的时间负绝对的责任！想到这儿，我就会莫名其妙充满无限激情，仿若一名时刻准备围剿恶龙、拯救公主的

---

* 姚璟，2019年9月至2020年6月任教于维泽梅应用技术大学。

勇士！

彼此陌生的人们，只因为汉语教学，我们就会信任彼此。我得到过学校负责人周到的欢迎，她为我介绍居住公寓的设施、周围的商店，带我参观学校、品尝当地美食。兴趣班的学生拉我一起远足、游览中世纪城堡，交换生班的同学更是“一言不发”地帮助我。

有一次，我和学校负责人约定好在某个地点商量工作安排，我提前查好了地图，但总有隐隐的担心，怕因为自己是路痴而迟到。最后实在不能够确定具体路线，我抱着侥幸心理去请教这节课的学生。

这节课是交换生的第一节课。他们也是刚来到这个城市上学，两个学生研究半天地图后，带着满满的自信跟我详细说了路线，结果看我一脸路痴的表情，也是实在不放心我，当即决定陪我过去。我连忙感谢，三个人一路聊着天，就这样走了过去。

这里的天说变就变，半点不和我们这些凡人商量。眼看着快到了约定地点，瓢泼大雨迎头砸了下来。我连忙从包里找到雨伞，硬要他俩拿着，两人居然火速跑掉了。

现在回想起来，这段经历都是闪闪发光的。

如果我能够适应良好，一座陌生小镇将对我敞开大门。同时，我自己是一个有着太多好奇心的人。这里的工作和生活对我来说，是新奇永远多于孤单。我自己心里会时不时冒出莫名其妙的想法：“整个世界等待着我发现”。

二、好花半开，美酒微醉

刚来瓦尔米耶拉的时候，我最诧异的莫过于这里环境的安静和生活的慢悠悠。

乾坤容我静，是我刚来瓦尔米耶拉的第一感受。

走在路上，少有行人大声喧嚣，路两旁的商店也静悄悄的，耳旁只有汽车的你来我往声。超市里，音乐悠悠荡着，空气中面包的香味在鼻端飘浮，顾客安静地选购商品，整个世界的分贝好像降低了很多。就连睡觉时，我都可以听到自己的呼吸。这样的感觉真的很新奇！

明窗净几便是安居。

适应这儿的生活之后，上完课，回到自己的住处，我会安静地备课、做饭、看书、做笔记以及做其他事。一个人孤身在外，偶尔感到孤单是常见的，这也意味着我可以选择拥有不受打扰的时间以及空间。我开始认真规划和经营自己的生活，尝试学习调节自己的心情。

熟悉这里以后，日子偶有“悠然见南山”的禅意，细小的波澜也会被妥善安置。

微冷的清晨曦光里，有路人怀抱鲜花擦肩而过；扔垃圾时，会有小猫三两只，也可能遇见消瘦的流浪者；大雪纷飞的第二天早上，邻居们不约而同出来铲雪，相视一笑；迷路时，环卫大姐直接领我去目的地；参观啤酒厂时，却发现自己最喜欢燕麦糖。

安静下来，你就是自己的王者。

我本身是一个很享受“宅生活”的90后。维泽梅应用技术大学让我开心的地方在于，大家都足够尊重彼此的私人空间。你可以选择安静的居家日子，也可以跑去参加学生的远足、聚会，以及各种其他活动。

在静下来的时间里，我尝试坚持做一些事情，心情变得从从容容。我也会细细地考量自己的内心，查漏补缺，清除一些浮躁，希望自己能够心性坚定、舒缓安宁。离任在即，日子依旧被我过得爽朗温和。踏踏实实地一直向前，我就是自己的王者。

三、不够完美，但我会一直用心

第一次课结束，学生纷纷和我说“谢谢你的课”，但我自己能感觉到上课内容有点多，节奏有点紧凑。后来，我调整了上课节奏，也尝试利用小游戏互动，尽可能保持课堂气氛的轻松。

我一直在用心，希望学生都能够喜欢汉语课。

之后也有学生和我“诉苦”，觉得汉语这门语言好难！

备课的时候，一直告诉自己，我的课一定要做到尽量简单、足够日常、激发学生兴趣。

所以每次备课时，我会反复修改课件，尤其是游戏和练习环节，我都会反复在心里“盘一盘”流程，看是不是能够环环相扣。

最初，我是抱着严肃的态度去上课的，因为担心学生会比较顽皮，而且负责人也和我说可能会有“熊孩子”，遇到了一定要告诉她，她来搞定。但是第一节课后，我就改变了策略，因为学生对我这位不同肤色的老师，除了好奇，也有拘谨，而且他们的课堂表现都很棒，对汉语也充满了好奇！

每次上课的实际情况，当然和自己的计划会有出入的地方。有的时候，和学生的课堂互动会给我“灵机一动”之感。学生的反馈永远是最真实有效的。

我的教学活动虽不够完美，但我一直在用心。

最初，第一节课结束的时候，我发觉学生有点拘谨，担心我们很难熟悉起来。我尝试过一些办法帮助我们了解彼此。

因为和学生的年龄差并不是很大，我们会分享彼此喜欢的明星，讨论假期的安排……

我是学生的汉语老师，教授他们一门新的语言，带他们了解一个真实的国家和它的人民。学生却是我生活的“导师”，教我如何足不出户购买当地流量，向我推荐小镇里的餐厅、商场、公园，邀请我去广场看演唱会，过属于他们的节日。

很感谢他们点滴的帮助与陪伴。星火燎原，足以温暖每个人。

在这个小镇里，能和我说汉语的只有学生。每次上课，我的心情都会不由自主地明亮起来。上课带给了我满满的成就感，教会学生一句汉语，就意味着我们之间又增加了一些了解。

考虑到课程进度，每月我会组织一次文化课，尽可能让汉语课变得形象、立体起来。

在介绍中国剪纸的时候，学生们都很感兴趣。我在组织学生了解相关文化知识之后，开启了“剪剪剪”的模式——和学生一起制作各式各样的剪纸。他们心灵手巧，一些小动物的剪纸都能耐心地完成，这绝对是惊喜。

四、爱是一道光，如此美妙

我记得，大年初三的时候，我出去采购，遇到了学生，她说看到了武汉蒙受新冠肺炎疫情肆虐的新闻，很担心中国，也很担心我的家人。之后，遇到的邻居也是和我在同一所学校任教的老师，他也问候了我的家人，说中国肯定会没事的。我能感受到他们真切的爱心与善意。现在想到这些，我依旧觉得很温暖。

爱心不分国界，善意永远值得被收藏。

因为疫情的原因，像许许多多的人一样，早已约定好的事情，我们只能无奈地撤下日程表。

学生和我提议过的很多事情，现在都没有机会一起完成。我们会一起制作食物，分享彼此国家的美食。

虽然现在只能通过网课的形式见到学生，为了“一酬约定”，我们决定每两个星期用汉语为对方介绍一次自己国家的传统食物，也算是完成属于我们自己的“云约定”。

蒙田曾说，生活的艺术在于善于利用困境。在这样的日子里，我们依旧要活得明快、敞亮，愿我们都成为人间值得的四月天。

封国不封心，江河湖海，日月星辰，所有坎坷，终为坦途。

姚璟/明窗净几便是安居，安静下来，你就是自己的王者。

（图中第二排右二为作者）

玖

斯米尔提恩中心中学篇

我的拉脱维亚之行，我的志愿者生活

季　楠*

一、一见钟情

离别的车站，父母的眼泪，对家乡的不舍，经历了这些的我在2014年9月6日凌晨两点半坐上了通往拉脱维亚首都里加的飞机。还未从悲伤的情绪中恢复，又经历了痛苦的晕机，跌跌撞撞的一路，直到后半段行程才好了许多。从莫斯科到里加的飞机上，只有我和同伴强哥两个中国人，第一次体验到了自己成为别人眼中外国人的经历。

所有的忐忑不安在入境后看到强哥的校长维尔加（Velga）时都烟消云散，热情的笑脸顿时让我忘却了旅途的艰难。至今仍记得出机场的一刹那照在身上的明媚阳光，清香的空气扑面而来，还有悦耳的鸟鸣声，这一切都让我对这里一见钟情。明知道前方的未知，却有着莫名的熟悉，天气是温暖的，心里也是温暖的。

斯米尔提恩位于拉脱维亚的东北部，距离首都有两个多小时的车程。一路上，维尔加校长热情地介绍拉脱维亚的各个景点和历史文化，让我对这里的了解又进了一步。小镇不大，我和强哥住在一户当地人的家里，房子从外面看其貌不扬，内部却设施齐全，让我们又安心了许多。只可惜房主只会说拉脱维亚语和俄语，我们两个和他无法沟通，但他还是热心地为我们准备了晚饭。这里的第一顿饭就是当地的特色红菜汤，虽然有些难以接受，但我俩还是将饭吃完，然后决定以后自己做饭。这就是来这里的第一天，仿佛还是昨天。

---

* 季楠，2014年9月至2015年6月任教于斯米尔提恩中心中学，现任职于安永商务咨询（大连）有限公司。

二、和大部队会合

短暂的休息之后，我在第一周就给全校学生轮番上了中国文化先导课，以吸引对中国文化感兴趣的学生来选修自己的汉语课。此任务艰巨且重大，关系到我以后的学生数量，还好学生们反响不错，我稍微放心了一点。然后我们和使馆曾领事联系上，告知了我们全体成员聚会的事情。曾领事是拉脱维亚普通志愿者的负责人，他很认真负责。

在聚会上见到了全部成员，有之前培训时就认识的朋友，也有来之后结识的新成员。大家介绍自己，交流经验，因为年纪相仿，所以沟通起来没有障碍，很快就像一家人一样相处。第一次聚会让我感受到即使在异乡，我也是有家、有家人的，心里暖暖的。

三、"国宴"般的招待

来这里两个月后，突然接到通知说中国驻拉脱维亚大使要宴请在拉脱维亚任教的志愿者，这也是我第一次见到杨大使夫妇。原以为是和上次一样的聚会，结果却十分正式，有座位安排和姓名条。第一次看到自己的名字打印在国徽的下面，我心情异常激动。杨大使学识渊博，风趣幽默，不仅关心每个人，还和大家谈论拉脱维亚的现状及语言交流问题，让人心生敬佩。大使夫人十分有气质，让人印象深刻。这次和大使夫妇的见面，让我对自己的工作更加感到光荣和自豪，激励着我更认真地工作，更努力地过好每一天。

四、有动力的工作

虽然培训期间进行过几次试讲，但是来到小镇的第一周，在没有通知的情况下就让我介绍中国，着实有些措手不及。我只好努力找些学生可能会感兴趣的话题，鼓励学生问问题。之后我才知道，这竟然是汉语宣讲课，决定着我未来的学生数量。好在大家都比较热情主动，才有了之后和我一起走过9个月的学生。

因为开设的是汉语兴趣班，加上时间多为每天最后一节课，所以学生的人数跟想象中的有些落差，但是我知道这毕竟是开始，我要努力认真教下去，让学生一直学下去。

我所在的斯米尔提恩中心中学，从4ab班至11年级班，共有11个班开设有汉语课。但由于有的课程开设时间较晚和学生流失问题，我将有些班级的学生合并后一起上课。它们分别是4ab班（3人）、5ab班（3人）、6a班（6人）、7ab班（2人）、9ab班（3人）、11年级班（5人），学生年龄为11—18岁，平均每周6节课。学生没有教材，我就结合《快乐汉语》和《体验汉语》两本教材上课。《快乐汉语》第一册中，我挑选了一些与生活有关的话题，像第六单元这种工作的内容我就直接跳过了。针对学生年龄最小的班级，我更多的是将课件简化和领他们做游戏。除此之外，我主要介绍中国文化和中国人民的日常生活状况。因为是第一年开课，我希望他们能够了解一下更真实的中国。

学生们都十分乖巧可爱，对中国当代文化十分感兴趣。年龄小的学生可能上课会比较吃力，因为英语水平不高。年龄大的学生是最愿意学习汉语的。通过和他们的交流，我对拉脱维亚的了解更多了。并且，他们也成了我生活上的朋友，我有什么困难或者问题，都会第一时间跟他们联系，他们也会热情地帮助我。正因为有了这群学生，我的生活不再孤单，工作也更有动力。

五、印象深刻的活动

虽然平时上课有些无聊，但隔几个月组织一次的活动让我的生活丰富了许多。其中印象最深刻的要数春节活动了。

过完这里的“春节”——圣诞节，我便开始了中国春节的活动准备。开学后，我在课堂上陆陆续续跟学生介绍了中国春节的不同和热闹。小年夜的那一周，我还专门讲了一节介绍中国春节的课，让学生们进一步了解中国的春节。

中国驻拉脱维亚大使馆和孔院在2月末的一天举办了庆祝春节活动，我带领学生参与到其中。因为唱歌的节目太多，我只好把学生的节目改为跳舞。可是排练的时间不多，于是我决定让大家跳比较有趣和简单的舞蹈。给学生们看过视频后，大家反响不错，也开始努力地学习。虽然舞蹈动作简单，可是舞姿有些多，我带着学生一遍一遍练习，最终成功地进行了演出，得到了大家的一致好评。这件事让我激动不已，因为大家看到了我们的努力。在当天的午餐时间，好几个不认识的学生看到我也主动说起我们的节目的精彩。

另一件令我印象深刻的事情就是一年一度的“汉语桥”比赛了。这也是我第一次准备大型活动，其复杂程度超过了想象，我才知道原来很多事情看似简单，但需要很多人付出很多努力。小到奖状的填写、新闻稿件的撰写、评分细节的制定，大到活动流程的安排等，每一个步骤都需要大家努力工作。这届“汉语桥”比赛相对比较成功，没有发生什么大的问题，活动结束后大家都松了口气。

我也带着学生参加了这次比赛。由于准备时间不足，加上第一次参加，学生有些紧张。当学生在台上比赛时，我充分体会到了老师可能比学生更紧张这件事，我对老师这两个字的含义理解得也更为深刻。虽然我的学生没有得到前三名的成绩，但是我知道敢于上台展示自己就已经很不容易，名次不那么重要，我们可以明年再战。学生下台后，我第一时间给了她一个大大的拥抱，让她知道她已经很出色了。这份情谊让我和学生间的距离更近了一步，我知道她们永远是我的骄傲。

六、最后的离别

时间转眼即逝，在不知不觉中，倒计时的日子从三位数变成两位数，最后变成一位数。9个月的时间，我经历了成长，收获了友谊。最后的日子里，我无数次地感慨时间过得太快了，我还没有做好离开的心理准备。第一天来到拉脱维亚，第一次做自我介绍，第一回在讲台上讲课，那么多的第一次都留在这个地方，留在我美丽的23岁时光里。大学毕业后我直接来到了这里，简单的工作环境、淳朴善良的学生，都让我觉得自己太幸运，感谢所有帮助我来到这里的人。尤其要感谢我的学生们，能成为你们的老师，是我这辈子无限的荣光。

这9个月的时间里，我认识了许多人，大家像一家人一样相处，纵使有着万分的不舍，却总有分别的一天。但是我相信，即使分开，这份友谊依然在，无论天涯海角，大家还是一家人。

记得一篇“汉语桥”比赛的讲稿里有这样一句话：希望在拉脱维亚学习汉语的学生可以成为中拉交流的一座桥梁。我想说，不仅是学生，老师也是中拉交流的一座桥梁。拉脱维亚不同于欧洲那些大国，它静静地躺在波罗的海沿岸，与世无争，积蓄力量，终有一天会被更多的人看到。这里的美值得被探索，我愿成为两国间交流的桥梁，让中拉友谊更深，让中拉人民对彼此的了解更多。

我的23岁，我的拉脱维亚之行，我的志愿者生活，在这里就告一段落了。我为自己能成为汉语教师志愿者而感到骄傲和自豪，这段经历也让我更积极地面对未来的生活。明天，你好！

季楠/明知道前方的未知，却有着莫名的熟悉，天气是温暖的，心里也是温暖的。

（图中前排左二为作者）

拉脱维亚，我们后会有期

刘会强*

一、还未离开，已开始想念

在未踏入欧洲这片土地之前，如果只允许我用一个词来形容我对欧洲的印象，那这个词必定是“浪漫”。典型的欧洲建筑，柔和的阳光通过楼上的阳台投射到屋子里，女主人公伸着懒腰走到阳台，望着街道上悠闲走过的人们。这是我脑海里第一时间会想到的关于欧洲的画面。

2014年9月6日，在中秋节的前一天，我正式以一名汉语教师志愿者的身份来到拉脱维亚。说实话，在被派往这里之前，我对拉脱维亚的认知也只是听说过这个名字而已，至于它在欧洲的具体位置、它的首都这些基本信息我一概不知。之后在网上搜索了下它的信息，原来拉脱维亚是世界上男女比例最悬殊的国家，盛产琥珀。当天，第一次走出国门的我有些激动，有些兴奋。

飞机抵达里加后，由于入境检查的时候出了些小差错，耽误了些时间，我和另外一名志愿者是那趟航班里最后走出机场的两个人，赴任学校的校长早已在接机大厅等我们。走出机场，看到的是晴朗深蓝的天空，呼吸到的是洁净的空气，遇到的是整体上低矮的建筑和许多当地的白种人。之后司机将我们的行李搬上车，校长带我们买了当地的电话卡。本以为会很快到达目的地，结果车子开了近两个小时，由于旅途劳累，我便在车上小睡了会儿。到达了小镇的住处，卸下行李，然后在小镇上稍微逛了下，这里很安静也很舒适。

住处是当地的家庭与儿童救助中心，里面住了很多孩子，还有孕妇以

* 刘会强，2014年9月至2015年6月任教于斯米尔提恩中心中学，现就职于天津新东方前途出国咨询有限公司。

及带着孩子的母亲。房子里设备齐全，厨房里有微波炉、烤箱、冰箱、吸尘器、餐具等。唯一让人觉得美中不足的当然就是食材问题了。当地的食材种类比国内来说自然是少了一些，可能和当地所处位置有关吧。来的时候最好带着花椒、木耳、豆瓣酱、火锅涮料等材料，因为这些东西在当地是买不到的。我来之前在家里下厨房的次数真是屈指可数，来到这边只能自食其力了，但正是锻炼自己厨艺的好机会。

拉脱维亚的冬天漫长得很，从10月底一直持续到来年四五月份，而且十分寒冷，最低可达零下30度。好在超低温的持续时间很短，有差不多一个星期。但2014年的冬天十分暖和，最低温度也才零下十几度，不过春天比往年冷了许多。所以，春天快过去了我还穿着大衣，街上穿羽绒服的人也不少。另外，拉脱维亚大半年都是阴雨天的状态。据相关资料记载，拉脱维亚一年中只有大概72天是晴天。所以，阳光明媚的日子甚是难得，我一定会趁着这样的天气出来享受下阳光的抚摸。值得一提的是，在这里你有可能在一天里经历一年四季的轮番上演。

我所在的教学城市是个很小的地方，亚洲人的面孔在这里更是少见，以至于每次我走在路上时，都会有很多人投来目光。小镇太小，连红绿灯都没有。过马路的时候，开车的人看见前方有行人经过，肯定会停下来，让行人先过。我刚来这里的时候，看到有车子过来，就习惯性地停下来，让车子先过，可没想到车子也停下来了。我不明所以，愣在那里，顿了好几秒，才朝司机点了头，匆忙过了马路，车子这才继续前行。听闻小镇里来了汉语教师，当地媒体都跑来学校采访，着实令我有些激动。

拉脱维亚的官方语言是拉脱维亚语，第二语言是俄语。当地有很多人会讲俄语，甚至有些人，特别是一些老人只讲俄语。而英语在这里的普及率不高，在首都还好一些。在小镇，除了一些学校的学生，很少有人会讲英语，学习一些简单实用的拉脱维亚语还是很有必要的。当然，拉脱维亚语中的舌音对我们亚洲人来说还是有些困难的，至今我还没学会那个奇怪的发音。但日常生活中我并未遇到大的困难，因为很多时候肢体语言起了很大作用，比如在买东西的时候，即使店员和你语言不通，你只要用手势告诉他要买什么、买多少，他就懂了。无须担心店员会多收费，当地人都很淳朴。当然，如果能学会更多拉脱维亚语就更好了，而且在这里你有语言环境，这是个很大的优势。

二、教学的乐趣

我是斯米尔提恩中心中学的第一任汉语教师志愿者，压力颇大。在最开始进行中国及中国文化介绍时，我发现他们对中国真的是知之甚少，他们知道的仅限于成龙、吃饭用筷子、人口大国等。虽然班上的学生人数在减少，但令我欣慰的是成人班的学生基本上每次都会来上课。这是我最喜欢的一个班级，班上年龄最大的差不多有五六十岁，而最小的不过十来岁。我无法保证我的每节课都有意思、他们都会感兴趣，但他们每次都会来，这是最令我感动的。

汉语课最开始是对中国及中国文化的介绍，然后是语言和文化的教学。我先教了他们拼音，为避免枯燥，同时教了一些基本词汇和交际用语，比如数字、颜色、动物、你好、谢谢、再见等。我还会不定期地给他们做些文化方面的介绍，比如京剧、中国功夫等。他们对这些东西很感兴趣，他们之前基本上没有接触过，这对于他们来说是全新的。他们也常会有许多关于中国的问题问我。后来他们提出学习汉字的想法，于是我给他们每人发了一支毛笔和一张书写汉字的纸。我先是给他们讲汉字的历史和发展历程，然后是实际操作。无奈我不知道怎么写毛笔字，只好找来一些视频给他们做示范。现在他们能写一些简单的汉字，像一、二、三、大、人等。当我在黑板上写下稍微复杂一些的汉字时，他们尴尬地笑了，问我是如何那么迅速地记住那么烦琐的字的，他们说可能一辈子也记不住那么多“天文字”。

在一次文化课上，我提前一周提醒他们带一把剪刀，因为要教他们做中国剪纸。我先是讲了中国剪纸的历史和发展过程，然后就开始动手操作。大家都很聪明，都剪得很成功。他们学习了剪福字、喜字、春字，还有蝴蝶。记得有一次我给他们展示中国的毽子，我刚拿出来问他们这是什么的时候，他们不约而同地摇头，表示没见过。然后我就演示给他们看，他们欢喜得很，觉得这小玩意儿真是有意思。成人班学生和我相处时间最长，他们很认真。后来“汉语桥”比赛临近，我告诉他们这个消息的时候，他们说比赛太难了，学习汉语的时间又短。我起初并没抱任何希望，但是后来一个学生找到我表示想参加比赛，并且独立完成了一份演讲稿。我看了之后好感动，因为演讲稿中的句子都是我教的，而且基本上没有错误，我作为教师的成就感和满足感瞬间袭来。

春节的时候，校长邀请我去其他班级进行中国春节的介绍，讲了大概七八次，每次反响都不错。他们很喜欢听，因为看到了许多新奇的东西，比如红包、春联、舞龙、舞狮。为了让幻灯片里的事物更生活化，我还特意让家人拍了些春节的照片给我，然后展示给学生们。当地教世界文化课的老师还邀请我去其班上介绍儒学、阴阳和五行等知识，但很明显他们对春节更感兴趣。

来之前，我觉得9个月的教学时间会很漫长，但时间飞逝，转眼我就要离开了。适应这里的生活后，我喜欢上了这里，总想着以后退休了一定要搬到这里来养老。这将近一年的时间，是我步入社会的第一年，体验了很多，见识了很多，也学到了很多。无论如何，这段经历都是我生命中非常宝贵的财富。这里没有大城市的繁忙拥挤，人们都过得很惬意，都爱养花，走在小镇的路上，能看到五颜六色的花朵。我喜欢晴天，虽然这里阴雨天居多，但正是因为稀有，晴天才愈加显得珍贵。离别的日子临近，离别的愁绪难免会有，不过我更多的是对这片土地的眷恋。

拉脱维亚，我们后会有期。

刘会强/适应这里的生活后，我喜欢上了这里，总想着以后退休了一定要搬到这里来养老。

（图中右一为作者）

我在斯米尔提恩的温暖时光

盛 铭*

谨以此文纪念在拉脱维亚的美好岁月，在斯米尔提恩教学点的温暖时光，愿汉语之花在东欧土地上更加绚烂地绽放。

一、初遇拉脱维亚

下飞机入关、等待行李的时间有点漫长，我拿到行李走向机场大厅时，同批的乘客已经寥寥无几，大厅也显得寂静无趣。正茫然寻找学校接机人员时，只见一个高个子大叔拿着写有我名字拼音的A4纸四处张望着，我赶紧快步上前与大叔打招呼，大叔微笑着与我友好握手，帮我将行李箱放置在车上，便不再多言。言语不通的现状让我不禁对接下来的工作与生活有了一丝担忧。

汽车行驶至某处楼房前停了下来，等待了大约十分钟后，一个男生快步跑过来上了车，他用英语跟我打了招呼，开始为我简单地介绍情况。有了“翻译”我逐渐放下心来。看着车窗外的景致切换到郊区：一望无边的原野和郁郁葱葱的树木相映成趣，不算宽阔的公路周边了无人烟，甚至就连过往的车辆都极其少见。午后的阳光照耀在我的脸庞，是那么的温暖、惬意，就像走进了公路电影之中，这般脱离城市喧嚣的境遇让我对未来有了无限憧憬……

---

* 盛铭，2015年10月到2016年5月在斯米尔提恩中心中学任教，现就职于北京市海淀区羊坊店第四小学。

二、异国的温暖

初到拉脱维亚我便感觉到，身处东北欧的拉脱维亚人性格相对内敛，一般对于陌生人不会主动示好，总是有意无意地保持着安全距离。我估计这大概也是受地理位置、气候等因素影响，人与人之间的安全距离相对较大，从而也影响了拉脱维亚人的性格特点吧。然而慢慢地，一件件小事让我愈发感觉到来自异国的温暖。

斯米尔提恩市政府为我提供的住处是当地的一个政府福利机构，经常会有一些儿童暂住，而我的到来也让这些孩子们倍感好奇。尤其刚到的几天，每当我做饭时，总有孩子跑过来，用好奇的眼神望着我用锅铲翻翻炒炒，见我把土豆切成丝，更是窃窃私语，一边笑一边用拉脱维亚语讨论，这让什么都听不懂的我略显尴尬。我心想，与其这样倒不如就从现在开始介绍中国的饮食文化吧。一盘土豆丝炒好后，我分出一部分给孩子们品尝，见到几乎每天必吃的土豆做成了这种样子，孩子们惊奇地尝了起来，纷纷表示好吃。我赶紧趁机给他们进行了简单的饮食文化介绍，教他们用筷子，厨房里一下子充满了欢声笑语。有了这样的几次照面之后，我们逐渐熟络起来。一天，我把一些糖果和巧克力拿给一个孩子，请他也分给其他孩子一起吃。没想到，过了一会儿，七八个孩子一起冲到我的厨房，大叫着“给你个惊喜”，领头的孩子从背后“变”出一支玫瑰花递到我手上，还没等我回过神来他们便叽叽喳喳地又跑出去了。我看着这朵绚丽绽放的玫瑰，甚是诧异、惊喜，虽然跟他们语言不通（只有个别年纪稍大的孩子英语流利），但孩子的善良都是相同的。

我所任教的班级学生年龄跨度较大，11、12年级的高中生已经十七八岁，即将迈入大学，英语能力也相对较好，可以跟我用英语深入地沟通。二年级的小学生英语能力还比较差，课堂上我尽量用简单的英语作为媒介语上课，可即便如此，也有个别不会英语的孩子上起课来有些吃力。其中，有个个子小小的孩子让我印象很是深刻，可能是不会英语的缘故，原本有些害羞的他更不爱主动说话，课堂上也几乎从不发言，如果就此忽略他，他可能就成了课堂上的“隐形人”。发现了这种状况，我赶紧多鼓励表扬他，课上课下都对这个学生多加关注，请英语稍好的孩子帮忙翻译，加强辅导，希望他不要因此而失去对汉语的学习兴趣。在一次画脸谱活动中，我夸他脸谱画得漂亮，放学前还给他单独照了拿着脸谱的照片。令我意外的是，这个孩子放学后本来已经离开了教室，过了一会儿又突然跑了回来，冲进教室给了我一个大大的拥抱……

萨曼塔是开课几个月后才加入汉语课的一个小姑娘。一天，我刚到教室她便说“我们可以一起回家”，原来她家离我的住处不远，她的哥哥是我另一个班里的学生。一下子多了层“邻居”的关系，好像我们更亲近了一些。放学后，我们迎着太阳走上回家的路，多日不见的阳光铺洒在开始融化的雪上。我们一路走一路聊，她好奇地问我的家乡有没有电影院，我问她家里的小狗叫什么名字，我们用刚刚学过的汉语练习简单的对话。连日下雪的灰蒙蒙的天不见了，午后温暖的阳光让小镇愈发静谧，孩童的纯真让小镇变得更加可爱了。

三、教学中的故事

维克多是4年级的一个学生，每次见到我，他都会很热情地主动打招呼，课堂上也展现了很强的表现欲。本以为他就是一个性格外向的孩子，慢慢地我发现他其实非常敏感，课堂上稍不注意就会引发他较大的情绪波动。可能因为他比其他同学年龄稍大，而与弟弟又在同一个班，聪明机灵的弟弟记词语比他快，发音比他清晰，这样一来，他的自尊心更强了。发现了这样的心理后，我在他单独朗读后都是先夸奖他，而后再带领他朗读，纠正他的发音，尽量维护他的自尊心。然而，一次剪纸课上，还是不小心触发了他的敏感“机关”。我以剪金鱼为例，在黑板上画好了图样，紧接着一步步展示剪纸步骤，讲解完毕后，孩子们都兴致盎然地开始制作，很快一条条“小金鱼”成型了，孩子们都兴奋地展示着自己的作品，我也忙不迭地给他们拍照。正在这时，维克多不耐烦的情绪引起了我的注意，再一看，干净平整的红纸在他手中皱巴巴的，怎么看都不像是金鱼。因为没画好导致没剪好，再加上同学们的笑声，他生气地把作品撕碎了。我赶紧拿出一张新纸，大声地说我们还可以发挥想象力，制作各种各样的窗花，这样一来又把全班的注意力吸引过来。我赶紧展示了窗花的制作方法，孩子们也纷纷做了起来。看到维克多的情绪渐渐平稳下来，我说“我觉得维克多非常有想象力，相信这张纸在他手中能变成独特的窗花”，说着把一张折好的纸递给他，鼓励他再试试。就这样，他终于剪好了窗花，露出了开心的笑容。

安娜是个典型的好学生。9岁的她虽然刚接触汉语，但聪慧好学的劲头在课堂上很是突出。“汉语桥”比赛前夕，我鼓励她报名参赛，她欣然答应，忽闪的大眼睛透露着兴奋和期待。然而，准备过程并非如我所想般顺利。由于安娜学习汉语才刚几个月，汉语基础还很薄弱，我便抽空为她辅导。修改演讲稿，一遍遍纠正发音，我们辛苦地为比赛准备着。对于刚接触汉语的小小年纪的她来说，在汉语比赛上脱稿演讲是一个不小的挑战。虽然已经很努力地练习，但安娜还是说不熟练几个句子，一紧张更是说不出来了。眼看着比赛日期逐渐临近，安娜更加着急了。我赶紧想办法安慰她，告诉她要相信自己，她能做到的，有勇气参加比赛就是好样的。坚强的小姑娘虽然遇到了困难和挑战，但还是坚定地代表斯米尔提恩中心中学完成了比赛，想必这次经历一定能在她的汉语学习之路上留下很深的印记吧。

四、斯米尔提恩

斯米尔提恩是一个很小的城镇，位于拉脱维亚东北部，人口不过五六千。小镇的生活节奏很慢，走在小镇街道上，往往见不到几个人影。春暖花开之时，家家户户的小院子里都开满了鲜艳的花，路过养狗的人家，时常会听到几声“汪汪”叫，简单、精致的小镇犹如世外桃源一般。大雪过后，到处都是白茫茫的一片，树上结满了美丽的冰晶，没有人烟的树林里雪足足有半腿深，阳光透过斑驳的树影照射着雪地，就像走进了童话世界。

正是这样一个离里加有些偏远、人口稀少的小城镇，也开设了汉语教学点，这其中有契机也有太多的不易。能开设课程，坚持到现在，并且越来越好，离不开中国驻拉脱维亚大使馆和拉脱维亚大学孔子学院的支持，离不开每一任汉语教师志愿者的努力。而我也在这个过程中收获良多，在拉脱维亚，在斯米尔提恩，一点一滴都是我美好的回忆，远在东欧的那片土地将是我永远牵挂的地方。

最后道一声：Labdien！ Latvija！（你好！拉脱维亚！）

盛铭/在拉脱维亚，在斯米尔提恩，一点一滴都是我美好的回忆，远在东欧的那片土地将是我永远牵挂的地方。

（图中左二为作者）

偷来的时光

陈凤凰*

2017年的最后一天，去拉脱维亚的签证下来了！经过半年的折腾，我可望启程的心早已像离弦的箭，于是迫不及待地买了前往里加的机票。带着憧憬与梦想，我从泉州坐动车到福州，从福州飞往北京，又从北京飞到莫斯科转机，辗转多地最后到达里加，历时三四十个小时，从2017年飞跃到2018年，从中国的南方小镇飞抵波罗的海沿岸。是的，在2018年1月1日，这特殊而又有标志性的日子里，我开启了志愿者工作。

一、第一天的雀跃

在里加休整了两天之后，教学点派了司机来接我。在孔院小伙伴的目送下，我离开里加，向着梦中的小城出发了。那天下着小雨，有些湿冷。车窗外是大片的森林和草地，少有人烟。漫长的车程，一路颠簸，我有些疲倦，歪着脑袋便睡着了。过了大约两个小时，我睁开朦胧的双眼，望向车窗外，发现已经换了一番别致的景象！映入眼帘的是一排排可爱的小木屋！时值冬日，小木屋点缀在山林间，暖黄的灯光透过窗户映照在树上，也把我的心点亮了。啊，这就是我即将生活的小镇斯米尔提恩！

斯米尔提恩位于拉脱维亚东北部，在行政区划上属于109个自治市之一。我任教的学校斯米尔提恩中心中学就位于斯米尔提恩的中心地带。车又开了十几分钟，在两栋砖房子前停了下来。我被带到一栋两层的白色房子里。房内大厅的装饰清新优雅，蓝色的沙发上都是小玩偶，有几分节庆的氛围。住所的负责人很快就来接待我了。这是一个年轻高大的小哥，说话时眼含笑意，特别友善。他把我带到了一栋红砖房子前，从外面看时，

*　陈凤凰，2018年1—6月任教于斯米尔提恩中心中学，现就职于厦门市杏南中学。

我以为是只有一户人家的住所，但我走进去后，完全惊呆了。这“迷你”房子里竟然有十几个房间：两三个客厅，几个卫生间，还有洗衣间及厨房！重点是，这个厨房是我一个人使用的！小哥给我介绍了我在房子里可以活动的范围，说明了屋内物品哪些是属于我个人的，哪些是公用的。厨房是我最关心的，我径直走向厨房，正寻思要去买厨具的时候，小哥打开了柜子，说里面的厨具都是我的。我真的无法形容当时的心情，真的乐开了花，想要跳起来。在之后的日子里，果然这厨房就是我的快乐源泉，是我铁打的中国胃最大的慰藉啊！在往后的日子里，它也成了我传播中华饮食文化的一个重要场所。随后，红砖房子里的家政阿姨也来了，她跟我交代了些事宜。阿姨说的是拉脱维亚语，她说一句，小哥翻译一句。后来我才知道小哥有多么重要，他是我在这里为数不多能沟通的人。当地人大多说俄语和拉脱维亚语。语言不通是我在异国的一大挑战！

二、任性的第一堂课

我安顿好之后，在倒时差、办理居住证、熟悉教学点中，半个月就过去了。

2018年1月15日，按日程表将迎来我在拉脱维亚的第一堂课。于是，我早早起床，把前一天备好的课再在大脑中过一遍，然后便开始捯饬自己。沐浴更衣，换上新的旗袍，编好头发，化好妆，准备好教具和奖品，当然吃过饭还不忘再把牙刷一遍，把课又试讲了好几遍，反复排查可能出现的问题和考虑各种细节，生怕有疏漏。脑子里，A计划和B计划高速运转。终于准备出门，这时手机突然接到一条信息：“我要再确认一下你是否有学生。”随后，又传来一条信息：“你今天下午的课改成明天了。”

我似乎听到了离弦的箭突然断了的声音！生活总是在你既定的轨道上设置一些小岔道，以便让你感知到何谓“跌宕起伏”。这随性的风格让我感受到了作为兴趣班的海外汉语课堂的现状，我暗暗下了决心，一定要让汉语课在这里的根扎得更深一些！

三、快乐的汉语课堂

斯米尔提恩中心中学建校于1945年，至今已有70多年的历史。目前，该校教学活动包括学前教育、基础课程教育（1—9年级）以及高中教育（10—12年级）。我的志愿者工作主要包括两大方面，一是教学工作，二是文化活动的开展。

斯米尔提恩中心中学的汉语课为兴趣课，课程类型为综合课。每个班级每周一节课，每节课40分钟或60分钟。学校汉语课以当年学校学生报名人数为依据来开设班级，没有固定的班级数量、班级人数和课时量，往年都会在开学初进行试讲来吸引学生。由于签证问题，我赴任时间较晚，学校直接组织学生报名，并没有试讲环节。根据学生报名情况，2018年斯米尔提恩中心中学的汉语课程共设有9个班级，学生总数为31人，教学对象涉及小学生、初中生、高中生和成年人。学生年龄跨度较大，最小的12岁，最大的77岁。学生没有教材，我使用的是体验汉语教材，并结合实际情况进行改编，用幻灯片课件进行辅助教学。在半年的教学工作中，我的教学内容包括拼音、汉字、数字、家庭、如何问名字、如何问国籍、如何问日期等。针对不同年龄段的学生，我的教学内容也有所侧重和区分，教学方式也灵活多变。

学生之中，最让我喜欢的是我的成年学生。

我所在的学校2018年第一次招收成年学生。由于白天他们要工作，上课时间便安排在晚上。我还记得第一次和他们见面的场景：刚走进校门，看到一个人高马大的男人已经在大厅那儿等着，他便是我的学生之一。男人绑着一个小辫子，发型十分独特，像是个搞艺术的人。随后，一位老爷爷神采飞扬地走来，兴奋地和我握手说“你好”，这一声问候让我既吃惊又欣喜！后来又来了两个女人，一个年长，一个和我年纪相仿。四个学生，两男两女，老少皆有，真是不错的搭配。

第一次上课前，我想了一些中文名字，并翻译成英文，让学生选择自己喜欢的。几分钟后，大家都有了自己中意的名字。我问老爷爷想要哪个名字，他突然涨红了脸，不好意思地笑了起来。正当我疑惑时，看到他指着“周阳阳”这个名字，嘴里念着“sunshine”大笑起来。其他人也觉得很有趣，都笑了，大概是因为老爷爷的年纪和“阳阳”搭配起来略有喜感。阳阳，字面上是阳光温暖、开朗乐观之意。而这个名字来源于诗经中的《君子阳阳》，意思是“洋洋得意，和悦舒畅”。我告诉他这个名字的来历之后，他很开心。

周阳阳似乎在网上学过汉语，所以才能有第一次见面时那一声如春风般的“你好”。在我教数字的时候，他也能说出几个。有一次我看到他拿着打印出来的一本厚厚的词语表，上面汉文拉文对照，真是好学的老爷爷。春节快到的时候，他从词语表中找了“春节”这个词说给我听，虽然发音不着边，但是那真诚的样子可爱极了。我没问过他的年纪，有一次下课时他突然对我说：“我是老人。我没有时间了。”我的心不禁一颤，赶忙说：“你已经很棒了。活到老，学到老。我很佩服你！”可是我的内心已添了几分伤感，我能教他的汉语课只有那么几节，心想无论如何都要把每一堂汉语课上好，不能辜负老爷爷对汉语的这份热爱。

另外一个学生张文斌，这个名字取文武双全之意，也很适合他。他是工程师，彪悍的体形下却有着一颗孩子的心，上课的时候笑得最憨。记得教拼音“e”的时候，我说发音的时候可以笑笑。结果每次出现“e”，他都笑，并且憨态可掬，惹得我也很想笑。他很会配合我，也很会带动气氛。要是课堂中没有他，不知该要少了多少欢声笑语。

再来说说两个女同学。首先是周雨桐。由于我十分喜欢梧桐，联想到“落雨疏桐”般诗意的场景，遂以此为名。这位年轻的小姐姐是个设计师，每天下班后开车20多分钟来上我的汉语课，每节课都提前到，并且学得十分认真。她对汉字的感知是较为敏锐的，我想这也许是源于她那种良好的抽象思维和想象能力。我很少看到她笑，在大家都笑的时候，她总是十分淡定，偶尔嘴角一动，但从不大笑。这难道是一名设计师与生俱来的冷静？直到有一天教他们“我爱你”这句话的时候，她比画着爱心，我终于见到了她格外灿烂的笑容，真美！

还有一个女学生叫陈静。这名字跟她应该是有缘的。选名字的时候，她说无所谓，选哪个都可以，十分佛系。我见她身上有几分娴静温良，便选了这个名字给她。果然在接下来的了解中，我发现这个名字和她也是极匹配的。她大约40岁，是学校的园丁，负责管理花花草草。第一节课上，我只察觉到她是喜静之人，在后来的学习中，我才看到她的聪慧之处。她对知识的理解和掌握是最快的，并且汉字发音十分标准，很快就展现出了自己的语言天赋。对于她出色的表现，我每次都给予热烈的赞扬。起初她有些害羞，后来渐渐成了我的好助手。每次遇到一些比较难的发音，让她先做示范准是没错的。她个子高挑，有一米八了吧，站在她面前，我就像她的小女儿。

在这样的班级上课，我总觉得妙趣横生，与众不同。不得不说，这个成人班是最让我省心的，我不需要太多强调课堂纪律，只需要专注于教学。以至每次上完课，我就开始期盼下次课。他们也一直给予着我十分积极的反馈。除非生病，否则他们从来不会落下一堂课。

刚开始，大家还十分陌生，都有些腼腆和客气。经过几周的磨合，他们很快都放开了。记得在教数字时，有一个“打牌”的课堂活动。起初我还在担心他们是否会觉得幼稚，没想到他们玩得比其他班级的学生都要嗨。尤其是阳阳老爷爷，他每一次把牌放下去并大声喊出数字时的那种亢奋，就像返老还童了！而在我带他们做一些文化体验活动的时候，如剪纸、做灯笼，他们总是表现出极大的热情，这也给了我莫大的鼓舞。有一天课后，他们很开心地对我说：“这堂课棒极了！”那一刻，我觉得自己所付出的一切都值了。

最让我觉得温馨的一堂课，则是在教他们家庭成员名字的时候。我让他们带上家人的照片。上课之前，他们就迫不及待地给我看他们家人的照片。而阳阳爷爷更是可爱，把他的家谱都打印好带过来了，长长的一卷摊开在桌上，好不壮观，惹得我们都笑了。他真可谓是子孙满堂啊！而这也是我第一次有机会教到“孙子”“外孙”这样的词语。毕竟我之前教的都是小朋友，每次都是往上教到“爷爷”这个辈分，从来就没有往下教的机会，连“儿子”“女儿”这样的词在教学中都是极少涉及，毕竟“急用先学”嘛。教到“哥哥”“弟弟”这组词语时，我以阳阳和文斌比拟，教到“姐姐”“妹妹”这组词语时，我以雨桐和陈静来比拟，刚好一老一少，两男两女，相得益彰。我说，我们也像是一家人。大家都乐呵呵地笑了。从此之后，课堂上只要说到这几个称谓，大家都会主动对号入座，相视一笑。课上，我引入了“爱”这个主题，串联起了所有的称谓，教了他们表达爱的各种手势，大家也都其乐融融地比着爱心，还主动发问“丈夫”和“妻子”怎么说。我想，那天他们应该都回家表白去了。教学中我播放了《父亲》和《妈妈，我爱你》的MV，也许是歌曲本身足够温馨和感人，他们看完都鼓起掌来，拍手叫好。当播放到《我爱我的家》时，我看到每个人的眼里都含着泪。家，永远是最能牵动人心的一个字眼吧！而这个课堂，也越来越像一个小家庭了……

他们一直很有爱。三八妇女节的时候，班里的男同胞们有心地准备了巧克力和花送给我们三位女士。而在听说我上课路上滑倒时，文斌主动承担了接送任务。每周四的夜课，他都会在约定的时间来接我。从此，我便结束了一个人走夜路去上课的日子。

在成人班的课堂上，还发生了很多令我开心的事情。可能只是他们好玩的表情，或者是很小的事情，我却一直记得那种轻松、快乐的氛围。

记得最开始备课的时候，我常常要琢磨很久，思考他们这个年龄段的学生应该以什么样的方式教授更好，一些在中小学课堂上适用的方法是否能在成人班使用。播放视频时，我努力找有俄语的视频帮助他们理解；上完课，我会写好反思，记录当天哪个学生的哪些发音还没掌握好……在做这一切的时候，我常常觉得教学不只是一份工作，更像是我的舞台。我不在上面唱歌，也不在上面跳舞，我站在讲台上对我的学生们说这世界上浪漫的一门语言——汉语。正是三尺讲台，一支粉笔，一块黑板，加上上天恩赐给我的优秀学生，使我的汉教梦想闪闪发光，化为现实。

四、小城的慢时光

我到斯米尔提恩不久，便开始下雪了。我很喜欢我的居所，因为它是红砖红瓦，我常常称它为红楼。红楼有两扇窗，一扇朝向月光，一扇朝向日光。入睡前，月色撩人，柔光透过窗户撒满屋子，让我枕一夜清梦。晨起苏醒后，有时是溢满双眼的湛蓝天空，有时则是纷飞的雪花。在两扇窗前，天地之间，只剩温柔与澄澈。

抵御孤独，是海外志愿者的必修课。小镇上的人很少，性格较为内敛，相距较远，不太方便交流，而我也不是擅长交游之人。下课后的时光，我基本是一人独处。那种入夜之后孤独袭来的感觉最是令人难耐。以至于我还清晰地记得，在春节时第一次回到里加的拉脱维亚大学孔子学院，见到尚大大和师母，见到国内的同胞们，那种激动到快要落泪的感觉。孔院就像我们的家，尚大大和师母以及其他志愿者就是我的家人。但是，回里加的次数永远很少。大多数时光，我还是一个人在小镇上度过。

作为小镇唯一的亚洲人，我的生活十分简单，我会买菜、做饭、看书、写字、散步、养花……下课后，我常常会在小镇上晃悠，消遣孤独的时光。半天的光景，也到不了多远的地方。有时适逢小雪飘飘，我便在家附近转转。我会带上相机开始对小镇的探险。没有地图，没有目的地，自然也没有时间限制，我仅凭感觉走，可谓自在地独行。冬日里，雪已经落满蜿蜒的小路，虽不是厚厚的大雪，目之所及却也是白茫茫一片。裹着白衣的小村庄，屋顶是零星的雪花，完全不同于初来时的光景。这就像雪白的嫁衣，把这片土地装点成一位白雪公主，等待着白马王子迎娶。啊，我就是那小矮人呀！置身于这广阔的天地间，四下无人，内心却是欢天喜地。因为我已然能在孤独中找到自己的内心安放之处。这是小城风光给我的安慰吧！

一路走走停停，有时遇到老人与猫，有时还会听到院子里传来声音，是当地人在热情地问我："在拍照？"随后，大人、小孩儿都齐刷刷地望向我，露出笑容。这笑跨越了语言，跨越了国界，跨越了所有的陌生，温暖着我的心。常常走不了多时，手便被冻得通红，但是所遇之美景让我忘记了严寒，手中的相机快门仍然闪动不停。走过一条条乡间的小路，走过树林和溪水，遇到耕种的女人，遇到玩滑板的男孩、荡秋千的情侣以及同样散步的人。当地人会好奇地打量我，于他们而言，我这个亚洲面孔无疑是特别的，而他们也是我眼里的风景。

小镇不大，走着走着我又走回先前熟悉的路，熟悉的地方却也能发现几处宝地，尤其是森林深处的那个湖至今让我魂牵梦绕。早就听说拉脱维亚湖泊遍布，冬天的时候，所有的河流、湖泊都被冰封，同周遭的一切共同处在一片冰天雪地中。那时候，我还没有发现那个湖。当春天到来，每每走在路上，常常无意间就能遇到一方浅水或是涓涓细流，这个时候我才真切体会到这里确实到处是湖泊！

我是在4月的一次闲逛中发现这个湖的，它被一大片森林环抱。也许是因为偶然所遇，第一次走近它就觉得十分欢喜。走过几条崎岖的小路，突然出现一个警示牌，图案大概显示前边会有黄蜂之类的昆虫，提醒要小心。不知是什么指引着我，我仍然往前走，不知道路的尽头会是什么。在好奇和忐忑中，眼前突然出现一个湖！这大概就是最美的惊喜了！

春分过后，白昼越来越长，天黑得越来越晚，我便经常在晚饭后出来散步，这个湖就成了我最爱光顾的地方，常常不自觉地走到这里。它的宁静，它的清洌，怎能不让人想起“山光悦鸟性，潭影空人心”这样的诗句来呢？同时，它又让我想起史铁生的“地坛”。

刚开始时，我还以为只有自己发现了这个湖。没想到，原来这也是当地人钟爱的一个湖呀。我经常在这里遇到一些有意思的人，比如河边爬树的男孩、烤火取暖的男女、钓鱼的父子、三五成群聚在一起的青年。每次我的出现都会引来他们聚集的目光，有种误入别人家桃花源的感觉。有时候他们只是看着我，冲我笑，我也对他们笑。

拉脱维亚全年约有一半时间为雨雪天气，而在漫长的冬季，潮湿和阴冷则是主旋律。

小城人家的居所以木屋为主，环绕木屋周围的一般是一大片草地，有些会有篱笆围起，有些则只是以路为界。3月份时，小城日渐回暖，我便时常能看到木屋主人们在门前的小园地上开垦出一片片黑色土地，而后在上面播种。虽然这里与中国南方梯田的春耕景象十分不同，但是农忙时节的氛围却是相同的。

大概到4月份的时候，那些草地上突然开始冒出各种花儿。起初只是出现一些小野花，等到5月份的时候，绚丽夺目的郁金香已经在风中摇曳生姿了。我才惊觉，原来他们种的并不是蔬菜，而是鲜花！

我这个来自农耕民族的人，脑海里的春耕图和在这里看到的春耕景象确实是迥然不同的。不管怎样，种蔬菜也好，种鲜花也罢，只想谢谢小城的人，他们把自己的院落打理得那么好。作为路人，每天行走在两旁开满鲜花的道路上，就觉得自己生活在一个巨大的花园里。所以到了春天，一有晴朗的天气，我也是一定会出门的！没课时，只要看见透过窗户射进来的亮光，天边一角露出一片澄明，我便会立马换上衣服出门。要知道在拉脱维亚阳光是无比傲娇的，如果不抓紧去目睹它的容光，也许稍过片刻它就隐匿不见了。

有一次，我循着未走过的小路散步，晨曦还很微弱，看到天边那厚厚的乌云气势磅礴，眼看着太阳分分钟就要被吞没，一边走着，一边担忧，只能默默为太阳公公加油鼓劲。一路上它隐了又现，匿了又来，反反复复。直到我经过一片树林，再抬头时，阳光终于冲破乌云，闪亮登场！我的心也一下子跟着明朗起来！因为稀少，所以珍贵，因为难得，所以令人向往。它穿越了一亿五千公里的距离，来到地球，落在这个小城镇，落在高大的白桦树梢上，落在屋顶的积雪上，落在雪地上。那黄的、绿的、粉的、红的、蓝的墙就这样被阳光爬满，仿佛调色盘里加了水晶般，把房屋点亮得通透鲜明。

屋外的温度依然很低，但是景物已经全然换了一番模样，全因了阳光。晴则明，明则朗，朗则乐。阳光带来了温暖，也带来了希望，照亮了小镇，也照亮了我的心田。在这个北纬57度的国度，我深刻地感受到了阳光的力量和魅力。

这个小城，就像我梦中的花园。我爱它的银装素裹，也爱它如春的生命力。我就这样看着冰雪融化，冬去春来，万物复苏。不知不觉，几个月就过去了。

五、告别与启程

很快到了回国的时候。5月的最后一天，我和最喜欢的几个成年学生吃了最后一顿晚餐。

那也是我们的最后一堂课。我邀请学生到红楼开展活动。起初，我们进行了汉语大比拼、筷子夹珠的趣味活动，随后我为他们介绍了中国的饮食文化，还与他们一同品尝中国美食。最后，闪亮登场的是火锅。他们对火锅还没有什么概念，都饶有兴致地想尝一尝，席间又是一阵关于火锅的讨论。对于我带来的干货——海带、木耳、香菇等食材，他们都是第一次吃，觉得十分特别。我们吃了一锅又一锅，话题也换了一个又一个，直到最后他们手摸着肚子，不停摆手说：“太好吃了！！但是实在太多了！”我们都哈哈大笑。在晚餐的最后，有学生突然拿了一张纸给我，只见上面画着五线谱，写着拉脱维亚文字，还配有汉字和汉语拼音，最底下则是一只晨起踱步的大公鸡。

“老师，我们想教你这首歌。”说罢，他们就齐刷刷地坐成一排，开始唱起歌来。啊！我真是又惊又喜，没料想他们准备了这个节目，还如此用心地给我打印了歌词。这也是我听的第一首拉脱维亚传统民谣，有着明朗轻快的曲调、简单有趣的歌词。听着他们的歌声，看着歌词，我竟然一下子就能哼唱起来。歌声溢满房间，飘向窗外，我陶醉其中，而时间也仿佛在那一刻停止了流动……

我的这四个成年人学生哟，他们那成年人的自律和对汉语的热情使我觉得自己是世界上最幸福的教师！那天的歌声似乎还在耳畔，祝福的话语暖到了心田。我的学生文斌认真写了联系方式和家庭地址给我，让我日后回去时一定要联系他，他随时准备到机场来接我。那种真挚和恳切，就好像我真的会再来小镇做客一般。可是，我知道，经此一别，几乎不会再相见。但我还是默默地把那张纸条收好，它至今仍然躺在我的抽屉里。

2018年6月30日，我离开了拉脱维亚。我从来到走，刚好半年时光，没有多一天，也没有少一天。

这半年的时光，绚烂炽热，又如梦似幻。我如同一叶浮萍，度过了最孤单也最快乐的时光。在短暂的教学生涯中，我一路摸索，一路成长，一路收获。除了用心去探索教学事宜，我也作为一个旁观者去体验、感受并积极融入当地人的生活，积极寻找有意义的事情来排遣孤独，充实自己，提高自己的独立能力。

当飞机起飞时，我以为只是在和那片波罗的海沿岸的土地告别。不承想，其实我更是在和一种生活方式告别，也是隐约在和那颗闯荡的心、心里的诗和远方告别。

人们总说，如果能回到过去该多好。可是，就像遥远的青春期，就像远去的志愿者时光，我知道距离它们越来越远，我已启程奔向生活的下一片天地。但是生命中这段美好的回忆，却像深泉涌流，常常在寂静无人的深夜回响在我的梦里……

陈凤凰/转眼6个月过去，陌生的一切变为熟悉，变得亲切，变得让人流连忘返。

（图中授课者为作者）

拉脱维亚终曲

乔培哲*

一一拥抱告别后，我和晶铭站在里加国际机场安检口处，看着他们走进去。我跟晶铭说，感觉自己像是毕业了一样。

研究生二年级时，我看到组织志愿者报名的通知，正好那时学分已经修完，之后也没有课程，遂报名参加。彼时，拉脱维亚只是岗位一览表中的四个宋体字，静静地，静静地在等着我。

"拉脱维亚，是一个位于东北欧的国家，地处波罗的海沿岸，与爱沙尼亚和立陶宛并称为波罗的海三国……"报了名后，我才开始搜索拉脱维亚的相关信息，发现这个国家在网上的信息少之又少，除了基本简介便是一些刻板印象，如被过度夸张的"女多男少"等。当时心里难免有些忐忑，知己不知彼，未来一年可如何是好？

但我还是十分感激国家汉办提供的这次机会，它让一个"宅男"走出自己的舒适圈，去做自己从未做过的事，如面试、培训、办理签证等。还记得在长春考试结束后的夜晚，我和一群人在轻轨站等车，感到刺骨的冷，抬头看到一轮明月，在墨蓝的夜幕上挂着，显得无比透亮。回到住处，我用微博定了位写道："23年人生的极北。"一个月后接到培训通知，我便撇开刚开完题之后的疲惫，收拾行装，赶赴人生中的最南端——厦门。18岁去大连读书，是我第一次坐火车，准确地说是"站"火车，因为票买迟了，只买到无座的票。23岁去厦门培训，则是我第一次坐飞机，飞机冲上云霄，从空中俯瞰大地、云层，自是别有一番美感。那天飞机上看到的日落，金色与蓝色交织的天际，也是我看到过的最美华光。

落地，报道，40天的厦门培训生活开始了。正是在培训期间，我们这

---

* 乔培哲，2018年9月至2019年7月任教于斯米尔提恩中心中学，现就职于《国家人文历史》杂志社有限公司。

些共赴拉脱维亚的教师志愿者们相识了，那也是我们这一年半美好回忆的开端。我们骑自行车穿过风雨、食堂里排队拼桌、小班课上欢乐试讲、俄语课上为变位头疼、夜色里充斥“爱恨情仇”的狼人杀等过往经历在脑海中依然清晰可忆。

此处应该援引一句名人名言，感叹时光飞逝，而回忆里岁月静好，无奈读书太少，只能在此以沉默相对了。

沉默之处，我们迎来了最令人头疼的签证申请，大家在群里“哀嚎”的日子，就略过不表了吧。总之，在小伙伴的陪伴以及尚院长的帮助中，算是渡过了一个个难关。终于，9月10日教师节这一天，我在俄航“亲爱的老主顾……”之类的蹩脚翻译中，开始了汉语教师志愿者的“征程”。

其实在到小镇之前，我在谷歌地图上模拟了我的“小镇人生”。超市、学校和住处之间的路都已经熟记于心。我兴奋得想跑出去撒欢儿，但感谢时差及时扼住了我的脚脖子。接我的雷尼斯（Renis）跟住处的老奶奶用一连串的拉脱维亚语交接好之后就离开了，我铺好床，倒了上去。

接下来，和教学点联系、办理居留证、在小镇里探险、去里加见世面……汉语教师生活有序进行。我的学生并不多，但都很友善。记得第一次见面的时候，我像切蛋糕一样把中国驻拉大使馆赠送的月饼小心地切成小块儿，和他们分享。说起来，从大学开始，在外过中秋节已经成了我的惯例。那次倒是第一次跟国外友人一起品尝月饼，看着她们咀嚼月饼时的神情，竟有种中国与拉脱维亚被一小块月饼联结起来的奇妙感受。当然，免不了碰到文化冲突——我正“眉飞色舞”地夸赞牛肉馅月饼的美味，学生眉头一皱说她是个素食主义者……总之，整体来说还是好的嘛！

最让我印象深刻的便是我的成人班学生了。得益于前任志愿者分享的文章，我提早认识了这四位可爱的学生。这个汉语班除了阳阳已经退休，其他人都还在工作。带着对中国、对汉语的热情，他们还是选择每周四工作结束后来学校上一节一小时的汉语课。阳阳已逾耄耋之年，仍然保持着孩子般的纯真与热情，每次课后都会把所学内容通过谷歌翻译整理到A4纸上。因为有他的存在，课堂上的欢笑声似乎总没停过。因为年纪的缘故，阳阳在遇到稍微复杂的句子练习时，都会连连摆手“拒绝”参与，笑着说“我太老了”。但是在别人练习的时候，阳阳其实也会跟着小声练习，可爱极了。陈静是学校的员工。人如其名，她在课堂上也是贤淑安静的样子。她有着极高的语言天赋，在练习的过程中经常会“语出惊人”，说出一些复杂却有趣的句子。有时候她还会当我与英语不好的阳阳和文斌的翻译。文斌从事的是和道路相关的工作，所以冬天下雪的时候，会因为加班而缺席。但只要没加班，他永远是来的最早的那一个。文斌脑后总是扎一根小短辫，或许是因为汉语基础不好，他比较腼腆，但颇有绅士风度。据说上一个三八妇女节时，他和阳阳还给当时的女老师和女同学准备了鲜花，可见他也有着细腻的心思。到下半学年，文斌因为工作原因惜别汉语课，而马拉加入进来。马拉说她的朋友在休产假，所以借着代朋友班的机会来到斯米尔提恩市，也正因此才有机会学习汉语。马拉也有着女生的文静，声音不大但吐字清晰，算是班里的“高材生”，语言天赋甚至高于陈静。细问才知道，她是斯米尔提恩市汉语教学点的第一届学生，算是元老级，所以学得特别快，也能举一反三。尽管每周四的汉语课都是晚上上课，加上冬季天黑得又早，路灯也不怎么明亮，我不得不穿过幽暗寒冷的街道，避开道路上的寒冰，但是每每想到可爱的他们在等我，也就无惧我臆想出的暗处的鬼怪了。这个学年的最后一节课，恰恰也是他们的课。课后，我们互相赠送礼物，在讲台前合影留念。他们说着“谢谢”“再见”，我则拼命微笑、感谢。离别是人生的常态，我无力改变。他们把门带上的那一刻，我的汉教生活也画上了句点。

其实，在国外的一个小镇里独自生活，寂寥、孤独的心情是难免的，这种感觉在阴冷的冬季更强烈。现在回想起来，多亏有院长尚劝余教授、师母及可爱的志愿者小伙伴们的陪伴，让我在忧愁的时候仍对生活抱有乐观的期待。大家总是亲切地称呼院长为“大大”，大大则亲昵地称呼我们为“娃”（我尤其喜欢这个称呼），经常会说“咱们滴（的）娃……”而且，因为我们大部分人是在里加之外的教学点，因此也落得个“塞外公主/王子”的称号。院长和师母时常会张罗一大桌家宴，邀我们做客。最让我感动的是，年后我因为写毕业论文的缘故，没能赴院长和师母准备的饺子宴，十分可惜但也无可奈何。谁知两个月后，“汉语桥”比赛时，师母拉我过去，说只有我还没吃过饺子宴了，让我在活动结束后去赴宴。惊喜之余，我也暗自感叹我何其幸运，可以遇到这样关心我的人。如今，离任已有月余。翻看手机相册时，看到院长和师母准备的“大餐”照片，我还是会无比怀念那段温暖的日子。

“六月底的那些日子天空下着雨，大家在寝室打包着行李。谁会是第一个离去，谁又会是最后一个，可谁来送你……”郝雨的这首《再见大四》本是学生时代离别的最好诠释，没想到与我们离任的状态也十分契合。在里加国际机场安检口外，我们相互拥抱，并在路人“提议”下围成一个大圈。有些人以后确实再难见到了，再美好的日子也会一去不复返。那就让我们认真拥抱离别，对未来保持期盼。

安检口内，他们向我们招手，我们用力回应。

别了！

乔培哲/有些人以后确实再难见到了，再美好的日子也会一去不复返。那就让我们认真拥抱离别，对未来保持期盼。

（图中第二排左四为作者）

一生一期，一期一会

姚　柳*

在来到拉脱维亚之前，我从未想过会踏上这片土地。回首时发现，这或许就是上天赐给我的一份珍贵的礼物吧，让我因缘际会来到这里，遇见了很多温暖的人和事，让我真真切切地感受到了汉语教师这份职业的成就感。

2019年10月，因为签证原因，我姗姗来迟。当时飞机盘旋在拉脱维亚上空尚未降落，我透过窗户向下看到里加湛蓝的海湾，坐落在丛林中的白砖红顶小屋，一眼就爱上了这里。

那时的我既好奇又激动，直到走出机场看见两个小姑娘举着写着我名字的手牌在等我，算是正式开始拆封这份礼物。

斯米尔提恩位于拉脱维亚的东北部，是一个安静的城市，森林茂密，以木材加工业为主。这里很小，城市中心的规模非常有限，小到让我觉得以小镇来称呼它似乎更为合适。三五条街道，两排商店，两家超市，一座教堂，一个汽车客运站，几乎就是城市中心的全部。虽然没有里加的繁华，但是这样简单的组合着实能让人放缓生活的脚步，放大身边的美好。

在国内时，我极喜欢在闲暇时走街串巷，用脚步丈量自己生活的城市，用眼睛记录下这座城市的点滴，再看看身边行色匆匆的人，看看他们在人生道路上努力奔跑的样子。城市里是看不尽的车水马龙和缤纷霓虹，是走不完的大街小巷和十字路口。人生百态，似乎就这么呈现出来。

来这里之后，我依然爱走走逛逛，但是出于安全考虑，也不敢走得太远。我常常在下课后一路慢慢从学校逛回家，静静感受路边的一切，或是顺便去超市里买些新鲜蔬菜，或是绕远看看十字路口那户人家的猫又出来遛弯没有……随着时光的流逝，我竟逐渐适应了这里的生活节奏，发现了

---

* 姚柳，2019年10月至2020年6月任教于斯米尔提恩中心中学。

和国内不一样的小美好。

斯米尔提恩的路上行人不多，大部分时候我都是形单影只地在路上走。没有了嘈杂和喧闹，生活好像也变得纯粹了许多。有时候看着天空飞过的鸟儿，我也想和它说上两句话。

拉脱维亚的窗台是我很喜欢看的风景，每每路过一户人家，我总是喜欢细细打量他们的窗台。每家每户的窗台上都会摆放一盆或几盆绿植，在浅色窗帘的衬托下显得生机勃勃，富有生活的诗意。虽然和国内阳台上一字排开的花花草草有着异曲同工之妙，但是这里的花草似乎更透着静谧安宁，仿佛在朝我友好地眨眼微笑。

小镇上的人们就如同这里的花草一样，友好又淳朴。初来乍到的时候，我对这里并不熟悉，也没有学习过拉脱维亚语，只能使用英语和当地人沟通，而当地只有部分人会英语，但这并没有影响人们的热情和善良。宿舍负责人是个年轻帅气的小伙，在我到达的那天就在门口迎接我，帮我安顿好一切。门锁坏了，和他说了之后第二天就有工人来为我换上新的。我的邻居们因为不会英语，并不常和我说话，但每次见到我都会礼貌地和我打招呼，给我一种莫名的安全感。生活中，或是在超市里找食材，或是在手机店办理手机卡，或是在汽车站购买车票，我和当地人们的语言沟通或许不太顺畅流利，但他们都努力地帮助我。

有一次我需要购买墨水为文化体验课做准备，在超市里找了很久都没有找到，于是询问了超市的一个工作人员。她的英语不太好，不知道如何向我解释路线，便为我把路线画了下来，告诉我大概方向。我沿着她指示的路线走了半小时，还是在十字路口迷了路……后来在路上又问了一个十五六岁的男孩，他有些害羞，和我说话的时候耳朵微微发红，但怕自己解释不清楚，干脆直接带我去了文具店。而文具店的店主也礼貌耐心地向我介绍墨水的种类，没有因为语言不通而有任何态度上的不友好。虽然整个过程有些曲折，但是让人感觉温暖。世界上有阳光和黑暗，但我相信这里的人们都散发着阳光。

我是斯米尔提恩市唯一的中国人，也是斯米尔提恩中心中学唯一的汉语老师。我第一次来到学校的时候，学生们都用好奇的目光打量我，有的也会跟我问好，我微笑着一一回应。经过试讲和校方的安排，我主要的工作是教授三四年级学生的汉语，当然也教其他人汉语，不过他们是少数。

三四年级学生大多是10岁左右，正是活泼好动的年纪。他们当中很多学生刚学习英语，他们从未接触过汉语，因此我们的语言沟通成了一个较难解决的问题。在上课的时候，我会通过肢体语言或是简单的英语单词向他们解释一些内容，也会将重点词语翻译成拉脱维亚语标注出来。英语比较好的同学会将我说的较长的句子翻译给其他同学听，也算是解了我的燃眉之急。

因为在学校里汉语课是兴趣课，不算学分也没有考试，而这个年纪的孩子正是爱玩爱闹的时候，所以一开始并没有多少人愿意在放学后来上汉语课。我没有采用标准的上课方式，而是徐徐图之。

最开始来上课的学生只有两个，我有些失落，又鼓励自己说至少有人来上课。第一节课，我向学生简单介绍了汉语，并通过一些非常简单的汉语知识让他们惊喜地发现汉语并没有想象中那么难。接着，我通过奖励糖果或是小熊猫挂件等让他们获得学习汉语的收获。看到他们高兴地向自己的朋友展示小礼物的时候，我知道机会来了。下一次来上课的同学果然多了一些，我再次向新来的同学赠送了小礼物。

当然这些都只是辅助手段，因为没有固定教材，我在教学内容上做了一些调整，增加了一些动漫人物形象，在练习时也经常采用游戏的方式，让汉语课堂不那么枯燥，同时选择简单的初级汉语知识教给他们。在临近中国节日或是当地的重要节日时，我会将教学内容和节日联系起来，做一些文化拓展。比如春节的时候，我带领学生剪“春”字，做红包，给他们发新年礼物，学习新年歌曲以及新年祝福语。他们对这些文化非常感兴趣，愿意上汉语课的学生也越来越多。

第二学期，学校增加了汉语课的固定课程，我开始每周和三四年级的所有学生固定见面，亲近我的学生也越来越多。让我十分感动的是，每次我一出现在学校，这群学生除了向我打招呼，还会热情地跑过来给我一个拥抱。每次将他们抱个满怀都让我有一种深深的成就感和幸福感。他们的认可、尊重和喜爱，让我真正体会到了汉语教学的意义，更是我在这里最大的收获。

有一次上课，学生们的兴致很高，学得很开心，下课后我准备去另一个班级上课的时候，班里的女孩子们纷纷走上讲台拥抱我。一个男孩子默默排在后面，等到女生们都拥抱完了，才羞涩地对我说：“老师，谢谢你！”

然后，他给了我一个大大的拥抱。我特别惊喜，热烈地回应了他。看着他害羞地转身跑开的背影，我觉得这份汉教事业可能再也舍不下了。

这件事情让我特别感动，学生们并不会有太多的心思，喜欢就是喜欢，他们对喜欢的表达简单质朴。哪怕不能那么流畅地沟通，他们也会用最纯粹的方式向你表达他们的感情。而我们能做的就是让他们听到纯正的汉语，学到更多汉语知识，看到真实的中国。或许无意间我们就洒下了希望的种子，在未来的某一天，他们也能成为中拉友谊的桥梁。

除了在小镇的生活和工作，拉脱维亚大学孔子学院中方院长大大和师母，还有其他志愿者也都给予了我很多温暖。我虽然最晚赴任，但是大大一直记挂着我，从赴任前的手续办理，到赴任的第一个星期就邀请我去里加赴家宴，都让我感到暖心，也让我很快消除了身处异乡的不适。师母怕大家太想家，经常做各种好吃的，喊大家去吃饭。春节的时候，大大邀请我们所有人前往里加吃团圆饭，师母为我们准备了各种饺子馅，大家在一起包饺子、做饭、玩游戏、看春晚，让这个特别的春节过得十分圆满。

转眼间，我即将离开这座小镇和这个国家，心里有着万般的不舍。我的成人班学生阳阳是个可爱的老头儿，尽管已经80岁，但学习汉语的兴趣不减，每次都按时来上课，也会认真做好笔记。他曾经问我："老师，你喜欢这里吗?"我回答说："非常喜欢。"他说："这里很小。"我点头："但我很喜欢。"

"有人说这生命如长河，我们渡的风波是人世间最寻常的颠簸，它不足以让我们修成正果，却足以让我们难忘难舍。"是的，这个小镇的人和风景，学生们可爱的面容，以及温暖的孔院大家庭，让我的这段人生丰富温馨，每每回想起来都是满满的暖意。能够来到这里，遇见这里的一切，是我的幸运。如果一生一期，一期一会，这里的生活、工作都将成为我生命中最闪光的那一部分。

姚柳/如果一生一期，一期一会，这里的生活、工作都将成为我生命中最闪光的那一部分。

（图中前排左二为作者）

拾

拉脱维亚武术协会（里加武术学校）篇

走进拉脱维亚武术协会

马一鸣*

2014年2月，我收拾好行囊，带着来自家人、朋友的祝福和期望，被国家汉办派往拉脱维亚，开始了在拉脱维亚武术协会近一年的教学工作。

拉脱维亚是一个位于东北欧的国家，也是苏联加盟共和国，于1991年独立。它西邻波罗的海，与在其北方的爱沙尼亚及在其南方的立陶宛共同称为波罗的海三国，东方则与俄罗斯、白俄罗斯两国相邻。拉脱维亚由109个自治市和9个直辖市组成。拉脱维亚人属于波罗的人，文化上接近立陶宛人。拉脱维亚人和利沃尼亚人是拉脱维亚的原住民。拉脱维亚语属于印欧语系。拉脱维亚语和立陶宛语是波罗的语族仅存的语言，本地人主要讲拉脱维亚语和俄语。2003年9月20日经由全国性的公投，拉脱维亚人决定加入欧盟，其成员国身份自2004年5月1日起生效。拉脱维亚在2004年3月29日成为北大西洋公约组织的成员国，在2007年12月21日成为申根公约成员国。2004年5月1日，拉脱维亚正式加入欧盟。2014年1月1日，拉脱维亚正式成为欧元区第18个成员国。

拉脱维亚武术协会所在的城市是拉脱维亚的首都里加。

里加，面积307平方公里，人口70.6万（2010年）。它位于波罗的海国家的中心地带，北纬56度58分，东经24度8分，濒临里加湾，市区跨道加瓦河两岸，北距波罗的海15公里。里加处于欧洲西部和东部、俄罗斯和斯堪的纳维亚半岛的交叉点上，其港口具有重要的战略意义。里加被称为“波罗的海跳动的心脏”和“北方的巴黎”。由于里加濒河临湖，所以又有“三河一湖”之称，三河指道加瓦河、列鲁巴河、城市运河，一湖指吉士湖。这里1月的平均气温为4.6度，7月的平均气温达21.4度，全年平

* 马一鸣，2014年2月至2015年1月在拉脱维亚武术协会（里加武术学校）任教，现就职于内蒙古民族大学体育学院。

均气温为6.7度。

一、教学工作

拉脱维亚武术协会是当地一所私人经营的武术学校。当地教练有3个人，整个学校的学生大概有将近100人，其中有小朋友班、小学生班、中学生班以及成人班。我的教学对象主要是小学生、中学生以及成年人。该协会的视频资料、书籍资料比较完善，但硬件设施一般，场地较小。该协会属于课后俱乐部的性质，所以每天的工作时间是从下午4点到晚上9点。

武术是一项中华民族传统体育文化，强调“台上一分钟，台下十年功”。李小龙曾经说过，他不佩服会一万种腿法的人，他更佩服能把一种腿法练习一万遍的人。而当地教练并不了解这点，所以该协会的孩子们没有良好的基本功。于是，我从教给他们所有武术中的基本动作开始。看着孩子们一张张流着汗的稚嫩脸庞，慢慢地成长，总能让我想起自己小时候学习武术的一点一滴。随着近年来的功夫热，更多的学生来到学校学习中国武术，也无形中增加了教学的压力。在离开之际，我亲眼见证了孩子们在武术技术上的进步，觉得特别欣慰。

二、教学内容

每周的周一、周三、周五是比赛队的训练，时间从下午4点到晚上7点，教学对象是中小学生，从武术训练课的基本内容开始，包括热身、柔韧性、基本功、跳跃、套路等。孩子们的套路练习具体内容有长拳、南拳、刀术、棍术、双鞭、对练、舞狮等。晚上7点到9点是成人班的武术学习，分成三个班，一个班进行咏春拳的学习，另一个班进行武术散打的学习，最后一个班进行武术套路的学习。

每周的周二、周四是比赛二队的训练，成员年龄要稍小一些，学习内容相对比赛队要简单很多。晚上7点到9点是成人班的太极拳学习时间，由于学生都是成年人，训练内容的强度相对较低，首先是五禽戏、八段锦的练习等，然后是柔韧性的练习，最后学习太极拳。不到一年的时间里，大家掌握了杨式太极拳十式、杨式太极拳二十四式、杨式太极拳一段和二段的单练和对练内容、陈式太极拳十八式等。

三、比赛及其他活动

拉脱维亚多次举办武术比赛，有很多周边国家参加，如俄罗斯、爱沙尼亚、立陶宛、瑞士、意大利、罗马尼亚等。我曾参加过武术比赛开幕式的表演，以及担任比赛中的裁判长和场外教练等。在每一次的比赛中，我的学生都会获得奖牌。该国也经常会有一些体育运动展览大会、夏令营、冬令营等课外教学活动。

很荣幸，在上课之余我参加了一年一度的拉脱维亚“汉语桥”比赛，看着选手们流利的汉语、多才多艺的表演，我深深地被感动了。

四、后记

琥珀之路的传说正渐行渐远，但里加若干年来始终如琥珀般神秘、深邃，让人着迷。

最后，感谢国家汉办、母校东北师范大学、拉脱维亚武术协会给予我本次机会，使我成为志愿者中的一分子。感谢中国驻拉脱维亚大使馆，感谢拉脱维亚武术协会在我任职期间给予我的帮助和支持，感谢其他志愿者在这近一年的生活中对我的关心。

马一鸣/琥珀之路的传说正渐行渐远，但里加若干年来始终如琥珀般神秘、深邃，让人着迷。

（图中前排左二为作者）

拉脱维亚之行

林　才*

我于2015年10月底抵达拉脱维亚首都里加，开始了长达10个月的教师志愿者工作和生活，于2016年8月卸任回国。在拉脱维亚工作和生活期间，发生了许多令人难以忘怀的事情，接下来我主要从工作和生活两方面来回忆这段特殊的岁月。

工作上，我主要在拉脱维亚武术协会进行教学活动。拉脱维亚武术协会成立于2004年，是拉脱维亚地区成立较早且规模最大的组织。拉脱维亚武术协会现有学员170—200人，开设的课程主要有武术套路、武术散打、太极拳、咏春拳等，在传播中国武术文化以及汉语言文化方面发挥着重要作用，在拉脱维亚地区有相当大的影响力。在拉脱维亚武术协会，我承担了武术套路班、散打班、太极拳班、咏春拳班4个班级的教学工作，几乎其开展的所有课程我都有幸参与了。我认认真真备课、上课，圆满地完成了工作任务，最后也获得了拉脱维亚武术协会的领导和其他教练的认可及学员的喜爱。

值得一提的是，除了正常的教学工作，我也有幸参与了拉脱维亚武术协会多次举办的武术比赛及武术研讨会活动，例如2015年12月的拉脱维亚武术俱乐部联赛、2016年2月的“里加杯”武术比赛、2016年4月的拉脱维亚第四届锦标赛武术比赛等。拉脱维亚第四届锦标赛武术比赛在里加文化中学举办，中国驻拉脱维亚大使黄勇、拉脱维亚武术协会主席和教练、中国武术教师志愿者以及来自拉脱维亚、立陶宛、瑞典、瑞士、挪威等8个国家的约130名运动员和裁判员参与了活动，进行武术套路、太极拳、太极拳推手等项目的比赛。在这些比赛中我都被邀请担任裁判，在担任裁判工作的同时也目睹了波罗的海地区武术发展的盛况。

---

* 林才，2015年10月至2016年8月任教于拉脱维亚武术协会（里加武术学校）。

我也多次受到邀请参与武术方面的研讨会活动，例如散打研讨会、太极推手研讨会等。2016年6月，更是举办了一次由我主持的武术散打研讨会，中国武术教师志愿者、拉脱维亚武术协会教练以及来自拉脱维亚、立陶宛、爱沙尼亚等国家的学员参与了研讨会，进行武术散打培训和研讨，这次研讨会给来自波罗的海地区的武术爱好者带来了更多有关武术理论及技术方面的知识。这些研讨会不但丰富了他们的武术认知，而且提高了他们的理论和技术水平，也提高了我的教学能力。

在生活方面，这是我第一次出国，而且是长达10个月的时间。记得刚到拉脱维亚时仿佛到了一个极其陌生的世界，我经历了一开始的极度不适应，到慢慢适应，再到最后的喜欢和难分难舍的过程。我从小到大都是住校，在学校解决吃饭问题，到了拉脱维亚很多时候需要自己到市场买菜、下厨，真正体验了自己动手、丰衣足食的生活。记得一开始我连西红柿炒鸡蛋都不会做，还过了一段“蹭饭”的日子。因为有充足的时间，后来自己不断尝试下厨，最后厨艺虽然不高超，但也真正能生活自理了。

除此之外，我也有幸参加了多次由拉脱维亚大学孔子学院和中国驻拉脱维亚大使馆、拉脱维亚华人联合会等举办的有关中国文化方面的活动。在2016年的春节联欢晚会上，我为晚会送上了两个节目，一个是和拉脱维亚武术协会学员的武术表演，一个是和当地一个华人朋友合作的表演，都给观众留下了深刻的印象。拉脱维亚大学孔子学院举办的“汉语桥”比赛、留华同学会成立等许多活动，不但丰富了我的生活，让我增长了见识，还帮我认识了许多华人朋友。

总的来说，在拉脱维亚工作和生活的这段时间，虽然语言问题一直是我的最大障碍，但没有影响我在这里的正常活动。这也再次证明，只要足够努力，时间终究会对得起每一个人。在人生的漫长岁月里，虽然这段时间短暂，但因发生了许多有趣的事情，在我的记忆里不会轻易抹去。

林才/只要足够努力，时间终究会对得起每一个人。
（图中前排右四为作者）

亲爱的，拉脱维亚！

张柳繁*

2016年11月4日晚，飞机飞过千山万水，伴着鹅毛般的大雪终在拉脱维亚里加国际机场缓缓降落，我正式以一名武术教师志愿者的身份来到了这里，从这一刻开始了我对这座城市的探索之旅。

一、“抱大腿”事件

不得不讲我初到拉脱维亚的经历，我是赴拉脱维亚志愿者中最晚到的一个，刚来的时候和其他志愿者并不很熟，那时候大多数时间都是自己一个人待着。关键是我需要自己做饭吃，对于我这种从小没有进过厨房的人来讲，厨房简直是陌生的地方，可想而知我自己做的饭有多么难以下咽。我第一次吃拉脱维亚食物的时候，第一反应是我是不是该回家……不过还好，我抱到了志愿者君君的大腿，君君负责做饭，我和另一位志愿者甜田一块儿擦桌洗碗，避免了我以后每顿饭都吃面包的悲惨生活。我在里加的幸福人生就这样开始了！

二、我的熊孩子们

“来玩游戏吧！来玩游戏吧！求求你啦！”

“好吧，好吧！”

撒娇是熊孩子们每次想用玩游戏代替热身活动的时候总使的一招。但是，每次还都挺管用，谁能经受得住这么可爱的孩子的撒娇卖萌呢！

---

* 张柳繁，2016年11月至2017年5月任教于拉脱维亚武术协会（里加武术学校），现就职于北京育翔小学回龙观学校。

“张，看!”

“哦……你不是胖，你是太胖了!”

这是我所有学生里最胖的学生，我们经常以此来开玩笑，不过在我这么严厉的督促下他依然没有瘦下来……

我会给他们做中国菜吃，老实讲，以我这刚学两个月的厨艺来讲，她们吃了一半我做的菜已经是给足我面子了吧……

果然，火锅不仅是属于中国的，也是属于拉脱维亚人民的!

生活中不仅有吃喝玩乐，还有我们一起经历的种种磨难和那些难忘的瞬间。

都说俄罗斯族人骁勇善战，我才发现，原来他们都这样喜欢玩!

在我任教的过程中有欢笑、有泪水，但是我们在一步一步地前行，这个过程教给了我很多东西。拉脱维亚武术协会主席罗曼（Roman）对每件事都很认真。学生们不仅努力学习，练习武术也异常刻苦，我那太极班的学生对生活是积极的态度，我非常庆幸能够认识他们。

三、我的志愿者之家

在这里的生活给了我很多的惊喜，也给了我很多的感动，不得不提的是我们的拉脱维亚大学孔子学院中方院长“大大”，他像父亲一般呵护疼爱着我们，那群像家人一样的汉语教师志愿者也在陪伴帮助着彼此。师母（院长夫人）知道我们在里加很难吃到正宗的中国饭菜，经常邀请我们去家里做客。我每次去吃饭之前都要饿一顿，就是想去大大家多吃一点正宗的中国饭菜，结果每次都是吃到再也吃不下才停下。现在回想起来，我真的好想再去吃一次师母做的陕西饭菜。

在这座陌生的城市里，大大、师母像家长一样爱护着我们，而芳姐像大姐一样照顾着我们，是他们让我感受到了家的温暖。似乎我们彼此之间存在着某种联系，在这里我真的无法用语言来表达，可能只有我们志愿者清楚这是一种什么样的感觉。

四、说不出再见

当我确定要走的时候，当芳姐知道我要走而眼泪马上要流下来的时候，当学生给我一张用中文写的不想我走要我留下来的纸条的时候，当我吃过在大大家的最后一口饭的时候，当我和君君、甜田最后一次搭伙做饭的时候，我都在想什么呢？我什么都没想，我在用心地记住这些画面，记住这些让我曾感动过无数次的面孔。

那些珍贵的记忆，那些可爱的学生，那些我们一起经历的训练课，令我难忘。我们一同学习，一同成长，一同互相鼓励。这些都将伴随着我，感谢有你们！

当踏上返程的飞机，我的心中无限感慨，这段经历有太多太多的人要感谢，有太多太多的事情让我感悟、使我成长。我心中充满了感激，感激有这样好的锻炼机会，也感激这一路上帮扶支持我的朋友们。现在的我更加热爱我的专业，更加明白了志愿者作为一个载体在文化传播和国家形象塑造中的重要使命。

张柳繁/我什么都没想，我在用心地记住这些画面，记住这些让我曾感动过无数次的面孔。

（图中后排右一为作者）

我向里加致以最美好的祝福

吴家旭*

一、初来乍到

盼星星盼月亮，终于，在2017年12月25日，也就是圣诞节当天，我搭乘芬兰航空公司的航班在拉脱维亚的首都里加平安着陆。这真是一个激动人心的时刻，我感到整座城市都洋溢着欢乐的气氛，我永远也忘不了那天的感觉。

作为一名地理爱好者，其实在来之前我就做了一定的功课：里加作为拉脱维亚的首都，是拉脱维亚的经济、政治和文化中心，也是波罗的海三国第一大城市，位于波罗的海的中心地带，道加瓦河穿城而过，是一座条件优越的港口城市。因其重要的地理位置，兼美丽的城市风光，里加被冠以“波罗的海跳动的心脏”和“北方的巴黎”的美誉。

抵达当晚，拉脱维亚武术协会主席罗曼先生和他的助手义佛在里加老城区的一家中餐厅热情款待了我，在感叹里加老城的建筑风格独特、精致、典雅之余，我不由得被罗曼先生的这份情谊和用心感动。早在北京的时候，我就听我的前任武术志愿者张柳繁师兄说，“罗曼先生是一名非常绅士的人”，当时我还在思考绅士该是什么样子的，通过这次接触，我非常认同柳繁师兄对罗曼先生的评价。罗曼先生是一名温文尔雅、大方随和的人，在和罗曼先生的交谈中，我深深感受到了他对中华武术、中华文化深厚的感情。他告诉我，他很热爱中国的武术和文化，喜欢中国的一切，他们每年都会来中国交流学习，有时候是去峨眉山，有时候是去少林寺。

---

* 吴家旭，2017年12月至2018年3月任教于拉脱维亚武术协会（里加武术学校）。

二、我的住所

我住在市郊一个叫作普里马（Prima）的留学生公寓中，非常有意思的是，这家公寓的楼层都是用世界各地的城市命名的。每天都能在这里看到来自其他国家的留学生，他们大多数来自乌兹别克斯坦、哈萨克斯坦等中亚国家，部分来自白俄罗斯、乌克兰等东欧国家。

住的问题解决了，接着就是吃饭的问题。为了生活，从来不曾下厨的我不得不自己试着做饭，有过几次失败的经历后，我已经能够比较熟练地做出葱炒鸡蛋、煎牛排等简单的食物了。自己做饭毕竟费时费力，更关键的是比较单一，做来做去都是那么几样，有时候我就会到这里的另一位志愿者伙伴君君姐那里蹭饭。在这里，几乎每个志愿者都称赞她的厨艺高超，君君姐不仅擅长烹饪，而且还是个性格开朗、热心友好的人。她告诉我，想吃啥但又不会做，就拿过来让她做，我也很高兴自己终于不用整天啃面包了。毕竟“吃人的嘴短”，所以每次吃完饭我都会很懂事儿地去把锅碗瓢盆给洗了。吃住两个大问题都解决了，在闲下来的时候，我会透过房间的窗户看着太阳一点一点地落下山。我的房间非常好的一点是，窗户朝西，风景颇佳。这里地处北纬56度，属温带海洋性气候，“西晒”并没有那么热，更何况是在寒冷的冬季。偶尔我也会跑到附近的街头健身场地锻炼一下。

三、教学生活

我工作的地方是拉脱维亚武术协会，说是协会，也是一座武术运动学校，位于里加的郊区，我每天乘坐公交车去那里给爱好中华武术的学生们上课。

在这里，我主要负责组织拉脱维亚武术协会的散打教学活动，共教授两个班级：一个班级以少年、儿童为主，学员年龄8—14岁；另一个班级以青年、成人为主，学员年龄18—50岁。随着教学过程的推进，我发现有些学生对散打有着十分浓厚的兴趣，他们渴望通过散打学习和训练提高自己的身体素质、格斗技巧，有好几个学生都会在下课后加练，这让我很是钦佩。在教学过程中我也逐渐和武术教练里奥、迪马、丹尼斯等人成了朋友，他们都十分能干，也十分健谈，我们经常在一起交流武术和各自的生活，有的时候他们会拿出他们自己做的糕点分享给我吃。

在这段日子里，我还参与了两次重大活动。一次是第六届拉脱维亚公开武术锦标赛，在这次活动的开幕仪式中，我和武协的散打教练里奥共同献出了一场散打表演。在活动中，我目睹了来自挪威、瑞典、立陶宛等其他国家的武术爱好者们精彩绝伦的套路表演，他们的武术技艺十分高超，散发出的那种精气神让我赞叹不已又自愧不如。还有一次重要的活动是在里加大基尔德音乐厅举行的欢乐春节庙会，这次庙会活动中，一个重要的环节是苏州非物质文化遗产的展示展演，苏州的匠人艺术家们现场向当地民众介绍和展示了苏州发绣、核雕、泥塑、剪纸、灯彩、苏绣等工艺品的制作过程，他们精妙细致的技艺让当地民众叹为观止。可以看得出来，当地居民对这些来自中国的传统手艺产生了浓厚的兴趣，身为一名中国人，我心中不禁涌起一股自豪之情。随后，上海文化艺术团奉上了一场中国新年音乐会。我想，他们带来的不只是中国传统民乐，还有对拉脱维亚人民的美好祝福，他们希望通过美妙的音乐将春节的欢乐带给每一个人。

四、离别

中国有句老话是“天下没有不散的筵席”，无论有多少不舍，终有离别的那天。我记得离别前一天傍晚，里加的天空仿佛像失了火一样通红，绚烂无比，摄人心魄，这让我想起了一句古诗：“夕阳无限好，只是近黄昏”。那天夜里我几乎没合眼，又感觉像在梦里一样，“漂浮”在床板上，一直到凌晨，闹钟的音乐突然响起，我的心脏剧烈跳动了两下，大脑在一瞬间无比的清醒，终于还是要走了。

飞机起飞了，伴随着发动机的轰鸣声和强烈的推背感，飞机在跑道上全力地冲刺着，接着我看到地面上的房屋、马路和车辆越来越小，最终消失在白茫茫的云层中，直到什么都再也看不见了。远处一轮红日不知从何时升起，悬浮于云海之上，发出耀眼的光芒，照得人头晕目眩，给我一种特别不真实的感觉。恍惚间，关于拉脱维亚的一切记忆像电影镜头似的在我的脑海中一遍遍闪过，和蔼可亲、慈眉善目的尚院长，精明干练、才思敏捷的芳姐，性格内向的甜田姐，善良开朗的君君姐，古灵精怪的丹尼斯，憨厚老实的尤里，还有那个喜欢偷懒又调皮、名字发音很难的格鲁吉亚男孩……所有的记忆如同潮水般涌来，又像风一样散去，我知道随着飞机的飞行，它们正迅速离我而去。

五、后记

直到今天，我时常会怀念当初在拉脱维亚的时光，我又清楚地知道，这个世界是如此之大，每个人是如此忙碌，在今后的人生中，我们大多数人其实再难相见。

在此，我想感谢国家汉办、母校北京体育大学、拉脱维亚武术协会给了我这样一个平台和机会，感谢中国驻拉脱维亚大使馆，感谢尚院长和拉脱维亚孔子学院的各位教师志愿者，感谢你们在这段日子里给予我的关心、照顾和帮助，这是我人生中一段短暂而美好的回忆！祝愿你们在今后的人生道路上大放异彩，成就辉煌！

吴家旭/所有的记忆如同潮水般涌来，又像风一样散去，我知道随着飞机的飞行，它们正迅速离我而去。（图中左二为作者）

突如其来的相遇

黎锦豪*

2017年的某天，本科实习时思维突然顿悟打破了一直碌碌无为的学习与生活的自我舒适圈，一些事情的发生也打破了原本我对于梦想的期望，我甚至开始怀疑当初选择武术这条路是不是真的错了。在迷茫而又不知所措之际，我接到了来自体育科学学院辅导员的一个关于海外志愿者的推荐，正是这个突如其来的推荐改变了我的一切……

在随后的岗前培训以及诸多琐碎的文件审核完成之后，2019年6月14日，我搭上了前往拉脱维亚的航班，踏上了海外志愿者的道路。在此之前，我一直怀揣着能为我们灿烂的传统文化作贡献的初心，在实习时看不到所向往的太阳，所以毅然决然地选择转弯。抵达拉脱维亚的首都里加之后，第一个钻进我眼球的是晚上9点都还没落下去的太阳，是的，或许我已经看到心中那个太阳。对于一个出省不足十次的农村小伙来说，第一次离开国土到达地球另一端，心中的兴奋之情早已溢于言表，但是只身在外又显得无比孤独。没关系，只要是心之所向，那里就是自己的安身之地。

先说拉脱维亚的人文环境吧。这个国家人口很少，即使是首都里加的人数也只相当于广东的一个小县城的人数。这边的风土人情与我所向往的非常相近，让我喜出望外的事情太多而指头太少根本数不过来。

首先让我吃惊的是我所住的房间的窗户，这里就像从人间可以直接窥视天堂的地方，每一天的日落都让我心生神往，也让我想起农村老家的日落，不禁感叹："天哪，这里居然还能再看到这般美丽的日落!"似乎这里让我思乡的情愫得到了最大的满足。尽管我能在这个窗前待一整天，但平日空闲时，我还是会搭上15路电车去老城闲逛。这个国家位于东欧偏北的位置，老城的建筑并不亚于其他国家，老城充满了人文与艺术气息。对于

* 黎锦豪，2019年6月至2020年6月任教于拉脱维亚武术协会（里加武术学校）。

我这个体育界的一个文艺气息浓厚的奇葩来说，这里似乎就是天堂了。

拉脱维亚当地的风土人情说不完，我还是把笔墨更多地挥洒到日常生活中吧。拉脱维亚大学孔子学院中方院长尚劝余教授及其夫人是我见过的人当中最亲切、最和蔼、最有趣的。生活中一起打趣玩耍和各种“捣乱”都有院长的影子，让我觉得他真的配得上“尚大大”之称。除了日常生活中的精灵古怪，他工作时的一丝不苟以及负责又让我无比的敬佩。

生活中，除了有院长，还有许多志愿者小伙伴，这群人是我在培训的时候认识的，十分有趣。工作时我们许多不约而同的决定，其中的默契程度让人无比惊奇，似乎是上天刻意把一群上辈子就是兄弟姐妹的人安排在这辈子相遇一般。小伙伴们不仅工作时彼此高度配合，在日常生活中也彼此相依相伴，时不时聚在一起做一顿丰盛的午餐或者晚餐，争先恐后地展示自己出色的厨艺，为自己的家乡代言。而我最擅长的是做粤菜，这是作为一个广东人的必备生存技能。偶尔我们还会约上一两个当地学员到我们的“普里马大饭店”品尝中国饭菜，在此也能让彼此的学生更加直观地体验中国的魅力，特别是增加了他们对中国饮食文化的了解。

在孔院的活动与工作方面，我是助手，毕竟我是武术志愿者，许多关于汉语教育的领域我只能是尽己所能，跟着这个大家庭分担部分烦琐的任务而已。我们举办过的活动有中秋音乐会、孔子学院日、春节活动等，志愿者小伙伴们的工作量非常大，他们经常忙到深夜。在此我也想向我的小伙伴们由衷地说一句：“你们是我见过的最棒的集体，没有之一。”

如果说拉脱维亚的人文风情写不完，那么和孔院大家庭相处的感动就更加写不尽了，它们如同春天的雨、夏天的风、秋天的月与冬天的雪，在某个最恰当的时刻纷至沓来。我们在永无止境的时间长河中、在千百万人的世界里相遇，共同播种出一朵朵因中华文化而绽开的鲜花。

当然，我来到这里最主要的还是做武术教学的工作。我的学校距离住所不远，搭上15路电车走5站，穿过树林中的一条小路就到了学校附近。那里有8个也同样十分有趣的人，分别是武协主席罗曼及其夫人维多利多、前台的埃琳娜、散打教练利奥、太极拳教练第米斯特和雅拿以及教授幼儿的教练第米斯特和丹尼斯。这群人对待工作相当认真，还经常帮助我这个“外国人”解决各种困难。

我们举办过许多活动，比如波罗的海武术公开赛。2019年波罗的海公开赛是年度最大的武术比赛，也是欧洲最为盛大的武术比赛之一。我与学员们一起参与了开幕式表演，包括舞狮表演以及武术表演，我还是大赛的安全保障人员。关于表演，我结合在大学期间的演出经验，帮助学生进行编排，改变了他们散乱的表演套路，规范了表演方式，增加了队形变化，让他们学会了配合背景音乐进行表演等。11月的“功夫熊猫”是武术学校为幼儿准备的一个特殊的武术比赛，通过幼儿跨越各种障碍的能力评估幼儿的身体素质，从小对幼儿进行武术基础训练，培养幼儿对武术的兴趣。

12月初的第五届里加杯武术公开赛上，我担任小组裁判，负责给演练套路的学员打分。我记住了学员的错误动作、扣分原因等，在赛后给学员总结和分析，让学员更清楚地认识到自己的失误点，知道改进方向。

在这些本地赛事前后，都会有许多其他国家之间的赛事，我也会跟随队伍前往并参与赛前热身指导工作，帮助我可爱的一群“猴子”，而他们的成绩也非常理想。许多家长看到他们孩子的武术水平在2019年得到迅速提高，无不欢欣鼓舞，有的过来紧紧握住我的手说：“谢谢你！谢谢你！”我也会用拉脱维亚语磕磕绊绊地说：“不客气！这是我应该做的。”

在这些正规的赛事以外，我们还有许多非常有趣的户外训练。我们每个月举行一次户外拓展训练，其中包含许多有趣的环节，比如越野跑步，在乡间一望无际的田野上奔跑，这场景美不胜收。

在圣诞节前后，我们国家的“武术项目援外计划”派来两个陈家沟的老师进行指导教学。后期的工作中，我主要负责带领学生进行热身、体能训练以及基本功训练。

由于疫情的影响，我们不得不停课，即使很多人不情愿，大家也无可奈何，因为紧急情况下生命安全永远是第一位的。

所有人都无法逃避现实，我们终究会各奔东西，但我们共同经历的一切将我们的心紧紧系在一起。且看那天边的夕阳，即使无法阻挡夜幕降临，也尽情地闪耀了一天中最和煦的光，温暖了世间万物。无论未来怎样，我们都要用自己的力量点亮这个世界的一个角落。每个人心中都有一支看不见的笔，愿我们都能将感动画成一幅有你有我的画，把它放在一个不会尘封的地方，静静地看着，直到永远。

谁都不会知道命运的罗盘会把我们引向何方，但我们走的每一步路都是人生当中的重要一步。这突如其来的相遇，的的确确彻底改变了我的一切！此行，无悔！

黎锦豪/这里就像从人间可以直接窥视天堂的地方，每一天的日落都让我心生神往。

（图中人物为作者）

拾壹

交通与电信大学、蒙特梭利探索小学篇

我眼中的里加

王佳乐*

2015年9月1日，飞机穿过广阔的森林，缓缓降落在里加国际机场，作为拉脱维亚大学孔子学院的一名志愿者，我怀着对未知生活的兴奋期盼与忐忑犹豫，开启了这段奇妙的里加之旅。

初游里加，很难找到一个词来形容它。在欧洲的版图上，它就像一粒微小的星辰，静静地躺在波罗的海的一端，很容易被人忽略。可是当我真正生活于其中，我一眼就相中了这座典型的欧洲小城，爱上了它的宁静与典雅。作为欧洲新文化的中心，里加拥有超过800座新艺术风格的建筑，堪称欧洲之最，让每一位外国人都可以享受一场视觉盛宴。穿梭在里加老城的街头巷尾，街道上青石路面经过岁月的打磨，光滑得像一面镜子；擦身而过的当地人步履匆匆，却不经意地流露出一种从容与大气；街头艺人则会带给你不一样的艺术体验，引领你去探索别样的欧洲魅力。

带着这样的闲情逸致、这样的“灿烂千阳”，与我的志愿者小伙伴们一起享受异国生活的乐趣，分享海外教学的点滴，不得不承认，我的2015年注定不平凡，注定丰富多彩。

理想总是很丰满，现实偏偏太骨感。虽然曾无数次在脑海里演练过自己异国美好的汉语教学生活，但当我准备去开发宝藏时，我才发现生活永远会让人猝不及防。

在拉大孔院简单温馨的欢迎仪式之后，我来到了拉大孔院刚刚设立的汉语教学点交通与电信大学。初来乍到，虽然惶恐，但是交通与电信大学的校长和教学主任对我的到来给予了热情的欢迎。由于学校是第一次开设汉语课，很多学生都不了解汉语和中国，所以我在这里迈出的第一步就是让更多的学生参与其中，走进我的汉语小课堂，我的中国文化讲座也应运

* 王佳乐，2015年9月至2016年7月任教于交通与电信大学，现就职于天津城建大学。

而生。俗话说，万事开头难，刚开始的时候，偌大的教室里来听讲座的学生寥寥可数，我也曾失落也曾陷入自我怀疑之中，但是教学主任给了我极大的鼓励和支持。我开始主动出击，走入学校的学生之中，走进同事的办公室，慢慢地我的文化讲座热闹起来了，我的汉语课也开始扎根学校了。

我的汉语课是一门兴趣课，上课时间一般都在晚上。学生年龄层次分布广泛，有中学生、大学生，也有社会人士。他们是慢热型的零基础学生，也是上课认真、喜欢做笔记、不会主动回答问题的出勤达人。我会在有限的时间里运用各种形式开展我的汉语教学，充分利用现有的汉语资源，鼓励他们主动参与课堂活动，用我最大的努力让他们感到学习汉语的快乐。长时间与他们待在一起，我才发现其实他们是活泼友善的，远不是表面上的高冷傲娇，他们很乐意帮我解决困难，有时甚至会向我推荐一些当地有意思的活动，给我的生活增添了别样的色彩。交通与电信大学的学生大都是第一次接触汉语和中国文化，也从未去过中国，只能从网络上了解中国。他们对中国文化有着很强的好奇心，也十分乐于接受新鲜事物。我的汉语课不局限于汉语知识的教授，我会穿插举办与中国文化相关的活动，内容包括书法、剪纸、茶艺、节日习俗、中国饮食文化、中国城市推介等。

从我的宿舍到学校步行只需要短短十分钟，往返其间，我总会遇到在长椅上享受阳光的老奶奶，闻到路边便利店的咖啡香味。无数个十分钟见证了我在交通与电信大学的点点滴滴，在这里我感受到了异国课堂的热情氛围，得到了同事们善意的帮助，这些都成了我成长路上的宝贵印记。

身在异国，虽远离父母亲朋，然未觉寂寞。如家般温暖的拉大孔院让我觉得我是如此的幸运。孔院的家庭聚餐满足了我的胃，也填补了家的味道。每一次的孔院文化活动，与小伙伴们一起准备，从策划到举办，虽然辛苦，但收获满满。至今我还记得我们一起熬过的夜，一起走过的冬夜雪路，一起看过的波罗的海。

2015—2016年，我把最美好的时光留在了里加，在那里我开始第一次正式工作，开始学着从容地站上三尺讲台，开始重新定义对外汉语教师这个身份。里加的生活已成为过去时，但这段人生中的美好经历我会好好珍藏。

王佳乐/可是当我真正生活于其中，我一眼就相中了这座典型的欧洲小城，爱上了它的宁静与典雅。

（图中左三为作者）

岁月情长，你我同安

刘梦珂*

时光如白驹过隙，转眼间竟已离开这个如同琥珀般宁静而美好的国家近两年的时间，我的心中满是眷恋与不舍。想念如同慈父般关爱我们的院长，想念朝夕相处、团结友爱的孔子学院小伙伴们，更想念那些带给我欢声笑语的拉脱维亚学生。回顾这过往纯真美好的岁月，一幕幕涌上心头。

一、触手可及的，是那个叫作梦想的东西

国内的朋友问我："你一个人在异国他乡不会觉得寂寞，不会感到后悔吗?"我自己也一直都在思考是什么让我坚定内心，将人生的青春岁月奉献给汉语国际教育事业？我想，是这两年的点滴，让我一直念念不忘，在我每每遇到困难，觉得坚持不下来的时候，给了我莫大的力量，支撑着我一直走下去。

我有个教育梦，那是在2013年去"三下乡"支教的时候种下的。一直很羡慕这样的女子，有才华，低调，有勇气去做自己喜欢的事情，有坚定的梦想。广东省河源市，那美得像画一样的地方，我只待了十几天，却足以回味一辈子。那二十几个可爱的孩子，住在几十年前那种很小的土房子里，早上5点就起床，走半个到一个小时的路到学校。即便只是十一二岁的孩子也要下田务农，晒得黝黑，在山里光着脚丫跑。我们支教的人在那里的每天，他们都不想下课，还拿着手电筒在伸手不见五指的山间夜晚跑到学校和我们说话。朴实的孩子抱着很大的西瓜对我说："老师，给你吃，这是我们家种的。"

---

* 刘梦珂，2017年8月至2018年7月任教于交通与电信大学、蒙特梭利探索小学，现任教于广州市第十中学。

教育，于我而言，是一种信仰。而汉语国际教育，于我而言，则是触手可及的梦想。

二、念念不忘的，是带给我希望的你们

前几日，偶然加上从前在泰国做汉语教师志愿者时教过的一个孩子的微信，他将我拉进他们的同学群，我在群里问候了一声，顿时掀起了轩然大波。 然后在那两个小时里，我一直在不停地接受好友添加，回复他们的问候。两年了，虽然跟部分学生保持着联系，但真正被拉到学生群里，我突然又找到了一种归属感。我是个极其念旧的人，最是无法抗拒回忆。于是，那天我失眠了，去翻看那些孩子的朋友圈。男孩长高了，成熟了；女孩更漂亮了，会打扮了。这些在我记忆里一直都是十二三岁的活泼小孩儿，转眼间已经变成成熟的高中生。还记得认识他们的时候我22岁，带着心中美丽而坚定的梦想，以汉语教师志愿者的身份远赴他乡。在那里我遇见了一群善良单纯的孩子，是他们陪伴着我度过了一个人的孤独时光，也是他们让我坚定了自己的汉教梦想，还是他们鼓励着我来到了这里——拉脱维亚大学孔子学院。

拉大孔院坐落于拉脱维亚首都里加。2017年8月，我来到这座历史悠久的城市，这里有你放慢步调便可随处欣赏的被黄叶点缀后带着些俏皮的绿地，这里有穿过厚厚的如棉花糖般的云层洒落在青石板街道上的一抹阳光，这里有拖着长长的辫子在铁轨上悠悠前行的小电车，这里有带着好奇的目光对你投来善意微笑的陌生人，这里也有总是淘也淘不完又带给你无限惊喜的旧货店。

嘿，我在东欧小巴黎——里加做汉语教师志愿者。你呢?

三、留在脑海中的，是无尽的美好

来到拉大孔院做汉语教师志愿者的这一年，我担负起了位于里加的蒙特梭利探索小学以及交通与电信大学的汉语教学工作。

（一）蒙特梭利探索小学

蒙特梭利探索小学是一所拥有100多名学生和25名教师的教育机构，成立于2007年，旨在用玛利亚·蒙特梭利教学法教育儿童。

自2017年初，蒙特梭利探索小学与拉大孔院合作，开设汉语课程，学生自愿报名，已有20多名学生学习过汉语或正在进行汉语学习。孩子们每周上两次汉语课，每次课约1小时。一个班约15名学生，学生年龄最小的只有6岁，最大的12岁。而我则成了蒙特梭利探索小学第二任汉语教师志愿者。我是一个很喜欢小朋友的人，在泰国有过一年的初中汉语教学经验，但给十几个6—12岁的孩子上汉语课还是第一次。给小朋友上课很不容易，如何将汉语呈现得有趣，如何进行课堂管理，这一切都在考验和锻炼着我。

我给孩子们上课前都会用心准备，寻找他们的兴趣所在，还会将新词编成简单的儿歌，让他们在欢乐的活动中潜移默化地掌握汉语知识。听着孩子们用清脆稚嫩的声音朗读课文、唱中文歌曲，我的欣慰和骄傲油然而生，觉得再苦再累也都值得。每个月我都会给孩子们上一次文化课，给他们介绍有趣的中国文化，希望他们能爱上中国，喜欢说汉语。至今为止他们了解了中国的中秋节，吃过月饼，剪过剪纸，做过灯笼，欢度了中国的春节，包过饺子，知道了中国的十二生肖，爱上了中国国宝熊猫。在这一年的教学时间里，在儿童汉语教学上，我的收获很大。

在一次次的教学活动中，孩子们的心也慢慢地靠近了我。他们会在汉语课上露出满足而又开心的笑容，然后礼貌地说谢谢。他们会悄悄地在我的包里塞进一张小纸条，上面用我教过的汉语写着："刘老师，祝你新年快乐。"他们还会在课间时像一只小猴子一样扑到你的怀里，挂在你的身上。一次中国春节文化课上，活动任务是每一个同学设计一个狗年剪纸。当班上大部分的学生都完成时，还有一个小男生一直在埋头苦干。直到下课时，他突然走到我的讲桌前，悄悄地放下刚做好的小狗剪纸，然后害羞地跑开了。我拿起他的作品才发现上面竟歪歪扭扭地写着我教他们的新年祝福语，上边还写着"给刘老师"，一瞬间我差点儿泪流满面。

（二）交通与电信大学

我的另一个教学点是位于里加的交通与电信大学，这是拉脱维亚唯一一所入选一流科研机构名单的私立大学。2015年9月，交通与电信大学正式开设汉语言文化课程，成为拉大孔院开设的第7个汉语教学点。该校的汉语课为兴趣课，课程类型为综合课，学生包括中学生、大学生和社会人士等。与蒙特梭利教学点不同，这里的教学对象是一群成熟的学生。班上学生不多，只有8个人。

在接手这个教学点后，我每周的汉语课程时间是周一到周四晚上的6点到8点。一次两个课时，每周8个课时。我选择了《HSK标准教程》这本教材，希望他们在学习汉语上有所收获。每次课百分之百的出勤率和他们求知若渴的态度都让我感受到每个人想学好汉语的决心，而作为汉语老师的我更是认认真真地准备每一节课，和学生交流，帮助他们学好汉语。但拉脱维亚人的性格比较内敛含蓄，尤其是成年人。在课堂上，他们总是不愿意开口练习、交流。音调和汉字成了他们汉语学习中的两大难题。为此我可谓费尽了心思，设计了很多符合他们年龄阶段的课堂活动，让他们可以奠定扎实的汉语基础，爱上学习汉语。我每节课上都不厌其烦地通过各种方式给学生进行声调和汉字书写的训练，他们也确实取得了很大进步。

功夫不负有心人，上学期，班上的两名学生参加了汉语水平1级考试，顺利通过并取得了证书，其中一个更是拿到了满分的优异成绩，这让我感到很欣慰。

一分耕耘，一分收获，你的用心付出学生们都能感受得到。从前一张张看似扑克脸的学生现在居然能在课堂上风趣幽默地和你开玩笑，有时你还会收到意外的惊喜。在得知这一学期结束我就要回国的消息后，学生们都希望我能继续做他们的汉语老师，问我能不能不回去。最后一节课上，他们竟然策划了一个告别晚会，一个个走上讲台，结结巴巴地用汉语读出一大段表示感谢的话。与刚开始接触他们时不同，现在他们都是有着最幽默口才、最炽热内心的人，他们也是这一年里带给我最多温暖、最大欢乐以及最令我不舍的一群人。

（三）拉脱维亚大学孔子学院

都说每逢佳节倍思亲，但在拉脱维亚的这一年里，我丝毫未曾感到过孤独，因为拉大孔院成了我的第二个家。

这里有最温暖的人：如父母般关怀备至并总是鼓励我们的大大和师母，外表严厉、内心柔软和如家中大姐姐般的芳姐，细心周到的君君师姐，温柔甜美的小甜甜，总是不厌其烦回答我各种问题、给我帮助的林小婕，单纯善良、每次都充当开心果角色的昕薇同学，爱撒娇却能帮你出谋划策的小玥玥，心思细腻、会安慰人的滕小飞，常伴身边温暖着我的美羊羊，虽身在“塞外”却一同为孔院贡献自己力量的潘潘、冰玉、霄霄和倩倩。

这里有最温暖的味道：一大碗好吃到流泪的陕西臊子面，一盘名叫回忆的韩国泡菜饼，一碗生病时暖到肺腑的排骨汤，一包思乡时的乌江榨菜，危急中如救命稻草一般的感冒药、龙角散和罗汉果。

大千世界，漫漫人生路，期待我们都能遇到志同道合的人，遇到更多有趣的和美好的风景。

四、让人欣喜的，是一点一滴的成长

在过去的一年里，面对蒙特梭利探索小学的少儿汉语教学工作，我也并不是一开始就得心应手的，而是苦恼于如何提高小朋友们的学习积极性，纠结于怎样才能将每一节课上得更好。我突然萌生了将所有的生词按照主题编写成歌曲的想法，把每次课要学的生词按照主题先进行分类，然后花工夫去寻找素材，将原有的既好听又好记的少儿歌曲重新编曲、填词。简简单单的四五首汉语少儿歌曲，搭配有意思的少儿舞蹈动作，在课堂上一试验，小屁孩儿们喜欢得不得了。

在泰国的一年任期结束后，利用归国后的空档期，我找到自己从小的最爱——自己动手做点好吃的。这得益于家里几个不管我做的是什么都无比捧场的亲人们。细细数来，我真的做了好多甜品——蛋黄酥、奶黄包、奶牛蛋糕卷、熊猫饼干、网红月饼、苹果派、桃酥、紫薯蛋糕，多到我都萌生了自己开一家甜品店的冲动。而我的这项技能没想到在来到拉脱维亚之后竟也发挥出了作用。我在春节时包饺子“收买人心”，在离别时赠送熊猫饼干，请一顿鸳鸯火锅告别宴。我发现，能亲手为在乎的人做点好吃的，这种爱的仪式感的美好胜过制作过程的任何艰辛。

人生没有白走的路，每一步都算数。在拉脱维亚从事汉语教学的这一年，我是成长了的，是进步了的。而同样带给我成长的还有身边的每一名拉大孔院大家庭中的成员，在每一次的活动中，在每一次的相聚中，你们身上的闪光点都让我好生佩服。多么庆幸自己能融入拉大孔院这个温暖优秀的大家庭，我们一同工作，一同生活，一同成长。

愿岁月情长，你我同安。让我们越来越亲近的，从来不是时间。让我们越来越遥远的，从来不是距离。

感恩，一路上你们的陪伴；感恩，带给我温暖的每一个人；感恩，自我的成长蜕变。感恩，这一切，让我坚持梦想，勇往直前！

刘梦珂/大千世界，漫漫人生路，期待我们都能遇到志同道合的人，遇到更多有趣的和美好的风景。

（图中右五为作者）

心中的琥珀——在拉脱维亚的两年

王　昕*

一、初识的忐忑

来到华南师范大学之前，我对拉脱维亚这个国家还没有什么概念，但后来在老师、师兄师姐和同学们的介绍中逐渐勾勒出它的模样：拉脱维亚是著名的波罗的海三国之一，有着美丽的海浪和沙滩；拉脱维亚的冬天很冷也很长；拉脱维亚的美女很多；拉脱维亚的物价很贵，但肉蛋奶非常便宜；拉脱维亚大学孔子学院的两位院长非常可爱亲切……

2018年9月3日，当我踏实地踩在这期盼已久的土地上时，所有的想象都变成了现实。到达里加时已经是晚上8点多，可天还很亮，一出机场我就看到了院长（大大）和师姐的笑容，那一刻好像所有的担忧和不安都烟消云散了，院长和师姐的关心让人感到格外温暖。坐车前往宿舍的时候，我仿佛变成了一个好奇宝宝，目不转睛地看着窗外闪过的陌生风景，并开始幻想接下来会遇到怎样的人、发生怎样的事情。

我其实是一个喜欢旅行且比较独立的人，但我从未出过国，也从未离开家这么久。说实话，来拉脱维亚之前我忐忑了一段时间，担心语言不通，担心水土不服，担心上不好课，担心学生不听话，担心思乡情绪太重等，可万万没有想到这两年竟是如此快乐、如此充实。这并不是说上面我所担心的情况都没有出现，而是这两年我的经历和收获远远超过其他东西，给我温暖，也让我成长。

---

* 王昕，2018年9月至2020年6月任教于交通与电信大学、蒙特梭利探索小学。

二、可爱的学生

作为一名新手教师，我实在是太容易被学生们的真诚感动了。2018年10月，我第一次以教师的身份过教师节，当学生们羞涩地把巧克力送给我的时候，我的心都融化了，我想我一定要努力上好课。有一次课，主题是家人，我教小朋友们说“我爱爸爸”“我爱妈妈”“我爱妹妹”等，突然一个小朋友说：“我爱王老师！”我激动得不敢相信，再次向她确认内容后才开心地回答道：“王老师也爱你们！”还有一次，学生通过了汉语水平考试，激动得发消息给我报喜，她说：“王昕，你是我见过最好的汉语老师！”这样令我感动的瞬间还有太多太多，尽管这中间也有疲惫的时刻，也有迷茫的日子，但都能忽略不计。感谢这些可爱的学生，让我完全体会了作为老师的幸福和乐趣。

三、温暖的孔院

让我感到无比幸运的，除了学生，还有拉大孔院这个大家庭。说我们拉大孔院是个大家庭，一点都不假，这里有德高望重却可爱有趣的贝爷爷，有高大帅气又包容亲切的大大，有美丽善良且厨艺精湛的师母，有姐姐一般暖心的老师们，还有相亲相爱的小伙伴们。是他们，让我在拉脱维亚的每一天都感到快乐又温暖。

贝爷爷是拉大孔院的拉方院长，他的人生用“传奇”两个字来描述都不为过。2018年11月，我有幸旁听了《人民日报》记者对贝爷爷的采访，这也让我有机会真正了解贝爷爷的故事：20世纪60年代，贝爷爷在莫斯科大学东方学院系统地学习汉语，他当时的汉语老师大多来自中国东北地区，因而他的汉语有着中国北方口音。大学毕业后，贝爷爷随夫人前往符拉迪沃斯托克（海参崴）的远东大学，并在其中文系任教。其间，贝爷爷还曾赴新加坡南洋大学进修一年。10年后，贝爷爷重回拉脱维亚，成为拉脱维亚大学的第一位汉语教师，并培养出许多优秀的人才。1991年，贝爷爷受拉脱维亚外交部邀请，前往外交部工作并创建了亚洲处。1998年，他又赴中国，担任拉脱维亚驻中国临时代办，为拉脱维亚驻中国大使馆的设立做了很多工作。后来，贝爷爷再次回到拉脱维亚大学，继续从事汉语教育工作。2011年，在贝爷爷的努力下，拉大孔院成功建立。至今，贝爷爷仍在为汉学研究的推广和中拉友谊的建设贡献自己的力量。

能和这样杰出的汉学家在一起工作我多么荣幸，我总是在心里告诉自己，一定要向贝爷爷看齐，学习他的自律、他的坚持、他的认真，努力成为一名像他一样优秀的汉语教师！

大大是我们孔院的中方院长，大大说“大大”在陕西话里是爸爸的意思，没错，大大一直以来对我们的爱护就像父爱一样踏实。最让我感动的是，无论我们去什么地方，大大总是会耐心向我们介绍、解释那里的一切，时刻关心照顾我们。大大总是惦记着我们这些“娃娃们”有没有吃好喝好。平时孔院举办活动的时候，有人忙得没时间吃饭，大大每次都会提醒大家别忘了给没吃饭的小伙伴多打包一点吃的。除此之外，工作上大大也是值得我们学习的榜样，大大是我见过的最好院长，我多希望能一直在大大的手下工作。大大的那种善良与包容是年轻的我们还远远达不到的，他总是愿意给我们机会成长，包容我们的失误与莽撞，我们应该懂得珍惜和感恩，也更应该努力不辜负他的期望。

师母是大大的夫人，师母怕我们吃不饱的样子真的就像妈妈一样。她总是担心我们这些姑娘小子太想家，就经常换着花样给我们做家乡的美食，有面皮、扯面、凉拌菜、包子、馒头、烙饼……每次我们吃撑还不算完，还要打包带走。工作上、生活上的不如意，或是身体上的不适，我们都愿意向大大和师母倾诉，他们总是耐心倾听，也尽力帮我们寻找解决办法。大大和师母的好是难以用语言来形容的，能遇见大大和师母一定花了我很多很多运气。

我们孔院大家庭还有很多亲爱的老师和可爱的小伙伴，他们是天使一样的存在。我从没想到自己能够在这么好的时光里遇到这么多优秀而善良的人，他们总是及时出现在我每个狼狈无助的时候，不求回报地帮助我。我记得他们每个人的好，也记得每个人的微笑，感谢他们的出现，他们让本就美好的日子变得更加难忘。

四、未尽的缘分

起初，在是否留任的问题上我犹豫了很久，最终还是选择了放弃。可在我做出决定后的几个月里，我后悔了无数次，我实在舍不得我可爱的学生，舍不得相亲相爱的孔院大家庭，舍不得我的朋友们，舍不得里加的慢时光。大概是我的意念起了作用，2018年末我得到了还有留任名额的消息。有一天，我像往常一样熟练地在大市场换乘15路，等车时不经意地一抬头，看见了远处钟表上的文字“RIGA”，不知道怎么心突然颤了一下，觉得自己不应该离开，于是我便向大大申请留任。得以留任，我一直很庆幸，因为10个月的时间实在是太短暂了。

五、突如其来的考验

2020年，一场突如其来的新冠肺炎疫情打破了庚子年春节的平静。从一月中旬起，一天又一天，整个华夏大地被疫情笼罩，虽是身在拉脱维亚，但我的心无时无刻不处在焦虑之中。每天起床时我都希望打开手机收到的是病毒消失的好消息，可事情没有那么简单，病毒设置了一个又一个的困难。可也就是在克服这些困难的过程中，我们真切地看到了全中国14亿多同胞上下一心、共渡难关的伟大，这让我非常感动并时刻充满力量。

后来，病毒开始在欧洲蔓延，拉脱维亚也没能幸免，我对国内疫情的焦虑最终变成了家人们对我的担心。由于国情不同，大部分国家无法采取中国的举措，好在拉脱维亚人口密度相对较小，病毒传播速度较慢，且政府反应相对迅速，未造成疫情的大暴发。实话说，完全不害怕是假的，可孔院第一时间下发的口罩、朋友们的照顾与陪伴、学生们的鼓励以及中国驻拉脱维亚大使馆的一句“使馆永远在我们身边，永远是我们坚强的后盾，大家不要害怕”，让我真真切切感受到所有人都在我身边，我无须恐慌，我们一定能够战胜病毒！

六、结语

这两年是我离祖国最远的两年，却也是我离祖国最近的两年，远是距离的远，近是心里的近。在之前的24年里，我从未像现在一样，听到国歌、看到国旗便会热泪盈眶。可以肯定地说，我比从前更骄傲，骄傲于自己是中国人，骄傲于自己是一名汉语教师志愿者。

我时常想，人生中能有这样一段经历是我的幸运，这仿佛是偷来的时光，美好得并不真实。尽管每天的教学让我感觉自己在做一件小小的事情，可当我突然发现学生们开始用汉语跟我交流时，我才明白自己在做的是一件了不起的事情。

感谢国家汉办，感谢母校华南师范大学，感谢拉大孔院，感谢亲爱的学生和同事！祝愿孔院越来越好，愿所有汉教人前程似锦！

王昕/我时常想，人生中能有这样一段经历是我的幸运，这仿佛是偷来的时光，美好得并不真实。

（图中左二为作者）

拾贰

拉脱维亚文化学院、新马露白小学篇

梦回里加

朱 玥*

"轻轻的我走了，正如我轻轻的来；我轻轻的招手，作别西天的云彩。"

广场上的鸽子，咕咕咕咕地抢着面包；黑头宫顶上的金鸡，器宇轩昂地俯瞰着老城；路边的樱桃，红彤彤地在枝头招摇；在道加瓦河的柔波里，我甘心做一条水草。那河畔边的大树，四季变化着妆容；波光里的艳影，在我心头荡漾。那喷泉里的一抹，不是清泉，而是天上虹。揉碎在浮藻间，沉淀着彩虹似的梦。寻梦，在清爽的晚风中翘首，子夜的天空繁星闪烁，时空交错，恍然间梦回丁酉夏末。

电车恰恰，凉风习习，疲惫压抑不住兴奋，南国的雪纺纱裙小高跟秒变成线衫长裤运动鞋，只为早点感受"北方的巴黎"的风情万种。国家大剧院前姹紫嫣红，老城广场上热闹非凡，城堡转角处琴声悠扬，橱窗里的琥珀晶莹剔透，脚下的石板路一深一浅，教堂的钟声准时响起，议会厅前驻足凝视，5个小时的时差，不是将我送去了北国，而是让我穿越到了童话里的仙境。

用力推开拉大主楼厚重的大门，童话世界里的人物好像动了起来，白发苍苍、不苟言笑的前台奶奶透着眼镜打量着我们；美丽漂亮的孔院秘书劳拉迎面走来；传说中俏皮的大大满面笑容地朝我们走来，热心地询问我们一路可好；"聪明绝顶"、精神矍铄的贝爷爷领我们去教授会议室开会；突然听见师姐叫了一声"师母好！"只见温婉优雅的师母朝我们微微一笑。众人就座，2017—2018学年拉脱维亚大学孔子学院的全员到齐了！

自由纪念碑前的莱玛钟（Laima Clock）昼夜不停地向前转动，我站在拉脱维亚文化学院的庭院前驻足凝视，黄色的砖墙，挺拔的松树，透过玻

---

* 朱玥，2017年8月至2018年7月任教于拉脱维亚文化学院和拉脱维亚大学孔子学院，现就职于深圳市福田区福强小学。

璃望去，学生们在认真地听课。

这不是我第一次上汉语课，却是我第一次在异国他乡讲授中国的故事。故事可大可小，可逗可乏，权由传授者品评拿捏。听客们拿一支笔、一个本子，跟随着叙事者进入另一个梦幻时空。阴阳上去，读出动人的音符；横竖撇点折，勾勒出优美的轮廓；唱念做打，演绎着感人的故事；剪编弹折，传承着千年的文俗。

细数过往，学生们由最初的害羞腼腆变成现在的积极活跃，我与她们之间也发生了不少故事。从最初骗我没有才艺，到我们一起在孔子学院日上表演，我才发现她们一个个多才多艺，并且极具语言天赋。吃月饼、发红包、包饺子、手绘中国扇子等，一次次活动拉近了我们的距离，也让我更了解她们，更喜欢她们。虽然我比她们也就年长几岁，但是学生们十分尊重我，敬我为“教授”，我则“受宠若惊”，直到那次一起包饺子、吃饺子、聊天，她们才改口叫我老师。

娜拉在“汉语桥”比赛上精彩的表现更是加深了我对她们的信任。事实上，比赛前一周她还没写好演讲稿，我陪她练习的时候，她还有很多语音问题，稿子也没记熟。我急得像热锅上的蚂蚁，强忍着想发火的冲动。娜拉不好意思地看着我，对我说：“老师，还有三天就比赛了，我会回去再认真练习的，我努力，请你放心。”实际上，我的心一直悬着，直到比赛那天她标准的语音、流利的演讲、富有深度的剖析、精彩的舞蹈打动了评委，获得“汉语桥”比赛成人高级组的第一名时，我再次确认她们真的很靠谱、很懂事。同样，黛娜和艾莎申请中国政府奖学金的事情也一样，需要准备各种证明材料和表格，还要自己联系学校，我真的害怕她们在截止日期之前完成不了，结果在截止日期前一天，突然收到她们的信息：“老师，您别担心，我们已经在网上提交所有的材料，我们也收到了上海外国语大学给我们发来的预录取信。”那一刻，我真的好想哭，原来学生们早就看出了我对她们的担心。

那天是我们最后一场期末考试，我走进教室照常把东西放下，看看手表，准备示意学生们开始考试。学生们突然向我走来，对我说：“老师，等一下可以吗？我们有礼物想送给你，还有些话想对你说。”原来她们每个人都精心准备了礼物：白色的玫瑰花、精致的大象项链、亲手写的贺卡、文化学院的纪念本等。每个人轮流向我致谢。她们还特意请来了学院专门负责拍照的老师为我们记录下这一温情脉脉并富有仪式感的时刻。我不知道要如何表达我对学生的感谢，我觉得自己能遇见她们，能成为她们的老师，真的太幸运了。比起其他的老师，我的学生非常少，难免有冷清的感觉，但实际上她们十分乖巧、好学，像波罗的海的琥珀一般玲珑剔透、招人喜爱。

“黑夜给了我一双黑色的眼睛，我却用它寻找光明。”拉脱维亚由于纬度高，所以气候寒冷，冬季漫长。10月下旬开始昼短夜长，冬至前后每天上午9点后才见到日出，下午3点多天就黑了，我常常和学生、朋友开玩笑说“我们终日活在黑夜里”。由于我的课又多在下午和晚上，所以我常常披星戴月。缺乏日照和户外活动的生活，真的很容易让人抑郁。但幸好有你们，我的日子才不孤单、不寂寞。室友潘潘说没有太阳，那我们就自己画一个太阳贴在宿舍的墙壁上吧；孔院高高级班的学生维拉常常邀我去茶屋喝茶赏雪，看着飘落的大雪，品着拉脱维亚酸甜的花茶，说着中国话，真的很温暖惬意；寒冷的冬日里，师母更是顶着风雪去市场买回新鲜的食材，烙饼、做臊子面给我们吃，把我们喂得饱饱的，给我们加餐补充营养。一直以来，我觉得我们比大大、师母的女儿还幸福。我们可以常常去大大家聊天吃饭，想吃多少就吃多少，把自己高兴的事、苦恼的事一股脑儿地倒给大大、师母。他们会像父母一样为我们出谋划策、也会像朋友一样耐心地倾听。有的时候，看见大大腿疼得走不了远路，看见师母烙饼的时候胳膊疼，真的很心疼，很着急。我想为他们做点什么，可是不知道做什么。我只能下楼的时候搀扶一下大大，帮师母揉一揉胳膊。长辈们为我们付出得太多，原来我们可以回报给他们的确实那么少。真的希望他们可以身体健康，开心快乐。“兰陵美酒郁金香，玉碗盛来琥珀光”，期盼着有朝一日能再回拉脱维亚，和大大雪中煮酒论英雄，和师母灯下共赏琥珀光。

岁末年关，思乡念家的情绪更加浓烈，可我们身兼教学重任，无法回国探望父母。孔院为大家准备了年夜饭，80多岁德高望重的贝爷爷也来和我们一起过年，送上了他最真挚的新春祝福，用自己的人生经历鼓励我们克服困难，为汉语教育事业奉献自己的力量。大大、师母、芳姐、王琼子老师、秘书劳拉、拉脱维亚本土教师马老师、各位教师志愿者，大家又再次聚齐了，热热闹闹地过大年。这是我二十几年来第一次不能和父母一起过年，虽然没有父母、亲人的陪伴，但是孔院已经是我们共同的家，处处可以感受到这个大家庭的温暖。

“冬天来了，春天还会远吗?”“春江水暖鸭先知”，当道加瓦河的河水开始融化，当可爱的鸭子们在河边开始嬉戏，当光秃秃的枝干上抽出嫩绿的新芽，当拉脱维亚的小姐姐们脱下厚重的羽绒服换上春装，拉脱维亚的春天终于来了。君君师姐做的香甜的槐花馅饺子，配着师母做的酵素，真是令人享受。

时光如梭，岁月如箭，我在拉大孔院的任期即将结束，我与拉脱维亚的缘分还要感谢我的母校华南师范大学的牵线，也要感谢我所在的国际文化学院的各位老师的指导与鼓励。如果没有我的母校与拉脱维亚大学的合作，如果没有老师们的鼓励与悉心指导，我想我不会有机会邂逅美丽的雪国拉脱维亚。

能在最美好的年纪来到拉脱维亚，能把最美好的青春献给孔院，能将最美好的语言教授给学生，真的是我前世修来的福分。让我们青春做伴，泛舟道加瓦河吧。满载一船欢笑，在灿烂的阳光下放歌。但今夜我不能放歌，悄悄是别离的笙箫；夏虫也为我沉默，沉默是今晚的自由纪念碑。

“悄悄的我走了，正如我悄悄的来；我挥一挥衣袖，不带走一片云彩。”

朱玥/让我们青春做伴，泛舟道加瓦河吧。满载一船欢笑，在灿烂的阳光下放歌。

（图中左三为作者）

拉脱维亚寒冬的温暖

尹　艳*

2018年9月，当我乘坐国航的航班从温暖的广州来到寒冷的拉脱维亚时，我知道，我所期盼的汉语教师志愿者生活也就此开始了。在我来这个天气寒冷的国家之前，对这里的教学和生活已有所耳闻："拉脱维亚的学生像他们国家的天气一样高冷。"于是，我带着忐忑的和自诩能融化冰冷学生的心开始了我的第一节汉语课……

转眼一年的任期即将结束，我时常感叹时光飞逝，亦如我感叹拉脱维亚寒冷的天气一样。而关于我的学生，很多人一定会问我："你的学生是否像他们的天气一样高冷？"而我的回答是："对！他们的外表比这里的天气还要寒冷，但他们也是我在拉脱维亚的暖阳。"他们有着所有人都会有的初见时的害羞和陌生，他们也有着"因为德语太难，我是被迫来学汉语，但是我发现汉语更难"的冷幽默，他们还有着对中国语言文化和中国人的好奇，所以会在上课时目不转睛地看着我……我的学生，他们带着这些好奇来到我的汉语课堂，即使有时候调侃汉语比德语还难，但是当我开玩笑让他们放弃时，他们惊恐地回答："绝对不可能！"那个时候，我从心里涌出的幸福感是其他东西无法代替的。在汉语课堂上，他们高冷的脸上浮现出笑容，甚至在教室外边也能听到他们的笑声，他们积极配合教学活动，认真学习汉语，这样温暖的学生为什么有"高冷"的标签？也许是因为他们一笔一画写汉字时太认真，也许是因为在对文化差异表达自己观点的个性洋溢，也许是因为分工协作完成老师布置的任务时的井井有条和一丝不苟……但在这一年里，我看到他们从不了解中国，到现在可以用汉语进行简单交流，甚至向学校的其他学生传播中国文化。我的汉语课也因此从第

*　尹艳，2018年9月至2019年7月任教于拉脱维亚文化学院和新马露白小学，现就职于华南理工大学国际教育学院。

一个学期的两个班扩展到后来的三个班，想要学习和了解汉语的人越来越多。当问到新的学生为什么想学习汉语时，他们回答因为上个学期听汉语班的学生说，汉语很有意思，而且他们很快就可以说汉语了。那时，我的感动和欣慰油然而生。

这些年来，看到全球越来越多的人学习汉语，作为汉语教师实在感到十分自豪和开心。而我，在这个寒冷的国家，作为一名普通的汉语教师志愿者，也为能加入拉脱维亚孔子学院的大家庭感到非常幸运。人们常常说，上帝给你关上一扇门，就会为你打开一扇窗。我的这扇门是“夏日凉爽”，而我的窗户则是“冬日的暖阳”，因为天气太过寒冷，所以温暖也分外珍贵。也正是因为这些温暖，我依然怀抱着在厦门大学培训时唱《汉语之花盛开》时感动落泪的满腔热血，我也依然记得我和小伙伴们畅谈汉语事业的热忱。所以，在寒冷的早晨，前往上课的路上，即使风雪拍打在脸上，我也会因为那一个个高冷却对我微笑着说“早上好，尹老师”的学生而倍感温暖。所以，在每一个节日即将到来而我被想家的低落情绪充斥时，也会被院长家里一桌地道的中国菜所带来的熟悉的幸福感包围。

拉脱维亚的冬天很冷，也很漫长，夜晚的时间仿佛没有尽头。每当我坐在窗前，看远处结冰的树和眼前纷纷扬扬的雪花时，我在思考的是，我的人生意义是什么？我有时候也会有一个人的孤独，有时候也会有一点点气馁，有时候也会对自己追求的理想产生动摇。但当我看到学生发来的作业时，当我看到学生发来的问候时，当风雪里收获一句“你好”时，这些美好的点点滴滴瞬间温暖了我凉凉的心。于是，我毅然像往常一样，开朗、活泼、有朝气地面对我“冰冷”的学生。

还记得告别晚餐上，我小心翼翼地问我的学生，觉得我上课怎么样，会不会很无趣。他们惊讶地看着我，说不会。他们对于我有这样的疑问感到惊讶，为什么老师会觉得自己上课无聊呢？他们觉得我的汉语课非常有趣，是所有课程里面最有趣的。所以，每次看到是德语课的时候他们都头疼，但是知道马上要去上汉语课了，就非常开心。他们说尹老师每次上课都精力充沛，讲课那么的有活力，他们也被吸引了。他们说尹老师对自己国家的文化和语言非常自信，让他们也对中国文化和汉语非常感兴趣，这就是尹老师的魅力。当听到我那“冰冷”的学生们这么热情洋溢地诉说自己的感受时，我激动、感动同时又有点委屈的心终于得到了安放。我所有的努力，原来他们都知道。

如今，当我整理离任的行装时，回想起汉语课做游戏的小纸条，上课需要的词卡，文化课的道具，还没来得及送出去的礼物，学生送给我的礼物……我的思绪瞬间被拉回了这一年每一个美好的点滴瞬间。这些美好的回忆，就好像是拉脱维亚寒冷冬天里的暖阳，虽曾掩埋在阴霾之中，却一直都在。

尹艳/风雪里一句“你好”，便温暖了我整个凉凉的心。
（图中左边做胜利手势者为作者）

青春韶光在拉大孔院

黄天祺*

2018年9月，我踏上了前往拉脱维亚的旅途，开启了为期10个月的第一次汉语教学历程。我在里加稍做调整之后就乘车前往东部城市雷泽克内，犹记得那天下午来接我的司机的车上还挂着一个绣着“平安”两个字的中国结挂饰。

雷泽克内是我任教的第一个城市，是拉脱加尔（Latgale）地区的首府，土地面积为2 655平方公里，人口4万多。在我看来，这座城市“麻雀虽小，五脏俱全”，只要深入了解，就会找到惊喜。高水平的音乐厅戈尔斯（Gors），每年会上演盛大的音乐节目，举办国际会议，曾有中国舞蹈团前来演出。该市有颇具设计感的倾斜群体建筑，也有拉脱加尔博物馆、犹太人居住遗址等充满历史感和现代感的地标。和很多欧洲城市一样，这里没有高楼大厦，但生活很舒适。这里冬天很长，但室内很暖和，阳光充足；春天万花开放，绿树丛生；夏天朝气蓬勃，气温舒适；秋天金黄灿烂，夕阳醉人。人们外表冷冷的，却有着友善热情的心。

我工作的学校是雷泽克内大学，教室在附近的一个中学教学楼里，位于市中心附近，交通非常便利。这里是雷泽克内市唯一的汉语教学点（孔子课堂），如今是它开设的第6个年头。这里的汉语课由我和一位当地老师共同负责，当地老师负责零基础班，我负责初级班、中级班和高级班。汉语课是兴趣课，不计入学生的学分中，学生有初中生、高中生、大学生和社会人士。每个学期的学生人数为20—30人。有几个学生已经坚持学习3年以上，学习汉语对他们来说是一件需要长久坚持的事情，汉语课仿佛已是他们生活的一部分。

---

* 黄天祺，2018年9月至2020年7月任教于雷泽克内大学、拉脱维亚文化学院、新马露白小学。

这一年，我不仅在学校上汉语课，周末还和当地老师一起去一些小镇上做中国文化讲座，宣传汉语，传播中国文化。2018年10月26日，玛格丽特开着车带我一起去雷泽克内附近一个小镇里卡瓦上的一所学校，举办了一次有关中国的讲座。一到那里，学校老师就带我们去了图书馆，骄傲地展示图书馆里有关中国的书籍。小镇上的人认真热情，在愉快的介绍和交流之后，他们非常好奇自己的名字写成汉字是什么样的，我给每个人写下了中文名字，讲座在欢声笑语中落下了帷幕。有一个学生家长给我们做了蛋糕，他们的真诚友好让我心里暖暖的。11月9日，玛格丽特和我一起去雷泽克内附近的一个小镇维拉尼（Vilani），举行了一次制作中国灯笼的手工课活动。这里的居民同样热情友好，当地一位老师还提前上网查找了很多灯笼的做法，并且为我们准备好了红纸。我又一次被感动了，大家一起度过了一个美好的下午。后来得知，这位老师会不定期组织文化交流活动，她不求任何报酬，这让我看到了一名教育工作者的伟大。11月30日，我在雷泽克内第一中学举办了中国姓名文化讲座，给学生们都取了中文名字。在最后的问答环节，学生们问了我关于中国的问题，比如“中国真的有计划生育政策吗”“你觉得拉脱维亚什么食物最好吃”等，非常有趣。

当然，我们的文化课主要还是在孔子课堂和雷泽克内大学讲授。2019年2月14日，在孔子课堂教室里举办了体验制作中国结的活动，我介绍了中国结的含义和用途，接着学生们开始动手制作，中国结的制作过程相当复杂，但是他们都很认真，一个个精美的中国结就这样诞生了。2月23日，在孔子课堂举行庆祝中国元宵节活动。我介绍了元宵节的由来和习俗，之后我们一起用木棍和红纸制作了灯笼，并在灯笼上作画，画上了中国传统国画中的四君子梅、兰、竹、菊，写上祝福话语，最后体验了很多中国庙会上的游戏，如套圈、踢毽子、绕口令等，大家玩得不亦乐乎。3月22日，雷泽克内大学举行“信息日”活动，我们孔子课堂也要一展风采，在雷泽克内大学里举行了中国脸谱讲座，参加的都是即将来雷泽克内上大学的高中生们，他们都画了自己喜欢的中国京剧脸谱，并且得到了自己的中文名字。4月1日，孔子课堂举行十二生肖讲座和剪纸课。4月15日，孔子课堂举行中国国画课。4月22日，孔子课堂举行中国书法课……这许多活动都是我和当地老师玛格丽特一起策划组织的，我真的很感谢她对我无私的支持。她是一个优秀的同事，也是极其体贴细心的朋友，还邀请我去她家体验拉脱维亚文化，真的很感谢她对我的照顾。

这一年里，我不仅收获了好同事，也实现了自我能力的提升、教学经验的增长，更认识了一群可爱的学生。吉乐是我们孔子课堂元老级的人物了，她已经坚持学习汉语6年，参加了各种各样的汉语水平考试和汉语水平口语考试。我猜她学习汉语的源源不断动力来自她在上海工作过5年的丈夫。他们夫妻俩经常邀请我去家里玩，我们几乎完全可以用汉语交流。遇到不会的词，她丈夫会掏出一本小俄汉字典翻看，那认真的样子可爱极了。如果我们上课时遇到困难或者我有教学上的困惑，吉乐会给我出主意。记得我第一次乘火车去里加，不知道怎么去火车站，而且发车时间是凌晨4点多，吉乐就让我那天晚上住在她的家里，第二天早上送我去火车站，我太感动了。他们夫妻俩在工作和生活上都给我提供了很大的帮助，让身处异国他乡的我感觉到家的温暖。卡恰是一位大姐姐，她热心、友好、充满激情，我们孔子课堂的大大小小活动她都没有落下过。周末的时候她约我一起去逛街、采购，一起做中国美食。我们是师生，也是最好的朋友。诺娃是一个读高三的女孩，她参加过两次中国的夏令营，对中国产生了感情，决心去中国读大学，在尚院长的帮助下，她成功获得了中国政府奖学金。她是一个很勤奋的女孩，学习汉语的能力非常强，看到她的梦想一步步实现，我们都替她感到高兴。当然还有很多其他可爱的学生，不在这里一一列举了。大学生的汉语课堂上每个学生都很配合我，是他们的进步和热情给了我莫大的鼓励。

虽然这一年的汉语教学结束了，我们离开了彼此，但我相信这不是一个终点，而是一个开始。希望学生们都有美好的前途，带着这个小小的汉语种子，在世界的各个角落开出美丽花朵。

很快，我第二年的教学活动又开始了。这一年我的教学点换到了里加的拉脱维亚文化学院和新马露白小学。拉脱维亚文化学院是一所大学，新马露白是一所小学，面对两种不同年龄段的学生，要使用截然不同的教学方法，这对我来说又是一个挑战。

拉脱维亚文化学院的汉语学习班有初级班、中级班、高级班和高高级班，都是学分班，每个班每周两节课。在这里，我认识了很多优秀的学生，如黛安娜、艾莎和娜拉。她们三人都去过中国，汉语非常好，我们可以用汉语交流，在课堂上淋漓尽致地探讨问题，共度了很多美好时光。白凯夏是一位艺术家，她的水墨画功夫了得，在拉脱维亚多次举办画展，作品赢得了很多人的喜爱。记得有一次她画了关于中秋节的工笔画，需要配上古文，我们一起探讨古诗，共同翻译，我感受到了她对中国文化的深深喜爱。这个学期我还在她的画室担任书法老师，结识了很多喜爱中国文化的学生，这又是一段绝无仅有的美好回忆。康琳是一位文化博物馆的工作人员，她很善于制作中国的手工艺品，对手链和剪纸的制作非常精通。她经常对我表示对中国的向往，并在2019年12月如愿以偿地去了中国深圳出差，兴奋不已。爱琳是学校的一位英语老师，她对中国汉字非常好奇，学习态度认真，觉得汉字以后会在全世界通用。这些学生每个人都有有趣的灵魂和不同的兴趣与经历，但来到汉语课堂只有同一个目标，那就是学好汉语，了解更多中国文化。

新马露白小学的汉语课是兴趣课，学生可以自主选择参加，固定来上课的有6—8个学生。一开始我非常害怕和小学生接触，觉得他们太难管理。可是当我开始第一节汉语课时，这个想法就发生了改变，学生们热爱汉语，积极发言，课堂气氛是欢乐融洽的。记得有一次我在讲一个句子："我家有一只小猫，它叫……"一个学生说："老师，我现在打电话给我妈妈问猫叫什么名字。"他们真是天真可爱呀！我们"在玩耍中学习，在学习中玩耍"，每个月的文化体验课学生们都表现得非常好，制作出各种精美的小手工艺品。我也准备了很多熊猫贴纸，每次表现好的学生就会得到一个，学生们把贴纸贴在自己的手机壳上，很多学生已经快要贴满了。其实和他们在一起时，我会放下烦恼和负担，尽情和他们交流，讲述中国故事，他们也会回馈给我很多自己的思考，回想起来这些都是美好的回忆。在2020年的第二学期，全世界陷入抗击新冠肺炎疫情的状态，我们不得不停止了线下授课，开始网络授课。遗憾的是小学生的兴趣课不开设网课，不知道我还有没有机会再见到可爱的他们，我非常想念跟他们在一起的日子。

听说，喜欢一个地方可能不是因为这个地方多好，而是因为这里有喜欢的人。我想，拉脱维亚让我留任的最大原因是身边有很多可爱的人。这两年在我的生命中是值得写许多封感谢信的。我要感谢拉脱维亚大学孔子学院拉方院长贝德高教授，我们亲切地称他为"贝爷爷"。贝爷爷就像一座灯塔，他勤劳认真、一丝不苟的治学精神，照耀着我们前进的道路。感谢拉大孔院中方院长尚劝余教授，我们亲切地称他为“大大”。大大工作能力强，为人细心体贴，宽容大度，乐观积极，善于解决一切困难。我觉得大大是一棵大树，而我们是大树下的小花，他保护着我们，让我们能茁壮成长。感谢师母（大大的夫人），师母的厨艺令人称绝。我是世界上最有口福的人，每次去师母家，不仅吃得很饱，还打包大包小包的丰富食物，我们真是无比幸福的孩子。感谢董芳老师、王琼子老师和曾庆君老师，她们是非常优秀的前辈，不管是生活上还是工作上，都给了我很多指导和帮助。最后，感谢一群可爱的同事，我们从华南师范大学一路陪伴走来，经历过欢笑与泪水。我将珍藏我们携手看过的风景、一起经历的点滴。青春年华稍纵即逝，但因为有了你们我的青春才有了灿烂的色彩。

青春韶光，因为在拉大孔院度过而被刻上无悔。

黄天祺/青春年华稍纵即逝，但因为有了你们我的青春才有了灿烂的色彩。（图中右一为作者）

点滴见证成长

谢慧清*

虽然担任拉脱维亚文化学院汉语教师志愿者的时间不长，但现在回忆起来，感觉还是有很多收获。最想说的是网友——大大，虽然暂时还未见到真人，但其实在进入第八期志愿者群的时候就感受到了大大对工作认真负责以及对生活积极乐观的态度。这样的人格魅力怎能不被吸引？所以，我一直期待着能见到他真人。终于，9月快来了，每年9月左右是汉语教师志愿者赴任拉脱维亚的时间。但2020年的9月有点不太一样，由于疫情的影响需要推迟赴任。看着身边的同学一个接着一个走入职场，而我的赴任时间迟迟不能确定，心里有点着急。后来，大大在群里说了一句话，大概意思是一切工作都在按部就班地准备着，孔院会借助一切力量帮助大家尽快到达拉脱维亚。他的话就像是定心丸，看到心里就安稳了，我真真切切感受到我们被大大照顾着。同期的小伙伴们都非常优秀，当时线上培训的时候我就看到了这个大家庭的人有才华又有趣，想到将来能一起共事心里就美滋滋的。第八期志愿者这个大家庭让我有归属感，很高兴能成为其中的一员。

2020年的疫情给各行各业的人们带来了很多不利影响。疫情的不确定性让我们的赴任时间变得不确定，毕竟出门在外，安全是第一位的。9月，拉脱维亚各学校陆续开学，志愿者想去去不了，学校想开汉语课但没有老师，化解这一尴尬局面的方法是远程教学。拉脱维亚文化学院的现代汉语课和里加文化中学汉语晚班兴趣班由我负责，其中文化学院非零基础班先开设了线上汉语课，零基础班（本准备上面授课）最近也开始上线上课，里加文化中学的汉语课未能开课。

所谓的远程教学，即线上教学，需要的基本条件是稳定的网络。有一

---

*　谢慧清，2020年9月至2021年6月任拉脱维亚文化学院汉语教师志愿者。

次课差点因为突然停电造成教学事故。我所在的地方是城中村，房屋密集，手机信号很不好，一直靠Wi-Fi与外界联系。那次停电时距离上课还有一小时，我非常慌张，不知道该怎么办。没有电就没有网络，电脑的电量也不够维持两节课。冷静下来后我开始想办法，寻求他人帮助，最后终于找到有电的地方，确保了正常上课。处理好突发事件是每位教师应有的能力。这次停电导致的慌张是由于我的心里没有预期，现在我每次上课前都会测网速，留意楼下公告栏有没有停电通知。

对于以汉语为母语的我们来说，汉语和汉字比较简单，但对汉语学习者来说没那么简单，需要用实用有效又有趣的方式教授。拉脱维亚文化学院汉语（4）班的学生只有两个，她们是韦爱琳和康琳。记得在讲“的”字短语的时候，其中一个学生提了一个问题，她说“我好像懂了这类短语的意思，但我不知道什么时候可以用它”。这个问题点醒了我，什么意思、怎么使用是教师在备课时应该重点思考的，但我把重点放在了什么意思上，忽略了运用。所以，下次上课的时候我把这个语言点拎出来，以“在中餐馆点餐”为情景重新讲了一遍，学生表示理解了很多。教师的教和学生的学是相互促进的，从学生的反馈中我们可以反思并调整我们的教学方式，这就是教学相长吧。

如果非要说汉语教师志愿者的成就感，那必须要提及学生的反馈。刚开课的零基础班学生，他们很多都是第一次接触汉语，对汉语、对中国都有很多的好奇，课后也会主动问问题。我在他们身上看到了学习汉语的热情，甚感欣慰。所以，我特别想要把他们教好，让他们了解更多中国的文化，这大概就是使命感吧。希望我真的可以教好，他们也可以学到想学的东西。为此，请继续努力吧！

谢慧清/我在他们身上看到了学习汉语的热情，甚感欣慰。（图中人物为作者）

拾叁

斯比杜拉中学、
拉脱维亚生命科学与技术大学篇

拉脱维亚汉语教师小张的中学教学成长日记

张　扬*

终于学会了怎么跟中学的孩子们相处，越来越喜欢这些孩子们，可小张就要离开了。时光飞逝，掰掰手指头数了数，小张来到拉脱维亚已7个月有余。记得初到拉脱维亚时是8月，南方姑娘小张期待已久的北国风光仍远远地躲在碧蓝的天空和明媚耀眼的阳光后边。休息调整了几天后，只教过成人的小张，如同第一次踏上讲台一般忐忑不安地走进了拉脱维亚叶尔加瓦市斯比杜拉中学的课堂。不同的教学环境，不同的教学对象，没有固定教材，没有前任志愿者留下的任何建议和经验，每天都要从里加市坐车到叶尔加瓦市，来回近4个小时，这就是小张当初面对的情况。说实话，这一切在最开始的一两个月让小张感到压力非常大。话说回来，毕竟是在一个新的环境，问题一定是会有的，小张心里明白，能做的一定是努力去适应、解决问题而非抱怨。慢慢适应了之后，一切都变得得心应手起来，小张之前的担心和疑虑也渐渐消散了。这也印证了小张一直坚信的一句话：问题总是能被解决的，你需要的只不过是决心和耐心而已。

一、万事开头难的中学教学

小张负责叶尔加瓦市的两个教学点，分别是斯比杜拉中学、拉脱维亚生命科学与技术大学，它们的汉语课都是非学分兴趣课（因为是兴趣课，所以课程都安排在学生放学后）。前者的教学对象是7—12年级的中学生，分为初级班和中级班，每周每个班3个课时。后者的教学对象是大学生及该校的教职工，也分为初级班和中级班，每个班每周4个课时。

---

* 张扬，2017年8月至2018年7月在叶尔加瓦市斯比杜拉中学和拉脱维亚生命科学与技术大学任教，现任教于加拿大萨斯卡彻温大学孔子学院。

由于之前在坦桑尼亚的教学对象都是成人，相较于中学教学，给成年人上课才是小张的“看家本领”。琢磨时间长了，小张慢慢了解到，中学教学重点在于了解教学对象，注意因材施教。由于拉脱维亚人性格内敛，所以也要注意活跃课堂气氛，努力让大家保持对汉语的兴趣。几个月的相处之后，小张发现学生们学习汉语的动机非常单纯，就是喜欢汉语和中国文化。其实，在没有真正接触这里的学生之前，小张曾以为较发达国家的人们兴许会缺乏学习汉语的动机，很难将他们留在汉语课堂，或者在汉语课堂上他们很难认真听讲，于是在备课的时候绞尽脑汁希望做得尽善尽美，让所有的学生都觉得学习汉语很有意思。事实证明是小张太紧张了，只要他们选择学习汉语，就说明他们对中国的语言和文化感兴趣，只要他们感兴趣，他们就愿意认真学。

让小张最头疼的其实是中学的孩子们。斯比杜拉中学的学生们每个班每周只有一次汉语课，且由于汉语课在放学后上课，常常会受到家长会以及一些全校性活动的影响，这样的上课频率加上没有固定教材，让小张着实头疼了一阵。可既然要做就要做好，一定要让孩子们喜欢汉语而不是仅仅拿着一本教科书完成教学任务了事。于是，小张开始每天都去阅读很多微信公众号上推送的欧美国家的教学方法，找到觉得合适的就会改良一下跟孩子们一同实践，小张相信多样化的课堂一定会提高孩子们学习汉语的兴趣和效率。小张在课上会让学生们做手工，通过实物或者真实的语料、视频去体验中国文化，通过练习毛笔字去记忆汉字的基本笔画，虽然学习速度并不快，但是过程令人开心。最开心的是，在跟孩子们相处的过程中小张慢慢跟他们成了朋友，孩子们还在微信上“表白”说小张是世界上最好的老师，更可爱的是还有学生在别的课上“偷偷”学汉语。小张想，自己付出的努力还是有回报的嘛！

二、汉语老师小张的“副业”——舞蹈教师

小张年幼时学习过6年的中国传统舞蹈，上舞台表演已是习以为常的事情，不曾想在国外却阴差阳错地将舞蹈变成了自己的“副业”。

人类的文化，有些时候是能够共通的。你问小张为什么这么说，舞蹈、音乐就是无国界的啊！ 2017年底，临近圣诞，与此同时，拉脱维亚大

学孔子学院下设里加文化中学孔子课堂正迎来自己五周年的生日。小张收到邀请，为斯比杜拉中学圣诞晚会以及里加文化中学孔子课堂五周年庆典编排舞蹈。怎么办？当然是有活儿了咱就接啊！两边跑，两头劳累，那也要坚持！中学的孩子们想法多，管不住，常常排练的时候来不齐，商量好的构思一会儿就变，可操心坏了小张。小张和同事们一问一催一盯，可算是张罗着把舞蹈在一个月内搞定了。功夫不负有心人，看着孩子们认真而完美的表演，小张悬着的心也总算是放下了。至此，小张同学正式晋升为业余中国传统舞蹈老师。

三、小张的成长收获

拉大孔院无论是从同事们的评价看，还是跟小张原来工作过的孔院对比，其工作环境都非常好。抛开硬件不谈，孔院大家庭相处融洽，中方院长大大和蔼亲切，所以志愿者们更多体会到的是温暖而不是压力。这样的工作环境是非常让人愉悦的，在这几个月的实践当中，小张不仅锻炼了自己的组织能力、新闻撰写能力，也提升了英语水平、教学水平，感觉大家既是朋友又是家人。小张发现，在孔院的活动中我们不能只会听从指挥，还应当主动承担一些没有人想到或者他人不大愿意承担的工作，多站在孔院的角度思考和规划孔院的宣传和发展，做一个有责任心和集体荣誉感的人。此外，志愿者们的自制力和自我规划能力也尤为重要，大家都应当具有使命感，时刻牢记自己的本职工作，在教学中多反思，充分利用有限的实践机会努力提高自己的教学技能，提升汉语的影响力，在高质量地完成本职工作以后再去思考其他的个人问题。

我们的汉语教学点非常多，在其他市的教学点的小伙伴们被大大亲切地称为“塞外公主”。虽然小张也在“塞外”工作，但是由于教学点并不太远，于是小张就成了每天坐火车上下班的“留守公主”。这反而让小张能扎根大本营，不会感到寂寞，也能充分体验大多数小伙伴们的“都市”生活。

里加作为拉脱维亚的首都，也是拉脱维亚最繁华的都市。这里虽然常常能遇到喝醉的人，但是整体治安其实很好。这里的生活用品非常齐全，只有想不到的，没有买不到的，且物价比欧洲很多国家都要低。威士信用卡和万事达信用卡在大多数商店都能使用，生活便捷。小张居住的地方是拉脱维亚大学的留学生宿舍，里面住着各个国家的留学生。宿舍的管理员老爷爷非常和蔼，总是对小张哈哈笑，还喜欢给大家分享小零食。除了偶尔被生活上的小烦恼挠挠痒痒，小张在大多数闲暇时光里还是非常开心的。天气好的时候孔院小伙伴会组织起来聚聚餐，玩玩游戏，包包饺子，吃吃火锅，逛逛街，买买菜，抑或是相约去健身房。小张不仅不孤单，时常还能吃到好吃的当季水果，呼吸新鲜的空气，心情愉悦又身体健康。

拉脱维亚真的非常美，无论是七彩的秋季还是白色的寒冬，都美得让小张有点儿不舍得离开。今天，小张与学生们坐在回里加的火车上，看到大桥下波光粼粼的水面，不禁心生感慨，即使每天都要路过这条大河，其景色仍然美得不尽相同。若是有机会，小张一定还要回来，她一定一定，一定还会回来的！

张扬/问题总是能被解决的，你需要的只不过是决心和耐心而已。

（图中左四为作者）

这片海，这些人

车俊池*

在变化的春夏秋冬中，我在拉脱维亚大学孔子学院两年的汉语教师志愿者任期已接近尾声。回顾这两年，感慨良多，这里的一花一草、一人一景竟然如此让人不舍。

一、“林深时见鹿，海蓝时见鲸”

来拉脱维亚之前就常听师兄师姐提起这儿的自然风光，到了之后发现果然名副其实。还记得第一年刚下飞机时就看到一弯巨大的彩虹挂在天边，还伴着夕阳的余晖，我想这大概就是最好的开端吧。

拉脱维亚的森林覆盖率大，闲暇之时便可跟三五好友一起去锡古尔达的森林探险。春暖花开的时候，锡古尔达郁郁葱葱，枝繁叶茂的森林会让我想起电脑游戏和电影里的魔幻世界，我甚至怀疑《上古卷轴5：天际》这款游戏就是以这儿的景色为蓝本制作的。秋高气爽的时候，锡古尔达变成了好看的金黄色，站在高处眺望群山，远处的古堡在金黄色的森林中若隐若现。学生告诉我，如果足够幸运，在通往古堡的森林中还能看见蹦跶的小鹿。我想，这也许就是对“林深时见鹿”的完美诠释了吧。

除了森林，拉脱维亚还有令人惊艳的大海。拉脱维亚位于波罗的海之滨，阳光灿烂的夏季一定要去西边的文茨皮尔斯和利耶帕亚看看。沿着长长的海岸线一直往前走，左边是洁白如雪的沙滩，右边是湛蓝的波罗的海，很干净，也很安静。坐在蓝白相间的秋千上，听着海鸥的鸣叫，吹着舒爽的海风，远处便是海天一色，我会不自觉地哼唱起周深的《大鱼》：

---

* 车俊池，2018年9月至2020年6月任教于叶尔加瓦市斯比杜拉中学、拉脱维亚生命科学与技术大学、拉脱维亚大学孔子学院和拉脱维亚大学人文学院。

"看海天一色，听风起雨落，执子手吹散苍茫茫烟波。"你说，这片海里会不会也有一条能飞向天际的大鱼呢?

二、"斯人若彩虹，遇上方知有"

也许是上辈子拯救了地球，我才能来到这个极具烟火气的孔院，这里的每个人都干练而充满爱。

每次文化活动结束的时候，孔院拉方院长贝爷爷都会用一口流利的汉语感谢所有工作人员的付出，夸得像我脸皮这么厚的人都会感觉不好意思。中方院长尚大大及其夫人每次邀请我们去蹭饭的时候总会忙前忙后准备一大桌子好菜，以至我们吃好后不得不打包，他们最常说的话就是"没事，吃不了就兜着走"。两位公派老师也是令人十分佩服，芳姐雷厉风行，王老师心思细腻，她俩除了应付烦琐的日常工作，还掏心掏肺地兼职我们志愿者的人生导师和知心大姐。我们一起工作的志愿者，工作的时候大家都有"分工明确，互相帮助"的默契。闲暇的时候，大家会聚在一起"杀一波狼人"。要是有人做了好吃的，总会第一时间和大家分享。这种感觉会让你想到父母这辈人和街坊邻居互相帮扶的相处模式，平淡却有烟火气。我还记得第七期志愿者艳姐离任时说的一句话："大概是因为我享受着大家的爱，所以我也愿意给大家分享我的爱。"

遇上斯人，三生有幸。

三、"千里同好，坚于金石"

拉脱维亚的学生初见时特别高冷，很多学生坐在座位上都面无表情，我用尽全身解数，才能博得他们勉强一笑。有时候我会被"冷"到自我怀疑：他们是不是不喜欢我？熟了以后，我才知道他们真的太"暖"了。

中学的学生会不时塞给我糖果。我第一年卸任时，最害怕写汉字的他们写了整整一盒的祝福语，字体稚气未脱，但诚意满满。还记得2019年暑假的时候，平时上课十分高冷的学生突然用WhatsApp问我："How do we find 车老师 in 中国?"2019年在大学的成人班里，有一位年过古稀的老奶奶和她女儿一起学汉语，她们学得很慢，却很认真。最让人觉得可爱的是，当她们觉得自己学得不太好的时候，会做点心和大家分享以转移我们的注意力。

他们的暖流露得很缓慢，也很含蓄，但迟早会让你感受到。学生们学习汉语的热情非常高，他们总能用自己的方式给你惊喜。有的学生刚来的时候一句汉语都不会说，现在他的发音是全班最准确的；有的学生因为工作没有时间学习写汉字，但每次让他朗读没有拼音的句子时都能丝毫不差地读出来；有的学生会自己写故事给我看，他丰富的词汇量和恰到好处的俗语常常让我感到惊讶……

最让我意想不到的是，在新冠肺炎疫情初期，在全中国人民都忙于共克时艰的时刻，拉脱维亚的学生们纷纷录制视频，用他们自己的方式表达对中国抗击疫情的支持与祝福。在部分西方媒体刻意歪曲报道和谣言满天飞的时候，学生们竟挺身而出，在社交媒体上发声为中国辟谣，同时也向自己身边的人传递着令人感动的正能量："中国人不是我们的敌人，病毒才是我们的敌人。"

是啊，中拉两国相距遥远，两国人民却因为汉语心心相连。

拉脱维亚的美好还有很多，这里的人和事岂是寥寥数语就能说完的。但纵有千般不舍，6月如期而至，也是时候说再见了。

再说点什么吧。愿时光永恒，故人不散，愿我们眼里有光，心中有爱。愿我们未来可期，一路春暖花开。

车俊池/这里的一花一草，一人一景，竟然如此让人不舍。
（图中右二为作者）

在拉脱维亚与温暖相遇

郑玉馨*

一、拉脱维亚初印象

拉脱维亚，一个你不会对它一见钟情的国家。相反，就像默默陪伴你的老友，只有在与她的慢慢接触中才能发现你对她的喜爱其实并不少。从来没有想过，我会在这个4月份仍然雪花飘飘的国度感受到如此多的温情与关怀。

2019年9月，爸妈送我到大巴车上的一瞬间意味着从此我开始了真正意义上的独立生活。虽然自己觉得已经做好万全的准备，但是在临出发的时候心情还是非常忐忑。当我一个人拖着3个行李箱在北京等待与小伙伴汇合的时候，我意识到自己的汉语教育事业从学会抗压这一步真正开始了。怀着如此惴惴不安的心情，经过十几个小时的颠簸，我们终于在机场见到等待已久的学姐和学长，一场温暖的际遇从此开始了。

初次与拉脱维亚相逢是在秋天。锡古尔达的落叶让拉脱维亚的秋天变得五彩斑斓。走在安静的街道上，脚边全是被雨水和大风打下来的果子。捡起来一个，轻咬一口，酸酸甜甜的，是很久未曾感受到的原汁原味。坐在摇摇晃晃的火车上，看到森林两旁的灌木丛里有很多人在采摘蘑菇，在阳光洒下的时候，借着深绿和金黄的背景，感觉就像是在看凡·高的油画。

一进入12月，街道边的小灯串透过公交车雾蒙蒙的玻璃若隐若现。圣诞市场上的红酒、姜饼以及各种烤肉的香气，混合在冰冷的空气里，让眼前的一切看起来十分梦幻。电车顺着轨道发出吱吱呀呀的响声，迎着道加

---

* 郑玉馨，2019年9月至2020年6月任教于叶尔加瓦市斯比杜拉中学和拉脱维亚大学人文学院。

瓦河畔倒映的余晖，缓慢而有节奏地前行。

二、任重而道远

我所在的机构为拉脱维亚大学孔子学院，具体教学点为叶尔加瓦市斯比杜拉中学。叶尔加瓦是距离里加40分钟车程的城市，摇摆的小火车上，一趟40分钟的路程，是我宁静独处的好时光。由于换了新校址，需要我步行20多分钟才能到。刚开始的一段时间非常难熬，但是慢慢地我学会了在路上寻找内心的平静，感受独处。我会在周末开玩笑地跟大家说："明天又要开启我的小火车通勤的日子了。"

斯比杜拉中学是一所综合性中学，有初中生和高中生。我教的学生一共有20人，其中汉语初学者10人，已经学过1年汉语的初中生5人，已经学过汉语1—2年的学生5人。学生每周有3次课，每次课两小时。其中两个班为汉语兴趣班，1个班为汉语必修班，使用的教材为《快乐汉语》以及《HSK标准教程》。拉脱维亚是个慢节奏的国家，平时会有很多假期，比如圣诞节、复活节等，中学生还有春假、秋假，所以上课时间不会特别充裕。除此之外，我上半学期在孔院高高级班代课，每周两节课，使用的教材为《成功之路·提高篇》，教授对象为5位成年人，其中4位学生曾来中国留学，汉语水平较高。我下半学期开始了人文学院研究生班的课程，所教学生为汉语水平较高的研究生，由于学生需求不同，所以没有选择特定的教材，而是选择中国影视剧作为教学内容，每周1节课。

刚开始上课时的我非常忐忑，因为这是我第一次对于专业的真正实践。开学第一天，我的前任教师带我去跟副校长商议汉语课的课程安排。这是我第一次来到学校，见到这么多外国中学生。之前听说拉脱维亚学生性格高冷，到斯比杜拉中学之后，我发现这里跟大家描述的情况完全不一样。高冷只是暂时的，跟学生熟悉之后，我发现全世界的孩子都有"熊孩子"特性。上课之前我的前任教师就多次嘱咐我，中学生的课堂管理存在比较严重的问题。因此，如何一边教学一边进行课堂管理成了我的首要难题。

第一次上课之前，我担心自己的英语发音不标准，担心学生们不会说英语，担心自己设计的教学不够生动有趣，无法吸引学生的注意力。于是，我在火车上反复检查课件，甚至想把每一句要说的话都写下来。但是第一节课出奇的顺利，学生们都非常配合，也没有出现课堂管理的问题。但慢慢地学生开始放飞自我，尤其是班上的男生，会突然大笑、在课上玩手机、跟别的学生打闹。我便在教学中综合运用多种教学方法，全方位调动学生的学习积极性，给学生制定上课的规则，例如举手说话、上交手机、互相监督等。同时，我会在课堂上组织“你说我做”“击鼓传花”“萝卜蹲”、画图写汉字、角色扮演、访问调查、演讲等活动，让学生在玩中学，寓教于乐。在高级班，我努力增加课堂讨论、辩论的机会，充分利用多媒体教学，通过给学生播放新闻、电影、访谈、纪录片等视频，对课本内容进行补充，再抛出问题让学生讨论。这一方法受到了学生极大的欢迎，课堂气氛变得热烈起来。

慢慢地，我跟学生越来越有感情，对教学乐在其中，学生也渐渐认可了我。有的学生在我生日那天送给了我一个小小的琥珀天使挂饰，害羞地说这是代表平安和幸福的天使。有的学生记住了我喜欢的颜色，并送给了我两只蓝色的小麻雀，附带的纸条背面还歪歪扭扭地写着不太标准的中英文字：“From 蒂娅，For Zheng yn in”。跟学生一起做游戏，一起聊天，一起讨论，让我觉得自己的努力并没有白费，学生看得到。最近学生虽然有很多其他学科的作业，还是会按时完成汉语作业。看到学生们一个学期之后的汉语热情仍然不减，我感到非常欣慰，这也激励我下决心在以后的教学中更加用心对待每一位学生。

在学生身上我也学到了很多。孔院成人高级班有一位学生，她的年纪比较大，有一个8岁的孩子，住的地方离里加有40分钟的车程，每周两节课，只有极少数情况她会缺席，她对汉语的热情和执着值得我去学习。还有一位学生因为生了孩子，已经有一年时间没有来上汉语课，最近一次的网课，为了确保上课效率，她躲在卫生间听课。这样的学习态度和学习热情让我为之动容，更加激励我用心对待每一堂课，用心回答大家的每一个问题。

这一年的教学中，有成就、有困难、有不安、有感动，但都让我对汉语教学事业有了更加深厚的感情。

三、黑夜中的一束光

村上春树说过，你要记得那些黑暗中默默抱紧你的人，逗你笑的人，陪你彻夜聊天的人，坐车来看望你的人，带你四处游荡的人，说想念你的人。是这些人组成你生命中一点一滴的温暖，是这些温暖使你远离阴霾，是这些温暖使你成为善良的人。

拉大孔院的拉方院长贝德高教授，被我们亲切地称为“贝爷爷”。已经81岁的贝爷爷对中国有着非常浓厚的感情。贝爷爷曾任拉脱维亚驻华临时代办，在中国的大多数省份都留下了足迹。听贝爷爷分享他的中国故事，我们感到贝爷爷是一位“中国通”。2020年，我们有幸参加了贝爷爷的“《我的中国故事》和《汉语拉脱维亚语大词典》APP”的发布会。这两本书的出版对中拉文化交流非常重要，贝爷爷为促进中拉文化的友好作出了重大贡献。已经81岁的贝爷爷经常开玩笑说“我今年才18岁”。是啊，我们从贝爷爷身上感受到了18岁人的激情澎湃。他对中国的热情、孜孜不倦学习的精神、努力工作的样子以及积极健康的心态，确实像个年轻人。贝爷爷在冬天坚持游泳，他也经常去狩猎。

“大大”是拉大孔院的中方院长尚劝余教授。尚教授是陕西人，在陕西话中“大大”是爸爸的意思。对于我们来说，大大不仅仅是一位领导，更是家人和朋友。跟大大在一起，我们可以吐露心声，可以像朋友一样交流。大大认真的工作态度经常让我们感到非常敬佩，每次上交的材料，大大都看得非常仔细，并且会做出修改。对于我们，大大几乎是有求必应。当我们在隔离期间需要盖章时，在家办公的大大去了好几次办公室。已经不知道该怎么表达我们对大大的感谢，没准“大大”这个称呼就是最好的表达了吧。

在拉脱维亚，我也感受到了家的温暖。师母（大大的夫人）会亲自下厨做各种美食给我们吃。有时候我们会拉拉家常，这个时候我不觉得自己是在国外，反而像是在家里。新春佳节的时候，孔院大家庭一起做饭，分享食物，拍照庆祝。我经常跟其他志愿者一起在普里马公寓8楼开会，一起排练歌曲，一起为举办活动出谋划策。我们并肩奋斗，我们分享快乐与忧伤。

感谢拉大孔院这个集体，无论是在教学工作还是在日常生活中都给予了我极大的帮助和关怀，让我在异国他乡体会到家的温暖。虽然跟孔院小伙伴共度的日子只有短短的十个月，但这十个月值得我永远铭记，因为身边有这么多温暖又可爱的人。有句歌词里说，“来来往往有多少人，只是扬起了灰尘”，但我遇到的你们，在我的生命里撑起了一片星空。许多年后，我必将仍然怀念这段温情时光。

四、愿你一生温暖纯良

我认识了一位好朋友，她是斯比杜拉中学的一位英语老师。每周二，我们都会在同一间教室上课。每次见面她都会对我叮嘱，“最近过得怎么样？在拉脱维亚还习惯吗？今天天气很冷，你要注意保暖”。拉脱维亚的每一个节日，她都会送我礼物，有时候是一袋糖果，有时候是她自己做的小饼干，她还会在分别之前给我一个大大的拥抱。斯比杜拉中学的副校长瑞特玛（Ritma）女士也非常友好，作为一名领导，她公务繁忙，但平时也会问我学生有没有淘气。上网课期间，她还问我需不需要帮忙。与之前听过的众多中外教师矛盾不断的案例不同，能遇到这样善良可爱的同事我感到非常幸运。

身边的人也给了我无限的关怀。每次按时给我准备好教室钥匙的斯比杜拉中学门卫阿姨，与我同住一层楼、总是提醒我们注意安全的俄罗斯小姐姐，普里马公寓里对我们很友善、每天都笑呵呵的大叔，广场上善良的喂鸽子大妈，楼下总是给流浪猫投放食物和布置新家的奶奶……他们每一个人都在我的记忆中闪着微光。

在异国他乡，我最放心不下的是姥姥。临走之前的暑假，姥姥的身体不太好，需要进行放疗。整个8月份我都在陪着姥姥，生怕这是最后的陪伴时光，怕来不及多看她一眼。但令人欣慰的是，姥姥的状况越来越好。姥姥的头发从一根不剩到已经长成小寸头了，每次都会在视频里笑盈盈地对我说：“看我的头发长得多好，一根白头发都没有，等你回家时就跟原来一样啦！”还有支持我一切决定的家人，永远在背后默默地照顾我。能得到家人的一直信任和支持，我是何等幸运！

“我希望你读很多书，走很远的路。我希望你爱很多人，也被很多人爱。我希望你走过人山人海，也遍览山河湖海。”我在拉脱维亚的一年，是日后拿出来仍会闪着光的诗集，是奏响内心坚定声音的乐章，是余生都不会熄灭的温暖火种。

疫情当前，我们在网课中度过了紧张的3月和4月。窗外的大树由绿转黄再到发出嫩芽，昭示着春天就要来了。没有一个冬天不会过去，没有一个春天不会到来。在凛冽的冬天，总是能有温暖相伴；在黑夜降临的时候，总是能看到希望的曙光。

郑玉馨/在凛冽的冬天，总是能有温暖相伴；在黑夜降临的时候，总是能看到希望的曙光。

（图中左一为作者）

拾肆

文茨皮尔斯大学、克拉斯拉瓦中学、里加第64中学篇

一片冰心在文城

潘　玲*

如果说生命是一场遇见，那么与拉脱维亚文茨皮尔斯的相遇是我生命中最美丽的遇见。文城是我的教学点所在城市文茨皮尔斯，位于拉脱维亚西部，濒临波罗的海。文城很小，小到用脚步就可以丈量城市的每一个角落，它的温暖像涓涓细流一般慢慢汇进我的心里。

一、美在文城

文城的四季是美的。9月5日，司机叔叔送我到文城，这尽收眼底的风景让我觉得自己的心都被美好塞满了。秋天的气息蔓延，树叶由绿转黄，一层一层的树叶仿佛像镀了金一样，层林尽染，整个世界仿佛置身于童话中。11月，天气转凉，金灿灿的树失去了生命力，褪去盛装，做回最原始的自己。一切归于沉寂，万物都在积蓄力量，蛰伏之后等待重生。春天在4月的时候悄悄来临，小草钻出土地，呼吸新鲜的空气，小城的人都出来庆祝春天，人们又开始活跃起来。2018年的夏天来得也比往年早，仿佛迫不及待地让你体验它的热情。人们都格外珍惜太阳，街头开始热闹起来，散步、骑车、聚会的人到处都是。好像白天的时间怎么也不够用，人们压缩了睡觉的时间，冬天蛰伏的能量在夏天爆发。秋的唯美，冬的肃穆，春的活泼，夏的热烈，装扮着这座城市，让我感叹大自然的馈赠，感叹生活也可以这般美好。

---

* 潘玲，2017年9月到2018年6月任教于文茨皮尔斯大学，现就职于广州市番禺区南雅学校。

二、教在文城

作为文城的第一个汉语老师，初来学校就受到了学生们格外的关注。犹记得给高中生上的第一节汉语课，电脑出现故障，临时启用教学B计划，改用黑板板书上课，顺利完成上课任务。学生并没有我想象中的安静内敛，他们积极参与课堂活动。很感恩遇见这一群活泼的学生，是他们给了我无限的力量去不断完善自己、提高自己。有一个12年级的女生，在陪自己的好朋友上了第一节汉语课之后，觉得学习汉语很有趣，于是决定高中毕业后去圣彼得堡大学学习汉语。我想这就是汉语的魅力，生活总会给我们一些意想不到的惊喜。在第二学年的4月，我开始给翻译学院的老师上课。翻译学院院长根塔斯（Guntars）和语言项目的主任维塔（Vita）是一对学习搭档，他们经常在一起学习汉语，相互督促，他们学习汉语的热情感染了其他老师，让整个课堂氛围轻松又有趣。他们在繁忙的工作中抽出时间学习汉语，并且他们的表现超乎我的想象。学习汉语给他们带来了无穷的乐趣，架起一座中拉文化交流的桥梁，灌溉了中拉两国人民的友谊之花。

三、爱在文城

快乐的日子总是显得那么短暂，临近离别的日子，有幸受到学生邀请参加他们的家庭聚会。家长们准备了当地特色美食招待我，我们坐在院子里吃饭聊天。学生们放学后会和家长们分享一些在学校里学习汉语的故事，久而久之家长们也能说一些汉语。一个学生的爸爸时不时说出一些高难度的汉语词汇，把大家逗得前仰后翻。跟他们在一起，我看到了他们热爱生活的赤诚之心，看到了幸福的模样。学校的保洁阿姨以前是一个音乐老师，她很喜欢绘画和音乐。我们会经常在厨房聊天，分享自己喜欢的音乐，她还会把自己喜欢的绘画作品分享给我。我感受到她在用自己的方式关心着独自在异国他乡的我，我倍感温暖。她从脸书（Facebook）上知道了我的生日，在我生日当天偷偷地把生日礼物塞给我，给了我一个大大的惊喜。感谢她给予我精神上的帮助和支持，让我懂得给予他人真诚的关心会让我们的世界变得更加温暖。

回想这一路的历程，我感到很幸运，与拉脱维亚结下这样一段美好的缘分。不散，不见，我们并没有走散，我们会在某一天再相见。我要带着这一路美好的回忆继续前行，继续散发光和热，拥抱生活，拥抱美好。

潘玲/文城很小，小到用脚步就可以丈量城市的每一个角落，它的温暖像涓涓细流一般慢慢汇进我的心里。

（图中左二为作者）

嗨，拉脱维亚！

朱会平*

2018年炎热的夏天还有一个尾巴，我却等不及来到拉脱维亚避暑了。8月底的里加清爽静谧，像极了一位美而不艳的女子，温情地诉说着她的过往，我为之沉迷。

很幸运，刚来就碰到了留任的林婕学姐和滕飞学长，在学姐学长的带领下，我快速地熟悉了里加的交通、商场等，像一个无拘无束的孩子，在美丽的里加老城撒欢儿。随后的孔子学院活动中，了解了拉脱维亚大学孔院，见过了两位院长——尚大大和贝爷爷，瞬间觉得自己怎么有如此福气，能遇到如此平易近人、和蔼可亲的大大和可爱又伟大的汉学家贝爷爷，欢呼雀跃的内心还想着这一年我肯定能从两位院长身上学到很多。果然，这一年以来，两位院长像参天大树一样，温暖地庇护着我们，给我们指引着方向……

这一年在孔院这个大家庭里，要感谢的人太多了。都说美食是治愈系的，那美丽温婉的师母就是治愈我们的良医，她做出来的中华美食总能治愈我们对家乡亲人的相思。每次师母投喂完，我们这些孔院小将们都像重新安了马达，焕发着光彩。还有每次孔院活动中带领我们上阵的董芳老师和王琼子老师，巾帼不让须眉说的就是她们吧。她俩永远冲在第一线，心思细腻地帮我们想好每一个步骤，简直贴心到极致。她们也教会我们很多，我也想有一天成为她们那样能够独当一面的汉语教师。

当然，这一年我也努力地尝试着在自己的教学点独当一面。我任教的学校文茨皮尔斯大学是拉大孔院下设的一个汉语教学点，这一年已经是第二年开设汉语课程，感谢前任汉语教师志愿者潘玲学姐的辛苦付出，正是

* 朱会平，2018年8月至2019年6月任教于文茨皮尔斯大学，现就职于中国石油大学（北京）国际教育学院。

她使得文茨皮尔斯大学有了比较完备的汉语课程。这里汉语课程的设置比较丰富，不仅有本科班、研究生班的选修、必修学分课程，还有高中生班、社会兴趣班以及教师班的课程。学生年龄差异比较大，但都是怀着对中国和中国文化的向往学习汉语的，我要用尽浑身解数带他们走近汉语、走近中国、了解最真实的中国文化。令我欣慰的是，学生们听到了我内心的召唤，相处一年的我们也越来越有默契。学生们不仅汉语学得越来越好，关于中国的一切他们都会留意，并且拿来和老师讨论。我知道，这是对中国的兴趣在他们心里生根发芽了，他们总有一天会飞过千山万水，亲自探索神秘的中国。

这段岁月中令我感动的时刻太多太多。有时候学生即使搬家了，还要坐几个小时的大巴来上我的课。有时候学生怕我太累，总会悄悄带来拉脱维亚的美食与我分享。有时候学生怕我一个人太孤单，就送我一些可爱的房间挂饰。有时候学生觉得我假日太无聊，就邀请我参加当地的活动，或者带我转转美丽的文茨皮尔斯小城。有时候学生以近乎乞求的语气希望我留下来继续教他们汉语……总觉得，我不仅仅是他们的汉语老师，更是他们的好朋友，我们一起在交织的中拉文化中缔结着属于我们自己的纯真友谊。

25岁在拉脱维亚做汉语教师志愿者的这一年，大不同于22岁在印尼教汉语的那一年。这或许因为我的心智更成熟，对课堂的把握更自如了；或许因为拉大孔院这个大家庭太温暖、太令人难忘了；也或许因为拉脱维亚学生对中国心生向往的眼神牵动着我；又或许因为文茨皮尔斯那极昼的蓝天、永远明亮的夏天吸引着我。我和学生们一起去文城的海边，光着脚丫在海边奔跑，对大海叫嚷着："嗨，大海！嗨，中国！"在最后的时光里，我也想对大海叫喊："嗨，拉脱维亚！嗨，我亲爱的学生！愿你们一如初见时那般，对汉语、对中国永远有不熄的热情……"

朱会平/8月底的里加清爽静谧，像极了一位美而不艳的女子，温情地诉说着她的过往，我为之沉迷。

（图中前排左一为作者）

守望初心，遥望波罗的

朱可嘉*

我的汉教生涯开始得很早，一切都始于2012年的1月，一个哈尔滨寒冷的冬日，下午3点日头渐弱，窗户上升起了白蒙蒙的雾，在小小的手机屏幕上，我第一次看到“对外汉语”这个名词。那时我查找了一切和这个专业有关的信息，决定有一天一定到外国去，以一位汉语教师的身份好好看一看这个世界。

2016年大学毕业后，我首先选择了蒙古国的乌兰巴托作为职业生涯的第一站，这个城市和中国北方重工业城市的气候、氛围都很相似。在这一年中，我学会了和自己做朋友，并且在课堂中把一切学过的内容都用在实践中。短短10个月的任期，我收获了很多来自学生、同事、陌生人情深意切的厚待，我也从一个“菜鸟”教师逐渐走向了“新手”教师的阶段。

2017年第一个任期结束，我决定换一个完全不同的国家，去看看我自己适应陌生环境的阈值到底在哪里。在转岗申请中，我填写了缅甸这个国家。在平均气温30多度的环境中，我又灰头土脸地做了11个月的汉语教师。

回头想想，我非常感谢大学毕业后这两年宝贵的经历，让我在实践中渐渐形成自己的教学风格，通过思考与实践确定自己日后职业发展的规划，并且真正理解了一些书本中的教育知识。为了在汉教这条路上走得远、走得稳，2018年回国后，我决定报考位于家乡的黑龙江大学的汉语国际教育专业的硕士研究生，为日后的职业发展铺路。那时的我在复习之余也会静下来想：“如果考上了研究生，我会去哪儿？”

拉脱维亚这四个字，就是那个时候在我的脑海中渐渐出现的。古老的东欧小国，陌生的民俗，干净的城市，都是它吸引我的地方。我曾无数次

---

* 朱可嘉，2020年9月至2021年6月任教于文茨皮尔斯大学。

在脑中描绘生活在这个国家的样子，觉得自己一定能从寂寞中得到思考的机会，我渴求这样的生活。

2019年底，我参加了汉语教师志愿者的选拔，虽然普通志愿者标注只选4人，但我还是顺利通过，我也以为一切都已尘埃落定。

2019年12月新冠肺炎疫情出现，而后便是遥遥无期的等待。更新护照和办理公证时，正是哈尔滨疫情最严重的阶段，每户每两天持通行证可出门一次。那时的街上，处处戒严，目光所及之处都是防疫标语，路上静得可怕，只有麻雀和鸽子在享受它们无法理解的安静。

那个时候，谁也看不到未来疫情会怎样发展，每一户人家都在焦虑地囤菜、囤肉、囤米、囤防疫用品，从老到小都在低头盯着手里小小的屏幕，关注疫情的变化。但我手里拿着才收到的公证书，心里想着的还是“一切都会好起来，一切都能顺意而行”。

2020年4月，由于疫情原因和待派志愿者培训的必要性，国家汉办决定史无前例地举办一次线上培训，所有志愿者身处五湖四海，但因为网络的助力，在线上相识。线上培训的节奏非常紧凑，常常一天要从早上9点到晚上6点都在屏幕前待命，有时候眼睛干涩得受不了，我也常闭一会儿眼睛，想想线上这群可爱的人在线下相见的样子。

国内的疫情其实在6月前后就逐渐平稳，绝大多数地区都得以控制，我也觉得大概一切坎坷都过去了，但不曾想时至9月，欧洲第二波疫情又袭来，一切派出手续都进展艰难。虽然暂缓派出，但随着很多教学点开学，汉语教学是不可以中断的，老志愿者已经回国，新志愿者又进不去，于是线上教学作为一种实用的解决途径再次出现在大家面前。拉脱维亚大学孔子学院中方院长尚劝余教授督促我们尽快联系各自的教学点，确定网课的形式、时间和课时。我负责的教学点是文茨皮尔斯大学，和我联络的几位负责人都很年轻，但相当干练。一次简练的线上会议就交代清楚了学校兴趣班和选修课的情况，和我商量好了上课时间。在正式上课之前，几位老师会帮助我将上课的形式和上课的时间以邮件形式发给学生，并且请学生试听。至此，线上授课就要靠自己来进行了。

由于“摸不到”自己的学生，一开始最困难的事情是备课。零基础的班级其实比较好备课，除了调查学生的背景，我还给学生简单介绍了课程纲要和一些课程中会涉及的趣味文化。最初的语音教学其实是帮助学生建立学习语言信心的一个阶段，学生们在充实的课堂中都掌握得不错。

有学习基础的班级是比较难上课的，因为城市兴趣班学生的汉语基础不尽相同，最好的学生能达到3级汉语水平，差一点的学生才刚学6个月，大概是1级汉语水平，想要让这几位学生在一个班级学习可真是不容易。我选择了口语类的教材，希望通过一些话题式任务型教学帮助他们提高交际能力，弱化语法和词汇的比重，加强听说能力的锻炼。

备课的问题解决了，在两三节课后，学生们也渐渐适应了线上教学的节奏，课程可以按部就班地进行了。但又有一个问题随着冬天的临近浮现出来，那就是时差。

原本最晚一节课会在凌晨1点5分结束，但10月26日之后，拉脱维亚会采用冬令时，也就是说拉脱维亚和中国的时差会从5个小时变为6个小时，每周有两天凌晨1点才能下课。得知这个消息的时候，我非常焦虑，因为这意味着以星期为单位，我要先打乱生物钟，再调整生物钟，再打乱生物钟。但令我感动的是，学生们听说了我的问题，主动找我调整上课的时间，这样就可以在中国时间的下午上课，我也就不必改变自己的作息时间了。我真是三生有幸，能够遇到这些善解人意的学生。

到今天，我的网课已经进行两个月，是否能够在这个任期顺利到达拉脱维亚对我来说已经没那么重要，因为仅仅通过一根网线，在中国最北边的我就能和远在波罗的海的人们交流，我们甚至还在汉语课上共度了中秋节。无论这个任期是否能顺利派出，我都会坚定地站在自己热爱的汉教路上。我会在未来的某天去拉脱维亚、去文茨皮尔斯好好看看，看看那个2020年疫情导致我没能抵达的国度是什么样的，看看在某个时空中我曾有机会触碰的生活是什么样的，看看那条芳草萋萋的路是什么样的。

朱可嘉/我定要去看看在某个时空中我曾有机会触碰的生活是什么样的，去看看那条芳草萋萋的路是什么样的。

（图中人物为作者）

“春有百花秋有月，夏有凉风冬有雪”

林颖娴*

2018年9月3日清晨，广州一如既往的炎热，蝉鸣不断，骄阳似火。我将奔赴一个陌生而神秘的国度拉脱维亚，前往万里之外的高纬度地区“避暑”。怀揣着巨大的欣喜与不安，飞机缓缓驶离地平面，熟悉的广州在视野里愈来愈模糊，渐渐化作一枚光斑消失不见。

经过长达十个小时的飞行，我于莫斯科和另外三位志愿者汇合，四个人一同飞往拉脱维亚的首都里加。飞机刚降落，映入眼帘的是一弯长长的彩虹，我们都为之雀跃，并坚信这是在拉脱维亚有好运的开始。出了机场，便感受到凉爽的高纬度的风，看到院长大大的笑容，旅途的疲惫一扫而空。我们在前往里加公寓的小巴士上诉说着欣喜与激动，仿佛并未置身于异国，只是假日组团出游而已。但时间飞逝，转眼间我在拉脱维亚的第二个任期已然结束。

仔细想来，那弯彩虹真的为我们带来了两年的好运，这两年时光是我人生时光轴上宝贵的白月光。

一到里加，我便参与了第一个活动——孔子学院开学典礼，见到了拉脱维亚大学孔子学院的中方院长尚劝余教授与拉方院长贝德高教授，我们都亲切地分别称他们为“大大”和“贝爷爷”。在开学典礼上，新老志愿者齐聚一堂，一同打响2018—2019学年的第一炮。

还未能熟悉里加的街道，我便奔赴教学点克拉斯拉瓦中学。这是拉大孔院最远的教学点，位于拉脱维亚、俄罗斯、白俄罗斯三国交界处，道加瓦河穿城而过，四周森林环绕，宁静祥和。初到小城，我便爱上了这里。在教学上，从最开始的紧张匆忙，到后面的游刃有余，我感受到自己大大的进步。记得给学生上第一堂课时，100多位学生与老师端坐在学校

---

* 林颖娴，2018年9月至2020年7月任教于克拉斯拉瓦中学和文茨皮尔斯大学。

礼堂里，我向他们介绍中国的传统文化、中国的节日习俗、中国的山川城市、中国的新四大发明，还向他们介绍了简单的汉语与汉字。学生们十分好奇：为何数字“1”横过来便是汉字“一”；为何“妈”（mā）和“马”（mǎ）是相同的汉语拼音，意义却相距甚远；为何老师形容石头“big”时，伸开了胳膊便是汉语中的“大”；为何“星期一”（Monday）、“星期二”（Tuesday）、“星期三”（Wednesday）构词如此简单……

很庆幸一开始便使学生对中国和汉语产生了浓浓的兴趣，才会有后面精彩的故事，才会使我与拉脱维亚产生了深深的羁绊，让我在这里留守了两年。

克拉斯拉瓦中学是拉大孔院新开设的汉语教学点，我虽在国内教过留学生，但在国外教汉语的经验不足，慢慢摸索也取得了可喜的成果。我在克拉斯拉瓦中学教授三门课程：语言课、文化课、汉字课。对于没有汉语基础的学生，我对他们也并未降低要求，督促他们在听、说、读、写方面齐头并进。开始时，学生学习语音，我会教授简单的汉字。随着课程难度的加深，一些学生反映汉字难写难认，不想学习汉字了。在课余时间，我积极思考解决办法，教汉字时，辅以有趣的汉字知识，或者为几个汉字编故事，学生们学得不亦乐乎，记汉字的劲头大大增加，也不喊着不想学汉字了。一年下来，有些学生参加了“汉语桥”比赛，也有不少学生报名参加了去中国的夏令营，他们都对汉语和中国产生了深深的热爱，这使我感动不已。

除了上课，我还会开展各种文化活动，培养学生学习汉语的兴趣，增加汉语在当地的影响力。每逢中国的重要节日，我都会举行相应的文化活动，介绍一些节日的起源、风俗、庆祝方式等，也会准备一些月饼、饺子、汤圆等节日美食，让学生真切地感受节日的气氛，增加对中国文化的了解。

由于课堂中能利用的资源十分有限，所以帮助学生利用好课外资源就显得十分必要。我教会了学生使用微信、QQ等常用的中国社交软件，还帮助他们在手机、电脑中下载中文输入法，让他们平时用手机和我聊天时尽量使用汉字而不是拼音。同时，我也时常给他们推荐好看的中国电影、电视剧、动漫、歌曲等，与他们分享有趣的新闻，让他们感觉离中国很近，也在日常生活中练习了汉语。

在课下，我与班里的学生亦师亦友，经常相约一起散步、聊天、吃饭，参加当地的活动，比如拉脱维亚独立日的火把游行、利戈节的篝火晚会等。在我与学生交往过程中，我加深了对拉脱维亚文化的理解，学生们也增加了与中国人交往的经验。遇到文化差异时，我们会仔细对其进行研究讨论，加深理解，避免文化冲突的发生。虽然汉语国际教育是我从本科到研究生学习了6年的专业，已经掌握一定的理论基础知识，但是在实践中遇到的问题锻炼了我在实际教学过程中解决问题的能力。能够在实践中学以致用，积极反思，我感受到自己的成长。

2019年8月28日，我再次踏上拉脱维亚的国土，开启了新一年的征程。我这次并不像第一次时怀揣着欣喜与不安，更多的是笃定与期盼。这是我的第二个任期，我将去一个新城市文茨皮尔斯，在拉脱维亚开始新一年的汉语教学之旅。

我2019年的汉语教学点文茨皮尔斯大学，它坐落在美丽的海港城市文茨皮尔斯市，美丽曲折的海岸线给这座城市增添了宁静浪漫的气氛，波罗的海的落日也十分动人，用“春有百花秋有月，夏有凉风冬有雪”来形容这座城市再合适不过了。

与在克拉斯拉瓦中学的课程不同的是，文茨皮尔斯大学的课程更多样，学生层次更多元。2019年是这里开设汉语课的第三年，在前任汉语教师志愿者的辛苦付出下，文茨皮尔斯大学的汉语课程设置比较完善。

首先，文茨皮尔斯大学汉语课程的教学对象不仅有高中生、本科生、研究生，还有社会人士和学校教师，学生年龄差异很大。虽然学生们的文化层次不同，但他们都是怀着对中国的向往、对中国文化的向往走入汉语课堂的。面对一双双期望的眼睛，我立志要用尽浑身解数带他们走近汉语、走近中国、了解最真实的中国文化。让我欣慰的是，学生们与我相处融洽，我们默契有加，在潜移默化中他们的汉语水平逐渐提高。他们不仅汉语学得越来越好，关于中国的一切他们也都会十分留意。在新冠肺炎疫情肆虐中国的初期，学生们十分关心中国，录制了为中国加油的视频，鼓舞中国人民众志成城，共同抗击疫情。他们让我和我的家人一定要保护好自己、照顾好自己，他们说“中国加油，老师也要加油!”

其次，文茨皮尔斯大学汉语课程的类型比较多元，开设了必修课、选修课、兴趣课等。面对必修、选修学生，我在课堂中不仅会教授汉语知识，还会穿插一些有趣的中国文化知识。学生们积极好学，认真勤勉，令我感动不已。有一对姐妹，每周开车往返3个小时，从隔壁市来学习汉语；有一个退休的物理教师，学了半年汉语，十分喜爱中国文化，之后鼓励女儿也来学习；还有一个拳击教练，经常去中国出差，自学了一年半汉语，第一次见面时我就惊讶于他的自学能力。

学生们学了一两年汉语，总体来说口语能力都比较好，识字写字的能力也不错。在教学过程中，碰到象形字、会意字、指事字这些有趣、容易从字形上进行解释的字，我会以图片展示、画简笔画或者讲故事的形式向他们讲解，他们觉得很有趣，学得很开心。对汉语、汉字与中国的热爱在学生们的心里生了根发了芽，我相信总有一天他们会跨过千山万水，亲自探索美丽而神秘的中国。

转眼便是7月，两年时光匆匆过去，其间，孔院大家庭给了我太多温暖与感动。院长大大和师母（院长夫人）时常邀请我们到家中吃饭，师母的手艺堪比大厨，在异国他乡没有什么比师母做的家乡饭菜更能打动人了，饭菜中都是幸福的味道。孔院小伙伴们在各大活动中互相帮助，同舟共济，我们逐渐变成了老师、长辈对我们期许的模样——优秀的汉语教师。太庆幸这两年宝贵时光给我带来的成长，我为自己是汉语教师大家庭的一员感到无比骄傲。愿我们成为最好的自己！

林颖娴/这里，春有百花秋有月，夏有凉风冬有雪。
（图中后排左一为作者）

我的欧洲之行

麻　莉*

2019年9月7日，我带着老师、家人和朋友的期盼与祝福，带着对新世界的好奇与憧憬来到了东欧的拉脱维亚。波罗的海之畔的它，拥有不到200万的人口，和我家乡的人口差不多。这里地广人稀，由于地处高纬度地带，所以冬天较长。这里的人性格比较高冷。

一、冰冷的第一夜

我来拉脱维亚后的前一个多星期忙于办身份证、买保险等，联系了很多次教学点，都没说具体接我的时间。9月18日，教学点的司机和负责人终于来接我了，跟随热情的司机和负责人坐了4个多小时的车来到了我的教学点克拉斯拉瓦中学。这所学校是孔子学院中最偏远的教学点，只记得第一次路程很远很远，中途我小睡了两三次，每次醒来时心理都默默念着怎么还没到呢！一路上我们经过了很多村庄、一片大海、许多块空旷的田野，田野上有正在吃草的牛群，还有很长很长的丛林。我的内心万分复杂，有对路途遥远的教学点的失落，有对陌生地方一个人生活的担心，有对没有授课经验的忧虑等。

经过4个多小时，我们终于到了教学点所在的小镇。小镇没多大，约几千人，有几家超市、一个剧院、一个肉店等。司机大叔和负责人帮我搬运完行李后，负责人又热情地陪我去买生活用品，回来的路上突然下起了淅淅沥沥的小雨，我上楼给负责人拿伞让她方便回家，她说自己有车就谢绝了我。她走后，我开始收拾房间、做饭。晚上睡觉时我发现没有棉被，9月中旬的夜里温度低得很，5度左右，暖气又没开始供应，所以第一夜一

* 麻莉，2019年9月至2020年7月任教于克拉斯拉瓦中学。

整夜都没睡，又冷又想家，蜷缩在床上想着想着就哭了，冰冷的第一夜让我对这个偏远的地方又减少了些期待。

第二天我跟负责人要了被子，下午正在教室讲课，领导敲门给我送来了棉被，那一刻我感动得眼泪都要掉出来了。我当时暗暗下决心，一定要好好教，回报学校领导对我的关心。

二、第一次当老师，请多多包涵

由于我在此之前没有海外实习经验，所以面对即将到来的第一堂课不知所措。我脑海里只有一些教学理论，如备课时不仅要“备教材”还要“备学生”，在上课前要了解学生的学习特点、性格特点和学习需求以及教室的教学设备等情况。来教学点报到第一天，负责人带我参观了汉语教室，对教学设备和教材我已经有所了解。但对于学生，我完全不了解，于是在咨询了几个师姐上第一节课的经验后，开始设计我的第一节汉语课。第一节课我没有直接讲课文，而是让学生熟悉老师、课程计划、使用的教材、学习目的、考核方式等。第一节课上，当我走上讲台时，起初心里满是忐忑不安，战战兢兢地做了自我介绍、说明课程计划等。半节课下来，我心里已经平静许多。此外，为了与学生增进了解，我让学生通过击鼓传花的游戏做自我介绍。就这样，我的第一节课顺利结束了。如果有讲的不好的地方，希望我的学生多多包涵，因为我是第一次做老师。

通过几节课的观察，我发现学生在课堂上不敢开口，考虑到他们是初学者，汉语水平低，因此我为他们设计了更多的活动并创造情境，让他们在情境中学习汉语，增加开口的机会。低年级的学生英语水平不太高，课堂上我会用最简单的汉语或英语去表达，利用图片、视频等来辅助教学，帮助学生理解知识点。有时我还会借助手势、表情等去表达。在平时的接触当中，对于这种语言沟通障碍造成的尴尬，我和学生都很苦恼。此外，他们也缺乏说汉语的意识，多数学生都有一种畏难的情绪，我只能尽量去引导他们说汉语。通过一段时间的教学，在我和学生的共同努力下，他们比最初勇敢了许多，敢于在课堂上说汉语了，也开始主动用汉语回答问题了。一次下课后，一个12年级的女孩主动跟我讲：“我很喜欢汉语课，很喜欢老师你。”能获得学生的肯定和喜欢，我作为老师感到很欣慰。

三、谢谢你们给的温暖

拉脱维亚全年三分之二的时间是冬季，我没来前只是从心理上感觉这个国家寒冷，来到这儿后，身心都有些不适。从9月到来年的5月，这个小镇一直是寒冷的，仍会飘雪。这里天气虽然寒冷，但人心极其温暖。

到2020年，拉脱维亚大学孔子学院走过了9个年头，孔院从最初的两三个教学点发展到近20个教学点，培养了数以千计热爱汉语的学生，这离不开孔院的尚院长（大大）和贝教授的辛勤付出，离不开老师们的兢兢业业。大大特别亲切和蔼，平易近人，不仅是我们工作中的领导，而且是我们私下的大朋友，怕我们孤独，和师母（大大的夫人）经常请我们去家里做客。师母是陕西人，最擅长做面食，我最喜欢吃的一道美食莫过于她做的凉皮。但凉皮的制作过程很麻烦，不仅耗时长，而且还费力，可是只要我们想吃凉皮，师母都会不辞辛苦地给我们做。饭后，大大和师母还热情地陪我们聊天，询问我们的生活和教学情况。虽然身在异国他乡，但是有大大和师母的照顾，我们一点儿也不孤独。

在这里，不仅有大大和师母的关爱，还有学生给的温暖。让我印象最深刻的是新年时学生送的温馨礼物，那是一双毛线拖鞋。那天上课时，这位学生一进门就给我递来一个袋子，并对我说中国的新年快到了，祝我新年快乐。我回到家打开一看，里面有双毛线拖鞋，这让我想起一件事，有次我家下水管道坏了，修理工让我在家等他来修，但我那天下午有课，于是我把这个班的学生请到家里来，一边上课一边等待修理工。学生们一进门就习惯性地脱外套和鞋，我说："我家暖气老了，有些冷，你们穿上吧！"那天来上课的就有给我送毛线拖鞋的这位学生，我猜他应该是看到大冬天我穿的仍是一双凉拖鞋，所以就送了我这个礼物。都说欧洲的学生很高冷，但有时他们也很"暖"。学生的举动深深地打动了我，让我在异国他乡感受到了无比的温暖。

以前做学生时不想上课，但现在做了老师反而最喜欢上课，因为上课时有学生陪着，放学后就只有自己一个人。课间有时我会看学生打乒乓球，他们偶尔还邀请我一起玩。周末时，我经常会约学生来家里品尝中国饭菜，我们会一起聊天、玩游戏。感谢这一年里学生的陪伴，正是有了他们，我的生活才有了趣味。

四、只有出了国，才会更爱国

“只有出了国，才会更爱国。”这句话是我的研究生导师讲给我们的，出国前我并不知道这句话的含义，出国后才深刻体会到其中的内涵。每逢佳节倍思亲，越是节日来临之际，我越是思念祖国和亲人。记得2019年国庆节时，看到新闻报道中祖国几十年的发展变化，我内心的自豪感油然而生。2020年春节时，祖国被疫情困扰，我担心得不行，没有了过节的心情。记得在看春晚播放疫情期间人民众志成城、全力抗疫的视频和图片时，我的眼泪止不住地往下流。我小时候不懂为什么把祖国称为母亲，长大后明白了，现如今更是深有体会。若没有祖国的日渐繁盛，就没有我们今天富足的生活，我们也不会有这份宝贵的实践经历。

人生没有白走的路，每一步都算数。回首我这一年的经历，有凌晨4点起床赶车的艰辛，有获得学生礼物后的愉悦，有与同事合作完成孔院活动和任务后的开心……虽然海外教学是艰辛的，但通过这份经历我学到了很多，我学会了独处，学会了与人交流沟通，提高了教学技能。读万卷书不如行万里路，我相信这份经历将是我终身受用的宝贵财富。

麻莉/人生没有白走的路，每一步都算数。
（图中后排右一为作者）

我用流行文化和学生拉近距离

吴致昕*

自从我考取赴拉脱维亚的汉教志愿者以来，我就一直怀着满腔的期盼与热情，希望能早日踏上拉脱维亚的土地。无奈，因为受到新冠肺炎疫情的影响，我也只能够通过网络来为学生授课。

作为一个爱好科技的宅男，我本人其实相当向往赛博朋克那种高科技的社会——突飞猛进的通信技术打破了我们沟通交流的障碍，几乎让以前我们人类的许多幻想变为现实。就当下来说，出于保障身体健康的考虑，我本人是支持采取网课的教学形式的。

但另一方面，我的另一个身份——对外汉语教师，又让我对这种想法进行更深入的思考：我们的语言是人的语言，不是机器的语言，因此教授语言应该在面对面的环境下进行。同时，语言是文化的载体，我们汉语教师则是汉语文化的传播者，只有让学生零距离地处于真实的文化环境中，才能让他们更为直观地感受到汉语文化的魅力。因此，如何在网课中拉近学生与汉语的心理距离，从而让汉语教学顺利开展下去，是一个我急需解决的问题。

无独有偶，对于我这样的90后，以及我的教学对象——拉脱维亚的高中生和大学一二年级的学生来说，我们最大的共同话题便是互联网，以及互联网上的流行文化。毕竟我认为，语言最终的目的是沟通与交流，因此语言学习也应该先围绕这个核心主题来进行。为此，在教学内容方面，我会特意选取一些流行文化的素材进行讲解。我在给学生介绍中国的国庆节以及中秋节的时候，就用上了哔哩哔哩网站上的视频资源，如新中国成立70周年的烟花晚会以及冰皮月饼的制作视频，用尽可能生动形象的方式让学生通过网络就能感受到我们的节日气氛。一次课上，我特意为学生播

---

* 吴致昕，2020年9月至2021年6月任教于克拉斯拉瓦中学、道加瓦皮尔斯大学。

放了中国台湾乐队苏打绿的《故事》的MV。学生一方面为其中唯美的视频风格所打动，另一方面也为里面所用的庄周梦蝶等典故所吸引。通过与MV结合的讲解，学生开始明白中国传统文化中的浪漫与魅力所在。

除此之外，我也一直坚持一个观点，即学习他国的文化，是为了在更好地了解彼此的基础上，促进彼此的深入交流。我也曾让学生对比我国中元节与西方万圣节的异同，最终学生惊叹，我们双方节日的起源内涵居然如此相似。学生也渐渐放下自己对汉语的心理防备，开始慢慢接受汉语，慢慢喜欢汉语，努力学习汉语。

我猜，也许在将来，我们会实现世界大同，而其中的催化剂极有可能是中华文化。

吴致昕/我一直满怀期望与热情，希望早日踏上拉脱维亚的土地。

（图中人物为作者）

汉语情缘，妙不可言

符瑾儿*

提笔撰写此文之时，我尚未踏上拉脱维亚的土地，还在热浪刚退、凉意姗姗来迟的广州。

拉脱维亚，这个英国诗人格林眼中“北方的巴黎”，令人心驰神往的“琥珀之乡”，此时我只能远远地与你对望。于我而言，你是一个遥远又神秘的国度，“寒冷”是我脑袋里蹦出的第一个有关你的代名词。可是，当我通过多种渠道渐渐了解你之后，你的多姿多彩又对我有了强大的吸引力，期待早日与你相遇……

2020年1月底的时候，我收到了尚教授，也就是我们可亲可敬的尚大大发的邮件——来自拉脱维亚的问候，里面写着“非常感谢大家选择拉脱维亚，波罗的海的风和道加瓦河的水热烈欢迎大家，期待大家加入拉脱维亚汉教大家庭”。收到这远方的问候，欣喜之情溢于言表，随后我加了大大的微信，他把我拉进“我们共同的家园：拉脱维亚汉教群”这个微信群里，进群后算是正式的“拉脱汉教人”了吧。

原本我们第九期汉语教师志愿者是9月就可以赴任的，但因为疫情肆虐，前往拉脱维亚的计划一再搁浅，赴任日期一拖再拖。在此过程中很多人都在努力协调，特别感谢大大和拉脱维亚大学孔子学院的工作人员等为我们的赴任操碎了心的可爱之人。虽然我们现在无法奔赴拉脱维亚，但感恩我们生活在网络发达的时代里，我们与拉脱维亚的汉语情缘正因网络而徐徐展开……

我所任教的里加第64中学位于普夫西姆斯——人口最稠密的城市郊区之一。它有在校生1 400多人，教师100多人。学校成立于1971年，2021年建校50周年。学校具有悠久的戏剧历史传统，曾经开设戏剧课，毕业生

---

* 符瑾儿，2020年9月至2021年6月任教于里加第64中学。

中有一些人成为著名演员和导演。近年来，学校恢复了这一传统，重新开设戏剧课，学生可以深入学习戏剧艺术，包括舞台动作、韵律、演讲等。学校在数学、自然科学和培养学生撰写研究论文方面也有悠久的传统。学校一贯乐于接受新的思想。

从2020年9月起，学校开设汉语课程，这也意味着我是这所中学的第一位汉语教师，我真的有点忐忑，深感责任重大。虽然我之前有过对外汉语教学经验，但大多数是一对一教学，缺乏班级教学实践经历，这次又是网络远程教学，想到这些就有点担心自己教不好，担心学生觉得我的课很无趣，把他们刚燃起的汉语学习热情火焰浇灭……

后来，我查了很多有关对外汉语教学的资料，再稍稍地自我安慰一下，心态真的好了不少。我现在已经上了两个多月的课，算是得心应手了吧。这一切真的离不开教学点负责人亚娜（Jana）尽心尽力的帮助和协调。我记得第一次发邮件联系她时，她给我的回复真是充满了热情和对开设汉语课的期待。只是接下来的一小段时间我因为丢失手机与她中断了联系，还好我们很快又联系上了，但汉语课的开课时间又被延后了一些。记得第一节汉语课是在2020年9月30日上的，当时用的是腾讯会议的国际版，这个平台对那边的学生来说不算太方便，所以后来我们改用Zoom。在中国，我们不能用Zoom发起会议，只能参加会议。每次上课是亚娜申请会议，然后把链接发给我，我再进去上课。

其实上网课最大的一个挑战就是网络不好，很多次不能准时上课，有时上到一半网络堵塞我被弹出会议室，留下不知所措的学生们在里面。有时网络特别卡，学生看不到屏幕上展示的内容，或者我们听不清彼此的声音。在最初的阶段，网络不好带来的问题林林总总，确实让不少学生气馁。特别是有时我进不去，他们等了十几分钟还没等到老师就自动退出去了。经过一段时间的磨合，我们都大概了解了怎么解决这类问题，而且配合得越来越有默契，汉语课得以顺利进行下去。

在这个过程中，我们相互鼓励，相互帮助。有一次我连了很多次网都连不上，眼看着那节课又要被耽误了，亚娜安慰我不要急，慢慢来，再多试几次，然后她不厌其烦地预设了好几个会议链接。我想着学生们还在等我，急也没有用，还是耐心地再多试几遍吧。折腾了20分钟左右，我终于可以给他们上课了。但一节课只有40分钟，将近一半的时间被浪费了，所以我们只能再申请一个会议链接把浪费的时间补回来。这次课让我印象非常深刻，因为真的非常考验我们的耐心和信任，我相信他们会等着我，后来我进去的时候他们都在，没有像刚开始时那样零零散散地退出去。我想他们那种等待也许就是对汉语的坚守。

多亏了亚娜的协调和帮助，我们的汉语课才能顺利开展下去。有时她会给我发一些上课的照片，这让我觉得特别珍贵，因为我是一个特别喜欢用照片记录时光、留住回忆的人。我之前不好意思让亚娜帮忙拍一些课堂剪影，没想到她会主动拍下并且发给我。还有一次她外出办事，经过里加的苏州亭，在那里拍了一张照片，然后和我分享这张留影。我把那张照片保存下来，第一次清楚地看到亚娜的长相，虽然之前也视频过，可看得没有这次清楚。照片中，她侧身站立，表情稍微有点严肃。但是，这段时间相处下来，我发现她是一位既负责又亲切的人，我很庆幸可以遇到她，可以遇到里加第64中学可爱的孩子们……

席慕蓉有一句诗："记忆是无花的蔷薇，永远不会败落。"我想，关于拉脱维亚汉语教学的记忆应该就像这不会败落的蔷薇，永葆生命力。这一段妙不可言的汉语情缘，经年累月酿成了醇香美酒，在岁月的长河中芬芳不息。

符瑾儿/关于拉脱维亚汉语教学的记忆应该就像这不会败落的蔷薇，永葆生命力。（图中人物为作者）

拾伍

利耶帕亚大学、叶卡布皮尔斯中学、道加瓦河口中学篇

这段“偷来”的时光

潘凡尘*

接近这一年最后一天的时候，我不自觉地想到了来这里之前我的第一节汉语课。那节课之前，我差不多失眠了整整一个晚上，迷迷糊糊、半梦半醒的时候，还想着怎么把两个小时的纯词汇课上得生动有趣。从那时起我就知道，我一定要给自己争取一个出国教汉语的机会，最终我来到了这里。

在利耶帕亚新开设的这个教学点，汉语课是兴趣课，想要学习汉语的学生们大多想要了解中国文化。在第一次上汉语介绍课的时候，我就承诺每两到三节课会讲一个小的文化知识，每一到两个月进行一次大的文化实践活动。在之后的课程中，我也确实是这么做的，我给学生介绍了中国数字文化、中国生肖文化、中国颜色文化、中国小吃、中国旅游文化、中国国宝大熊猫、中国传统服饰、中国古代四大美女、中国功夫、中国电子商业、中国新四大发明等文化点，希望学生们在课堂上尽可能多了解中国的方方面面。除此之外，我们还进行了剪纸、中国美食体验、春节包饺子活动、书法体验、吹墨梅花制作、画脸谱等大一些的文化体验活动，让学生们可以自己动手实践，实现和中国文化的零距离接触。

在汉语语言课上，至今我们已经学习10个单元的内容，包括如何介绍自己，如何介绍家人及工作，如何描述天气，如何问路指路，如何表达自己喜欢什么、会做什么事情，如何描述他人的外貌，如何对一样东西做出评价等内容，让学生学会了一些日常用语。

在活动方面，我参与了拉脱维亚大学孔子学院的中秋节活动、春节活动、“汉语桥”比赛等。我还带领学生参加了春节联欢活动，希望他们可以

---

* 潘凡尘，2018年9月至2019年7月任教于利耶帕亚大学，现就职于江苏亲近母语文化教育有限公司。

多多感受中国文化，增加学汉语的兴趣。

生活中，有相同理想和爱好的孔院小伙伴们聚集在一起，总是会发生很多有趣的事，让我们在这个城市里不会觉得孤独。本以为过年的时候会是在这里最难过的时候，但其实那时我感受到的却是惊喜和温馨。家人一样的聚餐，每次回里加聚在一起玩玩游戏聊聊天的别样惬意，令我难忘。温暖，这个简单又意味深长的词是我想给这一年生活的定义。

这一年对我来说，是我人生的一个转折点，是我人生态度的一个转折点。其实我真的很幸运，总是能遇到很棒的人。说实话，来这里之前，我总是担心，可能因为我和大家不是来自同一个学校，所以怕自己融入不进去，也害怕融入。但是因为有尚院长、师母（尚院长的夫人）、王琼子老师、董芳老师的关心和呵护，我很快就融入了孔院大家庭。这一年的时光何其美好，我体会到了责任，享受了惬意单纯的生活。这样的简单和美好，恐怕是日后无法奢望的。

总之，在这一年的教学活动中，我所学到的东西是我远远不曾想到的，我很感谢这样的机会，很感谢孔院这个大家庭。从前我没有意识到的不足，在一年的工作中也都暴露出来，但孔院这个大家庭给予我的还是包容、理解和支持，总是在我需要的第一时间给予帮助。作为一个职场小白，在工作的第一年遇到这样的团队真的让我觉得很幸运。

我对孔院每个人都有很多感谢的话要说，因为每个人对这里都心存感激。我也一样，我相信不管过多久，每每想起这样的感激都会让人嘴角扬起笑意。

一直觉得我是适合教大学生的老师，刚好这次有机会让我真正实践，发现自己的判断非常正确。从一开始来这里，我就抱着教和学的心态。教是教汉语，这是毋庸置疑的。学是学习这个国家的文化和向我的学生学习。可能你会问，有什么好向学生学习的呢？还真有。幸运的是，我教的班级里有很多已经工作的社会人士，他们平时的工作已经非常繁忙，但还是会一下班就赶来学习汉语，从她们身上，我看到了她们对于生活的热爱以及对知识的渴求。即使工作再忙，也要抽空学习新的知识，这种精神正是我们年轻一代人所需要的。在一年的教学工作中，我的学生们已经渐渐成了我的榜样，这样的生活才是我向往的。在这一年里，我更加明确了自己所要追求的东西。

我平时最喜欢和学生探讨中拉两国的文化。我常常跟他们说，我给他们介绍这些文化或者历史，并不是为了改变他们的思想或者对中国的看法，只是想向他们展示一个中国人视角下的中国，他们可以与从别的途径了解到的中国做对比，然后客观地对中国做出评价。这样的教授方式，学生反而更容易接受，在自己做判断的时候更加理性。他们很喜欢听我讲历史，会和自己国家的历史结合起来，发现其中的联系，这让他们感觉离中国更近，内心更加向往中国。而我自己跟他们谈论起来也会忘乎所以，民族自豪感也会油然而生。看到学生学得这么用心，那种事业的成就感和满足感是无法言表的。学语言首先要让学生对目的语国家的文化感兴趣，让学生学得开心，这是我一直以来的教学宗旨。

通过这一年的教学，学生们对中国的向往也越来越强烈，有两个学生已经决定参加2019年的中国夏令营活动，还有学生希望将来和家人一起去中国旅游并用到汉语。能让他们有这样的想法，我觉得这已经是我这一年最大的成就。其实，在教授中国文化时，我还发现拉脱维亚的文化有很多都和中国有相似之处，比如颜色文化、数字文化，特别是礼物文化，也许这就是农业国家文化的相通之处吧，真是让人觉得非常有意思。除此之外，拉脱维亚人有一个特点很有意思，即外冷内热。刚开始上课时，你会觉得学生不喜欢你，你做什么事情他们都无动于衷，但时间长了你才知道，他们早就把你为他们做的一切记在心里。最后结课时，我为学生做了一个视频集锦，没想到平时看起来高冷的学生们竟然一个个热泪盈眶，让我也有些哽咽。

总之，作为一名汉语教师，责任心是最重要的，一定要懂得为学生付出，不要觉得自己会吃亏。到最后你才发现，学生给予你的，远远多于你给予他们的。

潘凡尘/这一年的时光何其美好，我体会到了责任，享受了惬意单纯的生活。（图中后排左二为作者）

那段作为外教的时光

伍淑仪*

2019年9月10日是一个特殊的教师节，我作为汉语教师志愿者来到拉脱维亚大学孔子学院的一个下设教学点——利耶帕亚大学担任汉语教师。这是我第二次出国，依然充满了期待和憧憬，一路上得到了很多朋友的帮助和关心。我无比感恩这段经历，它让我的教学水平不断提高，让我的人生更加丰富。

一、我的汉教经历

在任教的10个月里，我一共教授3个班级，分别是汉语水平零基础班、汉语水平1级班和汉语水平2级班。零基础班是新班，学生就像一张白纸，比较容易教，良好的师生关系很快就建立起来了。而另外两个班是上一任志愿者带过的学生，刚开始的时候，学生觉得我的要求比较严格，都比较怕我。后来经过一段时间的磨合，学生看到了自己的进步，体会到我的用心，于是在课堂上更加积极地学习。学生们对中国的一切无比好奇，在每月一次的中国文化课上，他们提出了很多感兴趣的问题。我经常会趁机把拉脱维亚和中国的文化进行对比，让学生们更深刻地体会中国人的思维和价值观等，他们往往听得意犹未尽。

与此同时，我在教学实践中探索出新的汉语教学模式——“主题—情景”教学模式，并取得初步成效。经过两轮实践，我与学生充分交流讨论，不断优化教学方法，如今该教学模式受到了学生的欢迎，也让他们的汉语交际能力有了很大的提升。在导师的指导下，此项教学模式将成为我的硕士学位论文的研究对象。

---

* 伍淑仪，2019年9月至2020年6月任教于利耶帕亚大学。

在教学与研究的过程中，我收获了很多。课上我与学生建立了良好的师生关系，课下我们是很好的朋友，我跟学生相处得非常融洽，学生愿意继续学习汉语是对我的教学工作的最大肯定。同时，我的教学能力也有了很大的提高。为了让学生在轻松的课堂氛围中快乐学习，我经常进行教学反思，设计有趣的课堂活动，尽量做到寓教于乐，避免填鸭式教学，通过自己的言谈举止和丰富的课堂内容来展现中国的魅力。

我也遇到一些困惑，就是这里的教学进度问题。来拉脱维亚以前，我不理解为什么这里的教学进度如此缓慢。经过4个月的时间，我想我终于知道了原因。第一，外部环境的影响。由于学生处于非目的语环境中，他们仅仅在课堂上才接触到汉语，学习时间短。第二，兴趣班的自由度很高。社会人士缴费报名参加汉语兴趣班，纯属爱好，他们爱来则来，想请假就请假，他们的参与度体现出对汉语的热爱程度。汉语水平1级班有一个学生平时因为家里的事情经常缺课，后半学期由于全家去西班牙过冬两个月没法上课。第三，学生在疲惫的状态下学习效果不好。汉语课的上课时间由师生共同商定，一般定在下课或下班以后，即傍晚时分。此时，人们结束了一天的工作和学习，精力已经不如白天充沛，学习效率自然不高，有时还会出现太疲惫以至于不想思考的情况。我在教学实践中摸索总结的教学方法虽不能说十分有效，但让我的学生保持了学习汉语的兴趣，让他们学到了很多中国文化。

二、我的拉脱维亚生活

利耶帕亚大学为我在学生宿舍楼里安排了一个单人房间，工作人员对我的服务热情周到。作为南方人，我刚开始不太适应公共卫浴和公共厨房，但我所在楼层人不多，比较安静，所以很快就适应了。出国之前听说这里冬天是零下20度，因此我做好了充分的御寒准备。可是由于全球气候变暖的影响，这里2019年的冬天是一个暖冬，雪下得很少，气温也大多保持在零度以上，当地人都认为这种情况很罕见。

一个人在异国他乡，结交当地朋友非常重要。我的当地朋友主要是我的学生和邻居，他们为我的生活解决了很多困难。有时候我遇到一些疑惑，他们也很乐意为我解答。他们在我生病时带我去医院看病，周末带我去森林散步，还带我参加不同的活动，我很感恩他们对我的帮助。

三、新冠肺炎疫情肆虐全球的影响

从第二个学期开始，新冠肺炎疫情开始在欧洲乃至全球蔓延，传染力极强，拉脱维亚于2020年3月14日宣布全国学校停课，改为网络授课，3月16日开始封闭国境，严阵以待，对抗疫情。中国从2020年春节开始已经进入全国抗疫状态，迟迟无法开学，转为网络授课。我一直密切关注着疫情，做好防护工作，当接到网络授课的通知时，我把汉语课从线下改成线上，在短时间内开始探索适合汉语课堂的网络教学。面对网络授课，我的情绪从焦虑到兴奋再到平静，我非常希望能尽力达到面授课的教学效果。其实学生对网络授课也是有意见的，他们认为隔着屏幕教学对听说能力的训练有很大阻碍。为了配合疫情防控工作，我鼓励学生一起努力上好汉语课。经过一周的磨合，我们逐渐探索到有效的网络教学模式，虽然学习效果还比不上面授，但学生们表示还是能接受的。

面对疫情，我们全体志愿者服从孔院和中国驻拉脱维亚大使馆的安排，在宿舍远程授课，不出门或少出门，外出时佩戴口罩，高度重视疫情。

总体来说，这一年的经历不仅让我在专业技能上提高了很多，在为人处世方面也成熟了很多。无论是志愿者面试，还是培训，包括在教学实践中，老师们都一如既往地无私付出，真的非常感恩老师们对我们的指导。也要感谢我遇到的可爱的学生们，他们让我在这段经历中有了美好且难忘的人生回忆。这一年对我个人的改变很大，第一次独自在异国他乡生活，面对孤独，面对挑战，面对漫漫长夜，我从焦虑到适应，再到学会享受一个人的生活，珍惜慢节奏生活带来的闲适，这些改变都是我未曾预料到的。现在回头看过去的路，才发现自己经历了这么多，见过不同的人，感受过不同的文化，领略过不同的美景。这一切，都弥足珍贵。

人生就像一段旅程，一站接着一站，每一站都会遇到不同的人，看到不同的风景。这一年的经历，让我学会了平静、耐心和享受孤独。成长是螺旋式的上升和波浪式的前进，我会用这一年积攒的经验武装自己，继续在汉语国际教育事业上披荆斩棘，勇往直前，努力成为一名优秀的汉语教师！

伍淑仪/人生就像一段旅程，一站接着一站，每一站都会遇到不同的人，看到不同的风景。

（图中左二为作者）

记一场岁月里美好的故事

胡　甜*

一、初遇叶城

2018年9月5日下午6点，我们一路从祖国首都北京启程抵达里加，在俄罗斯转机，经历31个小时，到达这个遥远的国度拉脱维亚。还记得当时飞机安全降落时，正遇上绝美的落日，映衬着彼时静谧又微凉的空气，让这个陌生的国度透露出一丝和蔼的亲切和含蓄的欢迎。这是我对拉脱维亚最初的印象了。我任教的学校是新开设的教学点，在休整后的第二天我就匆忙奔赴叶城了。

叶城全称叶卡布皮尔斯，在拉脱维亚语里“皮尔斯”是城堡的意思，在拉脱维亚基本上每一个城市的名字都有“皮尔斯”，叶卡布皮尔斯也正是由当地最古老著名的城堡而得名。在去叶城的近两个小时车程中，一路风景如画，草木繁盛，微风阵阵。路上听闻，几十年前一座横跨道加瓦河的桥将两个小镇连接起来，一个是叶卡布皮尔斯，另一个是克鲁斯皮尔斯。这两个小镇合并成一个小城，就是今天的叶卡布皮尔斯。车子沿着道加瓦河的方向一路行驶，掩映在葱葱的草木之间，最终到了叶卡布皮尔斯中学。从叶卡布皮尔斯正门出来，步行不到5分钟便到达了道加瓦河，河堤很长，视野宽阔，风景极其优美，是休憩、思考、看书等极好的去处。这所当地最有名的中学在2018年正好迎来它的100岁生日，我是第一个来此教授汉语的中国人，校长第一次见到我就热情地握着我的手说：“你是我们学校今年的最好礼物。”在这里，我认识了即将与之共事的汉语助教莱玛，她在多年前学习过汉语，见到我时脱口而出的那句“你好”令我惊喜

* 胡甜，2018年9月至2019年7月任教于叶卡布皮尔斯中学，现就职于北京猿力未来科技有限公司。

又感动。在接下来的两天里，莱玛拉着她两个天使般的女儿给我介绍这个小城。这是我第一次接触叶城的人，她们内敛又热心。

二、我和学生

9月的第一个星期二是我在叶卡布皮尔斯中学的第一堂汉语课，至今印象深刻。我是学校的第一个汉语老师，实际上也是第一个外教，学生们对汉语课堂兴趣满满，但大多睁着双眼以示询问，个别外向活泼的学生会用英语向我提问，言辞之中温和有礼。学生们对亚洲文化，比如日本、韩国等的文化兴趣非常浓厚，尤其好奇这些国家的文化传统以及现在的发展情况，第一节课的45分钟过去得很快。最开始学校只在高一年级开设了汉语学分必修班，但是学校高三年级的孩子主动要求增设汉语选修课，后来校外的一些学生听闻叶卡布皮尔斯中学有汉语课程，均前来上课，这是我始料未及的。亚欧大陆内部由于地理位置的原因，很多国家的文化以及气候等方面差异巨大，也由于地理因素，彼此之间的了解要么极少，要么片面。我觉得在教授语言的同时，向学生展示当代中国的现状以及中国的传统文化非常重要。一年以来，事实证明也确实如此。

在近一年的汉语教学工作中，我主要负责三种类型的班级，分别是汉语必修班、选修班、兴趣班，由于是第一年开设汉语课程，学生皆为零基础，基于学校所计划的课时、课程的情况及领导要求，课程均为初级汉语综合课。我们选用《快乐汉语》《体验汉语·基础教程》作为学习汉语的教材，同时开设文化课以及文化体验课。除此之外，我积极鼓励并指导学生们参加拉脱维亚大学孔子学院举办的各种比赛以及文化活动，比如汉语水平考试、"汉语桥"比赛等。也由于是汉语课程设置的第一年，学校特意安排了汉语助教莱玛辅助，她参与的每节课的陪同、课后教学反思以及学生作业的督促等让我们的工作效果超乎想象的好。我们根据学校其他外语教学的模式，制订了中英双语的三年汉语教学计划，在学分班每月进行一次月考，每个学期按时举行期中及期末考试。感谢莱玛一年以来的帮助，她针对拉脱维亚学生的特点给予了我很多教学建议，这一年我俩的合作非常顺利和开心，教学工作完成得很圆满。在第一学年汉语课程的结业典礼上，学校以及市政府给我颁发的特别感谢证书让我异常感动，也生出许多感慨。

拉脱维亚人生性内敛，感情极少外露。在一年的相处中，我接触的每个人都很温和，在结业典礼的时候这么隆重地表达感谢让我回想起许多我与他们相处的温暖细节。作为新教学点的第一位汉语老师，我也如释重负。人和人之间的交流和相处是奇妙的，其实无关国度、语言、地域等，最重要的是要有真诚、宽容、理解、善良的心。

三、我和孔院

一直非常庆幸自己是拉大孔院大家庭中的一员。这一年，在这里遇见的人和发生的事都让我为之感动。若要仔细说起来，每一个人的笑脸以及帮助都历历在目。

给我印象最深的是拉大孔院的中方院长尚劝余教授以及拉方院长贝德高教授之间真挚、坚固的跨国友谊。每次孔院举办活动，两位院长的发言真诚幽默，妙趣横生，中拉语言共现于一个舞台，他们两人也大气和睦、友好和谐，让人深感中拉两国之间情深义重，是万水千山都无法阻隔的。我想正是因为这两位院长的倾情付出与立身实践，拉大孔院才有如今的蓬勃发展。

在这个大家庭里，我也认识了一些志同道合的朋友。拉脱维亚冬季漫长，远离祖国故土，可每一次和你们的相聚就如同回家一样让人觉得温馨。春节吃团圆饭、中秋节品月饼等一切和你们度过的美好时光，让我无比感恩和珍视。每一次举办活动时，你们的团结、宽容和睿智总让我在这个优秀温暖的集体中感受到不一样的处事方法、处事态度和人生哲学。现在回想起来，千言万语总是泪。需要感谢的人真是太多了，比如华南师大诸位老师们的谆谆教诲，拉大孔院的细心爱护与院长们的引导，同事们的真诚帮助，我的那群可爱聪明又害羞的学生的关心等。需要铭记的珍藏也太多，和你们在一起度过的春秋冬夏，甚至每一天都是那么如梦如幻。这一切都将成为我成长和前进的力量，鼓励我努力成为一个善良的人，努力成为一个对祖国、对社会、对人民都有用的人。

胡甜/和你们在一起度过的春秋冬夏，甚至每一天都是那么如梦如幻。
（图中前排左二为作者）

我在拉脱维亚的两个家

吴哲哲*

拉脱维亚是我存放了6年的梦，特别的缘分让我得以梦想成真。我曾经无数次幻想过那个距离中国6 000多千米的拉脱维亚是什么样子，那个我亲爱的老师待了多年的里加会是什么样子，终于我也来到了这里，收获了人生中最弥足珍贵的9个月。

来到拉脱维亚，拉脱维亚大学孔子学院便是我们的家。这个家里有我们的大家长大大、师母（大大的夫人）和王老师；这个家里有我们的哥哥姐姐，那是善解人意的学长学姐们；这个家里有一群互帮互助的可爱小伙伴。这便是我在拉脱维亚的第一个家——拉大孔院之家。

一、悉心的大家长

第一次知道拉脱维亚这个国家是因为我的一位亲爱的老师，之所以毫不犹豫地选择拉脱维亚也是因为这位老师。在我看来这是一场无比奇妙的体验，6年之后我竟然来到了老师课堂上提及的国家，而此时老师还在这里。老师一如既往地认真负责，对工作认真，对学生负责。醇香的蛋花米酒、辣到流泪的麻辣香锅、美味的咖喱鸡等美食承载了老师对我无尽的关怀。不巧的是，老师要回国了，我满是不舍，但能与老师在异国他乡拥有一段美好的经历，我很满足。

我们生活在拉脱维亚的不同城市，大大和师母满是宠爱地将我们称为“塞外公主”，有时会统称我们为“娃娃们”或者“孩子们”。大大着重关心我们的工作情况，指导我们在孔院工作以及教学点工作。大大是全世界最好的领导，以至让我们感受不到他是领导，只知道服从安排。师母

* 吴哲哲，2019年9月至2020年6月任教于叶卡布皮尔斯中学。

则尤其关心我们的生活情况，常担心我们的伙食不好，变着法地给我们改善生活，给我们做五彩水果酵素、晶莹剔透的小蒸包、凉皮、小鸡腿、酵素饼、凉拌小菜等。记得很清楚的一次是去师母家取师母为聚会准备的美食，刚刚推开她家的门便看到师母无力地躺在沙发上，原来为了让我们能吃上凉皮和酵素蒸包，师母从前一个晚上开始准备，第二天又是一大早起来忙活，她累坏了。一晃9个月快要过去了，但大大和师母对我们的爱和关心，将永存我的心底。能够在异国他乡遇到大大和师母，我觉得很幸福。

二、友爱的小伙伴

赴任拉脱维亚的20位志愿者伙伴，我们年龄相仿，工作和生活中相亲相爱。

记得初到里加的那个晚上，是学长学姐到机场接的我们。行李箱非常重，学长学姐拎着就走，还关切地问我们途中的情况。在前往普里马（Prima）公寓的车上，学长学姐更是提前向我们介绍了拉脱维亚的大致情况以及各教学点的大致情况。在之后的每一次活动中，学长学姐们都担起责任，起着良好的带头作用。无论生活还是工作方面的问题，我都会请教学长学姐们，他们也总会倾囊相授。遇到这样的学长学姐，我很幸运。

我的教学点不在里加，每次回里加一日三餐便成了问题。里加的伙伴们格外照顾我，每次饭点都叫我去吃饭，以至我们在一起度过了一个又一个重要的节日。拉脱维亚的假期比较多，伙伴们常常结伴旅行。我们在哥本哈根的“海的女儿”雕像面前顶风拍照；在斯德哥尔摩国家图书馆的莫言和屠呦呦的画像前不忍离开；在巴黎的塞纳河畔吹风，在埃菲尔铁塔下无死角拍照，在卢浮宫欣赏蒙娜丽莎的画作；在罗马感受灿烂的文化，在米兰大教堂前的广场上喂鸽子；在阿姆斯特丹的凡·高博物馆看星空；在布鲁塞尔品尝最地道的华夫饼；在承载历史意义的柏林墙前徘徊；在雪花飘飘的冰岛追了两个晚上的极光。旅行的故事许许多多，遇到这样一群善良、可爱的伙伴，我很开心。

作为孔院大家庭的孩子，我工作、生活在离家两个小时车程的叶城（叶卡布皮尔斯），在这里我有了在拉脱维亚的第二个家。

三、暖心的校长一家

前往叶城是一个明媚的午后，永远无法忘怀的大概是那个一只手拎着一个行李箱走向校车的可爱背影。抵达叶城时已是傍晚，校长将我送至学校宿舍后，再三向我说明住宿环境的安全性，还带我见了每晚24小时值班的阿姨。遇到这样的校长，我很感动。

莱玛是学校的英文老师，她不仅在工作上尽可能帮助我，而且在日常生活中尽力照顾我。在莱玛事无巨细的指导下，我在叶城的教学工作非常顺利。莱玛时常会关心我在叶城的日常生活，提前告诉我学校的文化活动，提前告诉我市中心音乐会的时间，提前告诉我这里的重大节日。复活节时，我了解了不少复活节习俗并成功制作了有趣的彩蛋。拉脱维亚的冬天虽冷，但莱玛给予了我许多温暖。遇见莱玛，我很感恩。

离开叶城的前几天，我有幸参观了校长的家。校长家里有美丽的花园，花园里有着几十棵苹果树、多种多样的花花草草，还有校长及其夫人共同种植的温室蔬菜。其间，我有幸与校长一家在花园里共享校长夫人制作的粉色甜菜汤、三文鱼面包、香软土豆饼等美食，切实体验了拉脱维亚美味的传统菜肴。此外，莱玛的两个小天使还自织了小毛线球，用灵巧的小手画了校长家的大房子，羞涩地送予我。我不禁感慨自己何其幸运在异国他乡遇到如此友爱的一家，也希望未来我们能够再见。

四、可爱认真的学生

我曾经以为等待我的会是活跃、调皮、贪玩的一群学生，相处之后我才知道，学生的乖巧懂事远远超乎我的想象。

艾青，习惯靠窗坐，喜欢独立思考，是有着语言天赋的智慧男孩；安娜，文静聪颖，是潜力无限的温婉女孩；李美，领悟能力强，是有着领导风范的个性学生；李冰，积极活跃，是接受能力强的帅气小伙；李好，美丽大方，是富有耐心的内向型可爱女孩；乔明，记忆力强，是有着学习主动性的可塑学生；乔好，认真听课，是从不缺席的学生；乔好乐，努力稳重，是无可挑剔的优秀学生；石丽，勤奋好学，乐于助人，是喜欢为头发夹上蝴蝶结的天使女孩；石好，细心踏实，是汉字写得像字帖的神仙学生；宋勇丽，喜欢画画，是爱好广泛的学生；王乐，活泼开朗，是妥妥的领导者；阳光，积极向上，是酷爱追星的汉语爱好者；周晨乐，个性突出，是懂得独立思考的排球达人。这些便是学分班的孩子们。

陈冬阳，多才多艺，是大眼睛的小精灵；杜明威，喜欢微笑，是细心的男孩；方文迪，喜欢独处，是不喜言谈的男孩；高畅，发音标准，是笑起来很好看的小公主；李凡一，极度好学，善思善问，是无所畏惧的耿直小棉袄；林妙妙，思维敏捷，是擅长记忆的学生；乔欣，思维敏捷，是性情温和的小画家；乔洋，聪明伶俐，是自学汉语的宝藏女孩；沈佳佳，乐观积极，是聪明的舞蹈达人；佟年，是微笑甜甜的害羞女孩；王天使，是拥有天使般嗓音的明星女孩……这些便是兴趣班的孩子们。

他们上课前，一定会准备好笔记本和彩笔；听写时，一定会把纸的边缘裁剪得整整齐齐；活动结束后，一定会把活动用品留在课桌上。我们一起手绘十二生肖装扮教室；一起玩课堂问题接力游戏；一起捡落叶拼接汉字；一起聚在里加感受春节氛围；一起制作汤圆欢庆元宵；一起手写心形卡片为中国加油。我们还没来得及一起去森林寻鹿；没来得及一起吃火锅；没来得及一起学习课本的最后一课……我们有着数不尽的美好回忆，但也有不少来不及做的事情的遗憾。无论如何，遇到这样一群自信、认真、可爱的学生，作为老师，我很欣喜。

五、美丽的叶城

叶城是一个安静且干净的城市，在叶城我走过最多的便是学校河畔的路。在叶城记忆最深刻的风景是12月的初雪，整个叶城恍若童话中的冰雪世界，格外美丽。在叶城最常去放松的地方是河畔，吹着风，望着触手可及的云，时不时为旁边的教堂拍下几张照片，无比惬意。在叶城最有活力的地方该是学校运动场，活力满满的小小少年们和场外静坐的家长构成了一幅岁月静好的和谐画面。

叶城的景美，人也美。知性优雅的利戈女士、亲切可敬的学校老师们、24小时值班的阿姨和大叔们，抑或是校外一面之缘的陌生人，都充满了包容、理解与善意。

疫情使得告别变得匆匆，但无论时光如何辗转，在拉脱维亚遇到的人和事终究是我抹不去的美好回忆。

吴哲哲/在叶城，我收获了在拉脱维亚的第二个家。
（图中右一为作者）

记一场时光交错的美好

魏亚梅*

现在的我在忙碌的学习生活之余，偶尔会想如果没有这场疫情，我现在会在拉脱维亚叶卡布皮尔斯这座城市过着什么样的生活？应该会和学生们一起上汉语课，带着学生参加“汉语桥”比赛，看校园的初雪，周末也许会去市中心听一场音乐会。

一、初遇拉脱维亚

“拉脱维亚”这个名字第一次出现在我的脑海里，我一直以为是在报考汉语教师志愿者的时候，直到2020年1月份我得知自己通过了面试，和家人分享这份喜悦时，爷爷才很诧异地和我说，小时候我就和他一起看过这个国家的纪录片，接着还说了拉脱维亚到中国的距离、人口、地理等。我吃惊于不会使用网络的他对这个国家竟然这么了解，之后每次去爷爷家，聊聊拉脱维亚就成了我们之间的必谈话题。我们会聊拉脱维亚的风土人情，聊拉脱维亚的汉语教学情况，聊助教莱玛对我汉语教学的帮助。渐渐地，“拉脱维亚”这四个字占据了我2020年这一年的时光，融入我的日常生活，融入我的职业规划，现在我觉得它离我那么近又那么远。

二、线上教学点滴

因为疫情原因，我久久不能赴任上汉语课，最终与叶卡布皮尔斯中学教学点确定了线上教学方案。经过前期教学准备、了解学生背景情况、确定课程形式等，我的线上汉语课确定能够顺利开展。

---

* 魏亚梅，2020年9月至2021年6月任教于叶卡布皮尔斯中学。

我的学分班学生是学过两年汉语的高三学生，与我想象中不同的是学生比较勤奋与内敛。与我原来期望中的课堂差异过大，我们的第一堂汉语课以一个稳定、沉寂、典型的非语言课氛围的形式收尾。课后我调整了自己的授课风格、课件风格，并与助教莱玛积极商量解决这个问题。之后的每一堂汉语课，我和学生们都积极磨合，适应彼此，上课的效果越来越好。我慢慢熟悉了学生的名字、性格、爱好，我们有了越来越多可以聊的话题。

现在的汉语课上，学生和我交流的时候不再那么羞涩，他们会在我的鼓励下勇敢开口，他们会在我提醒注意发音时及时纠正。我常常惊讶于他们对待一门外语课的认真，由于疫情原因，我们有很多自学任务，无论是课文朗读还是汉字书写，他们都完成得很好。

三、我与汉语助教莱玛

与莱玛的第一次接触是我主动发送的一封关于新学期汉语课程的邮件，之后我们通过微信联系，从工作到生活无所不谈。她像是我的老师，会教给我一些适合班级情况的教学方法，会肯定我每一次的努力与付出，会与我分担疫情下线上教学的压力。

我对莱玛分享的一朵刚开的花的照片印象很深刻。一次汉语课结束后，我们聊起了线上教学中学生的情绪似乎没有以前高涨，又聊了聊现在的疫情情况，最后互道再见。不一会儿，我的微信里收到了她发的照片，那是一朵深黄色与红色相间的花瓣，花蕊和花瓣的颜色相同。拉脱维亚的初冬比天津还会冷一些，这朵花刚刚在这个初冬绽放。莱玛的点滴分享，都让我觉得这个疫情下的冬天不再严寒。

线上感受到的拉脱维亚与我在中国的生活似乎是两条平行线，学生发来的一个个邮件作业、莱玛的点滴分享才让我觉得这段时光真实而又美好。

魏亚梅/“拉脱维亚”这四个字占据了我2020年这一年的时光，融入我的日常生活，融入我的职业规划，现在我觉得它离我那么近又那么远。

（图中人物为作者）

拉脱维亚最美的时光

胡　靖*

2018年11月，我通过国家汉办志愿者选拔考试，成为拉脱维亚大学孔子学院的一名成员。2018年12月，我和其他几位去拉脱维亚的小伙伴们赴厦门大学进行为期40天的培训。培训结束后，我们开始准备各种材料，为办理签证做准备。2019年7月，我和妈妈一起去北京递交了申请签证的材料。2019年9月，在经历漫长的准备与等待之后，我终于踏上旅程，从上海飞往俄罗斯，又从俄罗斯飞抵拉脱维亚。

当地时间2019年9月10日晚上7点，我终于来到了拉脱维亚。

初来乍到的日子是非常忙碌的。当天晚上刚到宿舍，我就和拉脱维亚朋友莲娜一起去这里最大的超市采购日用品。我们一边换算汇率一边比对商品价格，那场景让人忍俊不禁。买完东西回去时已经将近晚上12点，紧接着我又开始整理行李，自己安装路由器，忙活到凌晨3点才躺下。然而，只睡了三四个小时我就起来去拉大孔院与我们的院长以及其他同事见面，虽然疲惫，但还是兴奋不已。2019年9月11日，我们拉脱维亚第八期汉语教师志愿者的所有成员聚在拉大对面的公园，伴着秋风，开了会，也正式拍了第一次集体照。

接下来就是忙碌的9月。还没来得及仔细欣赏拉脱维亚的秋天，中秋音乐会、孔子学院日暨拉大100周年庆典等活动就逐一而来。大家伙儿齐心协力，在课余时间开会、策划，我也在一次次的活动中收获了很多。当然，最开心的还是和小伙伴们越来越熟悉，大家的关系也更加的亲密，“革命”友谊逐渐升温。

我任教的学校是新开设的一个教学点——里加道加瓦河口中学，离我的宿舍有一点儿远，坐公交车需要约一个半小时。周一到周五我每天下午

---

* 胡靖，2019年9月至2020年6月任教于道加瓦河口中学。

都有课，每天最少给两个班上课，最多给三个班上课。学校当初也没有想到会有这么多学生报名学习汉语，因此课时量对我以及我的助教莲娜来说还是比较重的。我俩常常互相打气，在下班后饿得不行的时候，经常一起去吃15寸的比萨，缓解压力。

我的学生分为6个班，他们的汉语课皆为选修课。拉脱维亚的学生与我赴任前对他们的看法有些许不同。学生们时刻都在“打破”我们对欧美国家学生的“热爱自由、散漫、不遵守纪律”等“刻板印象”。在我看来，我的学生既有欧美国家学生的发散创新，又有中国学生的尊师重道。他们活泼可爱，有礼貌，年纪小一点的看见我都会打招呼，说“你好”并与我拥抱；年纪大一点的学生略微害羞，但也会礼貌地与我打招呼。在课堂上，学生们遵守课堂纪律，会按规矩在上课时对我说“老师好”，在下课时对我说“老师再见”。除了收获尊重，第一次作为汉语教师的我在教学技能上也有所提高。第一次真实地站在对外汉语课堂上，就会发现真实的课堂与之前无数次的模拟真的大有不同。如果学生喜欢课堂游戏，我便会绞尽脑汁去“研发”新的游戏。

尽管我逐渐与学生建立了默契，但是不得不说语言不通确实是我在课堂上的一个问题。我的教学点的学生大部分为俄罗斯族人，因此说俄语。而我不会说多少俄语，只会用简单的俄语打招呼，课堂上基本要用英语进行教学。三四年级的学生英语并不好，需要助教帮我翻译才能使教学正常进行。偶尔助教有事不在，我和孩子们只能“大眼瞪小眼”“手舞足蹈”，磕磕绊绊地上完汉语课。因此，我一直希望有时间学习俄语和拉脱维亚语，这样就能更好地拉近与学生们的距离，了解学生们的需求，从而提高汉语课的质量。

最近，我常常问学生汉语课上令他们印象最深的是什么，大部分学生告诉我是庆祝中国新年的表演活动。除了拉大孔院中方院长尚劝余教授及其夫人张桂英女士、拉大孔院秘书白丽娜（Barisa Katrina）女士参加了这次活动，最让学生们激动不已的是中国驻拉脱维亚大使梁建全先生也拨冗来到我们学校，欣赏了老师与学生们精心准备的庆祝中国新年表演。表演的重头戏是情景剧《话说中国年》，演员是我3—12年级的学生。该剧讲述了两只孤儿小老鼠在不断学习汉语的过程中，在新年前夕“抵抗”邪恶的“夕兽”的故事。在故事中，穿插了学生们精心准备的歌舞表演《茉莉花》

《数字歌》，同时还展示了太极拳，赢得满堂喝彩。其间，还有春节知识有奖竞答环节，学生们争相举手，热闹非凡，表明了大家对中国春节的了解之多、喜爱之深。我们的活动在参演学生合唱《美好新年》的欢乐氛围中落下帷幕。

这次活动获得了中国驻拉脱维亚大使梁建全先生、拉大孔院中方院长尚劝余教授及校领导的高度评价，赢得了全校师生及家长的赞扬。参加表演的学生告诉我虽然排练很辛苦，但这样学习汉语很有意思。本次活动不仅帮助学生获得了汉语学习的乐趣及成就感，了解了生肖、春节知识，感受了中国传统文化的深厚意蕴，领略了歌舞声乐的悠远魅力，而且吸引了更多人走近汉语，走近中华文化，走近中国。

洋洋洒洒写下来，我的脑海中皆为在拉脱维亚的美好回忆，不知不觉差点写成了流水账。生活中我比较木讷，遇到很多感动时往往只会存于心中，说不出口。24岁时，我的人生中多了一个新身份——汉语教师志愿者，这段经历成了我人生中的光荣岁月，也是最美好的时光。虽然我很想家，也总是期盼早日回国，但从不后悔来到这里。

2020年4月，拉脱维亚昼短夜长，春光已至，鸟语花香。归期虽已近，但此时是最美的时光。

胡靖/归期虽已近，但此时是最美的时光。
（图中第二排左一为作者）

汉语之花又开在了波罗的海之滨

杜　灏*

一、转了两次弯与汉教结缘

2014年我本科毕业，和大部分毕业生一样，我选择了人们眼中稳定的工作，成了一名中学语文教师，平淡的日子就这样一天天流逝着，但渐渐地也开始思考起人生来，我就要这样平淡地到60岁吗？脑海里想着一眼就望得到头的人生，我不禁打了个寒战！与校长深入地聊了一番，校长对我说："很遗憾我们不能一起共事，但看得出，你应该到更好的地方去。"带着校长的祝福告别了学生和同事，我回到了家乡昆明。

很快在新学期伊始我又有了一份新的工作，在一个大专院校教语文，工作量是之前的三倍。每天起早贪黑，加上学生层次的差异，每天的工作都让我很疲惫，想了很多办法都很难扭转，甚至有很长一段时间让我有了一种我小时候才有的感觉，那就是害怕周一的到来。此外，由于学历不占优势，也错过了很多评优评先的机会，我犹如老牛推磨般原地打转却又绕不出这个圈。又一个学年结束之时，我抱着提升学历的想法再一次离开了工作岗位。离职后还有不到4个月就是研究生入学考试时间，但那个时候我还拿不定主意要考自己本专业还是跨考其他专业，正巧那段时间看了一些"汉语桥"的比赛，让我了解到汉语国际教育这个专业，加上本科是汉语言文学，现代汉语的基础还在，最终便选择了它。经历了两年工作对我的捶打，我再次成为一名学生，结果差强人意，我最终也成为汉教专业的一员了。

---

* 杜灏，2020年8月至2022年7月任教于拉脱维亚大学孔子学院、道加瓦河口中学。

二、冰“火”两重天的两次汉教实践之旅

很多人有着“只要是中国人就会教外国人汉语”这样的误解，其实汉教专业并没有想象中那么简单，是对一个教师综合素质的考量，结合自身实际，其实我还有很多东西需要学习。经过第一学年的学习与实践，我对汉教专业有了基本的认知，打下一定的专业基础，还学习了一些简单的手工艺品的制作方法。跨文化交际这门学科是很有意思的，在学习的过程中我了解到很多未知的文化和习俗。“纸上得来终觉浅，绝知此事要躬行。”正因为有了这样的想法，我开启了第一次出国任教之旅，去了一个热情的国度——泰国。在泰国的汉教经历更加深了我对其他国家文化的兴趣，驱使着我再一次踏上出国任教的旅途，这一次我选择了一个温度和泰国截然不同的国家——拉脱维亚。

还记得在武汉大学面试时，英语面试官问我为什么这一次会选择去拉脱维亚，我的回答让考官发笑，我告诉他“在泰国经历了长达一整年的夏天，我想去体验一下漫长的冬季”。我出生于云南省昆明市，一个西南边陲的城市，地理位置的优越造就了昆明的气候“四季如春”，它也因得天独厚的条件以“春城”著称。我没有体会过严寒，也没有体会过酷暑，空调和暖气对我来说是非常陌生的，见过但并未感知过。很幸运我感受到了酷暑，所以这次我要去感受严寒。经过漫长的等待，我有幸成为拉脱维亚大学孔子学院的一名教师志愿者，接下来的“严寒”正等着我。

拉脱维亚位于欧洲东北部，西邻波罗的海，与在其北方的爱沙尼亚及在其南方的立陶宛共同称为波罗的海三国。拉脱维亚东与俄罗斯、白俄罗斯两国相邻。中国教育部于1996年向拉脱维亚派遣公派教师，至2020年已历24年，在这24年里，有110多位汉语教育先行者在这片土地上播种“汉语之花”。2021年11月4日是拉大孔院成立10周年的日子，能在拉大孔院成立10周年之际加入这个汉教大家庭，能有幸在这片土地上任教，我倍感荣幸并深感自豪。

2020年伊始，全世界遭遇了一场突如其来的疫情，世界因此被迫按下暂停键，也给我们的行程带来了一定的阻碍。但疫情下停工不能停学，在拉大孔院中方院长尚劝余教授的统筹和安排下，新学期伊始我们展开了线

上教学。疫情并没有妨碍学生学习汉语的热情，当地时间2020年9月15日晚6点，拉大孔院本部高高级班的线上汉语课程开课，我如期见到了学生。在过往的认知里，我觉得寒冷地区的人因为社交距离的原因可能不善言辞，我的学生并没有因为初次见面而产生距离感，她们的笑容让我缓解了第一次见面的尴尬和紧张。听着她们分享自己工作和学习的经历，仿佛是在与熟悉的人交流。思婷和尼卡是拉大汉语言文学专业的学生，她们有着对汉语的热情和执着。凯婷是社会工作者，但在工作之余坚持学习汉语，还立下"军令状"，一定要通过汉语水平5级考试。艾格林是个为爱远嫁拉脱维亚的哈萨克斯坦女孩儿，她为了能在拉脱维亚扎根而努力学习拉脱维亚语，在兴趣的驱使下她还坚持学习汉语。安娜是个话不多的小女孩，但她沉着冷静地回答一些开放性问题时总有独到的见解。让我更开心的是她们都到中国进行过半年到一年的短期交流和学习，对汉语和中国文化有一定的了解，但正因为如此，也给我今后的教学带来了挑战。还记得我们在讲解生词"珍珠"时，同学们都异口同声地说出"珍珠奶茶"这个词，我们都为此发笑，便展开了对茶、珍珠奶茶的讨论。她们真的很可爱，我很感激在遥远的拉脱维亚有着一群热爱汉语、热爱中国文化的人。

2020年9月21日晚6点，我在网讯（Webex）这个平台上见到了初级班的学生，他们当中有大学生，有社会工作者。其中一位学生在他的自我介绍中谈到，他曾去中国十多个城市旅游，有些城市甚至我自己都没去过。他通过旅游认识了中国，并希望通过学习汉语了解更多的中国文化，他说疫情之后还会再次展开中国之旅，我很佩服他。还有一位学生叫玛莎，她的专业是化学，但丝毫不影响她对汉语的热爱。有一次课，我给学生播放了一个中国街头小吃的视频，同学们因此展开了热烈的讨论。他们兴高采烈地介绍自己吃过的中国食物，还说了让他们又爱又恨的皮蛋、臭豆腐。我作为中国西南地区的人，给同学们介绍了"鱼腥草"，更新了他们的奇怪食物库。经过一番热烈的讨论，大家都希望我们能在拉脱维亚包饺子，一起品尝。我想这就是汉教事业的乐趣，有着不同文化背景的人分享自己的文化，我们求同存异，乐在其中。后来，我又认识了里加道加瓦河口中学的小朋友们，十多岁的年纪是认识一种新的文化和学习一种新的语言的最好阶段。他们对汉语和中国文化的喜爱超出了我的预期，每次课80分钟，但他们热情高涨，中途不想休息，下课时间到了还依依不舍地跟我说“下次见”。虽然我们有语言上的障碍，但这丝毫不影响他们在汉语课上的热情。

三、阴霾终会散去，我们即将见面

2020年是非常特殊的一年，地球村的每一个人都遭受着这场疫情所带来的影响。由于疫情的原因，我还没有感受到拉脱维亚漫长的冬季以及冬日之美，但和这群大朋友、小朋友们每周定时在网上见面，让我长达一年的等待和坚定的选择变得更加值得。感谢自己坚定的选择，因为热爱所以等待是值得的，因为热爱所以我们更要逆风前行。迫切希望疫情早日得到控制，以便我们可以如期前往拉脱维亚这片土地播种汉语之花。

杜灏/感谢自己坚定的选择，因为热爱所以等待是值得的，因为热爱所以我们更要逆风前行。

（图中人物为作者）

后记

编辑完书稿，掩卷沉思，感慨良久，思绪万千。

从1996年至今，100多位有识之士受中国教育部/孔子学院总部派遣，为拉脱维亚汉语教学事业抛洒热血与汗水，浇灌汉语之花茁壮成长。其中，95位为本书撰写了稿件。在此，对各位拉脱维亚汉教人表示崇高敬意和衷心感谢。

为了编辑本书，我通过各种方式搜寻2011年拉脱维亚大学孔子学院成立之前的汉教人员信息，其中充满艰辛也充满乐趣。在这里，要感谢中国驻拉脱维亚大使馆政治处主任郭海波先生辛勤翻阅大使馆档案，提供历届任教老师的信息资料。功夫不负有心人，我终于联系上不少在拉脱维亚任教过的前辈拓荒者，例如于丛杨、王珊、张俊玲、王英佳、张红、王烨姝、牛华丽、崔艳蕾等，并与热情开朗、博学多才的于丛杨老师结下了莫逆之交，成为不曾谋面的人生挚友。早在1987年汉办在北京语言学院（今天的北京语言大学）成立之时，于丛杨老师即任汉办主任助理（时任北京语言学院院长吕必松任汉办主任），于老师给我讲述了汉办早期的历史和鲜为人知的故事。这几位老师都提供了珍贵的照片，此外，于丛杨、王烨姝和王珊三位老师还撰写了感人至深的回忆文章。

由于年代久远，有些公派汉语教师和教师志愿者的信息虽然查到了，但是无法与本人取得联系，例如在拉脱维亚大学任教过的何杰、樊莉，在道加瓦皮尔斯大学任教过的杜丽丽，在维泽梅应用技术大学任教过的衣蕾、黄芳、陈学敏。如果这些老师看到本书，请与尚劝余联系（电子邮箱：shangquanyu@hotmail.com）。有幸的是，何杰老师在《我的洋插队——魅力波罗的海》（百花文艺出版社2018年版）一书中，生动详细地记述了她在拉脱维亚大学任教的感人故事。我在网上查到南开大学退休办电话，打电话过去说明情况，想取得何杰老师的联系方式，可惜未果，甚为遗憾。

除了公派汉语教师和教师志愿者，也有一些当地华人受聘在拉脱维亚大学任教，例如李满楠和路岩等。我和美丽高挑的李满楠老师有过一面之交，也与她取得了联系，她的学生白丽娜做过孔院秘书，也经常提起她，她是一位深受学生喜爱的老师。2019年12月初，我与她再次通过微信联系的时候，她的家人回复说“满楠生病了”。2020年3月13日，白丽娜说她要去参加李满楠老师的葬礼。可惜，天妒英才。在此，垂泪致敬天堂的李满楠老师。

我也有幸结识了外交部的周宏友老师，他曾在拉脱维亚大学留学，学习拉脱维亚语，后在中国驻拉脱维亚大使馆工作，与拉脱维亚大学的汉语教师和学生交往甚密，是拉脱维亚汉语教学发展的见证者。他慷慨地提供了许多非常珍贵的照片，讲述了非常珍贵的故事，也撰写了一篇文采飞扬、情真意切的回忆文章。

此外，非常感谢世界知识出版社副社长汪琴、责任编辑罗庆行等，他们为本书的出版付出了许多心血。

书稿汇总好之后，发到“我们共同的家园：拉脱维亚汉教群”，大家纷纷留言，无限感慨。金晶留言如下：“浏览书稿，感受到大大和主编们编纂此书的至深用心，感受到一位位拉脱维亚汉教人对这片土地的眷念深情。此刻在广州的盛夏里，心里却满满是里加纷飞的雪花、森林公园沁凉的湖水、拉脱维亚男孩女孩们动人的笑意。山川异域，聚散有时，我们终将成为拉脱维亚的‘过路人’，但是一刻永远，一念永恒，挥洒的汗水和泪水不会风干，倾泻的笑声和情谊不会无痕。想你们了，想拉脱维亚了。”

最后，抄录我们为拉脱维亚大学孔子学院十周年撰写的《孔院人之歌》（尚劝余、胡越作词）作为结束。

我们是自豪的孔院人，来自神州的四面八方，为了一个共同的理想，奔赴遥远的异国他乡；

肩负祖国母亲的重望，怀抱炎黄子孙的梦想，告别父母老师和同窗，来到如诗如画的远方；

曾经同学少年书生气，如今海外讲台育桃李，当年雄姿英发盈朝气，今时翰墨留香走天际；

教授和传播中国语言，是我们的初衷和本分，展现和弘扬中国文化，是我们的使命和责任；

我们是中拉交流桥梁，我们是中拉友好使者，我们是民心相通火种，薪火相传、友谊长存！

告别生我养我的故乡，我们来到道加瓦河旁，笔画鲜活着汉字神韵，翰墨绚丽了东方霓裳；

啊！我们是自豪的孔院人，把“一带一路”用汉语吟唱，以和为贵，我们是国际交流的光荣使者，兼收并蓄，我们谱写中拉友谊新的篇章；

肩负祖国神圣的嘱托，我们来到道加瓦河旁，课堂浸润着中国文化，孔院成就了青春梦想；

啊！我们是快乐的孔院人，把汉语推广用笔墨弘扬，授业解惑，我们是海外讲台的辛勤园丁，有容乃大，我们铸就中拉文化新的辉煌！

尚劝余

2021年于拉脱维亚大学